# 漫长的复仇

天下无侯 著

THE LONG REVENGE

SPM 南方传媒 | 花城出版社
中国·广州

图书在版编目（CIP）数据

漫长的复仇 / 天下无侯著. -- 广州 : 花城出版社, 2024.1
ISBN 978-7-5749-0011-0

Ⅰ. ①漫… Ⅱ. ①天… Ⅲ. ①推理小说－中国－当代 Ⅳ. ①I247.5

中国国家版本馆CIP数据核字(2023)第174792号

出 版 人：张　懿
责任编辑：王铮锴
责任校对：衣　然
技术编辑：凌春梅
封面设计：荆棘設計

---

书　　名　漫长的复仇
　　　　　MANCHANG DE FUCHOU
出版发行　花城出版社
　　　　　（广州市环市东路水荫路 11 号）
经　　销　全国新华书店
印　　刷　佛山市浩文彩色印刷有限公司
　　　　　（广东省佛山市南海区狮山科技工业园 A 区）
开　　本　880 毫米 ×1230 毫米　32 开
印　　张　15.5　1 插页
字　　数　392,000 字
版　　次　2024 年 1 月第 1 版　2024 年 1 月第 1 次印刷
定　　价　59.80 元

---

如发现印装质量问题，请直接与印刷厂联系调换。
购书热线：020-37604658　37602954
花城出版社网站：http://www.fcph.com.cn

# 目录

# 第一章　电子眼杀手

## （一）

2010年4月4日，晨，天色微明。

西连高速滨海服务区路段，左至右第三条车道，冀BS0419货车西行，即将经过电子眼一号。该处监控设在服务区入口，其一号电子眼配备最新光学变焦处理器，朝东正对第三车道，专拍压线违章，最大视距1500米。

冀BS0419是一辆轻卡，载着箱装大姜，上覆篷布。大姜是冷库存货，4吨多点，车厢空间还有一些空余。

货车司机叫陆军，40岁，河北人，行车特点：稳。货车时速60公里，离监控杆约50米。再行3秒，它将从监控杆正下方经过。

监控视角下：货车尾部蹲着一个人。

金科穿着黑色绒线连帽衫，头戴黑色鸭舌帽，脸上遮着黑色口罩，单膝跪立，左手托住右手腕，右手举着一把枪，枪口瞄向电子眼一号。

枪是仿真枪，金属外壳，手感不错，半年前在滨海静山下的国道路边买的，打钢珠，最大射程70米，威力不小。除了枪，他还买了大量钢珠，用作练枪。摊主维吾尔族人打扮，说一口羊肉串味儿普通话。除了仿真枪，摊位上还有各种折叠刀，最吸睛的，是一把硬弩，外形炫酷，做工精细，摊主叫它普拉多眼镜蛇多功能中型弩。

有段时间，这种贩卖违禁品的行脚商很常见。他们多出没于国道、旅游区附近的山脚下，以及大货车集中的停宿区。行脚商多数是少数民族装扮，真实身份不明，仗着政府的民族政策贩卖违禁品。事实上每个行政区，这种行脚商一出现，就会立刻被警察盯上。只不过，警察往往只抓买的，不抓卖的。摊位就在那儿，像个鱼钩，有人上去买，等到银货两讫，保准就有警察上来把买主带走；完事后民警又不见了，等着下一轮；直到最后，才会把摊主驱离。买到货平安离开的，都是运气好的，要么赶在民警之前下手，要么等摊贩被驱离，看准方向远远跟上去，找机会成交。

此刻，钢珠枪已瞄准。3秒内，它必须击发，否则货车将驶离电子眼。击发越早，成功率越高；越犹豫，击发视角越高，难度就越大。这活儿不简单。

手套内，金科的指尖微微发抖。他没把握，尽管大半年来，所有能用来训练的钢珠都打完了。

事实上这是第三次行动。一个月前的第一次行动，他没打中。第二次他连击发的机会也没有，所搭乘的货车提前1000多米变道，驶进服务区的专用车道，那让他失去了最佳击发视角。

干这事，只能选择过路货车，藏身车斗内，这是他能想到的唯一法子。

搭乘时间，黎明前。夜行货车不少，赶早的也多。

搭乘地点，滨海高速东入口。天不亮，那儿就有货车排长队。他提前赶到，隐在路边，在新排队的车到来之前，找准机会，迅速爬进队伍最后那辆货车。这期间，他会做选择。目标车辆最好是中小型货车，所载货物不能摆放太高。他爬进合适的货车，躲在篷布下，然后等。等着车上高速，行驶大约20公里，路过滨海高速服务区。他的目标就在那儿，一号电子眼。

修正姿势，调整呼吸，都来不及。快，射，念头催促他。

“啪！啪！啪！”他冲目标连射三枪，脑子里一片空白。

击发完，不等收回枪，货车已从监控杆下经过。

命中？没看清。但他感知到了光的明灭。电子眼一闪一闪的白光，突然消失。它瞎了。

那个瞬间，他的手背有点刺痛，似乎是被破裂的监控外壳划过，划破了手套，或者只是错觉。

此刻，他才来得及深吸气，整张脸瞬间变得通红。算上失败的那两回，这是他第三次干犯法的事儿。

得手的快感来不及体会，他收起身子，想缩进篷布。这时他本能地回头，看向车后。货车侧后方约20米处，第二车道，正有一辆大货车跟进，其驾驶室内有两个人。副驾那位叼着烟，冲金科挥手；主驾司机伸出大拇指比画，接着鸣笛致敬。再往后大约300米，有几辆轿车，那个距离很难看清金科所在。

恶意破坏公共设施，算不上严重刑事犯罪，但在我国，什么都讲究性质。交通电子眼是国家执法机器的权力外延，地位神圣，蓄意对其破坏，性质就非常恶劣。然而，金科不想对此承担任何结果，更何况，这才仅仅是开始。

## （二）

他缩进篷布，并不担心刚才暴露于外人视野之下。

他知道，是个司机就讨厌一号电子眼，尤其大车司机，所以，向他致敬的那两位，主动报警的概率极小。再说，电子眼被毁坏前，他的影像已经被路面监控实时录下，别人是否报警，没有区别。

事实上，滨海高速交警大队的反应极快，第一时间就发现了该处电子眼的故障信息，只是不能断定是机器本身故障，还是外力破坏。值班员回放录像，赫然发现，冀BS0419货车上，有人手举某物对电子眼瞄准，随后电子眼熄灭。再回放细看，不得了，那人手里拿的，分明是一把枪。交警大队立即出动，目标是冀BS0419货车，并将涉枪情节通知西城公安分局。

金科呢，当下最紧要的，是如何从货车上脱身。他知道交警一定有所行动，而且非常快。货车何时驶离高速，不知道。眼下似乎只有一个选择，跳车。可是，经过电子眼后，货车速度明显加快。此时跳车，非死即伤，就算轻伤也逃不远，最后还是落到警察手里。该怎么办呢？

西连高速滨海服务区路段的一号电子眼，用现在的话讲，是个网红电子眼。单单2009—2010年度，就抓拍压线违章11万宗有余，平均每天300余宗，罚款2000多万元，远胜一般企业年收益，在司机圈被广为诟病。

为什么有这么多违章呢？原因出在画线上。该段高速（每侧三车道）从东向西，左至右第三车道，在服务区入口前1500米的长度，都画为实线。这个长度，刚好是一号电子眼的最大监控范围。也就是说，过往车辆如要进入服务区，不压实线，就必须远在1500米之外，提前拐进服务区专用车道，这就给司机们带来了困惑。巨额罚款，皆因那条1500米长度的实线。用违章司机的话讲，那段长度的间隔，应该画成虚线。

一号电子眼，被司机们戏称“逢过必死”。伴随着大量司机对该路段画线极不合理的投诉，2010年年初，有地方媒体报道了该事件，引起相关部门关注，但纠错未及时进行。2010年4月4日这天，一号电子眼被人为破坏。该违法行为一旦曝光，或会引起很大争议，甚至会有喝彩之声。

犯罪太难了！这是金科此时的想法。他紧了紧帽檐，生怕有发丝脱落，从而留在车厢。事情已经过去了两分钟，他还是难以抑制快速的心跳，然而时间不多了。

要想安全离开，只能设法让车速下降，可是货车越开越快，早已超过了80千米每小时，正跟一辆小车齐头并进。金科从篷布下钻出，没再往后看。远方似有警笛声传来，他不确定，更无暇确认。他踩着篷布下的塑料箱，往车顶爬了少许，直到望见驾驶室的后窗玻璃。

他趴在篷布上调整姿势，用枪对准玻璃。驾驶室内只有一个人。稍后，他将枪口右移，开枪。他不想伤害司机。

连续击发，枪响，驾驶室后窗玻璃被击碎。后发的钢珠弹，穿过玻璃脱落的空间，应声打在驾驶室前挡风玻璃右下角，着弹点随之变成放射状。

车内。后窗玻璃碎裂的同时，大股凉风随之侵入，紧接着，前窗玻璃右下角又遭打击。司机陆军一脸蒙，嘴角烟头不知不觉掉落到大腿上。他顾不得打掉烟头，赶紧猛踩刹车，同时将车驶入紧急车道。他脸色煞白，脑子里升起一堆问号。

车速大幅下降，尚未及停下，金科趁机攀住右侧挡板，跳落地面，随后翻过高速护栏，消失在晨光中的丛林野地里。

片刻后，货车停稳，陆军打开车门出来，抬头呆视后窗挡风玻璃，茫茫然不知所措。

3分钟后，警车呼啸而来，将冀BS0419货车牢牢围住……

## （三）

一周后的4月11日，滨海老城区又一处电子眼被击坏。在警方档案中，该电子眼被称为电子眼二号。

在本市，该电子眼同样遭到市民诸多非议。它位于城西北角新汽车站附近，五一路和民主街十字路口，朝西。非议的焦点，集中在该路口自西向东往南拐的右拐车道。该路口本应右转弯的专用车道位置，有一处三角形状花坛。花坛设计不合理，占用了右转弯专用车道路面。

前年老城西北角增设新汽车站，附近道路统一整修。三角形花坛占用十字路口右转车道，位置在老城区，却是一个新问题。据说，当时路面重新画线时，就这个问题花坛，交管部门曾跟市政规划方面做过沟通。市政答应拆除，或缩小花坛面积，让出右拐专用车道。可是拖了一年，还不见有人来处理。

没有右转专用车道，问题也能解决，让路面最右侧的车道，承担直行和右转即可，这很常见，只不过行车效率很低。然而，交管部门并没那样规划，他们的做法令人大跌眼镜。该路段两侧有长方形花坛，每个长约50米，用来将行车道跟人行道隔开。路口右转弯箭头，被交管部门设在道路右侧的两个长方形花坛中间，箭头距路口约100米。右转弯的车，须依循箭头标志，从两个长方形花坛之间拐入人行道。这么干，给人行道带来诸多不便，更直接带来大量违章。

在警方监控中，4月11日凌晨3点10分，一个戴口罩和黑色鸭舌帽的黑衣人，步行来到空荡荡的路中间，借着路灯的光亮，用钢珠枪打坏了二号电子眼。

破坏者面对电子眼，瞄准，射击，转身离开，动作干净，没有迟疑、没有炫耀，也未做其他挑衅动作。

两宗破坏电子眼案，跨度一周，性质恶劣，交警大队将案子移交给西城公安分局刑警大队。警方先后从两处作案现场找到了钢珠。钢珠大小一致，皆无指纹，据此认定两案为同一人所为。二号电子眼被破坏后，警方还调取了路面监控，试图找到破坏者的行踪路线，无果。

不得不说，刑警比交警的思维更专业、更敏锐。二号电子眼被袭击后，刑警方面立刻意识到，破坏者是否还有新的行动。换句话说，本市是否还有其他备受非议的电子眼。一问交管部门，还真有。警方叫它三号电子眼。

民主街东西向贯穿市区。可它仅在市区范围叫民主街，实际上它最西头再向西，最东头再向东，笔直连通一条大路，那条路叫昌平路，贯通东西向好几个城市。整条昌平路限速80，却又有多处进一步限速要求，有的特殊路段限速60，有的路段甚至限速30，相应的限速标志牌也齐全、醒目。唯独有一处，让过往司机叫苦不迭，违章频发，也就是三号电子眼所处位置。

该路段在滨海市西郊，民主街和昌平路连接处，自西向东公路右侧。那儿立着一块标志牌，限速30。在限速标志牌附近，立着监控杆，上面有一整套监控设备，探头朝西（从西往东是进城方向），专拍超速违章。

该限速区域叫作小西关，在西郊最边沿，离西关密集居民区还有一段距离。小西关没有学校，周边有信用社、小饭店、宾馆、沿街自营超市，以及数家洗头房，再就是零零散散、近百处沿街带院的民房。

按理说，此路段即使有限速必要，也不至于让车速从80立减至30，但既然交管部门立了牌子，那就有其道理，过往司机照章执行就是。那年头手机导航远未普及，开车多半靠经验。该路段的限速要求，跑熟了道的司机了然于胸，至于初到滨海的外地司机，只需注意限速标志牌，提前刹车，也可避免违章。事实的确如此，该处白天少有违章，然而，晚上就大不一样了。

问题很明显，该限速路段没装路灯。

没路灯，对本地司机影响不大，对外地司机，尤其新跑此路段的司机来说，就极为不便。黑漆漆一片，从昌平路下来，自西向东进城的司机，难以提前观察到限速标志牌，即使近光灯下看到，再减速已来不及，除非开远光灯。也就是说，因为该路段没装路灯，反而让很多“远光狗”避免了违章处罚。那些老老实实开车、不熟悉路况的司机，反而成了违章冤大头。

网上，这一、二、三号电子眼当中，三号电子眼的罚款数最少，可是关于它的讨论却最多。有人骂“远光狗”占尽便宜；有人骂违章司机出门不带脑子；有外地司机搞地域攻击；有人骂市政部门；有人说那就是个套路，怒斥交管和路灯管理部门合伙坑人……实际上，跟二号电子眼那儿的三角花坛占道问题一样，就这个路灯问题，交管部门早就给西城路灯管理处反馈过，而后者又把问题踢给市政管理部门，然后又被踢回来……

一个花坛、一个路灯，一个该拆、一个该装，事都不大。可是由于主管部门效率低下，或觉得事情实在太小，不放心上，甚至部门之间相互推诿，问题得不到解决，还被一天天放大，导致违章无数，非议重重。尽管交管部门营收喜人，可是包括其在内的多个相关部门，却丢了口碑。道理如此，可它不是催生犯罪的理由，然而，恶意破坏电子眼的行为已经发生。

二号电子眼被破坏的4月11日当天，西城公安分局刑警大队得到了三号电子眼的信息，判断破坏行为可能继续发生，于是立即对小西关三号电子眼实施监控。

监控行动分两部分。

1. 电子眼本身就具备24小时监控功能。现在，交管部门派专人轮班盯紧监控画面。

2. 电子眼周边，刑警便衣和交警实地埋伏，交警白班，刑警夜班。只要有人前来实施破坏，就一定被抓现行。

警力被充分调动起来，为的只是一个恶意破坏电子眼的家伙，颇有牛刀杀鸡之嫌，可又非那么干不可。原因无他，公然用钢珠枪破坏电子眼，社会影响太坏。24小时布网蹲守，颇耗耐心，好在不管刑警还是交警，都认为行动不会持续太久。参与行动的每个人，都盼着快点结束，好瞧瞧那小子长什么样。

然而谁也没想到，警方布网当天夜里，网上出现了一个帖子。帖子发布在国内某知名论坛，名字叫《继一、二号电子眼后，关于干掉滨海市小西关三号电子眼的通知》。

## （四）

发帖人叫“生气的老司机”。该帖当夜即成热帖，天亮后被锁回复，24小时后被删。

通知内提到三号电子眼的位置，正是警方布控地点。令广大网友兴奋的是，帖子不但明确了犯罪行为是连环作案，还明确公布了行动时间：7天后，即4月18日午夜12点整。

尽管帖子被删，却早被转发得到处都是。滨海市，乃至全省吃瓜群众兴奋难耐，更有无数司机声称，要在行动夜，携带鞭炮前去观摩、助威、制造混乱，帮助“钢珠侠”逃过抓捕。

“钢珠侠”是网友给破坏者起的名字。再傻的网友也拎得清，通知书发出，警方不会袖手旁观，除非它是好事者的恶作剧；否则只要“钢珠侠”出手，绝难逃脱。

通知书的出现，令警方的布控从暗面转入明面。

负责布控的刑警大队副队长，叫张定一。起初，他认为那很可能是恶作剧，然而他很快意识到，前两个电子眼被破坏后，相关消息被即时封锁了。就算消息外露，也是极小范围，普通群众无从获知，这大大降低了恶作剧的可能。

张定一第一时间叫人查通知书IP（网际协议地址），很快找到发帖地点，在西关某暗巷的黑网吧。然而该网吧日夜满员，人员成分复杂，上网登记形同虚设，一条狗都能用临时卡开机，且无室内监控，无从查找上网者身份。

此路不通，更加强了张定一的判断：通知书不是恶作剧，它是犯罪分子向警方的挑衅，赤裸裸的挑衅。

现在是打明牌。他重新调整、增强布控力量。“小子，来吧！我等着你！”站在三号电子眼下，张定一信心十足。

在强大的布控下，他绝不信有人能破坏电子眼。他判断，对方能做到的极限，是抱着被抓之决心，来打闪电战，突然出现在现场，在被警察控制前，用钢珠枪干掉电子眼。他不可能让对方出手。现场方圆几百米内，全是警察，任何形迹可疑者闯入，一秒内就能被放倒。

张定一心里充满期待。他倒要瞧瞧，那小子有无胆量兑现承诺。多半是没胆子吧！发个通知书，无非为了打破警方对案情的封锁，博眼球，虚张声势，满足一下心理快感而已。言出必行，自投罗网？有那么傻的人吗？

4月18日很快到来。警方严阵以待，如临大敌。

这天是周日，三号电子眼路段人流、车流量剧增，比赶年会还要热闹。交警投入大量警力维持秩序，刑警遍布四周，警戒，待命。

望着密集的人流、车流，张定一浑身是汗，突觉不妙。难道破坏者早就预料到，刑警会暗中监控三号电子眼，这才将计就计，发布通知书，从而促成今天这么个局面？当前状况下，破坏者混在拥挤的人群中，要想下手非常容易，尽管下手后仍无法逃脱。

也不对。张定一又想，如果破坏者能预料到警方的布控思路，那最佳方案，应该是等。多了不说，拖上半年再看。不管怎样，电子眼不是人命，这种布控力度，不可能拖上半年。时间太长了，警力耗不起，人的精力也耗不起。拖到警方灰溜溜撤控再下手，岂不美哉？何必明知有虎，硬上虎山？

悖论思考，激发了张定一的斗志。本案跟人命案不可比拟，可是作案者的心思婉转、逻辑博弈，却比一般的刑事大案更为精彩，他感觉这事越来越有趣了。

他进一步思考，忽然放下心来——既然破坏者不选择拖字诀，而是主动挑衅，正面交锋，那通知书的意义就明确了。尽管白天局面混乱，但绝不会有事发生。破坏者就是要在今天动手，而且必然是在那个既定时间。只是，他实在猜不透，对方会采用什么方式。

张定一判断对了，这一天下来果然平安无事，然而拥堵持续到入夜，反而更甚。车子越聚越多，车灯矩阵犹如满天繁星。大伙都是来看热闹的，看热闹不嫌事大。

白天人多、车多，警方无理由驱散，晚上就不同了。警方执法，看什么热闹啊？

晚上10点后，张定一毫不客气，强力清场，不从者以违反治安条例论处。折腾了大半个小时，围观者尽被驱离，现场终于清静下来。

车道一如往常，还是开放的，偶有车驶过。那些过路司机，心里一定充满惶恐：此路段本无路灯，现在却被警方弄来大批设备，照得亮如白昼。在这光明之下，道路两侧站满了警察，绵延数十米，谁路过心里也得发毛。此外，附近所有建筑物上，都有警察盯梢。这样一来，从建筑物上偷袭电子眼的路，也被封死了。

晚上11点，西城区交管部门以焦局长为首的几位领导，莅临小西关现场。

看到张定一布置的天罗地网，领导们满意极了。

“能来？”焦局仍然倾向于通知书是好事者捣乱。

“帖子不是好事者所为。”张定一解释，“前两个电子眼被人为破坏，消息是封闭的，媒体不知道。我们找到了高速上的目击者，但没有人同时目击过两宗破坏行为。”

焦局点头。

“他完全可以拖，拖到我们筋疲力尽，我们拿他没办法。”张定一皱起眼角，“可他偏偏迎难而上，还发通知挑衅，为什么？”

“哦？啊？这个……”焦局一愣神。

“他一定会来的！只是我猜不透，他面对这种布控，会怎么做。实际上，他可能得手的最好机会，是今天白天。可是……”

焦局对繁复的逻辑没兴趣。他看了看表，拿定主意：“不管他来不来，今晚我得守在这儿。”

爱守不守，你又不是我领导。张定一心里嘀咕。他明白，焦局来，为的是脸面，同时向一线干警传达坚决维护法制的决心。破坏者不来，领导不亏；来则一举成擒，到时现场拍照，领导进镜头，方方面面都好看。

焦局长本人呢，心里很有数。不管怎样，这事结束后，必须整顿。不管是三个电子眼，还是与之相关的花坛、路灯，以及高速服务区入口画线问题，都要迅速解决。再拖下去，没面儿的人就多了。

夜色更深，现场众人却越来越精神。

通知的时间就要到了。

晚上11:50。几位领导不约而同地看表。干警们动了起来。周边所有黑暗角落，都有人巡视，连下水道也不放过，甚至连夜行的猫都被驱离。除了众人的脚步声，现场分外安静，没有过路车，没有行人，什么也没有。

晚上11:52。一切如常。

晚上11:53。路边角落里闪出两个黑影，鬼鬼祟祟往路上看，立即被拿下了。

严加盘问后，那两人交代了。从监控路段往东走几百米，有几家按摩店，他俩想去放松放松，可是警察整这么大阵仗守在这里，误了人家的好事儿。

他们没说谎。实际上，小西关这一片，是某些人群心目中的找“特殊服务”的地方，不过要想找更满意的，则要深入西关去找。

警方盘问得仔细。那两人坚称是头一回，说想去的那家店，叫相思。他们听说，那店里有个女孩很漂亮，生有一对不用化妆的一字眉，眉眼神似王祖贤，这才想去见识一下。

晚上11:59。有车快速路过。

接着，零点到来。建筑物上、下水道井盖上、车上、路边、黑暗角落里，所有布控者皆目视眼前的虚空，仿佛那刻，会有看不见的幽灵陡然出现。然而，没有幽灵，更无人来。什么都没有发生。

## （五）

零点已过，所有人的神经随之松弛下来：有人失望，有人暗骂，有人掏出烟点火……

焦局看向张定一，眼里有话：你不是很笃定吗？说那小子会来？

张定一望着空荡荡的路面，嘴巴发干，两道浓眉拧在一起。

就在此刻，三号电子眼所在的监控杆方位，突然传来一声响亮的爆炸。伴随着火花溅射，监控杆被炸歪，堪堪没倒，杆上的电子眼统统灭了……

听到爆炸声，大家愣在原地。

爆炸的确切位置，在监控杆根部的长方形盖子内部（一般离地面几十厘米）。那儿是检修门，平时用螺丝固定，一旦线路有问题，方便检修。实际上，也有监控杆（包括路灯杆）不留检修门，改为直接从杆子底部走线，这就要在生产定制时，做特殊要求。

爆炸物就藏在监控杆的检修门内。警方很快知道，爆炸物为开采矿山的民用炸药，少量，用电雷管引爆。引爆原理很简单，把手机绑缚在电雷管上，拆下手机喇叭，将其导线正负极跟电雷管连接。手机中电话卡匿名，当手机接到来电时，触发电信号，电雷管即可引爆。

警方从现场提取到诺基亚手机残骸一枚。后来警方对手机做了更仔细的检查，查实该手机是一款水货智能机，最长待机12天，上面未提取到有效指纹。更令人诧异的是，破坏者对手机进行了设置，触发爆炸的电信号不是来电，而是短信。

从电信部门查到那条短信内容为："哈喽！你们生气不？"

技术部门确定，该手机中的匿名电话卡开通了11天（以插入即开通计算），但无从推定手机卡的购买日期。也就是说，破坏者把爆炸物放入检修门的时间，是从现在往前推，11天。

对电话残骸的检查，还有一点令警方惊讶。那台智能机自带黑白名单功能。手机设置了白名单，仅接收一个号码，也就是引爆号码的电话或短信。破坏者那样做，为的是防止接收陌生电话或短信，从而触发电信号，导致雷管提前引爆。实际上，那是张新开的匿名卡（当时，手机卡实名制尚未开始）。从概率上说，在其置入检修门后的11天内，即便不设置白名单，它接收其他电话或短信的概率，都很小。但是，为确保万无一失，破坏者才设置了唯一的白名单。

警方查了另一个号码，也就是给诺基亚发送短信的号码。那个卡当然在破坏者手里，可它同样是匿名手机卡，爆炸后肯定被销毁了。

再说回时间。爆炸物是11天前放入监控杆检修门的，而二号电子眼是8天前被破坏的。也就是说，二号电子眼被破坏前3天，破坏者就已经着手布置，对付三号电子眼了。很可惜，这一点，参与布控的所有人都没想到。大家都以为，破坏者还会用那把钢珠枪作案。话说回来，如果能提前想到，只需回放路面监控，即可轻松阻止该犯罪行为，进而将罪犯拿下。然而，一切只是如果。

爆炸现场，破坏者没来，但电子眼被干掉了。

"哈喽！你们生气不？"

张定一吐了一个字："×。"他很难控制素来的沉稳情绪，感觉脚下轻飘飘的，像是中了泰森一记重拳。

面对歪歪扭扭的监控杆，所有人都似被施了定身咒。

良久，张定一勉强抬起胳膊挥了挥：“收队。”紧接着，他补充了一句：“今晚这事，谁传出去，谁他妈滚蛋！”

几乎异口同声，焦局也对手下弟兄们说了同样意思的话。然后他迈开僵硬的腿，来到监控杆近前，狠狠踢了一脚。

当夜，电话卡的开卡时间被技术部门确定后，张定一亲自驾车，带人前往交警大队查监控，时间是11天前。相关内容很快找到。监控显示，4月8日凌晨4点，一个清洁工打扮的男人，骑着一辆破旧的蓝色三轮车，出现在三号电子眼路段。

该人穿清洁工马甲，头戴一顶普通的红色网格太阳帽，嘴上遮着口罩，腰板直，一米七五左右，看身形，估计25岁到40岁之间。此人把三轮车停在路边，垂首走向监控杆，走的过程中有掏口袋的动作，之后为监控盲区。一分半钟后，该人重回监控视野，向东骑车离开。

张定一确定，监控中的家伙，就是破坏者，然而监控视频的有效信息实在有限。他握紧拳头，这才意识到，就算此前脑子开窍，能想到提前查监控，也只是阻止爆炸发生，还是抓不到人。

3天后，警方从西郊垃圾场，找到一辆蓝色三轮车。那车又破又旧，外观跟监控中那辆相同，可是却被精心擦拭过，上面提取不到任何指纹，这显然太不正常。警方由此确定，它就是监控里那辆三轮车。进一步走访垃圾场工作人员，结果很失望，根本没人注意到破三轮的存在。而警方想确认的，是它具体什么时间出现在此处。

不久后，警方开始追查爆炸物来源，那是一个漫长的过程。此外，其他相关走访、排查工作同时进行。

## （六）

11天前，4月8日凌晨4点。金科将爆炸物放进监控杆检修口，拧上检修口固定螺丝，然后拍了拍手套上的土，骑上三轮车朝东离开。

他知道，头顶上的监控正盯着他，可那又怎么样呢？他断定直到

11天后引爆，这期间，本市不会有一个警察，能想到往前翻监控。他判断正确，只是缘于他运气不错——他不可能知道，4年后，本市某分局冒出来一个叫秦向阳的警察，就喜欢回溯监控。

他很开心。4月4日，干掉一号电子眼的行动，给了他继续下去的信心。万事开头难。为了一号电子眼，已经花费了颇多时间，他预计接下去会轻松许多。二号电子眼最好办：按计划，一周后行动，做好伪装，在黎明前直接走到它前方，射掉它。但在那之前，必须先把爆炸装置，埋入三号电子眼所在的监控杆检修门。他不敢小瞧警察。他能料到，一旦二号电子眼遭破坏，警察势必对三号电子眼布控。因此，埋入爆炸物的工作，必须提前完成。这件事，他安排在4月8日凌晨。

现在，爆炸物已经装好，他如释重负。他想好了，干掉二号电子眼后，就上网发个通知书，告诉警察下一步的行动时间。警察不可能想到爆炸物的存在。他们会全力布控，以确保三号电子眼安全无虞，直到爆炸在他们眼前发生。这恶作剧似的计划，源于突然冒出来的念头，那令他满脸通红。

事实上，当通知书发出后，好事网友给了他赞誉。可他不喜欢“钢珠侠”这个称号。他觉得自己配不上“侠”字。他那么干，不是为了别人。

他的目标，就只是小西关的三号电子眼。破坏一号和二号只是给破坏行为添加伪装。

大半年前，因为一个意外，他妹妹在三号电子眼下出了事故，前途被毁了，他的人生也因之更为沉重。造成那一切的根本原因，就是三号电子眼。每念及此，他的扁桃体便肿胀起来，连水也难以下咽。

他从来都算不上有勇气的男人，惯于忍受扁桃体带来的痛苦，一直在决心报复的路上摇摆不定，直到被一部电影的主人公所激励：人活着必然承受委屈，这无关懦弱，可是绝没有人能承受所有委屈。当实在无法承受时，你就只能亲手解决它，哪怕为之付出代价。代价？每个人都害怕付出代价。可是，它们才是你活过的证明啊！

天蒙蒙亮。三轮车沿人行道行驶，再往前走大约1000米，然后左转弯向北走，就是西关垃圾场，他要把三轮车扔到那儿。

行动顺利，让人畅快。金科忍不住褪下口罩，吸一口新鲜空气，同时用力摇了摇微酸的脖颈。

此时，他正经过一家民营超市。那是一栋沿街房，两层，超市在一楼，门口朝北，正对人行道，蓝色的牌子挂在卷帘门上方，上面写着名字：丽莺超市。

金科看不清超市名字，那跟他无关。

三轮车即将驶出超市范围，他摇晃脖颈的动作，突然卡住。

他的目光斜向上，紧盯着东南方向。他盯着超市上方二楼的某个点。在那个位置，有个红点不停地闪动。

当意识到那是什么时，金科浑身僵住了——那是丽莺超市的摄像头——它高高地固定在二楼墙体上，视野斜向下，估计可覆盖几十米范围。

他后悔了，后悔刚才褪下了口罩。现在，他的脸被摄像头拍了下来……

# 第二章　凶残之夜

## （一）

2010年4月19日，深夜0点15分，骆琪如约来到熊老板入住的银丰宾馆。

骆琪是相思按摩店的人。这个女孩来自滨海下辖的县城，23岁，生得身材高挑，眉眼神似王祖贤，是相思的台柱子。

相思的老板娘年近40岁，熟悉的人都叫她陈姐。她手底下原有四五个小姐，可是店面有点偏，离西关繁华区较远，生意一直半死不活。她不是没考虑过“搬家”，问题是西关那边竞争很厉害，相比小西关，她在那边又没熟人照顾，一旦碰上扫黄，或被好事者举报，那就难以应付。3年前骆琪的到来，使她的生意一改颓势，及至今日更是蒸蒸日上。

早年间，陈姐也是个风尘女子。她曾有过一个相好的，那人叫郑德彪，是西关一带的混混，留着一头长发，造型像《古惑仔》中的陈浩南。德彪高中就抽烟、留长发，带头打过学校的几场恶仗。他那造型严重违反校规，被校方多次训诫，无效。最后学校给他一个选择：要么剪发，要么退学。他选择了后者。

他对陈姐有真感情，起初陈姐根本不信。在陈姐33岁金盆洗手那年，德彪剪了长发，拿着戒指向陈姐求婚。陈姐感动得不行，答应了。婚后，郑德彪跟社会上那帮人的关系并未断绝，因为一次打架斗殴被拘留。没承想警方看中了他的形象，将其发展为线人。对他来说，那是一个改邪归正的好机会，遂爽快答应。后来在扫黑行动中，面对紧急情况，身为线人的郑德彪，把冲在最前面的警察推开，结果自己中了枪，人没了。那个被郑德彪救了的警察也姓郑，几年后升职，当上了小西关派出所副所长。

郑德彪走后，陈姐备受打击，把那笔丰厚的线人费给了德彪父母，之后重操旧业，在小西关开了一家按摩店。她在这儿有熟人。她的熟人，就是郑所长。

骆琪刚来时是生手，小脸红扑扑的，像学生。

那是一个冬天的午后，骆琪穿着牛仔裤，斜挎一个大包，在相思门外站了半天，然后敲门，却不进去。

隔着玻璃窗，陈姐早看见她了，这时候开门出来，问她干什么。接下来，陈姐被骆琪的话逗笑了。

“我……我来应聘。”说话时，骆琪低头看着脚尖。

“应聘？”陈姐笑问，“你想找什么工作？你知道这儿是干啥的？”

骆琪点头。

陈姐上下打量眼前的女孩。她衣着普通，盘儿靓条儿顺，额头光洁，眼神清纯，怎么看都不像同行。

“你是老板娘？这儿招人吗？”骆琪又问一遍。

“你真想干这个？”陈姐皱起眉头。

骆琪再次点头，声音像蚊子哼哼：“可是——我是生手……”

“都是从生手过来的！”陈姐握住骆琪的手，“别那么快决定。来，跟姐进屋，唠唠你心里头的事儿……”

那年冬天特别冷。骆琪刚找到工作，就发了高烧。她舍不得花钱，临时租的房子阴暗、狭小，换谁都扛不住。陈姐把那房子退了，帮她垫钱，重租了一间带暖气的房子，叫她好好养身体，为此她心怀感激。然而因为退房一事，她还是心疼了好几天，原因是房东不退150块的押金。比起那时候，骆琪现在的日子好起来了。至少，她不再为150块钱心疼。

陈姐曾告诉她，以她的个人条件以及业务水平，完全可以离开这家不起眼的按摩店，去市区的金风玉露过好日子，就算做不成“头牌”，起码也能混进“五朵金花”。陈姐能主动说出那番话，已属难能可贵。金风玉露是滨海最大的会所，骆琪当然很想去。就算不是它，去其他会所也行，都比这小小的按摩店强，可她没有那样做。她入行3年多，从没换过地方。一个原因是陈姐对她确实很好，给她的提成远高于别人，她有感恩之心，不想失去这个朋友；另一个原因是她虽学历不高，却明白一个朴素的道理：人不能太贪。她还算清醒，深知这行业本就见不得光，越是高大上的地方，是非一定越多，那往往伴随着不可知的危险。相比之下，还是这小西关的营生令人踏实。

今晚，骆琪来到银丰宾馆楼下，等熊老板，后者在此包了一个月的房。

这儿的环境，她非常熟悉。银丰宾馆地处小西关，由一栋三层民房改造而来。宾馆东边紧挨一家便利店，叫丽莺超市。超市二楼墙体上有个红点闪烁，那是摄像头。宾馆西侧是个巷口，巷口进去几十米就是农田。紧邻巷口的西边，有一座二层民房。民房一楼临巷的窗子挂着布帘，有灯光从里面透出来。此刻，窗帘缝隙里，有一双眼睛正向外窥视。

在那双眼睛视野内，站在银丰宾馆门外的漂亮女人，一脸焦急，不停地看表……

## （二）

深夜0:30，早已过了约定时间，骆琪一边看表，一边咒骂熊老板。

熊老板名叫熊万里。他不是什么老板，要叫他老板只是对骆琪而言的。她的客人，她全叫老板。

熊万里30岁左右，样子不叫人讨厌，却留着个大光头，顶上新冒出来的头发楂很扎人。骆琪知道，他才从里面放出来不久，不是什么好人，可她实在没理由拒绝这个客人。熊万里出手大方，给出5000块，包夜一周。

一周前那天傍晚，熊万里第一次进相思按摩店时，陈姐只一眼，就知道他是生客，而且才放出来不久。他点了“快餐”，结束后意犹未尽，提出包夜。陈姐把姑娘们叫来，他不满意，嚷着换最好的。后来骆琪出来，他眼里顿时放了光，拍出5000块，指着骆琪说，“一周”。陈姐不想骆琪接这个活儿，她知道这种人憋得太久，什么事都能干出来。要是骆琪明白她的意思，她有的是法子拒绝他，可是骆琪接了。陈姐叹气，她知道骆琪看重钱。

从4月12日晚到4月18日晚，7个晚上，一周的业务，今晚是最后一次。天亮后，骆琪跟熊万里就再无瓜葛了。可是，她刚才上楼敲过303的房门，里面没人。

骆琪很气。这算什么呀？今晚不做无所谓，可是明晚要不要补上？她自认已履行了职业责任，违约的是客人。再说，这种违约行为，已经不是第一次了。

前四个晚上，熊万里都在房里，样子像饿狼。

可是第五个晚上，也就是前晚，客房没人。骆琪下楼敲开大厅隔间值班室，问老板（宾馆不正规，前台无人值夜）。老板睡意正浓，稀里糊涂，说那就是客人没回来。骆琪出门打电话，之后在门外等了半小时，熊万里才醉醺醺地回来。

第六晚客房又没人。骆琪下楼抽烟，打电话。

熊万里语气清醒，抱歉地说，刚接了个活儿，要开夜车送货，天亮前能赶回来，叫骆琪找老板拿钥匙，直接睡在其房间。

对骆琪来说，这要求很扯淡。小姐不是小三。人家上门服务，你主人不在，没有谁会在房里等你一夜。骆琪拒绝熊万里，说最多在楼下等半小时，过时不候，并且这一晚的服务，过后不补，也不退钱。

挂断电话，骆琪履行承诺，等了半小时后回到店里，接了几个小活儿，而后收工。

熊万里不肯吃亏，天亮前送货回来，给骆琪打电话，好说歹说叫她过去。

她不想惹麻烦，便带着一肚子怨气去了宾馆，被熊万里折腾到中午才算完。午后她回家睡了一觉，醒来寻思，过了今晚，这笔交易总算结束了。她受够熊万里了，那小子简直不是人。

然而这次，她敲过303房门后，发现熊万里又不在。宾馆大厅没开灯，好在店门外灯光很亮，令人心安。

骆琪站在店门前，拨通熊万里的电话，试图解决她小小的业务纠纷。

4月的天气还很凉。她随身带一个小包，脚上套着半高跟黑色长靴，上面穿牛仔短裤，外面套一件及膝浅色长毛衣，头上扎着高高的马尾，露出光洁饱满的额头。她一边轻巧地踱步，一边通话，不知不觉来到宾馆西边的巷口。

“熊老板，你还回不回来？”

熊万里结巴：“哎呀！肯，肯定回，宝贝儿！我在，在开车送货。”

“几点回来？还是天亮前吗？”

“差不多！你不愿意上房间等我，那，那就回家。跟上回一样，天亮前一收工，我就，就给你打电话。你再过去！”

“不可能！你昨天早晨6点多回来，把我折腾到晌午，已经给你面子了！一下午时间，我连觉也睡不够！”

“最后一次了！你，你就不能有点职业精神？”

“呸！我这就在宾馆楼下！你有事，关我屁事！今晚的钱，不退了。咱们的买卖，到此为止！”

“别！我还，还没玩够……”熊万里急了，“是我错！我加，加，加钱！”

骆琪沉默片刻："加多少？"

"1000。这样吧，你也别……别回家了，省得来回折腾。找老板拿钥匙，直接上我房间等着吧。我天亮前，准……准回。"

"上你房间？干等一晚上？我回去还能接活儿呢！"骆琪抬价，"1500！"

"成！"熊万里答应得爽快，"还不就……就钱的事儿？你也得体谅哥哥。我也得吃……吃饭。朋友好心给……给我介绍工作，这几晚练练手，算实习，过后就……就入职了。到时候，保……保准回头光顾你。还……还给你拉……拉……拉客……"

不等熊万里说完，骆琪挂断电话。

路上静悄悄的。西边几百米外，离此地不远处，三号电子眼的事，她早听说了，通知书的事她也知道。早在半小时前，警察已经离开，当时多辆警车从按摩店前路过。

今晚布控抓人，怎么样了？抓到那位"钢珠侠"没有？哎！管他呢！她摇摇头，随手点燃一支女士烟，打算抽完上楼。

就在这时，一个女人的声音从她背后冒出来："老妹，等人呢？"说话的是个圆脸女人，看上去比骆琪年长几岁，打扮妖艳，十有八九是流莺。

骆琪闻声转身，借宾馆门前的光打量对方，判断她是同行后，心安下来，轻轻点了点头。

"有业务吧？唉！都是讨生活，不易啊！"圆脸女人感叹。

"有事吗？"骆琪觉得对方有点怪。

"没事儿。看你站这儿有一会儿了，过来打个招呼。"

"你从哪儿飘过来的啊？我怎么一点动静也没听见？"

骆琪不紧不慢地问。她不在乎对方怎么回答，只当闲聊。抽完烟，她就想去找宾馆老板拿钥匙，然后上楼洗澡休息呢。

圆脸女人拿出烟，借骆琪的打火机点了火，用烟头指了指身后："就那儿！"

她指的，是紧邻巷口西侧的二层沿街房，其一楼东侧临巷，有窗，上覆窗帘。

“在窗子里看到你的！”女人微笑，“我出来时，你正打电话呢。”

“你住这儿？你哪个店的？以前咋没见过呢？”骆琪又丢出一堆问题。

“我是西关那边的，不住这儿。这几天，这家老板包夜。我跟你一样。”

“哦？跟我一样？你也包连宿？”骆琪再次打量眼前的女人，心说，你这条件要是不化妆，及格就不错了，也有老板连包呢？

她没表露心里的意思，继续反问：“你怎么知道我连包？”

“你条件好啊！比我好，比我挣得多！”女人指着身后的窗，“里面就是卧室，我看到你好几次了呀。这几晚，你都是这个点儿，都在楼下打电话，等人。没错吧？”

“好吧！”骆琪感觉自己被窥视，有点不高兴，“我要上楼了。你忙吧！”

“急什么？刚才听你打电话，你老板不回来了？那你还上去干什么？”

骆琪转身，狐疑地看着对方。

女人不再绕圈子：“这家老板想包你一宿，给你2000。”

“2000？你和我，‘双飞’？”

“其实他们是两个人。”

“两个人？两个人怎么只包你一个上门？”

“嗐！应该两个上门的。可我那个姐妹害怕，不肯来，说是警察在附近有行动，抓那个什么‘钢珠侠’。”

这时，西侧一楼沿街木门打开，从里面出来一个男人。

那人中等身材，微胖，方脸，肤色较黑，戴金丝眼镜，头发朝后梳，发胶味很浓，穿一件格子衬衫，下摆掖进西裤内，小腹微凸，整体风格儒雅、干净，带着点老板气派。

“谈拢了吗？”男人走上前，拍了拍圆脸女人肩头。

“这是程老板。”圆脸女人向骆琪介绍。

骆琪朝男人点头示意。她扫了一眼，心里承认，这人的衣着、气质还不错，起码比熊万里那厮好太多。

程老板盯着骆琪，眼含笑意：“大半夜的，这儿不是说话的地方。进屋吧，妹妹！玩玩儿！哥不亏待你！”他从裤袋里掏出一沓钞票，抓起骆琪的手拍进去。

骆琪捏了捏，估摸二十多张，心里颇喜，脚下却有些犹豫。这半道里冒出来的生意太突然，她没心理准备。

“我跟客户谈好了，应该上去等他的。”骆琪尴尬地指了指身后的银丰宾馆。

圆脸女人劝她：“他回来肯定给你打电话，到时候再过去呗！你傻呀？有钱不赚啊？”

“走！”程老板的语气极有压迫感。他轻拍了一下骆琪的屁股，随后自然地拥住她的细腰，带动骆琪挪步。

骆琪微感不适，却未挣扎。她把钱放入随身小包，跟着男人走进木门，同时心里已然想通：咱就是干这行的，有钱为啥不赚呢？

丽莺超市二楼的摄像头，一闪一闪，忠实地记录下刚才的一系列影像，直至三人在夜色下消失。

马路对面，角落里，停着一辆普普通通的小车。车子没打火。司机坐在黑暗中，紧盯着对面银丰宾馆门前灯影下的骆琪。直到骆琪随程老板进入沿街房，那人才用力呼出一口气，嘴角咧出笑意……

## （三）

骆琪随程老板进门，先踏入一个长方形房间。该房间沿街，可用来做小生意，只不过这间房内基本是空的，显然，它的主人没有做生意的打算。这间房南面有一扇门，穿过它，才进入生活区。

骆琪随程老板穿过那扇门后，走在后面的圆脸女人随手关了壁灯。灯熄灭的一刹那，骆琪转身扫了一眼。这时，她看到长方形房间的东墙，那儿确实有一扇窗，拉着窗帘。她记得，在户外时圆脸女人说过，那扇窗后是卧室，从窗帘缝隙往外看，能看到她。可是，这儿分明是沿街的单间，空空荡荡，哪来什么卧室?

骆琪冒出一个念头：圆脸女人撒谎！为什么呢?

未及细想，她已被推入门内。

里面的布局设计，跟商品房类似，客厅在中间，客厅两侧有两个南向卧室，第三个卧室在西北角，客厅正对饭厅、厨房，洗手间在东北角。

“哟！来个美女！”

说这话的男人，原本坐在客厅沙发上。他看上去20岁出头，比程老板矮、瘦，椭圆脸，上身光着，下面穿一条短裤。见人进来，他立刻凑到骆琪身边去闻发香，显得急不可待。

程老板向骆琪介绍：“这是我朋友，李小军。”

骆琪很知趣：“李老板好！”

“好！很好！”李小军话音发颤，朝程老板使个眼色，“赶紧开始吧！”

程老板点点头，推着骆琪进入南侧主卧，李小军紧跟而入。

门关上前，骆琪急问：“她呢？她咋不进来？”

她指的是圆脸女人。

“没她什么事，今晚你才是主角！”程老板回头，冲着客厅里的圆脸女人喊，“李秋玲，赶紧去拾掇一下，准备好工具！”

说完，门关上了……

深夜1:15。

骆琪被两个男人折腾完，刚穿好内衣，即被拖出卧室。

她脖颈上绕着一圈长长的铁丝，铁丝两头被李小军紧紧攥在手里。李小军光脚，依然只穿一条内裤。他拽着铁丝的两头，看起来很放松，仿佛拖着一条狗，轻易地把骆琪拖至客厅。

骆琪头脑空白，无法理解这突如其来的暴力。她奋力挣扎，脸色早被铁丝绞成紫红。

李小军终于松手，拿来烟点上，面对骆琪蹲下。

骆琪挣脱了铁丝，脖间放松，翻起的白眼球重现黑色，连连咳嗽不止。

程老板走出卧室，手里拿着骆琪的小包。包内除了程老板那二十几张钞票，就只是一些零钱，此外，还有手机、钥匙以及避孕套、化妆盒、口红等女性用品。

程老板打开包，取出原本属于他的那沓钞票，在骆琪面前晃了晃，装进自己口袋，然后把包内物品统统倒出。

李小军从地上捡取零钱，总共76.5元。

“就这点儿？”他回头责难站在一旁的李秋玲，“你不是说，越漂亮的越有钱？”

“按理说……”

李小军不搭理李秋玲，冷不丁把烟头戳进骆琪腰间。

骆琪脱离了铁丝绞颈，正拼命呼吸，骤然被烟头烫到，惊声尖叫起来。

折磨令她清醒。她终于意识到，自己碰上歹人了。

“别叫！”李小军重新把铁丝套上骆琪脖颈，跟程老板一人攥住一头，用力拉扯。

骆琪呼吸骤停，连连摆手，对方这才卸去力道。

“别喊了，明白？”程老板拍打骆琪的脸，“钱呢？银行卡呢？”

“呸！”骆琪不是一个软弱的女子，猛吐出一口血痰，直落程老板面门。

“臭婊子！还搞不清状况啊？”程老板甩给骆琪一个大耳光，站起来走进洗手间。李小军拖着骆琪跟进去。

洗手间内。骆琪靠在暖气片上，痛苦地呻吟。眼前的情景，令她浑身战栗，已经无法用恐惧来形容。

这儿根本就是地狱。这儿的人不是歹人，是魔鬼。

骆琪身前不远处，洗手间角落里，赫然躺着一具赤裸的女性尸体。尸体浑身是伤，一动不动，脸被头发遮住，看不清样貌。

不对，不是尸体。李小军拎着一桶水走过去，把水倾倒在“尸体”上。“尸体”动了一下，慢慢从昏厥中醒来。

程老板蹲下，把醒来的女人扶坐起来，靠在骆琪身边。

那女人湿漉漉的，身子没劲，差点一头栽进骆琪怀里。骆琪受到惊吓，咬牙挪动身体，远离了女人。

这时李秋玲进来，手里拿着一把尖刀。李小军接过刀，一秒也不耽误，把刀直插进女人脖子，随后大力搅动，扩大伤口。女人的尖叫极为短促，随后摔倒。下一秒，李小军拔刀，血紧跟着喷出来。

李小军丢下刀，抓住女人左腿，程老板抓住女人右腿，两人合力，像提着一只鸡一样，把女人倒提起来，提到马桶前，将女人的头塞进马桶。

骆琪再也看不下去，捂着嘴闭上眼。她全身的气力、倔强，还有希望，都随着一声轻叹消失殆尽，整个人顿时变得软若无骨。

她明白，他们在控血——就像杀畜生，把人倒提着，直到那女人的血流干，装满马桶，然后按下按钮，“哗啦”一声，一干二净。

10秒、20秒、30秒……女人将很快变成干尸，就像失去了水分的大地。眼前的情景，只是一幅画吧？那就烧掉它！可惜，一切都是真的，而且，那仅仅是个开始。如果能逃离，骆琪情愿挖掉自己的眼。

## （四）

女人很快成了干尸。尸体蜷缩在一旁，像破旧的抹布。

新的工具陆续出现在洗手间，跟案板一块儿，叮叮当当丢在地上。骆琪的瞳孔随之收缩：他们要分尸。

然而更令人惊惧的，是一只大号塑料桶，里面盛着半桶透明的液体，无色无味。李小军狠扯骆琪的头发，把她的脸按到桶内。

骆琪的脸离液体还有一段距离，可是就那么一会儿工夫，她脸部的皮肤就已变得干燥、发痒。没过多久，她吐了。猛然呕吐的力量，使她挣脱了李小军。

她伏在地上一边吐，一边念叨："天啊！畜生！"她眼里没有一丝生命的光彩。

刚才，在塑料桶内，她亲眼看到一条断臂，浸泡在液体最深处。它黑乎乎的，早已碳化，手骨还保持握紧的形状，仿佛攥得越紧，它的主人所承受的痛苦就越小。

这时候，李秋玲上来讲解，语气里透着好心："桶里是浓硫酸，能把碎尸化了。化不了的，就捞出来扔掉……你呀，长得这么好看，死了怪可惜的。你还是听话吧！乖乖拿钱，也许还有活路！"

"起开！"程老板推开李秋玲，对骆琪说，"状况搞清楚了吧？两条路！一、交钱，死；二、交钱，把你相熟的小姐叫来，弄完她的钱，你纳投名状，亲手杀她入伙。"

李小军补充："第二个机会不常有，我们已经有她了！"

"她"，指的是李秋玲。

两个选择，一个是她被这俩畜生弄死，连鸡也不如；一个是她把同行诱来、杀掉，苟活下去，将来被警察抓住枪毙。两种死法没区别，都是下地狱。

骆琪紧闭着眼，胸腔剧烈起伏，没人知道她在想什么。

她脖子上露着一圈红线，红线下内衣里，挂着个古朴的观音吊坠。此时，李秋玲看到红线，一把扯出吊坠。

"嘿！这玩意儿不错，玉观音啊！归我了！"

"屁！"李小军吐了口唾沫，"狗屁玉观音！老子问过了，两块钱的玩意儿！这娘儿们精得很哪！出门开工，一张大票也不带，除了那76块多，她浑身上下，就这一件地摊货！"

"地摊货？"李秋玲失望极了，她用力拍打骆琪的脸，"你可真行啊！"

李小军抓住骆琪下巴："想活想死？"

骆琪睁开眼："想活。"

"想活？行。纳个投名状，然后做我女朋友，咱们一起干。我大哥对李秋玲好，我对你更好！”

骆琪默默扫了他一眼。

“跟我干，我就对你好！你还不信啊？”

说着，他把骆琪拖到客厅，来到冰箱前，打开门，从里面取出一个盘子。盘子里装着一块肉。他撕下一小块肉，喂到骆琪嘴边：“吃！”

骆琪使劲摇头，把肉碰落。

李小军小心地捡起肉：“知道这是什么吗？”

骆琪盯着肉，茫然。

“腰子，人腰子。李秋玲打胎了，我大哥让她吃人腰子，补一补。你说，天底下有几个男人，能做到这个分儿上？”李小军把那块肉硬塞进骆琪嘴里，“想活就入伙，我会对你更好！”

最令人恐惧的，是初从光明坠入黑暗的那一刻，而非身处黑暗，又面临更深的黑暗。

骆琪吐掉肉，没再呕吐，只是轻轻叹了口气。

程老板搬来椅子坐下，掂着刀问：“真想活？”

骆琪闭起眼，点头。

“住哪儿？”

有了刚才杀人控血的演示，程老板认为羔羊已被驯服，接下来便竹筒倒豆子。他得到地址，就派人去取银行卡。

可是骆琪低着头，毫无反应。

“你住哪儿？银行卡密码？”程老板以为对方被吓傻了，再次耐心提问。

骆琪忽然抬头，努力笑起来：“我进这家门，就再没出去。隔壁银丰宾馆旁边，那家丽莺超市，它二楼架着摄像头！它拍到我了，还有你们！敢杀我？你们全完蛋！”

换作一般女子，此时此景，大脑只会一片空白。可是骆琪不一样。这种境地，她竟还能想到丽莺超市的摄像头，从而想出自救的法子，去威胁对方。这似乎是一个极有力量的威胁。

她的意思很好理解。这栋房子带小院，自然有南门，可是南门外就是农田。小姐来时半夜三更，从沿街房门进房子，完活儿后，于情于理都会原路离开，回到大路。摄像头只拍到人进去，没拍到人出来，那就大有问题了。退一步，不管谁，就算走南门，绕田埂，最终也会回到巷口，巷口就夹在银丰宾馆和魔鬼“家”中间（骆琪曾在那儿抽烟），那么，还是会被摄像头拍到。如果拍不到，同样大有问题。

程老板忽然笑了。不等他开口，李秋玲上前解释：“哎！别傻了妹子！没用的！刚才，就当你面杀了一个，你也不想想为啥？那个小超市的摄像头？实话告诉你吧！它拍的影像，最多保存半个月，超期就覆盖。你是哪个按摩店的？谁会把你当回事啊？就算你失踪，也没人报警的！有？哦！天一亮，就叫你打电话过去，说你请假回老家，这么一来，谁还找你啊？接下来，就让你再活半个月呗。半个月后，再叫你打出去一个报平安的电话，然后再杀你。有半个月时间差，那些影像就覆盖了！明白没？”

李秋玲耐心地解释，冲淡了这个局面下应有的残酷，也彻底断绝了骆琪逃离地狱的念想。

## （五）

李秋玲没说谎。两个月前，程大伟和李小军来到本市，租下这处房子。

程大伟本名沈长海，李小军本名沈长河，他们是亲兄弟，两人差8岁。在老家时，沈长海就不是一个省油灯，从小仗着一身蛮力，打架斗殴、偷鸡摸狗，名声极差，却被弟弟沈长河视为人生榜样。年少时，沈长海因盗窃进过少管所，后又因故意伤害罪，坐了3年牢。

沈长海犯下故意伤害罪，缘于一个按摩女。当时他千挑万选，定好那个女人。他先进包间，洗完澡，左等右等，那女人还没来。他穿好衣服，想出去看看怎么回事。这时候领班进来，一脸歉意，告诉他，他点的女人遇到一个老客户，过不来了，叫他另选一个。“我这儿子弹都上膛了，选好的靶叫别人打走？”沈长海一听恼了，抓起茶几上的水果刀逼问领班。领班身处包间，没有喊人的机会，见沈长海凶神恶煞一般，无奈地说出那个客人的包间号。沈长海找到那个包间，踢开门冲进去，二话不说就打，把那个客人的“小弟弟”给割伤了。后来他知道，那个客人根本不是那个按摩女的老客户。那人只是出钱多。因为别人出钱多，选定的按摩女就不伺候他了。

婊子无情——沈长海坐牢期间，天天念叨古人的总结。

滨海对他们来说不陌生。两年前，沈长海出狱，声称要外出做生意。其父为儿子着想，给他贷了8万块钱。那么做，是不想他在老家惹是生非。可是沈长河却执意跟随大哥，也要出去做生意。沈父合计一番，觉得兄弟俩一起，有个照应也好，便同意了。随后，两兄弟北上，选择在滨海落脚，做汽配生意。可是这两个人缺乏工作经验，更无经商能力，又好吃懒做，花天酒地，尤其大哥沈长海缺不得女人，死性不改，时常光顾娱乐场所，很快便把本钱败光。败了钱没法回家，吃喝难继，怎么办？

两人暂离滨海，琢磨营生的法子，很自然地想到了抢劫，继而考虑到风险太大，放弃。接下来，顺着抢劫的思路，沈长海调整了方向：一般人风险大，不好抢，那小姐呢？小姐来钱易，又游走在法律边缘，失踪也没人当回事，完事灭口也安全。不抢她们，简直对不起天下苍生。对！就是小姐！抢钱又劫色，干！

念头冒出来后，两兄弟越商量越得意，在通往邪恶的人生路口，未曾有丝毫犹豫和畏惧之心。非但如此，而且沈长海对伤人坐牢的过往念念不忘，认为此乃天意：他频繁出入娱乐场所，在女人身上花过不少钱，这是天意的因；接下来，他要把花出去的，加倍收回来，这是天意的果。

婊子无情——他想起曾经坐牢的原因。与其说那个原因激活了他对失足女的憎恨，不如说他找到了心理上的一个内在支撑点，去支持自己抢劫杀人的计划。

他还炫耀般说起毁尸灭迹的法子：用浓硫酸溶尸。那是他坐牢时听来的段子，他要付诸实践。他像块抹布，没有在囚禁惩罚中洗涤自己，反而从中吸收了更多的肮脏。

两个月前重返滨海后，他们计划在西关或小西关租一处楼房，大开杀戒。这两处小姐多，下手方便。

他们对楼房有要求。一是老旧小区，二是偏僻，两条都出于安全考虑，结果却无意中寻到现在所租住的二层民房。这栋房子坐落在小西关，位置合格，二楼上着锁，里面盛放旧家具及杂物，只出租一楼。一楼三间卧室，生活区装修极好，还有跑步机，最主要有马桶，方便冲碎尸块，而且周边住户少，安全系数高，租金也不贵，简直是天赐良房。

他们想租半年。房东说，要租就一年，还得一次付清。

可是，一年9000元租金，外加1000元押金，沈家兄弟凑不出。他们想重新找地方，可又实在舍不得那栋房子。这怎么办？沈长海只好扯谎，让家人寄来钱，这才将房子租下。租房经历，放大了他们的窘迫，更令他们意识到钱的重要性。

然而生活最擅长开玩笑。租房后一周，沈家兄弟刚从化工商店匿名买来浓硫酸，作孽的刀还没开市，隔壁银丰宾馆紧邻的沿街房却开起了超市，起名叫丽莺。超市跟沈家兄弟“家”只隔一家宾馆，这没什么，可恨的是，它二楼墙体上装了个明晃晃的摄像头。摄像头斜向下，覆盖几十米范围，完全可以把沈家兄弟门口的情况拍进去。

沈长海很苦恼。刀头舔血的营生，旁边竖着个摄像头，谁能忍？

沈长河提出退房、搬家。可是租客无故退房，房主有理由扣下押金，而且这个月剩余的钱也不会退。沈长海觉得退房太亏，毕竟这才住了一周，而且房子本身条件确实极好。他们实在缺钱，在添置了必要作案工具后，已无法承担重新租房的费用。

不退房怎么办？两人商量半天有了主意，由沈长河出面，去丽莺超市调研摄像头的覆盖周期。

超市老板娘姓刘，叫刘丽莺。沈长河连续几天去超市购物，跟对方混了个脸熟。他很快搞明白了，除了户外二楼墙体那个监控探头，超市室内也有探头，两个探头加一起，连在柜台下面同一个硬盘录像机上。

某天午后，他找到刘丽莺，谎称昨天购物时手机丢了，应该是随手放在了超市的结算台上，央求老板娘帮忙，调监控找一找。

刘丽莺新开业不久，热情满满，调出监控查找，没有。

沈长河继续表演，说找不到算了，估计丢到别处了，反正是个旧手机，不值几个钱。

刘丽莺信以为真，好言安慰一番。

这时候，沈长河借机探问监控影像能保存多久。

老板娘坦率告知，她不懂自己的硬盘多大。装监控时，技术员说按设置好的码率，能存半个月。她估计得打个折扣，毕竟，谁做业务不吹牛呢？

实际上装监控的没必要撒谎。只不过刘丽莺做的是小本生意，图省钱，装的录像机没扩容，只有一块500G的硬盘。

知道监控最多存半个月后，沈家兄弟确立了新的行动规则：把小姐诓骗到手后，过半个月再杀人灭口。那时监控内容已经覆盖，没人会知道失踪小姐最后的行踪。那期间小姐电话也不用关机，一旦有电话打来，就威逼她撒谎。半个月的时间，他们耗得起。让猎物多活几天，他们更乐得逍遥快活。两人计较完毕，大赞计划天衣无缝。

接下来行动开始，他们很快物色到第一个目标，那姑娘叫姚娜。他们折磨了她足足两周，分多次取走其全部存款，共3万余元。

李秋玲是第二个目标。她本在洗浴中心服务，挣钱不少，却是个能挥霍的主，沈长海从她身上只搞到300块钱。不管钱多钱少，这人都得死。沈长河动手前，沈长海突然改了主意。他考虑自己寻找目标太麻烦，还容易暴露，不如把李秋玲留下做帮手，前提是让她杀个小姐。

李秋玲可不想被化成尸水，立马答应。其身份由此彻底转变，从待宰羔羊变成饿狼，进而与魔共舞。很快，她先后约来两个同行，索要银行卡、取钱，并亲手杀死其中一人，纳了投名状。

## （六）

骆琪以丽莺超市摄像头自保的希望破灭，可她不想死。

沈长海继续逼问骆琪的住址。他态度温和，语气轻缓。骆琪明白，这种态度不会持续多久。

“别他妈废话了！扔洗手间，玩上半个月再说！想死还不简单？”沈长河性急。

骆琪血压骤升，把住址说了出来。那儿离此地不远，往东走十来分钟便到。

“银行卡密码！”沈长海一边问，一边把骆琪的钥匙抛给李秋玲。

李秋玲回房穿外套，准备去取银行卡。

“密码是……”骆琪一顿，“就算你们去了，也拿不到我的卡……”

“什么意思？”

“我和男朋友同居，卡在他手里。他练过，是退役的散打队员……”

“你做鸡，还有男朋友？他能忍？”

骆琪叹息，不言语。小姐也可以有男友，各取所需罢了。

沈长海不纠结，取来骆琪手机：“简单——给你男朋友打个电话，就说你在外面有事，委托你朋友上门替你取卡。”

“不是我不配合，我真不想死！”骆琪鼓足勇气对视沈长海，“你看，现在半夜三更，开工的点，我在外面能有什么事？被警察抓了交罚款？那也该我们老板娘出面的。老板娘姓陈，跟派出所有关系……退一步，即便我临时有事，委托别人上门取卡，那也应该委托朋友吧？我朋友没几个，我男朋友都熟悉。可是这个女的，李……李秋玲对吧？分明是个陌生人！你想，我男朋友会配合吗？他一定会起疑心……”

“真麻烦！”先前的几票，比这简单多了，沈长河急得在原地转起圈圈。

“我真不想死！”骆琪挤出泪花，“拿不到钱，你们就得弄死我！我宁愿顺利把卡取来，然后，然后杀人入伙……只要能活下去！”

沈长海把玩着骆琪的手机：“卡在你男朋友身上？”

“在他钱包里。”

“卡里多少钱？”

“8万多。”

“我就说，越漂亮的越有钱吧！”李秋玲得意起来。

“8万多！”沈长海的眼神透出贪婪，像电子竞技游戏*DOTA*里屠夫的铁钩，“你确定他今晚在家？”

“他常出去喝酒，夜不归宿，可是今晚一定在家睡觉。”

“为什么？”

“他父亲去世，明天头七。他一早得回去上坟。”

沈长海点点头，慢慢翻开骆琪的手机盖，盯着通信录。

骆琪紧盯手机，咬牙补充：“你要不信，我先给他打电话确认一下。”

沈长海摆摆手，合上手机：“你亲自去，叫我兄弟陪着你。”

骆琪咬着嘴唇，点头。

沈长海站起来，跟沈长河耳语。

骆琪征得同意，回房穿好衣服，出来。

这时，沈长河取来5枚崭新的剃须刀片，叫骆琪张开嘴。刀片边缘锋利，泛着油光。骆琪惊骇地望着对方，不明所以。

“含着！”沈长河将5枚刀片都塞进骆琪嘴里，然后取来胶带，从嘴巴到后脑，粗暴地绕了七八圈，把她的嘴牢牢封住，最后给她戴上口罩。

完工后，沈长河审视骆琪。她扎着高高的马尾，后脑勺位置有胶带裸露。沈长河将马尾下拉，摆正，刚好挡住胶带。

他愉快地拍拍手，赞叹还是大哥考虑周全：叫这娘儿们含上一堆刀片，她就不能说话了，更不敢妄动，不然会把刀片吞进肚里。等回到住处，她只能乖乖听指挥，悄悄从那什么练散打的钱包里拿到银行卡，就万事大吉。

临出门时，李秋玲自作主张，把包递给了骆琪，说带着包看起来更自然。对此，沈长海未做异议。只是，骆琪的手机还在他手里，他没交还，骆琪也不敢索要。

深夜1:50，骆琪挎着自己的小包，跟随沈长河来到街上。

夜风清凉，半月微光，一个平凡的夜晚。再次呼吸到人间的空气，令她喉头发甜，想流泪。

街上几无行人，偶有车路过。骆琪走在前，沈长河落后半步，手里捏着一把尖刀。他一边走一边嘱咐："到家后别慌，别弄出动静，取了卡就走，别忘了嘴里的刀片。要是敢耍手段，老子保证一刀弄死你！你那狗屁男朋友也不留！"

骆琪租住在临近西关的城中村，那儿有不少小姐。骆琪的房间在一户人家的一楼东头，是个小套房。两人快步走，十几分钟后来到目的地。

房子共三层，带小院，一楼正中间是房东家，其余全是租客。院门晚上不锁，只是从里面插上门闩。骆琪拧开门闩进院，来到自家门前，从沈长河手里接过钥匙开门。沈长河紧随，刀尖顶在骆琪腰间。

门开了，骆琪迟疑不动。沈长河低声道："进去，别耍花招！"

骆琪摸进门，犹豫片刻，开灯。门内是客厅，客厅东边靠北是洗手间，靠南是卧室。灯刚亮，从角落里扑出来一只大黑猫。大黑猫叫了两声，跑上来蹭骆琪的裤脚。

沈长河反手关门，上前把猫赶走，持刀逼骆琪来到卧室门前。卧室里没有动静。

沈长河对骆琪耳语："进去吧，别开灯，把他衣服拿到外面找钱包。他要是醒了问话，你别管。他要是起来，我就捅死他。"

骆琪磨蹭片刻，推门步入卧室，反手关门。

沈长河伸出脚把门顶住，同时晃了晃尖刀。

门保持半开，客厅的灯光斜照进门内一米左右。骆琪踩过光影，没入卧室最南侧的黑暗。

沈长河站在门口看不到人，只能听到脚步声。很快，脚步声停了，屋里响起窸窸窣窣的杂音。

“快点！”沈长河等了半分钟，忍不住小声催促。

卧室里面，窸窸窣窣的声音仍在持续。

此时，沈长河忽然注意到卧室门前的鞋架。上面的鞋子五花八门，分明全是女式，没有一双男鞋。他立刻感觉不对劲，低头看一眼锋利的尖刀，蹑足踏入房间，三两步摸到骆琪身后。

床在卧室正中间，床头靠在东墙上。骆琪面对门口，靠南窗站着。

“在搞什么？”沈长河小声问话的同时，伸手在床尾摸了一把。如果床上有人，他应该摸到腿。可是他摸的位置空空荡荡，除了褥子，什么也没摸到。

沈长河一步跨回门前，准确按下墙上的电灯开关。那个位置能被客厅的灯照到，他早观察到了。

卧室里瞬间透亮，床上果然没人。沈长河回头，见骆琪正奋力撕扯嘴上的胶带，整张脸因紧张憋得通红。胶带只剩最后一圈。如果再有几秒，她便可以成功挣脱束缚，吐出刀片大声呼救。

“臭婊子！”沈长河冲上去，扯住骆琪的头发将她掼到床上。

他既愤怒，又庆幸。怒的是被骗了，这儿根本没男人；庆幸的是封嘴胶带缠得多，撕扯时粘到一起，给骆琪带来很大麻烦，否则后果不堪设想。

他抡起巴掌，把骆琪狠狠收拾一顿，直打得累了才罢休。骆琪趴在床上强忍疼痛，无声哭泣。

沈长河打开衣柜检查。果然，里面全是女人衣物。

“找死啊！”他很快在客厅找到一卷胶带，重新把骆琪的嘴封牢，完事不去问骆琪，自己在房内翻找。实际上不用找，钱包就放在床头柜上，里面有七八张大票，两张银行卡，一张是信用社的，一张是农行的。

“钱在哪张卡里？”沈长河把大票装进口袋。

骆琪指了指信用社那张卡。

“另一张呢？里面有多少？”

骆琪摇头。

“不老实！骗不骗我你都得死！”

沈长河找来纸笔，叫骆琪写密码。

骆琪照做。密码是真的，扯谎毫无意义，她再也没法子抵抗了。

此刻，该怎么形容她内心的绝望呢？就在刚才，在魔鬼“家”中，强烈的求生欲以及机变巧智、不服输的性格，促使她生出一个主意。尽管沈长海当时正把玩着她的手机，她还是全力一搏，谎称自己有男朋友，银行卡在男朋友手里，而且这位男朋友练过散打。她那番说辞，令沈长海改变了主意，取消李秋玲的上门取卡行动，让沈长河陪她走一趟。当时，如果沈长海起疑心，让她给“男朋友”打个电话，谎言即被揭穿。可惜沈长海太自信了。他认为在那个局面下，没有女人还敢撒谎。魔鬼中计了，真好！

回家路上，脚下所走的每一步都像助燃剂，洒在她心里希望的火苗上，让它越烧越旺。跟她设想的一样，她单独进到卧室，并且紧紧抓住了那短暂的机会，也是最后的机会，奋力撕扯封嘴胶带。

她差一点就成功了，可惜……

她瘫软在床上，脸色煞白，双眼紧盯天花板，里面除了虚无、绝望，再无其他。

这儿是她的小窝，她的床。她本可以在家里撸猫、做瑜伽、吃零食、看电视……做什么都行。可是现在，那些最普通的日常，已不属于她。如果她还能思考，应当怀念所有昨日时光。在过去的日子里，不管曾有多少伤心往事，加起来，也抵不过今晚所遭遇的不幸。

沈长河不耽误工夫，逼骆琪离开。骆琪爬起来，掖起手包，戴上口罩，晃晃悠悠地走出卧室，像断了根的草。沈长河落后半步，关了卧室的灯。

客厅内，大黑猫见到主人，叫了一声，从茶几上跃下，尾巴不慎将一样东西扫落到地上——那是个粉色塑料瓶，长筒状，比牙膏管略细，上面一堆英文字母，中间画着个五角星。

骆琪一眼认出，那玩意儿是几个月前她买的防狼喷剂。她本想每天下夜班时把它带身上，也算个保险，只是买来后一直扔在那儿，从未用过。

那个瞬间，就像干成块的河床淋了雨，她心头的希望，又悄然复活了……

## （七）

她本就挨了揍，踉踉跄跄走几步，假装跌倒。沈长河骂骂咧咧上前，狠狠踢了她两脚。

她慢慢地起身，趁对方不注意，顺手捡起脚边的防狼喷剂，垂着头走出家门。

院子里，离她身侧不远就是房东的家门。有那么一刻，她想吞下刀片，奋力喊叫，哪怕被封住的嘴仅能发出“呜呜”的哀号；或者不管不顾，干脆一头撞上房东家门，把人叫醒……

可是那有什么用呢？她知道那么做，自己还是难逃一死，甚至会连累别人。能怎么办？身边是真正杀人不眨眼的恶魔。即便刚才在卧室扯掉封嘴胶带很可能也是徒劳。

她现在的全部希望就在那管防狼喷剂上。她将它紧紧攥在手里。

动手？不行。沈长河的右手搭着她的肩。那只手里有刀。再等等、再等等，等一个好机会。她趁沈长河不注意，悄悄把喷剂转移进牛仔短裤的口袋。

往回走更快。深夜2:35，银丰宾馆的灯牌已然在望。这时沈长河停下来，把一张银行卡交给骆琪。他们右侧就是信用社，小西关只此一家。

骆琪持卡的手僵住，眼里带着询问，好像在说，密码给你了，你不亲自取？

沈长河不笨：“本人取更好，我没戴口罩。”

骆琪进入取款亭，沈长河守在门外。骆琪分四次取出两万元，这是单日取款的最大额度。

沈长河看得很清楚：她取出5000元便放进手包，那样方便下一次操作。

操作完，她手里拿着5000元出来，另外的钱都在包里。

见到钱，沈长河激动得心中感叹：没有付出就没有回报！干啥都不易啊！他正要接钱，跨出取款亭的骆琪脚下一绊，突然跌倒，5000元现金撒了一地，手包和银行卡也丢到一边。

“笨！”沈长河弯腰捡钱，打破头也想不到对方在作妖。

骆琪赶紧爬起来，按下手中的喷剂，结结实实喷了沈长河一脸。

沈长河反应够快的。他左手拼命擦眼，右手慌乱中一抓，竟抓到了骆琪的毛衣领子。

偷袭成功，眼看就死里逃生，却被抓住衣服，骆琪拼命挣扎，犹如即将脱钩的鱼，亦如刚刚上钩的鱼。

“暗算老子……弄死你！”

沈长河眼睛生疼，深受刺激，指节暴突，死死抓住对方衣服，绝不松手。他心里明镜似的，一松手就全完了。

骆琪挣脱不得，慌乱中身子一缩，竟把毛衣从头顶褪了下来。

这时候，沈长河只觉得手里一松，毛衣还在指间，人却游鱼一样溜了。

“啊……”沈长河哇哇怪叫，杀气纵横，无奈目不能视。

骆琪成功挣脱，眼含泪花，像脱离虎口的小鹿。

现在她只着一件紧身短袖，却不觉得冷。相反，她感觉体内正有烈火燃烧。她顾不上撒落的5000元钱，捡起手包就跑。她可没忘，包里还有15000元呢。

拼命跑出去一段，她丢了包，双手撕扯嘴上的层层胶带。她一边撕，一边惊恐回望，看到沈长河踉踉跄跄，朝她的方向摸过来。

她终于挣脱了胶带，狠狠吐出刀片，连带一口血，然后用尽全力喊：“救命！”

这两个字，憋在她心里半晚上了。

深更半夜，地点偏僻，呼救之声没换来任何回应，反倒给沈长河指明了方向。

骆琪立刻意识这点，再不敢出声，抓起包，逃上正路。

这时，东边闪起一道亮光。光影后，一辆摩托车飞速驶来。

看到摩托车，骆琪长长地呼出一口气。她知道自己终于得救了，泪汪汪地迎着摩托，用力挥舞起双手。

摩托上坐了两个人。车子放慢速度，迎着骆琪开过去，却未停下。下一刻，摩托微调方向，跟她擦身而过。这时，车后座的人突然伸手，一把就抢走了骆琪手里的包。

骆琪呆住，嘴巴张着，嘴角渗出血迹。

此时，摩托向前开出了几十米，突又掉头，驶回。车子再次来到骆琪身边。车后座的人，突又探手，攥住骆琪胸前的那枚玉观音吊坠，扯断吊绳，扬长而去。

那枚玉观音本来吊在内衣内。刚才她从沈长河手里拼命挣扎，褪下毛衣，致使其滑出，吊在紧身短袖外面，连她自己都没注意。此前在沈长海卧室内，面对对方探问，她曾说，玉观音只是个两块钱的地摊货。她怎么也想不到，此时此刻，偏又遇到飞车党。这些活生生的人，不但抢走她的包，甚至连那么一块地摊货也不放过。可是，她原本以为，来的是可以帮助她的人啊……

摩托就要离去。她从震惊中反应过来，像愤怒的狮子一样猛追十几步，一把抓住了摩托后座那人的衣领。

她很恨！恨得牙尖滴血！怎么会这样呢？刚逃离地狱，竟又遭遇抢劫！

这是什么命运？是受了诅咒吗？如果说，她身后的沈长河是没人性的恶魔，那眼前抢东西的飞车党，就是最肮脏的蛆！

她紧咬着牙，把全身力气传到手上：不会的，绝不会松手！就算是被车拖死，也不松开！

这一次，不只是被抢的问题。不就是个小姐吗？可是小姐也有尊严啊！你们只抢走包里那15000块，也就罢了，可是，竟然还掉转车头再抢一次，而且为的只是一块灰不溜丢的、毫不起眼的吊饰。这其中透露出的贪婪，简直叫人绝望。她无法拒绝遭逢厄运，却不愿被戏耍。她绝不引颈受戮，她总要做点什么。

然而都是徒劳。

摩托车后座的人，突然抽出刀来。刀锋狠狠划过她的脸，再来一刀，又划过她的脖颈。血模糊了她的视线。

她不甘心地松手，扑倒在地。

## （八）

远远地，一辆捷达从西边驶来，金科坐在驾驶室内，心情大好。

现在是4月19日深夜2:50，距离破坏电子眼三号已经过去两个多小时。半分钟前，他的车从原来的三号电子眼处经过。他看到了爆炸现场。警察早已撤走，电子眼没了，监控杆居然也被拖走，那令他感受到了前所未有的快意。

今天零点（实际过了几秒），他从50公里之外的清河县发短信激活了监控杆内的爆炸物。他遵循了内心的冲动，事后回到现场，亲眼看一看自己的杰作。他这个做法暗合了那个不知出处的犯罪理论：百分之九十的凶手都会回到案发现场。不过无所谓，此时此刻，这儿连半个警察也没有。

为了这次行动，他提前预约了一次同学聚会。那两位是学生时代的舍友，都在清河县工作。清河县在滨海正西，回滨海的路有好几条，其中一条正好路过三号电子眼。他把饭局安排在那儿，目的就只是返回时欣赏案发现场。他如此处心积虑，只为让一切合情合理，以免将来万一调查到他身上，问起他为何深更半夜路过现场，却难以解释。

实际上，昨晚的饭局10点半就结束了。饭后金科提议去KTV，顺利延长了聚会时间。零点过了几秒时，他发短信激活爆炸物，然后熬到唱K结束才匆匆往回赶。说实话，发出激活短信时他藏着担心，生怕电雷管连线出问题，无法激活爆炸。那种心情，更促使他前去探看。直到目睹现场，他悬着的心才落回原位。夜色真好啊！他愉快地开着车，想快些到家美美地睡一觉。

那一刻，他从西边驶来，看到前方一辆摩托车远去，但怎么也没料到，有个女人突然从车头前蹿出来。

难道是碰瓷？女人突然冒出来，他毫无准备。

他不知道，那女人原本是躺在地上的，看到有车驶来，便起身拦截。

下一刻，金科急踩刹车，然而为时已晚，骆琪被撞飞，跌落。

路对面，沈长河眼睛生疼。尽管视线模糊，可他大体看到了刚才的一切。

他折回信用社，胡乱捡起散落的纸币，摸索半天找到银行卡，进取款亭查询一番，然后出来拨通沈长海的电话。

那个过程，他慌乱极了，像走丢的孩子。“哥，那女的是骗子，没一句实话！她压根儿没男朋友，也没8万块，卡里总共两万多！”沈长河用力揉搓红肿的眼睛，“现在？现在我只拿到4900元，有一张被风吹走了，找不着了，其他钱在她包里。她偷袭我，用东西把我眼喷了。她跑了，钱被飞车党抢了，接着又被一辆车撞了……乱？我离家不远，你出来自己看！那车没逃逸，还在，估计会报警。不对！司机好像把那女人抱上车了！我眼疼，看不清！哥，咱得赶紧走！”

# 第三章　蝴蝶效应

## （一）

2009年是骆琪做小姐的第三个年头。这年春天，她接待过一个客户，那人有点怪。

交易发生在西城某宾馆。那人花3000块，叫骆琪陪了他三天三夜，结束时意犹未尽，又续了两天，完事嫖资不够。

骆琪当时很生气："钱不够，你续钟？龌龊不？我们老板娘，她饶不了你！"

"额（我）错咧！瓜女子，包（不要）闹！"男人40岁左右，精瘦，眼珠浑黄，声音沙哑，嗓子里像是卡着土。

"还知道错咧？"骆琪模仿他，"知道错咧，你也走不了，赶紧凑钱吧！"

男人不出声。

骆琪拿出电话晃了晃："别怨我不提醒你，我们老板娘不是善茬儿，黑白两道都有关系。"

男人穿戴整齐，默默抽了根烟，沉思良久，从随身带的背包内，掏出个物件。那玩意儿灰扑扑的，表面附着干硬的黄土，看轮廓像观音。男人的动作透着小心。他用指甲慢慢地蹭去表面的土，露出里面的冷绿色，然后仔细看了几眼，长叹口气，才把东西交到骆琪手里。

“给你咧。”

“这……”骆琪把玩着玉观音，觉得可笑极了。拿东西顶嫖资，她头次碰上。

“给你咧！”男人重复。

“要是块表，也有得商量！”骆琪把东西丢到床头，“地摊上，两块钱有的是！你糊弄鬼呢？你个大男人，要点脸不？”

男人像是受了侮辱，腮帮子高高鼓起，一把抓回玉件。“你娃包胡奢（不要胡说）！糊弄？”说这话时，他眼里的浑浊退去，突然闪现出一道精光，死死盯着骆琪，“就这，够耍你多少年哩！”

“啊！还是个好东西？”那眼神太冷，把骆琪吓了一跳。

她愣了半天，慢慢接过玉件端详。不知道为什么，她竟再也生不出一丝怀疑的念头。也许，是对方身上忽然展现出的不一样的精气神，把她镇住了。

男人不再多话，起身离开。

“等等！这到底是什么玩意儿？”骆琪不放心。

“包废话，额不四（不是）骗子。”男人伸出手，“要不，你把东西还额，跟额去取钱。”

骆琪迟疑未动。

男人依旧伸着手：“给额！你娃包后悔！”

难道真是个值钱货？骆琪犹豫着，把东西装进口袋。

男人撇了撇嘴，转身就走。

“哎！你的包……”

男人的包还在床边，骆琪好心提醒。

“不要咧！额去该去的地方咧，用不着咧！”男人摆摆手，转身面对骆琪，“还是那话，额不是骗子。额嘱咐你娃，往后你戴着它，要是被人问起来，不想惹麻烦，就说是个摊摊货。”

“摊摊货？”骆琪再次愣神。

“嗯！两块钱的摊摊货！”

男人走后，骆琪踢了背包一脚，然后打开它。那是一个防水帆布包，里面有一件旧冲锋衣。衣服下面有个黑色塑料袋，袋里装着4根塑料管。塑料管长十几厘米，如普通牙膏般粗细，两头用油纸封死，拿起来沉甸甸的。除了塑料管，另有4枚黑色管状物，两枚带引线（其实是导火索）、两枚不带。此外，还有一张发黄的A4纸，纸上画着乱七八糟的线条，像地图。

骆琪取出一根塑料管，拆去一头的油纸，发现里面塞满粉末状物质，颜色稍白，酷似炒面，闻起来有柴油味道。

她很好奇，于是上网查询，最终搞清楚，那4根塑料管里是硝铵炸药，黑色管状物，带引线的是火雷管，不带引线的是电雷管。同时，她明白了男人的身份，那是一个盗墓贼。

她回过味来。那家伙八成是个通缉犯，自知无处可逃，自首去了。否则，为何要说“去该去的地方”？

要不要把包送到派出所去？唉！还是别自找麻烦了！考虑到自己的职业身份，她打消了那个念头。

她没对外声张，把那包带回家，丢到床下暂存。她总觉得以后会有警察上门，带走玉观音和那包东西，然而一直无人找来。

## （二）

2010年4月22日，三号电子眼被破坏后的第四天，在对小西关的摸排走访中，警方发现了一件蹊跷事：丽莺超市的监控硬盘不见了。

警方摸排走访，本意是寻找目击者，他们手里有4月8日的监控。那天凌晨4点，破坏者把爆炸物埋进监控杆检修门内，之后骑上三轮车朝东离开。警方希望在那之后有早起的人见过他。该项工作进展不顺，警方摸排了3天，一个目击者也没找到，却无意中发现了一个沿街摄像头。

摄像头装在二楼墙体上，它所属的丽莺超市距三号电子眼不到400米。破坏者装好爆炸物后，沿公路右侧骑三轮车向东离开，那么他一定会经过丽莺超市门前路面。那个范围就在超市摄像头视野内。这时候存在两个可能，要么破坏者还是那副伪装的打扮，要么卸去了伪装。如果是后者，那么超市监控就有了巨大意义。逻辑分析，不管破坏者什么身份，顺利预埋爆炸物后离开现场，必定如释重负，那么就存在卸去伪装的可能——毕竟，那份深藏不露的打扮反而更易引起路人的注意。不管怎样，警方一定会调取丽莺超市的监控，去查证影像。这一查证不要紧，他们发现超市的监控硬盘不见了。

硬盘咋就丢了呢？超市老板娘刘丽莺蒙圈。没有存储硬盘，录像机可正常运行，显示器仍播放即时画面，因此，之前她并未察觉。

这是一个重要线索。警方询问刘丽莺，最近有什么奇怪的事发生。这一问，她很快想起一件事……

4月11日下午5点，金科把二手捷达停在小西关一块空地上，然后在车内伪装打扮。丽莺超市在500米之外，剩下的路他步行。

他穿着环卫坎肩，头戴一顶红色网格太阳帽，最廉价的那种，口罩从鼻子上拉下来，只遮住嘴巴，那样看起来更自然。这些还不足以掩盖年龄，他又在上唇粘了一丛胡子。他反复考虑过，像他这样一个普通人，出现在一个普通的自营超市，没人会对他格外留意。他的表层特征，环卫坎肩、网格太阳帽，足够用了，足够使他显得不特别。而特别的人总是引人注意的。

此行目的：偷走丽莺超市的监控硬盘。

原因无他。4月8日凌晨，在三号电子眼监控杆预埋完爆炸物往回走，经过超市时，他被监控拍到了面部。当时他心中颇为畅快，取下口罩呼吸新鲜空气，还摇了脖颈，那是个抬头的动作。也正因为那个动作，他才发现超市二楼墙体的摄像头。该死！那个瞬间，他后悔极了。同时他又庆幸，它拍下他，他也发现了它。一切还来得及补救。

从4月8日到4月11日，事情已经过去3天。那3天他做了3件事。

1. 到丽莺超市踩点。去时，他未做任何装扮，买了点零食正常结账。他观察到，监控显示器就放在结款台上，结款台下有个木格，里面放着录像机，这是他希望的结果。如果录像机在二楼，那就不好办了。确认了录像机位置，他想进一步观察录像机品牌，可惜找不到机会。

2. 他从电子市场买了一台录像机，外带摄像头等附属设备。最理想的结果，当然是买到跟超市同款的录像机，只是无法实现。不过问题不大，不同品牌的录像机，零部件及构造差别不大。接下来要做的，是了解录像机内部结构，并反复拆装，做到熟练。事其实不难，他所做的，无非是拆卸螺丝和录像机内部的硬盘，但必须提前练习。他的目标是闭眼拆装录像机，用时越短越好。经过N次拆装练习，目标达到后，他把整套监控设备快递回了老家。他父母是菜农，早就想在菜棚上装个监控，这事，就这么自然地实现了。

3. 按既定计划，于11日凌晨3:10，干掉二号电子眼。

4月11日下午5:15，金科走进超市。

超市里有三个顾客，一个中年女人在买鸡蛋，一个上年纪的男人在柜台前买烟，还有一个年轻人，结过账正要离去，手里提着一大包东西。年轻人外地口音，正跟老板娘调侃："姐，别客气。照顾你生意，我自己也方便着呢。我就在隔壁宾馆西边住，几步路的事。下次可别了，你再给我搭东西，我就不来了！"

"这小伙儿！"老板娘笑得灿烂，"有对象没？没有的话，哪天姐给你介绍个？"年轻人摆摆手离开，向西走几步，经过银丰宾馆，进入巷口另一侧的二层民房。

年轻人走后，金科微垂着头步入货架。中年女人提着鸡蛋去结账，跟他擦肩而过。金科站在货架前，等待机会。会有机会吗？或者制造机会？怎样制造？

柜台前，刘丽莺正要给中年女人结账，突听到一声脆响，紧接着又是一声。她循声望去，发现超市临街窗户的玻璃碎了一大片。

刘丽莺呆视片刻，反应过来，旋风一样夺门而出："哪个狗娘养的！砸我家玻璃！"

中年女人把鸡蛋放在柜台上，跟着刘丽莺出门。

门外不远处，一个六七岁的男孩正笑得开心，见刘丽莺奔出来，撒腿就跑……

“男孩手里拿着一把枪，玩具枪。”4月22日面对警方问讯时，刘丽莺这样描述。事实上，玻璃破碎那晚，她在超市内寻到两颗钢珠，随手丢到柜台上，后来才交给警察。

4月11日事发时，她当然想不到，小男孩打碎她家玻璃其实是有人提前安排的结果，那是一场戏。

金科进超市前，碰到一个小男孩。男孩蹲在路边玩玻璃弹珠，正玩得兴起。金科盯着男孩看了一会儿，戴起手套，走上前去，蹲下，从怀里掏出枪。那把枪干掉了两个电子眼，已经完成了历史使命。现在，它将发挥新的作用。

“玻璃弹珠，好玩吗？”金科把枪伸到男孩眼前。

男孩停止动作，看向金科，又看向枪，不明所以。

“这个才好玩！”金科举枪击发，命中附近的树枝，一根枝条连带大片树叶，随之飘落。接着他再开一枪，命中树干。

“你过去看看。”金科指着树干。

“哇！”小男孩跑过去，看见树干上留下的清晰弹痕，眼里骤然发出光来。

“玩具枪，打钢珠的，好不好玩？”

男孩使劲儿点头。

“想要不？”

男孩皱了皱鼻子。他当然想要，只不过，他觉得眼前这位环卫工大叔在逗他。

“你帮我做件事，这把枪就是你的了！”

“坏事？”小男孩一点儿也不傻。

“拿它打人家的玻璃而已。”金科微笑，“小男子汉，哪个不做几件小小的坏事？当然了，娇生惯养可不行！你敢吗？”

“打谁家玻璃？”

金科不答，盯着男孩眼睛，反问：“你家住哪儿？说实话！撒谎的孩子，可不配得到它！”

男孩想也不想，指向前方："喏！那个银丰宾馆，我家的。"

金科确定男孩没撒谎。他了解孩子的心理，更相信自己的话术：撒谎的孩子，可不配得到它。

"打谁家玻璃？"男孩再次催问。

"那家！"金科指着前方的丽莺超市，拉下脸来，"我把枪交给你，打了玻璃，它就是你的；要是不打，我就收回来。我可知道你家在哪儿呢！"

"成交！"男孩伸出小指头。

金科跟他拉钩，然后教他怎么用枪：那再简单不过，小男孩一学就会。

传授完技能，金科补充："等我进去那家超市，你就数数。数到100，就开枪。明白了吗？"

"Yes, Sir!（是，长官！）"男孩敬礼。

金科咳嗽了一声，交枪。

"你几岁了？能数到100吗？"

"必须的！"男孩接枪后突然追问，"为啥打她家玻璃？"

这孩子鬼精，问题很刁钻。金科知道，他必须给对方一个合理的答案。

他微皱眉头，解释："那个老板娘，我从她那儿买到过假货。这是一个小小的惩罚。"

"你为什么不自己惩罚她？"

"大人之间起冲突，总是不好的，再说她认识我。你是孩子，打她家玻璃没啥大不了，既帮我出了气，你又能得到枪。"

"快快行动吧！我准备数数了！"小男孩被彻底说服了。

"我进门后再数！"金科再次强调。

"得令！"男孩目视金科走进超市。

1、2、3……他数到100时，超市玻璃应声破碎。

刘丽莺闻声杀出超市，追赶凶手："狗东西别跑！我这就找你爸！"

超市内，金科再不敢犹豫，立即动手。他快步走到柜台前，戴起手套，用自带工具打开录像机，摘下硬盘，再规整好线路，迅速将录像机恢复原状。拿到硬盘，他出门离开，眼见刘丽莺正追骂肇事顽童……

回到车上，金科并未掉头，而是沿路继续朝西开，绕了个大圈子，从另一条路返城。他那么做，为的是给日后可能发生的警方监控排查增加难度。

玻璃破碎当晚，刘丽莺到隔壁银丰宾馆找孩子父亲兴师问罪。

宾馆老板也姓刘。了解事情经过后，他赔了钱，然后拎出孩子，追问怎么回事。

面对刘丽莺，那孩子反倒理直气壮：“你卖假货！这是个小小的惩罚！”

“哪个人说老娘卖假货？”刘丽莺暴怒，“小东西，我看你再胡说八道？”

刘老板黑下脸逼问出实情，把那把枪也搜了出来。

“可我没卖过假货呀！”刘丽莺很惊讶。她实在想不到，孩子打她家玻璃，竟是有人在背后教唆。她反复琢磨，觉得教唆孩子的那个人一定是熟人，而且私底下跟她有旧怨。

按孩子的说法，那人是进过超市的。她仔细回忆，想起来当时的场景：那人穿着环卫坎肩，口罩只遮住嘴，眉眼和胡子露在外面。她当时看了两眼，确定是个陌生人。

“是个环卫工，不认识的。太缺德了！他为什么那样做？”

“环卫工？也许以前你给他错找过钱吧！”

“不可能！我还没老糊涂呢，怎么可能错找钱？”刘丽莺转身欲走，“不行！得去调监控，把他样子找出来，去报派出所！”

“多大点事啊！”刘老板劝道，“莫说你是超市收银员，银行也有错找钱的时候。孩子打了玻璃，钱我出了。你去查查货，没丢东西就好。环卫工也不容易，多一事不如少一事。你说呢？”

刘丽莺没再言语，转身回家。她嘴上厉害，心里却也豁达，只是胡乱点了点货，却未调监控。收银台那块儿，钱匣子自动上锁的，里面分文未少，她更不担心。话说回来，如果刘丽莺当时调取监控，势必会发现录像机硬盘丢了，那她一定会报警。只不过那对警方来说，也只是一宗小小的硬盘失窃案。警方能否深入调查、查到什么，那谁也说不上，毕竟一切只是假设。

刘老板这边没收了孩子的枪。枪里的钢珠早被射光。他不知道那其实是一把仿真枪，只觉得握枪的手感极好，心中连连感叹：这年头的玩具枪，实在太精致了。

后来，超市监控硬盘丢失的事情曝光，那把枪才到了警方手里。只可惜，上面除了刘老板和孩子的指纹，再无其他。

监控硬盘的丢失使警方确立了一个基本逻辑：教唆孩子破坏玻璃，调虎离山，偷走硬盘的男人，就是电子眼杀手。他的样貌一定在超市监控内，否则他不会对监控下手。

## （三）

5年前。2005年夏末秋初，金科在滨海医学院医学遗传学专业读研三。

他身材清瘦，五官立体，成绩也不错，可惜，从大一起便患上了肾功能衰竭综合征，俗称尿毒症。这病十分糟蹋人，肾脏不能产生尿液，代谢毒物和多余水分缺少排泄渠道，使他头发日渐稀少，脸色蜡黄。

大一时，他每周固定三次去医学院的附属医院做血透，每次费用400块。一年后，他主动减成每周两次，再一年后变成每周一次。

他私自改变血透频率，本身痛苦不说，更遭到家长和医生的强烈反对，后来又被迫改回每周两次，直至三次。他本科专业是临床医学，也在此校就读，毕业时出于身体原因找不到实习医院，才被迫考取了本校的研究生。之所以选择医学遗传学，原因很简单。那个专业的导师是附属医院的副院长，能帮他省下一些看病的基本费用。这个选择有点功利，可是没办法，他这病太耗钱了。

他来自本省农村，有个妹妹叫金兰，比他小7岁。他父母建大棚种菜，收入尚可。以前，他和妹妹教育上的花费是家中开销的大头。大一开始，他的治疗费用成了大头。这个病除了最基本的透析花费，还有其他治疗费用，而且要时刻预防并发症。比钱更令父母发愁的，是孩子的未来。这个病只能年复一年透析，缺乏更好的治疗办法，什么时候是个头？孩子要遭多少罪？以后怎么娶媳妇？要想一次性解决问题，只能换肾。可是肾源稀缺，轮也轮不到他家。

金科大二那年，家乡遭了台风。决堤的洪水把周边大棚悉数推倒，菜民损失惨重，金科家也在其中。灾后，政府协调无息贷款，号召大家从头再来。正因如此，他才自己做主，降低了透析频率。

他不能进行剧烈的体育活动。为了排汗，大二时他选修中医课程，并自学推拿手艺，在黑瞎子洗浴中心找了一个搓澡的活儿。那个活儿很适合他，既能大量出汗排出体内毒素，又能挣钱，唯一要克服的是腼腆。他缺乏勇气，从没预想过自己会去洗浴中心干活儿。一个医学院学生，穿上大裤衩帮人搓澡，还要时常忍受客人问东问西，想想他都受不了。他强迫自己接受，为了活下去。

他常年戴口罩，因为他呼出的气体有尿味（氨味）。他暗示自己不是异类，只是生了病。可疾病本身就是健康的敌人，把一个病人跟一群健康的人搁一块，就是格格不入。

在校内，没有同学歧视他，但也没人真正关心他，那不是个体的错。世界处处有温情，同时又写满冷漠。倘若某个患有重症的学生身上有值得媒体挖掘的点，从而被报道出来，那么一定会有无数人去关心患者；然而更多的情形是，重症者在属于自己的苦难之路上踽踽独行。这两点都很真实，一点也不矛盾。金科理解这些。他尽力表现得合群，除去必要的看病时间，会积极参加各类集体活动。时间长了，他才发现那真的很累。不但累，而且常有尴尬发生。

比如大三元旦那次，同学们聚餐，在餐桌上玩起真心话大冒险。游戏从头到尾高潮迭起，“冒险者”涉及了在场其他所有人，唯独金科平平安安，这就难免尴尬。在他看来，那是同学们刻意回避他，疏远他，没人想听他的真心话。然而活动最后，班里最好看的女生却整蛊了他，然后向他提出问题。那个瞬间，他很激动，对整蛊他的女孩充满感激。那表示还有人关注着他，让他觉得跟大家并无疏离。

女孩的问题很简单："你什么时候不是处男的？"

那个问题带给他的窘迫，远胜没人整蛊他时的尴尬。

他红着脸抛出答案："我现在还是处男啊。"

这个答案才是游戏的最高潮，同学们都笑岔了气，尤其是女生。那一张张夸张的笑脸，在他看来满是讥讽。同时他努力劝慰自己，或许那就是游戏应有的效果吧。没有人嘲笑，不要想多了。事后他跟自己对话：你怎么了？没人问你问题，你不高兴；有人问了，你还是不高兴。这是为什么？

他不笨，很快意识到是自己活拧巴了。对学生来说，出于爱好或集体荣誉需要，有些活动可以参加，但不是所有活动都要参加。一切都应该自然而然地发生。可是他背离了性格，没有遵循自己的潜意识，试图用一个积极的形象去迎合他人，让自己显得不与众不同。

怎么会不与众不同呢？他脸色蜡黄、头发稀少，像个小老头子；天天戴帽子、戴口罩，把自己裹得严严实实；不敢喝酒，不敢吃盐，不敢对心仪的女孩表白；不能吃辣，不能打球，不能跟同学熬夜玩游戏；一个人吃饭，一个人上自习，一个人上医院，一个人去洗浴中心工作、排汗，就连上厕所也得避开别人……他的尿量太少，很多时候甚至一滴也尿不出，叫人看见实在太丢人。大学以前他有朋友，在大学里似乎没有。班里一多半女生，几乎没人主动跟他说话。男生里面，相熟的也就宿舍那几个。当他意识到自己的拧巴后，很快屈服于现实、遵循本心，彻底变成独行侠。

独行侠，那只是一种感觉：校园里男男女女，到处是人，却没人跟我相关，只因为我有尿毒症，伴生出很多臭毛病，不敢这样，不能那样。

对此，他坦然接受，没有丝毫怨恨。

## （四）

疾病无法改变季节，每个生命都有属于他的春天。

研二到研三暑假期间，金科认识了一个女孩。女孩在黑瞎子洗浴中心足浴部工作，跟他也算同事。

洗浴中心的活儿两班倒。金科只上白班，从午后2点至夜里11点。那天很热，没什么客人，人们都躲在空调间里。午饭后，金科赶到工作地点，坐在门外的电单车上看书。这时，一个女孩来到他身边。

“你怎么在这儿看书？不热吗？”电单车停放在大太阳底下，女孩很奇怪。

金科望向女孩。她穿着牛仔裤、黑T恤，个头挺拔，身材苗条，眉目神似王祖贤，看样子只有十七八岁，扎着高高的马尾，发色黑得耀眼。

“热，不过对我有好处。”金科合上书，随手擦掉额头细密的汗珠。

“能有啥好处？又不是冬天！”

金科扶了扶帽檐，一笑。

“你好怪！”女孩撇撇嘴，好心提醒，“那你接着看吧，小心中暑哦！”说完，她朝洗浴中心走去。

金科盯着她走的方向，忽然问：“你也在这儿工作？”

“啊？”女孩转回头，一脸笑意，“你也……”

金科摸了摸口罩，并未摘下，只是点点头，目送女孩进去。

第二天午后相同时间，金科又碰到了女孩。这一回，她穿着工作服。见到金科，她径直上前说：“我知道了。她们说你有病。哎呀！不是！我不是骂人，不是说你有病……哎呀……”她意识到表达有问题，连连摆手解释。

她口中的“她们”是足浴部的女工。金科已在此干了两三年，有不少人熟悉他的情况，尽管他从未主动向外透露过。

“我确实有病。”他主动承认，去缓解对方的尴尬。

“只是生病而已，总会好起来的！”女孩安慰起他来，“你要相信医学。”

“谢谢！”金科接受她的祝福，尽管祝福从来都于事无补。

“是尿毒症吧？”女孩似乎了解这个病，眼神里满是同情。金科点头。

“她们说，你是滨海医学院的大学生！”她歪着头，“来这儿搓澡，为的是排汗、排毒。”

“是的。”

“很励志啊！”女孩伸出手，“认识一下。我叫骆琪，师兄你呢？”

“我叫金科。”他在裤子上蹭了蹭，才伸过手去。他生怕手汗有异味。

骆琪注意到了他的小动作，只是微微一笑，一点也不介意。

“不好意思！”金科有点慌乱，抽回手时把书带落到地上，“刚才你说什么？你叫我师兄？你也是医学院的？”

“我啊……我才高中毕业……报考了医学院，估分是够了，可结果谁知道呢？而且……”骆琪望着自己脚尖，似有难言之隐。

“那就没问题！提前祝贺你！”

“谢谢！”骆琪的语气又欢快起来，她挥舞起小拳头，“我要去工作了。加油，师兄！”

“加油！”金科摘下口罩，用力吸了口气，望着骆琪进去。

此后半个月，这两个人频频遇见。每一次打招呼，骆琪都展现出热情的态度。熟识后，她跟金科借书。金科没有本科时代的课本，就从别的渠道给她淘来。为了表示感谢，骆琪坚持邀请他到足浴部去，说自己给他捏一次脚。尽管他扭扭捏捏不情愿，可还是拗不过她。她对金科强调自己的逻辑，她要是卖茶叶蛋的，就只能请他吃茶叶蛋，她只有这点能力。她从不担心旁观者的眼光，也不避讳人与人之间应有的距离感。她的洒脱和真诚，让金科感受到久违的暖意。

多年来因为疾病，他给自己构筑了名叫孤独的城，并沉浸其中。那儿就是他的世界。他会一直待在那里，直到干掉那该死的疾病，或被疾病干掉。自从真心话大冒险之后，他从未想过改变。然而，骆琪的出现就像一道光，照进他的世界。她每一次小小的问候，都真实地触碰着他，就像她给他捏脚的触感一样，使他觉得，原来一个人真诚的关怀和鼓励，能给一个病人带来莫大的希望。

渐渐地，他有了变化，会在一天结束时盼望着第二天快点到来，那样就能见到骆琪。作为即将研三的老处男，因为这个变化，他会突然红起脸，然后很快意识到，那其实很自然。

又半个月后，金科第一次约了骆琪。那天打听到骆琪休班，他便申请了调休。他拿着两张自助餐的优惠券，说话的样子连半点男子气概也没有。

“其实这是导师给我的……”他挠挠头顶，说着蹩脚的借口，“现在是暑假，我找不到别人一起吃，可是它们很快会过期……而且我吃东西很少，又不敢吃得太咸，所以……”

“你请我去吃自助餐？”骆琪愉快地拍拍手，“太好了！我很久没有吃肉了！谢谢！”

金科思前想后半个月的计划，表达时满身是汗，结果因女方的爽快顺利解决。

在餐厅内，金科对骆琪有了进一步的了解。

骆琪没说半点假话，她的确很久没吃肉了。对足浴部的正式员工，黑瞎子洗浴中心包吃包住。但是骆琪刚来月余，只算实习，吃住应是自理。面试时，她坦诚地告诉领导，说自己初来乍到，没钱，租不起住处，本地也没有认识的人。领导见她外形条件好，态度也真诚，便答应她的请求，给她免费安排住处，但餐费在实习期内自理。

对骆琪来说，解决了住宿问题，已是谢天谢地，吃饭相对容易解决，只要饿不死就行。那段时间，她每天只吃两顿，每顿只吃最简单的食物。

金科听她说完，心情颇为复杂，自责从未注意到她吃得那么差，同时感慨她遭逢苦难，却又是那么积极向上，每天都会带给他真诚的鼓励。虽然那份真诚不用花一分钱，他却没有从骆琪之外的其他人身上得到过分毫，父母和小妹除外。

紧接着，金科提出来一个很紧要的问题："再有不到俩月，你肯定能转正的。问题是，到时候早就开学了，你要一直干下去吗？会严重影响学业的，你只是大一新生啊！"

骆琪的回答让他震惊："收到通知书再说吧，我不是非上大学不可的。"

她语气平淡，陈述自己的遭遇："我有个弟弟，今年17岁，他是渐冻人……"

如果倾听者是一个健康的人，对疾病相关的苦难十分陌生，那么对于她的陈述，或许难以感同身受……

## （五）

洛城市是一个县级市，在滨海市东边。骆东国是个小知识分子，在洛城市文联工作，老婆费成芳是食品厂的会计。他俩生有一儿一女，女儿叫骆琪，儿子叫骆行，比女儿小一岁。这是一个温馨的四口之家，父母感情和睦、工作稳定，孩子成绩优秀、活泼可爱。然而不幸是最神秘的杀手，它想去哪儿就去哪儿，从来不挑户口本。

骆行10岁那年，性情出现了明显变化，原本好动的孩子，突然变得安静起来。他不再疯狂地追逐足球，对一切运动项目失去兴趣。他时常感到疲劳、嗜睡，扁桃体天天肿胀，声称浑身没劲儿。变化如此明显，很快引起父母注意。他们带他去县医院检查，最后在滨海确诊，骆行患上了肌萎缩侧索硬化症，生命就像被冰冻，俗称渐冻症。这个家庭的天，瞬间塌了。

"那个大科学家霍金，就是这个病。"

考虑到家属对病情的陌生，主治医生简单描述了病情可能的发展：从嗜睡、肌无力这些浅层表现，渐变为吞咽、讲话困难，直至全身肌肉萎缩，最典型的是四肢萎缩，最后发展为呼吸衰竭。医生描述的过程令人绝望，却从未提及那个清晰的结果：这病治不好。那不怪医生，他们从不吝于给家属希望。同样的，面对疾病，病人家属也不会轻言绝望，哪怕那份勇气，在疾病未来临的岁月里，很少冒出头来。

骆东国是一个爱较真的人。在治疗初期，相比于治疗方案，他似乎更关心病因。他平日里计较因果，坚信只要找到最初的病因，那么再厉害的病也能治好。事实上，渐冻症病因不明。医生没办法，只能把相关原因都讲出来。用归纳法分析，部分环境因素，比如重金属中毒，可能造成运动神经元损害；具体到行业，比如基建、高污染行业的工人，患渐冻症的风险就远高于常人。此外，病因可能跟遗传及基因突变或缺陷有关。

“也就是说，我儿子基因有问题、有缺陷？”

骆东国不接受这个结论。他平日里计较的因果都很具象，比如孩子看多了鲁迅文章容易变成“愤青”，那就把鲁迅的文章藏起来，让孩子读《小英雄雨来》。可是病因涉及基因，看不见摸不着，几乎已超越人力范畴，这可怎么办？

所有求医之路都充满艰辛。骆东国两口子带着孩子，从家乡出发，几年下来，历经滨海、上海、北京各大医院，其间花完了积蓄又借钱，甚至卖掉房产，共花费300多万元，也未能延缓孩子病情，最后又回到家乡，在洛城本地中医院长期住下，勉力支撑，给孩子做维持性的中医理疗。那时候，骆行母亲费成芳早已辞了工作，全家指靠骆东国那份可怜的事业编工资。

房子早就没了，家还在。他们在中医院附近租了个套间，然而这个家庭早就没了灵魂。家庭的灵魂不是丰衣足食，是希望。费成芳天天以泪洗面。她失去了一切，眼前只剩下儿子日渐萎缩的身体，以及厚厚的欠条。

几年下来，骆琪的内心世界也发生了巨大改变，从最初的委屈、抱怨，变成坦然接受不幸。她对家人心存感激，至少她的学业并未中断，那是爷爷奶奶坚持的结果。弟弟在外地就医期间，每逢假期，她也去医院陪床，那让她过早地见识到了人间冷暖，看清一个铁的事实：这世上的祝福聊胜于无，幸福从来不是口口声声说的那样简单，一场大病能把任何普通家庭拖进深渊。

“你弟，他现在怎么样了？”

金科没有打断骆琪的讲述，直到她主动停下，才轻轻问出一句。

“一半时间躺着，一半时间被我妈推着晒太阳。”骆琪的语气很平淡，“像个假人，早上你把他摆成什么样，晚上就什么样。过了这个夏天，他就17岁了，身体缩成一团，跟他10岁时的样子，没多大分别。”

“唉！”除了叹气，金科什么也说不出来。

骆琪却很健谈：“你说这些年下来，他体内器官应该一直在生长发育吧？可是外部机体为什么会萎缩、退化呢？里外不但不同步，而且反着来，为什么呢？我就是不理解，就是不理解啊！世上为什么会有这种病！”

金科无法回答。现在，他十分理解此前骆琪为什么说她不是非上大学不可吧。

“我的人生，在自己手里攥着呢！”骆琪吃一口食物，“5年医学院下来，要花很多钱吧？如果我能自己解决，我爸不会阻止我读书的……唉！”

“别灰心，学校有奖学金，还有很多名目的助学金。”金科鼓励她，“将来毕业做个医生，你和你家人才有出路！”

“医生……”骆琪念叨着，眼里闪出光来。

饭后，金科送骆琪回宿舍。骆琪轻快地走在路灯下，哼着歌，像一只欢快的夜莺。

金科望着她的背影，心情很复杂。原本他以为她只是一个勤工俭学、不谙世事的热心女孩。现在，她把她的故事讲出来，他才知道她面对的不幸、尝过的苦涩，并不少于他。

那个瞬间，他喉头发痒，突然很想叫停对方，然后说一句：“也许，也许我能帮你的！”可是，他连约人吃个便饭的理由都要准备半个月，又怎会有勇气说出口？他生怕那会换来一句：“你？你先管好你自己吧……”

## （六）

暑假期间，医学院食堂停止营业，只有一间小食堂对外开放，供留学生使用。一些不回家的学生以及校工，有时也去那儿吃饭，只不过价格比大食堂贵。暑假中期，金科在小食堂办了张饭卡，往里面充了500块钱。他鼓足勇气，跟食堂的每个师傅谈话，说出他的古怪要求。

他说卡是给一个女孩办的，他会带那个女孩来吃饭。他央求食堂师傅们，不管女孩打什么饭菜，都只刷她5块钱，超额的部分他会在后面补足。他让师傅们记着他的样子。他天天戴帽子、口罩，很好认。他那么做，无非是替骆琪的尊严着想。小食堂饭菜贵，他知道骆琪接受不了。可是骆琪的伙食实在太差，而且每天只吃两顿。他想力所能及帮助她，能帮一点是一点。

“不管吃啥，一托盘饭菜才5块钱？”

骆琪愉快地收下饭卡，交给金科500块钱。金科起初不肯收，两人推来推去，最后无奈收下。

金科的小伎俩仅持续了一天，就被骆琪识破了。金科红着脸，试图解释，骆琪含笑说“谢谢”。那之后，骆琪再去医学院小食堂吃饭，刷的卡都是实数。余额很快花完，她便再也不去了。

暑假末期，金科又请骆琪吃饭。这次吃饭是为正事，他要从学校里搬出去住，叫骆琪去帮忙。

“搬出去住？为什么？”

金科坦白自己的想法。他一直住校，为的是省钱，可是血透费用才是他开销的大头。他早有计划，要自制一台血透设备。有了它就能节省大笔费用，长久血透下去。血透原理很简单，就是把体内血液导出，经过带有透析器的体外循环装置，给血液脱水、脱毒，再输回体内。可是自制血透设备并不简单，除相关医学知识储备、血透经验，要购买血泵、压力传感器、加热器等许多硬件，还要自制适合自己的限流器、透析液，等等。自制设备因人而异，曾有患者凭借诸多厨房用具配合必要硬件，造出简易血透设备，自己血透，长久存活，但更多患者因自制设备不合格，或使用过程中因感染导致并发症，倒在自我救赎的路上。对金科来说，他不担心后者，他有足够的医学知识储备，所缺的仅是购买必备硬件的资金。现在，他的钱攒够了。

骆琪听完，沉默良久才道："风险不小呢！"

"是的，但我能控制风险，最主要是省钱。"金科叹息，"也许，我这辈子就是个搓澡工了！"

"搓澡工？省钱？"骆琪反问，"为什么不下功夫琢磨，怎样多挣钱呢？"

金科苦笑，说出自己的忧虑。他之所以读研，就是因为本科毕业时找不到实习医院。他担心读完研，还是面临当年那样的状况。他被疾病折磨多年，严重缺乏自信，不得不提前做最坏的打算。

"不！"骆琪突然有些激动，"你这所谓的后路，能好到哪儿去？你怎么这样呢？我只是个高中毕业生，可你不一样，你是研究生啊！你有导师——医学院附属医院的副院长！你不是攒了钱吗？可以跟他搞好关系，给他做牛做马，给他送礼物……难？丢人？不是要活下去吗？你该把精力往那儿使！那才是正事！你把关系搞好，我就不信他帮不上忙。你该做医生的！那样才能挣到钱，更好地活下去！"

"我……"金科额头冒出一层细汗。他跟导师关系并不差，可那是建立在他学业优良的基础上，远未到主动拍导师马屁的地步。他深陷在自己的世界，从未想过那样做，更未想过，眼前的小女孩能说出这番话。

"你什么你？你可以更好地活着啊！我的话很现实，不好听，是不是？现实不光精彩，还很肮脏。你得活命，只能面对！问问自己，你拼尽全力了吗？我知道你不容易，你已经很努力了，可还是太懦弱了！我不喜欢懦弱的朋友！”

此后骆琪没再说话，吃完饭默默离开。

那晚金科寻思了一夜，黎明前做出决定，撕毁了精心绘制的自制血透机械图。那张图纸曾花了他3个月时间。他告诉自己，是时候做出改变了，无关性格，只为活着。至于要变成什么样、该怎么做，他没有答案。

一周后，骆琪主动找到金科告别。半个月前她跟父亲联系，得知收到了滨海医学院的通知书。

这是喜讯，金科发自内心地替她高兴，但他不敢问对方的打算。上学？放弃？怎么选择？对骆琪来说很不容易，他明白。

开学季很快到来。金科盘算了一夜，然后向洗浴中心请假，跑去城际短途汽车站。市内每个站点，都有接站的高校志愿者。金科避开他们，痴望着从洛城开来的每辆车，希望那个身影出现。日子一天天过去，眼见开学临近，那人就是不来，金科希望成空。

她不会来了！

开学前一天上午，金科带着近乎绝望的心情，又去了车站。等了不久，突降大雨。他咬牙在雨里淋了十几分钟，想让雨水把他心里的失落冲得淡一些。他明白，骆琪要来早来了。已经空等了这么久，她怎么可能在最后一天出现？

“我理解你的选择！”他长叹一声，逃上公交车。

雨水浸入毛孔，湿气蔓延全身，生理的痛苦使他闭起眼，默默地流泪。

在学校站点下车后，他冒雨跑了几步，突然听到有人喊他。

“喂！金科！你什么身体呀！你傻吗？下雨天也不打个伞？”

金科回头，看见骆琪从另一辆公交车上下来，提着个蓝色行李箱，正冲他挥手。

他愣了足足两分钟，才跑过去，一把抓起行李箱，一把拉着骆琪，冲进旁边的川菜馆避雨。

骆琪问：“你去哪儿了？为什么不打伞啊？”

金科什么也不说，只是呆望着对方，偶尔低下头去。

“你不是不能吃辣吗？来这儿干吗？”

“哦！你也淋雨了，吃辣驱驱寒气。”

“好吧！”

骆琪打开行李箱，取出一个精致的黑盒子交给金科，盒子上印着“SONY”（索尼）。

金科拿着盒子，不明所以。

“这是最新款的游戏机！”骆琪拿出发票，“听你说过，你导师有个儿子，也在医学院上学。给他送去吧，不管人家喜不喜欢，什么事都有个开始。就说你打了一暑假的工，碰到商家搞促销，顺手买的……嘻嘻，你得给我报销！”

金科抱着盒子，什么也说不出来，半天蹦出个“谢”字。

“不客气！”骆琪轻叹一声，“咱们是朋友，是同事，同病相怜，得抱团取暖啊！”

骆琪的大学生活，仅持续了3个月。在金科看来，她离开，不全因为经济上的困难。

开学后军训。白天没空，晚上偶有集体活动，其余空闲时间，骆琪仍在黑瞎子洗浴中心打工。如果不上学，她就从实习工转正了。严格来说，足浴部不收散工。骆琪不像搓澡的金科，有一手推拿绝活，可她偏偏在那儿打散工。金科不清楚她用了什么法子。

军训结束后，骆琪收到了情书。

追求她的是个大三的男孩，叫苏云起，长得不错，一身名牌，据说是个家里有矿的主。

苏云起很有勇气。他跟着骆琪去食堂，观察她吃什么，然后打来同样的廉价饭菜，坐在她对面一起吃：“你好，我叫苏云起。这是我的情书，有空没空你都瞅一眼。”骆琪不搭理他。他跟着骆琪去教室，把骆琪身边的学生赶走，自己坐过去：“我又来了，你别烦啊。我就是看不惯那些歪瓜裂枣，跟你坐一块儿。”骆琪去打工，他跟着去洗浴中心，找骆琪洗脚：“别闹心，我不是来装大爷的，也不是来给你难堪的。我来洗脚，就是为了和你眼对眼。谁叫你不搭理我呢？”

骆琪不讨厌这个男孩，可她没法搭理他。

班里有个女孩叫孔雯，跟她聊得来。孔雯告诉她，苏云起是副班花的前男友。

骆琪获评正班花，这是公认的。副班花名叫宿怀玉，外号“宿贵妃”。她跟苏云起都是本地人，打小就是同学，高中确定恋爱关系，相约考同一所学校。当时苏云起考上医学院，宿怀玉却落榜，然后复读又复读，这才考到医学院，来看护自己的“小老公”。苏云起母亲经营药企，宿怀玉父亲是质监局领导，两家门当户对。对他们的关系，双方家人虽未挑明，却也算默认。

然而世上唯一不变的就是变化。骆琪收到情书的同一天，宿怀玉也收到了苏云起的信：“我找到了心中的理想，咱俩散伙吧。”

昨天还卿卿我我，今天就散伙？宿怀玉死活不接受。她和苏云起是青梅竹马，后来复读两年，才来到这所学校，为的是什么？怎么可能眼看情郎变心，叫别人抢走？再说，苏云起班里有宿怀玉的高中死党，能准确反映苏云起的个人情况。她相信死党的情报，苏云起大学前两年从未谈过对象，一门心思等着她呢。

爱怎么会突然消失，连个量变的过程都没有？没道理！她给家人打电话哭诉，还打给苏母，请对方出面干预。苏云起母亲也喜欢宿怀玉，可她也改变不了儿子心意。

当她亲眼看到苏云起来她的教室，大大咧咧地跟骆琪坐一块儿，根本无视她的存在时，宿怀玉才搞清楚状况，同时意识到，事情真不好办。可她就是不甘心，很快转移工作方向，将矛头对向情敌骆琪，在宿舍和教室公开叫骂。

骆琪除了解释，什么也做不了。她上这个学很不易，她给自己的规划，是大学生活务必低调。可那件事，却把她置于风口浪尖，令她无比苦恼。她打散工的事从不主动对别人说起，然而时间长了，班里大部分人都知道。对此，没人说三道四，毕竟大学生打工不丢人。可她没想到，宿怀玉很快在那件事上做起了文章。

那是十月下旬的一个周末，校园各处的宣传栏上，突然贴出来一则告示。告示上说，某学院大一某女生爱慕虚荣，表面在黑瞎子洗浴中心打工，实则从事卖淫勾当，败坏校园风气，给学校丢脸。

骆琪发现后，既生气又慌张。告示上不指名道姓，可分明就是在说她。她等到晚上人少了，才从一块宣传栏跑到另一块宣传栏，把告示一张一张撕下来。撕到一半时，一个男生默默走到她旁边，跟她一块撕。她本以为那人是金科，细看发现是苏云起。对此她只能长叹，心里默念：何必呢！

第二天晚上，苏云起把宿怀玉叫出来，狠狠扇了她一耳光，警告她别太过分。

宿怀玉捂着脸，伤心大哭："她答应你了？为那个婊子，你，你竟然打我？你会后悔的！"

回到宿舍，宿怀玉把骆琪的蚊帐烧了。

那时骆琪在上工，幸而有舍友在才避免了失火。事发后，她原本想忍，琢磨后又改了主意。她觉得忍耐就是纵容，就是助长对方的公主脾气，使对方做出更过分的事。打定主意，骆琪把事情闹到教务处去。宿怀玉得了个警告处分。

仅仅是个警告，不行。骆琪不服气，又找到洗浴中心足浴部主管，说有人抹黑洗浴中心藏污纳垢，容留失足女卖淫，还展示了告示内容。主管遂将此事上报给洗浴中心老板。

老板亲自找骆琪了解情况，明白了事情起因。按理说，学生之间的恩怨不关老板的事，但告示内容涉及黑瞎子洗浴中心的名誉，那就不能坐视不理。老板得知学校已经处分了涉事学生，便没有再找校方，而是派人直接警告宿怀玉："大学生要有最起码的道德观念，管好自己的嘴，不要无中生有，惹是生非。"

背个处分也就罢了，洗浴中心的人还上门警告，这大大出乎宿怀玉预料。在她看来，那个所谓的德育警告，分明就是威胁，而且一定是骆琪唆使。

她完全没有刹车的意思，怒气值达到了顶点。接下来，先是骆琪的自行车丢了，继而宣传栏上又贴出来新玩意儿。那是打印的图片，印着裸身女人，头像是骆琪的脸。脸旁竖写一句话：此女非但卖淫，还找来黑社会，当面威胁曝光者，无耻至极。

不用说，这事还是宿怀玉干的。它带来两个后果：宿怀玉家长被惊动，学校给她记大过处分；骆琪被洗浴中心开除。

这事过后，骆琪很快成为全校的焦点，那使她倍感压力，陷入低迷。她醒悟过来，原来被一个女人恨上是如此可怕的事。她自忖，自始至终自己都没做错。她从来无意介入苏云起和宿怀玉的感情世界，更没搭理过那个男孩。她只不过长得好看，奢望安安静静地打工、上学，这有什么错呢？

裸女告示事件，终于止息了苏云起追求骆琪的步伐。尽管大家都知道图片是技术处理的，可他的勇气还是不见了。用他朋友的话说：“咱丢不起那人。”

骆琪被洗浴中心开除，尤其是苏云起的放弃，对宿怀玉来说是莫大鼓励。她觉得自己赢得了战争的一个阶段，不能停，要继续努力，扩大战果。

她鼓动外校好友，在医学院论坛发帖。帖子内容不尽相同，意思却相仿。发帖者声称本人或本人的朋友，曾有幸光顾黑瞎子洗浴中心，亲眼见到骆琪被客人拉到小包间去。甚至有发帖者声称曾亲自嫖过骆琪。除了描述，每个帖子都附带骆琪的照片。那种帖子，论坛管理员见一个删一个，然而总也删不完。

渐渐地，骆琪背后的指指点点越来越多。人们似乎忘了事情的起因，只关心一点：医学院有个叫骆琪的美女，在洗浴中心干过。

洗浴中心是什么地方？在那种地方，一个班花能洁身自好？没人愿意相信，尤其是男生。那涉及一个很简单的心理因素：她很漂亮，这辈子我没机会得到她，那么，我就诋毁她。至少，我愿意相信她是不干净的……

## （七）

在校园内，骆琪不得不面对两个结论：她不是处女，她干过小姐。前者令她心寒，后者令她绝望。

那年11月底，骆琪突然找到金科，对他提了一个非常古怪的要求。

“今晚我们去开房吧！”

“什么？”

“今晚你和我去开房吧！”

对话发生在食堂。金科手腕发抖，连筷子都捏不住。

“开什么玩笑！”他用食物塞满嘴，强行掩饰着尴尬。

“我没开玩笑。”

“为什么？”

“难道你没有一点点喜欢我？”

“那是两回事……”

“那就是喜欢喽？”隔着饭桌，骆琪把脸凑向金科，“去，还是不去？就一次机会。”

“我知道你的事！”金科握起拳头，“我一直在琢磨，该怎么帮你。”

“跟那不相干的！”

“你说过咱们同病相怜，要抱团取暖。”

“不用你管，就问你去不去？”

金科咬牙拒绝。

“那就便宜别人了！”骆琪离开。

到底发生了什么？怎么会这样呢？那晚，金科失眠了。

他在走廊坐了一夜，抽空一盒烟，那玩意儿他以前没抽过。

3天后的傍晚，金科提着一个包找到骆琪。包里有一件新买的棉外套。

他垂着头，把包递给她：“那天的话，还算数吗？”

骆琪打开包看了一眼：“这算什么？交易吗？”

“不是的！”金科结巴起来，“就，就是天冷……其实，我有些话要对你说。”

那晚，在学校对面的四季宾馆，骆琪知道了一件事，苏云起是金科导师的孩子。这个信息，她以前真不知道。

骆琪的一系列遭遇，始于男孩的追求。一个多月前，金科得知她遇到麻烦，首先想到去找男孩谈一谈。他一打听，才发现追骆琪的男孩是他导师的儿子——苏云起。通过苏云起的父亲，他又知道了宿怀玉和苏云起的瓜葛。知道真相后，金科没了主意。他不便出面做男孩的工作，也阻止不了宿怀玉的恶意。在他犹豫不决间，事情迅速恶化，又出来“裸女告示事件”，以及论坛的诋毁帖，严重败坏了骆琪的名誉，使她难以做人。

第二天一大早退房时，金科瞒着骆琪，偷偷拿走了宾馆的床单，代价是赔了前台200块钱。

骆琪回宿舍，带着行李箱离开了学校，走得不声不响。

经过公交站时，她遇到了不想遇见的人。

苏云起骑着摩托车路过，看到她后停了车。

“去哪儿？”苏云起主动打招呼。

“回家看看。”骆琪说了谎。

“对不起！”苏云起把头盔用力砸在车把上，“她太过分了，我也想不到。”

骆琪笑了笑，登上公交车。

“下来！我送你！”苏云起戴起头盔。

车门慢慢关上，骆琪挥手，同时说：“那台游戏机好用吗？”

“什么？”苏云起挥手示意。他戴着头盔，什么也没听到。

骆琪突然不见了，东西也搬走了，金科心慌起来。他接连3天去打听，始终不见人回来。这算什么？退学？是受不了最近的连番打击，还是发生了别的事？他倾向于前者。

开房的事是骆琪心甘情愿，可他还是搞不懂为什么。他只确定一件事，骆琪真心希望他好，当他是朋友，却从未对他动情。可他就是喜欢她。作为男人，他有什么理由去拒绝喜欢的女孩主动提出开房？他不拒绝她，还有另一个原因，他不想让她失望。他知道骆琪那么做，一定有自己的道理。

那晚的缠绵，金科连一丝一毫也不敢回想。可他越是不想，那情景就越如潮涌。

他想起那晚骆琪的话：“医生说得没错吧？尿毒症病人，也可以有性生活的……”

得到后马上失去，那感觉令人发疯。骆琪离开的第四天，上午8点10分，金科冲进骆琪原班级的阶梯教室，站在讲台下。大教室内好几个班，100多名学生，加上老师，所有人都好奇地盯着他。

他眼睛通红，进门时样子很凶，像慌不择路的野猪。

“这位同学，下面有座。你站这儿是要抢我饭碗吗？”

老师打破安静，小小幽默了一把，引起一阵哄笑。

在老师诧异的注视下，金科跨上讲台，一把扯下口罩和帽子：“自我介绍，我叫金科，是本校研三的学生。我头发少，原因是尿毒症。我戴口罩，因为我呼出的气带氨味。从大一到现在，我透析了7年多。直到4天前为止，我还是个处男！”

“这小子疯了吧？”

“怕是在梦游！”

“别吵吵，看他到底要干吗！”

学生们七嘴八舌，个个兴奋。这个意外情况，比上课有趣多了。

金科用力清嗓子：“近几年，我一直在黑瞎子洗浴中心打工。今年暑假，我在那儿认识了一个女孩。”

听到“黑瞎子洗浴中心”，大部分同学都反应过来，眼前这人说的女孩，一定是骆琪。

“看吧！骆琪果然不正经，老早就有情人，居然还勾搭宿怀玉的男朋友！”

“早知道她不是好鸟！”

“漂亮也是罪！”

各种声音此起彼伏。

骆琪所在班班长主动站起来说：“你来找骆琪吗？她退学了。学校联系过她家人，后续不知道什么情况。”

“我知道她退学了！”金科声音颤抖，“她家庭情况不好，打工上学，自食其力。不怕大家笑话，我喜欢她……”

这时候，老师听不下去了：“同学，感情的事，咱私下解决好吗？你耽误我上课了！”

“给我几分钟！”金科大声说，“我来，是想告诉大家，4天前的晚上，在校外的四季宾馆，我跟骆琪开过房。那晚之前，她还是处女，就跟我是处男一样！”

教室内响起一阵哄笑。

金科从怀里掏出酒店的床单，展开擎在手里。那上面有一片殷红。

“这是我们过夜的床单！看到了吧！这上面是她的血！”金科高举床单，“你们中间某个人，可以说这不是血，是伪造的。也可以说，我是骆琪请来演戏，给她证清白的。你怎么想都可以。你有什么样的恶意，都是自由。事实是什么？众口铄金，自古不差。不久之前，在座的某人，四处张贴告示，鼓动同学论坛发帖，把一个自立自强的女孩，诋毁成人见人嫌的失足女。结果是什么？大家都知道了，她退学了！好了，我说完了。还是那句话，你们怎么想都可以。尤其是宿怀玉同学，请带着你满满的恶意，继续生存，直到踏入社会。那儿有你的舞台，也有你的坟墓！”

语毕，金科收起床单，离开，给那个空间留下一地安静。他紧握着拳头，心跳飞快。当着100多人的面，袒露自己的隐私，这是他的噩梦，可他今天做到了。他非常紧张，以至于来到教室门外，已经记不起自己说过什么。他只是希望自己没做错，希望同学们分辨善恶，看到美好。

让人欣慰的是，事后有人把当天的情况发上了校内论坛，其中最有名的一篇，叫《一个尿毒症男人的自白》。那些帖子许久未删，很久之后被骆琪看到……

演讲完，金科立即乘车前往洛城寻找答案。他在洛城中医院打听渐冻人，很容易见到了骆东国。金科谎称自己是骆琪的辅导员，告诉骆东国她离开了校园。

骆东国听了，丝毫不觉意外。“学校通知过我，可我能怎么办呢？”他试图挺直腰板，维护作为男人最后的尊严，“我儿子是渐冻人，这些年下来，这个家……一个月前，骆琪她妈突然病倒了，是心脏病。”

金科闻言，心里咯噔一下子。

“我知道，那是精神、身体双重折磨，累出来的……这些年，骆琪她妈不容易。医生说了，她那个病是能治的，我打电话如实告诉了骆琪。”

金科明白过来。骆琪退学，居然不是因为承受不住那些是非打击，而是因为母亲新添的病。她一定是出去挣钱了，再也顾不上学业。那么，今天去教室干的那件事，岂非多余？不，那是应该做的。他只是后悔，为什么不趁骆琪在校时，送给她一部手机呢？

站在病房门前，他默默长叹。他知道门内病床上躺着个被冰冻的生命。那个生命17岁了，样子却跟10岁时没什么两样。他很想推开门，亲眼看看骆行，可是终究没有推开。现在的他料不到，将来他会为此深深自责。

大半年后，金科顺利毕业，经导师推荐，进入医学院附属医院生殖中心，在胚胎实验室工作。从那时起，他终于做到了透析自由。哪怕疾病没有尽头，但终归能活下去。活着，才有希望。他感谢导师，更感激骆琪。他能得到推荐，绝不仅因为那台游戏机，但那台机器是一个开始。没有它，他根本不知道该怎么跟导师建立更为良好的关系。

工作后，他又去探望过骆东国，顺便打听骆琪的情况。

“除了寄钱，她很少往家打电话，也很少回来。”这位父亲表情冷漠，不停地叹息，似乎不愿提及女儿。

金科请老骆吃饭，对方拒绝了。他又索要骆琪的联系方式，老骆说没有。金科勉强不得，无奈留下自己的地址、电话，请对方转告骆琪。此后很久，他从未接到过骆琪的电话。他估计骆东国压根儿没帮他转告。

金科工作一年半以后，2007年的冬天，骆琪突然出现在他的办公室。

那太令人意外了。头一眼他几乎认不出她。当时，骆琪穿一件黑色长款羽绒服，脚蹬短靴，没化妆，发型跟从前一样，只是眉眼间添了许多成熟。

金科强忍激动，要带她去吃饭，叙旧。他大脑空白，不停偷看她，连她的来意都不敢询问。他以为自己有很多话要说，然而四目相对时，却一句也说不出来。

“还不到饭点呢！”骆琪很淡定，仿佛两人只分隔了一天未见。

她从包里拿出一份血液样本，交给金科。

金科很快知道了对方来意。骆行去世了。骆东国两口子决定把儿子的器官捐出去，那样就等于骆行仍在人间存活。

事实上捐器官这事，骆东国两口子的亲戚、朋友意见都很大。他们认同把器官留下，但不能无偿捐赠，应该卖掉才对。人有心、肝、脾、胃、肾那么多脏器，还有眼角膜，能卖好多钱的。他们那么想无可厚非，骆东国两口子可欠着他们钱呢。

这时候，骆东国古板的脾气爆发出来，任凭别人怎么劝，也初心不改。器官是儿子的一部分，捐出去，留个念想，就像儿子还活着一样——意义就在于此，坚决不能把它搞成生意。卖出去？那不等同于让别人花钱，买儿子的命吗？债主们拗不过他，只能骂他虱子多了不怕咬。

骆琪尊重父母的决定，并且头一个想到了金科。她带来骆行的血液样本，跟金科做配型，至于能否配上，那就看天意了。

有些事，似乎就是命中注定。金科跟骆行配型成功，他不但得到了两个健康的肾脏，而且是无偿。从那时起，他心怀愧疚，深悔当年在洛城中医院时，没推开病房那扇门，看一眼骆行……

## （八）

2009年5月28日端午节这天，金兰乘客车前往滨海，去看望她哥哥金科。

那年金兰21岁，模样标致，亭亭玉立，是个人见人爱的姑娘。她在邻省A市某艺校读书，再有一个月就该毕业了。这次去滨海，她带了个天大的好消息，要给金科一个惊喜。

2007年年底，金科开了大运，得到骆行的肾，从而重获新生。除了不定期注射一些排异药物，他已与常人无异。那次肾脏捐赠，走的是红十字正规手续。移植成功后，在外人眼里，事就算完结了，可是金科不那么想。完结？那太没人性了。这世上，没人比他更清楚骆家这些年的遭遇。骆行人没了，留给家里一箩筐欠条。实际上那个家也没了，能卖的早已变卖，而且骆琪母亲费成芳因心脏病，还不定期去医院治疗。为此，骆琪当年不得不终止学业。

一句话，骆家太需要钱了。

这些内情，他一样也没隐瞒，统统告诉了家人。金科父母知道后，拿出来两万块，可是骆东国不收。金科父母再三强调，只当表示感谢，那不是买肾的钱，再说两万块也买不到。费成芳收下了钱，骆东国却给人家打了欠条。金科父母无奈极了。实际说来，骆东国欠钱无数，就算余生统统拿来还账也不一定够。可他就是那么个人，一码归一码。

两万块钱的事，强化了金科兄妹的信念，他们将竭力回报骆家，但不是直接把钱给骆东国（那样骆东国还会打欠条或干脆拒收），而是通过骆琪转手去偿还那份恩情。

2008年年底，金科把骆琪约到医院宿舍，将攒了一年的钱交给她。骆琪果然不收。

金科不急不恼，早有准备，先是讲起道理，说自己的命是骆行救的，眼见骆家困难，不可能不管。

骆琪很为难，她想起骆东国古板而阴沉的脸，只能拒绝。有些事，她没法告诉金科——那时候她早已做了小姐，是相思按摩店的头牌，每个月都寄钱回家，可她忘不了骆东国看她的眼神。

当年退学后，她急于赚钱，从原先洗浴中心的朋友手里拿到一个广告，远赴泰国，去做了卵妹，卖了一次卵，拿到一万多块钱。

拿到钱时，她不知道自己被坑了，急切地赶回家，把钱交给骆东国。

出租屋内，骆东国盯着那沓钱看了半天，一句话没说。父女相对，任由沉默啃噬。

后来，骆东国进到里屋，斜眼望着屋外的女儿："你哪儿来这么多钱？"

骆琪不吭声。

"你小小年纪，退学才一个来月，有什么本事挣到这些钱？"

骆东国说话总是哑着嗓子，低沉、缓慢。在骆琪听来，那声音比任何大嗓门的质问还要刺耳。

"怕是脏钱吧？"骆东国顿足，"你就不能学点好？你以为你妈愿意拿这些脏钱，给她和你弟治病？"

"不脏！"骆琪背起包就走。

她实在不忍心告诉父亲，那是她被人"安排"去泰国，卖卵得来的钱，那会让病床上的母亲承受无尽的悲伤。

"不脏？那你说哪儿来的？万事总有个因由！"

骆琪一只脚踏出门外："脏钱指什么？卖淫？卖淫的钱就不能治病？"

"有本事你就去卖！""咣当"一声，骆东国关上里屋房门，"你看我用不用你一分钱！"

"不是给你用！是给我弟和我妈！"骆琪倔强的声音穿过门缝，狠狠钻进骆东国的耳中……

后来她真的做了小姐，往回寄的钱越来越多。

那些钱带给骆东国多大的耻辱感，他又是如何在两难下克服心魔，把它们送进医院，或者用它们抵掉一张张欠条，骆琪不想面对，也不敢面对。她极少回家，一直在逃避……

骆琪回想往事时，金科拿出一套工具。“我理解你父亲，他是男人，总有尊严，他只是不想把事情搞成一桩买卖。可是，你家的确困难，你就把它当成你的收入，过过手，转给他。”金科是认真的，他一边说，一边打开工具包，把手术刀、消毒液、止血钳、麻药等医用物品摆上桌面，“不收也可以，我就把肾挖出来，还回去。取肾死不了人，可是医院不可能这么做，我只好自己动手，完事后你得送我去医院。”

望着手术刀的寒光，骆琪默默收起金科的卡。

那时候，金科跟骆琪很少见面。但接触几次，观察下来，他当时似乎已能猜到，骆琪做了小姐。那令他心情无比苦涩。

他理解骆琪干小姐的动机，只是不清楚她是如何走上那条路的。

他俩之间，有大段空白。从2005年11月底骆琪退学，到2007年年底金科换肾，两年多时间，他们从未联络。

那段时间，骆琪身上发生过什么？金科并不知道……

金兰跟他哥很默契。金科透析了八年半，承受了太多痛苦，她再清楚不过，现如今病好了，当然不能知恩不报。她即将毕业，也要努力赚钱，去报答骆家。坐在去滨海的客车上，她一边琢磨心事，一边吃粽子。时值中午，客车行在昌平路上，再有大半个小时就该到站，谁知却突然出了故障，趴窝了。

司机匆匆下车检查，忙活半天，没找到故障原因。乘客们等得不耐烦，埋怨声四起。司机好言好语解释，最后退给乘客每人10块钱，让大家下车。

客车趴窝处已在滨海境内，离小西关尚有几公里距离。

下车后，乘客四散，有的站在路旁等客车，有的寻出租，有的闷头朝前走。金兰本想打电话叫金科来接，接着改了主意：已经到了滨海地界，还是自己想办法吧。都这么大人了，没必要麻烦哥哥。

她活泼好动，不在原地傻等，背起包顺着昌平路前行。大约十来分钟后，一辆客车从西边驶来，她急忙招手。客车停下来，没开门。

司机起身来到右侧窗前大喊："我这车实在太满了，你们等下一辆吧！"

"你们？"金兰这才注意到旁边还有几个人。

她皱起鼻头，想：一定是刚才下车的乘客把车塞满了。早知这样，就该老老实实在原地等着。

十几分钟后，又一辆客车经过，还是客满。金兰不禁焦躁起来。

这时，从西边驶来两辆出租车。她紧跑几十步，远远地迎上去，截停了一辆。坐上出租车后座，报上目的地，她心里终于踏实了。

司机是个40岁左右的男人，肤色偏黑，长相憨厚。金兰从后视镜看了他一眼，等着他问东问西。可是那司机却不多嘴，阴着脸，只顾闷头开车。

金兰乐得清闲，开窗吹了一会儿风，随后取出一个天蓝色的化妆盒。化妆盒是圆形的，很精致，正面贴着她的大头贴。

她打开盒子，对着里面的小镜子左顾右盼片刻，又拿出眉钳整理起眉毛。

她心情极好。这次来滨海，她要亲口告诉哥哥，她被航空公司录取，很快就要当空姐了。

金兰在A市所读的艺术专科学校，只是一所大专，就业没有优势。然而，学校今年不知动用了什么关系，搞出来一个大动作，竟拉来一家航空公司，破格招收两名空姐。那个消息让毕业季全体女生沸腾，报名者千人以上，竞争极端残酷。历经初选、复试、终审、体检、政审等多个环节，一轮又一轮比拼下来，金兰跟另一个叫葛菲的女孩成为那两名幸运儿。等拿到毕业证，她和葛菲就该进公司培训了。

这个结果，今年3月份就定下来了。金兰一直憋在心里没告诉家人。她就是想让家人，尤其是金科，在她的就业问题上再"多愁一会儿”，等到毕业前亮出底牌，那才叫惊喜呢。

空姐，多么美好的未来啊！坐在出租车内，金兰操作着眉钳，尽情展开想象，仿佛已置身云端：到时候挣了钱，每月留多少呢？留一半吧！其余的都交给哥哥，让他通过骆琪转交给骆东国，去报答骆行的救命之恩。说起那个骆琪，听哥哥的描述，多好的一个姐姐啊！她现在做什么工作呢？好想见到她。如果她能跟哥哥在一起，那该是一件美事吧？唉！可惜哥哥比她大6岁呢！呸！年龄算哪门子距离啊？

“吱——”车子急刹车的声音，打断了金兰的思绪。

那个急刹车的瞬间，犹如慢镜头，在她此后短暂的人生中多次回放：化妆盒脱手，砸上窗框，落到窗外；后座上的背包飞起来；她身体急向前倾，脑袋拱到驾驶室后面的隔离护栏上，撞击声清脆、响亮；不锈钢眉钳的前端，狠狠刺入她右侧眉毛上方的皮肤，而后，眉钳随同血滴在阳光中抛飞，落下。

她不知道当时自己是否惊叫，只清晰记得后来跟司机的对话。

急刹车之后，车子仍在行驶，只是速度锐减，黑脸司机终于开口了。

“对不起！你怎么了？啊！你流血了？你没事吧？”司机接连问话，却不见她回答。

金兰顾不上疼，第一反应是照镜子。她没找到化妆盒，只好隔着护栏从后视镜里看。

她一眼就看到了脸上的伤口：右侧眉骨上方，长度约3厘米的皮肤破裂，血糊糊一片，不知是否伤到骨头。

看到伤口，她立即意识到一个天大的后果：天啊！我破相了！破相？破相？破相就当不成空姐了！

念及此，她的脑袋“嗡”的一声，仿佛李元霸的擂鼓瓮金锤从天而降，正中脑门。

“哇！”金兰大哭起来。

“很疼吗，小姑娘？”司机慌了神，“别哭。我……我先停车。”

金兰泪如雨下，呆视前方，感觉不到一丝疼痛。

司机停了车，转身观察伤口：“破了块皮，问题不大！你放心，我，我赔钱！我送你上医院，前面西关很快就到！”

哭泣转为无声。

司机取出纸巾，隔着防护栏递过去。

金兰没反应。

司机叹口气，下车打开后座车门，帮女孩擦拭伤口。

第一张纸巾沾了血，不小心滑落，擦过金兰鼻尖，粘到了唇上。金兰全然不觉，任凭那纸巾挂在嘴边，犹如一尊被贴了符的僵尸。

“实在对不起！”司机拿下金兰嘴边的纸巾，丢到车外，又抽出一沓纸巾，轻手轻脚地擦起来。

他一边擦，一边苦着脸抱怨：“唉！我不该突然急刹车！都是那个该死的电子眼啊！整条路限速80，到它这儿，非得30……”

他所说的电子眼，正是小西关的三号电子眼。

“唉！路我熟啊！规矩我能忘吗？”司机抬袖擦汗，“也怪我……昨晚睡得太少，出车又太早……一上午没精神，脑子直迷糊……也不全怪我啊！昨晚孩子他妈上夜班，我得陪孩子写作业。他娘的写到十二点，完了我还得检查……我查到一点半……咱不检查作业，就要被老师责骂！被责骂不要紧，就怕孩子在学校……对不起……”

# 第四章　蝴蝶效应（续）

## （一）

2010年4月12日晚至4月18日晚，熊万里包夜一周。每天零点到早上六点，他都应该搂着骆琪，美美地睡觉。然而，事情还是出了一点波折。

4月16日晚，他喝酒到后半夜，回去晚了。

4月17日晚，他跑夜车送货，天亮前才赶回去。尽管骆琪极不情愿，可还是按他的要求，去了宾馆，陪宿到中午。

4月18日晚，后半夜他继续跑夜车，电话提出无理要求，叫骆琪去房间等他。骆琪强烈不满，把包夜价提到1500元。第二天早上回去，他没见到骆琪。他很不开心，一觉睡到天黑，起来吃过饭，找到相思按摩店中。在店内，他没找到骆琪。

“老娘正要找你呢！昨晚她不是跟你在一起？”陈姐跟熊万里要人。

“没，没在一起！”熊万里结结巴巴，“昨晚，我开……开……开夜车，送货去了。加了1500块，和她约好，叫……叫她在房间等我。天……天亮我回到宾馆，没……没见到人。打她电话，也……也不接。她还……还……还欠我一晚呢！”

“真的？”

“必……必须啊！不信，你……你……你去问宾馆老板。今早我……我回去，他……他看……看见我了。”

“滚！”陈姐挥起苍蝇拍，打发走熊万里。

她很焦躁。那天午后，她像往常一样找骆琪吃“早饭”，打了好几个电话，无人接听。后来她去骆琪的出租屋，发现人不在。

“人去哪儿了？”她很纳闷。

无缘无故，人不见了，不是骆琪风格。

往常，不管去哪儿，骆琪都会跟她说一声。

“难道是有什么急事？”陈姐宽慰自己，“那也不能不接电话呀！”

一般情况下，按摩店或洗浴中心的小姐不见了，老板很少当回事，只当是转了场子，最多打电话问一问，很少上门去找，更少有人报警。正因如此，沈氏兄弟才把魔爪伸到小姐身上。可是陈姐和骆琪的关系比较特殊。骆琪不见了，她绝不会不当回事。可她终究没选择报警，决定等几天再说。

往后的日子里，熊万里再也没碰到过像骆琪那样让他满意的姑娘，他很怀念她。他当时还不知道，很久以后，他还会再见到她……

熊万里蹲过看守所。自2009年4月初到2010年4月初，他服刑一年整，罪名是盗窃，以及敲诈勒索。

法院档案里记载，2009年3月下旬，熊万里伙同一个叫冯子君的女人在邻省A市整仙人跳，敲诈了9900块。被敲诈人叫楚援，是个经营渔具的老板。楚援报警3天后，熊万里带冯子君前往派出所自首，主动交出钱财，并得到了楚援的谅解。从犯冯子君犯罪情节轻微，免于刑事处罚。熊万里作为主犯，因自首本应从轻处罚，却又被警方查到盗窃行为，在看守所关了一年。

对公检法系统来说，那案子小得不能再小，可实际上，它背后另有隐情……

## （二）

2009年3月，金兰所在艺校的葛菲，经过层层筛选，通过了某航空公司的空姐选拔。

葛菲那年20岁，比金兰小1岁。她们同校不同班，彼此仅有的交集，是共同参加、通过了空姐选拔。

葛菲家在滨海市，家庭条件很好。她父亲叫葛云辉，那年44岁，名下有薪火生殖医院和星火儿童福利院两份产业，前者是独资，后者跟区民政局合办，费用方面他出九成，民政局出一成。此外，葛云辉还是一家物流公司的股东。她母亲叫关秀娥，早亡，继母叫山下纯子，日本人，比葛云辉小6岁，是星火儿童福利院院长。她还有个弟弟，叫葛承祖，小名承承，比她小13岁。

葛菲的成长环境极其优渥，可她却异常叛逆。自初中始，葛云辉给她立下规矩，不得早恋。她不但不听，还故意把收到的情书带回家，放到父亲的书房。葛云辉见一次撕一次，附加以严厉教训，除口头责骂，还削减葛菲的生活费，然而没半点效果。

高中时，葛菲变本加厉，学会抽烟喝酒，天天跟男孩子混在一起，在学校名声极差。为此，葛云辉没少开家长会。开一次，就被老师狠狠教训一次，然后回家，把情绪发泄到女儿身上。唯一让人欣慰的，是葛菲成绩不错，高三时还能保持班级前十，考个一本问题不大。正因这一点，她才没被学校强制转学。葛云辉明确要求葛菲报考医科院校，将来帮她找关系进医院，再督促她早早嫁出去，那样做父亲的就省心了。他早接受了一个事实，他管不了女儿。

管不了也得管，他是父亲。然而，更让他糟心的事儿还在后面。

高考前，葛菲给葛云辉打电话摊牌，说要考警校，警告他别多管闲事。

“不行！女孩子考什么警校？必须考医学院！以后的事，我都给你安排好了。”

“安排个屁！我的人生我做主。”

“由不得你！”葛云辉的口气，像要把电话吃掉，“你这脾气，进体制也是被开，给老子丢脸！好好考你的试，剩下的别管！”

葛云辉不想发火，也想心平气和地跟女儿谈，可他知道那根本没用。这些年过去，该用的招早用过了。实际上，他平素冷静、寡言，可是一到女儿这儿，他就忍不住发脾气。他实在没有更好的法子。

那通电话过后，葛云辉没意识到，他又说多了。

葛菲在那头一听，就知道要坏事。什么叫“好好考你的试，剩下的别管”？那明摆着葛云辉会干涉她填志愿。也就是说，她本人填什么都没用，事后葛云辉肯定会找关系，在可修改期限内把志愿改掉。

高考很快到来。

葛菲的脑回路一般人理解不了。她缺考一门，成绩低得可怜，勉强达到专科分数线。缺考没有原因，就是故意。

她知道，一旦考出平时的成绩，肯定会上医学院，那不是她的理想，那是父亲的想法。怎么办？再跟父亲商量？扯淡！该谈的早谈了，双方都是堡垒，谁也攻不下谁。她想出的最好法子是考不好。怎么考不好呢？故意空题，或把题目做错？那很简单。可是，空题、错题再多，葛云辉也不能亲眼看到，难以相信那是她故意为之，只会认为她发挥不好。相比之下，唯有堂而皇之地缺考，才是对父亲专制最有力的反击。

事实无法否认。这些年来，葛菲刺儿头不假，可是唯一不让葛云辉操心的就是成绩。考最后一科时，葛云辉像其他家长一样等在学校门外。他不像别的家长那样紧张，他只是在做该做的事，表达父亲对女儿最基本的关心。他很轻松地散步，却冷不丁看到了葛菲。

葛菲远离人群，靠在学校围墙上抽烟。

葛云辉看了看表，皱起眉头走过去：“这么快就出来了？”

“哼！压根儿没进去！”

“没进去？”

“不想考，没意思。”

“你……”葛云辉忍无可忍，一个耳光抽过去。

葛菲丢掉烟头，走开。她成功地让父亲目睹到她的“故意”，并从中体会到快意。她就是跟葛云辉作对，让他明白，她的人生别人无权干涉，也干涉不了。

由此，葛菲进入艺校，开始了一段自生自灭的生活。

除了定期打基本生活费用，葛云辉不再管她，也不和她沟通。可他想不到，3年后，葛菲竟通过了某航空公司选拔，给自己开辟了新的前途。葛菲通过选拔的事，压根儿没告诉家里，消息是通过葛菲同学的父母传给葛云辉的。那一刻，他由衷地为女儿感到高兴。然而那件事，很快又出现了变数。

2009年3月末，渔具老板楚援约葛云辉见面，说有急事。

楚援三十来岁，又白又胖，买卖不大，社会上的人都喊他一声“楚公子”。

为什么这么叫？原因一，他没变胖前，长相颇为秀气。当年结婚时，他穿了一套古装，模仿《倩女幽魂》中的宁采臣，浑身上下散发出浓浓的古代书生气质，观者无不叫好。原因二，他父亲是开发区领导，他打小养尊处优。像他那样的男人，按说会处处拈花惹草，偏偏他老婆家族势力也不小，对他看管甚严，硬生生给他打造出一个好男人形象。他对政治没兴趣，父母也不强迫，任凭他自由发展。他自食其力，现如今经营一家规模不算大的渔具专卖店。

他跟葛云辉算不上旧识。3年前，经朋友介绍，他去葛云辉的薪火生殖医院做试管婴儿，两人由此相识。他俩都爱好钓鱼，从此成为钓友。

两人见面后，楚援掏出一张学生卡，学生卡上写着葛菲的名字。

“是不是你女儿？”

楚援指着证件上的照片，语气颇为焦躁。他认识葛云辉3年，去过几趟葛家，从家庭合影照上见过葛菲，但没见过本人，也不知道她大名。别说他，那段时间，葛云辉一年里也见不到女儿几次。

葛云辉点头：“哪儿来的？”

“坏了！晚了！”楚援把学生卡拍在桌上，使劲搓腮帮子。

“怎么回事？”葛云辉不明所以。

楚援飞快讲述了事情本末。

昨天他在邻省A市，想趁出差的机会偷腥，可是一般的失足女他根本看不上，一心琢磨，要找个女大学生耍耍。当时天还没黑，他在外面闲逛，无意中来到一所艺校门前。他在那儿站了一会儿，眼见青春靓丽的女孩们出入，心里痒得不行。后来，当他要离开时，一个小伙儿走到他跟前，问他要不要女孩。那小伙儿个头不矮，精瘦，染一头黄毛。

楚援怀疑对方身份，想走。

黄毛紧跟：“老板，这儿没钓鱼执法的。我是艺校学生，就想赚点外快。”

楚援再次打量，见对方的模样跟警察不搭边，小声问：“有没有大学生？”

黄毛拍着胸脯：“一水的大学生，都是这个艺校的，包你满意！”

“算了！”楚援还是感觉不靠谱，转身就走。

这时黄毛掏出一张照片递上去。

楚援只看了一眼，就再也挪不动步了。

“漂亮吧！这可是真人照！我这儿不止她一个……”黄毛收起照片，“老板，你也可以从酒店找。我保证那些都是水货，没一个大学生。”

“必须大学生，不然不要！”

“必须！都有证的！”

复述突然被打断。葛云辉抓起学生卡，一把揪住楚援的衣领，把他从座位上拎起来：“你他妈睡了我女儿？”

“没有！”楚援打开对方的手，“你误会了。我遇到了仙人跳……”

“仙人跳？你说葛菲……”

楚援点头：“当时，我让黄毛安排女孩，跟我回酒店。他说酒店不安全，他们自己有房子。那是一套两居室，条件还不错。我进去后没多久，女孩，哦，葛菲来了。后来就不用说了，刚脱了衣服，黄毛闯进房内，给我拍了照……”

黄毛手持拍立得，拍下楚援和葛菲的裸照合影。楚援慌了，一边穿衣服，一边暗骂自己大意，中了两个小鬼的招。

黄毛对自己的作品很满意，举着照片给楚援看了一眼，迅速收回，装进口袋，然后寻找楚援的身份证。他搜遍楚援衣服的所有口袋，没找到。

楚援的手包在床头柜上，里面有1500元现金。葛菲迅速穿好衣服，打开手包，随摸随扔，把名片、单据、银行卡、房卡、洗浴卡、健身卡等，统统丢在地上，把现金和身份证交给黄毛。

“只要1万，还差8500元。”黄毛用手机拍下身份证，然后威逼楚援，“穿衣服，取钱。别报警，不然照片会到你老婆手里。”

“我没那么多！”楚援挣扎。

“扯淡！没钱还住这么好的酒店？”黄毛从地上捡起房卡。

“给钱可以！”楚援吐出一口闷气，“先把照片给我！”

“想什么呢……”

不等黄毛啰唆下去，葛菲上前，抡圆胳膊，左右开弓，给了楚援四个大嘴巴子：“你逛菜场呢？收拾东西，取钱，滚蛋！”

“我他妈……”那几巴掌把楚援扇恼了，他从小到大从没挨过揍。

“你他妈想咋办？”

楚援怔住。

除了忍着，他什么也做不了，只能紧咬牙，胡乱收起地上的东西，跟黄毛出门取钱，然后灰溜溜离开，当夜返回滨海。

回家后躺床上，他眼前一直闪烁那几个大嘴巴子。那一夜，他越想越气，嘴里全是燎泡。他喉咙发甜，以为自己肝火太旺，要吐血，其实并没有。

楚援对着墙骂了一整夜，天亮后横下心，冲出家门，去派出所报警。

做出这个决定前，他曾考虑过，要不要找几个社会人解决这件事，但很快否定了。找人不难，怕的是人多口杂，万一事后传出去，那就很麻烦。他只有一个底线，事情不能让家人知道，尤其是老婆。跟社会人相比，他更信任警察。警察有保密义务。聪明人总会选择最稳妥的法子，蠢货才横冲直撞。不管从哪个方面说，报警都是最稳妥的。他要让那两个狗东西遭受惩罚，最好是刑事处罚。他为此付出的成本，最多是嫖娼未遂，受到一点点行政处罚。

在派出所，楚援简述了事情经过，却忘带身份证。接待警察终止笔录，叫他去拿。他匆忙回到车上，从手包内找到证件，连同取款票据，回去补充笔录。

警察问他，能不能凭借记忆，找到案发现场，或者案发现场所在小区。

楚援只记得现场在三楼，不知具体位置，毕竟他不熟悉路况，当时是黄毛带路。至于小区名字，他当时情绪复杂，压根儿就没留意。但是他提供了一个细节，那小区对面就有取款机，他从那儿取的钱。有这条信息，事就好办了。警方会通过银行，确认取款机位置，从而找到小区，再进一步查找仙人跳现场，直至抓获犯罪嫌疑人。

笔录最后，警察再三询问，事情是否属实，那让楚援火大。被拍了裸照，损失1万块，还挨了几巴掌，不属实谁一大早来派出所？

属实就行。警察答复楚援，1万块是个坎儿，到这个数就算敲诈数额巨大，案子当天就能立，嫌疑人刑责没跑，只是异地办案要走程序，等抓到人后会通知他辨认。楚援很满意，临走要求保密。民警不吭声。他无奈亮出父亲身份，人家才同意。

取款小票作为证据，留在派出所。回到车上，楚援把身份证放回包内时，竟意外发现了葛菲的学生卡。那真是一个巨大惊喜，接下去只需把卡片交给警察，事情就完结了。好在他越看照片越觉得眼熟，再加上卡片上的名字对照，才意识到情况不对，只可惜早在案发现场面对葛菲时，他没能反应过来……

“这卡片塑料封皮，夹在我那沓名片里，很显眼！”楚援对葛云辉复述，“在仙人跳现场，你女儿可是霸道得很，把我包里的东西扔一地，除了钱和身份证。我估计，学生卡是她不小心遗落到地上的，跟我的东西混在一起，被我胡乱捡起来，放进了手包里……”

葛云辉又气又惊。气的是葛菲胆大包天，竟干起违法勾当；惊的是楚援报了警，让事情难以收拾。

“别急！”楚援安慰他，“我当你是朋友，才来找你。换作别人，我早把学生卡交出去了。警察说了，异地办案要时间，事情应该还有转圜余地。当然，这不表示我能咽下那口气！”

“我知道你咽不下……”葛云辉不啰嗦，“当务之急是解决问题。你说怎么转圜？撤案？”

“撤案怕是不好办！警察为什么再三向我确认是否属实？”楚援叹气，“报假案我得负责任。再说，你叫我怎么圆？去跟警察说，我一大早喝多了，还是说我认识你女儿，她跟我开了个小玩笑？”

## （三）

派出所突然给楚援打来电话。他们联系了A市警方，得知本周内，那边还有两宗同类型的案子，报案人都被敲诈了5000块。受害人跟楚援一样，都是在艺校附近上钩的。他们对敲诈者的描述，都集中在那个男青年身上：黄毛，高个，精瘦。由于敲诈数额不大，A市警方尚未投入精力，案子扔在那儿快一周了。派出所认为敲诈楚援的黄毛，跟A市那两个案子的男青年是同一人，叫他尽快去派出所一趟，补充更详细的嫌疑人面部特征。

楚援把手机扔在桌上：“得！还有两起，人家并上案了。现在，就算我愿意承担报假案的责任，谎称没那回事，也糊弄不过去了！”

“你已经很够朋友了。”葛云辉紧锁眉头。

多年来，以他对葛菲的了解，女儿的叛逆，主要表现在父女关系层面，在别的事上还能遵循底线。现在，他意识到自己错了。事实证明，葛菲正慢慢滑向生活边缘，也许不用多久就会彻底陷落深渊。在这个节骨眼上，作为父亲，怎能袖手旁观？

他必须拯救女儿，尽管当下他心里有很多疑问。

葛菲怎么会整仙人跳呢？而且很可能不止一次。缺钱？她的生活费是定量的，但远高于一般家庭。更让人费解的是，本月（2009年3月）初，葛菲刚做完体检，通过了航空公司选拔，怎么会在本月末就干出违法犯罪的勾当？那不是自毁前程吗？难道她认为，所有被敲诈对象都是软柿子，任其拿捏，不敢反击，更没人敢报案？多可笑的认知。不对，她身上一定发生了什么。

葛云辉和楚援反复商量，都认同要找个律师，除了必要的法务咨询，他们期待对方能有解决办法。

楚援推荐了一个人，并立刻约其见面。

那人叫娄东伟，有自己的律所，具有极其丰富的刑事诉讼经验，在本地很有名气。楚援跟他也是钓友，两人之间没有业务来往，他们是在楚援父亲的饭局上认识的。

娄东伟很快赶来。这人不到40岁，一米六出头，极瘦，走路轻得没声，可偏偏生了个大脸盘。他喜欢戴墨镜，除了上庭一般不摘。摘下来，他那双小三角眼就露出来了，贼亮贼亮的。

葛云辉对此人第一印象不好。他不喜欢戴墨镜的人，尤其是跟他谈事的人要是戴墨镜，就更令他不爽。他有自己的理由：眼睛是心灵的窗口。谈事不露眼，遮遮掩掩，叫人怎么揣摩真实意图？

葛云辉没来由打了个喷嚏，喷了娄东伟一脸。

娄东伟撇撇嘴，摘下墨镜擦拭。

看到娄东伟那对小三角眼，葛云辉立刻想到几个词：狡黠？老到？智慧？贪婪？好色？不管是什么，他心情都好了一点儿。至少，他已经明白眼前这位戴墨镜，不是为了装，因为人家的眼长得的确不大好看。

相互介绍后，娄东伟静听楚援讲述事情经过，中间一言不发。

听完，他说："5000元，累犯，事都不大，我出面，交罚金就能了。1万是个坎儿，最少3年，哪怕比这少1块钱，也要好办很多。”（本案事发时间2009年。2013年4月《最高人民法院、最高人民检察院关于办理敲诈勒索刑事案件适用法律若干问题的解释》，把敲诈数额巨大的下限，从1万元调整为3万元）

葛云辉不言语。他对对方的话十分不满。

“那就搞清楚谁是主犯。”娄东伟脸上波澜不惊，“如果你女儿是从犯，处罚还会轻一些。”

葛云辉还是不说话。

娄东伟微微一笑：“葛总，你想怎样？”

葛云辉站起来：“你说个数。我女儿不能坐牢，1分钟也不行！”

“不是钱的事。时间紧迫，你先去搞清楚，她是不是主犯。”

娄东伟说完，直接走了。

葛云辉看向楚援：“这人靠谱？”

楚援说：“我不知道他能办到什么程度。但在滨海，换别人，怕是很难比他办得更好。”

葛云辉有数了，再次向楚援口头致谢。这是因为事发突然，他没有准备，总不能把身上几千现金塞给人家，那样他没面子，对方也不可能收。

“忙你的去，别提谢字。只要你女儿没事，给我当面赔个不是就行。”楚援早坐不住了，就此离开。

现在是上午11点。葛云辉不敢耽误，驱车前往A市，两小时后赶到艺校。

“来学校门口！”他直接拨通葛菲电话。

“你来干什么？”葛菲很意外。

“别废话！来门口！立刻，马上！”

“我有事！”说着，葛菲就要挂电话。

葛云辉急了：“你不过来，老子就报警让警察找你！”

“有病吧！”葛菲挂断电话，半小时后出现在葛云辉面前。

葛云辉命令她上车。几分钟后，路虎停在附近一家酒店的停车场上。

“什么事？”葛菲斜视窗外，语气很冲，就差说“有屁快放”。

“你学生卡呢？”

葛菲愣了一下。很明显，在此之前，她还没发现自己的学生卡不见了。

“黄毛是谁？”葛云辉直奔主题，“你们作死？昨天搞仙人跳，敲了1万块！人家报警了！下次老子见你，得去看守所！”

葛菲飞快地眨眼，消化这突来的消息。

葛云辉一看她表情，就知道确有其事了：“就问你一句话，你俩谁是主谋？”

“关你什么事！”葛菲的冷漠一如往日。

“你到底想怎样！”葛云辉一拳头捶在喇叭上，“缺钱？成心做给老子看？”

“操！”葛菲不多言，推门下车。

“你是不是刚通过了空姐选拔？就那么不拿自己当回事？”葛云辉赶紧锁上车门。

“开门！”葛菲把手机重重摔在后座上，“就是坐牢，也不用你管！”

葛云辉反应很快，一把抓起葛菲的手机，打开车门闪身下去，然后再次将车上锁。

早在高中时期，葛菲就跟社会青年接触广泛，会开摩托，可她不会开汽车，对葛云辉的路虎也不熟悉，一时之间手忙脚乱，竟无法打开车门。

“说！谁是主谋？你还是黄毛？”葛云辉问完，立刻意识到车窗封闭，对方不一定听到，就把话输入手机，让葛菲看屏幕。

“是你就点头，不是就摇头。”葛云辉又输入一行字。

葛菲不点头也不摇头，只是一个劲儿地拍打车窗。

拍打声招来了酒店的保安。葛云辉迎上去解释。

保安走后，葛云辉查看葛菲的手机通信录，可惜里面没有“黄毛”二字，短信内容也都正常。这不奇怪，即便有信息跟仙人跳有关，机主也早已删除。葛云辉不死心，又查找通话记录。葛菲通话很多，最近24小时的记录就有几十条。

葛云辉靠在车头，一条一条回拨过去：“喂，请问你是黄毛吗？那你认识黄毛吗？”他不知道那个男青年姓甚名谁，只能以此称呼。

葛菲安静下来，不再敲窗，转而研究如何打开车门。

葛云辉找人的法子没错。当拨通第九个电话时，他知道自己找到正主了。

那条通话备注有名有姓：药腾飞。

“你谁？葛菲呢？你拿她手机干啥？”

葛云辉清了清嗓子，撒了个小谎：“我是酒店保安。这女孩叫葛菲？她在我们酒店门前晕倒了，嘴里含含糊糊，说什么‘黄毛’……我们查看她通话记录，一个一个打过去，到你这儿总算有人接电话……”

“你有病吧？她从来不叫我黄毛！”

“刚才她就是那么说的。你过来一趟吧，把她接回去！”

“她怎么了？”

“不知道。酒店有顾客经过，帮忙查看，说可能是低血糖。你不来，我们就打120了。”

“低血糖打狗屁120！地址！”

葛云辉报上地址，挂断电话，转身进酒店开了个标间，完事后再出来等。

20分钟后，药腾飞来了。这小子顶着一头黄毛，模样倒也周正，就是太瘦，抽烟的那只手，跟鸡爪子似的。

看他过来，葛云辉迎上去。

“你是谁？葛菲人呢？”药腾飞吐掉烟头。

“我就一路人。她被我挪到酒店房间了，我带你上去。”

“真麻烦！”药腾飞紧跟葛云辉进酒店，丝毫不琢磨对方话里的漏洞。

这时候，隔着车窗，葛菲看到了药腾飞。她拼命拍打玻璃，想引起男青年注意，可惜对方全无察觉。

进到酒店房间，关好门，不等药腾飞问话，葛云辉一脚把他踹倒。

“×！”药腾飞爬起来，这才注意到房内再无别人。

“嘴也不干净！”葛云辉踏上一步，一巴掌把他扇飞到床上。

“你他妈到底是谁啊？”

药腾飞叫骂着蹦起来，撸袖子还手，可是手脚却突然发软，一点劲也使不上，没几下又被对方打趴下。这时候他抬头细看葛云辉，突然察觉到，对方眼神里有东西。那东西让他浑身不安，是街面上不曾体会的。

他瑟瑟发抖，脑海里飞过一个词：杀气。

葛云辉探手抓住药腾飞脖子，把人提起来顶在墙上，抡起巴掌再扇，片刻工夫，就把药腾飞两颊打得肿胀起来。

“哥！我错了！哥！别打了！”药腾飞大叫。

葛云辉一个字也不说，直打到累了才罢休。

药腾飞顺着墙壁滑下去。

葛云辉蹲下：“昨晚你敲诈了1万块钱？”

“啊！没有……”药腾飞自以为搞清楚状况了，这位是给昨天那位报仇来了。

“行！”葛云辉取来枕巾，往药腾飞嘴里塞。接下来，他要来点更狠的。

药腾飞拼命挣扎：“哥，我认！”

葛云辉把枕巾缠到手关节上：“还有谁？”

“葛菲啊！”

“你俩谁主谋？”

“葛菲啊！”

“放屁！”

葛云辉早料到他会推到女儿身上，挥拳又是一顿胖揍。

药腾飞涕泪横流，委屈得像孩子：“哥！你想听真话假话？我顺着你意思说，成不？别打了。照实说？那就是葛菲。还不满意？我！是我！行吧？”

这段话说到一半时，药腾飞接连打起哈欠。等把话说完，他的哈欠还是不停，眼神也慢慢暗淡，还干呕了几次，整个人瑟缩起来，像煮熟的面条。

起初，葛云辉以为是自己出手太重的缘故，很快意识到不对。

“你小子吸毒？”他见多识广，直中靶心。

药腾飞歪着脑袋，不言语。

怪不得这么不经打，也还不了手！原来是毒瘾犯了！葛云辉观察了一会儿，知道自己猜对了。与此同时，他心里咯噔一下：难道葛菲也……

想到女儿，他开门冲下楼去。

葛菲仍在车内，但早已放弃所有动作，茫茫然望着窗外，像饿扁了的小狮子。

隔窗注视着女儿，葛云辉长叹一口气，然后打开车门，把葛菲的手机丢进去，反身上楼。

葛菲重获自由，却没反应，估计没缓过神来。

酒店房间内，药腾飞已经变了一个人。

他跪行数步，猛扑到葛云辉脚下，把鼻涕、眼泪蹭到对方裤脚上：“大哥！行行好！放我回去吧！”

葛云辉一脚把“面条”踢开：“我把手机还给葛菲了，你求她。”

药腾飞无心理会对方的逻辑，立刻掏出手机，连打三遍才接通：“小菲，这位大哥让我求你！我，我犯瘾了，你让他放我回去吧！”

葛菲不吭声。

药腾飞自白：“大哥问谁是主谋，我说实话他不信！咱把剩下的钱还他吧！我得离开这儿！”

葛菲说话了：“把电话给他！”

“主谋是我，不是他！”葛菲的话刚传出来，就被掐断了。

葛云辉出门，从服务台取来纸笔。

他脸色依然平静，心里却翻江倒海。这趟A市之行，他心怀希望。他不信女儿是敲诈主谋，一心想求证清楚，回去让娄东伟想办法。退一步，即便主谋真是葛菲，他也做了打算。他想先来一通硬的，再用钱收买，让“黄毛”担下主谋责任。面对他的拳脚，毒瘾上来的药腾飞无力抵抗，却仍坚持说自己不是主谋。那很正常，谁也不是傻子，都会把责任推给别人。可他没想到，药腾飞竟是个瘾君子。他很清楚，那家伙毒瘾发作，急于离开，绝不可能说假话，敲诈主谋就是葛菲。这种烂人怎么收买？给多少钱也没用，进到局子里去，分分钟露馅……

“我问，你写。”

葛云辉把纸笔交给药腾飞，承诺问话十分钟结束，完事后送他回去。

药腾飞用冷水洗了脸，咬牙写下事情经过。

他是滨海人，跟葛菲同校，比葛菲高一级，毕业快一年了，两人是男女朋友关系。毕业后，他一直留在A市，没有工作，大半时间混在酒吧，其余时间跟葛菲在一起。他家庭情况一般，却是个聪明人，不想失去葛菲那样一位家底丰厚的女朋友。他听葛菲的话，从不违逆她。在他认识的那帮小混混里，他算个狠角色，随身常带着一把尖刀，偏偏面对葛云辉时毒瘾发作，无力还手，刀也没带出来。很多天以后，当他得知把他揍成“面条”的男人，是葛菲父亲时，他全身发冷。葛云辉只用拳脚揍他，没使用任何工具，可他就是打心眼里害怕。他永远也忘不了四目相对时，葛云辉眼睛里藏着的东西，他从中读到了死亡的气息。

半年前，他在朋友怂恿下尝试了冰毒，从此不能自拔。起初，他隐瞒了实情，后来被葛菲发现，只能坦白。那段时间，葛菲劝他戒掉。他曾经尝试，但没成功，仅仅减少了剂量。

大约半个月前，事情突然发生了变化。

那天，葛菲主动找他要冰毒，说想尝试一下。当时她刚刚通过空姐选拔，怎么会吸毒呢？他以为那是个玩笑，不料葛菲是认真的。她对那份工作毫不在乎，说自己实在烦得要命，就是想尝尝冰毒的味道。

从那天起，药腾飞开始买双份货，他和葛菲的钱很快花完。没钱就断货，这可怎么办？药腾飞说他会想办法。这时候葛菲提出那个法子，设计仙人跳。药腾飞很快同意，但做了补充，行动时要看人下菜碟，有钱的家伙就多敲点，没钱的家伙就少要，那么做能确保安全。在校外，他们有两个住处。头一处是药腾飞一直租住的地方。另一处专门玩仙人跳，才租了一周，用的假身份证。他们共敲诈了7次，总收益4万元多点，其中最多的一笔来自楚援。那些钱，大部分已用来购买冰毒。

葛云辉轻松获取了全部信息，叫药腾飞在“笔录”上签字，然后带他下楼。

路虎车内，葛菲已不见踪影。

葛云辉开车送药腾飞回到住处，随后返回滨海去找娄东伟。

## （四）

看完葛云辉提供的“笔录”，娄律师给出两个方案：

1. 收买药腾飞，让其担下主谋罪责。通过自首，返还钱财，给事主（楚援）道歉，获取谅解书。最坏的结果，药腾飞也判不到3年，葛菲或缓刑，或拘役，还要接受行政处罚。

2. 让楚援修改报案供述。楚援钱包的现金1500元，加上取款机的8500元，这是被敲诈金额。取款小票8500元，实打实，没法改，可是钱包的现金可变。操作起来，只需把那1500元现金，改成1400，使“敲诈数额巨大”，变成“敲诈数额较大”。当然，药腾飞还得是主犯，自首，谅解书也不能少。那样一来，药腾飞或缓刑，或拘役，或坐牢一年半载，这里头有法官的自由裁量权，葛菲一点事没有。

第一条立刻被否决，它跟葛云辉原先的想法一样。原因很简单，药腾飞有毒瘾，即便他本心愿意替葛菲承担，也做不来。派出所不是宾馆。从去A市把人控制住、带回去，到审讯，中间流程可能隔一晚，也可能隔更多时间。那期间一旦药腾飞毒瘾发作，意志力下降，想出去（吸毒），一定会如实供述，给多少钱也白搭。第二条看似可行，实际上也没用，原因同上，甚至很可能连累到楚援。一句话，只要药腾飞在警察手里犯毒瘾，口供就随时可变，事就没法操作。

药腾飞和葛菲的吸毒情节，“笔录”里清清楚楚，娄东伟居然弄出这么两个没用的方案，葛云辉极为不满。他嘴上没说什么，心里却严重质疑对方的职业能力，从而有了换人的打算。

这时候，娄东伟突然笑了：“葛老板，我知道这两个法子行不通，为什么还要讲出来？本人职责所在啊！法律就是法律，框架、约束力就在那儿。我既要维护法律尊严，又要给客户解决问题……”

葛云辉听懂了，明面上的东西，娄东伟是说给人听的，那类似于表演。真正解决问题的招，人家作为律师，一上来不便说。

“行有行规，我明白。我绝对不亏待你。”葛云辉靠近对方，“就一条，我女儿不能有事。”

“理解！咱们都是当爹的！葛菲要是背上刑责，不光影响她前途，你脸面也不好看。再说，里面什么样的人都有……”

“我就担心她学坏。她已经沾毒了！”

“找不相干的人替吧！”娄东伟抛出答案。

他的法子很简单，由葛云辉出钱，找一男一女，把葛菲和药腾飞的事担下来。普通人敲诈事发，宁愿自首减刑也不用这个法子，它太费钱，可是葛云辉不差钱，只求女儿平安。

人是娄东伟找来的。

男的叫熊万里，29岁。

女的叫冯子君，20岁出头，是A市的按摩女，跟娄东伟曾有业务来往。她弟去年酒后打架，捅伤了人，经人介绍，找到娄东伟做辩护律师，两人由此认识。

冯子君答应得很爽快，替人顶个罪，不用坐牢还有钱赚，为什么不干？难点在男方身上，毕竟法官自由裁量权摆在那儿，存在很坏的可能性，在里面待上一年半载。对此，娄东伟早有心理准备。他找熊万里，自然是经过了斟酌。

实际上，熊万里是娄东伟父亲战友的小儿子。去年，熊万里从偏远小县城跑来滨海闯荡，娄东伟曾替父亲出面接待。熊万里结巴，没什么本事，会开大车，来滨海后在物流公司跑了半年长途，就嫌累不干了，成天泡在网吧玩《魔兽世界》。2009年春节，熊万里还联系过娄东伟，让他帮忙找个安逸的工作。

“哪儿最安逸？牢里。不干什么重活儿，还能看《新闻联播》，一年半载就出来，到手10万块钱！”娄东伟这么说时，熊万里一口回绝。

“吓唬你呢！”娄东伟继续做工作，“我会把敲诈金额降低，会出面跟法官沟通！你首次犯罪，又自首退赃，还有谅解书，最坏半个月就出来。半个月挣10万，连我都动心！”

“12万！”

“一分不加！随你！”

熊万里这才同意。

顶罪的前提是跟楚援沟通好，那不在话下。

楚援被敲诈后第三天，熊万里包了冯子君一夜，然后同去A市某派出所自首。去之前，熊万里遵循约定，先去染了一头黄毛。

近期，以“黄毛”为特征的敲诈案，A市警方本有两例报案记录，敲诈金额均为5000块，加上楚援那一例，共三例。他们以为三个案子，都是前去自首的“黄毛”和冯子君干的，哪知对方仅承认楚援那一例。实际上，那也是娄东伟安排好的。原因很明显，此“黄毛”非真“黄毛”，如果把另外两个案子也担下来，警方自然会通知受害者认人，那样势必穿帮。

依照程序，A市警方还是通知另两位受害者前去认人，结果当然对不上，于是把自首人移交给滨海警方。滨海警方让楚援认人，一下子就对上了。

当时，滨海警方提出一个疑点：楚援笔录对“黄毛”的描述是精瘦，而熊万里身材标准，跟精瘦不沾边。

对此，楚援给出了完美的解释，并为当初表述不准确，向警方道歉。

他说他现在体重严重超标，任何体重正常的人，在他眼里都算精瘦。

接下来，警方录口供，还原了案件经过，唯独有一点对不上。两位自首人坚称，敲诈金额不是1万元，而是9900元。

警方再找楚援对证。

这时楚援改口说，当时，钱包里的现金确实是1400元，加上后取的8500元，就是9900元。

警方质问他，为何报案时说1万元？

他说当时气头上，觉得9900元和1万元没啥区别，就凑了个整数。

“凑整数？区别大了！”楚援被警方臭骂一顿。

娄东伟的设计，其实存在很多漏洞。比如，如果警方让自首者指认敲诈现场，那个房子的房东，就会认出熊万里跟真正前去租房的“黄毛”长得不一样。只不过娄东伟太有经验，算准了敲诈金额少，案情社会危害轻微，加上自首、退赃、受害者辨认等情节，滨海警方不会浪费警力去A市，再做多余的调查。

这个案子，到这儿本应了结，熊万里用不了几天就能出来，顺利拿到10万块钱。可是，细心的警方意外发现，两个月前，熊万里曾利用上夜网的机会，在滨海西关好几个网吧盗窃手机数部。盗窃行为均被网吧监控拍下，并被网吧老板提交给了派出所。由此，熊万里在看守所蹲了一年，于2010年4月初被释放。

出来后的熊万里，第一件事就是找娄东伟算账。

娄东伟是谁？一句话就能撇清。事情只能怪熊万里自己，他没提前跟律师说盗窃的事，否则不会找他顶罪。

出于个人情谊，娄东伟给熊万里包了一个月房，地点选在小西关的银丰宾馆，为的是便宜；继而又拿出5000块，亲自把熊万里送到相思按摩店门口，请他包一周夜，解解渴。

熊万里包骆琪的第五个晚上，即2010年4月16日晚，娄东伟请他喝酒，主题是给他介绍工作，让他到葛云辉入股的物流公司送货，导致熊万里回去晚了。骆琪呢，就在银丰宾馆楼下等了他半小时。接下来的两晚，熊万里听从安排，去开夜车送货，间接导致了骆琪的悲惨遭遇……

## （五）

药腾飞有福气，吸毒、敲诈，自己不出一分钱，就有人替他顶罪。熊万里进去后，葛云辉让他离开A市返回滨海，警告他远离葛菲。A市那两例敲诈5000块的报警记录还在，一旦警方闲来无事想调查，很容易查到药腾飞头上。他离开A市，人就安全了。

药腾飞走后，葛菲依旧吸毒。2009年7月毕业后，她被葛云辉强行扭送到滨海某戒毒所。

她和金兰的命运不一样，可是她们两个，终究没有一个能做成空姐。

葛菲在戒毒所待了不到3个月。2009年国庆节，戒毒所搞庆祝活动，她陪管理人员外出采买，借机逃走，几天后被葛云辉找到。葛云辉再次扭送她去戒毒所，她以死相逼。葛云辉无奈，只得带她回家，可她仍然拒绝，葛云辉只好把她丢到了老宅里。一个人住，想干吗干吗，还不用花钱，葛菲接受了那个安排。

老宅是葛云辉父母的旧居，前几年两位老人搬到城里住别墅，房子就空下来。它的位置在小西关，南边是农田，东边紧邻银丰宾馆。

旧宅重新做了装修，新添了跑步机等运动器械，那是葛云辉给葛菲准备的。回到老家，葛菲发现上当了，那儿压根儿不是她自己住，奶奶竟然也在。那同样是葛云辉的安排，让她奶奶暂回旧居，照顾她饮食起居。她住一楼，奶奶住二楼。除了奶奶，还有一个中年女人一周上门一次。

那女人叫侯小芸，是戒毒所工作人员，但不是民警。国庆前，葛菲正是陪侯小芸外出采买，才借机溜走的。

侯小芸对葛菲说："上次你私自逃走，我是背了处分的！你在家戒毒，我定期上门检视，这都是你爸花钱，走了关系。否则你非回戒毒所不可！你吸毒期短，毒瘾小，戒掉不难，一定要把握机会。你有半年观察期，表现不好，还得把你带回去！"

奶奶对葛菲说："小菲啊，听话，安心在家，把那东西戒了，往后好日子多着呢！奶奶还得看着你结婚呢！你爸说了，你要是再跑，他就全怪我头上！千万别想跑，你能去哪儿呀？上哪儿你爸也能找着你，到时候你再耍横就没用了。他说了，要是再有下次，你还寻死觅活，也得死在戒毒所里去……唉！那个狗东西，怎么能说出这样的话来……"

听完那两位的话，葛菲明白，她被变相囚禁了。

接下去的日子里，她有很多机会逃走，可她并未那样做。她知道葛云辉把奶奶搬来是动了心机，算准她心软，打小跟奶奶感情好，不忍心看到老人因她遭受责骂。

从2009年10月下旬至2010年2月中旬，葛菲在旧宅坚持了4个月后，最终逃离。

离开前，她寻机把房子租了出去，从中赚了1万块钱。

租房者是一高一矮两个男人，高一些的自称程大伟，矮个自称李小军。那两位正是丧尽天良的沈氏兄弟，只不过在葛菲眼里，他们都是普通租客。

葛菲逃走后，她奶奶甚为自责，还总结了过失。

2月中旬，葛菲爷爷生病，奶奶回去照顾，请了个保姆照看葛菲，临时顶几天。侯小芸呢，照例每周去检视一次，这就造成了时间上的空缺。葛菲就利用那几天时间，把房子租了出去。

葛菲奶奶告诉葛云辉，帮葛菲贴租房广告的一定是那个黄毛男青年。她说她曾瞧见，那青年隔着一楼窗户，给葛菲送东西。

当时她上去盘问，发现只是零食。后来她半夜上厕所，正撞见葛菲吸毒，才意识到男青年捣鬼，把毒品藏到了零食里。

那样的事发生了好几次，她都及时向葛云辉做了汇报，那让葛云辉极为愤怒，亲自去旧宅翻找冰毒，还动手扇了葛菲耳光。

然而有什么用呢？女儿还是跑了。

葛云辉恨透了药腾飞的同时，不停地自问：葛菲啊，葛菲，你放着好好的空姐不做，为什么要吸毒呢？这个问题，他打破头也想不明白。

葛家人都知道，葛菲的叛逆，跟她母亲有关。

葛云辉现在的妻子山下纯子，不是葛菲的亲生母亲。

1996年，葛菲7岁，葛云辉31岁。当时的葛云辉，是滨海医学院附属医院胸外科的主治医师。他妻子叫关秀娥，跟他是大学同学，当年两人是奉子成婚。关秀娥没进医院，她在社区诊所给人打针。

葛云辉父母是地道的农民，膝下两儿四女，四个女儿早已出嫁。葛云辉有个弟弟，叫葛战辉，比他小5岁。

葛战辉从小学习不好，早早辍学到工地干活儿，身上一堆臭毛病，一直找不到媳妇。好在葛云辉很争气，医学院毕业做医生，是全家的希望。

葛云辉非但业务能力强，长得也潇洒帅气，除了一点——他双眉间自小有一道竖纹，很深，面相术语把那叫悬针纹，也叫斩子剑，主一生与儿女无缘，或难有子息之患。打他小时起，葛父就为他那道纹发愁，可他不信那一套。事实明摆着，他24岁就跟关秀娥有了孩子，而后领证，生下葛菲，小日子有滋有味。

然而天有不测风云。在1996年春天一次手术中，葛云辉主观判断失误，引发医疗事故，导致患者死亡。

当时关秀娥正怀着孩子，离预产期还有6周。葛云辉手术那天，她意外摔倒，造成大出血，情况危急。葛云辉上手术台时，她也躺在手术台上。

葛云辉的手术室外有患者家属守候，每个人都焦虑不安。他很镇定地告诉他们，“不用担心”。实际上，他很担心关秀娥，那四个字他是说给自己听的。

葛云辉的病人是个农民工，40多岁，患有纵隔肿瘤，无高血压、心脏病史。葛云辉的任务，是打开患者胸腔，取出肿块。那个手术难度较大，过程中尤其要小心避免损伤到相关脏器。葛云辉经验丰富，术前就在脑海里放电影，把每个环节注意事项，演练数遍。然而他那次面临的意外，跟他所有的预想都不一样。

手术室内，葛云辉划下第一刀时，那名患者的嘴巴突然慢慢张开。护士看在眼里，赶紧告诉医生。葛云辉立刻停止动作，看向一旁的麻醉医生。

事实很明显，那一刀下去，病人有反应，然而理论上是不可能的。

病人已被全麻，怎会出现肉眼可见的反应?

负责麻醉的女医生纳闷极了。她告诉葛云辉，麻醉过程严格依照标准，不敢有任何水分。她一直通过仪器监视，患者的血压、呼吸率、血氧饱和度，皆维持相应指数，只有一项心率，在下刀那刻有极轻微的波动。

葛云辉对她的解释非常不满。他的职责是专注于手术本身，开刀祛病。整个过程冰冷、残酷，容不得一丝意外。如果麻醉不够彻底，导致无法预见的后果，谁来背这个责任?

麻醉医生当然知道葛云辉的想法，接下去怎么办，需要她决定。她很快给出建议，什么也不做，再等两分钟。她认为眼前这位病人，有着比普通人更强的耐受力，需要超出常规的时间，才能进入全麻状态。她回到仪器前，观察，静待。两分钟很快过去，她冲葛云辉点头。

葛云辉调整呼吸，很快划下第二刀。

这次患者的嘴不动了。可是护士发现，患者右手食指又颤了一下。

葛云辉停刀，再次看向麻醉医生。

女医生一头汗，凝眉思索片刻，给出了结论：患者在做梦，噩梦。引起肢体轻微反应的，不是手术刀，是某些活跃的脑细胞。

听到这个解释，葛云辉想骂人。全麻病人可以做梦，因为麻醉药物无法抑制所有脑细胞，总会有部分细胞处于兴奋状态。但是，不管肢体反应多轻微，都需要神经传递信号。刚才的事实，明显是患者神经系统尚未全面罢工。

对葛云辉的异议，女医生解释，对医学来说，大脑有太多秘密未解，刚才的现象她也是首次遇到，但那绝不是麻醉药物和流程问题，她对自己有信心。她坚持认为，患者肢体轻微异动的根源，就是其大脑内部分活跃细胞。那些细胞控制脑垂体分泌出某种激素，使患者某些神经末梢发生异动，此现象不影响手术过程。

可惜，葛云辉对她没信心，他做出了令自己后悔的事。他说患者太强壮了，让女医生加大麻醉药量，立刻，马上。那超越了他的责任。

女医生严词质问，出问题谁负责？

谁负责？葛云辉用力拍打自己的胸脯。他一秒钟也不想浪费，只想尽快完成手术，然后飞奔到关秀娥的手术室外。

有了葛云辉的承诺，女医生加大了麻醉剂量。

接下来直到手术完成，病人肢体再无任何反应，然而，那个人再也没醒来。

俗话说，福无双至，祸不单行。

那天，当葛云辉赶到妇幼医院时，关秀娥刚做完手术，生下一个男婴。婴儿因呼吸窘迫综合征死亡，在人间只存活了6分钟。

葛云辉不在乎二胎罚款，一心想要个男孩。那刻，他的梦想破灭了。

事实上，在那个男婴之前，关秀娥已经打过两次胎。原因无他，那两胎都是女孩。对葛云辉来说，女儿有葛菲一个就够了，他想要男孩。在这点上，他受了父亲的直接影响。他父母当年连生4个女孩，好在第五胎和第六胎，来了两个男孩。他父母那个年代，倡导“人多力量大”，随便生。葛云辉不行，胎儿性别不对，他就让关秀娥打胎。但是，他和他父母也有区别。他父母是典型的重男轻女，葛云辉自认不是。在他的概念里，就是想儿女双全，再要个儿子，仅此而已。他觉得一点也不过分。他那个想法，关秀娥理解。作为妻子，她已经尽力配合，打掉了两胎，这次好不容易怀上儿子，可惜又出变故，天不遂人愿。

葛云辉手术失败，患者死亡后，家属找第三方机构做了尸检，结论是麻醉药剂过量，缺血缺氧性脑死亡。院方被迫核查手术流程，在多名证人证实下，很快确定了两个责任人，一个是葛云辉，一个是麻醉医生，前者负主要责任。

那场医疗事故闹了很久，最终赔钱了事，医院出一部分，其余由责任人补齐。那使葛云辉倾家荡产，还欠了外债，职业生涯也随之断送。

儿子没了，事业也没了，双重打击令人绝望。接下来怎么办？葛云辉想从头再来，可是全市乃至全省的医疗机构，没有一家接纳他。他被迫放下身段，去社区诊所谋差事。他很快找到新工作，可是不久就收到了逐客令。诊所老板一副推心置腹的模样，说一个曾经的胸外科主治医师，每天做些扎针、卖药的零碎活儿，实在是大材小用。葛云辉当然明白对方的意思，主动离职。

那之后，他接二连三换了好几家诊所，没有一家干得长久。要说原因，也怪他自己。他有丰富的一线经验，不像诊所那些半吊子，他在那种地方沉不下心。他极缺钱，亲戚都被他借遍了，可他看不起那份工资，总琢磨怎样赚大钱、还债，自己开诊所当老板。

现实的打击，令他深感无奈。连诊所也混不下去，难道从此与专业绝缘吗？老婆和孩子怎么办？债怎么还？难道跟葛战辉那样，去工地搬砖？他宅了一个月，每天昏睡不起，仿佛人生已到尽头。

当他自暴自弃之际，一个久不联系的老同学突然登门。

那人叫顾正言，中学时代跟葛云辉同班，两人关系极好，只是大学不在同一所学校。当年毕业后，顾正言一直在A市某医院工作，直到两年前主动辞职，从那时便与葛云辉断了联系。

顾正言也长着一双小眼睛，可他跟娄东伟律师不一样。他那双眼睛，总是带着温和的笑意，一看就让人心生信任。

顾正言自称不知道葛云辉被医院辞退的事，他是来找老朋友叙旧的。

“没什么大不了！我不也离职了吗？现在是最好的时代，到处都是机会，你可别想不开！”

他们聊了一个通宵。转天，顾正言取了两万块钱，借给葛云辉解燃眉之急。那年头，两万元是一笔大钱。

葛云辉告诉家人，顾正言做医疗器械业务，在中国和日本之间两边跑。他说他也要下海做业务。做出决定后，他在家休整了两个月，同时委托顾正言帮忙办理商务签证事宜。证件下来后，他跟顾正言去了日本。

不久后，关秀娥给身在日本横滨的葛云辉打电话，说她又怀上了。

葛云辉高兴坏了，庆幸离家前休整那两个月，没白花工夫。

然而，经历了两次打胎、一次意外，关秀娥的想法变了。

她不想再继续迁就葛云辉。她只想给葛菲生个伴儿，男孩女孩不介意。何况，经历上次的意外后，医生明确告诉过她，最好别再打胎，否则再难怀孕的风险极大。可是，她清楚葛云辉想要男孩的执念，倘若这次又是女孩，还会逼她堕胎。这可怎么办？

果然，得知消息后，葛云辉对妇科医生的“不孕风险说”嗤之以鼻，叫关秀娥想办法，去鉴定孩子性别，那令关秀娥既伤心又为难。抛开她不想再做鉴定不说，就算她想鉴定，也不那么好办。

事情搁在从前，葛云辉在医院工作时，都是走的关系。

滨海医学院妇幼医院有个女医生，叫柳良媛，跟葛云辉大学同学，同级不同专业。以前做胎儿性别鉴定，都是她从中帮忙。

说起来，柳良媛跟关秀娥是情敌，大学时追了葛云辉两年，怎奈关秀娥跟葛云辉同班，近水楼台，她一腔热情最终空付流水。

柳良媛个性爽直。当年葛云辉厚着脸皮找她帮忙时，本以为会被拒绝，结果她一口答应。当时葛云辉事业处在绝对上升期，人又稳当有型，颇吸引异性眼球。柳良媛自然不放过开玩笑的机会，多次调侃，说他当年错失“良媛”，否则现在该如何幸福云云。葛云辉开得起玩笑，知道对方没恶意。他老婆关秀娥医学院毕业，却一直在社区诊所工作，收入一般，确实跟那些有门路、做医生的女同学没法比。不过在他看来，那无关幸福。他这人观念传统，大男子主义，事业心强，认为老婆持家就好，赚钱多少无所谓。不过他有个显眼的好处，不玩暧昧，不贪恋女色。可他越这样，就越令那些关注他的女人心痒。

一句话，现在不同往日。他葛云辉是被医院扫地出门的，人走茶凉，身在日本。再说，那年头计生办管得严。法律明文规定不得鉴定婴儿性别，关秀娥能有什么办法？难道叫她去妇幼医院求人，找柳良媛？

事难办才好呢！关秀娥心里高兴，反正她本心拒绝再做鉴定。

可是，那点事难不住葛云辉，他说亲自打电话找柳良媛。倘若不行，他就等培训完，趁出差之际回家，去找别的同学朋友帮忙。

关秀娥一听，心说坏了，要是葛云辉回家，加上公婆一心想要孙子的压力，一家人非闹起来不可，到时她怕是难以如愿。

她思忖良久，忽然问葛云辉，日本能不能鉴定。

葛云辉说当然能，只要出钱。

关秀娥借梯上墙，说那就去日本做鉴定，顺便看看葛云辉的工作情况。

这是一个以退为进的法子。关秀娥想清楚了，与其等葛云辉回家，不如她去日本找葛云辉谈。能谈拢最好，到时候她安心回家养胎，家中公婆的工作由葛云辉去做；若是谈不拢，她从日本返回后，就直接回娘家。总之，她不想在家等葛云辉出差回来，更不想终日面对公婆传宗接代的洗脑教育。那种日子她一天也忍不下去了。在葛家人的坚持下，她已经堕了两次胎，给身心带来难以弥合的伤害。这次她要自己做主。

公婆支持关秀娥。他们看不透儿媳妇内心的想法，嘱咐她快去快回，顺便了解清楚，葛云辉到底在那边搞什么业务，能不能赚到钱。

父母同意后，葛云辉没有拒绝的理由。

又过了两个月，等胎儿四个月大时，关秀娥办好了旅行签证，前往日本。谁知此去，她竟再也没能回来。

事后回想起来，葛云辉只能感叹关秀娥命不好。

当时，从滨海到日本横滨，坐飞机不到3个小时。尽管行程不长，但全家人十分重视，嘱咐关秀娥务必小心，不能大意。葛云辉甚至提出叫弟弟葛战辉陪关秀娥走一趟。关秀娥为省钱，没同意。

行程计划一周。出行时很顺利。登机前，关秀娥还用公用电话通知了葛云辉，让他早早赶去机场等候。然而，他们谁也没想到，那架客机接近日本海岸线时，竟然遇到了强气流。飞机最终平安着陆，无人伤亡，可是强气流引发机身剧烈颠簸，导致关秀娥下身出血，一落地即被送医，这才勉强保住胎儿。随后医生给出建议，患者必须原地养胎，不可妄动，尤其不可乘坐飞机、轮船，那些交通工具容易晃动，极易导致患者流产。

原地养胎？葛云辉为难极了。关秀娥怎么能长期留在日本呢？再说他的工作怎么开展？

几天后，葛云辉出钱，做胎儿性别鉴定，结果是女孩，他喜忧参半。

又是女孩？难道真没男孩命？这是忧。叫关秀娥堕胎，赶紧回国，不影响他工作，这是喜。

计较已定，他像从前一样，抛出两个字：打胎。

事情出现了变化，短期内不能回国，然而该解决的始终要解决。

面对葛云辉的霸道，关秀娥的母性迸发出来，坚决拒绝。

“女孩也是骨肉！你就这么狠心？再流产，我这辈子就绝育了！你爸老古董，你也是？醒醒吧葛云辉！上一胎男孩！他，他只活了6

分钟！那就是你我的报应！就算离婚，我也要留下这个孩子！”

关秀娥一番话，叫葛云辉无话可说。这时，葛云辉才明白过来，原来妻子此行早有计较。他知道，关秀娥已经铁了心。

硬的不行就来软的，葛云辉说他初来乍到，实在没能力照顾孕妇。

“留下也行，可你一个孕妇，怎么生活？我抛家舍业，远赴他乡，为什么？咱家可有一屁股债！”

这番话极有道理，狠狠将了妻子一军，他认为自己又赢了。

然而关秀娥早想到了这一层。她在医院静待多日，终于等到了前去探望的顾正言。她跟顾正言不熟，可她终究是一位母亲，为了腹中胎儿，她顾不上许多。她有自己的逻辑：你和葛云辉是好朋友，你把他带到这儿来，现在他老婆有难处，你得帮。

顾正言左右为难。他知道葛云辉的真实想法。

这时候关秀娥放出狠话：“事儿到这分上，除了你，我谁也指望不上。你不帮忙，我在这儿就活不下去。你转告葛云辉，我就是死，也要和肚里的孩子死一块！”

顾正言无奈，去见了葛云辉一面，然后出钱在公司附近帮关秀娥租了一处民宅，又请了保姆，还出面跟大使馆说明情况，补充相关手续，以免将来关秀娥的旅行签证超期有麻烦。

顾正言做这些事的时候，葛云辉始终未露面。

顾正言替葛云辉说好话，说他正在公司培训，接下来很快就会出差，现在吃住行由公司统一安排，不好分身。

关秀娥才不在乎呢。她已经达到了目的，一心想养好身体，安安稳稳生下孩子。

她在医院养了3周，随后搬入租来的民宅，由保姆照顾。葛云辉隔三岔五去看望，每次都提着老母鸡。那样的日子持续到他出差，便无暇顾及了。

那时，关秀娥已对葛云辉所在公司做了了解。

公司名字翻译成汉语，叫“新希望健康株式会社”。厂子不大，设在横滨矶子区，生产输液器、止血钳、手术刀、口罩、防护服等医疗耗材，依托横滨港外销，价格比中国同行业低很多，挣钱靠走量。

“新希望”是一个家族企业，老板叫山下正男。山下正男有个儿子叫山下真一，分管销售这一块，是葛云辉的直接领导。公司当时有二十多名业务经理，一多半是中国人，且都有医疗相关从业经验，每个人负责不同的销售区域。包括葛云辉在内，所有人正式入职前，都由山下真一亲自考核。只不过，葛云辉有推荐人。从业务架构上说，他是顾正言的下线，那么其将来的销售额，有一部分要算作顾正言的提成。

对葛云辉来说，这活儿很对口。他有不少大学同学在国内医院工作，那都是可以利用的关系。当然，关系得靠钱重塑。他唯一的劣势是语言关，没日语基础。好在业务部中国人居多，同时他们的销售区域都在中国，加上横滨有世界最大的唐人街，出于这个缘故，山下真一精通汉语。如此一来，葛云辉的语言关便算不得障碍了。了解清楚后，关秀娥安下心来。她相信葛云辉的能力。

后来，关秀娥孕期8个月时，葛云辉借用公司的车送她去医院体检，路遇严重车祸，致使关秀娥大出血，大人孩子两条命都没保住。

那是1997年夏天，葛云辉带着两样东西回到滨海，一样是关秀娥的骨灰盒，一样是日本警方出具的《交通事故责任认定书》。

交通事故发生在横滨矶子区。矶子区有一条河，叫鹤见川，两岸挤满了各种各样的工厂，被称作全日本最脏的河。

当时下着雨。司机开着轿车，载着葛云辉，从民宅接上关秀娥，沿着鹤见川河岸的公路正常行驶，在一个左拐弯处，被一辆拉水产品的货柜车撞到了右侧后方。

轿车因撞击冲下路沿石，发生侧翻，滚了好几圈后，四轮重新落地。关秀娥在后座，肚子大，没系安全带，伤得最重，直接被甩到车外。前座的葛云辉和司机昏迷。数分钟后，救护车把他们送到最近的医院时，关秀娥已濒临断气。

车祸发生在午后。被撞轿车是公司财务部的，平时用来跑银行。

那天早晨，葛云辉刚出差回来，到公司做了业务交接，就请假陪老婆去产检。

关秀娥的住处在公司附近，方便葛云辉来往照看，可是距离最近的医院有七八公里，加上下雨很难打车，山下真一出于好心，就安排了那辆车，还委派了司机（葛云辉在那边没驾照），没承想路上就出了事。

厢货司机叫牛启来，来自中国滨海市，有登陆证，但早过期了，在横滨港附近某鱼档开车送货。

事故原因，厢货左前轮爆胎（日本方向盘在右边），左拐弯时车辆失控，撞到葛云辉乘坐车子的右侧后方，致使后者失去平衡，撞上路基，继而翻滚。厢货的情况不比轿车好，它当时拉着半车货，惯性大，撞击后压过路基，一头扎进脏兮兮的鹤见川，车体当时就淹没了大半。好在牛启来会水，不然真就淹死了。

牛启来在横滨打工近十年，因为那次事故赔光了积蓄，后被警方惩戒性羁押3个月，随即被遣送回国。厢货隶属的鱼档也赔偿了一部分钱。

1999年年底，葛云辉回家过年，带了一个日本女人。那女人叫山下纯子，是其公司老板山下正男的小女儿，也是他的未婚妻，长得不如关秀娥好看。

在向家人做介绍时，葛云辉并未挑明他和山下纯子的关系，可是所有人都看得出来。娶个日本女人，大家没什么意见，何况女方是老板的女儿。他们只好奇一件事，这种既温柔又有钱的女人，葛云辉是如何搞到手的？接着，大家就想到了另一个角度。也许是女追男呢，葛云辉可是十分帅气的男人。

2000年年底，葛云辉跟山下纯子在老家完婚。由于新买的房子要装修，加上年后要返回日本，那个春节葛云辉两口子跟家人同住在小西关的老宅里。

那时葛菲11岁，已经不好糊弄。她一直深深地怀念母亲，视山下纯子为外人，连一声“阿姨”都懒得叫。

那两年的事，对她来说像噩梦：妈妈去日本探望爸爸，回来时居然成了一盒骨灰，然后爸爸从日本给她带回来一个新妈——这是什么狗屁剧情？恶心！比腐烂的肉还恶心！她恨不得把这些事从脑海里挖掉。

葛菲非但不搭理山下纯子，而且无意中发现了对方的一个秘密。

她注意到，那女人每天饭后都吃药，可是吃空的药瓶从不乱丢。

她猜测，空药瓶被爸爸丢到外面垃圾箱了。可是为什么呢？空药瓶不就是随手乱扔的吗？扔进家里的垃圾桶也行啊！

葛菲好奇心上来，待葛云辉外出丢完垃圾便悄悄去翻找。如是几次，终于让她找到一个空药瓶。

瓶上全是英文字母，她不懂，于是上网查询。

网络给了她答案，那是某种排异药物。可她仍然不明白排异药物是什么意思。

葛云辉再婚的消息不胫而走，传到了关秀娥娘家。

关家孩子也不少，三个女孩，幺弟叫关秀山。

2000年年底，关秀山从刑警学院毕业已有半年，在滨海市公安局实习。

对他来说，关秀娥的死是一块心病。姐姐死在异国他乡，没有遗言，没有目击者，只有葛云辉的描述，以及一纸交通事故鉴定书。

每想起那件事，他便坐卧不宁，仿佛面对一片黑雾——关秀娥在雾中拼命奔跑，大叫他的名字；他冲进雾里，听到那声音就在近前，可是怎么也看不到人。

当听说葛云辉再婚，女方是个日本女人时，他再也坐不住了，趁春节假期办好旅行签证飞往日本，去调查关秀娥的死因。

一周后，关秀山带着结论回到滨海。

他拜访了横滨矶子区交通科的警察，还去曾经的事故现场探看，了解到的事件过程一如葛云辉所述。

车祸起因是左拐弯时，厢货爆胎，撞到轿车右侧后方，没有问题，但葛云辉却隐瞒了一个关键细节——关秀娥死在医院后，肝脏被移走了。那个肝脏的受体，正是葛云辉现在的妻子，新希望健康株式会社老板山下正男的女儿——山下纯子。

信息来自医院。他还查到，山下家族有遗传性的肝硬化疾病，病因为α 1-抗胰蛋白酶缺乏。该病是常染色体隐性遗传伴共显性表达（也有资料直接记为常染色体显性遗传病），影响肝脏或肺脏功能，易导致肺气肿、肝纤维化、肝硬化等多种并发症，还能引发肝癌。对有该遗传病的家族后代来说，要想真正健康，只能指望躲过遗传概率。这病算慢性病，无特效疗法，在引发肝细胞癌变之前，还算不上绝症，但相当折磨人，除了给患者植入某种基因（技术发展到位前提下），补充相关蛋白酶，最好的法子是换肝。

山下家族以往的患病者，很少有人活过50岁，这是山下纯子肝脏移植的原因。很不幸的是，山下正男的儿子山下真一也有病，同样换过肝脏。时间上，比山下纯子早一年。

作为关秀娥家属，关秀山雇了个翻译，找到山下正男面谈，方才得知肝脏不是无偿捐献，葛云辉得到了一大笔钱。山下正男深知天下没有免费的午餐，那笔钱他该付，哪怕葛云辉是其员工。当然，现在他和葛云辉是一家人了，他对那位女婿很满意。

关于车祸的调查，关秀山当时还想见两个人，一个是那位轿车司机，一个是厢货司机牛启来。

轿车司机隶属新希望公司，车祸中腿部受伤，不再胜任司机职位，早已离职。关秀山见到了山下真一，从他口中得知司机叫村田竞雄，还拿到一个地址，进而找过去，然而对方早已搬家，无从寻找。至于牛启来，车祸后3个月即被遣返回滨海。关秀山本身在滨海市公安局实习，有便利条件，找到牛启来只是时间问题。

肝脏移植事件传开后，葛云辉形象尽毁。

关秀山狠狠地揍了葛云辉。用他的话说，要是早一个月知道真相，葛云辉连婚也结不成！

葛云辉有苦衷。他坦言，当初如果公开真相，那么家人，尤其关秀娥娘家人，一定会多心，甚至会怀疑是他害了关秀娥，拿她的肝脏去换钱。为此他一直在等一个机会。现在好了，事情公开了，他不再有顾虑，把那笔钱全数转给了关秀娥娘家。

葛家人理解其苦衷，除了葛菲。葛菲知道真相后，眼睛仿佛一下子有了透视能力。在她眼里，山下纯子不再是人，而是一个会移动的器具。器具里面，盛着母亲鲜活的肝脏。没有母亲的肝脏，这该死的女人就活不成。她盯着山下纯子时，后者能感觉到那视线中的力量。那股力量穿透山下纯子的体表，跟她体内的肝脏融为一体。

在心里，那个11岁的孩子，给父亲刻下3个标签。

薄情：母亲去世两年，就突然把日本女人带回家，从未考虑女儿感受。贪婪：拿母亲的肝脏换取丰厚利益。阴暗：不管有什么苦衷，都不该隐瞒肝移植真相，那是对生者和亡者最大的伤害。

在这3个标签之下，葛云辉的形象越来越矮小，同时葛菲变得越来越叛逆。

她就是要用出格的言行去表达对父亲的强烈不满，去弥补自己对那个“如果”的无尽遐想——如果母亲还活着……

2001年夏，葛云辉和山下纯子在日本做了试管。

2002年春末，山下纯子生下个大胖小子。

葛云辉终于有了儿子，欣喜若狂，给孩子起名叫葛承祖。

生完孩子后，葛云辉回国创业，从日本搞到先进设备，租了几间房，搞了个薪火生殖中心。生殖中心只有一间实验室、一间取卵室，从别的民营生殖医院接活儿，合成受精卵，或者分流患者到他那里取卵。

2004年春，他拿出全部积蓄，加上岳父山下正男的帮助，成立了系统性的薪火生殖医院，紧接着又跟区民政局合作，创办了星火儿童福利院。

## （六）

2011年4月下旬，沈长海、沈长河兄弟在B市被捕。

从2010年2月至2011年4月，沈氏兄弟辗转5省，先后胁迫李秋玲等4个小姐入伙，为其寻找犯罪目标，制造13宗血案，抢劫、杀害坐台小姐12人，并用浓硫酸溶尸。此案独立、完整，血腥残酷，震惊全国。

沈氏兄弟的人生，就此画上句号。只不过，他们至死也想不到，他们的所作所为，作为一个中间环节无意中嵌入另一场风暴当中。风暴的起点，是一个出租车司机，在滨海小西关三号电子眼前踩了急刹车，毁了乘客金兰的空姐梦。风暴的终点是什么，在时间之河流淌到那里之前，无人知晓。

沈氏兄弟伏法后，案情被新闻媒体报道出来，广为传播，赚尽眼球。

那天，熊万里拿着一份报纸，背靠货车一动不动。他刚刚看完关于沈氏兄弟一案的整版报道，报道详述了案件全过程，尽管所有当事人皆以化名代替，可他还是惊诧万分。他做梦也想不到，那个案件的一部分竟跟他有间接关系。

报道的题目叫《她们，不仅仅是冷冰冰的被害数字，还曾是怒放的花（一）》。那是个系列报道，以"'二沈'系列碎尸案"被害人（包括唯一的存活者骆琪）为视角，围绕13个女孩（12个死者、1个幸存者），计划做13篇。

骆琪的经历是第一篇，毕竟她是唯一从绝境中逃脱的人。

报道中，骆琪的名字用陈菊花替代，可是被熊万里一眼识破——作案时间，2010年4月19日凌晨；作案地点，滨海市小西关某出租民房，旁边紧邻某民营宾馆，宾馆紧邻某民营超市，超市二层有摄像头，可惜有故障（注：丽莺超市的录像机当时无硬盘，媒体穷尽细节，但未写明）；陈菊花被某老板连续包夜一周，4月18日晚是最后一夜，某老板因故未回宾馆，沈氏兄弟叫李秋玲前去搭讪，将陈菊花带进民房实施抢劫，并意图杀人溶尸——这些细节，足够熊万里对号入座。

"说我因故未……未回宾馆，她才……才被搭讪，意思是我害了她？

"狗屁！算命看根！遇祸看因！沈家那俩杀人狂魔，要……要是不杀人，老子就是天天因故未回，那女人也……也不会出啥事啊！”

熊万里嘴上嘟囔，眼睛却没停——

陈菊花仅有少量现金，未带银行卡，谎称卡在男朋友手上；沈长河让她口含刀片，又用胶带把她嘴封住，带她回住处取卡；回到自家卧室后，陈菊花试图解除胶带，可惜功亏一篑；取了卡返回魔窟的路上，陈菊花借取钱的机会，用防狼喷雾偷袭沈长河成功，终于摆脱绝境；防狼喷雾是她从家中偷偷带出来的，沈长河笔录里坦言，他当时并未注意；偷袭成功后，陈菊花撕掉嘴上的胶带，拼命逃跑，结果却路遇飞车党；飞车党不但抢走她的包，还用刀划伤了她的脸和脖颈；受伤摔倒的陈菊花看到有车路过，匆忙起身拦车，结果被车撞飞……我们不得不感叹陈菊花的命运：做失足女不可取，可是作为受害人，她面对犯罪分子，所表现的无惧无畏的反抗精神，却值得颂扬。

在此，我们强烈谴责一切犯罪行为，尤其是那两名飞车党。面对被沈长河追杀的陈菊花，他们不但不见义勇为，还丧心病狂，继续作恶。这究竟是人性的泯灭，还是道德的沦丧？让人庆幸的是，那位无意中撞了陈菊花的司机，肇事后并未逃逸，他承担了自己的责任，把伤者送院就医。在这里，我们想记下他的名字，可是未经当事人允许，我们不能那样做。

陈菊花的遭遇距沈氏兄弟伏法整整一年。我们像所有读者一样，一直关心她的命运。我们有一个好消息，经悉心治疗，她已伤愈出院。我们有两个坏消息：其一，她的脸和脖颈留下了永久的伤疤，那是飞车党干的，那些疤痕连同那晚的可怕经历，会让她终生难以忘却；其二，她失忆了……

看到这儿，熊万里连道可惜：唉！怎么就毁了容，还失忆了？那女人是真不错啊……

葛菲也看了沈氏兄弟碎尸案的报道。

从报道描述中，她一眼看出来，沈氏兄弟杀人溶尸的场所之一，竟是她家的旧宅。这时她才意识到，一年零两个月前，她从旧宅逃离时，为了9000块房租（外带1000元押金），居然把房子租给了两个变态杀人犯。

她很同情骆琪，可远不到自责的地步。那晚骆琪的遭遇，可以说是意外，也可以说是注定。但不管怎样，葛菲绝不会把责任揽到自己身上。她出租自家房子不违法，更不可能甄别租客身份，除非她是先知。

看完报道，葛菲大口吸下一管冰毒，仰靠在沙发上。在彻底陷入混沌之前，她脑子里最后一个想法，是找时间回旧宅看一看。

对金科来说，沈氏兄弟碎尸案的相关报道是在伤口上撒盐。他不同于一般看客，他跟那个案子牵连紧密。

在一年零两个月的犯罪生涯中，沈氏兄弟辗转5省，杀害12名小姐。

在被害人名单中，有一个金科永远不敢面对的名字：金兰。

2009年端午节那天中午，因为一次急刹车，眉钳狠狠划破金兰右侧眉骨上方皮肤，致其破相。在司机眼里，她只是受了一点小伤。那种伤疤，对于普通人算不上大事，可它直接摧毁了金兰的空姐梦。她是农家女孩，没有背景，拼尽全力才从数千人中脱颖而出。那个梦，倾尽了她所有能量，那是她能描绘出的最好人生。当时，那个出租车司机也算负责，不但把她送到医院，还交了医药费，并且在金兰兜里偷偷放了500块，权当营养补助。可是对金兰来说，那有什么用呢？

司机放好钱就溜了，没留下名字，也没留下地址。

金兰独自在急诊室接受治疗。她仿佛失去了五感，没有思想，任凭医生摆布。处理完伤口，她终于想起，自己在这座城市有一个亲人。见到金科后，她大哭一场。她想送给哥哥的惊喜，就那么没了，只剩无尽委屈。

金科安慰金兰，说她已经通过了空姐体检，没人留意她新添的疤。等伤口长结实了，悄悄去美容院，把疤痕做掉。

金兰拼命摇头，事情不是金科说的那么简单。端午节后她必须回校，要交论文，要拍毕业照……那期间随便一个女生都能注意到她新添的疤，从而触发某些女孩心中的恶意，把事情传到空姐招考方耳朵里。毕竟，航空公司的宣传海报满校园都是，上面是有联系方式的。

即便端午节后，把学校的事情抛一边不管，听从哥哥的建议，她也不信任美容院。祛疤，动刀还是用药？真能无痕？她不但不信，还认为那么做会给她脸上增添新创伤。她曾亲眼见到一个同学，割双眼皮后，睡觉时眼睛闭合不全，像女张飞，之后长期失眠，身心被拖垮，遂又去美容院试图恢复原样。如此反复数次，割来割去，徒耗钱财不说，还差点导致一只眼失明。

在不可逆的意外面前，这不谙世事的女孩心里，慢慢只剩绝望。

所有的安慰都是徒劳，金科只能不停地说："没关系，万事有我！"每说一遍，他都会在心里嘲笑自己：有你又怎么样呢？你的未来再精彩，也替代不了妹妹的人生啊！

都是那个出租车司机的错！这是金科最初的想法。

他告诉金兰，决不能就这么算了，一定要找到那个司机，起诉他，让他赔偿，赔到他倾家荡产。

金兰对"赔偿"二字无动于衷。赔再多也不能改变事实，更何况即便找到司机，起诉，法院也不可能让他做出巨额赔偿。退一万步，即便法院支持，一个司机能有多少钱呢？

一切都是空话。现实冰冷如铁，这是命运的捉弄。

端午节后，金兰请假一周。不管伤口能否愈合，她只能给出这么多时间。那期间，金科尽力陪着她，生怕她想不开，做出什么傻事。

一周后，金兰回校处理毕业设计，不然就来不及了。临走时，她努力对金科微笑，叫哥哥不用担心。那笑容令金科心疼不已。

金兰走后，金科对"出租车急刹"发生地做了实地考察，这才确认了那个三号电子眼的存在，从而捋清了逻辑——没有它，出租车司机绝不会在顺畅行驶时急刹，把车速从80降到30，那么，妹妹就不会破相，毕业后就会顺利做空姐。它，三号电子眼，才是毁掉妹妹人生的罪魁祸首。

这个逻辑冒出来，进而在心里生根发芽——它是金科破坏电子眼的动机。只不过日后行动时，为遮掩动机，他扩大范围，接连破坏了3个电子眼。

一切如预期的那样，金兰没做成空姐。

2009年7月如期毕业后，她告诉家人，自己在A市一家广告公司上班。那是谎言。实际上，她去洗浴中心做了小姐。如果她现在还活着，那么在未来某天，她也许会袒露当时的心路历程。要么空姐，要么小姐，两者天差地别。她经受过多大的失落、做过怎样的挣扎，才做出那样的决定，只有她知道。

2011年4月下旬，沈氏兄弟被捕。在专案组找到金兰家属，明确告知金兰被害之前，她的状态是“失踪”。

2010年中秋节，金兰没回家。金科给她打电话，怎么也打不通。他上次联系金兰是在一个月前。金科打了一宿的电话，意识到情况不对，立刻前往金兰所在的A市。到那儿之后他才意识到，妹妹从来未曾具体说她在哪家广告公司上班。金科茫然不知所措，这才选择报案。接下来，是漫长的煎熬。从中秋到过年，从过年到春暖花开，尽管人一直没找到，可金科始终心怀希望。直到2011年4月，刑警当面告诉他，金兰被害了，凶手是沈氏兄弟。

那时候，骆琪仍在失忆状态。

通过警方，金科才还原了真相，获知骆琪也是被沈氏兄弟所害。

在沈氏兄弟的口供里，滨海是他们行凶之路的第一站。骆琪出事那晚，他们连夜出逃，去了邻省某市，在那儿作案后，又逃到A市。在那儿，他们杀了两个小姐，其中包括金兰。他们不知道金兰的真名，也没保留她的手机，但是他们的手机里有金兰的电话号码。口供显示，他们在一家名为“蓝调”的休闲会所点过金兰的钟，后来又打电话约她上门服务，进而抢劫、杀人。根据口供，警方找到了金兰的某些尸块，并通过技术手段进一步确定了身份。

尽管缺乏足够的勇气，金科还是目睹了妹妹的尸块，那出于作为哥哥的责任感。

看过尸块后，他发了3天高烧，内心世界轰然崩塌——三号电子眼导致出租车司机急刹车，急刹车导致妹妹破相做不成空姐。因为这，我才干掉了3个电子眼，替妹妹出气。这么做有错吗？应该没有。

可是，如果我不破坏电子眼，那么，2010年4月19日凌晨，我就不会去小西关，检视所谓的作案成果。

我不去小西关，骆琪就不会被我的车撞飞。

骆琪不被撞飞，就有能力逃走，进而报警，哪怕她当时已被飞车党划伤。

如果骆琪报警，那沈氏兄弟当晚就得被抓，哪怕他们当时逃脱，也一定甩不掉警方的追捕。

如果沈氏兄弟在滨海被抓，就不会继续作恶，那金兰还会死吗？

绝不会！

天啊！我到底干了些什么？

# 第五章　悬案

## （一）

2018年国庆节后，滨海西城公安分局成立了一个原本没有的、听起来颇厉害的临时科室——悬案科。

什么是悬案？案子发生的年代久远、悬而未决，那是狭义标准。该标准下的悬案，当然包括很多大案、要案。在命案必破原则下，它们从未被遗忘。不论哪一级执法单位，都把它们放在最显眼位置，一旦获取最新线索，立即会重启专案组。但是，无论如何，它们都不会像意淫小说里那样，成为悬案科（或冷案科）的工作日常。这不仅仅因为没有那样的科室，相反，即便该科室存在，其权限、资源、效率，也跟各级领导挂帅的专案组无法比拟。

广义上，不论案件大小，只要没有专人负责，都算作悬案。该标准，更符合西城公安分局成立悬案科的初衷。比如，路人甲自行车被窃报案，其身份非官非贵，又不是外国友人，那案子九成九会被丢在那儿，除非恰好赶上警方打击盗窃专项行动。再比如，路人乙被仙人跳敲诈2000块报案，结果九成九跟路人甲一样。

从这个概念上说，所谓悬案，更多是指那些鸡零狗碎、社会危害很小的案子，甚至是那些达不到立案标准，只有一份报案人笔录的玩意儿。

相应的，所谓悬案科，即相当于皇帝的冷宫。它远离正宫，不受恩泽。有责任感的好警察绝不会发配到那儿。

该科室主要成员有三人。

江志鹏，西城公安分局刑警大队原大队长。

在警方档案代号“乌鸦”一案中，他救人心切，中了首犯白玉城的计，撞开滨海皇家酒店530房间的房门，触发机关，致使唐林海遭受电刑，当场死亡。

江志鹏是执法者，又是在接110通知后，带队执行解救行动，因此不必为唐林海的死承担法律责任。可在分局内部，他必须承担必要的责任。为此，以主管刑侦的局长雷霆为首，几位领导慎重讨论后，才成立了这么个临时科室——悬案科。把江志鹏调过去担任科长，其目的，一是让他反省过失、接受教训；二是让他代表分局，协同下面的派出所，把辖区内鸡零狗碎的小案子筛一遍，巩固警方在群众心中的良好形象。职务上，江志鹏从大队长降为副大队长，原先的副队叫张定一，由此转为代理大队长。

江志鹏是学院派，遇事就翻监控、搞定位，查指纹、DNA（脱氧核糖核酸），对现代刑侦技术颇为依赖。张定一跟江志鹏岁数相仿，经历不同，他是从一线摸爬滚打上来的，破案更注重思路，官架子也小，对弟兄们也更随和。但有一点，他和江志鹏一直合不来，起因是多年前感情上的破事。

当时张定一还是一线刑警，对局里新分来的一位小警花有意思，可他家境很一般，人又内敛，就一直憋在心里，不敢真刀真枪表白。后来江志鹏分到分局，也看上了警花。他知道张定一的心思，却不顾忌，三下五除二把警花追到手，顺利结婚生子。现如今，张定一也早为人父，可他对江志鹏的评价一直未变：自私、不仗义、不接地气。

正副队长顶牛，不和谐，领导心知肚明，但不干涉。很多时候，下属之间不和反而更有利于工作开展，那涉及领导艺术。

王可，西城公安分局资深刑警。

在警方档案代号“乌鸦”一案中，他恪尽职守，但还是没能阻止白玉城从医院病房逃脱、并随之展开报复，导致冯仁兴和蓝媚命丧白玉城枪下。

当时，跟王可在医院执勤的还有一个警察叫许聪。按理说，两人该共同承担责任，可他们彼时的状态差别太大——许聪被白玉城击晕；王可拼尽全力不敌，使出了两副手铐的杀招，一副连着他和床腿，另一副连着他和白玉城；许聪身上有手铐钥匙，人晕在几米之外；王可把自己连到床腿上，白玉城就无法拖动他，也就无法从许聪身上拿到钥匙；那本是个必胜的局面，可白玉城还是用枪逼迫护士，拿到钥匙打开手铐逃脱——在领导看来，一个警察铐住自己，让犯人跑了，那比被打晕还丢人一百倍。

除了这，王可跟许聪还有一点不同，后者上面有人。

他对领导的安排没丝毫意见。他一直牢记一件事，白玉城逃脱后，把他的枪丢到了医院步梯，那非常值得庆幸。如果枪被带走，进而被用来杀人，那他的责任就大了。

伊辉，西城公安分局宣传科干事，被刑警大队聘任为刑侦顾问，右腿有点瘸。

在警方档案代号“乌鸦”一案中，不管是微观细节，还是宏观思路，其表现都接近完美，更尽到了顾问的责任。唯一让人诟病的，是其在医院对案件真相的分析和探求，刺激了白玉城外逃，进而杀人。可是所有人又都清楚，那两件事之间，根本没有必然的因果关系。不管警察还是顾问，去分析案情疑点，探求真相，都是基本责任。再者，要是伊辉不那么做，“乌鸦”案的真相大概率会被湮没，而李默琛、蓝媚、冯仁兴等人，便会逍遥法外——那才是最可怕的后果。

案子完结后，雷霆曾找他谈话，主题无非是其去留问题。那次谈话内容，雷局长从未向外人透露。从结果看，伊辉留下继续做顾问，对刑警大队是好事，可是领导却安排他进悬案科协助江志鹏，外人就看不懂了。

悬案科成立后，江志鹏找伊辉做过一次长谈。

江副队长主要谈了一个主题，当年他没挖张定一的墙脚。

当时张定一暗恋的那个小警花，即江志鹏现在的老婆，原先就跟他是一个警校的，比他高一届。早在警校时他就喜欢那个警花，只是未及表白，人家就毕业了。

江志鹏说，当年他到西城分局工作，不是随机分配，而是自己努力争取的结果。其目的就是再续警校的前缘，把警花追到手。

所以，从某种角度说，张定一暗恋警花才是第三者插足。

“你怎么不向张定一解释？俩爷们儿中间夹一个疙瘩，多少年了，有意思？”

“为什么解释？当年我还暗恋过朱茵呢，难道黄贯中要向我解释？”江志鹏点上烟，“说这事，就为澄清一件事，我没张定一说的那么自私……”

伊辉嘿嘿一笑，他对这事没兴趣。

“笑啥？你小子几个意思？”江志鹏狠狠踩灭烟头，长叹一声，“我正式向你道歉！白玉城那个案子，你出力不少。我呢，没少挤对你。唐林海被电死后，我还试图找你顶锅……”

“哥，无所谓。我了解你，一心一意为人民服务。”

“放屁！”江志鹏指了指自己的脑袋，“说实话吧！你从宣传科调来干顾问，是雷局长同意的，我这儿有点瞧不上你。当时，你对唐林义办公室爆炸现场的分析报告很精彩，可你和雷局他儿子雷家明是同学。那时我以为，你多多少少还是关系户。”

“关系户？我来干顾问，你把我当关系户？”

江志鹏摆摆手：“其实在心里，我早承认自己看走眼了，明白了吗？该说的说出来，也就踏实了。我不希望因为那点事，咱们之间也磕磕碰碰。我希望咱们精诚合作，早一些让这个狗屁悬案科关门大吉，回到正常工作岗位当中去……”

“其实在悬案科，也是为人民服务啊！”

听到伊辉戏谑的话，江志鹏安心了，知道对方没将往事放在心上。

## （二）

悬案科内，文件堆得像小山，光是大量的阅读就叫人头疼。可实际上工作也没那么难做，因为大部分文件没意义。比如，这家丢了钱包、那家丢了电车……类似的事，初发生时派出所有人负责，当时能解决的也就解决了，解决不了的，搁置到现在，换神仙来做也没用。江志鹏的任务，是把这部分文件挑拣出来，跟相关派出所一一核对，然后全部销毁。

工作一段时间后，悬案科3人组整理出来10份文档，那是对数万文件精心挑拣的结果，他们把那10份文档称为“悬案科十大疑案”。

这“十大疑案”，是相对于其他鸡零狗碎来说的。它们有一定分量，可是里面没命案。从性质上分类，它包括两宗飞车抢劫案、六宗人口失踪案、一宗入室盗窃案、一宗恶意破坏公共设施案。

进一步细分后，他们从中挑出三宗有代表性的案子——2010年恶意破坏电子眼事件、2010年飞车党抢劫骆琪事件、2013年葛承祖失踪事件。

这三个案子的前两个，过去都由张定一负责；第三个，曾由江志鹏负责。

2010年4月19日凌晨，三号电子眼所在监控杆发生爆炸后，张定一才想到去查证监控视频，从而得到关键信息：早在2010年4月8日凌晨，破坏者就将爆炸物预先埋进监控杆检修门内。

3天后，张定一找到一辆可疑三轮车。车子停在西关垃圾场，不管颜色还是样式，都跟监控拍到的影像一模一样。

2010年4月22日，警方走访排查时，意外得到新情况：丽莺超市户外监控的硬盘不见了。

张定一认定，盗走硬盘的人就是电子眼破坏者。

理由很简单，该超市在马路南侧，离案发现场400多米。破坏者埋完爆炸物后东行离开，必然经过超市，从而被摄像头录下了关键影像。

后来，银丰宾馆老板儿子的陈述，以及没收的钢珠枪，为张定一的判断提供了佐证。那把钢珠枪上，除了宾馆老板和孩子的指纹，再无其他。那再明显不过，破坏者教唆孩子打超市玻璃前就擦净了枪上的指纹。该案所有信息到此为止。

那之后，张定一还追查了爆炸物来源，可惜一无所获。久而久之，案子被放弃，直到伊辉擦去档案袋上的尘土，它才重见天日。

破解悬案是分内事。为此，伊辉找张定一了解案情。

“那个案子，凶手没漏洞，犯罪手法也妙！”事情过去8年多，张定一仍耿耿于怀，“唉！也许是我能力不行！”

“所以就放弃了？”

“放弃？人手不够啊，老弟！”张定一无奈道，“那年4月19日凌晨，三号电子眼出事那晚，就在我们收队后不久，还出来一个飞车党抢劫案。你说寸不寸？”

“嗯，那个抢劫案到现在也没破！”说着，伊辉拍了拍手中的档案袋。

“那就俩案子一块聊！”张定一脸色微红，颇觉丢面儿，“电子眼案社会影响太坏，性质上更恶劣，领导很重视，可它好歹没见血。飞车抢劫案呢，它把兄弟们的脸丢尽了！如果那晚我们不收队，它是可以避免的！”

伊辉一边听，一边注视着角落，仿佛在回想8年前那个晚上，自己在做什么。

“丢脸无所谓，丢责就……”张定一嘴角轻轻抖动，“那晚还发生了什么，你应该知道的！”

“你是说沈氏兄弟？”

“对！”张定一胸间剧烈起伏，“当时，我们打破头也想不到，离三号电子眼蹲守现场不远，在那么一栋普通的两层民房里，竟藏着两个杀人溶尸的恶魔！”

“那不是你们的错。”

“唉！如果那晚我在小西关哪怕留下一个队员，也有机会撞到飞车党抢劫，救下那个小姐。那样一来，‘二沈’就死我们手里了，哪里还有机会继续流窜杀人？”张定一紧握拳头，语气里尽是自责。

“这个逻辑倒是没错！”伊辉继续在张定一心头抓挠，“假设没有飞车党，结果就更好了，那个小姐也就不会被车子撞残。根据网上的资料描写，那个沈长河，当时眼里进了防狼喷雾，追不上她。她大概率能安全逃脱，继而报警……那样的话，沈氏兄弟同样没机会再杀人，‘二沈’案就提前结束了……”

“他娘的……别提了！”张定一抖着手点起烟，沉默了很久，才说，“其实，飞车党的案子出来后，电子眼案我们也没撂下。直到2011年2月，公安部通报了‘二沈’的案子，多地警方联动，我们才转移注意力。2011年4月，‘二沈’被抓，那时我们才知道，他们竟然在滨海小西关弄出好几条人命……从那时起，作为案件首发地警方，我们丢下手头的案子参与协办，把精力全投到‘二沈’案的尸骨取证，以及案情回溯上面。

“根据网上的资料，我研究过‘二沈’案，挺同情那个小姐，她当时被撞失忆了。报案人，也就是撞她的司机，居然没逃逸。仔细想想，很有意思啊！

“小姐叫骆琪。撞她那人叫金科，是个医生。他主动报案，说自己交通肇事。骆琪右脸、颈部有刀伤，那是飞车党干的。车祸发生时，金科看到了那辆摩托车。后来‘二沈’归案后，沈长河说了，他没在骆琪身上动刀，还证实了抢劫细节。”

“关于飞车党，你们查到了什么？”

“骆琪被抢前3天，小西关派出所有一例相关记录。报案人也是个小姐，叫刘玉芬，下半夜回家被抢了包，右手腕被挑了筋。那个案子，现在也挂在你们悬案科。刘玉芬说作案的是两个人，骑一辆黑色摩托。我们判断，那就是抢骆琪的人。”

“理由？”

“当时小西关、西关，小姐多，治安差。那几年，分局督促派出所，每月必须搞一次扫黄。说是扫黄，其实是查治安。别的不说，就那两年，西关和小西关也有劫案，但一个飞车党的案子也没有。所以，突然冒出来两例，前后仅隔3天，若说不是同一伙人干的，老子不信！”张定一话锋一转，“知道为啥飞车党的案子少吗？”

伊辉一愣神，摇头。

张定一不卖关子：“一、咱这儿大平原，不比南方，摩托没那么多；二、飞车抢包，被抢的人出于本能，一般不那么容易松手。你不松手，就是逼对方动刀啊！干那事的没有亡命徒，不就是求个财？为点钱，你就动刀伤人，说不定还可能弄出人命，风险多大？所以干的人就少！”

“照这么说，案子应该不难查，怎么就成悬案了？”

“他们收手了！”

“收手？”

“就干了两次，骆琪被抢后再没露过头。那种事没有面部特征，我们一般就找车，找到车就找到人了。可是当时，维修点、改装店、二手摩托贩子，能查的都查了，就是找不到。”

“找不到？那么邪门？”

“我想，它要么被藏起来了，要么被偷偷运出城，在别处处理掉了。”

“你意思是，那辆黑色摩托，起码在本市，它没改过颜色？”

“是的！除非它的主人，会改装摩托，而且不对外开店。”

“监控呢？”

张定一摇头：“他们熟悉地形，两次劫案，那辆摩托都没被拍到。8年前，监控不够密集，西关、小西关有大片盲区，够他们随便绕。两个案子，两个受害人，一个失忆，一个断手筋，只能描述车子颜色，根本不认得品牌、款式，没法搞……在西城几十万人范围内，我们排查了一个月的路面监控，找到上千辆黑色摩托车，包括没牌照的，挨个儿过滤。那些车主，要么有正经工作，要么没前科。还都没作案时间！”

这番话令伊辉深有感触：即使再小的犯罪行为，它对应的破案成本也可能很大。一个小小的飞车抢劫案，就得动用大量警力，耗时数月。哪有什么神警？破案，跟街头芸芸众生的活计没分别，都得付出，得腿勤、嘴勤、脑瓜勤，再辅之以现代刑侦技术、设备，而且付出不一定就有结果。可是在外人眼里，很可能是另一回事——基层刑警开着公车，可以闯灯，可以抹分，充分享受着驾驶自由，一天到晚净瞎忙……

伊辉叹了口气，扯回话题："你认为，电子眼案的犯罪动机是什么？"

"处心积虑破坏，存心报复，一定是在电子眼上吃过亏。这儿有两个可能：要么，那家伙在三个电子眼下都吃过亏；要么是针对某一个电子眼，故意扩大报复范围，掩盖动机！"张定一用双手搓了搓脸，反问，"你觉得呢？"

"我倾向后者，他针对的是三号电子眼。"

"理由？"

"手法跟前两个不一样，用了太多心思。不管是预埋爆炸物，还是网上发帖预告，目的都是让你们出丑。你们越重视，就输得越难看，他心理才越平衡。"

张定一点头认同："当年，我们把注意力都花在司机身上，天天蹲交警队做表格，寻找在3个电子眼下，都违章的车辆。符合要求的车子太多，就分批，一批几百辆，一辆一辆去核实……其实当时就知道，方向很可能偏了，可非那么干不可。就算能确定那家伙是冲着三号电子眼干的，你也没法找线索。只跟三号电子眼有过节的司机，那就更多了！"

"被那个帖子误导了？发帖人，生气的老司机。"

张定一苦笑。

"其实可以简单地画个像。"

该画的像，当年早画了。张定一还是抱起胳膊，示意伊辉说下去。他想听听，这个年轻人还能冒出什么特别的想法。

“两个电子眼，都是三枪内命中，枪法很好，可能是退役军人。若是普通人，一定没少练，他得有练习的空间和时间。三次破坏，都是凌晨动手。他要是跟家人同居，事一定瞒不住，相比之下，独居概率就大些。他要么单身，要么离婚，身边没孩子。他干掉第一个电子眼的时间，2010年4月4日凌晨，那天是周日。下一个时间，2010年4月11日凌晨，那天也是周日。再下一个时间，4月18日，还是周日（严格来说，4月19日凌晨是周一）。很明显，大概率上，他有固定工作时间，要么周六休息，要么周日休息，要么周末两天都有空。另外还有两个时间比较特别，一个是4月8日凌晨，他去预埋爆炸物，一个是4月11日下午，也就是丽莺超市老板娘事后回忆的，超市玻璃被打碎那天。4月8日是个例外。那天不是周末，他为什么去埋爆炸物呢？我不理解……”

“哦？”伊辉一个小小的反问，把张定一定在那里。

“也许原因很简单，他认为那趟活儿不难，没必要为它专门牺牲一个休息日。问题是，那天完活儿后，他一定摘下过口罩，然后被超市摄像头拍到了，这才有了后面的行动，去超市偷硬盘。你瞧，偷硬盘是4月11日，又是周日。这儿还有个疑问，4月8日—11日，隔了3天。那3天，他干了什么？”

张定一愣住。

伊辉陈述的大部分内容，以及提的问题，他有的考虑过，有的压根儿没想到。

伊辉说：“既然被拍下面部，为什么不4月8日当天或第二天去偷硬盘？他应该很着急才对啊！难道当时没空？”

张定一沉默，脑子里火花四射。

伊辉继续分析：“要偷硬盘，他至少要先计划好怎么干，还得做一些准备工作。比如，他至少得了解超市的录像机在哪儿。如果录像机在楼上，甚至在卧室，那么他那天偷硬盘的招，就不好使了！”

“偷硬盘前，他去踩过点！”

张定一拍打脑壳，连声叹息。如果当年想到，并提出这个问题，让超市老板娘刘丽莺回忆，也许真能得到线索。

“无非是怎么犯罪的问题。”伊辉把自己代入犯罪者思维，“除了踩点，他可能还得干点别的，比如熟练拆卸录像机。这很好理解。实战时，他利用那个孩子破坏玻璃，把刘丽莺调到超市外面，可他无法左右刘丽莺返回超市的时间。所以，偷硬盘的一系列动作必须熟练无误，用时越短越好。换句话说，如果他本身就熟悉相关硬件，或者用作拆卸练习的录像机是他本来就有的，那就罢了。如果他专门买了新的，用作拆卸练习，那线索就出来了。”

“有道理！”

张定一喉头“咕咚”一声，吞下一口苦水。

他再次认识到，作为当年电子眼案的负责人，自己掌握的信息和结论，跟这位顾问严重不对称。他后悔当初怎么就没想这么细呢？如果那家伙真买了新录像机，那一查一个准。要是那时把案子结了，相关领导脸上都好看着呢。他张定一说不定早成大队长了……

“只是些个人看法！”伊辉宽慰对方，“案子沉淀下来这些年，换作你是我，也许比我想到的还要多！”

张定一用力拍打伊辉肩头，一个字也说不出来。他很感激这个年轻人，在分析案情之余，还尽力维护了他的脸面。

伊辉说：“但是有一点能肯定，那小子一定不是专职司机，起码不开出租。行动日都在周末，出租车司机可没那么闲。”

“也就是说，当年针对违章车辆的调查，全是无用功！”张定一自揭伤疤。

“是的！”伊辉不再在乎他的情绪，“这就又回到犯罪动机上了。那几个电子眼本身设置有问题，不管是谁因为它们罚了款，心里都堵，对吧？可总不至于那么干吧？又是钢珠枪，又是爆炸物，费那么多心思，担那么大风险，值？”

“谁说不是呢？”张定一长叹一声，吐出积压多年的苦水，“刑警也是人，上头有领导，碰到案子就得动起来。你心里怎么琢磨是一回事，怎么干又是另一回事。电子眼被搞了，那么大动静，不查司机查谁？就算知道是无用功也得干啊！他娘的什么也不干，领导可就……”

“哥，你现在也是领导！”

三言两语之下，伊辉就看出来了：张定一也算性情中人，没有背景，兢兢业业，在体制内干了多年，好在身上没那么多臭毛病，至少不打官腔难为人，唯独在乎在领导面前的表现。

他心里同样感激对方。再怎么说人家现在也是队长，愿意抽时间陪他一个顾问聊案情，而且案子都是经张定一之手，又悬而未决的，聊起来难免丢人。

他从中体会到了被尊重的感觉。

也许，那份尊重缘于他在“乌鸦”一案中的表现吧。要是没有“乌鸦”案，张定一还会这么配合吗？

伊辉想得多，感激的话却不善表达，只好自言自语，转回正题。

“三号电子眼，能干啥？不就抓拍个超速？破坏者超速了？被罚款了？就算罚个千儿八百，也不至于那么愤怒去犯罪吧？除了罚款，一定还有其他后果。”

“后果？还能有什么后果？”

伊辉不答，思维继续发散：“不是超速，难道是减速？”

“减速？什么意思？”

“我也不知道。”伊辉做了个拉闸的手势，“减速，也就是急刹车，能带来什么严重后果，让人处心积虑去犯罪？”

关于电子眼案的分析，张定一听过很多讨论，可从没听过“急刹车”的说法。他念叨着这几个字，心里咯噔一下，不由得再次审视眼前的年轻人。直觉和多年的经验告诉他，这个年轻人应该能找到那个案子的正路。

他发现了，这个年轻人的思路既清晰，又细腻。分析问题的角度看似刁钻，却极有道理，那源于一个概念：逻辑。这个概念扎根于生活，极为朴素，以至于当执法者所掌握的资源越来越多，并对其依赖时，会不自觉地忽视它。

"还有几个细节。"伊辉翻开档案，打断张定一的思考，"关于第一个电子眼，我们已知那家伙只能从滨海高速东入口，有选择地挑选货车，然后进行下一步行动。我的问题是，不管他住哪儿，从市区到高速东入口都不近。那么，他有交通工具吗？"

"这个我们查过。深夜去高速入口，无非两个选择——要么打出租车，要么自备交通工具，汽车、摩托车都行，自行车不考虑，太慢。如果是后者，监控不难找到。交警大队把案子给我们之前，就做过排查，把4月3日夜间—4月4日凌晨，以滨海高速东入口为方向，但没上高速的私家车和摩托车都摸了一遍，可惜没找到可疑对象。那就说明，破坏者是坐出租车过去的。他一定在远离高速入口的某处提前下了车，而且一定像个正常人，没做任何伪装。比如，离高速入口3公里处，有个小黄庄。那儿有沿街房，有商店、饭店、小学。从那里下车就很合适。后来我们又把那个方向的出租车捋了几遍，可惜没找到线索。"

"那他行动完成，翻下高速后一样没法查。挨到天亮，他随便上一辆公交就回滨海了。那时的公交，基本不带摄像头。"

该问的细节都问了，伊辉合上档案。

张定一戳着胸口，说："干吧，需要帮忙随时找我。把它破了，也算给我去一块心病！"

"谢谢张队！可我实在没把握啊！"伊辉挠挠头，离开。

## （三）

葛承祖失踪案的档案很简单。

葛承祖，2002年生，失踪时11岁，在市中心某小学读四年级。其父葛云辉，是薪火生殖医院院长；其母叫山下纯子，日本人，是星火儿童福利院负责人。

事件过程：2013年1月4日，下午放学后，葛承祖同父异母的姐姐葛菲，将葛承祖从学校接走。事后，葛承祖的班主任说，葛承祖平时多由爷爷奶奶接送，父母有时也去，4个家长她都认识，却从没见过葛菲。班主任当时有警惕心，问葛菲是谁。葛承祖抢答，说那是他姐姐。班主任眼见姐弟年龄差距很大，半信半疑，就给葛承祖奶奶打电话，确认属实，才放了心。孩子奶奶挂断电话后，也觉得奇怪，毕竟葛菲从没去接过弟弟。随后，她打电话把事情告诉葛云辉。葛云辉也觉得不对劲，立即联系葛菲，结果对方关机。

那年是个暖冬。那天下着雨夹雪。葛菲拦了辆出租车，把葛承祖带到西城的城中村康庄。下车后雨雪变大了，葛菲去城中村某浴池，找药腾飞拿出租房的钥匙，把葛承祖留在一家小吃店的屋檐下。七八分钟后，葛菲返回时，葛承祖就不见了。

葛菲笔录如下（简洁版）——

那天我忘了带钥匙，去浴池找药腾飞拿的，不然孩子不会丢。我承认，那天我是有预谋的。有一说一，我“溜冰”。几年？三四年吧，鬼记得。那天我接孩子，是想演一出戏，从葛云辉身上搞点钱。他是我爸？我叫不叫他爸，关你屁事！我和大黄计划好了，哦，药腾飞。我们就住在城中村，本想把孩子带过去，藏起来，让药腾飞给葛云辉打电话，敲一笔钱，可他不敢，说葛云辉能听出他声音。我就找来另一个叫阮斌的朋友，叫他打电话。葛云辉是我亲爸，有钱，我为啥敲诈他？你问他去！问我？行！不就因为吸毒嘛。他不给我一分钱，还威胁我，要是继续吸就跟我断绝关系。敲诈是谁的主意？我。如果我计划成功，怎么面对葛云辉？有劲吗？就这么个事，葛承祖失踪，纯属意外。他丢了，我没弄到钱，我比谁都亏！

药腾飞笔录如下（简洁版）——

葛菲说从她爸身上搞钱，我不同意，可她非要那么干。

对，我吸毒，我检讨。葛菲也吸，是我带坏的。当年我和她同校，比她大一届，我们在酒吧认识的，那时我已经毕业了。本来我是瞒着她吸的，后来被她发现了，让我戒。再后来，她突然主动跟我要货，非要尝尝。坦白讲，因为吸毒的事，她爸揍过我，所以她找来阮斌，让他给葛云辉打电话要钱。孩子不见了的确是意外，谁也没想到。赶紧去找孩子吧！去抓人贩子！跟我这儿耗没意义，时间不等人啊！

阮斌笔录如下（简洁版）——

我跟葛菲没关系，就是一块打游戏，在网吧认识的。她叫我干的事，我当时没多想就答应了，能分一笔钱嘛。问题不大啊！又不是真绑架！孩子是她弟，由她控制。我就是个打电话的，谎称人在我手里，指定个地点，叫她爸带钱过去换人。葛菲说了，她爸拿她当草，拿儿子当宝，那种情况，能用钱解决，不会冒风险报警的。孩子失踪，跟我一点儿关系也没有。不信就查，我有不在场证明的。

江志鹏的调查总结（当年失踪案由江志鹏负责）——

本案当前嫌疑人，葛菲、药腾飞、阮斌，前两位有吸毒史，接近4年。

葛菲性格乖张，跟家人关系极差，此条已查实。

药腾飞笔录内容基本真实，唯有一处细节须进一步核实：因为吸毒的事，葛云辉动手打过他。此细节问过葛云辉，被一言带过。无妨，它无关紧要。另查明，葛承祖失踪时，药腾飞正在城中村某公共浴池洗澡，无作案时间。

阮斌所言属实。孩子失踪时，他在网吧。

葛菲的计划漏洞百出，却符合常理。她吸毒，缺钱，父亲有钱不给，这才动了敲诈的歪脑筋。可是在此之前，她从未去学校接过葛承祖。那么，就算计划成功，葛云辉也能一眼看出，是女儿指使那个阮斌搞鬼。

在那种情况下，葛云辉会不会掏钱“赎回”孩子，那是他的事。但能肯定一点，他不会报警，那等于出卖自己的女儿。

综上，孩子失踪，的确在葛菲计划之外。

细节及周边环境整理：

失踪地点为康庄，是西城最大的城中村，东西向街道4条，南北向贯穿胡同8条，每条东西街都在500米以上。街道两边全是店铺，黑网吧、发廊多，饭馆、杂货店、小诊所、出租房不计其数，流动人口远多于本地居民，成分复杂。

案发时雨夹雪，行人少。葛承祖站在“如意馄饨店”屋檐下。馄饨店在街的前半段，紧邻南北巷口，那个位置很寸：该街道某些店铺会被摄像头拍到，而馄饨店则不会。

目击者3名，馄饨店老板娘及两个路人。

老板娘起初没注意檐下的孩子，等她发现时，孩子已经被一个穿长款黑羽绒服的人领走了。路人甲跟“黑羽绒服”同向，亲眼看到“黑羽绒服”蹲在孩子面前，两人似有简单对话。路人乙跟“黑羽绒服”对向，没注意其长相，但能肯定那是个女人。路人乙跟“黑羽绒服”一样，头戴棉服的兜帽，视线有限。“黑羽绒服”牵着孩子小跑了几步，后来解开衣服，把孩子抱在怀里，跟路人乙擦身而过，转入南北向胡同。羽绒服下穿什么衣服？路人乙没在意，只盯着胸看，说是个女人，胸很大。

“黑羽绒服”特征：女，一米六五左右，行走敏捷，不似中老年人，年龄、体形未知。备注：黑羽绒服宽大，有帽，目击者印象必有误差。

后续行踪追查：

“黑羽绒服”抱着孩子进入南北向胡同后，不知去向。胡同笔直，南北贯穿城中村4条街道，能绕到村外主路。继而调取主路监控，未见相关影像。由此怀疑，嫌疑人和孩子就在城中村藏匿，进而逐一排查村内所有房子，仍未找到孩子。由此判断，“黑羽绒服”有交通工具，她带孩子出村后，驾车逃离。从路面监控查车，跟排查城中村的工作同步进行。然而，案发后数小时内，康庄外相关主路经过的所有车辆，均无嫌疑，实在令人费解。

## （四）

跟张定一不同，对自己当年没办明白的案子，江志鹏不想多说。原因很简单，他更好面子。

“不是我在破案，是我们。案子破了，不是给你脸上抹黑，是添彩！哥，你不想早点离开悬案科吗？”伊辉不讲大道理，把葛承祖失踪档案丢进垃圾堆。

江志鹏不理他，出去抽了一支烟后回屋，默默地把档案扒拉出来：“说到动机，就两条，一个钱，一个仇。可是就奇了怪，当年葛承祖失踪后，葛云辉压根儿没收到过勒索电话。至于仇嘛，倒有琢磨的空间。你知道，葛云辉有个生殖医院，说白了就是做试管婴儿。那玩意儿费用高，现在一个流程下来少说3万，当年钱更值钱，两万左右吧。他那个生殖医院，2004年春天办的，到葛承祖失踪，营业9年。9年，能积累多少失败案例？别的不说，因为试管婴儿失败，花光了钱，去医院闹腾的例子，这两年少吗？在医院跳楼的都有。”

“你意思，是试管婴儿失败患者，绑架葛承祖出气？”

“有这个可能性。”

“查了吗？”

“废话。当时葛云辉非常配合，提供了近3年的失败案例。我们挨个儿查过去……”江志鹏摇摇头，“只有3年的资料，再久远的，早没了。你说咋查？”

伊辉抱起胳膊，沉默。

“还是狗屁形式！领导就好来这套，我是说悬案科！”江志鹏哼了一声，说了句大实话，“直说吧！这年头，哪个警局都有办不明白的案子。翻出来，都搞明白？不现实。这是客观事实，我们必须面对。”

“还有吗？”伊辉不理会江志鹏的牢骚，“我是说动机。”

“还有？那就是人贩子呗。孩子叫人拐走，卖了。”

“如果‘黑羽绒服’是人贩子，你不觉得事情太凑巧了？”伊辉说，“当时葛菲去浴池取钥匙，总共就用了七八分钟。从目击者描述看，‘黑羽绒服’就是路过，临时起意。”

“当然凑巧，那不明摆着吗？”

“正因为凑巧，所以，动机不会是指向性的寻仇、勒索。”伊辉掏出打火机在指间转圈，“逻辑永远不会错，除了凑巧，就是蓄意。如果是凑巧，没找到人贩子也不奇怪。如果是蓄意呢？”

江志鹏用力撇了撇嘴角，语气咄咄逼人：“蓄意？你什么意思？某个做试管婴儿失败的家伙，神算子，算准了葛菲那天的动机和行踪，还是说，某人暗中收买葛菲，通过她弄走葛承祖，报复她亲爹？”

“我哪知道啊！”伊辉嘿嘿一笑，“只不过是拆解逻辑。”

## （五）

西关最大的城中村康庄，有个夜市叫西巷口。

在那儿，伊辉和王可见到了骆琪。

骆琪在夜市摆摊，卖麻辣烫。出于长相的缘故，她的生意很火。她做买卖好几年了，算是夜市的一道风景，人们习惯叫她“麻辣西施”。

摊位上除了骆琪，还有一个外来小妹。

“那是老板娘？”伊辉指着在摊位另一头收钱的女人，问服务小妹。

得到肯定回答后，他惊讶极了。早在几年前，他就研究过“二沈”的案子，知道骆琪逃生的所有细节。他对她心有佩服，只不过若是没有悬案科，他没机会亲眼见到她。他没想到，骆琪竟然瘫了，行动全靠轮椅。怎么会这样？伊辉看过旧报道，说她伤愈出院，恢复得很好，从没提过瘫痪的细节。

她今年31岁，青春逝去大半，样子却依然动人。她没化妆，灯光下的神色，反倒分外柔和。她还是长直发，黑色，扎着马尾，只是额头上多了些刘海儿。在旁观者看来，坐轮椅丝毫也不影响她的心情。她周旋在顾客中间，时常微笑，那令客人不再留意她脸上的疤痕。那道疤挂在她右侧脸颊，灰白色，像一条干枯的蚯蚓。若是细看，还能在她脖颈上发现同样的疤痕。它们是当年的飞车党留下的。

王可走到骆琪跟前，亮出证件，把她带到桌前。

骆琪收敛了笑容，眼里带着询问。她已经很久没跟警察打交道了。

伊辉吃完最后一口麻辣烫，打了个嗝，让气氛轻松下来：“我们是西城公安分局的，过来吃饭，顺便通知一声，当年那个飞车党的案子，重启了。”

骆琪“哦”了一声，推起轮椅要离开。

“先别走啊！”王可抓住轮椅扶手，把她拦住。

“不好意思。很多事，我真不记得了！”

“真的什么都不记得？”

“唉！都过去了！”

骆琪岔开话题，目光直落在王可脸上，一动不动。

王可被对方盯得不自在，以为自己脸上有脏东西，赶紧抹了一把脸，然后换了个坐姿，掏出打火机把玩。

“哎呀，走神了，对不起！”骆琪收回目光，“王警官，你跟我弟有些像。”

“哦！我以为我脸上有花儿呢！”

骆琪一笑：“来都来了，要不你们喝点吧。这顿算我的。”

“你还记得你弟弟的样子？”伊辉突然反问。

他看过档案，知道她有个弟弟叫骆行，重病去世，亲属栏里有销户时间。

骆琪摆正轮椅："我失忆了。2010年4月18日夜里发生的事，连同以前的一切，全都不记得。"

"为什么？"

"医生说是创伤引起的解离性失忆症，也包括一定的心因性成分。"

"啥意思？"

"就是说，车祸和创伤是失忆的主要原因，我自己的心理，是另一部分原因。很奇怪？嗯，我也觉得。"

王可问："这些年了，没有恢复迹象？"

骆琪摇头："医生说了，可能突然有那么一刻，会全记起来。至于那一刻是什么时候，天知道。"

"那车祸的事……"

"是金科告诉我的，他是当事人。还有这两道疤，还有沈长海兄弟……那天夜里的事，还有我的过去，我家人、医生、警察、金科、陈姐……他们统统都告诉我了，像电影片段，一点点集合起来。"她慢慢皱起眉头，"别人告诉我的，我都能记住。我不健忘，只是总觉得，那些事跟我无关。那种感觉很奇怪，就好像在听别人讲故事。"

"那你的腿……"

"这个只能怪金科了，是他撞的我！"骆琪捶着自己的腿，"其实有知觉的，扶东西也能站起来，就是走不成路，废人一个。"

"要怪就怪飞车党。没他们，你不会被撞。"

"没用！叫我赶上了！要不是沈长海兄弟，我根本遇不到飞车党！还有那个熊万里，相思按摩店的陈姐说，要不是他包夜，我根本不会去银丰宾馆……"

话题无意中扯到骆琪过去的身份，她不愿触及，更不愿承认，很快转换话题，语气突然严肃起来。

"我也是服了！一个飞车党的破案子，这都过去多少年了，你们还没整明白！"

“我们……”王可试图解释。

骆琪推动轮椅远离了方桌，冷眼回瞥：“都是些吃闲饭的！往这儿一坐，真当自己大爷啊！”

“嘿！咋说话呢！这娘儿们，翻脸比翻书还快！”

王可撂下筷子，想把骆琪叫回来。伊辉摇摇头，扔下100块钱，示意王可离开。

骆琪望着伊辉的背影，微微皱起眉头。她才注意到他右腿有问题，是个跛子。“不可能这么巧的！”她心里悄悄嘀咕了一句。

回到车上听伊辉一说，王可明白了。骆琪以前是小姐，这个事实，一定是她那位陈姐告诉她的。可她失忆后，根本不接受自己的过去。为什么不接受？原因涉及深层潜意识。这个现象，在心理学上有据可循。就在刚才，当着警察，她被迫谈到肮脏的过去，那触及了其内心的保护机制，让她生出来一种强烈的厌恶情绪。接着，她把那种情绪发泄出来，转到了王可和伊辉身上，就这么回事。

“她恶心自己？”

“说你干过鸭，你恶心不？”

“滚！你说，她真失忆了？”

这个问题，来自王可的职业本能。刑警对所有当事人的陈述，天然保持怀疑。

“废话！她有病历的。”

“我的意思，她会不会已经恢复了，还在装？”

“哟！那对她有什么好处？”

伊辉刚要转动钥匙点火，突然停止了动作。他觉得这个话题很有趣。

“好处？”王可挠头，“我还真想不出。硬要说，就是你刚才讲的那一套，什么心理保护机制，逃避过去。”

“那没用，等于自己骗自己！”伊辉调侃王可，“你要实在有兴趣，干脆把她弄去分局，用测谎仪测测，或者找个专业医生，给她看看。”

“狗屁！”

伊辉嘿嘿一笑：“正经说，测谎仪有用，有足够经验的医生诊断也能给出结论。但是，医院那些仪器没屁用——记忆就是信息，储存在大脑相关区域，仪器能拍到那些区域，但不能判断那些区域的工作状况，除了很明显的物理损伤。”

“扯远了。她装不装关我们屁事？就算她记得，对飞车党案也没帮助！”

王可掏出手机玩耍。他对该话题失去了兴趣。

伊辉开窗丢烟头。此时正有一辆电动三轮从旁边经过，车上装着啤酒、饮料，以及打包的食材。那烟头不偏不倚，一头扎进三轮后斗。

“对不起！”

伊辉赶紧跳下车，叫停三轮，把烟头捡出来。

“没事！”

车主淡然一笑，发动车子，朝着骆琪的摊位开过去。

伊辉盯着三轮车主的背影看了一会儿，爬上车，对王可说：“刚才那人我认得。”

王可没反应，专心玩手机。

“那个骑电动三轮的男人，金科。”

“金科？”王可放下手机，侧身到车窗前往外看。

这时，三轮已到了目的地，男人开始卸货。骆琪在旁边看着，跟男人有说有笑。

“你确定？”现在是傍晚，王可怀疑伊辉看错了。

“我看的不是外形，是眼。是他，没错。你要不信，下车喊一嗓子。”

伊辉一边说，一边拿出金科的档案。档案是10年前的，贴着黑白照片。那时的金科又高又瘦，长发。骑三轮的男人是高个子，短发，身材有点发福。

“金科，1981年生人，滨海医学院研究生毕业，医学院附属医院生殖中心医生……”王可瞟了一眼档案，“他撞了骆琪，这是负责到底，不干医生了，来当老板娘的男人？嘿！这事也有意思！”

“有意思吧？”伊辉推门下车，“飞车党的事，下一步得找他，这倒省事了。”

王可刚要下车，电话响了，是江志鹏打来的。

江副队长在电话里火急火燎地喊：“赶紧去西城老化肥厂，有大案！”

“大案？咱现在搞悬案呢。头儿，你喝多了？”

“狗屁悬案！你小子还当回事了！”江志鹏提高嗓门，“赶紧去，给老子搞清楚情况。伊辉呢？”

王可把电话交给伊辉。

“伊大顾问，老化肥厂有大案。”

“大案？那是张队的业务啊。”

“案子不分你我！在公安局，只要你破案就成，其他什么都是虚的！懂吗？”

“哥，不合适！要不你请示一下雷局？”

“扯淡！我知道的，张定一对你印象很不错。听我的，你们去现场，搞一手资料，完事大伙一块研究。去晚了，张定一把现场资料拿走，往后就看不到了！命案不常有，明白吗？这是机会！这一回，咱不但得把案子破了，还得跑到他张定一前头！”

“这……”伊辉望着远处金科的身影，犹豫不决。

“不去是吧？”江志鹏急了，“那我自己去！今天，老子就豁出去，不要这张老脸了！”

话音未落，电话挂断。

“走？”

王可收起电话，眼神倍儿亮。

如果刑警是野兽，那命案就是肉，哪怕一些案件的血腥程度以及侦破过程，会给人留下终生阴影。退一步，江志鹏抛出的肉，总比那些尘封的狗屁悬案有趣。

“走！”

伊辉麻溜上车，点火，离开。

## （六）

五一路是贯穿滨海西城的一条南北路，该路两侧原本有很多污染型企业，后来陆续搬迁，路面变得越来越顺畅。

“乌鸦”案中的林义化工集团，以及白玉城父亲白涛留下的那片烂尾楼就在这条路旁边。林义化工（原址）往南不远有条东西巷，巷口原有一家汽配维修店，那是白玉城开的，如今早已关门。从那儿再往南不远，有个自然村叫小黄庄。小黄庄东边，一路之隔，即是化肥厂旧址。

厂子十年前就搬了，围墙还在，东西各有一个门，西门常年锁着，锈迹斑斑，东门还在用。企业搬迁后，化肥厂开通了专线，用来接送原先的老工人上下班。那几辆大客专车就停在厂区旧厂房内，出入都走东门。

门上化肥厂的牌子被另一块取代：化肥厂水土环境修复项目部。

所谓修复，就是停止人为破坏，任由野草、灌木生长，慢慢改善水土。该项目部占地面积不小，听说地块已被某医院买下，啥时候开发没人知道。

项目部东门外有个夜市，是附近居民购买日用品的主要场所。伊辉开着他的五菱宏光来到夜市，冲到东门前。

大门上拦着警戒带。王可下车，跟执勤警察打了个招呼，伊辉才把车开进去。

院内荒败、萧索，杂草遍地，唯一的水泥路面也坑坑洼洼，从大门通向停放大客的车间。车间前全是警车。伊辉把车停好，下车走进杂草深处。

厂内所有建筑仍在。警察集中在厂区的西北角，以前那儿是锅炉房。

张定一站在人群外，闷头抽烟。他见伊辉和王可不请自来，微微愣神，好在脸上没表现出什么不悦。

“你们来干吗？”这声音很冷漠，像冰箭，把人定在原地。

伊辉挠挠头，还没开口，王可抢先了：“听说有案子，闲着无聊，来找活儿干。人手够不？张队你指哪儿，我王可打哪儿！”

“狗屁！”张定一狠狠踩灭烟头，“江志鹏叫你来的吧？他那点小心思，烟屁股都知道！”

“是那么回事！不过我们确实够无聊的！”伊辉一句话，把张定一架起来了。

张定一原地转了两圈，像是在做一个艰难的决定。

他叹了口气，把伊辉叫到身边。

“尸体在那里头，目测好几年了！”张定一指着不远处的管道。

“尸体藏在管道里？”伊辉不信。

张定一说的管道，是化肥厂当年自设的供暖管道，跟城市民用供暖管道类似，只是相对廉价。管道外径约60厘米，离地2米左右，顺着厂子的围墙走，被一根根石柱架着，绕厂区四分之三圈终止，在合适的位置做出分叉，把暖气通到办公楼和宿舍区。它表面最外层，是银白色铝合金材料，最内层才是暖气管。内层和外层中间，裹着厚厚的保温棉。内层暖气管直径约50厘米，要说那里面能藏尸体，尺寸倒也够。

警用设备照亮半个夜空，管道是主角。它最外层早已锈迹斑斑，断裂口不计其数，有些地方的保温棉露在外面，看上去黑乎乎的，像破棉袄。

目标管道架在厂区西墙上，中间切去一大截，像斩断的蛇。切下的那截管道，长约两米，把它纵向剖开，里面有一具完整的尸体。

尸体被取出来，放在一块塑料布上。它腐烂分解严重，除了少许胶化肌肉，大部分是骨架。死者是男性，骨架很小，体形应该不胖，只是有一点很奇怪，管道内没有任何衣物，也没有衣物分解残渣。换句话说，不管这位无名氏进管道时是死是活，他当时都是裸体。

除了尸骨，管道里还有一样东西令人难以理解：一个报废的对讲机。

伊辉挪进人群，看了一眼尸骨，很快退回来。有了上回在小王庄坟地目睹楼凤田恬尸块的经验，这次他没吐。

“怎么发现的？”

“狗！”张定一指着远处，“西墙根儿有个狗洞。”

张队长心情差，话没说全。尸体所在位置的暖气管，锈开了缝，残存尸油漏出来，渗过保温棉滴到地上，被一群野狗闻到了，冲着管道一阵疯叫。

报案人姓侯，是化肥厂专线车的老司机。老侯每次把大客车停好后，都蹲在破厂房门口抽根烟。那群绕着管道疯叫的野狗，他早几天就注意到了，只是一直没在意。今天傍晚下班后，他心情不好，被狗叫声扰得烦，抽完烟，就抡起棍子去撵狗，哪知狗群根本不怕他，只是退后了几米，仍仰着头冲管道狂叫。老侯扔了棍子，改用砖头攻击。狗群躲开砖头，并不走远，还是一个劲儿地对着老侯的方向叫。老侯还没多想，低头继续找砖头，冷不丁一滴液体落下来，结结实实砸进他的后领里。

最近没下雨，哪儿来的水滴？老侯摸了摸脖子，液体沾在手上，黏黏的，像油，有一种说不出的味道。他直起腰抬头观察，又一滴黏稠液体落下来，砸到他脸上。他嗅了嗅，看向仍在狂叫的狗群，明白过来，狗不是冲着他叫，而是冲着上方的管道。液体滴落处，正是管道表层铝合金接缝处，那儿裂开一个巴掌大的口子，黑乎乎的保温棉露在外面。老侯怀疑上面有东西，索性捡来一根钢条，捅进口子，把保温棉钩出来。清理完保温棉，内层的暖气管就露出来了。随着老侯的动作，狗叫声更加响亮起来。老侯踮着脚，用钢条敲了敲暖气管，发现上面有一条裂缝。此时，连续几滴黏稠液体，通过裂缝落下来。暖气管道里不可能有油。想到狗群这几天的反常表现，老侯越来越纳闷。他从车上取来大扳手，然后找来砖块垒高，爬上去，用大扳手砸管道裂缝。没几下，裂缝处断开，从里面露出一截白生生的骨头……

又是狗。伊辉忘不了，在小王庄坟地发现田恬尸块的也是狗。

他问张定一："对讲机也是管道里找到的？"

张定一把嘴抿得跟老奶奶似的，他实在懒得回答。跟伊辉一样，他刚发现对讲机时也很纳闷。死者身边为什么会有个对讲机呢？想来想去似乎只有一个解释：那是凶手故意留下的。目的无非是跟死者通话。当然，那时候死者还没死。死者生前身处幽闭空间，凶手要跟他通话，显然不可能给他留下手机。问题是，凶手既然要杀人，为什么还要跟他通话呢？

伊辉看向草丛里的切割工具："取出尸体，除了切开管道，还有别的法子吗？"

张定一权当没听见。

"我是说，尸体既然在西墙管道中间位置，而管道是密封的，那尸体是怎么进去的？"

"管道终端，设计上就是封闭的，现在保持原样，前端的进气口却开着。"

张定一叹了口气，领着伊辉和王可跨过警戒线，朝西北角走去。

西北角是锅炉房的位置。锅炉房里原先有制暖设备及配套管道。那些管道七绕八绕，到最后，总有一根伸出去，跟户外管道连接。现如今，锅炉房里空荡荡，设备早拆了，户外管道跟锅炉设备的接口处，也就是进气口，露着一个黑乎乎的洞。尸体就是从那个洞进入户外管道的。

进气口旁，靠墙根儿，摞着十几吨废弃的袋装尿素，全板结了，摸上去像石头。尿素垛不规整，有高有低，高的到墙头，低的半人高。

这时候，有个刑警正站在一个半人高的尿素垛上，用电锯锯进气口前端。他选的那个位置正合适，连梯子都省了。在场的警察都怀疑，凶手也是站在那个尿素垛上，把人给塞进管道的。

十来分钟后，活儿干完了，进气口前端被锯下来一截，掉落到草丛里。

伊辉不明所以，上前细看，发现截下的管道内，居然塞着一只锈迹斑斑的大号水桶。

水桶是标准圆柱形，桶口朝外，塞在进气口管壁内，看起来像个特大号暖瓶盖。只不过，这个“暖瓶盖”跟进气口内壁契合很紧，怎么也拔不出来。

“进气口那儿塞水桶？把进气口封住了？”王可自言自语。

干活儿的刑警征得张队同意，再次操起电锯，像剖猪肚子一样，把那截管道纵向剖开，使水桶整个暴露出来。

这时人们才看清楚，“暖瓶盖”跟暖气管内壁早就锈蚀在一起。此外，桶身上竟绕着铁丝，密密麻麻，多少匝数不清。

人们立即明白，这个“暖瓶塞”的直径尺寸比管道进气口内径小。它不但塞不住口，还会滑进管道里。在找不来更合适的替代品的情况下，凶手只好在其周身缠上铁丝，变相扩大了桶身直径。也就是说，扩大后的水桶外径，一定比管道里的取暖管内径大。那样一来，将它一点一点，硬敲进进气口取暖管内，才能确保封口的紧密性。毕竟，它里面封的不是开水，是尸体。

从现场看，这个案子透着诡异。

收队当夜，张定一组织了案情分析会。伊辉作为顾问，受邀旁听。王可是悬案科成员，没参会资格。

会议给出四个结论：

1. 最初封闭管道进气口的铁桶和铁丝都是旧的。确定这个结论的方法，是判定金属的氧化时间。作案时间虽未确定，但法医根据尸骨状态，给出了先期判断，尸体腐败过程至少两年。至于那只铁桶，如果案发时它是崭新的，那么至少要七年时间，它才能氧化成现在的状态。尸骨腐败过程两年以上，铁桶氧化过程七年以上，两者相悖，所以作案时桶一定是旧的。铁丝的检验结论，也是同样道理。这个结论能否成为破案线索，不知道，但是鉴定现场物证，是必做功课。至于铁桶和铁丝的来源，要么是化肥厂搬迁后的弃置垃圾，被凶手随手利用，要么是凶手自己带去的。分析起来，前者可能性更大，因为旧厂区至今，仍留有不少旧铁丝。

2. X（死者代号）进管道时仍然活着。这点很好解释：尸骨在西墙管道中间位置，距离管道入口（进气口）足有15米。尸体是不会动的。如果他刚进管道时就死了，尸体应该在管道口才对。

既然活着，那X怎么肯进管道呢？无非两种可能，要么面对凶器被逼迫，要么他当时是昏迷状态，醒来后发现自己在那么个幽闭空间。他一定做过挣扎，要么往前爬寻找其他出口，要么往后退。可是，退路被那个铁桶牢牢封住了。他一定不甘心，用力踢铁桶的桶底，想把“暖瓶盖”踢走……那是个逐渐绝望的过程。

3. 案发时段大概率为冬天。X身上无明显外伤，被饿死之前，就已经被冻死了。凶手脱光X的衣服，不单为毁灭线索、掩饰死者身份，还因为当时的天气。如果是夏天，人穿得少，脱不脱衣物区别不大。

4. 对讲机的存在，显然是为了通话，或说逼供。幽闭空间只是形式，通话内容才是X被害的真正原因。反过来说，如果X不身处那么个绝境，就一定不会轻易向凶手坦白。从这里推断，该案性质多半为仇杀。

所有的老刑警都认可一件事——相较于杀人，把一个人的生物痕迹彻底从地球上抹掉要困难许多。正因如此，才会有诸多极度恶劣的作案手法。远的有南大碎尸案，把被害人碎成2000多块，近的有“二沈”案，碎尸后用浓硫酸溶解。凶手手法不同，目标一致，为的就是把被害人“藏”起来，抹掉犯罪线索，让尸体“闭嘴”。

眼下的案子也一样，凶手把人藏进管道里，幽闭致死，杀人不见血。如果不是管道破裂，被狗发现，很可能还会继续隐藏下去，不为人知。该犯罪方式罕见、性质恶劣且不说，案子本身，似乎还带有虐待性质。当下最要紧的工作是确认尸源。张定一把工作方向，定在查找失踪人口上。

会后，伊辉向江志鹏汇报了案情。

江志鹏很兴奋。对他来说，这是个好机会。如果能抢在张定一前头破案，那悬案科就得关张，他也就能回到正常工作岗位上。他在乎的是案子性质。至于线索那是次要的。零线索才好呢。那样一来，张定一也不好干，才算公平竞争。

江志鹏要做的也是查尸源。他的思路和张定一一样，先查失踪人口。这方面，他们悬案科就有优势了。他们的档案最全，有很多份跟失踪人口相关，都在吃灰。他叫伊辉和王可连夜梳理，方向有两个：一个是男性；一个是失踪时间，两年以上，冬天。

男性，失踪两年以上，冬天，符合这几条的档案，别的不说，悬案科“十大疑案”里就有一份。把相关档案都规整出来不难。可是找失踪者家属取证，跟尸骨做DNA比对，大晚上可干不了。再说，这活儿本来就是人家刑警大队的，就算干，也不能真就抢到人家前头去。你可以干活儿，甚至抢功，但得给别人留路。伊辉可不傻。

悬案科这边，江志鹏雄心勃勃，刚下达命令，突然闯进来几个刑警，把所有人口失踪档案一股脑抱走了。

那几位刑警都是张定一的嫡系。江志鹏拍桌子骂娘，根本拦不住人家。

这场小冲突，缓解了伊辉和王可所在位置的尴尬，却点燃了江志鹏的怒火。

第二天一早，江副队长带着满满的怒气值，冲进雷局长办公室。

伊辉趁机带着王可重返老化肥厂。

化肥厂西墙外，狗洞边。洞口看似不小，穿过它，沿西墙根走几十步就到案发现场，比走东门方便很多。伊辉怀疑，凶手就是从墙洞进去的。东门虽能出入专线大客，平时却上着大锁。那把锁近几年一直没换，已经被拿走鉴定，结果还没出来。他觉得那种检测没意义。案子发在几年前，就算锁被其他方式打开过，也没被破坏，根本检测不出什么。再说，墙上有洞直通现场，凶手没必要舍近求远走东门。西门就更不可能，它上面的大锁早就锈死了。至于围墙，那不在首要考虑范围。墙体两米多高，不借助工具一般人上不去，更别说扛着个人。

伊辉和王可趴在墙洞边，轮流试，结果很无语。他俩不胖，但很壮，肩头被卡，谁也钻不进去。

西墙外一路之隔就是小黄庄。路边有几个孩子，盯着钻洞的两人，笑弯了腰。伊辉招手叫来一个男孩，取出10块钱，叫男孩钻洞。

男孩拿到钱，轻松完成任务。

小男孩出来后，远处走过来一个大男孩，看样子十五六岁，比伊辉和王可矮，也瘦。大男孩是小男孩哥哥，手里拿着早餐。

伊辉故技重施，取出20块，叫大男孩钻洞。大男孩拿到钱就干，结果肩头也被小卡一下，要调整角度，反复几次才能钻过去。

这个结果，令伊辉和王可很意外。现在的孩子发育早，眼前的大男孩虽说才十五六岁，也能抵得上一个瘦弱的成年男人，可是连他也被小卡一下。

王可使劲挠头皮："尸骨的主人居然比这个孩子还瘦。还有凶手，同样极瘦……"

"瘦怎么了？就不能犯罪？"

伊辉蹲下去观察，四处摸索洞口四周的砖块儿，结果，没有一块砖有松动迹象。

王可摇头："能钻进去的男人，最多100斤。这样的男人咱北方太少。"

伊辉站起来随口道："只要不太胖，大部分女人都能钻进去。你信不？"

王可愣住："女人？你说凶手是女人？"

伊辉无奈道："我只不过是强调这个洞够大了，能钻过去的人实在太多，除了瘦弱的男人，还有女人和孩子。"

"除了女人和孩子，还有狗！"王可回呛道。

他俩你一句、我一句，上车离开。不过这事没完，他们回头还得从分局找几个瘦的来试验。

## （七）

发现尸骨后的第三天，尸源找到了。

张定一想不到，线索就在悬案科整理的失踪者档案内。

他派手下从悬案科抢走档案后，对失踪者家属逐一过滤，通过DNA比对，从而确认了尸源。

尸骨主人叫娄东伟，男，本市著名刑辩律师，身高162厘米，清瘦，大脸盘，三角眼，总是架一副大墨镜，3年前（2015年）冬天失踪，当时42岁。

失踪者档案描述，2015年12月24日（平安夜），娄东伟从律所下班后没回家，直到两天后仍不见人。娄妻王月梅打电话联系不上，26日到派出所报案。报案当天，警方就找到了娄东伟的越野车。车子停在西城老化肥厂东门外夜市路边，车门未锁，车内无贵重财物，只是人不见了。

有群众反映，25日一整天，那车就停在那儿。通过监控和走访，调查民警了解到，12月24日下班后，娄东伟在其律所楼下某饭馆吃完饭，随后到某茶楼喝茶。跟他一起喝茶的朋友叫楚援。楚援白白胖胖，外号“楚公子”，是开发区某领导的儿子，经营一家渔具店。他和娄东伟在茶楼待到晚上10点多，而后回家。喝茶期间娄东伟一切正常，没外拨电话，也没有电话打入。民警进一步追问，楚援才说，娄东伟喝完茶后，很可能去了市中心的野狼酒吧。

很快，调查民警了解到一件事，娄东伟好色，经常出入酒吧、会所，夫妻关系不和，这算不上秘密。娄东伟失踪，电话关机，最后一次通话时间是12月25日0点40分。给他打电话的，是一个卖化妆品的女孩，叫王文诗。

王文诗告诉警察，她平安夜的确去过野狼酒吧，可她根本不认识娄东伟。那晚她的手机丢了，直到离开酒吧时才发现。到底是自己把手机落在什么地方，还是被偷了，她不能确定。

警方给不出结论。若说王文诗的手机被偷了，那就可能意味着，偷走手机的人用它打电话，把娄东伟约到老化肥厂东门附近，而后娄东伟失踪。这又意味着什么？难道是有预谋的犯罪？娄东伟被害了？尸体呢？老化肥厂东门外有个夜市，西门紧邻小黄庄，南墙所在路段没有路面监控，这种盲区令人头疼。警方在附近搜索了48小时，其间还进过老化肥厂。厂区里杂草丛生，荒败破落，有很多可以藏人的地方。警方仔细搜索，唯独忽略了沿墙而架的暖气管道。搜索无果，警方转而进入等待期，期待有群众报案发现无名尸再进行比对。案子就这样拖下去，一直没结果，直到成为悬案。

死者身份确认后，案子正式进入侦破阶段，可是程序上有个问题。尸骨现场是张定一出的，失踪者档案却是悬案科整理的，而且根据分局成立悬案科的初衷，科内所有悬案应由江志鹏直接负责。如此一来，一个代理大队长，一个悬案科科长，就该案的侦办权问题再次掐了起来。

对此，雷局长代表分局给出处理意见。

该案设两个组，一个张定一的刑警大队，一个江志鹏的悬案科。两组齐头并进，一切进展，务必第一时间向雷霆汇报，由雷局长协调双方线索共享，避免信息不对称，谁先查到决定性线索谁就立首功。

张定一、江志鹏，这两位摩拳擦掌，心里暗暗较劲。一个想把队长前面的“代”字去掉，一个想离开悬案组，皆把该案视作灿烂明天的踏板。殊不知，他们所面对的，是一片浓重幽深、难以冲破的黑雾……

# 第六章　时间的缝隙：卵妹和代妈

## （一）

2007年冬，金科免费得到骆行的肾，重获新生。

那时候，他跟骆琪很少见面，但接触几次，观察下来，他当时似乎已能猜到骆琪做了小姐，那令他无比苦涩。他理解骆琪干小姐的动机，只是不清楚，她是如何走上那条路的。他俩之间有大段空白。从骆琪退学到金科换肾，两年多的时间他们从未联络。那段时间，骆琪身上发生过什么？

2005年11月底，骆琪退学，正式踏入社会。

她感觉自己头上压着的一座山越来越重，使她难以呼吸。那是父亲不久前告诉她的消息，她母亲费成芳突发心脏病。那个消息令她崩溃。

母亲得病前，这个家庭已经足够不幸了。骆行躺了7年，把家庭拖进深渊。即便如此，她还是有机会挣扎、上大学。她已经尽了最大努力，想去搏一个有希望的明天，为自己，也为家人。然而现在，她再也坚持不下去了。她做不到眼睁睁地看着弟弟在将来某天永远离开，然后，再眼睁睁地看着母亲离开。

她走在城市街头，手里攥着一张卡片。

一个多月前，她还在黑瞎子洗浴中心打工时，她的同事阿春去逛街，被人发了一包纸巾。纸巾里夹着一张广告卡片——业内正规公司，招聘18～26岁爱心捐卵健康女性，拒绝黄赌毒。性质和献血捐精一样，属于公益，帮助不孕不育家庭，功德无量。不花费一分钱，缺钱的、欠贷的最优选择。你要赚钱，我有渠道。正规、靠谱、安全，一路吃喝玩乐。可安排中国港澳、日本、韩国、泰国、俄罗斯……想去哪儿玩告诉我！我亲自带你去！包机票！带你去旅游！还给你钱！挣了钱买手机，买包，买化妆品……扮靓你的青春！我是你青春的见证人！

阿春觉得广告内容很好笑，回到洗浴中心给骆琪看。

骆琪看完把卡丢掉，等四下无人时又捡了起来。跟阿春一样，她觉得那是骗人的，可为什么又捡起来呢？她忽略自己的潜意识，觉得自己发神经。当时的她想不到，那张卡后来真能用得上。

按照卡上的信息，骆琪找到了那家公司。

公司在西城最大的城中村——康庄。那是一栋两层沿街房，一楼玻璃门旁挂着块牌子：薪火健康咨询中心。

街道上黑诊所、黑网吧、饭馆林立，人流不息，没有一个人觉察到这家公司的不同之处。骆琪攥着衣角在公司门前站了很久。

她犹豫不决，无比希望身边有个朋友，那样就能有个商量。然而那是奢望。她在人流中孤独眺望，一个认识的人也找不到。

她找了一家便宜的小旅馆住下，好让自己有时间做决定。

第二天上午，她穿上新外套，推开了薪火健康咨询中心的玻璃门。那件衣服是离校前金科找她开房时送的。

屋里窗明几净，有供暖，干燥、温热的空气不由得让人松弛。不等骆琪拿出广告卡片询问，一个中年女人热情地迎上来。

骆琪鼓足勇气："卖卵能给多少钱？"

女人端来一杯水，上下仔细观察骆琪，然后纠正她的话："不是买卖，那是违法的。记住，是捐卵。我们只是代替客户给你补偿。"

骆琪对女人的话术不感兴趣，继续追问："补偿多少？"

女人不回答，拿来一张表叫骆琪填写。

表格上，除了个人基本信息和联系方式，最重要的一栏，是填表人最近的工作情况或读书经历。

骆琪没有手机，便留了小旅馆的名字，而后按女人要求如实填写了其他信息，包括在滨海医学院读了3个月继而辍学的情况。

女人说，为确保将来整个业务流程更好地进行，公司要对表格信息进行核实，叫骆琪两天后再来。到时如果核实通过，才会进入面试环节。

对此，骆琪不明就里。实际上，那种信息核实，只为确认其身份。你辍学也好，打工也罢，干什么都行，只要不是记者暗访或便衣警察来调查。换句话说，如果真是记者暗访或警察暗中调查，那么在行动前最好换一个身份，给自己弄一份普通工作。可是实际上，那种临时变换的身份并没什么用。有心人不会傻到去你临时的工作单位打听情况。人家只需按表格提供的家庭地址找过去，随便找个路人邻居探问，就能知道你到底是干什么的。倘若你留的家庭地址是假的，那就更容易露馅了。

由于没有电话，骆琪只好按照约定两天后再次上门。

一见到她，女人便迎上去，说信息核实通过，可以进入面试环节。

憋了两天，骆琪继续上次的问题：“捐卵补偿多少？”

“1万到3万。”

“为什么浮动这么大？”

“看取卵数多少，看学历，看长相，看特殊技能：比如模特、钢琴十级……”

“一次性支付？”

女人点点头，补充道：“类似公司很多，你自由选择。在这儿做，我能保证你比别的公司拿得多。”

骆琪提出最后的问题：“那卖卵地点呢？”

“是捐卵！”女人再次强调，“这一期，我们安排在泰国。”

“泰国？”骆琪蒙了。

她以为卡片上的术语都是骗人的。实在想不到，这种业务真的要出国。

女人微笑看着她。

“可是，那么远，怎么去啊？”

“不用你操心。交通、食宿费用，公司报销！”女人似乎听够了类似的问题，随后小声补充，“我们跟旅游公司有固定的业务来往。”

“来回要多久？”

“最多半个月吧！”

“可我没心理准备……为什么是泰国呢？”骆琪打破砂锅问到底，“在滨海不可以吗？省了报销的费用，我们可以多赚一点啊！”

“国内？国内太敏感！大家都不想惹麻烦！”

骆琪知趣地闭上嘴，坐下，心里做出最后的决定。

女人又取出一份表格，让骆琪补充更详细的个人资料，还问她要一张生活照。骆琪说没有照片，可以出去照。女人说不要紧，可以在公司统一照。

这时候，玻璃门打开，进来一高一矮两个女孩。女人照例迎接。

第二份表格上最重要的一项，画着星号，是月经周期。

骆琪一边填写一边静听对话。她很快知道，那一高一矮两个女孩也是卖卵的，而且那个高个子不是第一次来，于是省略了个人信息核实环节。那两个女孩的到来带给她一丝同伴的感觉，让她心里渐渐踏实下来。

表格填完，联系方式仍然空白。

女人收了表格，冲着二楼喊了声“猴子”。

猴子是个男青年。他挎着相机，给骆琪和矮个女孩拍了半身照和证件照，然后收了她们的身份证，说是办旅游签证用。

此时，一个男人从门外进来。那人很壮，脸型轮廓方正有力，可惜面部肤色太黑，纹路坑坑洼洼，令初见者感觉不太舒服。

见男人进来，猴子和女人齐声叫：“葛总好！”

葛总往二楼走了两个台阶，止步折回：“都是捐卵的？”

女人点头。

葛总打量女孩们，目光最终定格在骆琪身上：“不错啊！很不错！”

女人对女孩们说：“回去等着吧！什么时候出发，会通知你们的！”

葛总补充：“放宽心！到时候过去，打针，拿钱，就当是旅游！姑娘们，回去好好休息，找来这里，你们还是有眼光的！”

骆琪出门，踟蹰片刻，叫住高个女孩，问了个愚蠢的问题：“你好！他说的打针，什么意思啊？取卵不是在排卵期吗？”

高个女孩面无表情：“促排卵针，打7天，就取卵拿钱。”

骆琪轻叹，原来自己什么也不懂。

回到那家便宜旅馆，她心里感觉怪怪的。她对卖卵一无所知，实在想不通自己怎么会走上这条路。

接下来，她只能每天去一趟薪火健康咨询中心。那期间她来了一次月经，到第十天时，女人告诉她第二天集合。

那天早晨，骆琪因为失眠起晚了。她退了房，带上小包，匆匆赶到公司后，大吃一惊。来集合的女孩根本不是她以为的3个，而是20个。而且，所有女孩都带着包。她们按公司要求，做好了“旅行”的准备。

骆琪立刻想起表格上标注星号的月经周期，明白这20个人是精心挑选的结果。看来，实际报名的人还要更多，只是她们的经期受限，不在这一期之列。

姑娘们最大的25岁，最小的18岁，被带到二楼一个房间，或坐或站。

葛总手拿一沓文件：“提前声明，捐卵是大家自愿，本公司不存在任何强迫成分。大家相应的报酬，是受卵者人道赠予，非商业行为。该行为光明正大，无私奉献，挽救不育不孕患者，延续人类繁衍，功德无量！”

姑娘们有的沉默，有的点头。

“女人一辈子，正常排卵大概四五百个。打排卵针，无非一次性排多一些，没有伤害。不过严格来说，由于体质不同，有的人可能会有不良反应。好比中彩票吧，是个概率问题！”葛总语重心长强调，“刚才我这番话，是对你们的关心。你就是跑遍全世界同类公司，我保证，没有一家像我这样说！他们怎么干？没关怀，没人性！打针，排卵，拿钱，滚蛋！”

葛总感受到姑娘们赞许的目光，慢慢地点点头，把手中文件发下去。

那是免责文件，把他说的三个方面具体化了：一个是自愿，一个是非商业行为，一个是排卵者身体受损跟公司零关联。

葛总三言两语，利用信息不对称，既消除了个别女孩的戒心，又抬高了自身位置，能把生意做成活水，争取到回头客。显然他是个聪明人。

女孩们心里想着钱，笔下签着名，一切进展顺利。

接着，中年女人上楼给大家讲解路上的注意事项。

她叫女孩们路上互相监督，说旅途当中人多眼杂，大家切勿叽叽喳喳，务必嘴上把门，尤其不能提“捐卵”二字，一切行动听从安排，顺利把钱挣到手之类。她警告，谁要是说漏了，惹上事，连累大家，不但一分钱也拿不到，还要赔偿公司巨额损失。赔偿条款列在文件的附加项，女孩们已经签过字了。

女人讲完，猴子上来，手里拿着一沓文件。

“我们办的落地签，省事，最多待15天。”

他按文件上的照片，跟每个女孩核对好，然后把文件归拢进包，统一管理。

对骆琪来说，接下来的环节本应是新鲜的。她第一次坐机场大巴，第一次坐飞机，目标是一个遥远的、四季绿意盎然的国家。可是，她心里却没生出一丝向往。她只是抱着既来之，则安之的心情，跟随大家一路接近那个陌生的取卵流程。陌生而又不安，还夹杂着害怕，又有一点期待。期待顺利拿到报酬。

她完全没注意，自己的队伍是如何跟旅游公司的人碰头的。直到登上飞机，她才发现葛总和外号“猴子”的男青年，以及中年女人，都在机舱里。

旅程结束前，大家收起厚重外套，只是不方便更换漂亮的夏衣。

目的地是一座不知名的城市。大家被安排进宾馆休整两天，食宿统一安排。

流程比预想的有效率。休整完立即打针。

打针分组，每组4人，公司那个女人（姓张）带队。分组是必要的，20个青春靓丽的女孩一块儿上街，太显眼。

打针地点安排在宾馆附近一个小诊所。所谓体检也在诊所进行，是象征性的。

打针耗时7天，一天两针。打针的是个中年女华人，带着骆琪进入诊所里面的暗室。骆琪盯着中年女人换了新针头，心下稍安，可是看到那根粗大的针管，又紧张起来。女人动作娴熟，无暇感受被注射者的心理波动，将大剂量油黄色液体统统注射进目标体内。

第一天打完两针后，没有什么异样反应。3天后，骆琪感觉到明显腹胀，以及能忍受的酸痛。无所谓！她告诉自己，为了母亲，这算不上什么。

7天很快过去。14针打完后，所有人又被多打一针。骆琪不明白多出来的一针是什么。有女孩告诉她，那叫“打夜针”，又叫“破卵针”，能促进卵子最终成熟。

第八天深夜，所有人集合。猴子开来一辆大面包车，停在宾馆外，姑娘们一组4人依次出门上车。

猴子一言不发，闷头开车。姑娘们叽叽喳喳，异常兴奋。

骆琪跟最初那一高一矮挤一块儿。经过一周有限的相处，她知道高的姓姚，矮的姓武，两个都比她大。

车子一路向北出城，一个多小时后进入一家医院。

姑娘们下车，看到葛总已在医院门前等候。葛总身后有个牌子，上面是泰文。院里亮着几组路灯，车不多。

骆琪随队伍进入空荡荡的医院大厅，再乘电梯上到三楼，经过一条长长的走廊，来到一扇门前。这时候她回味过来，知道这种生殖医院跟普通医院不同，晚上不上班，也没人值班，怪不得一个医护人员也没看到。

走廊很安静。房门打开，出来一位戴口罩的小个子男医生，看外形是本地人，但是会说必要的汉语。

见到男医生，姑娘们又叽叽喳喳起来。

她们的意思很统一：取卵这种事，怎么能让男人做呢？

葛总冲姑娘们压压手："医学工作，不分男女，有什么不好意思？少来这些没用的！做完拿钱！"

议论很快平息。

葛总重排队伍，叫姓姚的女孩头一个，骆琪第二个。

第一次取卵经历，后来时常出现在骆琪梦里，让她骤然惊醒，浑身湿透。那个过程大约20分钟，不打麻药。事后，她搞不懂自己当时是如何克服种种复杂情绪，听任医生摆布的。是出于勇气，还是因为坚强？或许两者都不是。

究竟是什么呢？是对命运的顺从吧。正如有的人被皇帝赐死，明知眼前是毒酒，也可以或平静，或从容地喝下去。那个情景让旁观者费解。可是对当事人来说，只不过是演绎命运的最后一个音符而已：既然这样，那就这样。没什么道理好讲，是宿命。

骆琪躺在取卵床上，紧闭着眼，握起拳头，在数次"放松"的要求下，慢慢分开腿。羞耻感渐渐离她远去，她感觉当下的情景很不真实。

恶心，太恶心了！还不如去死！她用力嘲笑自己。

她慢慢睁开眼，盯着天花板，忽然想起弟弟和母亲。她看到了亲人健康的样子。那景象仿如春风，慢慢使她重归平静。她凝神聚气，去感受身下冰凉的刺针。它有多长？她看不到。应该跟大号烧烤签差不多吧。刺针冰凉，爽利地穿透阴道壁，兵锋直至卵巢，那感觉让她奓毛。慢慢地，她体会到了刺针进出的频率，知道每重复一次，就提取了一颗卵子。

一颗、二颗、三颗……她专注地默数着，仿佛睡前数羊。那使她更加放松，身体上的痛苦得以缓解。

21、22……26，刺针停了。

唉！终于完了！

她长叹一声，觉得自己像一条被掏空的破麻袋。

20个女孩，整个取卵过程持续了5个多小时。凌晨4点，面包车返程。回去的路上，猴子的耳根终于清净了。

面包车回到原点，葛总等在那儿，给每个女孩发了1万块钱。有人嫌少，大声质疑。多数女孩沉默。葛总谁也不理会。

“爱要不要！”猴子大声斥责，“知足吧！报销那么多费用，不是钱？刚才，你们去的可是泰国正规医院，安全系数高，对你们身体好！别的公司就在黑诊所搞也这个价！”

姑娘们拿着钱散去，有序回到房间。

骆琪慢吞吞，最后一个走。她也很不服气，想讲理：说好的1万到3万，怎么就给个最低价？

这时候，葛总来到她身边：“跟我来！”葛总带头，走向自己房间。

骆琪犹豫一下，跟上去。进了房间，葛总掏出5000块钱。

骆琪接过钱，眼里带着询问。

“你应得的！”葛总大气一笑，“说好的看长相、看学历。”

“刚才怎么不给？”

“按规矩，钱该放在信封里，可惜信封忘了带。刚才给你，别人就会嫉妒。”

骆琪眼神一亮，心情总算好了一点儿。

葛总笑眯眯地说：“留个联系方式吧！下次挑个条件好的客户，单独联系你。钱多！”

“下次？”骆琪浑身一抖，她压根儿没想过还有下次。

“你条件好，要把握机会啊！”葛总掏出名片递过去，“你联系我也行。有好客户我会告诉你，省得你跑公司。”

骆琪略一犹豫，接过名片，看到上面的名字：葛战辉。

从名片上看，薪火健康咨询中心还有另一处办公地址，在滨海市中心。此外，葛战辉还有个头衔：辉煌物流公司总经理。

葛战辉上前一步，一把搂住骆琪的腰，随即松手，接连拍了两下：“回去好好补补！”

骆琪赶紧逃离。

第二天下午，大家起程回国。姑娘们狠狠吐槽，说葛总太抠，用完她们不但不报销费用了，就连上街好好玩几天的机会也不给。

回到滨海，骆琪立即回家，拿出一万一千块钱交给骆东国。

骆东国当时极为惊讶，质疑她刚退学一个月，有什么本事挣那么多钱，甚至怀疑那是脏钱。

骆琪反唇相讥，问骆东国，脏钱指什么？卖淫？卖淫的钱就不能治病？

那次吵架，令她伤心至极。家里急用钱。没钱，父亲拉着脸。现在她送钱回去，父亲的脸拉得更长！唉！生活啊，你能不能宽容些？

离开家，再到滨海，骆琪还剩4000块。她用那些钱租了住处，买了个二手手机。她不想把手机号告诉骆东国，也不想联系他。她知道她那1万多块钱不顶大用，母亲的手术费还差太远。

接下来怎么办呢？似乎只有打工一条路。可是，那样来钱太慢了。她思前想后，找出同组高个女孩姚姐的号码，打过去。

接电话的，是那个姓武的矮个女孩：“姚姐住院了！”

“怎么了？”

“她肚子疼得休克入院。医生说她肝腹水，急性肺栓塞，差点抢救不过来。”

“为什么？”

“说是卵巢过度刺激引起……”

骆琪手一抖，啥也说不出来。女孩反问她打电话什么事。骆琪支支吾吾："算了。"

潜意识里她还想再去卖一次卵，本想仔细问问姚姐，总共卖了几次，身体有没有不舒服的情况。现在倒好，对方人差点没了。

姚姐的事给她泼了一盆冷水，使她重回理智，认真考虑接下来的路。然而有些事似乎是注定。有的路一旦踏入，便难以抽身。

几天后，骆琪突然接到葛战辉电话。她很奇怪，葛战辉怎么会有她的号码。

葛总说，公司的张姐给女孩们逐一打电话，约定下一期捐卵名单，从武姓女孩口中得到了骆琪新开的号码。

骆琪明白了对方意思，果断拒绝，说不再卖卵。

葛战辉一句话把她拉回原地："有个好客户，这次给你两万元。"

"两万元？"

"另外，我个人代表公司，再给你5000元营养补助。"

"两万五？"

"对！"

"可是……那个姚姐肺栓塞，差点就……"

"她做了几次？4次了！她自己没数！你再做一次，问题不大。"

骆琪沉默。

葛总说："干什么没风险？钱那么好挣？你就算有本事，找个老板包养你，也得提心吊胆，随时做好武斗准备。昨天新闻你没看？一个小三被原配泼硫酸。比那狠得更多，被砍死的、分尸的都有！"

骆琪无语。

葛总补充："机会就一个，做不做在你。你不来，我就把机会给别人。"

骆琪挂断。她需要冷静。

1个月后，骆琪第二次前往泰国，躺上取卵台。

取卵数公司不透露。这一回，她自己默数的刺针进出次数，是

33次。

葛战辉没失言，如约给了她两万五。

她从没见过那么多钱，非常开心，拿到钱回国当夜就坐出租车回洛城，把钱全交到母亲所在医院。她那样做，为的是避免再给骆东国添堵。

她很久没见母亲了。在医院的晚上，她跟母亲聊了很久，净挑好玩儿的说。从夏天入学到退学，再到现在，发生了很多事。对她来说，那次见面似乎更像某种告别。

第二天坐客车回滨海路上，骆琪小腹突然阵痛。她坚持回到住处，买了一些止痛药，咬牙挺了一天才缓解。随后几天，伴随着恶心、呕吐，阵痛时断时续，直到一周后变得更为强烈，小腹越来越大，她实在忍不住了才去就医。

全面检查后，医生说，她的卵巢扭转，错过了及时复位时机，须手术治疗。而且卵巢一部分有严重炎症，几近坏死，得手术切除。

骆琪咬着牙，问为什么。

医生看她的眼神很奇怪，语调很冷："大量激素刺激，连续超排，掠夺性取卵，黄体囊肿，致使卵巢增大数倍。这时候，患者剧烈运动，比如，坐飞机或远距离公交车，机身或车子持续性上下颠簸，就易导致卵巢扭转。换句话说，如果超排后安心静养，避免剧烈运动，这个卵巢或许有救。"

那一刻，骆琪默默地哭了。

医生无法体会她复杂的情绪，只以为她被吓到了。

治，还是不治？这不是问题。问题是没钱。

检查后，她忍痛挪到医院外，买了一包烟，找了个台阶坐上去抽。

卖卵，抽烟，这么多第一次，让她连连苦笑。她肚子很难受，可是坐那儿抽烟的样子还是很好看。不时地有路人对她行注目礼，以为她是个问题女孩。

人们会想，这么标致的女孩，人生一定有无限可能吧？然而，她拥有的可能实在很有限。她面对突来的病痛，连要不要治疗都没有选择。

她很好奇一件事：为什么有那么多人思考时要抽烟呢？这玩意儿好呛啊！

唉！真就没有选择吗？

她突然想到了葛战辉……

## （二）

病床前，葛战辉在削苹果。

骆琪感觉这个场景很搞笑：一个卖卵的，卵巢被切了，手术费是跟卖卵老板借的，身边没有亲人和爱人，陪床的居然还是卖卵老板。

“我说小骆啊！你是不是傻？就算家里急用钱，可以寄回去嘛！你来回跑什么？打出租车，坐客车？上下颠来颠去，你是真不要命？你不知道取卵后，要好好休息？

“我说小骆啊！你有没有脑子？肚子疼，你不赶紧上医院？忍一周？你以为你是黄继光？”

骆琪一声不吭，任凭葛战辉叨叨。她明白，葛战辉这种表现很有必要，毕竟一切始于卖卵。他葛战辉的买卖就是非法。只不过她并不清楚，这种事若要较真，那么葛战辉究竟是否违法，实属两难界定，除非碰上政府强力整顿行动。说他违法，因为他从中赚取了大量钱财；说他不违法，因为他打着捐卵的名义，而且具体业务都发生在泰国。他手里有免责声明，他在中间所获收益以及卵妹的报酬，都可算作受卵者的人道回馈。在大的范围内，这种事实在太多。有人非要追究不可，最多是公司关张、罚钱了事，过后还可以换一副龟壳，重起炉灶，很难负刑责。

“卵巢割了，也别太灰心，至少没全割。你还年轻，兴许以后还有卵，医生的话不能全信！不用多，有一个就够！”葛战辉忽然放低音量，“再说，你捐这两回，那些卵短期内用不掉，都冷冻着呢！只要有钱，我帮你联系，就能买回来几颗，冷冻存续，将来你想用的时候……”

骆琪咬牙，盯着葛战辉的眼神，像冰箭。

葛战辉这些话看似安慰，本质聊的还是买卖。

骆琪被那些话刺痛了。为赚快钱误入歧途，低价卖卵，生育能力被毁，需要时再高价买回几颗自己的卵，还有比这更讽刺的事吗？苦，太苦了！她恨不得扑上去，一口一口咬葛战辉的肉。

葛战辉一挺身，转换话题：“我这几万块，你得赶紧还，有利息的。”

骆琪抓起床边的欠条，紧握在手心：“放心！我就是去卖，一分也不少你！你帮了我，我忘不了！”

“卖什么呀！小姑娘嘴够毒，说得好像我逼你卖身还债似的！”葛战辉站起来，“这样吧！等你病好了，来找我。我介绍个好活儿给你。”

“不用，谢谢！”骆琪侧过头去。

“放心！肯定不是捐卵，再说你也捐不成了。凭良心说，两次业务，那么多女孩，我给你的钱是不是最多？到时候来吧，我不害你！”说完，葛战辉走了。

## （三）

薪火健康咨询中心有两处办公地址，一处在城中村康庄，一处在市中心。

2006年2月中旬的一天早晨，骆琪来到市中心某写字楼最高层，凭窗远眺。对她来说，这个城市很可爱，也很冷漠。

在这儿她举目无亲，只有金科一位朋友。然而后者自身难保，并不比她好多少。她说过，她和金科同病相怜。实际上他们还是很不一样。金科奋力挣扎多年，为的是自己活下去。她为的不是自己，是全家。为此，即便卵巢被割，基本丧失做母亲的能力，她也装作若无其事。装可怜也要资本。她没有一点心情去感慨自己的命运，那没用。

她来见葛战辉，不是对其抱有希望，而是出于好奇之心。她知道那个男人唯利是图，但好歹言出必行，更何况危难之际还曾借钱帮过她。

她来，是想看看葛战辉所说的“好活儿”究竟是什么。要是不靠谱，大不了走人。

过了一会儿，葛战辉来了，在走廊远端跟骆琪打招呼：“就知道你会找我。”说着，他打开办公室。

那是个大套间，装修豪华。里边的房间葛战辉自己用，外面的房间单独有个入口，给手下用。

“什么活儿？”骆琪在葛战辉对面坐下。

葛战辉笑吟吟地烧水泡茶，忙活完，才说：“参考你给公司留的基本信息，我打听过了，没想到，你家是那么个情况。”

“你竟然打听我家？什么意思？怕我不还钱？”

“是啊！”葛战辉直言不讳，“我可不是放贷的。就算是，去你家也要不到钱啊。你家房子早卖了！换句话说，你要是跑了，我找你就很费工夫！”

“跑？”骆琪冷笑，“你帮了我，我念你好！我说了，就算，就算去卖……”

“打住！”葛战辉微笑，“说实话吧。你住院期间，一直有人盯着你。我安排的。”

“你……”

“你得理解。你连看病都没钱，家里又那么个情况。”

骆琪沉默片刻，点头：“对，我理解！你也干脆点！”

“这就是共识嘛！”葛战辉缓缓道，“你放心！不让你违法乱纪、杀人放火。”

骆琪见对方还卖关子，站起来就走。

葛战辉安抚她坐下：“你说，女人这一生，最大的成就是什么？”

骆琪皱起眉头。她没反应过来。

“做母亲，生孩子嘛！”

“你到底想说什么？”

“代孕！”葛战辉沉声道，“你的卵巢不能用了，可是子宫没问题！子宫没问题，你就能挣钱！”

“你……”她终于明白了。葛战辉之所以借钱给她，其实是把她当成了赚钱机器。机器自身条件不错，排卵卖钱，搞坏了卵巢，还有子宫。子宫帮别人生孩子，利益更多……这简直是莫大的羞辱！

骆琪脸颊通红，浑身发抖，张着嘴，手指葛战辉，一个字也说不出来。

葛战辉没听到骂脏字，以为她能承受，兀自说下去：“你太年轻，得学会接受新事物。代孕才是我的主营业务——技术方面很成熟了，卵子和精子均在实验室合成受精卵，再培养成成熟的囊胚，才移植进子宫……”

骆琪突然摔门而出，把葛战辉惊得合不拢嘴。

楼下。骆琪快步在前面走，葛战辉开车慢慢跟着。

骆琪走出很远，实在忍不住了：“无耻……跟着我干什么！钱，我会还你的！”

“18万！”葛战辉把头探出车窗，慢悠悠地说。

“放屁！我只欠你3万！”

“我是说，代孕报酬，18万。”

骆琪定在原地。

“上来说吧！”葛战辉一点也不急，“你才出院，走太多路可不好。”

那刻，冬日的阳光好极了。可是骆琪坐上车的刹那间却觉得天地间一片昏暗。

葛战辉把车开到僻静处，继续说：“18万，是盲选价格。什么是盲选？就是客户不挑卵，不挑人。卵和卵不一样。捐卵者有学历高的，有漂亮的。比如你，对不对？同样道理，代孕妈妈，也叫代妈，情况也不一样。要是挑卵，挑人，还得加钱！那就得安排客户，跟代妈见面。也就是说，你最少赚18万。”

“最多呢？”骆琪沉默良久，终于蹦出三个字。

“那说不准，二三十万正常。不同客户，经济能力不一样。”

骆琪点了点头，下车，晃晃悠悠离开。

葛战辉不了解她的心情，也不想了解。他只确定一件事，用不了多久，这个女孩会反过来求他。

3天后，骆琪找到葛战辉，说她想通了，愿意做代孕，要求葛战辉给她安排挑卵、挑人的客户，她想多挣钱。

葛战辉爽快答应。

骆琪回去，边养身体边等，无心再找别的工作。可是左等右等，一周过去居然没一点消息。她坐不住了，再次找到葛战辉。

葛总摊摊手，无奈道：“要不，你做盲选的吧。好客户资源少。”

骆琪果断拒绝：“要做就得多挣钱。”

葛总答应下来。

骆琪回去，又等了3天，还是没半点消息。眼见自己兜里没几个钱了，她再次去找葛战辉。

“我怎么能忽悠你？”面对骆琪的质问，葛战辉解释，“好客户倒是有，不过可供选择的代妈太多了，而且条件都不错，有的学历还挺高。具体给客户推荐谁，我实在很为难。”

说着，他取出一沓照片。照片上全是女孩，个个年轻靓丽。她们就是葛战辉所谓的“代妈”人选。

骆琪看过照片，发现里面没有她，问道：“我的照片呢？把它放进去，让客户挑！多简单的事啊！”

葛战辉笑了：“确实简单。问题是，怎么保证客户单单挑上你呢？”

骆琪把照片一张张铺开，歪着头说：“把漂亮的挑出来，剩下丑的，然后把我的照片放进去不就行了？”

“哟！是个好法子啊！”葛战辉轻叹，“可惜，有好几个女孩，说的话跟你的一模一样——把漂亮的全挑出来不要，把她的放进去——问题是，我听谁的呢？”

骆琪心里咯噔一下。她总算明白了：好客户资源少，想挣大钱的姑娘却很多，那让葛战辉无从选择。

这时候，尽管社会阅历浅薄，她还是隐隐觉得事情不一定真就如此。她怀疑，眼前这个男人在跟她玩套路。可是能怎么办？代孕这个事肯定是真的。业务具体怎么安排，本就是葛战辉说了算，你能把人家怎么样？

“那怎么办？”骆琪眼巴巴看着葛战辉。

“要是再让你回去等，你又不愿意……”葛战辉长叹，“有一说一。为这件事，有好几个女孩提出，要陪我睡觉……你叫我怎么安排你？”

骆琪眼前一黑，明白了，人家就是玩套路。

葛战辉补充：“我一个也没答应。否则，我今天就没必要见你了。”

骆琪面无表情，语气轻松：“行，我陪你睡觉。”

## （四）

骆琪陪了葛战辉半个月。

第一次时，她压抑着一切负面情绪，问葛战辉的脸怎么回事。那张脸的毛孔坑坑洼洼，着实让人恶心。

“年轻时在工地上喝多了，别人喷一口高度酒，点火玩，我不服气喷汽油，烧了那么一下！”

她又问葛战辉，为什么放着正经的辉煌物流公司不管，偏要把精力放在健康咨询公司这边。

“物流公司？哪有这么多年轻水嫩的姑娘？再说那里有人代管！”葛战辉释放了本性，调侃骆琪，“卵巢毁了也不坏，哥这儿省得戴套！”

骆琪恨得咬牙，只能默默忍受。

不交心的交流也能获取信息。耳鬓厮磨间，葛战辉不经意地透露，他有个哥，名字没提。他哥名下有家名为薪火的生殖医院。而她在泰国卖卵的那家医院，名义上是薪火生殖医院的技术交流单位。除了卖卵，代孕业务也要去那里进行。

“你哥居然有生殖医院？”骆琪这才意识到，薪火健康咨询中心、薪火生殖医院，不只是关键词相似，它们之间有实质的关系。

于是，她很自然地提出一个疑问：“既然你哥哥有生殖医院，那你为什么舍近求远，跑去泰国做卖卵业务呢？”

“就为了安全！”葛战辉没有多说。

那半个月期间，葛总办了件实事。他把骆琪的照片，跟其他十几位长相普通的女孩放一块儿，让他最好的客户挑选，对方一眼选中了骆琪。双方在葛战辉市中心的办公室见面。

客户是个30出头的男人，短发，一米八几的个子，长得还不错，衣服一看就是名牌，给骆琪的印象很好。

那一刻，她突然黯然神伤：这个男人的老婆，应该也很漂亮吧！给他们代孕，生出的小孩一定很好看吧！唉！只可惜，再不能有自己的孩子了！

男人相中了她，仔细询问她的个人情况，包括有没有顺产经验。

骆琪闻言慌了。别说顺产，在退学前一天，她还是个处女。

这时候她害怕起来，担心买卖要黄，哪知对方却说：“上次葛总说，代妈有顺产经验的好，我倒不在乎；相反，我觉得初产更好，那样的孩子更健康。”

骆琪猛点头，心说好险。

对方一句话把事定下来：“我叫方华，辛苦你了，合作愉快。”

骆琪略有尴尬，但还是主动伸过手去。

方华退后一步，没和她握手，也不多看她一眼，转而跟葛战辉小声商量将来孩子上户口及打点医院等细节。

骆琪不方便听，刚要离开，这时有人敲门。

门打开，进来一个奇怪的年轻男人。那小子上身披着米黄色风衣，下身穿紧身红色皮裤，头发几乎剃光，只剩头顶一小撮，染成酒红色朝一侧梳着，眉毛明显剃了描过，左耳戴一只耳钉。

这人进门便道：“亲爱的，完事没？人家饿了！”

骆琪听了一哆嗦，心说，这“亲爱的”是谁？

“马上好！”方华对那小子笑了笑，转身面对骆琪，“我跟葛总商量过了，有个附加条件：用你的卵。”

骆琪震惊：“什么？用我的卵？”

“对！我的精子，你的卵。你来代孕，但必须顺产，不能剖腹。”

“我……”骆琪手足无措，“那，那不就成了我和你的孩子？”

“是的。”

“可是……可是……怎么可以这样！我本以为……”

“有什么问题？我亏待不了你！”

“不是！我是说，我以为给你和你老婆代孕，没想过会这样！”

“有什么问题？”“一撮毛”把手搭上方华肩头，斜眼盯着骆琪，“亲爱的，就是她给我们代孕啊！皮相还不错，就是脸色不好看，黄了点儿！”

说着，他用力在骆琪脸上捏了一把。骆琪赶紧躲开。

葛战辉说：“小骆啊，我这儿忙前忙后，操心费力，你别给我掉链子！”

“不……不会！只是太突然……”

葛战辉这才放了心。他找来剪刀，叫骆琪自己剪一段头发。那是客户的要求，为的是防止公司暗中换卵。有了头发，将来就可以做鉴定。

拿到头发，方华跟葛战辉寒暄几句，跟“一撮毛”离开。

“那人是同性恋？你咋不早说？”那两人一走，骆琪质问葛战辉。

她总算明白，姓方的为啥不跟她握手了。人家讨厌女人。

“说不说对你有什么影响？同性恋做代孕，行业常态！你生孩子，拿钱，关你屁事？”

“可是……他用我的卵……”

“你的卵都在那儿冷冻着，没问题！”

“唉！”

骆琪长叹，不想再说。为了钱，葛战辉套路她，她都忍了。可她没有半点心理准备，完全没想到客户竟然是同性恋，坚持要用她的卵去配对，而且孩子还要由她生。

也就是说，她是孩子生物学上的母亲，可是她只能领取报酬，而后让别人把孩子带走。某个角度下，那是否意味着，她把自己的孩子卖了呢？她大脑一片空白，不敢再想下去。她只记得一件事，她只能给别人代孕产子，却再也不能生育自己的孩子……

2006年4月初，骆琪体内成功植入一颗囊胚。跟取卵一样，移植也是去泰国那家医院做的，因为她的冻卵保存在那儿。移植时间是晚上，一批代妈十来人，互不认识。那次，葛战辉把事情搞得很神秘，到医院之前用布把女孩们的眼睛都给蒙上了。可是骆琪不安分，一边走，一边用舌尖拉扯嘴边的布，直到眼前露出一条缝，认出来那家医院。

移植后，在泰国稍做休整，骆琪即被葛战辉送回滨海，继而被安排进一个不起眼的小区，定期打黄体酮保胎、养胎，还配备了保姆，过上了一段相对稳定的生活。

作为代妈，她要受保姆监督，遵守相应的规则：手机没收，不能向外人（包括家人）透露居住地址，不能带外人留宿，不能夜不归宿，不经允许，不能跟任何人见面，不能单独联系客户，晚上10点半前必须睡觉……违者罚款。

移植去泰国做，养胎待产回滨海，这是一套成熟的流程。毕竟代妈们只有旅行签证，在泰国待不长久，若要延期就多出一系列手续，而且延期时间最多30天。退一步，即便葛战辉有法子让代妈们在泰国合法滞留10个月以上，等到孩子出生后，带孩子返程过境又将面临一系列复杂问题。

移植一个月后，骆琪跟葛战辉预支3万块，去支付母亲的手术费，那件事不能再拖了。除了几千块的移植（囊胚）收入，她的收入分两部分，怀孕期间按月支付工资，一月一万，生产后还有尾款，预支有违合同。葛战辉还算有人情味，从自己腰包里掏了3万。

骆琪即将成为母亲，那真是一种奇妙的体验——她和那个叫方华的男人没有任何关系，甚至连手都没握过，可是肚里却怀着人家的孩子，而且孩子生下来后，跟她没有一点关系。可是，怎么会没有关系呢？卵子明明是她的啊……

3个月后，她慢慢了解到一件事，她居住的小区里，至少有八个女孩身份跟她相同，都是葛战辉旗下的兵。

她和那些女孩一样，唯一的任务就是看顾肚里的孩子，那可是价值数十万元的昂贵“商品”。只不过，那些女孩的待遇跟她不同。她们或两人，或三人，共同居住，而她是独居。看来葛战辉没撒谎，姓方的真是个优质客户，舍得花钱。

那期间，她听保姆说了一件事。小区里有一“家”3个女孩，嫌钱少，带着肚里的孩子集体逃跑，去威胁公司加价，不然就报警。后续结果如何，她和保姆不知道。

保姆作为资深从业者，还跟骆琪聊过很多业内新闻。她见过母女俩一起做代妈，也见过客户为了要孩子，卖房、卖器官支付代孕费。她最多伺候过4个代妈同居一室，天天看剧、打麻将，很安逸。可是时间长了，打麻将打恼了，一个女孩把另一个女孩打得流产，俩女孩为此共同赔钱，可是又赔不起。结果，打人的那个女孩跑出去，喝一顿大酒，一冲动怀着孩子跳了河。

她说为了安全，大多数代孕公司都去国外做移植。当移植结束，代妈们坐上飞机返程时，航空公司的人说啥也想不到，那些年轻女孩肚子里多了一样东西。

她伺候过假怀孕，代妈和中介公司都是骗子，拿到客户的先期款就跑。她听说过，有的代妈明明移植成功了，却跟公司合起伙来骗客户，说移植失败，骗客户的二次移植费。

她告诉骆琪，这个行业花样多，有的包成功，有的不包，还能选性别、多胎，全看钱多少。客户钱少，就不包成功，那就要小心碰上假怀孕。还有的女孩移植成功后，想方设法联系客户要小费，对客户说不给钱，就对胎儿不那么“客气”。客户的事也不少。有的想要男孩，结果生了个女孩，就不付尾款。有的一看是女孩，不要孩子，叫公司退钱，双方谈不拢，结果大打出手还动了刀。有的客户阔绰，一次找4个代妈，只要有一个怀了儿子，就叫别的全流产……

骆琪只当听故事，心里感叹自己的运气其实并不坏。

她唯一恨的，是葛战辉玩套路，睡了她半个月。

恨？她问自己，你有资格吗？什么事没有代价？

2007年1月下旬，骆琪临产。

那是一家民营妇幼医院。她进产房前，葛战辉出现了。尽管她的注意力全在肚子上，可还是注意到，给她接生的产科大夫明显跟葛战辉很熟。

进入产房，她无比欢欣：用不了多久就能拿到全款了。

然而，顺产过程并不顺利，中间出了意外，婴儿脖颈被脐带死死缠住，打了结，护士一直往外拉，孩子就是出不来。医生这才意识到问题所在，想剖腹产，可是葛战辉早交代过，不能那么干。医生只得扩大骆琪下体侧切口，才把问题搞定，骆琪因此遭了大罪。婴儿是男孩。孩子出来后，小脸煞白，一声未哭，直接转入病房急救。

骆琪缓过劲来后，得知出了意外，孩子生死未卜，心脏吊到嗓子眼，不顾疼痛，竟一下子翻身坐起来……

她欲哭无泪：要是孩子没了，钱咋办？

产房外，葛战辉也遇到了意外情况。他跟方华早就约好，叫对方按时来医院，可是直到骆琪进产房那人还没出现。

他赶紧打电话，结果方华关机。

葛战辉什么情况都遇到过，立刻感觉不对劲。

半小时后，方华终于打来电话。

“谢天谢地！”葛战辉赶紧接。

方华的话像一记重拳。他说他和对象今天分手了，孩子不要了。

葛战辉大骂。

方华自知理亏，声称愿支付违约金，但尾款不给。

尾款不给？葛战辉一合计：这买卖亏大了。姓方的光付了骆琪怀孕期间的工资，其他的开销和房租都是老子垫付的。当下，孩子眼看就生了，你说不要就不要，合着忙前忙后近一年，老子就只能赚点违约金？

“孙子！”葛战辉冷笑，“不付尾款是吧？老子不管你爹妈是谁，今晚就带人去收你房子，顺便给你阉了！还有你那位前任——‘一撮毛’！一块儿阉！”

## （五）

生完孩子当晚，骆琪很慌。她想知道孩子怎么样了，可是护士不告诉她。

她联系葛战辉，对方居然不接电话。

葛战辉忙着呢。他带着人，按方华身份证地址找过去。那儿是个高档小区，房子的确是方华的，可是住着租客。看来方华还有别的窝，他后悔没早打听清楚。

方华关机，房子出租。怎么办？葛战辉琢磨片刻，打电话给社会上的朋友，得到本市几个特殊酒吧的地址，想去那种地方碰碰运气，即便找不到人，也可能打听到方华的信息。毕竟他那个圈子就那么大。

葛战辉和弟兄们分头行动，分别前往不同的酒吧，连续忙活了3个晚上，也没打听到有用的，却意外在一间酒吧内发现了“一撮毛”。

这下好办了。葛战辉把“一撮毛”弄进厕所，二话不说，上来就一顿老拳。

“别打脸啊！”“一撮毛”紧紧捂着脸，又哭又叫，把葛战辉想知道的都说了。

方华是个富二代，学生时代在国外，才回来没两年。他父亲叫方成贵，是本市某连锁超市的老板。方华回国后就被家里催婚，可他一直拒绝，不管什么对象都不正眼相看。时间久了，他是同性恋的消息就慢慢传进父母耳朵里，那让方成贵大发雷霆。不过话说回来，传言有待求证。

方华名下有好几套房产，方成贵就派人去打听，很快得知他儿子真和男人同居。父子俩由此大吵一番。

然后，方华带着“一撮毛”离家出走，住进酒店，而且不同酒店换着住，省得被找到，一住就是大半年，把方成贵气得脑出血发作，差点没了。

一个月前，方华跟朋友喝酒时，无意透露了找人代孕的事。他那位朋友回家后，把事情告诉了老婆。女人存不住话，又把事情告诉了她公婆。她公公跟方成贵有生意往来，交情颇深。消息七拐八拐，方成贵由此获知儿子做代孕的事。

接下来，方成贵满城找人，做了许多无用功，最后在旁人建议下，才找到酒吧去，抓住了方华和“一撮毛”。

方成贵给了“一撮毛”一笔分手费，叫他滚蛋，然后把方华送到集团名下一处房子内关起来，叫人24小时看守。这事就发生在骆琪生孩子前一天晚上。

有了这些信息，葛战辉心里有底了。他印了横幅，带到方成贵的超市门前。

他先打起来第一幅：某老板儿子同性恋，代孕生子欠钱不还。

超市保安上前驱赶。葛战辉人多不怕，点名要找方成贵。

方成贵得知横幅内容，拍马赶到。

葛战辉手里还有横幅，那上面不是“某老板”，而是指名道姓。那些横幅挂起来，闹下去，一定能吸引到媒体。

方成贵是个明白人，生怕儿子的龌龊事传出去影响公司声誉，立马给葛战辉转了钱，事情就此解决。

医院那边，骆琪提心吊胆等了3天。葛战辉究竟去哪儿了？

起初，她一边记挂着钱，一边想着孩子。后来，她慢慢把钱的事抛开，一心想见到孩子，那可是她身上掉下来的肉啊！她不只是代妈，她是那孩子真正的母亲。可是，医生不让她见孩子，只告诉她一好一坏两个消息。好消息是，婴儿转危为安。坏消息是，由于生产时脖颈被脐带缠住、打结的意外，加上护士的误操作，损伤了孩子脑部，十有八九有后遗症。通俗地说，孩子大概率是个低能儿。

听到这个消息，骆琪跌下床，爬起来冲出去，被几名护士死死抱住……

葛战辉回到医院时，骆琪从昏睡中惊醒。

他简单讲了事情经过，交给骆琪一张银行卡，连同她的身份证。卡里的钱加上之前的工资，再扣掉两个3万，骆琪共拿到19万。

葛战辉好色、趋利、玩套路，不过还算讲信誉，那是他在业内立足的根本。

骆琪找出自己的工资卡，连同葛战辉给的卡一起捧在手里。19万！像做梦！

唉！她连连叹息，似乎不信自己竟然能挣到这么多钱。这下好了，母亲就能好好活下去了，骆行也能接受更好的治疗。

她待了一会儿，忽然扔掉卡："孩子！孩子有后遗症！医院该负责吧？"

"你不用管！"葛战辉的语气满不在乎。

孩子的问题，是那个产科大夫的责任，这没跑。不过，那种事不能找医院。那样就会把很多勾当给牵扯到明面儿上。如果方华要那个孩子，他自然要给人家一个交代。可是方华不要了，那还交代个什么？他根本不在乎孩子的死活。他和那个产科大夫私底下有交易，以后还得继续合作。

"那孩子怎么办？"骆琪带着哭腔，喃喃自语，"他没人要了吗？我，我连自己都养活不好，可我是他的……妈妈啊！要不……"

她没勇气把那句话说完整："要不，我把孩子带走？"

"业务完事了。孩子和你没关系，我会安排的。"葛战辉走到门口，又补充了一句，"再有业务，我会联系你。"

"你安排？你安排他上哪儿？"骆琪冲门外大喊，然而没有回应。

她僵在床上，眼前一片迷茫，心头燃起一团火。

那团火，是她和另一个生命之间的血脉联系，令她生出异样的感觉。那种感觉，在父母兄弟身上体会不到。它来源于一个女人的创造，创造了生命。

过了一会儿，她一步步挪到护士台，央求着，要看一眼那个孩子，哪怕隔着窗看一眼都行。

护士被她磨得没办法，叫来了给她接生的那位女大夫。

女大夫把她带到角落，语气冷冰冰："葛总办了手续，把孩子带走了。像你这种女人我见多了！是不是觉得生了孩子舍不得？别演了！挣钱了，出去一消费，你就啥都忘了！"

骆琪不顾对方的奚落，忙问："带走了？带去哪里？"

"关我屁事，问他去！"

那天，骆琪挣扎出院，回家把钱交给骆东国，零钱留下。她琢磨过了，钱的事，只能回家当面解释。要是转账，电话里说不清楚，很可能会被父亲如数退回。

骆东国一听19万，瞳孔骤然收缩。

那种父亲的自尊，瞬间就垮了。

骆琪只能如实交代，拿出合同来，说是代孕挣的。

"代孕？"骆东国捏着合同，浑身直哆嗦，"你去过泰国？给别人生孩子挣钱？你……你……"

说着，巴掌扬起来，狠狠地扇了下去。

骆琪没有闪开："我实在没别的招，我尽力了。"

扔下这话，她扭头就走。

父亲打了她。她不意外，也不在乎。父亲心里的滋味，她没心情琢磨。她只确定一件事，骆东国不会把实情告诉母亲。

回滨海重新租了住处，短暂休养后，她的执念越来越浓，一心想知道孩子的消息。

不会被扔了吧？那岂不是……

她越想越担心，于是去找葛战辉，可是对方要么沉默以对，要么避而不见。

她后悔了。后悔自己还是太嫩，当初不知道套问葛战辉家的地址，更不知道他老婆是谁。否则，她就能拿他的龌龊事去胁迫。怎么办呢？她想来想去，除了那条老路，真没有别的办法。

休养了一阵子后，她给葛战辉发去短信：我在上次那家酒店等你。

办法灵验了，葛战辉很快自己送上门。

“你到底要干什么？”他在床上问骆琪。

“他还好吗？我就想知道孩子在哪儿！”

“知道了又怎么样！难道你还能养活他？”葛战辉极不耐烦。

“安心！就要个安心！”

葛战辉快活够了，才说出实情：“孩子在福利院。”

“哪个福利院？”

“星火儿童福利院。”

## （六）

2007年2月底，农历春节刚过，天冷得不像话。

骆琪穿着牛仔裤，斜挎一个大包，来到滨海小西关相思按摩店门外。

她包里装着新买的奶瓶，还有一套婴幼儿衣物，以及尿不湿。

店里的陈姐看到她，出门问她干什么。

她说是应聘的，还说自己是生手。

陈姐把她拉进门，聊了半天，她就在那儿留了下来，后来成了店里的台柱子，摇钱树。

做小姐，骆琪并不情愿。人生有太多选择并非本心，而是出于无奈。那时她给家里的钱足够撑一段时间。按说她应该找份普通工作，不用急于赚快钱，可她家里的欠条还有一箩筐，而且她那时的心态，比起刚退学时有了巨大变化。她远赴泰国，卖了两次卵，干了一次代孕，还上了葛战辉的套，被睡了半个月，后来为打听孩子消息，又主动去陪葛战辉。那些事之后，她觉得自己实在太脏了，脏到连自己都不能接受。

她问出孩子的下落后，葛战辉明示过，叫她接着干下去，说以她的姿色和年龄，再代孕三五次不成问题。

她拒绝了。三五次，就是三五年。那意味着，她要继续伺候葛战辉，可她早就恶心透了。这个暂且不说。最令她难以接受的，是生下孩子后，眼看他被带走时的心情。那是一种被撕裂的感觉，好像身体的一部分被切掉，不见了。现在只生了一个，就已经无法承受，要是继续下去，她非疯掉不可。

事实上，那段时间她怀疑自己心理出了毛病。她走在街上会不自觉地盯着别人的孩子看。尤其是在巷子里，有的女人大剌剌的，大白天就那么坐在门口，给婴儿喂奶。那时候，她就忍不住靠上去。她知道别人怀里的婴儿不是她的，偏偏又忍不住去怀疑。没办法。她生的那个孩子她连一眼都没看到，根本不知道长什么模样。她分析，之所以心理异常，跟代孕用自己的卵有直接关系。基于这个原因，她更得拒绝葛战辉。如果继续干下去，谁能保证葛战辉不再让她用自己的卵？

算了！再也不干了！可是还能干什么呢？

她不得不承认，赚快钱也会上瘾的！

去做一份普通的工，老老实实干上两年？两年后家里怎么办？19万？如果大病是下水道井盖，那医院就只能是下水道。那个盖子没人想碰。可它一旦打开了，耗尽普通人半生怕也填不满！这该死的日子，什么时候是个头？

她住西城城中村，一边忧虑将来一边牵挂孩子。她的房间又小又冷，人待不住。她一出门，就能看到站街的小姐。小姐身后的门面房闪着彩灯，里面的人有说有笑，她竟从中感受到几许温馨。

她跟不同的小姐对视，然后低头快速经过。

她不觉得她们脏。如果非要那么说不可，那她觉得自己的所作所为，跟小姐其实没两样。

她想起初次借葛战辉钱时的许诺，就算去卖也会还钱。那件事已过去几个月。这时候她才发现，原来自己真是个不知羞耻之人，为了钱什么都肯干！真的是这样吗？如果当初不代孕，是不是早就做了小姐？

她没有肆无忌惮地哭过，也没有放声笑过，更没有炽热地爱过。她很想做一个梦，把那些想做没做的事，统统在梦里来一遍。可是，就连做梦也是奢侈的，她的梦里除了病痛缠身的亲人，就是怎么搞钱……

那天她从城中村出来闲逛，顺便从超市买了些东西，都是婴幼儿用的。她早有打算，要去一趟星火儿童福利院，只是心理上还没做好充分的准备，不知道见到孩子后应该怎么办。她漫无目的，一路向西，经过很多按摩店，一直走到小西关，最后在相思门前停下来。从那儿再往西，就没几家店面了。

那一路，她心里犹豫不决，想随便推开一家按摩店的门，进去，可是始终没有勇气，直到透过相思的门玻璃，看到陈姐的眼睛——那个眼神带着询问和几许关切，闪烁着阅尽沧桑、从容不迫的光——在它的注视下，她神经质一般，敲开了店门……

## （七）

2007年5月底，骆琪第一次见到了星火儿童福利院的院长山下纯子。

那时候，她做那行已经3个月，也算是有了固定收入。其间，葛战辉联系过她，说是有业务。她果断拒绝，但没透露自己的信息。

山下纯子是个瘦弱的女人，模样清秀，比骆琪矮，眼里总是带着笑，汉语十分流利。

骆琪说，她想看看福利院的孩子，山下纯子接待了她。

孩子有大有小，目测有三五十个，都在院子里活动。

望着那些孩子，骆琪摇摇头，告诉院长，想看看最小的孩子。

“最小的？您是想领养吗？”

“能先看看吗？我还没想好！”

骆琪有些尴尬，可又不能说出实情，怕给葛战辉和自己带来麻烦。

“现在啊，民政局的章程越来越规范。领养手续比较烦琐，对领养人的条件界定，也比较严格，排队颇耗耐心。”山下纯子一边介绍，一边带着骆琪上到二楼，进入一间育婴室。

房间里有五张婴儿床，整齐地摆在窗边。孩子们有的睡着，有的醒着，一个个裹在阳光里，温馨的场景让观者目眩。

房内有两位看护阿姨，安静地站在旁边。

骆琪大步踏到床前，目光从孩子们脸上一一扫过，心里“扑通、扑通”直打鼓。

“到底是哪个啊？”她默默念叨着，来来回回看了数遍，不免焦急起来，连看一看孩子性别，简单地排除一下都忘了。

山下纯子在一旁看着她，微笑。

骆琪又看一遍，视线突然在正中间那个孩子脸上定格，心里生出来奇异的感觉。她犹疑着走上前去，小心摸着孩子的手。

“小姐，您……”山下纯子看出来一点不对劲。

“能告诉我吗？他是什么时候来的？”

“那有什么关系呢？”

“不是……我没别的意思，只是想知道……”事情还真不好解释，骆琪手心里捏出汗来。

山下纯子没动。再迟钝的人也看出来了，这女孩是来找人的。

骆琪急了："是不是去年腊月？"

山下纯子叫一个看护去查查。

剩下的那个看护冲骆琪点头："好像是那时候。"

很快，查询的看护回来了，告诉骆琪一个准确时间。

骆琪一把抓住看护的手："谁送来的？是不是一个男人？"

看护把手抽回，尴尬地望着院长。

山下纯子问骆琪："您是孩子母亲？"

"不是……不是……"

她看了孩子一眼，跑着离开，连带来的东西都忘了留下。

骆琪走后，山下纯子快步回到办公室，从监控里截取到骆琪影像，传到手机里，然后拨通了葛战辉电话……

一周后，骆琪又去了福利院。看到她，山下纯子并不意外，直接带她去育婴室。

"我认识这个孩子的家人，没别的意思。"骆琪努力解释。

山下纯子颔首微笑，退出房间打了个电话。

大约半小时后，骆琪要走。

山下纯子拦住她："请您再多待一会儿吧，没关系的。要不，我带您参观一下，看看孩子们的成长环境？"

骆琪道谢，随院长进入院子。

过了一会儿，一辆车驶进福利院，葛战辉从车上跳下来。

骆琪正陪小朋友玩耍，突然见到葛战辉，心下疑惑万分。

院子里人多，葛战辉没说话，当先上楼步入院长办公室。山下纯子和骆琪相继跟着进去。

"你来干什么？想领养那小子？"葛战辉大大咧咧地往沙发上一坐。

骆琪蒙了。她搞不懂葛战辉和福利院的关系。

山下纯子上前解释："葛总，是我家先生的亲弟弟。"

说完，她适时地退出门外。

跟葛战辉上床时，骆琪已经获知葛战辉有个哥哥，经营着薪火生殖医院。

她这才恍然大悟，怪不得孩子被葛战辉送到这里来。原来这福利院是他嫂子在操持。人家是一家人啊！

她一下理顺了很多事：葛战辉搞国际代孕，碰上客户不要的或者身体有问题的孩子，肯定都送到这里来！他哥哥呢，经营生殖医院，在正常业务中，总会遇到家属不要的畸形儿吧！难道那些孩子也会被送到这里来？

“就不该告诉你！”葛战辉点上烟，烦躁地吸了一大口，“说实话，老子玩的女孩多了去，就你这里擦不干净！”

骆琪恢复了平静：“我就想看看他！”

“想领养？”

骆琪摇头。

“那就别来了！”

“你管得够宽！”

“孩子身上手续齐全，在这儿吃得好、睡得好，机会到了自然有人领养，不用你操心。别再来了，买卖结束了。还不明白？”

“我来看孩子，能给你惹什么麻烦？”骆琪冷笑，“我不去举报你非法代孕，你就谢天谢地吧！”

“你欠收拾？”葛战辉站起来，伸手去搂骆琪的腰。

骆琪闪开，打开门逃走了。

回去路上，她想着孩子的小脸，热泪盈眶。

她早盘算过，不可能认领那个孩子。她是个小姐，低贱、肮脏、自顾不暇，怎么可能带个孩子在身边？可她一想到孩子就不能自已。可怜的小家伙，生下来就注定孑然一身。等他长大了，会不会憎恨带他来到这个世界的人呢？然而就算恨，他也没有目标吧！不！也许他会找到一个好人家，平平安安过下去。嗯，一定会的！

突然间，她想起医生的话，说那孩子是个低能儿。

低能儿！唉！那他将来，得受多少苦啊！天啊！不行！

她生出一个强烈的念头，要努力攒钱，多攒一些，最好把孩子的病治好。

福利院在城北，相思按摩店在西郊，坐公交来回接近3个小时。骆琪就那么坚持着，每周去福利院一次，风雨无阻。时间长了，她干脆在那儿做了义工。那样一来，去看孩子就更名正言顺了。

慢慢地，福利院的人也跟她熟悉起来，都知道她做过代孕，是那个孩子的妈，只是因为家庭困难，没法子领养——这件事，她已经对福利院公开了。

骆琪给男孩起了名字，叫康康，没有大名。将来早晚有一天，康康会被人领走，那时他才会有名有姓。

康康两岁才学会说话，比别的孩子慢很多。他没父亲，也不会叫爸爸，见谁都叫人家妈妈。骆琪不能对孩子透露身份，只能努力纠正，告诉他，对他最好的人才能叫妈妈。那之后，除了骆琪，孩子就不管别人叫妈了，改口叫奶奶……

康康智力低下，走路却学得比一般孩子快。

他身体出奇地好，比一般小孩结实很多，尤其好动，一天到晚就知道跑，跑起来就没完没了，实在累得不行了，就坐在树下傻笑。让人操心的是，福利院的大门只要开着，他总会抽冷子跑出去，给看护带去无穷麻烦。

骆琪每周往返福利院，苦涩而又温馨。

她换了新手机，那样就能给孩子拍照、拍视频，留作日后纪念。日子就那么过着，一转眼进入2010年，康康3周岁了。

那几年，她在福利院了解到3件事：

1. 山下纯子的老公，葛战辉的大哥叫葛云辉。那在福利院不是秘密，那儿的人，见到葛战辉都叫辉哥，见到葛云辉才叫葛总。她见过葛云辉数次，第一眼很是诧异：一奶同胞的两兄弟，葛云辉风度俊朗、一身正气；葛战辉却狡诈、好色、满脸砢碜。后来她才得知，星火儿童福利院的主要投资人正是葛云辉。薪火！星火！她叹服了——弟弟搞卖卵、搞代孕，哥哥不但有生殖医院，还有福利院，这就是人家家族的生意产业链啊！

2. 福利院业务开展得很好，几乎每个月都有孩子被领走，同时又有新的孩子补充进来。新来的孩子，大多来自社会，年龄不等，少部分是婴幼儿。社会上来的孩子多数有这样那样的残疾或疾病。那很好理解，要是孩子一切正常就不会没人要了。然而那少部分婴幼儿当中，身体有毛病的也不少。她估计，婴幼儿跟康康一样，应该都是代孕弃婴。他们有的先天患病，被弃；有的哪怕健康，却因客户改变主意，或性别不符被弃。对她来说，这个福利院，是葛战辉非法代孕业务“失败产品”的回收站，早已不是秘密。她甚至还怀疑过，这里也是葛云辉那家薪火生殖医院合法业务“失败产品”的回收站。

3. 福利院里健康的孩子相对稀缺，对领养人来说，选择就比较少。如此一来，咨询、排队的意向领养人虽然很多，但真正领养到孩子的好心人就很少。令骆琪好奇的是，那些成功领养到孩子的人当中，外国人居然占大多数。

在那儿，她碰到过各种各样的外国人，欧美的、日韩的，还有俄罗斯的……怎么会这样呢？对此，她只能理解两点，一个是外国人经济压力小，另一个是中国人办领养手续异常麻烦，而外国人却相对简单。可她不能理解的是，那些外国人不像中国人那样挑，大多数领走的，是残疾或带病的孩子。

她想，也许是没法子吧？哪来那么多健康的孩子让人领养？或者是中外的文化差异吧？汶川地震后的孤儿，甚至残疾孤儿，不也有很多被外国人领养了吗？

骆琪见识得越多，就越冷漠，顾不上那些与己无关的事，一心照顾自己的康康，同时又深深担忧起来：要是以后，康康也被外国人领了去，那要再见到他岂不是很难？但愿不要那样吧！

2010年2月14日，春节那天，骆琪开开心心赶去福利院，陪孩子过年。

等待她的，是个坏消息——康康趁着年三十晚上大家放烟火时，跑出去不见了。护工们年也过不安生，一直找到年初一早晨，还是没找到……

# 第七章　时间的缝隙：消失的孩子

## （一）

2010年2月14日，得知康康走失后，骆琪像疯了一样，不吃不睡，在福利院周边寻找，直到年初二早晨依然没找到。

山下纯子报了警。

年初二上午，福利院接到派出所消息，孩子找到了，完好无损。

康康年三十晚上溜出大门后，猛追一条小狗，跑到3公里外，到了郊区一户人家家里。人家问他家在哪儿，他说不清。那家人也是心大，赶着去亲戚家吃年夜饭，想报警，却又不想因此打乱行程，就带着康康一起去了亲戚家。吃完饭，那家人跟亲戚搓了一宿麻将，年初一白天补觉。晚上回到家，他们带着康康去看了个电影，顺便给孩子买了身新衣服，天亮后才把人送去派出所，解释了半天。

孩子失而复得，骆琪的心却始终没有放下。

她知道康康活泼好动，私自溜出福利院已经多次。这次运气好，碰上好人。要是再有下次，万一碰上歹人可怎么办？不行！这样下去不行！得想个周全的法子才好，不能指靠福利院重点看护他。

她思来想去，终于有了主意。

一周后，她跑到市中心，把所有的电子商城逛了个遍，买到一块儿童定位手表。手表是进口的，里面有GPS芯片，还附带一个软件光盘。软件装到电脑上，输入相关参数，就能对手表实时定位。为此，她不得不买了一台笔记本电脑。那时的手机智能化比现在低很多，国内儿童定位手表产业刚起步。她能想到买那玩意儿，真是花了心思。

手表的事，骆琪没告诉福利院的任何人。她担心说出去会起反效果：反正孩子身上有定位，跑出去也丢不了，那谁还尽心尽力去看护？

事实上她的担心是对的。康康智力低，一天到晚就知道跑啊跑，像小小的阿甘，叫人操碎了心。可是总不能把他关起来，何况他才3周岁。再长大一些，孩子体能跟着增加，学会翻墙就更不得了了。为此，有的看护甚至会想，干脆就跑丢了吧，再也别找回来；或者快些来个好心人，把他领养走，那样大家彻底省心。

骆琪给康康戴好手表，嘱咐他，什么时候都不能摘下来。

康康认真点头，突然反问："洗澡的时候，也要给它洗吗？"

骆琪说："洗澡的时候要摘下来，洗完了一定要记得戴上。"

她知道自己的孩子不傻，只是智力低了些，学东西慢。孩子爱跑，她一点也不讨厌，反倒心怀欢喜。她希望孩子健健康康，平安长大，像真正的阿甘那样，跑出自己的人生。

康康戴上手表后的第三天，骆琪突然接到福利院电话。山下纯子告诉她，康康被好心人领养了。这一天终于来了。

骆琪冲到福利院，一把抓住山下纯子："孩子呢？"

"被人家带走了。"

骆琪不信："哪有这么快？说走就走？"

"其实手续早就在办了，只是没有必要告诉你。"

"你……"

山下纯子叹了口气："只是从情感角度，还是应该提前通知你。可你毕竟是康康母亲，我们怕你一时接受不了，给工作带来不必要的麻烦。"

骆琪软软地坐下去，没有一点力气。她早知道这一天会来，可没想到来得如此突然。她曾设想过跟孩子的告别方式：送上最好的祝福，还有为孩子攒的一些钱。她还想叮嘱领养人，一定要把孩子的病治好，并且希望他长大后，能回来看看。可是现在，什么也来不及做了。

她望着康康的小床，心里空荡荡的。那种感觉，比取卵时被掏空更让人失落。

山下纯子好言安慰，叫她不用担心，孩子一定会好好的。

骆琪突然想起来重要的一点："领养人呢？中国人还是……"

"是一对来滨海旅行的加拿大夫妇。您放心，他们是先前的客户介绍来的，条件不错，靠得住。"

"加拿大……"骆琪单手捂住嘴，不想让自己哭出声来。

山下纯子掏出纸巾递过去。

骆琪不接："有他们联系方式吗？"

山下纯子摇头："他们的领养手续、资料，都得民政局经手。就算有，我这儿也没法子告诉你的！"

"求求你，告诉我吧！"

"别这样！别难为我，好吗？"

骆琪长叹一声，默默挪到床边，把孩子没带走的玩具、衣物整理起来，打包带走。她努力止住泪水，把一件件物品捧在手心，看了又看。那些东西里面，没有那块定位手表。

回到住处，她无心上工，抱着孩子的东西整夜发呆。

康康啊，你现在在哪儿呢？已经到了加拿大吗？加拿大！天啊！隔着茫茫太平洋，这辈子怕也去不了！她胡思乱想着，视线突然落在笔记本电脑上。

对了！康康一定戴着定位手表呢！那东西买来，还没用过呢！为什么不看看他现在在哪儿呢？万一还在这个城市没走呢？如果能再见最后一面，那该多好啊！

念及此，她颤抖着开机，联网，打开软件。

程序很快启动，随着"丁零"一声轻响，目标位置在地图上显示出来。

康康居然还在滨海！

骆琪一下子来了精神。

尽管这个城市太大，她还不算太熟悉，可她还是认出了那个地方——定位信号在北边，距离福利院大约5公里。那儿靠近本市唯一的山——静山。这两年，陈姐组织手下小姐去那儿玩过好几次。

康康怎么在静山附近？她皱起眉头，很快又舒展开。山下纯子说了，领养人是来滨海旅游的，顺便领养了孩子，所以他们在静山不奇怪。

也许，他们明天就会走吧？但至少，孩子此刻仍在这个城市。

她默默念叨着，睡过去。

第二天她醒来时，已是下午。电脑还在床头，只是断电了。她出门吃了饭，去店里坐到晚上，可还是浑身没劲，索性继续请假。

回到房间，她又睡了一觉，梦到康康回来了，就在她身边。她伸出手一摸，没摸到孩子，反把电脑推了下去。

她惊醒过来，愣了半天，拾起电脑。

她不想开机，生怕孩子已经离开，正沿着偌大的地图往东飞，飞过大海，远远离她而去。她心里不想开机，手却不听使唤，狠狠地按下开机键，这才发现电脑没电了。

电源插上，屏幕亮了。

睡意蒙眬中，她看了一眼：孩子怎么还在原地？

## （二）

康康走后第三天，天刚亮，骆琪就从床上蹦起来。

电脑还在床头，屏幕亮着。位置信息告诉她，昨晚迷迷糊糊中那一眼，没看错。直到当下，孩子还在原地。

她匆忙洗漱完，穿上运动鞋冲出门去。那刻，她并未深思其他可能，心里只有一个念头，按图索骥找过去，见孩子最后一面，好好道个别。到了门外刚要锁门，她略作迟疑又返回室内，盯着电脑：还是带着吧，也许用得着。

她背上电脑包，打出租车出城。目的地她早确认好了：城北，静山脚下一个小村庄，叫作燕来村。

燕来村在静山西边，全村约七八十户。村子周边果园环绕，那是村民们生计的主要来源。村北果园外有片空地，多年前被外地人承包，办了个养猪场。养猪场的承包费，算是燕来村村委唯一的集体收入来源。

村子比较偏，路不好走。省道出城径直往南走，到静山之前，路边有个岔口，拐进去是石板路。石板路轨迹朝西，弯弯绕绕几公里后又成了石子路。顺着石子路颠簸两公里，才到燕来村。

骆琪上午9点半到达目的地，付了钱下车。村口空气清新，果园里一片鸟语花香，倒也算一处养生地。村子顺山就势，街道、胡同皆是石板路，蛇形蜿蜒，纵横交错，房屋多以青石、红砖修建，排列没有规则。

她兴冲冲进村，仔细转了一圈。村里有小超市、小饭店、肉铺……还有一家照相馆，唯独没有她想找的，类似农家乐的地方，也没有古迹或旅游景点。

可是，那对加拿大夫妇不就是来旅行的吗？定位明明就在此地，怎么会什么都没有呢？难道是定位偏差？不。买表时，商家现场给她演示过，信誓旦旦说，定位误差最多几十米。是自己没找到，或者人家在这儿有什么亲戚、朋友？她纳闷极了。

时近中午，她去村里的饭馆吃饭，顺便打听一番，结果很失望。饭馆老板说，村里村外，包括周边，确实没啥景点，也没有类似农家乐的休闲去处。离此最近的旅游点，就是六七公里外的静山。

这可怎么办？她寻思来寻思去，觉得还得再查查定位。可是，村里没网吧，该去哪儿上网呢？她在街上没走多远，一抬头，看到了村里唯一的照相馆。

照相馆老板是个中年男人，按骆琪要求，给她拍了一组大头快照。等照片的时间，她拿出笔记本，问老板能不能发个邮件。老板说行。

工作间窗前有个台式机，可惜没路由器。

骆琪拔下网线插到笔记本上，开机，打开定位软件，等待。

“丁零”一声轻响，结果出来。

这个村，在地图上就是一个点。定位点跟村子的点重合，还是没动过。

就是这儿！没错啊！可是怎么就找不着呢？

破软件！地图不精确！定位也不精确！

她用力合上电脑，交钱取了照片，出门回到村头。

“还就不信了！”她是个犟姑娘，决定一家一家挨着问。

“你好！我就打听个事。请问这几天，您有没有见过一男一女，两个外国人，带着个小男孩？”

她心怀希望，一家一家走，逢人就问，一直打听到太阳下山，还是没结果。

这回她终于泄了气，心情无比沮丧：难道只是定位手表遗落在这儿，人不在这儿？那也不对啊！手表在这里，那就是人来过。可是全村都问过了，怎么就没一个人瞧见呢？那可是3个大活人啊！

天黑下来，骆琪慢慢踱出村。

来到村外，她蓦地站住，忽然想到，自己转遍了村前村后，唯独落下一个地方没去——村北头的养猪场。那地方，是她中午在饭馆里打听到的。当时她一再问老板，村里村外有什么景点，破落的土地庙也算。老板说啥也没有，全村周边除了果园，就有一个养猪场。

村北头的果园往北约百米就是养猪场。

厂子约半个足球场大小，用砖墙围着，门口朝北，铁门闭锁，门内一侧立着根铁杆，杆上架着个监控。监控一闪一闪，照着门前的空地。门内另一侧有个门卫房，里面亮着灯。再深处的院里漆黑一片，只能模模糊糊，看到一根状如烟囱的玩意儿，高约10米，直直地捅进夜空。

骆琪站在大门前踌躇片刻，抬手砸门。片刻后，门卫房里出来一个人。

大门口没有灯。骆琪借着门卫房里透出的光影看过去，一阵不舒服的感觉瞬间蔓延全身。

那人身材瘦小，背弓腰弯，上半身缩在一件脏兮兮的羽绒服里，头发半黑半灰，长得打了结，把大半张脸盖住，露着的小半张脸皱皱巴巴，仿佛裹着一层黑雾，让人瞅一眼就觉得冷。

骆琪不禁后退半步，隔着门问："大叔，你好！我打听个人。有没有两个外国人来过，带着一个小男孩？"

那人瞅了骆琪一眼，嗓子里像卡着沙子："你买猪？"

骆琪愣住，摇头。

"不买猪来这儿干啥！"说完，那人回屋了。

"喂……"她又砸门，可是里面再没半点动静。

到底怎么回事啊！她狠狠一脚，踢飞一块小石头。

回去的路她记得。先走约两公里石子路，再走几公里石板路，就到省道了。她又累又饿，心里茫茫然，一步一步往回挪，将近两小时后，终于望见省道上的路灯。

今天这事，她琢磨了一路，越想越觉得奇怪。定位不会骗人，可是怎么就找不到呢？要不干脆报警？她突然生出这个念头，心下衡量着怎么跟警察说——我的孩子——不，不能这么说，那就把代孕的事暴露了——那咋说——唉，管他呢——就说朋友的一个孩子被遗弃在福利院，身上有定位手表，前两天被俩外国人领养了。我定位到他在燕来村，找过去，可是怎么也找不到——只是，这么个情况，够不够得上人家出警的条件呢？

她垂着头，一边琢磨，一边往前挪，眼看就到省道了。

此时，突然从省道上拐下来两辆车。

那两辆车开着灯，一前一后，从她身边掠过去，朝西上了石板路。

车子开过去后，她心里突然生出一种熟悉感。

咋回事？她赶紧回头，一下子认出来开在前面的那辆车。

那车的车型跟车牌，被它后面车子的近光灯照着。

她瞧得分明：那不是福利院老板葛云辉的路虎吗？

这几年，她在福利院见过葛云辉数次。葛云辉每次去，都开着那辆路虎。她不用存心记，光凭视觉记忆也能认出它来。

呀！葛云辉？这么晚了，他要去哪儿？

联想到定位信号，她脑中火花四射：该不会去燕来村吧？他去那儿干什么？他后面那辆车上又是谁？

## （三）

骆琪顾不上疲惫，转身就追。

跑了没几步，她又回到省道和石板路岔口处，想打个出租车，可惜点儿太背，等了十来分钟也没等到车。

不等了！她一跺脚，又冲上石板路……

人的潜力不可小觑。从燕来村到省道，五六公里路，骆琪一步一步挪，花了将近两小时，接着再跑回去，却只用了四十来分钟。

他们会去哪儿呢？会不会只是路过燕来村？如果不是路过，会去哪儿？骆琪没有答案，凭直觉来到养猪场门前。这时她看了看表，已经夜里10点多了。

她的想法很简单。这大晚上的，如果葛云辉的目的地不是燕来村，她不信。康康的定位信号明明在这儿，难道跟福利院没一点关系？问题是，葛云辉来燕来村干什么？是拜访某人，还是去养猪场？如果是拜访某人，为什么大晚上来呢？难道有人家要弃养孩子？如果是后者，难道是来买猪？她心里一堆问号，一个也整不明白。

管他呢。来都来了，先看看再说吧。

大门依旧闭锁，门卫室关着灯，门前、院里，皆是一片漆黑，只有院内东南角亮起灯光。骆琪没有警察的思维，想不到去看大门前有没有新添的车辙印。即便她能想到其实也看不出什么，门前路面全是石子。

门内铁杆上的监控，闪着红灯。

骆琪不管它，直接走到门前，扒着铁栅栏往里看。她什么也看不到，干脆捡起几颗石子，想去砸门卫室的房门。

转念一想，她又扔下石子，跑去燕来村。

村里商店关着门。她拍门没反应，就拨打门上的手机号，央求着叫来店主，买到个手电筒。

回到养猪场门前，她还是不顾忌那个监控，打开手电朝里照过去。

院里没车，但能看到院内东南方，有一排坐北朝南的水泥房。

她不死心，绕到东墙根下，找准位置，踩着砖块，勉强照进去，一眼看到水泥房前甬路上停着3辆车，其中一辆正是葛云辉的路虎。

看到路虎，她激动起来，想再次回到大门前，叫开门进去。

紧接着，她改了主意：不能再跟看门人打照面了。定位就在这一片，3天来一动不动，全村挨家挨户打听过，就剩养猪场进不去，可是葛云辉却突然出现，难道只是巧合？如果这里头真有什么勾当，这时候再跟看门人磨叽，岂非打草惊蛇？

她有了警觉之心，这么想自然是对的。可是，在这之前她已经在门前来回好几遭，都没理会监控。换句话说，她的影像和动作早被拍到了。

实际上，那也是没办法的事——起初她的心态光明正大，以为靠嘴巴就能打听明白。当看到路虎车就在院内时，她心态才发生变化，感觉到情况不对劲。

路虎在里面，难道葛云辉真是来买猪的？为什么不白天来呢？疑问越来越多，像数不尽的藤蔓，把人死死缠住。

骆琪深一脚浅一脚地回到大路上，心里一横，拿出电话，果断按下110。

“我报警。我的孩子在福利院，前两天被领养了。我……”

“你好！你是说，你的孩子被领养了？是合法领养吗？”

“是的。”

“孩子和你什么关系？”

“我是孩子母亲！”

“那你的孩子为什么在福利院？是弃养吗？”

“算是吧。”

“那你为什么报警？我不明白警情内容。”

“你听我说，我孩子被领养了。在领养前，我给他买过一块定位手表，他一直戴着。这两天我定位，发现孩子的位置一直没动过。我就找过来，可是怎么也找不到他！”

“请问你在哪里？”

“静山西边，燕来村。”

“明白了。你是说，你孩子被领养了，他戴着定位手表。你定位得知孩子在燕来村，你找过去，找不到人？”

“是的！”

“你想做什么？找到孩子？”

“对！我想见他最后一面。”

“对不起！这个情况，我们不出警。”

“为什么？”

“孩子被你弃养，被他人合法领养，从法律上说，就跟你没关系了。孩子现在在什么地方，都由领养人决定。即使其位置不动，也属正常。再说定位系统有误差，你的定位位置是一个村，不是一个具体点。实际上，最可能的情况是，定位手表被摘下来了。你反映的情况，不存在任何违法行为，以及违法行为人。”

“就算居民钥匙锁家里，你们明明也出警的！”

“警力资源有限。但是在警方职责范围内，我们可以给市民提供必要的帮助。可是您的情况，的确跟我们的职责无关，抱歉！”

“可是，可是领养人是俩外国人啊！而且燕来村里外没景点……喂！喂……还有养猪场……”

骆琪这段话没人听，人家早挂了。而且她不知道的是，她反映的情况，因为算不上警情，所以不会被记录下来。

唉！她长叹一声，很快想明白了。即便人家没挂电话，知道领养人是外国人也还是够不上出警条件，毕竟领养手续完备合法。除非她能把孩子位置从燕来村这一片范围，精确到一个具体的点，然后证明那个具体的点有问题。

看门的不让进，报警没用，她越想越恼，再次回到东墙下。她非进去瞧一瞧不可。

这时候她庆幸，还好今天穿着运动鞋。

围墙高约两米。踩着砖块，拿手电照进去，她能做到，可她一个女人想上去，难度就很大。她把手电放进电脑包，又嫌背着包碍事，干脆把它放进草丛里，藏好，然后重新挑了个位置，找来碎砖块，垒到足够高，试图站上去。可是，砖块垒得太高了，脚下的地又坑坑洼洼，最下面的那块砖摆不平，也吃不上劲，她踩上去后，一用力就倒，反复几次，怎么也爬不上墙头。

这可怎么办？要是砖块再多些，摆成十字垛，那样就稳当了。

她扩大搜索范围去找砖，结果不知不觉走出去上百米，在村北头一个果园外，发现一个高脚凳。

那个凳子，应该是果农踩着用来给果树剪枝的，果树坐果时也能踩着给果子套袋，只是断了一条腿，这才被弃置了。骆琪扶起凳子试了试，三条腿也能用。

她抱着凳子回到墙根下，稳稳当当摆好，站上去一试。嘿，不错！脑袋已经高过墙头了。

她攀着墙头翻身骑上去，然后放低重心往下看。

墙内的情况看不太清，她只确定下面没有明显的障碍物。

正要跳时，她突然想到一个问题：进去后怎么出来？里面可没凳子供她踩。

尽管无法预料，进去后会发生什么，她还是觉得应该想好退路。拿定主意，她从墙头退回到原地，解下运动鞋的鞋带，连起来，然后把鞋带一头系在凳子腿上，另一头拿在手里。

做好准备，她重新攀上墙头，接着拽动鞋带，把高脚凳拉了上去。

往后就好办了。她把凳子提到墙内，慢慢放到足够低处，然后松开鞋带。下面发出一声轻响，凳子落地了。

妙！她感叹自己的急智。

接着，她抓紧墙头，腿朝墙内慢慢往下探。她脚尖踩到凳子面上，刚站稳，凳子歪倒了。她也跟着摔到地上，差点叫出声。

她缓了一下，刚要站起来，一声狗叫，把她吓得跌坐回去。

她在东墙根，狗叫声在西北方，应该在门卫房附近。

过了一会儿，她大着胆子站起来，观察周围的情况。这时她看到了南边那排平顶水泥房，从东数，头一间和第二间亮着灯。

紧接着，她又看到那根形似烟囱的玩意儿。

那玩意儿就在她正前方十几米处。烟囱下面有一间小屋，像是一个锅炉房。

狗没有再叫。骆琪蹲下，从凳子上解下鞋带，摸索着穿回鞋上系好，站起来顺着墙根往南走，很快来到亮灯的房间后面，从窗户上往里看。那些窗户，原本糊着防风塑料布，如今早已破损。

窗内。从东数第一间房，有两张办公桌、一排文件柜，没有人，房子中间砌了一道墙，墙上有一扇木门通往里间，但是里间没有后窗。从东数第二间房，看样子也是办公室。里面有4个男人，围着茶几甩纸牌。那些人骆琪一个也不认识，里面自然没有葛云辉。

葛云辉去哪儿了？难道在东边这一间，里屋？

她小心绕到房子正面，突然闻到一阵酸臭味。味道是从房子南边飘过来的。她忍着不适感往南看去，认出来那边是猪舍。

她呼出一口气，把手机调成静音，鼓起勇气进入东边第一间房，走到隔离墙的木门前，偷听里屋的动静。

她听了一会儿，什么也听不到，干脆憋住气，把门轻轻拉开一条缝往里瞅。

她想：大不了被逮住嘛！那就不走了，反正没犯法！跟那个葛云辉面对面也好，就把定位的事情说出来呀！再叫他联系那俩领养人！

他要是拒绝，就得说出个一二三，说清楚定位就在这一片，究竟是怎么回事！

门缝越来越大，里屋的光景让人纳闷：它四壁空空，地上也没有任何东西，只是房子中间有一排向下的台阶。台阶口四四方方，没有遮挡物。顺台阶下去，尽头有一扇铁门，门缝没关严，有光透出来。骆琪猜，下面应该是一个地下室。

葛云辉的车在门外，人却没在隔壁打纸牌，难道在下面？可是，他大半夜到养猪场来，进地下室干什么？

她猜不透，心里隐隐有些害怕。然而强烈的好奇心促使她一步步迈下台阶，同时把手机紧握在手中，以便碰到意外情况，就打110。

铁门是横推的。她屏住呼吸，慢慢扩大门缝，最先看到一线水泥地面，随后视野扩大，一点点把头探进去。

里面空间不小，起码抵得上两间教室，中间有两根承重柱，柱子两边各有一张台球桌。此外，其南、北、西三面墙壁上，各有两扇木门。门上没有玻璃，上面有朱漆标号。南墙1号、2号，西墙3号、4号，北墙5号、6号。6扇门，5扇关着，只有1号门半开，有交谈声从里面传出来，话头话尾间夹杂着茶具的碰撞声。

什么情况啊？难道是一个仓库？可是又不像。

骆琪挠挠头，想靠近1号门，却又担心被发现，只好悄悄挪到一根承重柱后面，凝神静听。她那个位置，离1号门起码4米，两者处在一条直线上，中间隔着个台球桌，能听到说话声，但是听不清楚。她便蹲下去，借着台球桌遮挡，轻轻朝里挪了几步，再转身朝南，来到1号门和2号门中间的墙根处。

这时，一个声音说："林总，你想得太简单了！"

听到这话，骆琪眼前一亮：这是葛云辉的声音啊！

被唤作林总的那位不高兴了："你嫌钱少？"

"不是钱的事！"葛云辉说，"风险太大，这么干屁股不好擦！"

"我懂！"

"你懂个屁！"

"葛老板，你这么说话就没意思了！"

"呵呵！非要逼我把话说明白？为了你，我费劲从加拿大找那么两个老外来做这件事，问题是他们怎么回去？他们办了领养证的，证件上有孩子照片！现在孩子没了，你叫他们领谁上飞机？换个孩子顶替？长相能一样？人口出入境管理局，机场边检，都过不去！你他妈想过吗？"

"我……这……"

门外，骆琪浑身一抖，心想：葛云辉提到加拿大两个老外什么的，分明就是指康康被领养的事啊！可是，他却说"孩子没了"，谁没了？康康没了？没了是什么意思？丢了，还是……死了？

她一把捂住嘴，这才没叫出声来。

那一刻，她差一点就撞进门去，当面质问葛云辉到底怎么回事。可是，那有用吗？她马上意识到，如果孩子真遭遇不幸，那么当下更应该冷静下来，搞清楚究竟怎么回事！

她握着手机的那只手，直冒冷汗。

别冲动！她一边给自己打气，一边把手机换到另一只手上，然后打开录音键。她不可能知道，当她按下录音键时，她的人生将发生重大改变。

葛云辉说："多年来，我从没这么操作过！你呀，是第一个逼我坏规矩的！"

林总说："谢谢葛总！现在我懂了！"

"明白就好！"葛云辉说，"我从来不接国内的活儿！你看，客户他是美国的也好，日本的也罢，不管哪儿来的，都得老老实实去走民政局的领养手续，完事后从福利院把孩子领走，带回国。那么在我这里，生意是不是就了结了？"

"葛总，我真明白了！安全第一！"

"对嘛！孩子被老外领养到国外去，死活跟我有什么关系？想要孩子哪个器官就要哪个器官，想什么时候要就什么时候要。你以为相关部门那所谓的‘收养跟踪机制’，还能跟踪到国外去？好！就算能，就算他们日后知道孩子死了，也有的是理由去应对。要知道，那些孩子本身要么残疾，要么带病，明白吧？随便一个理由，就能把事瞒过去。”

林总连声称是。

葛云辉说：“所以说，这个事情，要不是你找到日本去，找山下家族当中间人，我不可能帮你。坏了规矩，风险太大，而且麻烦！不光麻烦我，还到这儿来，麻烦我养猪场的朋友——他们的生意跟我不一样！现在你能理解了？刚才他们为什么逼你在那孩子颈部划一刀？”

林总苦笑：“唉！刚才怨我太冲动，劳烦你耐心解释！划上那一刀，我这嘴巴就永远封住了！只不过……说实话，刚才我真下不去手，可是为了孩子……”

葛云辉说：“你、老外，做父母的都一样！不过话说回来，你要是听我安排，事情会稳妥很多——花点钱找两个老外当托儿，走程序把孩子领养出去。你再带你孩子出国跟老外会合，在国外做手术。”

“来不及！我家小孩这个情况拖不得！怪我当初大意，没想到孩子的器官这么难找！”

“废话！孩子这一块的资源比成人金贵！你家孩子是宝，别人家孩子就不是？”

林总重重地放下茶杯：“多说没意思，钱我加倍。刀我扎了，钱也加了，你们总该对我放心了吧！”

葛云辉没吭声。

林总又道：“话说回来，隔壁那两位动刀的，技术靠谱吗？”

“那个你放心，专业的！”

骆琪再也听不下去了。尽管谈话内容她不明白，可是那几句话犹如钉子钻进耳朵里，狠狠折磨着她的神经——“刀我扎了，钱也加了”“孩子没了”“隔壁那两位动刀的”……天哪！他们害死了康康吗？不！不可能！康康明明被加拿大人领养了！不对！加拿大人是托儿，是葛云辉请来的！难道康康真的被……为什么？到底发生了什么？

她浑身僵硬，身体贴着墙不由自主地挪动几步，来到隔壁2号门前，脑子里什么也不想，几乎用撞击的姿势把门打开，丝毫不理会那一系列动作会让自己暴露。她不管了！她心里只有康康，她要看看那个房间里有什么。

2号门打开，房子中间立着一块毛玻璃屏风。屏风下的地面以及房间四壁全都钉着透明的塑料布。

人踩在厚厚的塑料布上，发出踏雪般的声响。

骆琪毫不在乎脚下的杂音，一步步走到屏风前，朝里看。

屏风后，无影灯下，并排放着两张手术台。

里面那张手术台空着，外侧台上躺着一个浑身是血的小男孩。男孩身边的台桌上，放着好几个金属材质的手提储存箱，箱体上打着红色“十”字。

男孩身边站着一个医生和一个助手，正在紧张操作，谁也没抬头看骆琪。

助手听到有人进来，以为是自己人，闷声说了句：“还早！出去等！”

骆琪并未退缩，她朝前走了几步，突然意识到什么，赶紧举起手机录像。

此刻正是紧要处。医生完成关键的一步，从男孩体内成功取出第一个器官，小心翼翼地放进助手托着的无菌器皿里。

骆琪紧盯着失去器官的男孩，再也无法控制情绪，突然哭出声来：那个血糊糊的孩子正是康康。

康康脸色苍白，左胳膊弯曲在体侧，拳头半握着，手腕上戴着那块表，像极了疯跑时的样子。

骆琪收起手机冲过去，只差一步就能把孩子抱起来。

“你是谁？”

“你干什么？”

两个白大褂抬起头。

那两位都戴着口罩，听声音是一男一女。显然，他们专注于移植手术，都没看到骆琪此前录像的情景。

骆琪定在原地。

她死死地盯着孩子，确定他早没了呼吸。

“你们……”

她大叫一声，剧烈颤抖着伸出手，想去亲近那个没了生命力的幼小的身体。

此时，助手正端着器皿，不方便移动。

“别动！”医生握着手术刀走向骆琪。

手术刀的寒光使骆琪惊醒过来。没什么比逃走更重要！她忍着悲伤转身跑出去，结果一头撞到别人身上。

跟她相撞的人是葛云辉。

“你？你怎么会来这里？”葛云辉惊呆了。

他对骆琪有印象，知道她是康康的生母，每周去一趟福利院做义工。可他实在想不通这个女人怎么到这里来了。

趁葛云辉发呆的瞬间，骆琪一闪身冲出铁门，跨上台阶……

“站住！”葛云辉大叫一声，追出去。

骆琪冲到外面，想也不想，原路返回，一头扎进那排水泥房最东边的阴影里，顺着东墙根的草丛往北跑。

一个女人能跑到哪里去？还能翻墙不成？葛云辉看清骆琪逃走的方向，把隔壁办公室打纸牌的那4个人喊了出来。

骆琪又累又饿，加上精神受了巨大刺激，身体几近虚脱，全靠一口气支撑，拼了命朝前跑。可是，院门在最北头，上着锁，除了看门人，还有狗，明显死路一条。往哪儿跑？出路似乎只有一条：翻墙。

啊！她万分庆幸。幸好提前准备了后路，把高脚凳带进来。

院里没灯。五六条手电光柱亮起来，在她身后打来打去，用不了两分钟，准能逮住她。

骆琪一边跑，一边掏出手机。养猪场不但有问题，而且有大问题。她还有时间，她要报警。一分钟足够了。然而命运跟她开了个玩笑，手机没电了……

唉！望着熄灭的手机屏幕，她叹了口气，跑到高脚凳前，跳上去就往墙上翻。

也许是惊慌之下她用力太猛，也许是凳子本就在朽败边缘，她跳上去正要攀爬，下面“咔嚓”一声，凳子腿又断了一根（原本早就断了一根），三条腿成了两条。骆琪紧跟着摔下去，跌在枯草里。

绝望。光柱离她越来越近。

这时候，她突然感觉到一股很大的力量把她拉了起来。同时，一个声音对她说：“跟我走！”那个声音里好像掺了沙子，很难听。

骆琪大脑一片空白，被黑影拉着跑出去十几步，跨进一扇木门，进入一间小屋，来到一座形如锅炉的东西跟前。

“钻进去！”黑影打开锅炉口的铁门，露出里面黑洞洞的滑槽。

骆琪完全蒙了，一动不动。

黑衣人不由分说，把她上半身按进铁门内，然后搬起她两条腿，把她整个人顺进滑槽内，随后关上铁门。

藏好骆琪，黑衣人迅速退出小屋，上锁，然后返回东墙根，麻利地拾来七八块砖头，垫到高脚凳的断腿处。

没等他直起腰，五条光柱打过来，把他钉在光心。

“老杨！你在搞什么？人呢？”说话的是个黑大个儿。

“跑了。”老杨指了指他刚垫正的高脚凳。

“哪儿来的凳子？”

“应该是那人自己带进来的！”

“操！”

黑大个儿踩上凳子，轻松爬上墙头，用手电往外照，很快发现墙外草丛里有东西。

“有个包！”

黑大个儿跳到墙外，把骆琪的背包捡起来。

老杨赶紧跑到大门口，打开门锁。所有人来到门口，跟黑大个儿会合。

“就一个包，里面有电脑。没看到人！”黑大个儿气得直发抖，“老杨，你他娘去死吧！”

“关我屁事！”老杨弓着腰，“我听到动静，迎着你们的手电光跑过来，到东墙根那里，就看到个人影上了墙。我过去一看，墙下一个高脚凳。接着你们就来了。”

“麻烦！”葛云辉一拳砸在墙上，“她进了手术室！必须抓到她！必须！”

黑大个儿狠狠瞪了一眼葛云辉，转身对同伴大叫：“还他娘愣着？去开车，追！”

葛云辉对黑大个儿说：“好在是个熟人——手术室里那孩子的生母——整个事情，是战辉搞出来的，屁股没擦干净。”

“女的上墙这么溜？还他娘带个凳子！”黑大个儿指着葛云辉，“你那个兄弟，除了玩女人还能干什么！成事不足、败事有余的东西！”

葛云辉自知理亏，不还嘴，反而提出一个问题：“你不觉得奇怪？凭她一个女人，是怎么找到这里来的？”

老杨插话道：“今天傍黑，有个女的来到大门外，说要找人，被我打发走了。当时我也没细问。”

“什么？傍黑就来过？”黑大个儿抬手一个大嘴巴子扇过去，“你他娘不早汇报？”

老杨后退一步，躲开巴掌，转身溜了。

“不中用的狗东西！”黑大个儿指着老杨背影骂起来。

葛云辉说：“清场吧，张总。出大事了！”

“清！锅炉房、手术室、储藏室，猪……全他娘清！”黑大个儿揪着葛云辉衣领，眼珠瞪得溜圆，“说了井水不犯河水，你他娘偏要来合作！只一回，就把老子害死了！”

葛云辉挣脱开，从地上捡起电脑包，一路小跑回到房间。

包里除了电脑还有一份快照。装照片的纸袋上印着照相馆的名字。

葛云辉打开电脑，一眼就看到了桌面上的定位软件，顿时明白过来，康康身上一定有跟定位软件相对应的物件。

危机！致命的危机！他站在墙前苦思对策，仿如面壁的老僧……

## （四）

骆琪躺在那个封闭空间内，浑身发冷。除了冷，她似乎还能闻到一些怪味，也许是铁锈味，也许是腥味，也许是臭味。具体是什么，说不清。

她知道，自己正躲在锅炉房的炉体内。

那间小房子，就立在东墙根往西不远处，顶上伸出一根高高的烟囱直插夜空。

康康死了！康康死了！她不再惶恐，只剩下悲伤——她为钱出国卖卵，继而代孕，不料碰到一对同性情侣，指定要用她的卵，他们却又在她临产之际分手，放弃了那个孩子。她莫名其妙成了母亲，有了自己的骨肉。尽管孩子身上有一半基因，属于那个叫方华的人，尽管那个男人令她恶心、反胃，可她还是疼惜孩子。毕竟，孩子身上也有她的基因。她的愿望已经够小了。她不能把孩子带在身边，只能尽力多些陪伴，希望他会被好心人领走，健健康康成长。现在，孩子被领走了，说是要到加拿大去，哪知一切都是谎言！什么狗屁加拿大？孩子居然就那么躺在冰冷的手术台上，被挖了器官！她可怜自己，更可怜孩子。她躲在那儿，想哭不敢哭。这见鬼的人生啊！

冷，又饿又冷。到底要躲到什么时候？

身体上的痛苦让她慢慢转回现实。

她早回过味来，知道救她的黑影，是那个看一眼，就令人浑身不安的看门人。她记得那人的声音，嗓子里像卡着沙子，难听得要命。

可是，那个人为什么这样做呢？

在解开疑惑前，她想到一个很明显的逻辑问题：傍晚时她在大门外，向看门人打听，问对方是否见过两个外国人，带着一个小男孩。用当下的视角看，她问对人了。即便当时，看门人不知道今晚会有一场手术，也一定知道养猪场的种种犯罪内幕。那么，当骆琪被他赶走后，他为何不把骆琪来打听小孩的事，报告给老板呢？

这儿似乎只有一个解释：看门人的确没见过那两个外国人，也不知道今晚的手术细节。在他眼中，骆琪是个不该在那儿出现的人，打听的事也很蹊跷。他能做的只能是把她赶走。可是，他为什么又出手相救呢？

她把这个问题抛开，专心琢磨今天发生的事。

她觉得，她无意中触及了一场庞大，且由来已久的罪恶黑幕。而这一切的起点，仅仅缘于她想见孩子最后一面的执念，以及那么一块首次应用的儿童定位手表。

依据地下室的所见所闻，她能厘清几件事：

1. 她目睹了一场地下摘取器官犯罪。她看到了手术台旁边带红十字的铁盒，那一定是用来盛放器官的。而那位林总是购买者，他会把康康的某个器官带走。

2. 许久以来，葛云辉一直从事一种高明、隐秘的犯罪。他跟那位林总的对话虽然零星，但已经提及了事件核心——其犯罪行为，是依托领养孩子这一合法途径来完成的。非法代孕生下的弃婴，以及福利院面向社会公开收容孤儿，则是其犯罪产品线的源头活水。

骆琪早就发现，福利院的领养者当中外国客户居多。当时她不以为意，现在才明白到底为什么。葛云辉的具体操作，说起来极为简单：联系国外的领养人，把福利院的残障儿童领走，从中赚取利润。

这儿有个问题，那些国外的所谓领养者，有没有可能是跨国人贩子呢？显然不是。对跨国人贩子来说，那么做的投入产出比，实在低得可怜。如此一来就能断定，所有国外领养人都跟那位林总一样，他们的孩子都面临某种疾病，迫切需要更换某种器官。他们跨国，用合法程序领走福利院的孩子，为的只能是一场手术。可是，他们是如何寻找并确定福利院有适合他们的孩子的呢？在每一场交易中间，应该有一个作为掮客的信息提供者才对。

骆琪记得，葛云辉提过山下家族、中间人什么的，难道那就是信息掮客？

也许真正的操作不是客户大海捞针，寻找合适的孩子，而是相反——一个孩子患病，需要更换某种器官，可是想找到合适的供体，其实并不容易。但是反过来，某人手里有孩子要出卖器官，那么只需把信息放出去，就会有无数需求方回应。大量的需求方就像一个池子，里面总有一个甚至多个是合适的。这个过程的实现，可谓轻而易举。

3. 葛云辉的流水线很成熟，其弟葛战辉参与其中。葛云辉搞生殖医院，赚钱吗？很赚。葛战辉搞非法国际代孕，赚钱吗？同样赚。可是人心不足。像康康一样，代孕中的弃婴，尤其是残障婴儿，成就了另一条发财之路。孩子被送到葛云辉的儿童福利院，再经由领养手续，送给国外最合适的客户。葛云辉说了，他从来不接国内的活儿，只有这次破例，那一定跟那位林总的身份有关。他还说了，这么做的麻烦显而易见：康康没了，那两位加拿大的托儿，该怎么回去？那可是办了正规领养手续的。用别的孩子顶替，长相不一样，明显上不去返程飞机。骆琪一时想不通，这个麻烦葛云辉会怎么解决？

4. 葛云辉说过，养猪场的朋友，他们的生意跟他不一样。那么，养猪场这里，又是什么路子？眼见到的，倒是有个手术室，葛云辉明显是借用了它。问题在于，养猪场里为什么要设置手术室呢？难道是长期、专门用来摘取器官吗？骆琪忽然想到，地下室里那些关闭着的房间。那个地下室，除了1号、2号，还有四扇门上锁。那里面有什么？

骆琪舒展了身体，用心去感受那个逼仄的封闭空间。她觉得自己像是躺在棺材里。

她摸了摸手机，渐渐静下心来。不管怎样，她知道凭借录下来的音像，足够揭穿真相，把葛云辉等人绳之以法，为康康复仇。

现在，她要做的就是安静地躺好，等待机会。她确信，看门人既然帮了她，那么不管出于什么目的，都一定会确保她平安离开……

## （五）

不知过了多久，骆琪听到铁盖打开的声音，心顿时提起来。

“出来。”被黑大个儿唤作老杨的看门人站在锅炉外，头上多了一顶鸭舌帽。

骆琪弓身，慢慢退出那个空间，跨到小屋外，迫不及待地深吸一口气，方知外面下起了雨。

这是年后的第一场雨，带着零星的雪花。

老杨来到小屋外，照例锁好门，转身就走。

养猪场院子里静悄悄的。

骆琪回头，仔细看了一眼匿身的锅炉房，然后快步跟上去，小声说：“谢谢！您怎么称呼？”

老杨不作声，来到大门前站住：“你暂时安全了，但还不能走。离开这儿的路就那么几条，那帮人正到处寻你。”

“那怎么办？”

老杨似乎早有打算，出了大门快步往南走。骆琪默默跟着。

雨势不大，可是没有停下的意思。

两人冒雨走了百来米，进入燕来村，又走一段，来到一座民宅前。

老杨打开院门，待骆琪跟进后，转身上锁。

那是一个简洁的农家小院。

屋里没有暖气，堂屋中间立着火炉，燃着炭火。

骆琪随老杨进屋，在火炉旁坐下。

老杨从里屋找出一条新毛巾，递给她。

“这是哪儿？”

“我家。你在这儿很安全，不过要天亮后才能离开。”

骆琪急切抛出憋了很久的问题：“你为什么帮我？”

老杨那张皱巴巴的脸，隐在帽檐下。

骆琪急于知道答案，直盯着他看。上次隔着养猪场大门，看不清，她本以为他是一个老人。现在她发现，他其实不算老，估计最多40岁，眼里仍有光芒，只是脸色灰扑扑的，过于难看。

“有些人落了难，总会埋怨别人为什么不帮忙。”老杨这话算不上答案，他反问骆琪，“你到底是什么人？”

“早说过了，我就是来找孩子。”

“你孩子丢了？”

“被领养了，从星火福利院。”

“你怎么知道孩子在这儿？”

“他戴着定位手表。”说到这儿，骆琪惊道，“坏了！我包还在养猪场墙外边……里面有电脑，还有定位软件，会被淋坏的……”

“早被他们拿去了！”老杨忽然问，“你进到里面，看到了什么？”

“你难道不知道里面怎么回事？”

“今晚的事我不清楚！说！你看到了什么？”

“手术！我孩子被……摘了器官！”

“你进了地下室？”

骆琪点头。

“那里还有谁？”

“一个姓林的，他儿子有病。他一定会带走他需要的器官！”

老杨走到窗边，背对骆琪叹道：“你那个藏身之处，知道是什么地方吗？”

“锅炉房，锅炉里。”

“是焚烧炉。”

“焚烧炉？烧什么啊？”

老杨没回答。

骆琪明白，对方一定知道很多事，只是不想多说。

两人陷入沉默。

骆琪仔细回忆在手术室的情形，更加确认，不管葛云辉还是那两个白大褂，都没发现她用手机偷拍的情节——在手术室里，当她惊动了那两个白大褂时，她已经把手机收起来了——当时她收起手机，本能地伸出手，想去抱康康。这是个至关重要的细节。

现在，手机是最要紧的，里面有最直接的证据。

她心里不停地合计，要不要把它说出来。

情感上，看门人救了她，她理应报答，告诉他她拍到了犯罪事实，天亮就去报案。她想劝他逃走，跑得越远越好，否则，他一定跟那伙人一起坐牢。可是理智上，她又不敢说。虽然看门人救了她，可他毕竟是养猪场的人。她担心一旦说出来，手机会被他抢走。

老杨突然开口了：“葛云辉认识你？”

“是啊！”

“今晚真是没事找事！”老杨似乎对救人有些后悔，“但愿以后你别出卖我！”

“怎么可能！但是在警察面前，我可以说实话吧？”

“警察？你最好别报警，没用的！”老杨突然逼近骆琪，“天亮后，你最好离开这个城市，能跑多远跑多远。”

报警没用？骆琪理解老杨的心思，因为谁也不知道她手机里有重要证据。她想，我为啥要跑啊？要跑的应该是你啊！

老杨见她不吭气，再次警告：“他们绝不会放过你。”

说完，他进屋找出几包方便面，丢给骆琪。丢方便面的力道很大，他希望对方能从中感受到那句警告的分量。

骆琪接住面，放在一边。

“没别的东西，你垫垫肚子吧。记住我的警告！”说完，老杨离开了。

骆琪终究没把手机的事说出来，虽说那么做不免自私，可她不敢冒险。

她没心思吃东西，听着雨声待了一会儿，起身走进里屋，想找个手机充电器，可惜没找到。里屋跟外面一样，摆设同样简洁，除了必要的几样家具，再无其他。她四处看了看，没发现一张照片，也没看到任何带有个人信息的东西。她对这个房子的主人，越发好奇起来……

天终于亮了。

小院大门虚掩。骆琪确认好手机没有落下，这才出了院子，离开燕来村。刚踏上那条石子路时，她一直提心吊胆，生怕养猪场那伙人，从什么地方冒出来。她一步一逡巡，小心翼翼，走了没多远，幸运地搭上一个果农的三轮车，很快回到进城的省道上。

雨已经停了。骆琪想打出租车进城，可惜天色尚早，一辆出租车也见不到。好在没多久，远处来了一辆公交车。

上车后，她终于踏实下来，下一步便是去公安局报案。

实际上，离她上车的地方不远，就有个静山派出所，可惜她不知道。即便知道，或许她也会觉得，派出所似乎不太靠谱。

公交车上人不少，多数是进城赶早集的菜农和果农，脚边放着筐筐担担，再有就是农民工，还有几个背书包的学生。

车子几乎坐满，后方还有一个空位。骆琪一屁股坐进去。

她的邻座坐着一个年轻人，头发极短，几近光头。那人素质差，脸朝着窗户，正就着大蒜吃包子，丝毫不顾忌别人的感受。

骆琪强忍着异味，把脸转向别处，不去看他。

半小时后，车子晃晃悠悠进了城，来到火车站附近。这时候骆琪打了个哈欠，眼皮跟着越来越沉……

十来分钟后，她一激灵挺起腰身：我怎么就睡着了呢？

她深深叹了一口气，顺手去摸口袋。紧接着，她把所有口袋摸了个遍，然后触电一样跳起来，大叫：“手机！手机！我手机不见了！”

城北火车站附近，某街道。小偷邢星一边走，一边哼着小调。他抄在口袋里的右手，握着一部手机。那手机是某品牌去年的旗舰机，成色还不错，颇能卖几个钱。

3年前，邢星是圈内公认的“快手”。然而有一次他选错了目标，栽在一个硬茬儿手里。情急之下，他甩刀把人刺伤，被警察抓到，进去蹲了3年，直到昨天才放出来。

出来后，他回郊区老家待了一天，顺便去镇派出所补录户籍，今早坐头一趟公交车回滨海，决心重出江湖。

在那辆车上，他本不想开工。乘客多数是赶早集的农民，搞不好里面还有他同乡，再有就是几个学生，反正没有肥羊。不料，半路上来个美女，一屁股坐到他边上。

面对送上门的肥肉，再不动手，就对不起老天爷了。

趁美女迷糊时，邢星轻松从她身上取了手机，下车溜了……

# 第八章　最佳刑辩：寻找

## （一）

市公安局大门外，某包子铺门前。

一年三百六十五天戴墨镜的，本市著名的刑辩律师娄东伟刚买了早点，抬头瞧见一道倩影从公交车上跳下，朝公安局门口跑来。

秀色可餐。

望着那道倩影，娄律师肚里“咕咕”叫起来。

他紧盯着美女一路跑过来，墨镜后的三角眼眯成一条线——这个女人他认识。

自打2009年3月末，他操作一番，把熊万里送进去，替葛菲脱了仙人跳的罪，他便跟葛云辉熟悉起来。那之后，他跟葛云辉时常出城钓鱼，有时也会约上那个渔具老板楚援。有那么几次，钓鱼路上，葛云辉顺道去福利院办点事，他便只好同去。

有一回，他意外发现，福利院居然有个大美女——那女孩年轻肤白，身材挺拔，头发墨黑浓密，绑成一个清爽的马尾，眉眼神似王祖贤。

那次，娄东伟真是看得入了迷。他靠在车上，面对着大门口，视线却拐个大弯，狠狠斜到一边去，紧盯在骆琪身上。这就是戴墨镜的好处，观察事物不着痕迹。

他尤其喜欢那美女简单的发型，越看心里越痒，情不自禁展开想象：骑着她，把那条马尾狠狠握在手里……

以他的人生经验，头发越浓密的女人，性欲就越强。可惜，他一直找不到机会认识她，更无缘搭讪，只知道她算是福利院的义工，一周去一次（至于骆琪的职业和住址，别说他，就连葛战辉也不知道；那是骆琪的秘密，她羞于对外人提起）。从那时起，他就天天盼着葛云辉约他钓鱼，并强烈希望葛云辉顺道去福利院。可惜，葛云辉却“顺道”得越来越少了。

总结起来，在福利院，娄东伟见过骆琪3次，每次都紧盯着，把她视奸无数遍，所有时间加起来，不超半小时。然而，骆琪一点也没有察觉。

这次，娄东伟偶遇美女，想也不想，拎着包子就迎上去，截停对方：“你好！”

骆琪站住。她不认识眼前的小个子。

“我认识你！”娄东伟微笑，“你是星火儿童福利院的义工，对吧？”

公安局近在眼前，骆琪着急进去，可是被对方这么一问，她不免纳闷起来。

“我去过福利院好几次，去看望孩子，在那儿见过你。”娄东伟这话算不上撒谎，但也算不上实话。

“对不起！我有急事！”骆琪横跨一步，绕开娄东伟。

娄东伟见她望着市局门口，心神不宁，探问：“你来市局有事？人家还没到上班时间呢！”

彼时不到7点，离上班还早。骆琪轻叹一口气，身子跟着晃了晃，残存的精气神顿时卸去。其实她应该冲进去的。报案嘛，管他什么时间，总会有人接待她的。

然而，娄东伟却继续充当拦路鬼的角色：“正好，我也在等人，待会儿一起进吧！”

说着，他掏出名片，强塞给骆琪。

骆琪扫一眼名片：“你是律师？”

娄东伟一挺胸：“我只搞刑事案，十来年了。不管是圈儿里，还是公安局，还算有点面儿。你来市局什么事？不妨说说，说不定我就能帮上忙。”

骆琪脚底下站不稳，没心情理他，干脆进了包子铺。折腾了一天一夜，不眠不休，只在燕来村吃了顿午饭，她实在太饿了。

娄东伟黏上去，笑嘻嘻地坐在骆琪对面，没话找话：“我没别的意思，就是喜欢孩子，近期就有领养打算。你熟悉那里的情况，能不能给我推荐个孩子？最好活泼点的。福利院的人，我可不敢信。”

骆琪大口吃着食物，心事重重，本来对他的话没一点兴趣，突然间却心头一动：“娄律师，代孕违法吗？违法的话，严不严重？”

“代孕？”对方主动抛出话题，娄东伟来了精神，“你是指非法组织代孕的获利者，还是指代妈？”

“代妈。”

“那个事不大。说它违法吧，但只要代孕过程没闹出什么大的纠纷，悄悄把钱挣到手，一般不会被追缴。”

骆琪点点头，不说话了。

娄东伟抓住话题不放：“恕我冒昧，你想做代孕，还是帮别人打听？”

骆琪避而不答，忽然又问：“公安局办案，是不是讲究程序？里面道道多不多？”

“哟！办案？民事案还是刑事案？”

“刑事案。”

“刑案？那道道多了去了！你想了解什么？”

骆琪凝眉沉思。娄东伟见她没反应，只好补充：“不过最重要的就一条，凡事讲证据。一个证据一个钉，直到钉子足够多，把犯罪嫌疑人给钉死喽！一丝一毫马虎不得！反过来，证据要是不够……”

他举起面前的碗：“证据要是不够，就算你知道这个碗是我摔的，你也不能把我怎么样！这么说吧！老师负责教孩子1+1=2。刑警负责证明，1+1为什么等于2。律师呢，有时候要证明那个2，它不是1+1得来的，它可能是0.5+1.5得来的，有时候要证明1+1=3，有时候……”

娄东伟滔滔不绝，向对方展示自己的思辨能力。

骆琪打断他：“那比如，比如我目睹到一个犯罪场面，对警方来说，我这个目睹算什么？”

“算人证！但是，人证的证据力，小于物证。证人必须确保陈述属实，并对自己的行为负法律责任。比如你看的外国电影，证人上法庭发言前，先捧着《圣经》叨叨一阵子，就是为了确保其陈述属实。还有，人证或口供不能孤立，它是刑事证据链条的一环，跟其他证据链条，要相互印证。一旦产生矛盾，查实证人做伪证，或诬告，或报假案，那就……”

骆琪再次打断他：“再比如，如果证人不但目睹，还用手机拍到了犯罪影像……”

娄东伟也毫不客气打断她：“那手机就是物证了。这里头，影像的法律效力大于录音，因为录音更容易伪造。还有……”

骆琪说了声“谢谢”，付钱离开。

“嘿！这娘儿们！”娄东伟讪讪地跟出去。

骆琪出了包子铺，跑开去寻找公厕。娄东伟站在原地，不便再上前。

十几分钟后，骆琪回来了。娄东伟再次过去搭讪。

他终于近距离感受到了骆琪的魅力，甚至偷偷闻到了她身上的香味。他心里急不可待，思忖着怎么进一步接近她。他早看出来了，这个女人身上有事，搞不好事还不小。

他觉得，他一定有机会……

## （二）

几分钟后，一辆车来到市局门口。市局刑侦副支队长刘明坤打开车窗，跟娄东伟打了个招呼。

娄东伟在等的人显然就是刘副队长。

车开进大院，刘明坤下来点了根烟。娄东伟快步上前，跟刘明坤握了个手，两人并肩进入办公楼。

骆琪看出来刘明坤是个管事的，“喂”了一声，可惜对方没听到。

她跑进办公楼，先前那两位已经不见了。这时，一位值班女警拿着早餐进来，看到骆琪，问她干什么。

骆琪赶紧说：“报警。”她快速述说事情经过，从去泰国移植讲起，怎么代孕生下孩子，怎么给孩子买定位手表，怎么得知孩子被两个加拿大人领养，怎么去到燕来村，找去养猪场，怎么找葛云辉的路虎车，怎么进地下室，怎么录下声音、影像，怎么逃跑，怎么被救……重要的点无一漏述，情绪也跟着越来越激动。

“那你手机呢？”

“丢了……被偷了，在公交车上。”

女警意识到情况严重，拿着记录冲上楼，很快又回来叫骆琪上去。

报警记录交到了刘明坤手上。

娄东伟懂规矩，自觉离开办公室。

刘明坤快速看完，问了骆琪几个问题。待骆琪回答完，刘明坤把那位女警叫到身边，小声交代了几句。女警收到指示，快步离开。

骆琪见刘副队长仍坐在椅子上，急道：“快去抓人啊！还等什么呢？”

“别急，有些情况正在核实。如果你反映的情况不假，那谁也跑不了！”说完，他给骆琪倒了杯热水。

骆琪不懂程序，更意识不到她这个事情里头有个敏感点：那牵扯到两个外国人。

几分钟后，那名女警跑回来：“刘队，你真厉害，确实有那么一条报警记录。一个男孩失踪，报案的是两位加拿大游客。报案时间是两天前，在静山派出所。”

“具体点。”

“大前天中午，加拿大游客布雷克夫妇，去静山派出所报案，说孩子丢了。孩子是从星火儿童福利院领养的，3周岁，叫康康。领养时间——”女警看了看记录，“大前天上午。那天办完手续，他们带孩子去静山玩，下山前，突然发现孩子不见了。布雷克夫妇在上面找不到，遂下山报警。景区大门口监控显示，在布雷克夫妇下山回到大门前半小时，有个女人带着康康离开了。”

“女人情况？”

“矮胖，戴着小红帽，系一条灰白围脖，把眼睛以下都给包住了，一看就是成心的。那种小红帽，景区门外摊位上多的是。”

刘明坤搓着下颌，静静地听着。

“静山派出所联系民政单位，核实过布雷克夫妇的情况，还从福利院打听到，那孩子算是有多动症的，爱闹爱跑，在福利院期间多次溜出大门，近期还走丢过一次。”女警轻咬嘴唇，“这一回，小孩怕是碰上人贩子了。”

“女人后续行踪呢？”

女警摇头。

“我明白了！”骆琪从座位上弹起来，“不是的！大前天下午我给孩子定过位，加上后来的，一共定了3次。孩子就在燕来村，位置没动过。那两个加拿大人是托儿！是葛云辉他们请来演戏的！矮胖妇女即便真是人贩子，那也是他们找来的！孩子根本没丢！是那两个加拿大人故意把孩子送给那个妇女，演了一出被拐的戏！矮胖妇女再把孩子送到养猪场！要不然，那俩外国人就没法子合法离开，他们可是办了正经领养手续的！孩子就在养猪场，他被害了！都是戏！都是阴谋！”

刘明坤紧皱眉头。他不是排斥骆琪的推断，而是本能地紧张。

如果一切真如骆琪所说，那这个事情可就不得了。它不仅仅是本地恶性犯罪，还牵连到国外去，看样子很可能是个国际大案。可是案子核心却在滨海。一旦查实，势必会严重影响滨海的城市形象。换句话说，这个案子不光涉及法治问题，一不小心，还可能牵连到政治问题。这种事情，会被第一时间上报给市委，操作起来得格外注意。

退一步，单就本地恶性犯罪来说，依托孤儿院为利益核心，对外输出残障儿童（器官），他刘明坤闻所未闻。那么对他和市局来说，这就是一个前所未有的挑战。可最大的问题，这件事它会是真的吗？

骆琪大声打破沉默："手机！一定要找到我的手机！"

刘明坤当然知道手机的重要性，详细询问了手机丢失过程。

哪里有什么过程？骆琪只能告诉他，打瞌睡时，公交车在城北火车站附近，醒来手机就没了。至于睡了多久她没有确切概念（实际是十来分钟）。

一听火车站，刘明坤头都大了，那一带治安不比西城好。西城小姐多，北城小偷多，就这么个区别。

他走到门外，连续打出去几个电话。对警方来说，查窃案不算难事，只要想找几乎没有找不到的。保险起见，他扩大范围，给城北，包括火车站派出所在内的多个派出所下通知，述说了手机型号和丢失地点，强调务必尽快找到。

这个事情应该很快有回音。对派出所来说，辖区内谁是重点人口，有几个贼头，包括退隐的、现役的，门儿清。查失物，找贼头一问一个准。

此外，他还安排了技侦从技术定位上寻找。

安排完，刘明坤叫来关秀山等几位骨干，把骆琪的报案陈述给他们看过，然后仔细交代一番："在尚未立案的情况下，不可鲁莽，此行以例行询问为主。"

关秀山10年前警校毕业，在市局实习，现如今已成长为刘明坤的得力助手。看过报案陈述，他心头一惊：这里头居然牵扯葛云辉？

13年前，即1997年夏天，他姐姐关秀娥在日本出了车祸，大人和肚里的孩子都没了。葛云辉也经历了那场车祸，可是啥事没有，后来还带了个日本女人回来。2000年年底，关秀山实习期间，曾以旅游的名义去日本调查，这才得知，当年葛云辉在关秀娥死后，把她的肝脏给卖了，从中赚了一大笔钱。而他姐的肝脏就移植给了那个日本女人。知道真相后，关秀山狠狠揍了葛云辉一顿。葛云辉呢，把那笔钱转给了关家。

这段往事关秀山没必要告诉刘明坤，因为葛云辉早就不是他姐夫了。

很快，3辆警车冲出市局，直奔燕来村。骆琪随车而行。

手下离开后，刘明坤未向上级汇报，毕竟一切有待确认。

他找到娄东伟，按计划前往看守所。他刚办完一个案子。娄东伟作为法院指定的辩护律师，要去看守所会见一名被告人。路上他并未多言，娄东伟也未探问。

燕来村养猪场门前，关秀山望着进进出出的运输车辆，有点蒙。

关秀山左边站着个中年人，叫燕长平，是燕来村的村支书。燕长平旁边的黑大个儿是养猪场老板张进九。

此时，一辆货车正驶出院门，车后斗内全是猪。过了一会儿，又一辆车出来，同样装满了猪。

关秀山问张进九："这是做什么？搬家吗？"

张进九说："卖了，不干了。"

"不干了？"

"不好干！"张进九叹气，"别家的猪基本半年就出栏，我这儿起码一年。别家封闭饲养喂饲料，我封闭饲养喂草、喂果子——周边果农丢弃的果子……我的猪比不上那些放养猪，可是比那些半年一茬的饲料猪强太多了。问题是，这么干反倒麻烦了——我这个猪价，往上有放养猪顶着，上不去；往下有饲料猪顶着，下不来。这么不上不下的，行情很差，一直就是咬牙坚持……"

燕来村村支书燕长平点头附和："是这么个情况。"

张进九看了看燕长平："承包这块地，算起来有8年了吧？"

燕长平说："2002年元旦至今，8年零两个月。合同3年一续。"

张进九说："前些天来了个老板，想转包这块地，依托周边果园，搞果汁加工，找我谈了几次，我没同意。一个是舍不得生猪行当，一个是觉得，既然别人能搞果汁加工，为啥我不能？当时就冒出来那么个想法，也想搞一稿。可是一考察，发现那个行当也不是随便就能干，竞争同样很激烈，没销路白搭。想来想去，还是转包出去好。昨晚我就给那位老板打电话，把事情定了。”

燕长平对关秀山说：“确实有这么个事。那个果汁老板，也找我们村班子谈过。我告诉他，人家养猪场张老板不愿意转包，村里也没法子，毕竟合同还没到期嘛。没承想，张老板这又改主意了。”

燕长平脸上一直带着笑。作为村支书，他当然更希望养猪场转包出去，搞果汁加工厂。那样一来，他村里的果农就不愁销路，比养猪场好得不是一星半点。这8年来，村里除了租金收益，顶多就是把一些烂果子贱卖给养猪场当饲料。比起来，这块地搞果汁厂简直太美了。

关秀山听那两位啰唆完才说：“有人举报养猪场内存在不法行为，我们来调查。”说完，他带着两位同伴进了院子。

骆琪留在一辆警车上没下来，那是关秀山的要求，算是对报案人的人身保护。

张进九撵上关秀山：“啥违法行为？”

关秀山不言语。

张进九黑着脸：“你们别听那些人胡说八道！我守法经营，照章交税，天地良心！”

关秀山一眼瞅见院子里立着个锅炉房，问：“那个是干什么用的？”

“锅炉房。”

“锅炉房？养猪用锅炉？”

“环保焚烧炉呗！”

“环保焚烧炉？”

“烧猪的。”

“烧猪？”

“烧病猪！你们公家人不懂！猪瘟一来，就死一大片。怎么办？”

“别的养猪场也这么干？”

“别的养猪场，要么挖坑埋，要么往没人的地方，就那么一扔。那是人干的事？把水土都被污染了！咱不那么干，咱得为子孙后代着想，所以就弄了那么个焚烧炉。为这事，环保局还给发过奖状！”

关秀山点点头，走到东南角那排水泥房前，径直进入最东头的办公室。随行的两个警察，受不了房前猪栏里飘出的味儿，掩鼻跟进去。

进了房间，关秀山也不多问，直接推开分隔墙上的门，走进里间，随后下台阶推开铁门，进入地下室。

他一路进去，眼见那几个房间的布局，心里暗暗吃惊，同时对骆琪的陈述又多了几分相信——外间、里间、台阶、铁门、台球桌……眼前的一切，跟骆琪的陈述一模一样。可见，她昨晚一定来过。

进到地下室，关秀山走到一号门前，一把推开。

房内靠东墙摆着几张椅子，中间围着个茶桌。

关秀山回到门外，依照骆琪的陈述，把门半掩，往里看。确认从那个角度看进去，的确看不到茶几。

他又来到二号门前，一把推开——房间内没有塑料布，更没有什么手术台，分明只有一台半新不旧的麻将机。

关秀山神色不动，转身问张进九：“这里怎么回事？”

“你是说台球桌？麻将机？”张进九搓着双手，面露尴尬，“唉！你们进来时没闻到？上面那味儿，太冲了！没办法，离猪栏太近。我弄这么个地下室出来，没别的，方便哥几个进来休息。也就喝喝茶，无聊时玩两把。”

关秀山随手拿起一根台球杆，看了两眼，问：“那几个房间呢？”

他指的是3号～6号房间。那些房门都是关闭的，但没有挂锁。

张进九手抄在裤袋里，用脚蹬开三号房门：“没啥啊，这儿有些兽药。”

接着他蹬开四号，里面码着不少啤酒瓶，有几箱未开封，角落里扔着几箱方便面，还有火腿肠。接着是五号，里面堆着旧账本，还有些杂物。六号房间空着。

关秀山很失望，紧盯张进九问："认不认识葛云辉？"

"认识啊。"

"昨晚他有没有来过？"

张进九点头。

"几点？"

"好像9点多。"

"据我所知，葛云辉除了生殖医院，还投资了一家儿童福利院，不过好像都跟你的业务没什么关系吧？他来干什么？"

"我老婆的姐姐，跟葛总大学同学，介绍我们认识的。"

"你老婆、你姐姐分别叫什么？"关秀山问得很仔细。

"我老婆叫柳良玉，开了个诊所。她姐叫柳良媛，是个妇科医生。不怕你笑话，我那位大姨子，当年念书时还追过葛总。"张进九的话天衣无缝，"葛总福利院宿舍楼后面，有块空地。我手里这几百头猪，还没谈好下家，打算临时在他那里寄放一下。昨晚请他过来，就是商量这件事。跟他谈完以后，我就给果汁厂老板打了电话，同意转租。"

"麻烦你给葛云辉打电话，请他来一趟。"

关秀山刚说完，外面响起急促的脚步声。紧跟着，骆琪冲进地下室。

她来到二号门前，看了一眼："不对！不对！昨晚不是这样的！他们把东西搬走了！"

她用力跺了跺脚，把其他房间也看了一遍，急得满脸通红。

"你来干什么？也好！"关秀山见骆琪闯进来，干脆一竿子捅到底，"张进九，昨晚你有没有见过她？"

"你说这个疯女人？见过啊！"

骆琪听到对方居然承认她来过，精神头上来，正要说话，被警察拦住。

关秀山问张进九："昨晚发生了什么？"

"没啥啊！你说这个女人吗？"张进九招呼几位同伴进来，"昨晚我跟葛总谈事，她突然闯进来，大呼小叫，说来找孩子，还说她孩子就藏在这里……真他娘搞笑！"

骆琪忍不住了："你放屁！昨晚这里摘器官，把我孩子害死了！"

她一边说，一边去挠张进九。

张进九闪开："警官你看！昨晚她就是这个样子，突然闯进来撒泼！她看了茶室和麻将室，又说她孩子在其余那几间房里。"

关秀山拦住骆琪，问张进九："她进来时，你们在干什么？"

"不瞒你说，耍了几个小钱。"张进九赶紧补充，"就打几圈麻将。主要就是跟葛总商量，借地方寄放猪的事情。"

"耍几个小钱？"关秀山环顾四周："昨晚2号到6号房都锁着吗？"

"有的锁着，有的没锁。今天这不是搬家嘛，都打开了。"

"无耻！"骆琪又骂起来。

张进九不理她："好在葛总认识她，说她是福利院的义工。她孩子以前在福利院，刚被领养走，只是不知为什么她跑来这里闹，而且他娘的翻墙进来！"

说完，张进九叫人去把看大门的老杨找来。

关秀山示意继续。

张进九说："当时我们很蒙，想控制住她，搞清楚到底怎么回事。她见我们想动手，就跑了，从东墙爬出去了！我们在墙外找到个电脑包，估计是她落下的。对了，墙内还有个破高脚凳，应该是她带进来的。"

不等关秀山询问，张进九叫人把电脑包拿了进来。包里的东西都在。

关秀山质问："见到我们，你为什么不主动反映这件事？"

"啊？"张进九笑起来，"这算个什么事！你一来，就说我们这里有违法行为，搞得我不知所措。你为这个事情来，咋不早说呢？”

骆琪浑身发抖，简直要炸了。她本以为只要报警，这些坏人就成了死猪，没承想人家不但活蹦乱跳，矢口否认，还能反咬她一口。

关秀山叫张进九带路，一行人走到东墙根骆琪“逃走”的地方。

瘸腿高脚凳，以及看门人老杨垫凳子的那摞砖块，早被踢倒了，躺在一边的水窝里。

这时候，老杨踢踢踏踏挪过来。

关秀山问他：“怎么称呼？”

“叫我老杨就行。”

关秀山指着骆琪，问老杨：“昨晚你见过她吗？”

老杨点头。

“什么时候？”

“傍黑吧。她在大门外，问我有没有见到两个外国人，领着个小男孩。我说没见过，她就走了。”

“后来呢？”

“后来？哦！后来我就吃饭、睡觉，夜里听到有动静跑出来，见她从这儿上了墙。”

关秀山面上波澜不惊，心里面，却对听到的每句话都打上问号。

他叫同伴把张进九等人带到院外，只留下老杨。

老杨弓着背站在原地，一副事不关己的模样。

关秀山一摊手：“人都清出去了，该说实话了吧！”

老杨晃了晃脑袋，权当没听见。

关秀山来气了：“在这说，还是去局里说？”

“随便啊！”

关秀山拿指头虚点了老杨两下：“昨晚是不是你救了她？”

“啥？”

“说实话！万事有我们！”

关秀山这么做，是尊重骆琪的意见。临来的路上，骆琪说了，不要当着养猪场那帮人的面把看门人救过她的事捅穿。那是她的承诺，更是对看门人的一种保护。

老杨茫茫然摇头："领导，你啥意思啊？明明是她自己翻出去的！当时我听到动静跑出来，根本不知道咋回事。"

关秀山再重复一遍，结果还是一样。

他回到骆琪身边，小声说："他说压根儿没救过你，是你自己翻出去的。"

"明明是他……"骆琪吞下后半截话，突然冲到墙边，扶起凳子，然后把倒地的那摞砖从水窝里一块一块捡起来，把凳子垫平整。

"当时是这样……"她踏上凳子，演示起来，"我跳上来，想跑，结果它又断了一条腿。我摔倒后，他把我拉过去，藏进锅炉房那个炉膛里……你看这些砖，就是他用来垫凳子，给我打掩护的！要不然，他早暴露了，怎么会安安稳稳站在这里？"

这段陈述提醒了关秀山。当骆琪搬砖演示时，他才突然意识到一件极重要的事——对啊！破凳子原本三条腿，又断了一条，摔倒了。要是骆琪没撒谎，那么把凳子垫平，制造骆琪翻墙假象的，不就是老杨吗？那么，这摞砖上应该有老杨的指纹才对啊！反之，如果老杨和张进九没撒谎，骆琪是翻墙逃走的，那么这摞砖上应该只有骆琪的指纹！只不过，昨晚后半夜下过雨，砖块泡在水里，上面指纹的情况具体如何，还真不好说。可是，骆琪突然冲上去，一块一块，重新把砖头垒起来，那就彻底破坏了砖块上可能残留的证据，而且留下了她自己的指纹……

意识到这一点时，关秀山赶紧阻止骆琪，可是已经来不及了。

"你倒是说话呀！当时就是这样……"

骆琪瞅着发呆的关秀山，一脚踢翻凳子和砖块，从头再来，又演示一遍。

唉！潜在线索就这么没了！关秀山懊恼不已，埋怨自己反应太慢了。

他轻轻叹气，来到锅炉房前。房间木门上着锁。

他问老杨："谁有这里的钥匙？"

老杨不言语，慢吞吞地掏出钥匙，把门打开。

关秀山进门，来到焚烧炉边，打开炉盖，露出里面长方形的空间。他心里早有计较，如果骆琪真在炉内躲藏过，那里面应该留有痕迹，比如头发，或衣物留下的丝线之类。

他把头伸进去一截，看到炉内壁体上，明晃晃泛着一层油，紧接着，便闻到一股刺鼻的气味。

他回头，厌恶地看着老杨："去把张进九叫来！"

很快，张进九来了。

关秀山指着炉壁上的油，问："里面什么玩意儿？"

张进九双手抄裤袋，大剌剌走过去："哦，助燃油料！"

"助燃油料？"

"发现一头病猪，早上刚烧掉。"

刚烧了一头猪？关秀山心说：嘿！真巧！

他绕到炉背后，看到那儿放着个塑料箱。

张进九过去，踢了一脚箱体："烧剩的骨头渣子。"

关秀山打开箱盖，往里瞅了一眼，顺手摸出一把碎骨。

他手里的碎骨，骨节粗大，当中还夹着好几颗牙。那些牙个头不小，摸上去很粗糙，形状很不规则，其中有一颗略弯曲，末端相对尖锐，应该是退化的所谓獠牙。

"你看这牙口！"张进九轻叹，"唉！那头猪我养了两年多，想留着自己吃的，结果是头病猪！"

关秀山把碎骨扔回去，随口问："骨头怎么处理？"

张进九答："磨成骨粉喂猪，好东西。"

关秀山调侃了一句："取之于猪，用之于猪。"

张进九笑罢，认真说道："就一个疯女人的事情，你们这些市局的头头，真没必要亲自过来嘛！不过既然来了，带头猪回去吧！就算我关张前，代表厂里慰问咱市局的民警同志们！"

说着，他一招手："那个谁，弄头猪，肥的，给领导们装车上！哎！别了！太脏！你亲自给送去！"

“猪就算了！大门口的监控硬盘，借用一下如何？”

“行啊！用完别还了，用不着了。”

关秀山叫同事拿上监控硬盘和骆琪的电脑包，顺带把骆琪送到车上，自己走到远处，向领导汇报情况。

这时候，葛云辉来了。

骆琪远远望见，跳脚大骂：“葛云辉！你还我孩子！你个人渣！我绝不会放过你！我，我早晚弄死你！”

葛云辉阴着脸，不去看她。

张进九快步迎上去：“葛总，你可来了。市局的人找你，为那个女人的事。”

葛云辉认出来前小舅子关秀山，怔了一下，随即微笑着走过去。

关秀山哼了一声：“葛老板，别来无恙？”

葛云辉伸出右手。关秀山背起手，用下颌指着葛云辉：“你，跟我来！”

不久，关秀山从水泥房办公室出来，带着人匆匆离开。

他刚刚收到一个新情况。

## （三）

静山派出所配合市局，按刘明坤的意思，在燕来村及周边仔细搜索，结果在路边草丛里找到一块表。经确认，那块表就是康康所戴的定位手表。只是因为夜里那场雨，表被泡坏了。

骆琪前去确认时，心里凉得像冰块儿。昨晚她是亲见的：表明明就戴在孩子左手腕上，现在怎么就到了草丛里？她知道，这一定是葛云辉和张进九搞的鬼。

可是能怎么样呢？她当场把想法告诉关秀山等人，可是倾听者们不能给予任何结论。她再激动也改变不了警务工作的规则，一切以事实说话。她坐在警车里，抱着双肩，浑身发抖，茫然不知所措。

车窗开着，警察在窗外说话，可她一句也听不到。人对这个世界的认识，是基于物质世界的真实存在。山川大地，风雨花草，一件一件，皆无比真实。然而，随着经历的尔虞我诈越来越多，她感觉眼前的世界一片模糊，并且越来越难以理解，仿佛连那份最基本的真实感也要失去了。

中午回到市局，关秀山整理好调查材料交给刘明坤。

骆琪先是被安排在接待室，后来有人给她一张表，叫她填写联系方式和工作单位。她电话丢了，联系方式暂时空着。她的工作性质属于警察打击范围，按说不必如实填写，可她却像是丢了魂，填上：按摩小姐。

填了表，有人叫她回去等消息。

“就这么完事了？”她惊讶地望着打发她走的警察，就像望着一头突然开口说话的驴。

市局副支队长办公室里，刘明坤对手中的调查报告很失望。

骆琪陈述的过程和细节，使他以为遇上了大案，不承想初步一查，屁事没有。话说回来，这样的结果其实可以预料。即便事情如骆琪所述，可是已经过去了一夜，难道犯罪分子什么也不做，乖乖等着警察上门？而且从事实分析，养猪场的确反常。骆琪这边来报案，那边就立刻搬家、关门。这是什么逻辑？果汁厂老板要转包养猪场那块地，这件事假不了。但是，他张进九早不答应，晚不答应，偏偏昨晚突然答应，而且立即组织搬家，这难道不奇怪吗？更何况，有燕来村村支书燕长平证明，起初张进九是明确拒绝转包的。

可是，没人比刘明坤更懂执法程序。单凭骆琪的报案陈述，过于孤立，连立案程序都走不了，怎么上手段侦查、破案？正因如此，他才派关秀山等人前去，在不违背程序的情形下，希望能收集到某些异常线索，先把案子立起来。然而，结果让人失望。

下一步怎么办？他把希望寄托在骆琪的手机上。

天很快黑下来。刘明坤吃完饭，就有些坐不住了。要找一个手机，通常情况下一天时间足够，可是都这个点了，怎么还没回音？

他拿起电话，给下面各个派出所打过去，得到的反馈都一样：正在找。他重重地撂下电话，下班走人。

第二天一早刚上班，关秀山就来到刘明坤办公室。

“琢磨了一夜，还是觉得养猪场不对头。”关秀山检讨自己，“骆琪演示爬墙时，我反应慢了！垫凳子的砖块上，可能残留的指纹情况，要是早一步考虑到就好了！哪怕早一分钟！”

“你要是能早一步考虑到，就坐老子这个座位了！”说完，刘明坤尴尬地笑了笑，“其实派你们过去时，我也没考虑到那个细节。”

“我看，还是上手段吧！地下室要真做过手术，难免留有血迹。”

“上手段？案子都没立，就大摇大摆上门检验？你不怕有麻烦？”

“验出来就不怕了！”

“验不出来呢？骆琪说手术室的四壁和地面，全铺着塑料布！你小子忘了？”

关秀山挠头：“要不这样！五个路子。一、那儿不是正搬家嘛，以防疫站名义去验一下。这个事情可以让那个果汁厂老板出面。在猪场地基上办果汁厂，防疫检疫完全说得过去。”

“这个可以！第二个呢？”

“二、骆琪说，那晚她去过老杨家，就是那个看门人。咱们以人口普查的名义，去他家查验骆琪的痕迹。如果查到，那不就……”

“你小子——和我想的一样！”

“三、猪场地下室里，有台球桌、麻将机、茶几，压根儿没见骆琪说的手术设备。换句话讲，如果骆琪没胡说，那么手术设备就只能是事发当晚被偷偷拉走了。拉那些东西，得保密，不可能用外部车辆。所以，查查猪场自有车辆轨迹，或许有收获。”

这是个很好的想法。猪场自有车辆，除轿车，另有一辆厢货，一辆带斗的普通货车，车体都喷有“生猪运送”字样。它们的行动轨迹查起来不难。

“四、骆琪说了，葛云辉称呼其客户为林总。我们不妨从本市商人中，查找姓林的，看看谁的孩子有重病，需要换器官或者刚换过器官。本市不够，就扩大范围，从来滨海的旅客当中查找。这一块，以航班和高铁乘客为主。”

刘明坤摇头：“从本地商人中找一找可行。扩大范围，动静太大，耗费人力、物力，没立案的情况下，不妥当。再说，人家要是开私家车过来的，你查个屁？”

“那第五个路子似乎也不妥——通过民政部门，启动领养跟踪机制，查一下近年星火儿童福利院被领走的孩子在国外的情况。”

“没用！就算立了案，那个什么机制也是仅限国内，国外没法跟踪，最多打个国际电话，还不一定打通。”

刘明坤同意了前三个方案，交由关秀山去办。他负责本地商人那一块，通过商会暗中查一查。

关秀山刚出门，骆琪来了。

来得正好。关秀山把她带去接待室，详细询问那晚在老杨家的情形。骆琪眼神一下子亮起来，这才明白警方并未放弃。

回想起来，她那晚大部分时间，是坐在老杨家客厅（堂屋）里，中间去过一次里屋找充电器。她把那晚坐过的椅子样式、位置描述清楚，又提起方便面。老杨曾扔给她几包面，她当时接住了，但没吃。那些面要是还在，包装上会有她的指纹。

关秀山记录好细节，迅速联系防疫部门，请求对方派一个检疫小组。到时候，他会把市局的痕检人员安插进去。接下来，他联系静山派出所去找燕来村村支书燕长平，继而得到那位果汁厂老板的联系方式。

安排好一切，他带上人前往燕来村，跟防疫小组碰头。可是，等他赶到养猪场时，又傻眼了。

猪场围墙以及院内那一排水泥平房，竟已被拆了个干净。漫天尘土下，留给他的只剩一地狼藉。更令他无奈的是，有两个男人，一人操一根大塑料管子，正朝着平房的建筑垃圾持续喷水。

他冲过去问对方为什么喷水。对方说，洒洒水，除尘。

拆成这个熊样，还怎么检验？哪块砖是地下室的？哪块上面有潜在血迹？就算有那么一块砖躺在脚下，恐怕也早被那两根水管子把痕迹破坏了！总不能大张旗鼓地叫痕检来，带上好几吨检验试剂，把数万块砖头都喷一遍去检验血迹吧？

操！关秀山狠狠一脚，踢飞一块碎砖，这才注意到，院子中间锅炉房的焚烧炉竟然也被放倒了。不但放倒，炉子本身也碎裂成了许多块废铁，只等着卖钱。那帮人用了什么法子，能把好好的一个焚烧炉碎成那个样子？或许是用大型挖掘机的铲斗砸碎的？他纳闷极了。

一招失效，还有一招。关秀山叫检疫组的人留下来装样子，他带着痕检前往燕来村，跟村委的人碰头，去老杨家查户口。

老杨全名杨攻略，老光棍一个，独居。猪场没了，他一个人赋闲在家。这户口实在没什么可查的。

痕检跟村委会大妈一起进入小院，十来分钟后才出来。那个时间段是村委会大妈跟老杨唠嗑，争取来的。

回到车上，痕检告诉关秀山，老杨家里干净得不像话，方便面没找到，但在客厅所有椅子上提取到多组指纹，还专门从水杯上提取了老杨的指纹，用作比对。

村委会大妈是一个热心肠的人，把关秀山叫下车，聊了一会儿。

她告诉关秀山，大概8年前，老杨刚来村里定居时，她上门做过登记。那时，屋里的土炕还没拆。她坐在炕沿上，压了人家枕头。挪屁股时，她无意中看到枕头下面有一张照片。照片上是个女人，模样挺俊俏，怀里抱着个小女孩，四五岁的样子。照片反过来，背面写着俩字：文婷。

老杨怪她乱碰东西，抢走照片收起来，动作很是粗暴。

后来再去老杨家，她就再也没见过那张照片。其实不只照片，老杨家里根本就连个相框都没有。

“文婷？”关秀山默念几遍，说，“8年前这么点事，你倒记得清！”

“文婷……不用费心记啊！我小女儿名字里，也有个‘婷’字。”

关秀山点头。

“依我看啊，要么照片上的女人叫文婷，要么那女人抱的孩子叫文婷。”大妈八卦起来，“我也不知道你们查啥。反正，我觉得这个老杨不像是单身。要不然能把那个照片放枕头下面？”

“他光棍一个，没结过婚，婚姻登记系统错不了。”关秀山笑着说，“可是，单身也可以有孩子啊！”

“是这个理！这不是你们叫我配合，我多说一嘴嘛！”

关秀山道谢后离开，回到市局立即组织检验。

拿到比对结果后，他很失望：痕检提取的所有指纹，全是老杨的！

比这更令他失望的，是交管部门提供的定位信息。

燕来村猪场的厢货，在猪场被拆前一直没动。另外一辆普通货车，在骆琪来市局举报的那天早晨用过一次，行车路线大约5公里，目的地是郊外某猪贩子家。车子的行驶时间，跟路程匹配。派出所去确认过了，当时车上拉着十几头猪，那些猪是猪贩子先前订好的。猪场在搬家关门前，送了最后一趟货。

关秀山很纳闷。他原本以为，猪场的厢货有问题。厢货空间私密，适合偷运手术设备，可是调查结果不会错，事发当晚，厢货压根儿就没动。难道是那辆带斗的普通货车，把手术设备转移了？细想更不可能。定位数据上，那辆车来回10公里。车子的行驶时间如果远超正常时间，那就让人怀疑。可它来回用时（算上卸货）是正常的。再说，一大早用普通货车转移手术设备根本就不合适。设备拆卸打包，跟猪放一起，也会暴露在车斗上，任何路人都能注意到。怎么会这样呢？难道猪场没问题，是骆琪报假案？

这天下午，刘明坤终于收到了技侦和派出所的反馈。

技侦回馈：手机关机，电池和卡肯定都拔了，一时半会儿找不到。这个结果在刘明坤意料之中。他还知道，技侦的兄弟不太上心。

令他失望的是，各个派出所给出的消息也一样：能查的都查了，找不到。一部手机而已，怎么就找不到呢？

刘明坤脸色阴沉：难道偷手机的是个过路贼，或者是个新出道，还没被派出所掌握的家伙？

干坐到下班，他正考虑手机的事，房门打开，娄东伟不请自来。

## （四）

市局副支队长办公室，娄东伟沉稳地坐在刘明坤面前。

他直述来意：“张进九通过葛云辉委托我，就那个女人夜闯猪场的事，做一个说明。叫骆琪对吧？她对张总和葛总的无端指控，严重侵犯了……”

刘明坤懒得听那些废话，毫不客气打断他：“你认识葛云辉？”

“钓友，通过一个朋友认识的。他把我介绍给了张进九。当然，那天晚上他也在猪场。”

“那件事还没立案，你来算什么？探口风？”

“不至于！”娄东伟笑道，“立不立案，我还用问你？再说，就算立了案，我也不一定帮他打官司，起码得先考虑清楚风险。你说是不是？”

刘明坤知道，娄东伟是个聪明人，他到市局来必然有心理准备，目的就是从法律上，就那晚的事情做一个稳妥的结论。也就是说，警方若是再“无理取闹”，前去骚扰别人，人家就得拿起法律武器了。

娄东伟接着说：“正因为没立案，我才接受这个委托。事情的过程我都了解了。刘队，咱就不用藏着掖着了。”

“藏着掖着？我现在就能让你滚蛋！信不信？”

“信！”娄东伟站起来，“你要是不想聊，那我这就走。不过呢，我是真不想咱哥儿俩下次在警务督察处或者检察院见面。谁叫我拿你当朋友呢？”

“少来这套！”

娄东伟正色道：“本人郑重申请，对以下我说的每个字录音，那有利于维护我当事人的合法利益。”

刘明坤不悦：“录个屁！老子就是录像机！有屁快放！”

“行！”娄东伟说，“基本事实一，张进九因经营不善，要把猪场那块地转包出去。前天晚上，他请葛云辉去猪场，为的是借用星火福利院宿舍楼后空地，作为那批猪的临时存放场所，并支付相应费用。基本事实二，当时他们在地下室打麻将。那个女人，也就是骆琪，突然闯入，声称她的孩子就藏在地下室。张进九等人不明就里，想控制住闯入者，结果对方翻墙逃走。张进九追出去，拾取骆琪遗落的电脑包一个，内有电脑，并在墙内发现一个残破高脚凳。基本事实三，那天傍晚时分，骆琪曾在猪场大门前逗留，向看门人杨攻略打听孩子下落。杨不知情，叫她离开。基本事实四，我做了一个调查，确认那天从早到晚，一整天，骆琪一直在燕来村，挨家挨户打听其孩子下落。基本事实五，也就是骆琪为何找去燕来村。原因很简单，孩子戴着一块定位手表。那天中午，骆琪曾去燕来村唯一一家照相馆拍快照，目的是借用网络，对孩子定位。她的逻辑很顺。定位地点就在燕来村，可是村里她挨家挨户打听过，只剩一个盲区，也就是养猪场未曾去过。所以，傍晚时分她才出现在猪场门前。这一点，猪场门口的监控拍得很清楚，相信你们早确认过了。基本事实六，骆琪离开猪场大门约三小时后，再次出现在门口，并购买了手电，往里照。我们一致认为，她想找的是葛云辉的路虎车。也就是说，她第一次从猪场离开后，返回的路上，曾经遇到过葛云辉的车，于是再次返回猪场。为什么？她的理由也很简单：孩子是从星火福利院被领养走的，福利院的投资人是葛云辉。孩子位置在燕来村一带，本身比较偏僻，她有理由质疑葛云辉为何深更半夜前往燕来村方向。于是她返回验证，并确认葛云辉在猪场。”

刘明坤打断对方：“六个所谓基本事实，严格说来，前两个事实不清。总体上，我也不理解你想表达什么。”

“前两个？事实不清？”娄东伟神色平静，“理由？依据是骆琪的表述吗？你要用一个孤立表述，否定成串的因果关系？我问你，猪场转让是不是有合同？那个商人是不是存在？猪场是不是关门了？那批猪，是不是暂存到福利院后院了？骆琪是不是闯入者？”

刘明坤点头：“接着说。”

娄东伟道："基本事实七，那天上午，加拿大的布雷克夫妇办完了领养手续后，带着康康，也就是骆琪的孩子，去爬静山，结果把孩子弄丢了。中午，他们去静山派出所报案。派出所调取静山入口监控，获知是一个矮胖妇女带走了孩子。那人围着围脖，嘴脸看不到。"

刘明坤哼道："你倒打听得门儿清。"

娄东伟点点头："基本事实八，今天中午前，静山派出所的人在燕来村村口东约110米处，路边草丛内，找到定位手表一块，并确认那块表为康康所戴。至于表上有没有可疑指纹，那是你们的事，本人不清楚。这就回到了所有基本事实的原点：骆琪的搜索行动，全由那块表的位置决定，而不是表的主人。因为，包括骆琪和警方在内的所有人，都无法证明孩子被人贩子带走后，表跟孩子始终是一体的。请问，表在草丛里，她找不到，是不是她自己的问题？她找不到表，却把猪场当成搜索盲区，未经他人同意，私自闯入，是不是违法？换句话说，她白天在村里打听的过程当中，如果漏下某户人家没问到，那她要不要夜里也翻到人家家里去？"

刘明坤笑了："你怎么证明骆琪去燕来村打听时，那块表就在草丛里，而不是戴在康康手上？"

"我证明不了！你呢？能证明它不在草丛里吗？"娄东伟道，"你我都一样，在事实不够充分的情形下，只能依据既有事实做出最合乎常理的判断。然后再由日后新掌握的事实，去修正已有的判断。刘队，这个不用我说吧？那么，最合乎常理的判断是什么？我认为，人贩子拐走康康离开静山后途经燕来村，把孩子的表摘下来扔了。你认为呢？"

刘明坤反问："你认为人贩子知道表上有定位？"

"我没见过那块表，这个问题你应该去问人贩子。人家拐了孩子，在别处逍遥自在，你们却一点动作也没有！好！太好了！"

"去你的！"刘明坤的确没对静山入口监控拍到的矮胖妇女采取任何追踪行动，自知理亏，只能强忍怒气，"行！就算我认同你的结论，那我问你，骆琪为何要对张进九和葛云辉做出那样的指控？”

“什么样的指控？”

“葛云辉没告诉你？”

娄东伟摇头。刘明坤略一思索，觉得说出来无妨：“指控康康在地下室，被人通过手术摘取了器官。”

“要命！真要命！”娄东伟笑了，“除了口头表述，有证据吗？”

刘明坤沉默。

“一句话，没有证据，就别再骚扰人家！”娄东伟站起来，“葛云辉告诉我，康康是骆琪非法代孕所生，用的是她自己的卵子。代孕前，她曾多次去泰国卖卵。而且在卖卵和代孕过程中，为了交易得以进行，她屡次同他人发生关系。就连代孕后康康的下落，她也是跟别人上床后才知道的。”

刘明坤一愣神：“哦？还有这事？跟谁？”

“葛云辉的弟弟——葛战辉。”

“葛战辉？组织卖卵，代孕？搞那么多勾当？”

“换作你，你恨不恨葛战辉？”

“老子不是女人！”刘明坤一拍桌子，“就算她恨葛战辉，至于对旁人做出那么大的指控？”

“当然不至于！”娄东伟认真说道，“所以，指控就是单纯的恶意，针对的是葛云辉。为什么？她是个母亲，孩子却是个代孕弃婴，而且据说是个低能儿！那样的孩子，你是女人你会要？她不要，可是又舍不得，所以才去福利院做义工。你说，她是不是很矛盾？”

“一堆废话！”

娄东伟伸出一根指头，摇了摇：“为什么针对葛云辉？她怨气很大！她怨福利院让加拿大人领养了孩子。加拿大，太远了。我说她矛盾，对应着一个事实——她已经习惯了孩子在福利院，离她不远也不近。可是领养的事打破了她的习惯。别忘了，她毕竟是个母亲！所以她才靠着那块定位手表去找孩子。她找不到，更改变不了领养结果，心理上会自动建立一个怨恨对象。最合适的对象，自然是福利院，或者说福利院老板葛云辉。那晚她离开燕来村时，意外看到葛云辉的车，这才跟过去，找到猪场，非法侵入。她在里面能看到什么？或者说，你希望她看到什么？其实你知道，不就是那点赌钱的事？那晚，张进九和葛云辉打麻将了。对不对？她呢，觉得那点事不够大，于是臆造出个恶意指控，说什么地下室里做非法手术！她的目的，就是想让你们去给葛云辉找点麻烦。明白吗？上述对她的心理分析，我是请教过专业医生的！”

刘明坤不停地搓下颌，默不作声。

娄东伟抛出结论：“建议你们把她送医院检查一下，我怀疑她精神有问题。”

“你怀疑她精神有问题？”

刘明坤站起来，倒背着手站在窗边。那是送客的意思。

在没有证据的前提下，他不得不承认，把娄东伟说的那一套放到法院去，也是立得住的。可是，他有证据啊！骆琪的手机，只是丢了而已，早晚得找到。他很清楚，当前情况下，手机的事，一个字也不能对娄东伟透露，否则，必然会传到张进九和葛云辉那里去。

“行了，我的意见传达完了！改天喝茶！”娄东伟走向门口。

这时，门被推开，关秀山闯进来。

他一进门就问：“头儿，手机找到了吗？这能急死人啊！”

## （五）

娄东伟走后，刘明坤爆发了。他指着关秀山大骂：“你他妈提什么手机？看不见有外人？”

关秀山赶紧认错。

刘明坤这才冷静下来：“问题不大，好在你没提到骆琪名字。”

“怎么？娄东伟他……”

“他和葛云辉是钓友，接受了张、葛两人的委托，给咱们下警告来了！”

关秀山抹了一把汗。

刘明坤的担心是多余的。娄东伟不知内情，自然不会把关秀山那句话当回事。他回到小区刚停好车，电话响了。

打电话的是他二叔家的孩子，叫娄东亮，在城北某派出所当辅警。

在电话里，娄东亮一口一个哥：“哥！你路子广，帮我打听个事呗？”

娄东伟在家族子弟中个头最矮，小时候弟兄们之间打架、玩闹，吃过不少亏，后来发愤图强，及至成了著名律师，这面子给赚回来不少，在弟兄们中间颇有威望。

他口气上有些不耐烦，心里却很享受那份威望：“又有啥事？”

“哥！一部手机的事。”

“手机？”

“就是整个北城，这两天，所有派出所啥事不干，都在找那么一部手机。”

“找什么手机？”

娄东亮报上手机型号：“说是市局急着要。”

“关我屁事！”娄东伟反应很快，立马想起离开刘明坤办公室时的情形，估摸着派出所找的，就是关秀山提到的那部手机，可他还是没好气地说，“你们警察都找不着的玩意儿，问我有屁用！”

“有用啊，哥！在我眼里，你比警察牛！哥，你是大律师，三教九流都熟，保不住就能打听出来！哥！你先别挂啊！”娄东亮把电话丢失的时间、地点以及公交车号说出来，“哥！帮我打听打听啊！找着了，我好歹也立个功，不然我这辅警，啥时候是个头啊！”

“滚！老子没空！”娄东伟挂断电话，对方又打来了。他烦得很，干脆关机。

回到家，他把手机打开，一眼看到娄东亮的短信：“哥，算你狠！过年再打麻将，一分钱你也别想赢！还有上回，你在野狼酒吧鬼混的事，在嫂子面前，我也不替你保密了！别打过来，老子没空！”

看过短信，娄东伟又笑又气。心想：这小子威胁我呢！不给我保密？谁怕谁啊！去酒吧找乐子，家里的母老虎早知道了。能咋的？

他把手机丢一边，心里突然闪出一个念头。刚才在电话里，娄东亮描述的电话丢失时间、地点以及公交车号，当时他没注意听，现在念头闪出来，他一把抓住了——那天早晨，那个公交车号，我见过啊！对！骆琪就是从那辆车上下来，去市局报案的。难道市局在找骆琪的手机？不会这么巧吧？市局下这么大力气，为什么？如果真是给她找手机，难道手机里有什么紧要的东西？对此，他不能确定，也提不起兴趣。然而一想到骆琪，他浑身顿时燥热难耐——不行，还是想法子确认一下吧！

第二天，娄东伟早早赶去市局旁边的早餐店。等了没多久，骆琪从公交车上下来，朝市局走去。

娄东伟赶紧迎上去："你好！又碰面了！"

骆琪礼貌地点点头。她对这个男人印象一般，可是好歹向人家咨询过问题，没必要视而不见。

娄东伟笑道："还是为猪场的事？这么跑来跑去，多累啊！不如在家等着。立了案，他们会通知你的！"

"来看看更放心！"骆琪不知道娄东伟和葛云辉的关系，只知道他是律师，面上跟市局的刘明坤也熟，便对他提起猪场的事不以为怪。

娄东伟有意探问："你手机呢？找到没？"

一般情况下，手机没丢的人，面对这个问题，肯定会甚为奇怪。可是骆琪却本能地给出了与之完全匹配的反应。

她淡淡地摇了摇头，只觉得对方知晓手机丢失一事，是从市局内部获知的消息。

"还没找到？"

骆琪点头。

娄东伟进一步探问："公交车上丢的手机，找起来应该不麻烦啊！"

骆琪叹气。

娄东伟心头一抖，墨镜后的小眼，瞬间眯成一条线：哎呀！看来娄东亮他们派出所，找的就是这娘儿们的手机啊！可是，一部手机有那么重要？怎么就把刘明坤、关秀山们急成那个熊样？难道这女人，拍到了葛云辉和张进九要钱的视频？

他摇摇头：多大点事啊，用得着市局大费周章？难道除了要钱，他们还要别的了？能是什么呢？在地下室乱搞？吸毒？还是真的有什么非法手术？手术？不可能吧！

他深吸一口气，很快调整了情绪：管他呢！这不正是个绝佳机会？如果手机被我找到，不就清楚了？还可以拿来胁迫她……

他紧盯骆琪，从头到胸再到腿，来回扫视，身体又燥热起来。

骆琪无声地绕开他，进了市局。

娄东伟快步回到车上，心中迅速盘算起来——

第一点，时间问题。算起来，骆琪丢手机是两天前的事了，多半已被贼卖掉。当然，贼留下自用也有可能。问题是，一旦卖掉，想找回来就难如登天。而且，手机如果设有登录密码，那要解锁一般就得格式化。那样一来手机上的内容也就没了。从技术上说，还原格式化的手机文件并不难，不用说警察，他娄东伟就能做。但是，就怕格式化以后手机又存储了新文件。存储一次，就相当于硬盘覆盖一次。覆盖一次也好说，但是覆盖次数越多，还原难度就越大。可是，手机里究竟有什么，竟让市局发动数个派出所寻找！娄东伟的好奇心被充分调动起来。

第二点，手机到底在哪里？市局找手机的法子，无非是秋风扫落叶，把市面上的贼统统查一遍，同时以定位技术辅助。这就是公权力的好处，一声令下，动员力度大，搜索范围广。对发布命令者来说，由于掌握着强大的权力，以为无所不能，从而连深度的思考都省了。可是对娄东伟来说，目前的结果相当于运用了一次排除法。

警方调查市面的贼，那一定是无一遗漏的，可是耗时两天，手机仍然没有影子。这说明什么？说明调查方向不对。

理论上说，偷手机的不一定就是正儿八经的贼，还可能是个见财起意、第一次偷东西的普通市民。此外，还可能是个过路贼，或者初出茅庐、道儿上名不见经传的新手。这三种情况，对警方来说都不好查。这也就能解释，为什么查了两天都没个结果。

除了这三种情况，还有其他可能吗？娄东伟苦思良久，竟想到了另一种可能：刚从里面放出来的贼。那种人重返社会，有的真就洗心革面，有的即使想重出江湖，也不会第一时间跟旧日伙伴联系。手机若是落入这种人手中，自然很难进入派出所的调查范围。

想到这儿，他眼前一亮。对他来说，找过路贼或见财起意的普通市民，都是不可解的难题，但是调查刚放出来的贼，他却有得天独厚的优势。不管怎样，这都是一个客观的调查方向。他打定主意，决定一试。

娄东伟开车回公司，查看工作日志。3天后，他要去一趟东监，跟一名申请再审的在押犯商谈一些细节。

所谓东监，是个位置上的简称。滨海市共有3座监狱：城东的八里沟监狱、城西的蔡家栏监狱以及城北的第一监狱。3所监狱不分层级，但在当地还是有些区别。第一监狱关押的多数是重案犯。东监、西监的犯人，刑期普遍较短，而且民事案或经济犯罪的犯人较多。娄东伟琢磨，一个贼要是进去了，刑期一般长不了，多半关在看守所，如果关进监狱，那多半是有其他罪名，比如伤害罪。

他越琢磨，枝枝节节就越多，不由得头疼起来。该怎么查呢？这要搁在平时会好办许多。他在监狱和看守所都有熟人，打电话过去一问便知。可是现在不行。虽说公安局跟监狱及看守所是两个系统，他却不能明目张胆地打电话过去问。市局正在查市面上的贼，他若做得太明显，说不定就会埋下风险。他是精明人，考虑问题向来细致入微。

琢磨半晌，他打算快刀斩乱麻，把工作日程提前，买上烟，直接去东监撞撞运气。出市区前，他突然改了主意，决定先去一趟看守所。

到了看守所，没有合适理由进去。不要紧，他打电话把熟人叫出来，将烟塞给对方。

熟人很自然地接了。

娄东伟笑问："这两天，所里放出来几个？"

"怎么了？"

"来预订个空位呗！我手里有几个，过些日子送进来。"

对方哈哈大笑道："你还是少来的好！净送些渣滓头进来添麻烦！"

对方口风紧，娄东伟没得到想要的答案。

他心里暗骂，脑子转得飞快："聊正经的。那个谁，我父亲战友的小儿子，熊万里，搞仙人跳那个，在你这儿关着呢！算日子也该出来了！我得接接！"

熟人点头："熊万里对吧？前两天放出去一个搞仙人跳的，不是他。到时候我通知你吧，他也快了。"

"好嘞！"娄东伟上车离开，心里踏实了一些。起码他打听到，看守所刚放了个搞仙人跳的。那种人按说不能去偷手机，专业明显不对嘛。

下一站是东监。到达目的地后，办手续，走流程，娄东伟很快见到委托人。

办完事，他打电话，把狱政管理科的副科长刘斌叫到会见室门口。他每次来都给刘斌捎两条烟。

见了面，娄东伟随口道："你们这工作，不怎么样啊！"

刘斌不明就里："啥意思？"

"我一个跑出租的当事人，前两天路过这儿，拉了个人，结果兜被掏了。"

在看守所，他好巧能用熊万里套话，可是熊万里只有一个。到了东监，他不能直接问人家最近放过什么人，那样太突兀。这个话术是他路上琢磨好的。若是最近没放人，或者释放人员没有盗窃前科，那对方自然会给出相应的解释；反之，若最近真放过有盗窃前科的，那他就一定能得到想要的答案。

果然，刘斌闻言一愣，紧接着狠狠一脚，踢在门上：“这帮孙子，真是狗改不了吃屎！前几天才放了个有盗窃前科的，因为伤害罪进来。一出这个门，就又手贱了？”

话音一落，刘斌扭头就走。

娄东伟扬起手里的烟：“干吗去？烟！”

刘斌回来取了烟，说：“我这就给南下河派出所打电话，建议他们把那小子关一阵子！”

“南下河”三个字，是意外收获。刚才套问出一条有效信息，娄东伟正琢磨回去，从律师圈里打听，看看谁代理过一起因为盗窃的伤害案的民事赔偿部分，不承想，刘斌直接说了个地名出来。

他心中大喜，面上不动声色：“我也就随口一提，你动什么气啊！再说了，捉贼捉赃，就算真是那小子干的，发展下去，他早晚还得进来。耗子不从良，有猫对付！你急什么劲啊？”

刘斌乐了：“得！你说我是狗拿耗子呗！”

“可不是！”娄东伟笑呵呵地离开。

既然是闲聊，他当然不能打听“那小子”的名字。但是有“南下河”三个字，就足够了。他当然知道，犯人放出去，会第一时间去户籍所在地派出所补录户籍。只是他还有个疑问：东监前两天放过有盗窃前科的，那西监呢？要不要再去趟西监？

他摇了摇头。一来，他近期手头没有西监的业务，去了也进不去；二来，时间紧迫，既然搞到一条线索，就得尽快查一下。

南下河是滨海北郊的一个镇，离滨海工业园新区不远。那个工业园新区，是“乌鸦案”中一桩杀人事件的案发地。白玉城在那儿，用一架无人机把林义化工集团老板唐林义给吊死了。当然，“乌鸦案”是2018年的案子，距离娄东伟所处的2010年很遥远。

娄东伟可不傻，当然不会亲自去南下河派出所打听户籍补录情况。他要想个稳妥的法子。

怎么办呢？他思来想去，终于想到一个人：冯子君。

冯子君，20出头，是A市的按摩女，跟娄东伟曾有业务来往。她弟酒后打架，捅伤了人，经人介绍找到娄东伟做辩护律师，两人由此认识。2009年3月，葛菲和药腾飞的仙人跳，就是娄东伟一手操作，让熊万里和冯子君顶替的。顶替事件让冯子君发了一笔小财。那之后，她干脆就留在滨海干按摩。

想到冯子君，娄东伟立即找过去，如此这般，跟对方商讨一番。

冯子君爽快地答应了。在她看来，娄东伟找她干的事既有钱赚，风险还都不大。

是日午后，冯子君打车前往南下河派出所打听情况。

到了那儿，她问户籍警："前几天，有没有人来补录户籍？"

户籍警点点头："你找谁？"

可是，冯子君也不知道找谁，只能故作镇定："那个谁……因为盗窃伤人，前两天才放出来。"

"你是说邢星吧？"

"对！邢星。"听到名字，冯子君赶紧点头，照着娄东伟教的话术聊起来，"我是他女朋友，他进去前谈的，算计着他该出来了，只是不知道他家住哪儿，才找到这里来。"

"哟！"户籍警心说，这还是个有情人。

冯子君问到地址，一路打听，很快找到邢星家里。

邢星父母听说眼前这个漂亮姑娘是儿子女友，不但不忘旧情，还大老远找到家里来，高兴得一塌糊涂，要留她吃晚饭。

冯子君拒绝。邢星父母问她姓名，她也不说。她的目的就一个：要邢星的联系方式。

两位老人说，邢星暂住在滨海的二舅家，刚刚办了个手机号。

冯子君心眼不少，跟老人聊天时，往墙上的相框瞅了好几眼。相框里有邢星的照片，虽说是几年前的，可是样子跟现在差不了多少。

问到手机号码和地址，她立马溜回滨海。

# 第九章　最佳刑辩：收获

## （一）

冯子君回滨海这天晚上，骆琪前往燕来村去找杨攻略。

猪场关门，杨攻略成了闲人。见骆琪突然上门，他神色很是平静，似乎早料到她会来。

一进屋，骆琪抬手就是一巴掌。

杨攻略一把攥住骆琪的手腕，重重地哼了一声。

骆琪挣脱开，声音不带一点温度：“你救过我，我没出卖你。可你为什么对警察撒谎？”

杨攻略似乎无话可说，弓起腰去收拾碗筷。

骆琪追上去：“为什么？我的孩子明明被他们害死了！你良心叫狗吃了？”

杨攻略不言语，收拾完东西，走到门外张望。他很小心，生怕外面有警察。

“什么人啊！我是一个人来的！我没出卖你！”骆琪嘲笑他。

杨攻略慢慢关好房门，才说：“我良心要是叫狗吃了，能救你？”

“我没求你救我！”骆琪逼视对方，“就因为你撒谎，案子到现在都不能立，只能眼看他们逍遥法外！这就是你的良心？”

杨攻略垂下头去："就算我承认救过你，能有什么用？能证明什么？能证明地下室里的事？"

"你还有理了？你可以向警方坦陈一切啊！把你知道的都说出来！"

杨攻略坐下，盯着一个角落发起呆来。

"你说话啊！你也有亲人吧？你有脸面对他们？你还有机会，跟我去公安局坦白吧！"

骆琪一句接一句，越说越激动。

"呵呵！"杨攻略轻蔑地一笑，"你身上有窃听器吧？"

"啥？窃听器？"骆琪愣住。她还真没想过要带个窃听器。不是说她没那个脑子，而是在她心里，杨攻略救过她。对有恩于她的人，她不想耍心眼，一心认为上门讲道理能说服对方。

然而杨攻略根本不信任她："昨天有人上门查户口，你真以为我不知道？那是警察耍手段，来找你的指纹！"

骆琪一听这话，来气了："怪不得他们说你家干净得不像话！你是成心的吧！"

"所以，把窃听器拿出来吧！省得我动手！"

"窃听器！窃听器！呸！搜！你自己搜！"骆琪展开双臂。

杨攻略冷冷地盯着骆琪，没动。

"不好意思搜，是吧？"

骆琪拿起脸盆接满水，就要往自己身上倒。如果她身上有窃听器，沾上水也就失效了。

杨攻略愣了一下，夺下脸盆，顺势摸了骆琪的上下衣袋。

他这一摸，还真摸出来一样东西。那是一个小玻璃瓶，容量不到200毫升，上面还贴着辣椒油的纸贴，里面装着淡黄色液体，一看就不是辣椒油。

杨攻略冷着脸问："这是什么？"

"汽油！"

"汽油？你想干什么？"

骆琪从裤袋里摸出个打火机："这次来，就是要逼你去跟警察坦白！不去也得去！你要是不从，我就把汽油泼你厨房里，点上……"

"你……"杨攻略无语了。这个女孩考虑得很全面，有备而来，只不过要是放火威胁人，这点汽油怕是远远不够。

骆琪跺脚："我总不能扛一桶汽油来找你……那不是重点！ 我不想，也没能力伤害你。你自首吧……"

杨攻略突然打断她："上次我怎么说的？你忘了吧？我说过，报警没用。我叫你离开滨海！是你自己把事情搞复杂了！"

"报警没用？"骆琪好像听到一个天大的笑话。上次杨攻略说过报警没用吗？她只记得，对方叫她赶紧离开滨海。

杨攻略反问："有用吗？立案了吗？"

"那是你不配合警方！还有，我……"

她及时闭嘴，还是不想把手机的事说出来。

"其实我说的没用，不是指没立案！"

杨攻略紧握着拳头，仿佛在做一个重要的决定。

"那是什么？你倒是说呀！"

骆琪急得走来走去，不小心把暖瓶踢翻了。

杨攻略默默收拾完破暖瓶，叹道："其实我想说，猪场真正的老板，不是张进九！"

"什么？不是张进九？那是谁？葛云辉？"

杨攻略摇头："不是他！猪场成立第一天我就去了。8年了。那晚的事，是葛云辉第一次跟猪场合作！"

骆琪怔住。她知道杨攻略不会乱说。那晚在地下室，她听到过类似的表达。当时，葛云辉对那位林总说，他从来没这么操作过。

杨攻略烧水泡茶，手指微微发抖。

骆琪说："我知道！他们的路子不一样！葛云辉是通过福利院，把残障儿童输出到国外去，应该是搞器官移植。猪场这边我不清楚，只知道有个手术室。"

杨攻略惊讶极了："我都不知道葛云辉究竟搞什么业务，只知道他和张进九暗地里有交往。你怎么会知道？”

“那晚，他和一个姓林的谈价，说了许多。我全听到了！”

“你确定？”

骆琪点头。

杨攻略把茶杯一个个摆正，以此缓解内心的不平静：“你知道得越多，也就越危险。”

“不用替我操心，是你想得太复杂！”

杨攻略哼了一声：“既然你知道手术室，那应该不难猜到，猪场做的，其实也是器官生意。”

骆琪用力呼出一口闷气。藏在焚烧炉里面时，她就已经这么设想过。

杨攻略似乎知道她的心思：“那个焚烧炉，的确是烧病猪的。可是，那只不过是个掩护。它真实的用处是烧人。”

“烧……烧人？”

一阵强烈的呕吐感袭来，骆琪赶紧捂住嘴。她怎么也想不到，自己躺过的那个密闭空间，居然是用来……

紧接着，她心里生出一个可怕的念头。她想起前天上午，关秀山曾打开过焚烧炉的盖子，还查看过炉子后面的一个塑料箱。当时张进九说，那天早晨刚刚烧过一头病猪。

想起这些，她打了个寒战：“难道康康已经被……”

杨攻略点点头：“那孩子的尸体，的确已经烧了，就在烧那头猪之前。我干的！”

“你……”骆琪顺手拿起一杯热茶，泼到对方脸上。

“烧剩的骨头，一早就磨成骨粉喂猪了，什么证据也没有！”杨攻略咧着嘴，抹了一把脸，“顺便告诉你，8年来，所有的尸体都是我烧的。每烧完一具尸体，就会烧一头猪做掩护，完事用油清理炉膛，干干净净！现在你明白了吧？我为什么不配合警察？你那是叫我去死！”

“你……不是人……畜生！”

杨攻略毫不在乎对方的叫骂："有没有证据可供提取？也许有！只不过现如今，办公室、地下室都拆了，炉子也被砸烂卖了废铁，不给立案调查留一点痕迹。你总该死心了吧！"

骆琪身体软下去一截，像是被抽了筋骨。

杨攻略挑衅道："话说回来，猪场真正的老板不是张进九，知道我为什么提这茬儿吗？"

骆琪胸间剧烈起伏，远未恢复平静。

杨攻略道："以张进九的性格、秉性，操作不了这个盘，我很了解他。他背后一定有人！用猪场做掩护，设一个地下室，一个焚烧炉，把人从全国各地弄过来，开膛破肚，能卖的物件一个不留，剩下的烧成灰，磨成粉喂猪——设计这种勾当的，会是个什么人？想想就浑身发冷！明白了吗？张进九是草，那个人是根！草倒下有什么用？根还在！"

骆琪不自觉地搂住双肩："你也只是怀疑吧？"

杨攻略不言语。

"查张进九的通话记录不行吗？"

"通话记录？都是不记名电话卡，查个屁！"

"警察没你说的那么不堪！"

杨攻略不理她，像犯了癔症似的，小声自语起来："那个人是谁，跟我有屁关系？我才不在乎。我怕……我怕葛云辉……我恨……"

他的声音实在太小，小到只有自己能听到。

骆琪猛然意识到，她正接近一个可怕的秘密。

她努力冷静下来，挪动椅子靠近对方："你嘟囔什么呢？什么叫把人从全国各地弄过来？"

杨攻略一晃，回过神来。

他挪了挪身子，拉开跟骆琪的距离："我只知道，那些人里有孩子，有乞丐，有流浪汉，有来自农村的傻子，也有醉酒躺在路边，被'捡来'的正常人……弄过来，关到地下室的小黑屋里去。"

骆琪紧咬嘴唇，仿佛在听鬼故事。

“比如流浪汉……你家乡的某些角落里，应该有吧？你注意过吗？忽然有那么一天，流浪汉消失不见了，可是，根本没人把那当回事！算了，不说这些！”

骆琪眼睛睁得老大，一个字也说不出。

“知道你自己全身的物件，心、肝、脾、胃、肾以及眼角膜，加起来值多少钱吗？”杨攻略往前凑了凑，盯着她，伸出两根指头，“至少200万，还不包括手术费！一个人至少200万，是不是比养猪强得多？”

“怎么可能？不管是谁，少了一个器官都活不成，怎么可能做那么多次手术？”

杨攻略冷笑：“地下室专做摘除手术！卖一个是一个！用专门的手提箱储存转运，里面有营养液。不是所有的器官都能找到合适的买主。但凡卖出去的，摘除手术前就要提前联系好，让买主们过来，各取所需。”

“各取所需？像菜市场？”骆琪的脸白得像纸，“那……那接下去做什么？器官保存不了多久吧？”

“买家多半早已买通了黑医生，去指定的医院移植！那涉及另一个系统的地下市场！”

“天哪！你知道这么多，更应该配合警察，把张进九的幕后老板挖出来！”

“我烧过那么多人哪！”杨攻略苦笑，“我虽孑然一身，其实也有亲近的人。我心里有个女人，一个很好的女人……可我一身是罪，什么也给不了她，更不能和她结婚。她呢，自己带个孩子，就这么过了半辈子……你说，人活着，为什么这么苦？”

人活着为什么这么苦？骆琪深深叹息。她终于看到了这个男人温柔的一面。也许除了温柔，还有懦弱。

杨攻略吐了一口痰：“呸！我犯了罪！我算什么东西？我这条命，不值钱啊！”

“你……你为什么会到猪场？为什么要替他们做那么多黑

心事？”

女人就是女人，尽管她此行目的很明确，为的是让杨攻略反水自首，却还是会问出一些八卦问题。

杨攻略把脸埋进手里，无声叹息。

骆琪等了片刻，再次表明立场：“自首吧！过几年你肯定能出来，到时候清清白白，去找你的女人，好好过下半辈子！”

“我还能出来？你真是……幼稚到家了！”杨攻略突然笑了，笑弯了腰。

“你要相信法律！”这句话，就连骆琪自己，也感到轻飘飘的。

“行了！”杨攻略不耐烦地摆了摆手，走到窗前，盯着夜空看了很久，突然转身，慢悠悠说道，“其实，你是我救过的第二个人。”

“什么？”

“给你讲个故事吧，我亲眼看到的——你应该知道，做这种事离不开医生，以及助手。”

“是的——那晚我看到了。”

杨攻略点点头：“现在的医生，其实不是从前那一位。从前那位医生已经不在了。”

骆琪紧皱眉头，生怕漏掉一个字。

“现在的医生，其实是以前那位医生的助手。”

“你认识他们？”

杨攻略摇头：“不管是医生还是助手，不管是现在的，还是以前的，都戴着大口罩，夜里各自开车过来——我顶多能分辨出每个人的身形。”

“你意思就是，以前那位医生不干了，他当时的助手顶上来，成了现在的医生？”

杨攻略点头：“以前那位医生，姑且叫他A医生吧。5年前，也就是2005年，春天的一个晚上，猪场发生了一件事——A医生从地下室救出一个孩子，被人家发现了。A医生一天一夜，连续做了好几场手术，术后他怎么把孩子从小黑屋里弄出来的，那我不清楚。我只看到了猪场院里的事，还有些事情，是听说的。”

骆琪把着茶壶，给杨攻略倒水。

杨攻略起身望了望门外，返回接着讲：“当时是夜里10点多，凑巧也下着雨，客户们早已离开。A医生从地下室弄出个孩子，把人藏进车子后备厢内，结果被发现了。他的车子就停在手术室上方的办公室门外，开车的是个20岁左右的青年，那是他儿子——因为他做手术过于疲劳，就叫他儿子来接。那是常事，张进九早就知道。车子藏人被发现后，那个孩子也是够机灵的，从后备厢跳出来，顺着办公室东墙根逃跑，也就是你那条逃跑路线。张进九等人，被A医生和他儿子拖住，眼看着那个孩子跑了。”

“跑了？”

“那孩子也就十来岁，手脚却很灵活，个头嘛，最多一米六，比你矮多了。他跑到东墙边，一个助跑就攀上墙头，可惜差了一口气，身子悬在那儿，上不去。”

“啊？我以为你把他藏到了炉子里……”

“把你藏进炉子，是因为你带进来那个凳子能用来做掩护！”杨攻略白了骆琪一眼，“当时我正好在炉子旁清理垃圾，看到他那个样子，心里一软，跑上去托了他一把。他回头看到我很吃惊，以为我要去抓他。我托了他一把，他才翻上墙头，然后冲着我吐了吐舌头……所以说，你是我救过的第二个人。”

“就这么跑了？那A医生父子呢？”

“张进九掏枪，打翻了A医生儿子——之前一直没跟你说，张进九他有枪。那晚我要是不救你，你后来肯定就被打死了！打死你，封口！就这么简单！明白吗？其实，你本来已经是个死人，死人还怎么报警？”

骆琪身子一晃，像是中了枪：“他真敢开枪打我？”

“权当放个炮仗！”杨攻略继续讲，“我听到动静跑过去，看到A医生儿子趴在地上，伤口在后背，血流了一地，不死也残。A医生在旁边跪着……”

骆琪紧握拳头："后来呢？"

"唉！后来，那孩子自己暴露，又从墙外翻进来了！"

"为什么？"

"当时他们以为孩子跑了，有人开车出去找。张进九和其余的人在院子里对付A医生父子，还开了枪。那孩子怎么想的？他一定在外面听到了枪声，又返回来，应该是不忍心留下恩人受罪吧！他跑到张进九跟前，叫人家住手。还说他是听到枪声，自己才回来的——他看到我在旁边，却自始至终，没提我帮他的事。那孩子心里有仁义。"

骆琪握紧拳头："那孩子，后来怎么样了？"

"张进九开了第二枪，打到了孩子的右腿膝盖上。"

骆琪惊得捂住了嘴巴。

"前后两枪！一枪撂倒A医生儿子，一枪撂倒那个孩子！"杨攻略仰起头，凝视前方，"当时，我其实很害怕，生怕那孩子出卖我，直到他被打倒，我才放了心……"

"他叫什么？"

"不知道。"

"那A医生呢？"

"当时A医生苦苦求饶，道出了救人的缘由——A医生的儿子本来患有严重的肾病。救人事件半年前，A医生花钱，从张进九那里搞到一个合适的肾脏，移植给了他儿子。肾脏的主人，是个十来岁的孩子，就叫他男孩甲吧。他一直被关在小黑屋里，手术过后，人也就没了。几个月后，A医生无意中发现，在新弄来的供体当中，有个孩子，男孩乙，他的器官配型数据，跟之前的男孩甲几乎一模一样。A医生便找机会询问，进而得知，新来的男孩乙，跟之前的男孩甲是亲兄弟。"

"啊！这么巧？"

"不是巧，是惨！给A医生儿子提供肾脏的男孩甲是哥哥，后来的男孩乙是弟弟。兄弟两个，就那么一前一后，都被弄到猪场了！你想，他们的父母会是什么心情？所以，A医生才要冒险救人——兄弟两个，哥哥人没了，肾脏给了他儿子，继而弟弟又被拐进来——他才动了恻隐之心，不希望两个孩子全完蛋。像他那样的医生，可谓冷酷无情，为了利益不惜与虎狼为伍，去做地下手术。可他终究，还是个人……”

“我当然理解！”骆琪道，“我只是想不通，兄弟两个，怎么会都被弄到那里去？是拐卖吗？十来岁的年纪，不至于不懂事吧？”

“不是不懂事，而是很懂事！”杨攻略道，“据张进九的兄弟讲，农村周边的河道、水库，是他们相对固定的‘捕猎’场所。那两个孩子都擅长游泳。哥哥跟同伴下河，同伴淹了水，哥哥去救人，力气不够没救到。恰好张进九的人开车路过，哥哥上岸求助，结果被弄进车里带走了。几个月后，弟弟也是在那条河里被人弄走的。他不顾大人劝阻，也不管河道上新添的‘禁游’提示，偷偷下河，是为了继续打捞哥哥的尸体。”

“竟然有这种事……”

“每年夏秋两季，农村小孩下河失踪并不新鲜。能找到尸体的算好的，找不到的，家长只会以为孩子淹死，尸体被冲走了，其实不一定的。有些孩子游泳失踪，找不到尸体，其实不是被淹死了，而是被特定的人弄走了！就像你听到的，有些残障孤儿被领养到国外，其实不是遇见了好心人，而是撞见了鬼。这世道的人心，谁能猜得透？”

骆琪沉默良久，才问：“A医生父子，还有那个孩子，后来都……”

“没有后来，就那么结束了。张进九开枪，打断那孩子的膝盖，打残A医生的儿子。A医生跪求张进九饶他们一命。张进九丢给A医生一句话：‘你和你儿子可以回去，这个孩子必须死！’当时，不知道是一时冲动，还是天生的胆气，A医生说，要么三个人一起死，要么三个人一起走。他说，他救人就图个心安，毕竟那孩子哥哥的肾脏救了他儿子。要是眼看张进九要了孩子的命，那他儿子那一枪就白挨了！他求张进九，让他带孩子走。他说他不敢报警。他做过那么多黑手术，挣了黑心钱，报警自己也是个死。他说什么事都有代价，那两枪就是救人的代价，也是他自己做地下手术的代价，他不恨。他说要是出卖养猪场，就让张进九去杀他全家！”

“这么狠？”

“为了活命！”

骆琪无语。

杨攻略轻描淡写：“这里有个细节——A医生说出那番话之后，张进九远远走开，去打了一个电话。”

“打电话？难道是跟他背后的老板请示？”

“你总算聪明了一回！所以我才断定，张进九不是真正的老板。”

骆琪飞快地眨眼，心里设想，要是把这些事都告诉刘明坤，对方会是个什么反应。唉！她转念又想，眼前这个杨攻略拒不配合警方，手机也没找到，自己空口无凭，说了也是白说！

杨攻略掏出烟点上，继续他的故事：“事情就那么了结了。你看，这就是张进九背后的老板，懂博弈，有分寸！后来，A医生又求张进九，借用猪场地下室做手术。一个是那孩子的腿，一个是他儿子的脊椎，两颗子弹都取出来，可是前者成了跛子，后者成了植物人，再也没有醒过来。再后来，听说张进九前去探望过。说是探望，其实就是不放心。可是儿子废了，A医生就算想跑也跑不了！除了儿子，他还有个女儿。再就是他父母，以及老婆娘家的信息，他也一并交给了张进九。他把全家的命押在那儿，就是为了活下去。”

“唉！太惨了！”骆琪咬着牙，“可是，猪场这次要完蛋，就是毁在我手里！听你这么说，我真的很害怕！正因为怕，才要报警，把他们统统干掉！你怎么就转不过弯呢？去自首，去举报吧！做污点证人！张进九要是进去，警方一定会保护你和你家人！”

“别闹了！中国的法律，根本没有污点证人这个概念！”

“可是立功总是有的吧！”

“别扯了！我犯的是死罪！”

“不！自首总能减轻罪行的！而且警方总有法子，让姓张的把老板交代出来！”

“进去横竖都是死，你以为他会交代？电视剧看多了吧！”

“唉！”骆琪明白争辩没用，沉默了一会儿，问，“那个孩子呢？回家了吗？”

“傻？他能活下来靠谁？他的命不是自己的。他只能被A医生收养，或者说禁锢，那是张进九给出的条件。他要是走，肯定会报警，那A医生一家子都得完。”

“复杂！”骆琪把拳头拄在腮上。

“复杂？总比把人杀掉好吧？张进九不可能24小时盯着A医生，A医生和那个孩子，也不敢冒险！那是一种微妙的平衡，双方都平安无事！”杨攻略狠狠横了骆琪一眼，“总之一句话，多想想你自己的平安，我不会出卖任何人的！”

## （二）

骆琪去见杨攻略当晚，小偷邢星租到了房子，打算第二天就搬过去。

他已经在二舅家暂住了两天。按照父母的安排，他还要继续住下去，直到找到一份正经工作。住亲戚家，除了省钱没半点好处，最主要是不自由。

不自由，毋宁死。正经工作？狗屁。他是不可能打工的，这辈子都不可能打工。邢星自诩是个手艺人，手艺人当然靠手艺吃饭。

三月初的天气还很冷。邢星来到他二舅家楼下的夜市，找了个摊位点上串，拿上两瓶啤酒，开喝。

才喝没两口，他电话响了。打电话的是他母亲：“今天早上，你舅给了我你的手机号，还说你要搬出去住。你花那钱干啥？老老实实住你舅家，别出去惹事，听见没？”

邢星随口答应。

那头又说：“我跟你讲，今天下午，家里来了个姑娘，找你的。

说是你进去前和你搞对象的。我说你在你舅家，把你的号码给了她。她联系你没？联系你就好好处！知道不？”

“啥玩意儿？姑娘？”邢星一愣神，心说：进去前也没对象啊。也不是，好歹睡过几个女网友。难道说，那几个女的里面，有重情义的，还记着旧情，竟然找到家里去？按说，她们不该知道我老家地址吧！呸！什么女人？狗屁！老子还缺钱呢，哪能养女人！

他没往深里想。

不过提到姑娘，他心头一热：进去憋了3年，是该找个小嫚儿放松放松了。对！喝完就去找！

想到女人，他再没心情听母亲唠叨，麻溜挂断，顺手把手机撇在桌上。

那部手机是他出狱后第二天从公交车上搞来的。他很专业，知道要第一时间关机（那手机当时没电，这一步省了），并且取出电池，把卡丢掉。

他最初的打算，是把手机卖掉搞点钱。搞到手机当天，他就在街上转悠，一边走，一边小声招呼路人：“手机，便宜手机，要不要？”

他招呼了半天，结果没有一个人搭理他。

才进去了几年而已。这年头人都怎么了？便宜手机也不要？莫不是把老子当骗子？邢星很生气，感觉自己搞不懂这个世界了。

路人不要，他就想卖给手机店，后来转念一想，又改了主意：卖给手机店也没几个钱，这才放出来，没有手机，还不如留着自己用。

今天上午，他趁找房子的空，去手机店买充电器，顺便办新卡，回到住处才发现手机上有锁屏密码。他很谨慎，没有再去手机店，而是去网吧搜攻略，自己把手机恢复了出厂设置。

烧烤摊前，邢星刚喝完一瓶啤酒，对面小方桌来了两个人。

那两个人一个高高瘦瘦，一个矮胖，光头。光头扯凳子坐下，不小心碰倒了邢星的酒瓶子。

邢星扫了光头一眼，没吭声。

光头很敏感，回瞪邢星。

理个光头就是社会人了？邢星心里满是嘲讽。

那两位吃喝没一会儿，高个说没烟了。光头去买烟回来，不小心蹭到了邢星的胳膊。当时邢星正将肉串送入口中，胳膊被那么一蹭，嘴就叫签子给扎了一下。

邢星狠狠地瞪光头。

光头接着就来劲了："你瞅啥？"

"你碰老子胳膊干啥？"

"就碰你了，咋的！你瞅啥？"

"老子就瞅你了，咋的！"

"你是谁老子！"光头一个大嘴巴子抽过去。

邢星吃了一巴掌，火气上来，一把拎起酒瓶子，指着对方："老子才出来，不想惹事！赶紧滚！"

光头一拳捅过去。

邢星又吃一拳，忍无可忍，一瓶子抡过去，砸到对方肩头。

瘦高个一看同伴吃了亏，冲上去一脚，踢翻邢星的小方桌，先把气势壮起来，接着拾起瓶子就干。

邢星的小方桌一倒，手机跟着掉下去，滑到几米之外。

此时，一个戴墨镜的小个子走过去，悄没声儿捡起手机，溜了。

墨镜小个子走了没一会儿，看热闹的就围上去了……

## （三）

娄东伟拿着邢星的手机进了网吧。

他很开心。不管过程还是结果，他都对自己导演的这出戏很满意。

冯子君不但拿到了电话号码和住址，连邢星的长相也知道了。对娄东伟来说，那是意外收获，毕竟他没嘱咐过冯子君去留意邢星家的相框。

拿到号码，他没有电话联系邢星。一来，他不确定手机是不是邢星偷的；二来，打电话会暴露自己，哪怕暴露的是冯子君也一样。

冯子君回来的当天下午，他以替客户套取证据、需要伪装为由，找到他二叔家的弟弟、辅警娄东亮，向对方借了两套辅警警服。娄东亮起初坚决不借，他用钱摆平了。

辅警警服跟真正的警服在编号上有区别，后者编号是一串数字，前者在数字前，多出大写字母FJ或XJ，娄东伟认为这点区别问题不大。他的想法是，从社会上找两个人，扮成警察找邢星。到时候，把偷手机的时间、地点抛出去，如果找错了人也就罢了，倘若真是邢星干的，他不信对方不承认，毕竟邢星才放出来，顾虑很多。

事实上，他清楚扮警察找人是下策，有风险。他曾考虑干脆让娄东亮出面，可是又很不放心。不管怎么说，娄东亮也是在派出所工作的，搞不好就得坏事。再说，娄东亮心眼小，给他发过威胁短信，连他上野狼酒吧那点事都不替他保密了。这种人能用？

衣服有了，人也不能马虎。他想起两个人，一个姓孙，一个姓田，二人都犯过事，请他打过官司。他收了钱，尽己所能，一定程度上帮人减了刑，算是二人的恩人。最主要的是，二人在社会上混过，懂事，口风紧。

打定主意，娄东伟找到姓孙的，谎称为了办案，在找一部手机。

不就是装警察，从贼手里套个手机吗？对方一听没二话。

敲定姓孙的，他俩一块去找姓田的。

见到人，娄东伟傻眼了。姓田的哥们儿，比起从前胖了许多，还留着个光头。那造型挺拉风，可就是不能穿警服、装警察。

娄东伟重新琢磨，一时想不起更合适的人选，决定先把那两位拉到邢星所在小区，实在不行，到时候就叫冯子君装警察。

到了目的地，冯子君早在那儿等着了。

当时天没黑，娄东伟担心邢星没回家，就叫冯子君和姓孙的先在车上换好警服，等天黑行动。

等了没一会儿，冯子君突然指着马路对面的小区门口说：“那个，才出来的那个，像邢星。”

那人头发极短，走起路来左看右看，一副贼溜溜的模样。

娄东伟不放心，就叫冯子君下车，冲马路对面喊了一嗓子：“邢星。”

邢星听到有人叫他，驻足看过去，结果马路对面好几个人，各走各的，没人搭理他。他找不到和他打招呼的人，以为自己听错了，转身去了旁边的烧烤摊。

果然是邢星！娄东伟这边确定了目标，但没妄动。

他观察了一会儿，见邢星坐那儿接电话，完事后随手把电话放在了饭桌上，于是下车走到烧烤摊前，近距离地观察那部手机。手机品牌、型号，跟娄东亮描述的一样，可还是不能就此断定那就是骆琪的手机。

娄东伟回到车上，琢磨片刻，突然有了新主意。

他对同伴说：“不装警察了。那小子吃烧烤呢，手机就在桌上。你们去吃饭，找机会跟他干一架，把桌子弄翻。我趁他不注意把手机拿走。”

姓田的光头胖子一听，来劲了：“装警察我不像，找事打架，我专业啊……”

事很顺利，桌子被踢翻后，手机滑出去好几米。娄东伟左右瞧了瞧，见没人注意他，捡起手机溜了。

去网吧还原文件，是个成熟的想法——娄东伟精着呢。不管手机里有什么，都不能在个人电脑上操作，以免留下蛛丝马迹。当然，还原是试探性的，如果手机不对，那他做的都是无用功。

手机已经被邢星恢复了出厂设置，没设密码，给娄东伟省了麻烦。

他下好还原软件，轻车熟路操作一番，咧开嘴笑了：软件不但扫描到了文件，而且文件还不少。只不过出于出厂设置的原因，所有文件名要么错乱，要么丢失。他勾选了所有项目，启动还原。几根烟的工夫，程序结束运行。他随便点开一张图片，一眼看到一个小男孩。

又点开几张，看到了骆琪。

哈哈！刘明坤啊，刘明坤，你算个屁！老子只花了一天时间就把东西找到了！娄东伟心花怒放，深深佩服自己。

他不知道，也不在乎手机里有什么，只知道骆琪和警方正为这部手机着急。他一点也不急。现在，这部手机就是最好的春药，他要用它逼骆琪上床。

他把所有文件存进事先备好的优盘，下机，出门把手机卡折断，丢掉，然后开车去娄东亮家还警服。

还完衣服，他去了另一间网吧，找了个角落坐进去，逐一检查还原内容。

文件无非四个类型——短信、图片、音频、视频。图片很多，除了骆琪的自拍，就是一个小男孩的照片，没有任何有趣的内容。通过葛云辉，娄东伟已经知道骆琪跟葛战辉那点事，还把它们告诉了市局的刘明坤。因此一看到男孩照片，他就断定那是骆琪的孩子。短信不多，一览即完，内容也都和谐。视频七八项，大部分内容还是那个小男孩。

他点上烟，耐着性子，点开最后一条视频——画面在一间房内，地面和墙体四壁铺着白色塑料布；房中间立着个屏风，屏风后摆着两张手术台；里面那张手术台空着，外侧台上躺着浑身是血的小男孩，旁边两个“白大褂”正低头忙活。孩子脸色苍白，左胳膊弯曲在体侧，拳头半握着，腕上戴着一块表；随着镜头靠近，男孩的脸越来越清晰。

“哎呀！这不是骆琪的孩子吗？”娄东伟叫出声来。

紧接着，视频停了。视频下方还有一个音频文件。

娄东伟眉头紧锁，双手扶正耳机，颤手点开它——

“多年来，我从没这么操作过！你呀，是第一个逼我坏规矩的！”

“谢谢葛总！现在我懂了！”

“明白就好！我从来不接国内的活儿！你看，客户他是美国的也好，日本的也罢，不管哪儿来的，都得老老实实去走民政局的领养手续，完事后从福利院把孩子领走，带回国。那么在我这里，生意是不是就了结了？”

“葛总，我真明白了！安全第一！”

…………

“所以说，这个事情，要不是你找到日本去，找山下家族当中间人，我不可能帮你。坏了规矩，风险太大，而且麻烦！不光麻烦我，还到这儿来，麻烦我养猪场的朋友——他们的生意跟我不一样！现在你能理解了？刚才他们为什么逼你在那孩子颈部划一刀？”

“唉！刚才怨我太冲动，劳烦你耐心解释！划上那一刀，我这嘴巴就永远封住了！”

…………

娄东伟越听越心惊，连烟屁股烧到手都未及时察觉。

音频播完，他摘下墨镜看了看四周，随后再次打开视频，接着是音频，如此循环数遍。一小时后，娄东伟离开网吧。

往外走时，他摘下了墨镜。那是个有意为之的动作。他觉得，进网吧时戴着墨镜，出去时要是还戴着，就似乎有些显眼。其实根本没人注意他，可他却没来由地多想。他紧握着那个优盘，脚下踉踉跄跄，连路也走不正。

回到车上，他连抽半包烟，其间一直盯着那个优盘。就算他不是律师，只是一个普通人，也早意识到了，那是个要命的玩意儿。

他渐渐心生后悔：找什么狗屁手机？作死！这他娘就是个炸弹啊！

本来，他接受葛云辉和张进九的委托，去跟市局的刘明坤交涉时，心里就已做过衡量。他不信骆琪那个指控，只当它是那个女人凭空捏造的，为的是给葛云辉找麻烦。他好奇过，可他始终认为，就算那部手机里有违法内容，也绝不会太过分。现在好了，他的好奇解决了。手机里的证据告诉他，指控是真的。

他把音频、视频研究了数遍，能确定一个基本事实：养猪场地下室存在非法摘取他人器官的恶性犯罪。他很清楚，法律角度上，音频内容算不上直接证据。但是，不管什么证据都不能孤立对待。音频内容，结合他了解的几个事件：孩子被领养，骆琪找孩子，孩子在静山被拐走，警方在燕来村找到定位手表，就能分析出整件事背后的真相——孩子被拐，是一出戏，定位手表在村口找到，也是一出戏。

整件事的顺序，应该是这样的——

姓林的老板，通过某种关系给生病的孩子匹配到一个器官。器官所有者，是星火儿童福利院的孩子康康。这位林老板的需求，令葛云辉很为难。葛云辉真正的业务，是通过福利院及合法领养手续，把合适的残障儿童（合适的原则是器官匹配）输送给国外客户。其国外客户的需求跟林老板一样，他们的孩子需要器官。

可是林老板是关系户，又愿意出高价，于是葛云辉选择了冒险。他找来两个加拿大人当托儿，办理好康康的领养手续，然后让加拿大人带孩子去爬山。在山上，他提前安排好的所谓人贩子，也就是围着围脖的矮胖妇女，从加拿大人手里把康康带走，制造孩子被拐的假象。如此一来，那两个外国人才能合理、合法地离境，而孩子也就自然而然被转移到养猪场的手术台上。

这个过程本来很顺利，可是骆琪的意外出现将所有人置于危险境地。

在葛云辉和张进九视角里，那晚骆琪逃走后，他们发现了骆琪的电脑，知道了定位软件的存在，从而在康康身上找到了定位手表。接下来，他们只有一个选择：把定位手表丢在燕来村某个位置。那样一来就能前后衔接，让初查的警方误以为是人贩子带着孩子途经燕来村时，丢掉了手表，同时也能解释骆琪为什么会根据定位找到燕来村去，从而把养猪场剥离到危险之外。那么接下来的养猪场关门，拆房子，也就顺理成章了，无非是为了毁掉可能存在的犯罪痕迹。

当然，仅仅通过音频和视频，娄东伟看不透养猪场存在的真实目的。不过他至少明白一点，养猪场的存在，绝不仅是为葛云辉那么一次冒险生意充当一回地下手术室的场所。道理再简单不过，如果养猪场合法经营，那葛云辉绝不可能把摘除器官手术安排到养猪场去！

娄东伟抱着脑袋，头疼不已。他发现，自己竟陷入了两难。

他找手机的直接目的是用来胁迫骆琪上床。可是，当他发现手机里藏着的秘密不亚于炸弹时，胁迫似乎就失去了意义。他要是还用它去胁迫，那骆琪一定会报警，说手机就在他手里。

这可怎么办？在没有这部手机，以及警方初步调查零收获的情形下，骆琪的单方面指控不能立案。但是，倘若让警方知道手机在他手里，还拿去威胁别人，那就成了隐匿关键证据，得负刑责。

娄东伟发动车子，开到高架桥上，把骆琪的手机抛进桥下的河里。

望着阴沉的河面，他咬着牙说："葛云辉啊，葛云辉，你他娘的完了！"

## （四）

娄东伟苦思一夜，天亮后赶到市局门口。

经过一夜的慎重思考，他有了新的想法。不管想法靠谱与否，他要先见到骆琪。

他在门口等了一上午，始终没等到人。

他不禁着急起来：干等不行啊！得想法弄到骆琪的联系方式！

他知道刘明坤有骆琪的资料，可惜没理由去套问。怎么办呢？正琢磨着，骆琪居然来了。

看到目标，他赶紧下车迎上去："没见你这样的，天天往公安局跑。"

"你不也一样？"骆琪揉了揉眼。

她昨晚去动员杨攻略自首，聊到很晚，可惜没成功。她今天来，为的是给公安局联系方式。她刚刚买了一部二手手机，补办了手机卡。她琢磨过了，她和杨攻略的事，还是不能告诉刘明坤，除非杨攻略不计生死，自愿配合警方，否则啥用没有。目前的关键还是找到手机，立案。

"我不一样！"娄东伟笑道，"我是专门来等你的。"

“等我？”

娄东伟猥琐一笑，让开路：“你先办事吧，完了出来说。”

骆琪进了市局，十来分钟后出来。

娄东伟把她叫到车前：“怎么样？手机找到没？”

“跟你没关系吧！”

“不一定！”娄东伟下车，小声道，“如果我有法子帮你找到手机呢？”

“你？”骆琪抱起胳膊，“警察都找不到，你有法子？它跟你有什么关系？”

娄东伟不解释，只是改了语气：“爱信不信，我有法子找到手机！”

话一说完，他立马上车，走了。

他回事务所没一会儿，两位警察找上门来了。

来得好！娄东伟心说，不出所料啊，女人就是女人，这么快就把我的话转述给警察了。

关秀山一进办公室就问：“娄东伟，你放话出去，说你有法子找到骆琪手机？”

“哟！关警官。有话慢慢说。”

“你先解释一下，你怎么知道骆琪手机丢了？从哪儿得知我们在找那部手机？”

娄东伟神色从容：“你们这是取证来了，还是……”

“例行调查。请配合我们工作。”

“调查啊，那就坐下聊呗，那么严肃干什么？”娄东伟一屁股坐回去。

关秀山没动。

“啥事来着？骆琪的手机是吧？”娄东伟掏出自己的手机，扔到桌面上，“这不，前天晚上，娄东亮，我二叔家的孩子，干辅警的，给我打电话，说你们在找一部手机，叫我帮他打听。”

“哦？”关秀山示意同伴，把相关内容记下来。

“我怎么会关心你们的事？自己的事都忙不过来！”他找出娄东亮那条短信，把手机递过去，“你看看，我说帮不上忙，他这就记恨上我了！”

关秀山接过手机看了一眼，还回去：“你凭什么断定我们在找的就是骆琪的手机？”

“我随口问过骆琪呗！她说她手机丢了。这不就对上了？”

“你有法子找到手机？”

娄东伟笑了：“逗她呢！我就那么一说！”

“逗她？”关秀山紧盯着娄东伟，“如果你真有线索，或明知手机下落，知情不报……”

娄东伟摆摆手，打断他：“你们兴师动众都找不到，我能有什么法子？老弟，我比你懂法。”

然而，关秀山没有要走的意思。他出门给刘明坤打了个电话，很快回来，冷着脸说：“娄律师，麻烦你跟我们走一趟吧！咱去市局聊！”

“哟！”娄东伟一听这话，拉下脸来，“有话在这里说！为什么跟你走？”

“你对我们的问题，给不出合理解释。我们怀疑你跟一项遗失的重要证据有关！”

“不就一部手机吗？还遗失的重要证据！得！你退后，离我远点！”娄东伟站起来，用力搓了一把脸，“那我干脆说实话吧！”

关秀山上身前倾，双手压着桌面，那个动作很有压迫感。

“其实，我之所以跟骆琪那么说，就是为了一点龌龊心思。”娄东伟嘿嘿一笑，“你们刘队大概知道，我这人没别的毛病，就是有点好色。”

“什么意思？”

“你还不明白？把话说透，就没面子了……”

“有屁快放！”

“我就是馋骆琪的身子！说那个话，就为吸引她注意，彼此熟络熟络，以后也许就有机会……”

“你他妈还真是……”

关秀山拿手点了点娄东伟，转身就走。出去时，把门摔得震天响。

娄东伟随着震动一哆嗦，紧跟着又笑了。

警察一走，娄东伟跟着出去，开上车，慢悠悠地来到市局门外。

跟他料想的一样，没过多久，骆琪走出市局。

他知道，在刚刚过去的几十分钟里，警方一定去找娄东亮确认过，并且把调查结果告诉了骆琪。

他这儿正想着，娄东亮电话就来了：“我让你帮忙找手机，你不帮就算了，市局咋还来找我问话？你搞什么？”娄东亮这次不叫哥了。

“没事。”娄东伟直接挂断。

紧接着，娄东亮短信又来了：“小三角眼！算你狠！既然这样，我就把你跟我借警服的事说出去！”

娄东伟不但了解那个弟弟，也了解人性，立即回复：“随便。警服没用到，当晚就还给你了。你说出去之前，我可以找个痕检帮你验验，看上面有没有多余痕迹。”

娄东亮那边没再回短信。

这时候，骆琪来到娄东伟近前：“你什么意思？逗我玩？有意思？”

娄东伟收起手机：“我怎么就逗你玩了？”

“手机！”骆琪用力呼出一口闷气。

“唉！我出于好心，想帮你。你反而去告诉警察？失望！太失望了！”

“啥意思？”

“啥意思？我对警察没兴趣，他们也不需要我帮忙。你手机丢了，我帮的是你。明白？”

“你有毛病吧！前面跟我说有法子找到手机，后面跟警察说逗我玩，现在又说这些！”

“年轻人，理解能力差！”娄东伟叹了口气，“三句话：一、我可以帮你找手机，不保证一定找到；二、我想帮你，是因为对你感兴趣；三、……”

骆琪实在忍不住了：“一会儿说有法子找到，一会儿说不保证一定找到。还什么对我感兴趣？你咋不去嫖啊！”

“嫖谁？嫖你行吗？”

娄东伟不知道骆琪的职业，但这个话题着实让人兴奋。

“滚！”

娄东伟不恼：“警察找到了吗？你怎么知道我不行？狼有狼道，蛇有蛇踪，各有各的门道。”

骆琪扭头想走。

娄东伟拦住她：“我说的全是实话。可是你把我的话转述给警察，让他们找我麻烦，那我就不承认了。为什么？我要是承认了，就成了我和警察的事，就跟你没关系了。跟他们犯事，一旦弄不好，我还得担个刑责。是不是这个理？”

“你到底想怎样？”

“刚才那个三句话，还没说完呢。三、现在我俩聊的这些，你还可以去告诉警察，但我保证，他们不在乎了。”

“为什么？”

“没听过狼来了的故事？”

骆琪还没反应过来。

“我好色的毛病，经不住打听，刘明坤算是了解的。我跟他们解释了，极其坦诚。我说之所以对你讲，我有法子找到手机，是因为馋你身子，想创造机会接近你。所以，即便你再去找警察，他们只会把你的话当成故事，一个登徒子调戏女人的故事。”

“无耻！”

“这叫真实！”

“我会跟警察解释清楚。如果你有那个本事，就必须配合。”

“幼稚！就算他们再找我，你以为我会承认？大不了，我不再骚扰你。我去嫖，行了吧？你呢，不过是浪费时间而已！”

骆琪皱起眉头。

“你愿意浪费时间，随你便！”娄东伟收起笑脸，“手机对你是否重要，你自己掂量。不过，我提醒你，拖得久了，到时候别说市局，神仙也找不回来！”

娄东伟见骆琪没言语，继续刺激她：“你真以为警察在全力找手机？幼稚！什么都讲究个代价的。人家发动派出所，已经花了不少人力物力。万一找回来，发现你那什么指控根本就是扯淡呢？别忘了，你的事连案都没立，大姐！”

“放屁！你说谁幼稚？”骆琪急了。

娄东伟见火候到了，果断上车，临走前说：“想请我出手帮忙，就打我电话。名片，第一次见面就给你了。”

同一时间，关秀山找到刘明坤，建议通过派出所发动居委会，对全市外来人口登记，仔细梳理。他就是不信找不到那个贼。

刘明坤明显感受到，在骆琪这件事上，关秀山似乎比他还要急切、上心。当然，如果他知道葛云辉曾是关秀山的姐夫，以及关秀娥在日本的意外死亡事件，他就不会那么想了。

骆琪没有再回市局。她充分体验了一个真小人的嘴脸。她能分辨出，娄东伟所言非虚。她相信对方的判断，即便她再去找警察，也不能拿娄东伟怎么样。人家已经说到家了，就是馋她的身子，制造机会勾引。退一步，就算娄东伟真有找手机的法子，那他就一定要配合警方吗？法理上说得通。可是，娄东伟完全可以声称自己说大话，而警方又如何证明他真有法子？对一个资深律师来说，警察用来唬人的那一套不管用。

骆琪明白了：娄东伟在跟她谈一笔交易，她不用为此花钱，只需陪对方睡觉。

这时候，她不由得想起往事。当年葛战辉为满足色欲，所用的法子，跟娄东伟有什么两样？算了，没什么了不起的。

可她又为自己感到深深的悲哀。她感叹自己没别的本事，只能靠出卖身体办事。那种感觉很恶心，就好比大饥荒中，发现茅坑里有一块馒头，想吃，就必须下手捞。

她用力摇头，把多余的想法甩掉。她没时间，也没心情玩细腻。她更不是拍电视剧的，没必要拖泥带水，转着圈圈虐观众，到最后却又做出个观众早就料到的决定。

她想：娄东伟有一点是对的，不能再浪费时间。拖得越久，找回手机的可能性就越小。既然警察没本事，那为何不找娄东伟试试？问题是他真有法子吗？

她倒要看看，那家伙有什么本事。

## （五）

当天下午，骆琪带着疑问打通娄东伟的电话。

“我当然有法子！”

娄东伟接到电话，语气出奇地平静。他早料到她会打来。

“什么法子？”

娄东伟声称电话里说不清，叫骆琪去他办公室面谈。

骆琪简单收拾一番，按名片地址找过去。她心情算不上平静，可也没有迟疑。

办公室里，娄东伟泡上茶，少见地摘了墨镜。

他觉得现在可以光明正大玩视奸，而不必躲在墨镜背后。

骆琪来到办公室，开门见山：“说吧，怎么办？”

“急什么？”娄东伟毫不掩饰自己的企图，上上下下打量她，最终把视线定格在她胸间，“先喝杯茶，败败火。”

“就是个交易，爽快点。”

“痛快！”娄东伟把腿一跷，“说白了，我有两个思路。思路的前提，是警察大费周折没找到，相当于给我做了个排除法。当然，如果刘明坤真想找，我相信，他很快就会调整思路，但是事情不能再拖了。”

“什么思路？”

“交易可不是这么谈的，你先答应我要求再说。”

骆琪微微一笑：“你不就是馋我的身子吗？我陪你睡觉，你帮我找手机。但得一字一句，落到实处。你要是敢骗我，我保证你没好果子吃！”

“爽快！”娄东伟拿出两张打印纸，“我早准备好了。”

两张纸内容不一样，但都是承诺书。

娄东伟叫骆琪按其要求写——

> 我承诺，自愿跟娄东伟上床，3天，且日后随叫随到，至少3次。对方无须承担任何法律责任。过程中，男方可为所欲为，如女方出于自身身体原因发生意外，或遇地震、火灾、战争等不可抗因素，致使女方发生意外，男方亦不承担任何责任。

写完签字，按手印，附带身份证号。

娄东伟自己写——

> 我承诺，出于律师的道德责任感，自愿给骆琪女士提供帮助，尽己所能助其寻找手机，但不对结果给予承诺。本承诺签字后生效。

写完签字，按手印，附带身份证号。

骆琪看了看娄东伟写的东西，当即把它揉成一团。

“你干什么！”

“你他妈哄鬼呢！”骆琪冷笑，“不承诺结果？你要是说，是美国总统偷了手机，是不是也算尽己所能？老娘是不是也要陪你睡觉？”

娄东伟把头靠在沙发上，摇了摇颈椎，问："你签的那份，算数不？"

"那得看你怎么做！"

"行！"娄东伟掏出手机，"你手机有密码吗？"

骆琪点头。

娄东伟打给刘明坤："刘队，那个手机找到没？"

刘明坤毫不客气："关你屁事！你别拿那点事做文章，去胁迫人家女孩就好！"

"不能！咱俩相交多年，我好心给你提供个思路。"

"思路？"

"我弟娄东亮说，你们一直在查街面上的贼。我想，既然找不到，会不会是方向不对？"

"什么意思？"

"如果小偷是个普通市民呢？你们那么查有用？"

"老子用得着你教？"

"我是说，你还是查查手机店吧！骆琪手机带密码，一般人拿去，都会去手机店解锁，还原出厂设置。"

刘明坤不吱声。

娄东伟又说："还有，既然你们捋了街面上的贼，为什么不查查里面呢？"

"里面？"

"牢里、看守所里，有没有才放出来的？突然想到这么个路子，好心提醒你一下。"

"滚！"刘明坤挂断。

娄东伟捡起骆琪丢掉的纸团，慢慢恢复原状。

"就这？我以为你有什么大本事！"骆琪不以为然。

"一个思路能有多复杂？问题是别人没想到啊！"娄东伟品一口茶，"别急，等等吧！说不定会有好结果呢？"

骆琪无心喝茶，娄东伟也无心办公。这两个人共处一室，气氛颇为奇妙。

娄东伟扩展话题，打听骆琪的工作和家庭情况，骆琪沉默以对。娄东伟讨了个没趣，便提议下楼吃东西。

他们在餐厅里磨叽了两个多小时。其间骆琪多次要走，均被拦住。跟娄东伟近距离接触，她没觉得不安，只当是个笑话。那两份扯淡的承诺书，她不当回事。她本以为娄东伟找手机的法子，是利用律师身份以及个人关系疯狂打电话，去查找连警察也找不到的人。至少应该开着车满城转悠，去跟一些街头巷尾的人物打听消息。没承想，他只是给刘明坤打了个电话，提供了一个简简单单的思路。她知道劳心者治人的道理。驱使警察为自己办事，当然是个聪明的法子，可要是不管用呢？

天已擦黑，骆琪决定离开。这次娄东伟没有阻拦，跟到外面，叫她给刘明坤打电话。

电话很快接通。刘明坤兴奋地说："骆琪啊！我们抓到那个贼了！是个有前科的，刚放出来没几天。"

"什么？抓到了？"骆琪不敢相信，"什么时候抓的？"

"一小时前。"

"那手机呢？"

"还在审。你等消息吧！"刘明坤挂了。

骆琪举着电话，呆呆地望着娄东伟。她想说：你可真行啊！

娄东伟抱着胳膊，笑起来的样子很猥琐。

"你听到没？抓到了！真是个有前科的，刚放出来！"骆琪高兴得跳起来。

"抓到就好！"娄东伟从怀里掏出承诺书，晃了晃。

骆琪长出一口气，问娄东伟："我只是奇怪，既然抓到了人，他们为什么不通知你呢？"

"通知我干什么？"

"那是你的思路啊！"

"我又不是刘明坤上司！"娄东伟淡淡地问，"手机里到底有什么东西，值得你这么上心？”

骆琪委婉道：“你还是去市局打听吧！”

娄东伟把嘴一撇，墨镜后的右眼，连着抖了好几下。此刻，他的心理活动很丰富。他能猜到刘明坤抓了人却不通知他的原因。很明显，刘明坤一定怀疑他。他知道，刘明坤一定去了监狱和看守所，去查证他是否从那里打探过释放人员的情况。不为别的，他给刘明坤提的那条思路太准确了。

他还知道，刘明坤还会怀疑，他一早就接触过那个贼。可是他一点也不担心。

他心里暗暗咒骂：刘明坤，你个狗东西还嫩了点！老子去东监为的是公事，而且老子从来没有正面去套问释放人员的情况。

娄东伟的判断一点也没错。刘明坤从东监查到释放人员信息，进而抓到邢星后，的确又重返监狱，去打听娄东伟此前有没有去过。监狱管理人员告诉他，娄东伟去过，可是并未探问任何关于释放人员的消息。刘明坤困惑而归。

娄东伟很得意，可是也后怕。他庆幸昨晚临时改变计划，制造事端从烧烤摊上拿到了手机。如果当时沿用原计划，假扮警察去套问邢星，那事情发展到现在也就全露馅了。话说回来，如果用了假扮警察那一招，他获知手机里的秘密后，一定会预判风险，不敢再打骆琪的主意。那样一来，他还是不会暴露。

娄东伟的内心世界骆琪半点也不知道。她当下最紧要的事，是履行承诺。

娄东伟不再客气，一把搂住骆琪的腰，朝酒店走去。那晚骆琪惨遭折磨。

用娄东伟的话说：“被葛战辉玩过的女人，别跟老子装纯！”

他逼她吃了药，还用烟头在她后腰上烫了四个烟疤。那四个点连起来，是他姓名的第一个字母：L。

娄东伟说，那么做，就好比游客去景区，写上“××到此一游”。他还说，他要是叫娄伟就好了。那样，他就会烫上“LV”了。

骆琪咬牙忍受。天亮后，她振奋精神离开酒店，前往市局。

她已经付出了代价，现在是收获的时候了。然而，结果在她意料之外。刘明坤告诉她，贼是抓到了，可手机仍没找到。

骆琪不解。刘明坤说，邢星拿了手机，想卖没卖掉，于是留下自用，可是出了意外。前天晚上，他在烧烤摊跟别人发生冲突，干完仗，发现手机不见了。

“跟他打架的人呢？是不是他们拿了？”

“两个街头痞子，一个姓孙，一个姓田，体貌特征明显，人找到了，不是他们拿的。”

骆琪急得直跺脚：“为什么打架啊？”

刘明坤耐着性子，把打架过程简述一遍。

“打架时手机在哪儿？怎么就丢了？”

“手机原本在桌上，打架把桌子弄翻了，很可能是看热闹的捡走了。还在查！”

骆琪的精神头瞬间卸去。

刘明坤问她：“娄东伟没再纠缠你吧？”

骆琪没回答，低着头走出门。

刘明坤在她背后嘱咐道：“你该干吗就干吗，不用天天往这儿跑，多麻烦啊！有结果我就通知你！”

“我这段时间请假了……”

刘明坤突然感觉到自己的话欠妥。他想起骆琪是个按摩女，那“该干吗就干吗”的意思，岂不成了叫人家去卖淫？然而，扫黄的事不归他管，他也没心思操心。他深深叹了口气，凝视骆琪走远。

那天早上，骆琪离开酒店后，娄东伟合计了一下，才忍住冲动没给刘明坤打电话。做戏就得做足。他给出了建议，叫刘明坤去查找释放人员，若是再打电话探问结果，就会凸显自己的关注，从而更让对方疑心。他应有的态度是：不关我事。

离开市局后，骆琪回了酒店。

娄东伟故作关心：“怎么样？有结果了吧？”

骆琪摇头："审完了。是个叫邢星的家伙，跟人打架，又把手机搞丢了！"

"又丢了？"娄东伟咂嘴，"那就不关我的事了！"

"放心！"骆琪咬着牙道，"我说到做到，陪你3天。往后随叫随到，3次。"

娄东伟心花怒放，翻身扑过去……

翌日上午，因为有业务，娄东伟去市局找刘明坤。

见到娄东伟，刘明坤心里的疑问又来了，只不过他不会挑明了说。

"你那个思路还行，找着人了。"刘明坤语气平淡。

"找到就好，骆琪跟我说了。"在这件事上，娄东伟没必要撒谎。

"她跟你说得着吗？"

"是她找到我，让我想办法，我才给你支着儿的。你以为我会向你献殷勤？"

"她找你想办法？"刘明坤用指头戳了戳娄东伟的胸，"你小子什么德行，我能不知道？我明明警告过她，让她离你远点！"

"人家信任我，我有什么法子？"

刘明坤没再纠结娄东伟和骆琪的关系，反问："给你透个底，手机里的东西，跟葛云辉和张进九有直接关系。你作为葛云辉请的法律顾问，却给我帮忙抓了贼，就不怕葛云辉责骂你？"

"从法律角度，葛云辉交代我的话，到你这儿我都转述到位了！他若真犯了法关我屁事！除非他犯了事，请我当辩护律师！"娄东伟小声问，"透底就透到位，手机里到底有什么？"

"手机没找到，我哪知道？"刘明坤再次反问，"它里面有什么，你真不知道？"

娄东伟身体一挺："你开什么玩笑啊！"

刘明坤哈哈一笑，出门上厕所去了。

娄东伟知道对方成心试探他，心里暗骂刘明坤：还是那句话，你小子嫩着呢！

他点上烟吸了两口，弹烟灰时一低头，忽然看到刘明坤办公桌上有一张表格。表格压在一份文件下面，露出来一截，上面写着骆琪的名字。

他随手抽出表格，发现那是骆琪的个人资料，上面有联系地址：小西关相思按摩店。职业那栏填的是：按摩小姐。

看到“按摩小姐”四个字，娄东伟瞬间气炸了。

他把表格放回去就走，也不等刘明坤回来打个招呼。

回到酒店，他抬手就给了骆琪一个大嘴巴子：“你他娘是个婊子？”

骆琪捂着脸，反应过来，笑了。

“你不早说！”娄东伟想撞墙，“早知道你是个婊子，老子用得着花这么多心思？”

“呸！你想嫖，老娘也不伺候！”

“你还来劲了！老子想怎么干就怎么干！”

说着，他又扑上去。

骆琪狠下心，一脚踢中对方下身。

娄东伟怪叫一声，摔倒，满地打滚。

骆琪抱起胳膊，靠在窗边冷眼看着。

缓了半天，娄东伟慢慢地爬起来，从包里掏出一部新手机，丢到骆琪脚下。

“老子是个讲究人！手机拿上！滚！”

骆琪迟疑了一下，拿起手机，走了。

交易提前结束了。她心里说，新手机为什么不要？没必要装清高。

娄东伟真被气到了。他怎么也没想到，自己费尽心机，冒了那么大风险，到头来睡到的居然是个婊子！

他刚发现骆琪手机里的秘密时，不敢再有别的心思。后来经过一夜考虑，他才决定还是要把骆琪弄上床，那是冒着巨大风险的。他给刘明坤支的着儿百分百有效，对方不起疑才怪。好在当初去监狱探听消息时话术高明，不然非让刘明坤抓到把柄不可。除了刘明坤，他甚至觉得，将来有一天，骆琪或许也会多心，怀疑手机就在他手里。

可是又能怎么样呢？不管谁怀疑，他都不在乎。

他洗了个澡，收拾妥当，戴好墨镜，对着镜子做了个OK的手势：是时候干正事了……

## （六）

22:00，律所办公室。

娄东伟坐在茶几前，手边放着一台新买的笔记本电脑。

他对面坐着两个人，一个是葛云辉，一个是张进九。

笔记本屏幕刚刚熄灭。

张进九双手按在茶几上，脸色铁青，鼻孔里喷着怒气，像一头愤怒的公牛。

葛云辉斜倚椅背，紧抱双臂，脸色阴沉，视线射向斜下方。

娄东伟不慌不忙地点了根烟，跷起二郎腿：“两位老板，该听的听了，该看的也看了，就没什么想说的吗？”

张进九突然掏出枪，顶上娄东伟脑门：“你他娘死定了！”

娄东伟吐出一股烟柱，笔直地射中张进九：“你他娘倒是开枪啊！”

葛云辉坐正，问娄东伟：“哪儿来的？”

娄东伟不答，脑门兀自向前顶，逼着张进九收了枪。

“我问你，哪儿来的？”

“真想知道？”娄东伟扶了扶墨镜，“一个字10万块。”

“狗东西！看你说不说！”张进九绕过茶几，一把扣住娄东伟的咽喉。

娄东伟被掐得满脸通红，硬挤出一串干笑：“一个字，20万。”

葛云辉接住话头：“成交！说！”

娄东伟哑着嗓子说：“六个字，骆琪手机拍的。”

“手机？她去养猪场那晚拍到的？”

娄东伟点头。

“怎么会在你手里？”

娄东伟不言语。张进九松开手。

娄东伟一阵咳嗽，缓过气：“她手机被偷了，市局一直在找那个贼。好在被我抢了先，不然你们死定了！这是多少字？29个。”

你怎么会知道，骆琪手机拍到了这些东西？那个贼是谁？你怎么找到他的？这些全是废话，葛云辉统统略过，只在乎核心问题：“还有谁看过？”

娄东伟微笑：“我能保证两点。一、不管音频还是视频，只有骆琪本人和我知道。免费解释一下吧，你们也好安心。我拿到手机时，它被贼还原出厂设置了。二、它们在我这儿，很安全。当然，市局的刘明坤怀疑我，不过他找不到半点证据。”

“这么自信？刘明坤为什么会怀疑你？”

“因为那个贼现在在他手里。他之所以能抓到人，是我给他支的着儿。”

“你为什么给他支着儿？”

“因为东西已经到了我手里，那个贼已经没用了。我让刘明坤抓到人，骆琪才会陪我上床——她急于找回手机，跟我交易，让我帮她想办法。”

葛云辉一听就明白了。敢情这小子是一瓜两吃——既想用视频和音频来交易获利，又用它们满足私欲。

娄东伟摘下墨镜，眼角一挑：“这叫价值最大化！”

葛云辉点点头：“明说吧，要多少钱？”

“不多。信息咨询费500万，保密费用2000万，总共2500万。”

葛云辉微微一笑，冷不丁一个大嘴巴子甩过去：“老子说的是东西！音频！视频！你必须交出来，包括备份！”

张进九再次掏出枪，打开保险顶上去：“交出来！”

“人哪！”娄东伟叹了口气，拿出手机飞快地按下110，但没拨出去，“两个选择，要么我拨出去，要么你们开枪打死我！”

张进九一把夺过手机，扔出去。手机跌落在地，碎了。

娄东伟把嘴一撇：“那就开枪吧！”

他挺身站起，小眼瞪得溜圆：“孙子！你他娘倒是开啊！”

葛云辉紧握拳头：“你他妈到底想怎样？”

“不是说了吗？信息咨询费500万，保密费用2000万。总共2500万，一个子儿不能少！”

“行！”葛云辉咬牙道，“给你加500万，你必须把备份全交出来！”

娄东伟从果盘里抓起瓜子，嗑了一颗，斜着吐出去：“葛总，你当我傻？备份没了，我小命就真没了！”

葛云辉沉默。

娄东伟戴起墨镜，胳膊一抱：“这个秘密，对于你和张进九两家，价格很公道，我不贪。我只能保证一点，拿了钱守口如瓶，事后绝不再索要其他。”

葛云辉冷笑：“老子信你个鬼！”

“爱信不信！你们有别的选择吗？”娄东伟摊开双手，“要么干掉我！来！什么方式都行！”

葛云辉和张进九对视一眼。

“老子是律师！”娄东伟一巴掌重重拍在茶几上，气势高昂，“我要是出了事，我保证，备份立刻会发到网上，而且市局立马收到！”

葛云辉无话可说，他早料到这个局面了。

娄东伟掐着腰，伸出一根指头，在葛、张两人脸上指指点点：“俩大男人，磨磨叽叽，跟娘儿们似的！不想花钱？就赶紧弄死我，跑路！我保证，就是跑到天涯海角，你们也得给警察弄死！”

张进九把手抄进裤袋，握着电话去了外面。葛云辉跟了出去。片刻后两人回来。

娄东伟笑问：“商量好了？”

葛云辉点头：“就这样，2500万。”

“痛快！”

张进九补充道：“事要是露馅了，我保证你全家死绝！”

说完，他和葛云辉扭头就走。

“给你们3天，从黑市把钱换成美金，手续费你们掏！”娄东伟轻飘飘地说。

## （七）

邢星被抓后，关秀山做了两件事。

第一件，他去了一趟邢星家，那是他和刘明坤商量的结果。虽然监狱那头，没找到娄东伟探听释放人员的信息，可他们还是怀疑娄东伟。他们很快想到查找另一头，也就是邢星老家。他们假设，如果娄东伟早就掌握邢星的线索，那么要找到人还是只能去邢星老家打听。

通过邢星父母，关秀山得知：邢星被抓两天前，曾有个女孩去邢星家打听邢星的住址和联系方式。

得到这个信息后，关秀山心头一亮：果然有人来找过邢星！

他怀疑，那个找到邢家的女孩跟娄东伟有关。

他进一步询问邢星父母，想知道那个女孩长相。可惜，除了“长得挺俊”，那两位老人实在给不出具体的描述。

调查有收获，刘明坤大喜。可是，怎么找到邢星父母所说的女孩？或者说，怎么查实女孩跟娄东伟有关，进而证明对娄东伟的怀疑，从而找到手机的下落呢？他一筹莫展。

关秀山也没法子，于是把这个调查结果告诉了骆琪。他希望骆琪再去接近娄东伟，看能否套问到有价值的信息。

骆琪拒绝了。提到娄东伟她就想吐。没人比她更清楚娄东伟有多狡猾。那种套问，哪怕是枕边套问，毫无意义。

关秀山做的第二件事，是去燕来村找杨攻略。

不管对谁来说，家都是既熟悉又有安全感的地方。因此，关秀山把杨攻略从家里带出去，弄到警车上。

“找我干什么？”杨攻略满不在乎，一副没睡醒的样子。

关秀山掏出一张电脑打印的照片。

照片是他第一次到养猪场时叫同伴拍的，照片上的人是杨攻略。只不过，他跟本人有一些区别。

杨攻略本人头发很长，胡子拉碴，脸色憔悴，眼神暗淡，那可能是多年烧锅炉的结果，也可能是他本就不修边幅，有意为之。而照片却经过了技术处理，修短了头发，磨平了皱纹，尤其是眼部皱纹，还突出了脸型轮廓，像一张证件照，比起杨攻略本人，起码年轻10岁。

关秀山把照片放在杨攻略眼前，轻轻说了三个字：“牛启来？”

杨攻略眼角不自觉地抖了一下：“啥？”

“我叫你呢！牛启来！”

杨攻略挠了挠头：“听不懂你说什么。”

关秀山一笑：“1997年夏天，我姐关秀娥，在日本横滨矶子区被你撞死！2000年年底，春节期间，我在市局实习，去日本做过一次调查，但没找到你。回来后，我接着找，还是找不到你人。我看你档案，看你照片，翻来覆去……到现在，整整10年！明白吗？10年！我去养猪场那天，见你的第一眼就认出来了，可我还是不放心！这两天有空，我叫同事把你的照片处理了一下。现在看起来，是不是跟10年前的你更像了？”

“唉！”杨攻略深深叹气，抬头仔细打量关秀山，随后惨然一笑，“这……这还真是有点巧……”

关秀山点头：“现在，我可以叫你牛启来了吧？”

牛启来点头：“你是她弟弟？你叫什么？”

“我叫关秀山。我就想知道，那场车祸到底怎么回事！”

牛启来盯着远处，像是在回忆，良久才道：“既然去调查过，你应该知道的。”

“我问的是你！”关秀山一激动，把车喇叭弄响了。

“行！”牛启来没再犹豫，简练地说，“那天下雨，路上车不多，我开得有些快。左拐弯时，车子左前轮突然就爆了胎。当时有一辆小车在我左前方。那车被我撞离路面，滚下斜坡。我的厢货失控，也跟着冲下斜坡，一头扎进河里。那条河叫鹤见川。”

“据我所知，车祸现场的小车，也就是我姐那辆车，是四轮着地，斜停在坡上。”

牛启来点头：“那辆车被撞离路面，在斜坡上翻了好几圈后回正，并未掉进河里。只不过，一个女人，也就是你姐，被甩到了车外。”

“你看到了过程，为什么不救人？”

牛启来摇头：“小车翻滚在前，厢货冲下坡在后，前后也就一秒之差。厢货扎进河里，驾驶室被水淹了。我受了重伤，挣扎了很久才从车窗爬出去，可是喝了不少水，在河边晕倒了。”

“厢货车车窗，是机械手摇式？”

“是的！而且当时是夏天，窗户本来就半开着。只不过我当时很慌张，又受了伤，一开始只想着怎么推开车门，而不是开窗。”

“你会游泳吗？”

“会一点。”

关秀山脑补当时的情景，复述道：“厢货扎进河里，你被困在驾驶室，能看到斜坡上那辆小车，也能看到我姐。然后你从车窗爬出去，在河边晕倒，是不是这个过程？”

“是的。她被甩到车外，人侧躺在那儿，可我当时真的无能为力！”牛启来低下头，“后来我才知道，她是个孕妇……可是，即便当时知道，我也没法子救人。对不起！”

事件太过久远，而且发生在国外，牛启来的陈述是否完全属实，关秀山无法确定。他就是执着一念，想把事情过程搞清楚。至于那有何意义，他说不清。

也许他想从中寻到一个强有力的谴责，去宽慰失去亲人的遗憾。可是，对牛启来不救人的谴责根本就站不住脚。除非他亲眼见到那个车祸现场，并且亲自钻进牛启来的驾驶室验证一下，看看它被水淹了多少，看看能否第一时间脱困——即便时光得以倒流，他证明自己脱困后，用尽全力就能救人，可他又该如何证明事发时的牛启来没有用尽全力？

他默默地抽完一根烟，才问牛启来：“那件事之后，你是故意改变身份，躲到这里来的吧？”

牛启来点头承认。

“为什么？”

“因为不安……”

“你躲起来，就能心安？”

“我知道赔偿那点钱屁用没有，何况她还怀着孕……唉！我改变身份躲起来，是怕死者家属找我的麻烦……”

“操！”关秀山真想狠狠揍他一顿。

他紧握拳头，盯着牛启来：“躲了这么久，心安了吗？”

“对不起！”除了这个，牛启来实在不知道说什么。

“滚！”

“被你找到，就是天意。我出钱吧，我现在有些积蓄。”

“我叫你滚！”

牛启来刚下车，关秀山突然喊：“等等。”

牛启来站在原地，惶恐地望着关秀山。

“你不是不安吗？现在就有机会，让你心安！”关秀山两眼发亮，“那晚是你救了骆琪，对不对？养猪场里有恶性犯罪，是不是？”

牛启来的脸色瞬间恢复冷漠。

关秀山越说越激动：“我给你机会，把你知道的说出来！那既是善行，也是立功！”

“我听不懂你在说什么。我就是个看大门的，顺便烧烧锅炉。”

话音未落，牛启来转身走了……

# 第十章　沉默的线索

## （一）

2018年11月初，娄东伟尸骨被发现并确认身份一周后，娄东伟老婆王月梅带着一样东西来到西城公安分局。

那是一个精致的小铁盒，里面什么也没有，除了一张手写字条：如果我出事，去老钢厂家属院我父母老房子的储藏室，那儿有两个箱子、一个保险柜。两个箱子里有400万美金，留给你和孩子。保险柜里的东西，交给市局刑侦副支队长刘明坤，密码是652774。

经鉴定，字条上的字迹的确出自娄东伟本人。

从2015年12月26日，王月梅两天不见娄东伟去派出所报失踪，到2018年10月底，找到并确认娄东伟的尸骨，跨度接近3年。那段时间，娄东伟在警方那儿的状态为失踪。其个人银行账户虽已停用，但其家人并未替他注销。

王月梅收到娄东伟被害的消息后，去银行整理娄东伟的账户，从工作人员那儿得知，娄东伟曾在银行办理过保管箱业务。租用合同显示，该业务开办日期为2010年3月10日，签名档用的是娄东伟的私人印章。

王月梅对此事一所无知。她向银行出具了娄东伟的死亡证明，在银行人员陪同下，回家找到印章，又翻箱倒柜，最终在书房内找到一把钥匙，跟银行持有的钥匙匹配无误后，这才打开保管箱，从里面取走一个小铁盒。

看到盒子里的字条时，她震惊万分。字条里提到的老钢厂家属院，是个房龄接近30年的老旧小区。娄父年轻时曾在钢厂干过，十几年前搬离家属院住进新房，现如今已回乡下养老。老人搬离的头两年，那套老房子出租过，后来便一直空在那里。

看到字条，王月梅带着既疑惑又兴奋的心情赶到目的地，才发现自己没有储藏室钥匙。门上是最普通的挂锁，锈迹斑斑，个头也不大。

王月梅找了块砖头，几下就把锁弄开了。那令她极度纳闷——就这破锁，娄东伟怎么就敢把那么多钱放这儿？那得多大的心啊！

其实不是娄东伟心大，是她自己没回过味来。老钢厂家属院现在的住户多为老人。破败的大院，一天到晚见不到几辆车，一年到头见不到几份快递，连贼都懒得光顾——这种地方才是最安全的。

储藏室内的灯还能用。王月梅也不在乎房里的霉味，一头冲进去。

进了屋，她傻眼了：房间靠墙一侧立着个架子，上面放着杂物。架子内侧墙角，摆着一个方方正正的保险箱。她把杂物翻了个遍，连一分钱也没找到，接着输入密码，打开保险箱。然而箱门一开，里面同样空空如也。

王月梅郁闷至极，只好带着小铁盒来到娄东伟被害案的主办单位——西城公安分局。

见到铁盒里的字条，西城分局代理大队长张定一如获至宝。

听完王月梅的讲述，他立刻向副局长雷霆做了汇报。

雷霆叫张定一派人去储藏室现场，他亲自带着张定一前往市局。

市局刑侦支队原副支队长刘明坤，几年前被调往开发区干副局长。娄东伟留下的字条，到了现任副支队长关秀山手里。

“娄东伟死了？”关秀山很惊讶。

张定一答：“失踪近3年，尸骨刚找到，藏在老化肥厂的暖气管道里。你认识他？”

“打过交道。”关秀山凝视手中的字条，“你觉得，这事像不像开玩笑？”

张定一摇头：“字条在银行保管箱里存了8年。”

“储藏室的门锁和保险箱，什么情况？”

“锁被王月梅敲坏了。保险箱是密码锁，上面没有可疑指纹。”

“你们怀疑，钱和保险箱里的东西被偷了？”

张定一点点头：“正因为没有可疑指纹，才确认被偷。问题是，保险箱里的东西到底是什么？为什么要交给刘明坤？哦，是刘局。”

关秀山没回答，起身打开柜子，从里面找出一个发黄的档案袋。

他弹了弹档案袋上的土，说：“我只能说，答案也许就在这份档案里。”

档案名叫《关于骆琪指控葛云辉、张进九的初步调查报告》。

报告是刘明坤当年亲自整理的，现简述如下：

【报告整理时间】2010年3月20日。

【报案人】骆琪，女，23岁，籍贯洛城县（市），职业是按摩小姐。

【指控事由】：葛云辉以薪火生殖医院为基础，在泰国建立名义上的生殖技术合作单位，通过其胞弟葛战辉组织人手，去泰国合作单位移植囊胚，掌控非法代孕产业链，以星火儿童福利院为中转站，向国外输送残障儿童（器官）；燕来村养猪场存在非法器官交易及地下手术场所（养猪场地下室）。

【案件状态】未立案（仅查封了葛战辉的薪火健康咨询中心，葛战辉对其辗转泰国，非法组织卖卵、代孕行为供认不讳，已交由相关分局单独处理）。

【养猪场法人】张进九。

【星火儿童福利院】法定代表人：山下纯子（日本籍，葛云辉老婆）。实际投资人：葛云辉。

【相关当事人情况】

张进九，男，35岁，滨海市人，高中学历，早年在滨海钢厂干过工人，其后从业经历不详，2002年在燕来村投办养猪场。因无合法理由取得养猪场财务账目，不能客观了解其经营状况，但从市场上了解的情况分析，其经营状况很差。张进九老婆叫柳良玉，经营私人诊所。张进九大姨子叫柳良媛，妇幼医院医生，跟葛云辉大学同学。

葛云辉，男，45岁，滨海市人，滨海医学院毕业，曾为滨海医学院附属医院胸外科主治医师，因医疗事故被炒，有海外（日本）从业经历。2002年回国创业，先后创办薪火生殖中心、薪火生殖医院、星火儿童福利院，此外，还是辉煌物流公司的实际投资人之一（该公司法人为葛战辉）。

杨攻略，男，46岁，滨海市人，初中毕业，未婚，养猪场看门人，兼操作病猪焚烧炉。杨攻略原名牛启来，有长期海外（日本）就业经历。1997年夏天，牛启来在日本横滨矶子区，驾驶厢货，因爆胎发生车祸，将一辆小车撞入鹤见川河道与路面之间的斜坡，致关秀娥死亡（备注1：死者关秀娥为葛云辉前妻。被撞小车为葛云辉公司所有。车祸发生时，葛云辉在副驾驶。备注2：该部分内容，皆为关秀山事后提供。关秀娥是关秀山姐姐）。

葛战辉，略，已交由分局单独处理。

【事件起因】

经查，骆琪曾前往泰国，从事卖卵、代孕移植等非法行为（卖卵、代孕的中间操作人为葛战辉），游走于法律边缘。2007年1月（农历2006年腊月初），其生下的孩子（康康），因客户（方华）毁约遭弃，被葛战辉送至星火儿童福利院（备注：该代孕行为的卵子，取自骆琪）。作为孩子亲生母亲，骆琪通过葛战辉打听到孩子下落，此后每周去探望一次，顺便做了福利院义工。2010年2月13日（除夕），康康走丢。找回后，骆琪为孩子买了一款进口定位手表。2010年2月26日，康康被加拿大的布雷克夫妇领养。26日至28日，骆琪多次定位，发现孩子位置固定在燕来村一带，未发生移动，于是生出念头找过去，想见孩子最后一面。

【附属枝节】

1．2月26日中午，布雷克夫妇去静山派出所报案，声称爬山过程中弄丢了孩子。静山景区大门监控显示，康康被一个矮胖妇女带走。该妇女用围脖遮住嘴脸，疑为人贩子。

2．3月1日中午，静山派出所民警在燕来村村口草丛中，找到康康的定位手表。手表因下雨浸水，毁坏。

【事件过程】

2月28日，骆琪去燕来村找孩子，打听一天无果，天黑时找到养猪场，被看门人牛启来轰走。回程路上，骆琪因遇到葛云辉的路虎车而生疑，遂返回燕来村，购买手电筒一支，并在养猪场找到葛云辉的车。其后，骆琪借用高脚凳翻入养猪场（并将高脚凳带至墙内），巧入地下室，意外发现那里正进行地下摘取器官手术。骆琪陈述，其孩子康康已在那场手术中死亡，并有录音、录像为证（备注：骆琪口述录音内容见附件）。其后，骆琪逃走，因高脚凳断腿，未能逃至墙外，被看门人牛启来藏进病猪焚烧炉，并于次日凌晨躲到牛启来位于燕来村的家里。天亮后回城途中，骆琪自述，手机在公交车上被偷，后至市局我处报案。

【调查过程】

我派关秀山等人去养猪场调查，无果。且养猪场已于调查当日关门，搬走，次日办公室、围墙皆被拆完，病猪焚烧炉亦被砸碎，另作处理。张进九、葛云辉及养猪场其余3名工作人员（伍强、谢猛、牟云平），解释一致，说事发当晚他们玩麻将时，骆琪的确闯入过地下室，并将骆琪遗落在墙外的电脑包归还。张进九自述，其因经营不善，欲将养猪场用地转包给某果汁厂老板，请葛云辉过去，目的是暂借星火福利院后院，用来代存养猪场的几百头猪。张进九跟葛云辉之间本无交集。张进九老婆叫柳良玉，柳良玉的姐姐叫柳良媛，跟葛云辉是大学同学，他们因这一层关系而认识。

【关于调查过程的细节说明】

1. 砖头指纹。骆琪自述，那晚是看门人杨攻略，也就是牛启来救了她。但因视角问题，她起初不知道一个细节——牛启来用一摞砖头，把断腿的高脚凳垫起来，去误导张进九等人。关秀山去养猪场初查，看到那些砖头（当时已经散落在草丛、水坑里），并意识到上面可能残存牛启来的指纹时，比骆琪晚了一步。骆琪当时处于激动状态，先后两次垒起散落的砖块，演示事发当晚的逃走过程，彻底破坏了可能留存的痕迹。

2. 病猪焚烧炉痕迹。关秀山去调查前，那里刚烧过一头病猪，致使关秀山从炉内提取骆琪遗留痕迹的意图失败。

3. 牛启来家中痕迹。在那儿未提取到任何骆琪遗留的痕迹。房间简洁、干净，是有意为之还是一贯保持，无法判断。

4. 关于养猪场地下室手术设备。按骆琪所言，地下室2号房内，应有成套手术设备，实际那里只有一张麻将机。如骆琪所言属实，设备必在事发当夜被偷偷运走。事实是，养猪场只有两辆适合偷运的车辆。经证实，骆琪举报那天早晨，养猪场自有的普通货车曾去5公里外，给某猪贩子送过最后一次货，另一辆私密性更强的厢货，却未使用。手术设备到底去了哪里？想不通。

5. 牛启来不承认救过骆琪。上述1、2、3点，突破任何一点，都能否定牛启来。牛启来是养猪场内部人员，而且养猪场成立初期就已经在那里工作。让其承认救过骆琪的意义，在于把他推到证人位置上，去检举、揭发猪场违法犯罪行为。当然，这个前提是建立在骆琪指控非虚的基础之上。

6. 关于骆琪的手机。这是整个调查的核心。案子未立的情况下，我发动城北多个派出所，去查找街面上的贼，并辅之以技术定位手段，说实话是背着压力的。但是我的方向错了，一直没查到正主，并且在错过寻找失物的最佳时间段之后再去调整方向，似乎意义不大。这时候，律师娄东伟突然提醒我，叫我查查有盗窃前科的释放犯。按照这个思路，我们抓到了邢星。

7. 关于邢星。他在释放后第二天，回城的公交车上偷走了骆琪手机，本打算卖掉，未果，改主意留作自用，却因吃烧烤时跟人打架，把手机弄丢。跟邢星打架的有两个人。一个叫田有为，一个叫孙子兵，这二人都有前科。邢星供述，手机不是孙、田二人拿的。打架前手机扔在饭桌上，打架时孙、田二人都没离开过邢星视线。我们怀疑，打架时桌子被弄翻，有围观群众趁乱拿走了手机。

8. 关于娄东伟。因工作关系，跟他打过几次交道。此人面上好色，但是聪明，有心机。在该事件中，他有过两重角色：一个是替葛云辉、张进九出面，对我方调查养猪场提出口头警示，说是要用法律维权；另一个是帮骆琪找手机。这两件事，娄东伟均有利可图。他跟葛云辉是钓友，他们之间有无更深切的业务来往，未深挖。他接近并帮助骆琪，为的无非是一己私欲。

我们对他做过严厉警告，不承想他提出的“查释放犯”，真就挖出了邢星。是巧合还是另有隐情？我们怀疑娄东伟曾去监狱及看守所有意打探释放犯消息，甚至怀疑那部手机就在他手里。但是监狱及看守所反馈，说他没有异常。

对此，关秀山做了进一步调查，并查明，邢星被抓两天前，有个女孩曾找去邢星位于南下河的老家打听邢星的联系方式。女孩声称她是邢星入狱前的女友。就这件事，我们审过邢星。他说入狱前交往过多个女网友，根本不知道找他的女孩是谁。而邢星父母的描述一样有限，无法查实女孩样貌及身份。

此无名女孩是本事件中最大的疑点之一。我们怀疑该女孩跟娄东伟有内在牵连，但无证据。如果怀疑最终被证实，那么骆琪的手机就在娄东伟手中。换句话说，如果无名女孩是娄东伟寻找邢星的棋子，那么邢星打架事件就必然是一出戏。与此相应的是，跟邢星打架的田有为和孙子兵，其实就是娄东伟雇的“托儿”。

如果上述假设及推论成立，同时骆琪的手机里真有爆炸性犯罪证据，那么就不难推断，娄东伟拿到手机后，要么报警，要么去敲诈勒索葛云辉和张进九。他只有这两个选择。如果娄东伟选择了后者，反而会将自己置于极其危险之境地。当然，以娄东伟的智商和职业属性，他必会留有后手，保存备份证据。短期内，其威胁对象不能、也不敢对其实施灭口报复。但时间一长，结果难料。

为证实一系列假设，我们重新控制田有为和孙子兵，想从他们身上打开突破口，结果事与愿违。同时，在违背程序的情形下，我们对娄东伟银行账户，采取了一定的监控措施，未发现有异常资金汇入。

另，葛云辉的私人账户和公司账户，也未发现与境外资金的关联。如果他牵涉对外输出残障儿童（器官）交易，那么推测他应该有海外账户或第三方账户。

基于假设的调查到此为止。

唯一遗憾的是，没有任何理由对娄东伟本人做正面调查。

在此处，我个人再留下一个假设——如果将来娄东伟出事（包括失踪、被杀及车祸等一切非正常死亡），那么它极可能是娄东伟掌握手机秘密的一个有力旁证。作为警察，没人希望通过一个人的非正常死亡去获取真相，给公平正义一个交代，不过事情若真那样发生，那谁也没有办法。

【关于骆琪口头指控的分析】

如骆琪所言属实，并有视频、音频作为证据，那么该案性质势必极其恶劣。在其口头指控及对视频、音频的描述中，星火儿童福利院实际投资人葛云辉长期以来从事违法犯罪活动。音频中的林总，显然是器官获取方。葛云辉所言，“多年来，我从没这么操作过”——这里的操作，显然是借用张进九养猪场地下室，进行非法器官摘取手术。器官摘取对象为骆琪的孩子康康。那么，葛云辉惯常的操作是什么？是依托福利院和非法代孕，收集残障儿童，及非法代孕弃婴，并通过未知渠道从国外寻找客户，再通过合法领养手续将残障儿童输出到需求者手中。

该犯罪形式闻所未闻。在缺乏直接指向性证据的前提下，难以展开实际调查，甚至难以立案（打印正文旁边的手写补充：事实上，骆琪事件之后，我们从民政部门了解到，星火儿童福利院国外领养者的数量已急遽减少，由其最高峰时期的年领养50余人，迅速减至个位数——该异常现象补录于档案成文一年后）。

依据骆琪口述，张进九养猪场在该事件中的位置，仅仅是第三方非法摘取器官场所，无从推断其是否存在其他犯罪行为。

【最后总结】

该事件调查过程，是本人从警以来，指控性质最为严重，存在假设最多，实际证据最少（甚至为零），疑点突出，却无从下手的唯一一例。基于程序约束，且未找到骆琪手机，未能立案，实为一大遗憾。

该事件调查过程动用了一定的人力物力，但在未立案情形下，该报告或缺乏客观性，并带有强烈个人属性。故决定，该档案原件及副本皆保存于本人办公室资料柜，仅供本单位知情同志借阅。如将来有职务交接或其他变动，资料继续留存，不建议转存市局公共档案室对外开放借阅。

【档案整理人】刘明坤，于2010年3月20日夜。

## （二）

刘明坤档案公开前一周。

张定一带队调查暖气管道被害人娄东伟的社会关系。

伊辉心里记挂着悬案科那几件事，便趁此空闲带王可去小西关，查验一个设想。

关于电子眼破坏案，他找张定一了解案情时，就确定了一个基本逻辑：当年电子眼破坏者的目的，是小西关的三号电子眼。或者说，破坏者的犯罪动机，直接跟三号电子眼相关。

那么具体分析，一个电子眼，究竟能给人带去什么麻烦？最直接的，无非是扣分、罚款。但是实际考量，当年的三号电子眼是管超速的，路旁的限速提示牌白天很显眼，它拍的违章多数发生在夜间。因为当时那一片没装路灯，夜里看不清提示牌。假设一个司机因不熟悉路况，夜里被三号电子眼扣了分，那么司机一定会长记性。也就是说，一个司机被三号电子眼连续“折磨”，反复扣分的概率很低。

退一步，就算有人因三号电子眼连续扣分，致使心里不爽，甚至愤怒，那种情绪有多大可能转换成犯罪冲动，进而实施？这个真不好说，毕竟每个人的性格、经济情况都不一样。但是，张定一当年别的没多做，主要精力一直围绕交管部门，在扣分异常的司机身上，投入了大量人力物力，却一无所获。

张定一当年的笨办法，帮伊辉排除了一个选项。他坚信当年三号电子眼下发生过一个事故。那个事故本身，或后续影响，才是破坏者犯罪的动机。

三号电子眼被破坏前，那儿有没有发生过交通事故？有。查它们是基本程序。张定一当年把三号电子眼附近交管部门记录在案的交通事故都排查了。如有错漏，要么是事故发生久远，连记录都没了；要么是事故太小，压根儿没人报案。事故久远到记录都没了，这一项不予考虑。电子眼案发生在2010年，从那往前数两年，小西关连电子眼都没有。留给伊辉的是一个看似不靠谱的选项——事故太小，压根儿无人报案。

事故太小，何以演变成强烈的犯罪动机？小事故背后，会不会有大故事？有方向，无目标。

伊辉只能用最原始的法子，跟王可一起逐一走访小西关的环卫工。

调查环卫工？王可说了一句他有生以来，最有艺术的话："环卫工跟警察很像，前者从路面缝隙里清理污秽，后者从时间缝隙里挖掘真相。"

环卫工起早贪黑，甚是辛苦。伊辉认为，如果当年三号电子眼附近发生过不起眼的小事故，除了向环卫工打听，再无更好的法子。换而言之，如果打听不到情况，那他也没别的招了。

环卫工全部是小西关的居民，以老年人为主，少有人做够8年。

他们跟居委会要了名单，从里面找到一位"老员工"。

那人年近七旬，眼神还好，腰板也算硬朗，只是耳朵背。

面对那个老人，伊辉突然不知道究竟要问什么。

王可没考虑那么多，给老人递上烟，点上："老爷子，我是警察，找您打听点事。"

老爷子抽一口烟："娃子你说啥？找我买鸟食？"

王可靠过去，提高音量："打听点事。"

老爷子点点头："啥事？"

"您干这行多久了？"

王可重复三遍，老爷子比个手势："9年。"

“8年前……”王可指着不远处的三号电子眼，“那附近，你有没有见到过小事故——交通事故？”

“啥玩意儿？胃疼想吐？”

王可双手用力抓着头皮，挠了半天，大喊：“大爷！是交通事故！”

老爷子明白了：“交通事故啊！那你去问警察啊！”

“大爷！我就是警察！”王可拿出警官证，比画。

“你是警察，那问我干啥？逗我玩啊！”

老爷子烟屁股一丢，跟王可又要一根续上。

王可把整包烟递过去，转身对伊辉说：“颓了！这么整，不行啊！”

伊辉也没招。

吃过午饭，伊辉又冒出来一个想法。他们重新回到居委会，打听离职的环卫工人。具体说，就是2010年前后在职，现在离职的。

要求很简单，满足却有点难。居委会的人说不知道，叫他们去环卫局查。

王可甩出警官证，要求对方配合。

对方很无奈，说环卫工人不归他们管。他们那个名单只是对本辖区内各类就职人员所做的一个义务统计。

得到解释，伊辉和王可前往西城区环卫局。

知悉警察来意，相关负责人打了个哈哈：“别说8年前，两年前的名单也拿不出来。为什么？活儿不好呗！长期干的有不少，短期干的更多，人员流转快。务工名单又不是领导讲话，它随时更新，不可能有那么久远的存档！”

这怎么办？伊辉和王可蹲在环卫局门口，抽闷烟。

他们知道，这种事让张定一来办或许能有所收获。他俩不行，一个顾问，一个小警官，级别不够。或者叫江志鹏出面也行。可是江志鹏肯定不干。作为悬案科科长，江志鹏现在一心盯着娄东伟被害案，压根儿未把那些鸡零狗碎放在心上。

他俩琢磨得很对。想到江志鹏时，江志鹏就给王可来电话了："在哪儿？啥？查电子眼案？吃饱了撑的？张定一扔下的烂摊子，查个屁！赶紧回来，去查娄东伟的社会关系！不要什么线索都落到张定一手里！还有伊大顾问，你们一起去！"

江志鹏一个电话就把他俩一下午的时间预定了。

然而伊辉不死心。第二天，他起了个大早。他赶去小西关，看到环卫工在路边干活儿，便上前攀谈。

昨天已经确认，在职工中仅有一个大爷的工作时长超过8年。他此次来，是打听在职者的前任。他这个新想法有其道理。因为环卫工若是不干了，必然会跟接替者交接，说明白自己的清洁范围。小西关的工人基本都来自附近村子。旧工人跟新的接替者，十有八九本就熟悉，最起码彼此认识。

伊辉这个想法，很快得到了反馈。

小西关范围不大，目前共有7个环卫工。他买了若干早点，一人给一份，并逐一交谈。一早上的工夫，打听到5个老员工的名字，其中有一个比较特殊。

他打听的对象是个六十多岁的大娘，姓刘。

3年前，刘大娘的老伴黄文炳跌倒骨折，无法再从事环卫工作，便由刘大娘接替。刘大娘说，在她接替老伴前，黄文炳干那份工已有六七年时间。

打听一圈下来，总算没白干。尽管无法确定下一步是否有收获，伊辉还是找到居委会。在对方帮助下，他得到4个地址（黄文炳的已经有了），逐一拜访过去。

第一个目标是个五十来岁的妇女，2013年干环卫，3年后辞职，时间对不上。伊辉再问她的工作前任，对方说那位是她邻居的老人，已经去世了。

第二个目标是个空巢老人，独居，2010年就干环卫，3年后离职。

伊辉耐心询问，提的问题很简单：在老人环卫生涯中，有否留意三号电子眼附近的小型事故，比如，汽车刹车压死猫、狗，或货车急刹车致使货物脱落，诸如此类。

他未料到，那位老人头脑异常清晰，竟一语点破，说他是为当年的电子眼破坏案而来。

伊辉大惊，很干脆地承认。

老人说：“那个（电子）眼，的确讨人嫌。不怕你笑话，当年我趁天黑，没少在那根杆子下面撒尿。”

伊辉哈哈大笑。

老人接过伊辉的烟点上：“它被搞之后的一大早，我去上工就知道了。监控杆子都没了，被交警拉走了。杆子下头有金属碎碴儿，估计是被炸断了。”

“没错。炸药藏在检修门里。”

“嗯！后来又竖起来了，连路灯一块儿。路灯一竖，违章就少了，没人嫌它了。你看看，多简单的事嘛！”

伊辉附和。

老人“吧嗒、吧嗒”抽完烟，又拿一根续上：“你说的那些事，肯定有。哪条路上，还不压死个小猫小狗？哪儿没有剐蹭？”

伊辉才要说话，老人一摆手：“我明白，你指的是那种，因为急刹车搞出来的事故，对不对？那个电子眼它限速，你车子80开着，到它那儿就得30。你不提前注意，就得急刹。急刹闹不好，就有小事故。你娃说是不是这个理儿？”

伊辉竖起大拇指：“您老有一套！”

“那当然！老子年轻时干过侦察兵，上过越南战场！”

“牛！”

老人翻了个白眼：“你们早干什么去了？当时一发生，就该围绕车管所搞调查！”

“该查的都查了，没用。”

老人板起脸：“我不是说查违章，是说查监控！”

“那时没有云端。正常监控存储期不够长，未处理的交通违章监控录像除外。2010年往前半年的小事故，监控就查不到。”

老人不懂，也不理会“云端”二字：“这么查就有用？就算我脑子里放电影，有一些印象深刻的小事故，也不记得事故车车号，更不可能记得司机啥样。你说有啥用？”

伊辉沉默，凝视着手中的烟燃尽。他不得不承认，老人说得很对。本质上，他在做无用功。那一刻，他心里有点酸，甚至有点厌烦自己的自以为是。

老人拍着他的肩，仿佛已看透他的心思：“其实，你的方向是对的。那个搞电子眼的人，一定不是因为超速违章。相反，我觉得他就是因为避免违章，急刹减速，弄出来一个什么事。那件事给他带去很恶劣的后果。比如，车里有古董，因为急刹摔碎了。”

伊辉“啧”了一声。老人的比方，比他的比方好多了。

老人点点头：“你得明白一个道理，有些事，即使方法对了也没用。小伙子，散伙吧，别查了。尽了力，问心无愧就好！”

伊辉告别老人，去找下一家——把事情做完吧，他想求个心安。

第三个目标家里没人。邻居说，那位老人在老伴去世后，搬到城里跟孩子住一块儿了。

第四个目标79岁，是那些环卫工里头年纪最大的。那位老人重病在床，稀里糊涂，连自己家人都认不出来。

秋风萧瑟。伊辉心中生出一股难言的失落。

还有最后一个目标，拜访完，就这样结束吗？

他快步走向黄文炳家，中间迅速调整精神状态。他已经空着手见了好几位老人，心里有些过意不去，于是从路边买了两箱鸡蛋。

时近中午，刘大娘已经下工，再次见到这个给她买早餐的年轻人，很是热情。

“小伙子，老头子在里屋。你要打听啥事？”

黄文炳听到动静，牵动门绳把门拽开。他的腿骨折过，已不能下地活动，此刻正倚靠在沙发上听收音机。

伊辉放下鸡蛋，向老头子问好。

刘大娘急忙摆手："你不是公安局的吗？打听事你拿啥东西啊？不要！不要！"

黄文炳人瘫了，声音仍然洪亮："人家拿都拿来了！你再叫人家拿回去？累不累啊！你个老娘儿们，啰唆什么！"

刘大娘一跺脚："死老头子！"

黄文炳不理会刘大娘，拿出烟末和卷纸放在茶几上，隔着门口问伊辉："公安局的？找我有事？"

"打听点事，跟当年那个电子眼相关的。"

"等等，我听完这段书。"

"死老头子！"刘大娘白了一眼老伴儿，问伊辉，"那个电子眼的事，还没完哪？"

"一直没抓到人。"

"哎呀！这都8年了，怕不好办哪！"

"该走的程序还得走，死马当活马医吧。"伊辉有点尴尬。

"你们公安局办不了的事，跟个老头子能打听出什么来？"

伊辉嘿嘿一笑："走访嘛！基础工作。打比方，要是猫、狗会说话，我们也要找它们问一问的。"

听到这个比方，刘大娘把脸一沉。伊辉反应过来，赶紧道歉。

刘大娘说："那就早访啊！8年前出事，也没见个穿制服的来访老头子！"

这时候，黄文炳说话了："那个谁，屋里聊吧！"

伊辉抱着凳子进到里屋。

黄文炳把卷好的纸烟递给伊辉。

"老抠货！来客人你还拿卷烟！"

刘大娘从茶几下摸出一盒玉溪，丢在桌上。

黄文炳朝着老伴儿翻了个白眼。

伊辉掏出自己的烟递给老头子，然后点上纸烟吸了一口："够劲。"

黄文炳得意地笑了。

伊辉问："您老环卫干了多久？"

黄文炳点上伊辉的烟，顺势把烟盒揣兜里："2006年到2015年，将近10年。"

"老环卫！"伊辉凑近对方，"那个电子眼的事，你肯定知道吧！"

老头子点头。

"2010年4月以前，围绕那个电子眼，你有没有印象特别深的事？"

老头子一晃脑袋："那咋说嘛！"

伊辉提醒他："比如车祸什么的，事看起来不大，没报警的。"

老头子闷头抽完一根烟，才道："这么说吧。那一片，急刹车挺多。尤其太阳刚下山，我下工的时候，还有太阳才露头，我上工的时候。一早一晚两头，那块限速30的牌子看不大清。"

伊辉点头："您好好想想，有啥具体的事。咱就随便聊聊，完事我也收工了。"

"具体事……"黄文炳又点起一根烟，"有一回，我亲眼看见一辆拉钢筋的货车，一个急刹，搞得两根钢筋滑出去，差一点就戳到一个人眼里去！好吓人！"

伊辉竖起大拇指："记性真好！还有吗？"

黄文炳扯起嗓子冲着屋外喊："老婆子，那个小盒子，你还记得不？"

刘大娘进屋："什么盒子？"

"化妆盒呗！当年我送给孙女那个！"

"哟！还有脸说！"刘大娘抄起手，往伊辉跟前一坐，"当年，这个老东西从外面捡来个化妆盒，正好碰到孙女考试考得好，就把它送给孩子当奖品。你说，有这么抠门的爷爷吗？"

黄文炳一拍茶几："那一回，我还给孩子买了新书包的！"

伊辉问刘大娘："化妆盒怎么回事？啥时候捡的？"

刘大娘问黄文炳："哪年来着？"

黄文炳挺直上身："2009年，端午节！孙女月考放假，孙子满月，晚上喝的满月酒！你是一脑门糨糊！"

"你记得清，喊我进来做什么？"刘大娘起身走了。

黄文炳烟瘾不小，又从伊辉烟盒里取了一根。

伊辉给他点上火，才问：“盒子从哪儿捡的？事故现场吗？”

黄文炳说起往事：“那天中午，我加班。没办法，总有人不自觉，把粽子叶扔得满处是。我正扫地呢，听到电子眼那儿‘吱’一声。嘿嘿！不用抬头，我就知道是个急刹车。我停下来，点根烟歇会儿，看到一辆出租车驶过电子眼，往前开了一段，慢悠悠停在路边。”

“那辆出租车急刹？是不是追尾？”

“没追尾。它减了速，开出去一段停了车。过了一会儿，司机下来，绕到右侧后座。我看了一会儿，就明白咋回事了。后座上有个年轻女娃，头破了。十有八九是急刹车撞的。司机绕到后座车外，帮女孩处理伤口呢，纸巾就丢在他脚下。车子开走后，我过去打扫，看到纸巾上有血迹。后来，又在不远处看到一个化妆盒。”

“什么样子？”

“圆形，天蓝色，底下有个暗扣，一按就弹开。里面一半是个小镜子，另一半上嵌着很多小方格，那里头的粉粉末末撒了一地。”

伊辉轻叹：“那玩意儿，跟你看到的事故没啥关系吧！”

“说啥呢？怎么就没关系？”老头子一瞪眼，“化妆盒是车上那个女娃的。”

“为什么？”

“外壳上有个大头贴嘛！跟车里女娃一模一样。”

“哦？你离出租车多远？”

“也就十来米。”

“您老眼神还好？”

“废话！当时我就琢磨了，肯定是女娃在车上化妆，结果车子急刹，把那个盒子甩到了车外。”

“没碎？”

“没。”

“为什么？”

“我哪知道？它不是圆的吗？估计它落地后，像直立的硬币那样，滚出去的。”

“您老高见！”

“狗屁！”

“那个化妆盒……还在吗？”

“你说呢？”

伊辉长长地呼出一口气。从昨天到现在，一天半，他就打听到这么一件相对完整的事情。然而不管从什么角度看，他都在做无用功。先前那位干过侦察兵的老者说得没错，有些事即使方法对了也没用。

真相是这个宇宙的一部分，倘若它湮没在所有人视线之外，即为悬案。只能这样了，那就这样吧。

伊辉站起来，把该问的补充完：“那个女孩长啥样？”

“那谁记得？”

“她伤到哪儿了？”

“说过了，头。”

“额头？”

“好像是。”

“严重吗？”

“不知道。”

“司机长啥样？还有印象吗？”

“不知道。”

“车牌号呢？”

黄文炳点上烟，把打火机重重地丢落：“你小子消遣我呢？”

伊辉辞别黄文炳，往回走，路上接到雷家明打来的电话。

雷家明说他今晚过生日，约伊辉去吃饭。

## （三）

雷家明，报社记者，伊辉大学同学，西城公安分局副局长雷霆的儿子。

自“乌鸦案”告破后，雷家明去市局的次数明显变少。在那个案子中，他失去了童年时期的好友白玉城，同时见证了人性中最隐秘、阴暗的部分。那令他对刑案产生了某种排斥情绪，体现在报社工作上，就演变成拒绝利用“雷副局长儿子”的身份去打听各类社会案件的内部信息。换而言之，他现在对案子没那么多兴趣了。

雷家明约伊辉吃饭，少不了叫上王可。

跟雷家明一起的，是其所在报社主编，叫金生水。

金生水四十来岁，脸型方正，戴眼镜，头发梳得整整齐齐，一看就是个做事情严谨的文化人。

饭间闲聊，雷家明这才得知分局搞了个悬案科，专门处理历史遗留的鸡零狗碎问题。

他劝伊辉离开那儿。毕竟伊辉是顾问身份，来去自由。

伊辉不答。

雷家明讥笑他：“‘乌鸦案’结束了，你这种身份悬下去有意思？回原科室吧！泡个妞，该干啥干啥。你也老大不小了！”

伊辉还没说什么，王可先不乐意了：“顾问怎么了？顾问就不能泡妞？”

雷家明顶回去：“滚一边！悬案科再边缘，你也有编制。辉哥有吗？”

王可拍着桌子：“辉哥编制在分局宣传科！咋了？”

主编金生水并不插言，静坐一旁，听几个年轻人扯淡、斗嘴，吃一粒花生酌一口酒，显得异常自在。

伊辉赶紧给那两位敬酒，止息争吵，挑起新话题：“明子，老化肥厂暖气管道里，整出一副尸骨。你知道吗？”

雷家明一愣，随即淡然道：“把人整暖气管道里弄死？手法挺新颖啊！不过也算不上多狠。”

“怎样算狠？”

雷家明挠了挠头：“南大那个，公认的吧！咱们这儿，我知道的也就‘二沈’案。”

雷家明说起“二沈”案，伊辉并不意外：“关于‘二沈’案，我从网上看到过一篇报道，题目是《她们，不仅仅是冷冰冰的被害数字，还曾是怒放的花》。那篇报道当年就是出自你们报社吧！”

一听这个，雷家明顿时来了兴致。

他指着旁边的金生水，抬高嗓门，说：“正主就在眼前！这位就是报道作者、当年我们社头笔、现任主编金生水同志！那篇报道独辟蹊径，十分精彩。当时一发出来，全国媒体纷纷转载！网民点赞无数！牛逼不？”

金生水慢慢放下酒杯：“我说小雷呀！年轻人讲话，可以不带‘逼’的！”

“就牛逼！”雷家明高高仰着头，“大部分媒体写事故、写案子，都是一根筋——正面入手，还原事实，被害人一笔带过，也就是个数字。那个报道角度不一样，它专门写被害人，还原她们的人生，有温度、有思想、有关怀，社会警醒度更强！当年一出来，火得一塌糊涂！只不过，可惜了……”

王可垫话：“可惜啥？”

“‘二沈’搞出13宗血案，杀了12个，只有一个活了下来。那个系列报道呢，计划制作13篇。头篇写的是活下来的那个女人。从第二篇起，就按时间顺序，一个被害人一篇。可惜到最后完成却缺了一篇。”

当年那个系列报道，伊辉和王可都看过。作为读者，他们知道一共12篇，但肯定不会细想策划者的初衷其实是13篇。就算他们知道“二沈”案算上骆琪共有13个被害人，也不会去好奇报道为什么只做12篇。现在听雷家明提起，他们才意识到其中有隐情。

“其实，是纪实文学报道上的遗憾！你们两位土包子，能理解吗？”雷家明扫视着伊辉和王可。

那两位撇了撇嘴，没吱声。

雷家明的领导在座，他们给雷家明留足了面子。

雷家明很满足，继续侃侃而谈："一个客观、完整、具有人文关怀，或者站在意识形态角度，引导社会正能量的纪实文学报道，是可以名留史册的！比如魏巍同志的《谁是最可爱的人》。我们的《她们，不仅仅是冷冰冰的被害数字，还曾是怒放的花》，具有很高的社会责任感，普法和警示效果特别好……"

王可忍不住了："真费劲！到底缺了哪一篇？"

金生水稳坐一旁不吱声，喝一口小酒，就咂一下嘴，样子陶醉极了。

雷家明跟金主编碰了下杯，才说："计划的第七篇，遭到被害人家属强烈反对，坚决不愿报道面向社会，透露被害人隐私。"

"第七篇？"

"别打岔！"雷家明狠狠白了王可一眼，"当时我们金主编据理力争，还找了地方上的领导去做工作，后来又申请了一笔款子给对方。可是谁也想不到，对方收下后，却带着钱去了法院，搞得老金很被动，差点惹上官司。唉！第七篇不能发，就只能把后面的篇章往前移……为此，主编颓了挺长时间。对吧，老金？"

金生水微微一笑："每篇报道都有自己的命数。我颓个啥子？犯不上。"

伊辉和王可皆言："可惜！"

"是的！要知道，当年老金为那个系列报道可是花了太多太多精力。据说光资料就占了半间办公室。就连回到家，老金也是抱着那些女孩的资料睡。那些女孩子的照片，都美得很，惹得主编夫人不高兴，差点闹离婚……"

金生水咳嗽一声："小雷呀！我有点好奇，这段你要是背着我，会怎么说呢？"

雷家明话锋一转："直到今天，那12篇报道，还保存在社里的优质文库首位，供刚来的年轻人学习呢。"

伊辉盯着碗筷呆了片刻，才说："活下来的那个，叫骆琪。"

雷家明接话："报道里化名陈菊花，内容我熟的。"

伊辉说："除了骆琪，还有一位叫金科，也就是把骆琪撞残，又送她入院的人。若不是他撞到骆琪，那女人或许就能跑掉，去报警了……"

"撞了人，送医院，那是基本的担当啊！"王可说，"只是想不到，他和那个骆琪还有后续发展。"

"后续发展？"雷家明生起好奇心。

"档案记载，金科当时是滨海医学院附属医院生殖中心医生，现在干烧烤呢，烧烤摊主是骆琪。我和辉哥亲眼见到，他们在一块儿。"

"无趣！我当什么稀奇事……"雷家明很失望。

金生水听得很认真，却不插话。

过了一会儿，话题告一段落，3个年轻人很快扯起别的。

金生水本来很愉快的，人家聊起别的，他不免失落起来。

他长叹一声，就主导了话题："其实，金科跟骆琪早就认识，他们都曾是滨海医学院的学生。只不过，骆琪读了几个月就退学了。她那段大学生活，警方档案里肯定没有。"

他一开口就成了焦点。

他享受着3位年轻人的目光，点上烟，慢悠悠地抽一口："小雷没说错，当年策划好那个系列报道后，我对'二沈'案所有被害人做过详细的调查了解。13个女孩，包括骆琪，每个人的生活经历都很丰富。做第一篇时，顺带着了解过金科。"

伊辉问："骆琪和金科年龄有差距，他们怎么会认识？"

"他们都在黑瞎子洗浴中心打过工。骆琪家境差，金科当时患有严重的尿毒症，他们都需要钱。"

"哦？你那篇报道可没提他们早就认识的茬儿。"

"金科不让说。报道里，我连他名字都没提，只把他作为撞人又救人的好心人一笔带过。头篇报道的主角是骆琪，否则按他的个性，是不许我把他写进去的！"

雷家明叹息："那还真是巧！两个早就认识的人，一个把另一个撞了，致使沈氏兄弟逃离，不敢留在滨海作恶。”

金生水悠悠吐出烟柱：“冥冥中自有天意。”

伊辉拦住还要接话的雷家明，提出不一样的关注点：“金科什么个性？为什么不许你把他写进去？”

这时候金生水的电话响了。他老婆在电话里发飙，叫他赶紧回去给孩子辅导作业。

金生水挂断电话，对伊辉说：“其实，缺失的那篇报道，正是金科造成的。那篇报道的主角，是金科的妹妹——金兰。”

“什么？金科的妹妹，居然也被‘二沈’给……”伊辉惊讶极了。

金生水重重地点头。

“没想到啊！”伊辉指间翻转着烟卷，思维充分调动起来，“可是，金科为什么那么敏感，既不让你在头篇提他的名字，也不允许你写金兰的事？”

“唉！客观而言，那个系列报道的角度、出发点，都是绝对善意，没有半点‘吃人血馒头’的成分在里面。她们被害了，可她们不是数字！她们都曾是活生生的人啊！而且个个都是一生中最好的年纪！对一个健康的社会来说，这是多么痛的代价！生命越美好，人们对罪恶的谴责也就越强烈！是不是这么个道理？所以我才另辟蹊径去写她们的故事！当时，地方领导做工作，连金科父母都同意的，可他金科就是坚决不从。留下我申请的款子，却又带到法院去给我找麻烦，说我贿赂家属……总之一句话，生怕我暗中把稿子操作出来……我至今也搞不清，他那么坚持到底是为什么。”

雷家明搓着下颌，道：“莫非性格问题，还是说，他难以面对金兰的经历？”

“可能两者都有吧。”金生水说，“问题是，人已经被害了。凶手呢，也毙了。所有被害人家属连死亡都面对了，逃避被害人的过去，还有意义吗？就算不让我写，他放心里面，就能逃避得了吗？”

伊辉问金生水：“金兰的经历，有多不堪？”

“跟其他被害人一样，也是小姐嘛，漂亮，没什么特别之处。”金生水停顿片刻，补充道，“非要说特别的话，有一点倒是与众不同。”

“什么？”

“她一毕业就主动入行做小姐了。那之前，她本是有机会做空姐的。”

“啊？空姐？从空姐到小姐？这反差……为什么？”

“因为一道疤。”

“一道疤？”

金生水看了看表：“金兰毕业前，通过了某航空公司的空姐选拔，在其学校人尽皆知。2009年端午节放假，她延期一周返校时，脸上莫名多了一道疤，空姐也就干不成了。”

“2009年？端午节？脸上多出一道疤？”

伊辉呆呆地望着金生水，手一抖，筷子夹着的肉块落了地。

他立刻联想到，今天在黄文炳那儿打听到的事。

“确切地说，是右侧眉骨受伤。”

“怎么伤的？2009年端午节，她去哪儿了？”

金生水倒扣了杯子，双手一摊：“改天聊吧，家里母老虎等着呢。”

## （四）

当晚回到宿舍，伊辉上网查找当年那个系列报道，找到第一篇，发现里面果然提到骆琪在医学院就读及打工的经历，只不过没写明工作地点，更没提金科曾跟她是同事。整版内容，只是在案发当夜，把金科简化为一个撞人后救人，不逃避责任的好心人而已。此外，报道里还重点描述了骆琪的家庭状况，以及骆行渐冻人的治疗过程。

8年前伊辉刚上大学。作为普通读者，他看过该报道，可惜印象不深，或说关注点在案件本身，根本没注意它里面暗含的细节，更无从知晓报道背后的故事。

看完报道，他去办公楼找张定一。

不出所料，作为娄东伟被害案的实际负责人，张定一果然熬夜值班，虽然那未必有实际意义。

伊辉一进办公室就问："张队，当年'二沈'案的被害人名单有吗？"

张定一愣住："干什么？"

"三两句说不清，就想看看名单。"

"公安部定性结案，凶手枪毙7年多了，看个屁的名单。"

"我没别的意思，就想验证一件事。"

张定一掐灭烟，一张嘴，报出来13个人名。

清晰地听到"金兰"二字后，伊辉才反应过来。敢情作为那个案子的参与者，所有被害人张定一都熟记于心。

背完人名，张定一重新点上烟，问："验证什么？"

伊辉没接茬儿，反问："有档案吗？'二沈'案档案。"

"档案？没有！"

"不能吧？一点没有？"伊辉不死心。

张定一忍着不耐烦："沈氏兄弟不是我们抓的。我们参与只是协助，一切资料最后归档，都得给人家。"

"那个金兰，有印象吗？金科的妹妹。"

"金兰？金科妹妹？"张定一心思都在娄东伟的尸骨上，一时没反应过来。

"就是撞骆琪，又救人的司机。他妹妹叫金兰。"

张定一"哦"了一声，他和伊辉不在一个频道。

"金兰右侧眉骨上，是不是有疤？"

"眉骨？疤？"张定一皱起眉头，"人被'二沈'分尸，碎掉了，那谁知道！"

"算了！"

伊辉再未多说，道谢离开。

张定一挠了挠眼角，没明白那小子到底验证了什么。

第二天一早，伊辉到报社去找金生水。

关于8年前的“二沈”案，警方视角跟金生水截然不同。前者重在案情本身，后者则在案情基础上，重点关注被害人生前个人经历。

正是因为这个区别，当金生水提起金兰的“特别之处”时，才引起了伊辉的警觉。“端午节放假”“眉骨多了一道疤”“空姐变小姐”，这几个描述，让他不得不跟黄文炳讲述的小事故联系在一起。这种联系，是基于巧合的自以为是吗？事实究竟如何？尚需验证。

再有就是，金科当年为何强烈抵触金生水的报道？带着诸多疑问，伊辉在报社门口，等到了金生水。

金主编记性不错，一口叫出伊辉的名字。

伊辉直述来意，说要看看金兰当年的资料。

金主编不解：“只看金兰的？因为昨晚的话题好奇，还是……”

“不是好奇！”伊辉也不藏着掖着，“我怀疑，当年电子眼破坏案的线索，就在你的调查资料里。”

“哟！电子眼破坏案？到现在还悬着吧？”

伊辉点头。

“有意思！”金生水不停眨眼，“那个案子的线索怎么会在我的调查资料里？”

“仅仅是怀疑。”

“那这个事巧了！如果真查到什么，你得好好感谢小雷啊！是他组织了昨晚的饭局！”

伊辉点头：“其实，金兰的经历是既成事实。电子眼破坏案是悬案，警方肯定不会放弃。如果两者真有联系，即使没有昨晚的巧遇，我相信以后也一定会被有心人查出来！”

这是个谦虚的说法。如果没有他对环卫工人的基础调查，那么关于金兰经历的那些调查资料便没有意义。

“有趣！”金生水引着伊辉上楼，边走边问，“看电子版还是纸质资料？资料都在我家储藏室里。电子版嘛，在旧电脑上，整理后相对简略些。”

伊辉选择电子版。

金生水驻足，一拍脑门：“等我上楼打个招呼吧！旧电脑在家里。”

“这样吧！”伊辉抛出来承诺，“如果真查到线索，我把你引荐给西城分局原刑侦大队长江志鹏。如果电子眼案破了，你跟他商量，由你们社做独家报道。”

“你小子倒机灵！”金生水笑了，“到时候再说吧。我们有你们雷局的少爷呢，还怕抢不到独家报道？”

伊辉等了片刻，金生水下来。两人各自开车去相同的目的地。

半小时后，伊辉打开了金兰生前的资料。又一小时后，他从中梳理出如下事实——

1. 2009年3月，金兰体检过关，通过了某航空公司空姐选拔。该选拔参与者上千，通过者仅两人，金兰之外的另一个叫葛菲。

2. 2009年端午节，金兰从A市乘客车到滨海，探望她大哥金科。此条信息来自金兰同宿舍好友关媚。那次金兰出行，是关媚送她上车的。

3. 2009年端午节后一周，金兰返校拍毕业照。同学意外发现其右侧眉骨上方多出来一条形若卧蚕的疤痕。当时疤痕刚刚愈合，异常显眼。几天后，金兰接到航空公司通知，对其进行体检复检，进而被刷下空姐名单（金生水备注：所谓复检，定是有人暗中嫉妒，将金兰新添伤疤之事透露给了校方或招聘方；其结果不言而喻，一道疤毁了一个人的前途；或许此事才是金兰走上失足女之路的直接导火索；换而言之，若无那道疤，她不会成为沈氏兄弟的刀下亡魂）。

4. 2009年夏，金兰毕业后，即前往A市蓝调休闲会所上班（备注：该信息来自警方）。

5. 金兰在会所上班一事，其父母及大哥金科均不知情。她一直声称自己在某广告公司上班。2010年中秋节，金兰未回家过节。金科与之联系不上，遂前往A市寻找，后报案失踪。及至2011年4月，金科从警方处获悉金兰遇害。

6. 金科、金兰兄妹感情很好。金科在（滨海医学院）本科和研究生期间，深受尿毒症折磨，家里经济压力极大。毕业后一年半，即2007年冬，金科无偿得到两个肾。从金科工作单位——滨海医学院附属医院打听到，肾源为骆琪弟弟骆行（金生水备注：骆行10岁患上渐冻症，19岁去世，9年间的巨额治疗费用令骆家变卖包括房产在内的一切，并欠下巨额债务——个人判断，此事跟骆琪做按摩女有直接关系）。据金兰父母反映，金兰在校时曾多次跟他们提到，将来要努力赚钱，帮哥哥金科去回报骆家。

7. 金科换肾一事，是骆琪从中操作，并得到骆琪父亲骆东国、母亲费成芳的默许。由此事追根溯源，了解到金科跟骆琪早有交往。高考后，骆琪在滨海医学院读了3个月后辍学。开学前的暑假及读书期间，她曾在黑瞎子洗浴中心打工，并认识了同在那里打工的金科。骆琪和金科的交往，在滨海医学院是个颇有名的事件，叫“初夜床单”。做该调查时（2011年），医学院内网论坛上还挂着一篇帖子，名字叫《一个尿毒症男人的自白》。那个帖子从2005年冬就挂在那里，说的是骆琪因被一个男生追求，致使男生前女友由嫉生恨，展开报复，拿骆琪在洗浴中心打工一事大做文章，污蔑她在洗浴中心卖淫，进而合成骆琪裸照，甚至雇人发帖，造谣曾买过骆琪的春，等等。骆琪退学的真正原因是家庭的经济状况。退学前，她曾找金科过夜。金科不了解内情，拿着骆琪的初夜床单，到教室为其正名（金生水备注：牵扯到金科的事件，须谨慎操作，若引用，务必先征得本人同意）。

8. 系列报道第一篇所用的资料里提到一个人，也就是在银丰宾馆开房，连续包骆琪一周的熊万里。

伊辉去吃烧烤时，骆琪也提过这个人。在报道里，该人以“老板”代替。关于熊万里的记录，“二沈”案档案里一定有记载，可惜那些档案不在西城分局，伊辉没机会翻看。该细节跟当下调查内容无关，但他还是把“熊万里”三字记在心里。

除上述内容，金生水还去过金兰老家，在那儿拍了很多照片，包括金兰读书时的生活照、毕业证、各类获奖证明，以及她家经济的主要来源——蔬菜大棚。

说起金兰，其父母声泪俱下，说她聪明、懂事，学习、生活很少让家长操心，会主动减少生活费，匀出钱来给金科透析，而且放假回家就进棚干活儿……他们不相信金兰从事的职业，更无法接受她被害的事实。关于金兰的职业，金生水也多次问过为什么，然而金兰父母均沉默以对，金科更是拒绝回答。于是，他才自己挖掘，及至最后成稿，却因金科的阻力无法发表。

伊辉比对金兰的照片，一眼就看出了不同。

金兰毕业证上的照片，紧贴右侧眉骨上方果然有一道明显的疤。相比之下，其毕业前的生活照，脸上却是干干净净，无任何损伤痕迹。

伊辉一张接一张浏览，鼠标突然停住，进而把目标放大。

他眼前是金兰家蔬菜大棚的照片。

他发现，在大棚棚头房（大棚入口处的土制工作间）上方，架着一个监控探头。

“金老师！”他点着屏幕，“农村的保温棚，7年前就时兴装监控吗？”

“不好说。有什么问题吗？”金生水愣了一下，感觉对方的关注点实在太偏。

“没事！”

伊辉征得对方同意，把相关内容传进手机。

金生水笑问：“找到线索了？”

“有待验证。”

镜片下，金生水眼里闪过一道光：“这些细节，没人比我更熟悉。可我还是想不出它们跟当年的电子眼破坏案有什么关系！”

“换作我也想不出啊！”

伊辉顿住话头。他暂时不想透露从黄文炳那儿打听到的事。

然而金生水却紧追不舍：“你意思，金兰那道疤，跟当年小西关的电子眼有关？”

他打开手机网页，搜出来A市到滨海的城际客车，进而补充：“我成年东奔西跑，对交通路线还算熟。A市到滨海的班车，也就是当年金兰的行车路线，进滨海必走昌平路。昌平路进入滨海后的路段，从小西关开始，我们叫民主街。就是说，金兰所乘班车，必经小西关电子眼！”

听到这话，伊辉心里一凛：不对啊！黄文炳提到的事故，明明是一辆出租车。如果出租车里的女孩是金兰，除非客车临时故障，让乘客换乘其他车辆。可是，要想验证这个设想根本不可能。毕竟那是9年前的事，就算找到当年的客车司机也不可能有结果。

念及此，他不禁烦躁起来。他从不因为悬案科的案子小就有抵触情绪。他尽己所能查电子眼破坏案，几乎不消耗分局的资源，眼看终于抓到几条能够关联起来的线索，可是又没法子求证，心态自然浮动。

可是不管怎样，他还是感激金生水，尤其佩服对方的职业操守：以一己之力，挖到那么多素材，还从个人角度尽可能分析金兰等人走上失足女之路的内在原因，而且无私地分享出来。

告别金生水，他回到分局。

悬案科内，王可坐在桌前打电话，核查娄东伟的社会关系，试图从中找到一组或多组矛盾。这种工作状态，跟带队在外风风火火搞调查的张定一形成鲜明对比。江志鹏作为领导，苦着脸端坐一旁，盯着他唯一的手下。

伊辉挠挠头，走到江志鹏跟前：“江队，有线索。”

“什么？”江志鹏激动地跳起来，“关于娄东伟的？什么情况？”

“有待验证。让王可跟我出去查吧！”

江志鹏瞥了一眼王可：“傻坐着干啥？赶紧走！”

王可灰溜溜出门，坐上伊辉的面包车才问：“啥线索？”

伊辉笑了："我不那么说，你能出来？"

"嘿！"王可不满道，"拐骗国家公务人员出街遛弯，你这是犯罪啊！"

"跟我去一趟金兰老家吧！不近，咱得抓紧！"说话间，五菱宏光驶出大门。

"金兰？"王可没反应过来。

"昨晚金生水提到的金兰，这么快就忘了？金科的妹妹，'二沈'案受害人之一。"

"去那儿干什么？"

伊辉不回答，闷头开车，半路找了家广告打印部，做了张贴纸贴在车身上。贴纸上两个大字：回收。

金科家地址是金生水给的，距滨海100多公里。

晌午前，车子抵达目的地。伊辉不休息，直接把车开进村前大棚区。

"叫老子陪你来收菜吗？"王可憋了一路，再也忍不下去了。

"收家电。"

"啥玩意儿？到大棚收家电？"王可伸出手，想摸摸同伴是否发烧。

"金科家蔬菜大棚上有一套监控。咱们以回收家电的名义，把它搞到手。"

"为什么？"

"还是电子眼破坏案。搞到它，才能验证一个设想。"

"叫我来干什么？你自己就办了。"

"你有证件的。我搞不成就换你。"

"什么设想？"王可寻思半天，还是想不出要验证什么。

"办成再解释吧！"伊辉一边开车，一边观察，看哪个棚上有监控。

大棚分列在一条南北向的路两侧，带卷帘的保温棚居多，也有一些拱棚。棚区最南头，有两座相对高端的智能温室。

伊辉转了一圈，只在5座保温棚上看到了监控。智能温室不必说，对内、对外都有监控，那是温室环境监测系统的一部分。以实际情况来说，保温棚上装监控有其必要性。新闻里，每逢冬季，天燥风大之时，常有大棚失火的报道。失火原因各不相同，其中就包括人为因素，比如，菜农之间有矛盾；菜农久欠商户肥料款，引起商户怨恨，愤而点火报复；等等。在这个大趋势下，装监控的大棚自然越来越多了。

伊辉把车停在棚与棚之间的辅路上，心里犯了难。他不知道金兰父母长什么样，也不知道哪个棚是金家的。想来想去，似乎还得打听，可是回收家电，哪有瞎打听的道理？

这时候，王可的作用就体现出来了。

不等伊辉开口，他拿上证件下车，拐出辅路岔道，来到南北主路。

远处，有个老人正蹲在棚头抽烟。时值深秋，老人却穿着短袖，想必是棚内太热的缘故。

王可走上前去，亮出证件，直接探问金科家大棚位置。

老人好奇地看了看王可，站起来指了个方位。

王可道了谢，很快来到金科家大棚前，掏出手机打电话，叫伊辉先别过去。他不想让老人发现他和伊辉是一起的。面包车上可是贴着“回收”标志的。

王可一手举着电话，一手叉腰，装模作样了半天，终于把老人耗进棚内。老人走后，他通知伊辉过去，然后藏进车里，不下来了。

金科家棚头房上的监控仍在，只不过看上去，像是“熄了火”。

伊辉腿跛，走路的样子倒是贴合小商贩身份。

他一进棚头房，就碰见金科的父亲金正罡。

金正罡刚浇完菜，正在换鞋。他身后的小方桌上，摆着监控录像机。录像机上扔着一盒茶叶。

金兰活着的话，今年刚好30岁。金科比她大7岁。然而金兰父亲的状态远超其实际年龄。这个六十来岁的老人，弯腰弓背，眼神浑浊，木然地抽着廉价烟，眼神里没有半点光。

“大伯！”伊辉不确定用敬语是否合适，“棚头的破监控卖不？”

金正罡没言语，专心换鞋。

“我收破烂的，旧电器、乱七八糟的都要。”

金正罡拿出手机看了看时间，起身穿外套。

伊辉见人家不搭理他，学小贩的口气：“不卖拉倒！”说完转身就走。

“多少钱？”

伊辉转回身：“还能用不？”

“不中用了。”

“不中用了？用几年了？”

“有年月了。”

“几年？价不一样的。”

“8年了。”

这个回答很精确，倒不是金正罡记性好，而是有个令他心痛的时间节点摆在那儿——2010年中秋节，金兰在A市失踪，金科报案。监控就是那年4月份装的。

伊辉合计，8年，那就是2010年装的监控，时间上符合设想。

他随口报价：“500。”

“500？拿走吧！”金正罡也就那么一问，不承想一个破监控居然能卖500块。

伊辉戴起一副线手套，借用棚里的梯子，到外面卸下探头，然后取了录像机，一并放进车内。

付钱时，他本想再套问点什么，可又觉得说什么都不合适。

竟然如此顺利，似乎有些意外。伊辉乐呵呵地回到车上，挂挡，离开。

王可听了过程，大叫：“一个不中用的破监控，你给人500？失了智吧！人家回头跟邻居随便一聊，你就露馅了，大哥！”

“露就露吧！反正东西已经到手了。给少了，能这么顺当？”

伊辉这才详述了自己的调查过程。

“还真从环卫工那里挖到了情况？”王可不免惊讶，“你的意思是，出租车里那个受伤的女孩是金兰？”

“不确定。”

“那这个监控又能证明什么？”

“我想检查录像机。”

伊辉说出自己的设想。正如他早先给张定一分析的那样：当年电子眼破坏者的样子，被丽莺超市的户外监控拍到了。于是，破坏者借用一个孩子的手打碎超市玻璃，制造空当，潜入超市，偷走录像机硬盘。那个机会很短暂，破坏者拆装录像机、取硬盘的速度一定要够快。这就要求破坏者手脚麻利，甚至要提前拿录像机拆卸，反复训练。那种训练十分有必要，完全符合人的行为逻辑。不管破坏者是谁，都会预设最坏的结果。一旦因动作太慢，被返回超市的老板娘发现，结果就是坐牢。

在这个思考的基础上，伊辉从金生水当年拍的照片中看到金兰家大棚上的监控，自然而然就想到了金科。如果金兰眉骨上的疤真是因出租急刹导致的，那金科一定怨气满满，有十足的动机去对付三号电子眼。

伊辉怀疑，金兰家大棚上的监控有问题，他要检测录像机里面的指纹……

## （五）

骆琪的麻辣摊位，设在西关最大的城中村——康庄。

伊辉和王可坐在方桌前观察。

不远处，金科就在摊位上照看生意，还时不时地跟骆琪说着什么。他和骆琪的表情都很放松，在外人眼里就是一对情侣。

这一次，伊辉拿到了金科的最新资料。

金科，1981年生，现年37周岁，未婚，2006年夏天研究生毕业后，在滨海医学院附属医院生殖中心实验室工作，2013年升职为实验室副主任，2016年春辞职。辞职原因：薪火生殖医院院长葛云辉因事起诉医学院附属医院生殖中心。金科作为生殖中心实验室主要责任人被医院推出去应诉。应诉后金科主动离职，因起诉无果，无案底。此后的简历便是空白了。

这是伊辉第二次见到葛云辉的名字。上一次接触是在葛承祖失踪档案里。再次见到“葛云辉”三个字，他很自然想起那份儿童失踪档案，紧跟着想起另一个名字：葛菲。

没错。2013年1月4日葛承祖失踪案是江志鹏办的。葛菲是第一个被江志鹏怀疑，也是第一个被排除嫌疑的人。

档案里有她的完整笔录。当年，她为了筹措毒资，在那个雨雪天的下午从学校接走葛承祖，想把弟弟控制在自己手里，进而跟父亲葛云辉要一笔钱。到了居住的城中村康庄后，葛菲去浴池找药腾飞取钥匙，叫葛承祖在“如意馄饨店”门前等着。待她回来时，葛承祖却不见了。江志鹏花两天时间，查找了城中村所有的房子也没找到人。除了人贩子，江志鹏当时还怀疑，可能是在薪火生殖医院做试管婴儿失败的患者带走葛承祖，去报复医院老板葛云辉。为此，江志鹏跟葛云辉要了一份有限的患者名单，逐一调查，但无结果。

说到“葛菲”，伊辉突然想起这个名字他在别处也见过。

对！他很快想起来，金生水调查资料里提到，2009年，跟金兰同期通过空姐选拔的，另一个女孩就叫葛菲。葛菲？这是同一个人吗？好奇之余，他通过档案发现，葛云辉女儿当年的学校果然跟金兰是同一所。进而再向学校了解，证实这个葛菲就是金兰的同期伙伴。只是，令他奇怪的是，不知出于何故，葛菲也没做空姐。

烧烤摊前，服务小妹给伊辉上了烤串和啤酒。伊辉退了啤酒，来到货架前，跟金科要饮料。骆琪手快，拿起两瓶本地汽水。

伊辉摇头，指着金科身后的易拉罐：“可乐。”

金科左手抓起两罐递过去，伊辉故意不接：“多来两罐。”

金科只好用右手取了，一并交给顾客。

伊辉一手两罐，托着罐底回到原位，把可乐放进早备好的塑料袋。随后，他俩简单吃了几口，付钱离开。

任务顺利完成，那几个易拉罐上有金科的全套指纹。

像初次见到伊辉时一样，骆琪盯着他走路的样子，神情有些游离。

“怎么了？”金科察觉到她的异样。

“他们是警察，来过两回了！”

“没事的！”

金科嘴角歪起，轻蔑地一笑……

指纹鉴定还算顺利。录像机本身的硬塑料材质，以及内部的芯片、硬盘等，本就极易沾染指纹，如果不是有意擦拭，上面的指纹可以保存多年。同时，录像机内部布满灰尘，它们好比一层防护膜，对指纹起到了很好的保护作用。

技术人员从录像机体表提取到多组指纹。但是录像机外部开壳螺丝处，以及内部的芯片、线路、硬盘、硬盘插口、塑料内壳等多处位置，最明显的指纹却只有一组，且数量极多。

比对后结论唯一，录像机内部所有明显指纹皆为金科所留。

至于录像机体表的多组指纹，那很好解释。机器从销售到快递、到最终安装，会经过多人之手，当然也包括金科。

这个结果令王可心生佩服。同时，它也使伊辉的推断更进一步：金科极可能就是当年的电子眼破坏者。

然而，录像机和指纹鉴定结果，最多能直接印证金科当年买到录像机后曾频繁拆卸。该种行为显然相当怪异，可是又能证明什么呢？什么也证明不了。何为证据？它和犯罪事实之间存在必然的因果关系。对电子眼破坏案来说，目前的结果，连有力的旁证也算不上。

伊辉把掌握的情况向雷霆做了汇报，并恳请对方给予帮助。

得知挂了8年的电子眼破坏案重启，雷局长颇为兴奋。他慎重考虑后，亲自出面，按照伊辉的设想请求交管部门协调，跟全市的出租汽车公司领导做了一个沟通。

沟通结果是，在接下来的24小时内，市内所有出租汽车公司，都将开一个内容一模一样的会。只不过，为了保证街面上的出租业务不断流，开会时间是错开的。

这天下午，跟其他出租汽车公司一样，发达出租汽车公司的会议室被所有的在班司机挤得满满当当。公司领导祁大奎，正在前台讲话。讲话内容是按雷局长传达的意思拟写的。他背后架着4个高清探头，从不同角度把会议过程记录下来。

祁总把保温杯一蹾，场面立即安静下来。

“今天，我在这里讲一个事情。这个事情呢，是从公安局朋友那里听来的。通过这个事情，传达个什么精神呢？就是说，要消除马虎心理，提高服务意识。那个谁！都把手机放下，关机！信不信老子扣你双倍份子钱？不像话！”

领导扔下狠话，司机们纷纷收起手机，端坐起来。

祁总继续讲：“事情呢，是这个样子的。2009年，端午节那天中午，有个出租车司机拉了个年轻漂亮的女孩。车子经过当年小西关那个电子眼时，司机搞了个急刹车。急刹的事情，公司早就强调过，哪儿哪儿有限速牌，一定要记准喽！脑子里的弦绷起来，提前刹，开稳当！是不是？话说回来，那个司机急刹车的时候，偏偏女孩子正在那里化妆，结果就把头搞破了，右侧眉骨上方，划了一道很深的口子，出了不少血！安静！化妆时急刹，怎么能搞出伤？眉钳了解一下！”

祁总指着自己的眉骨：“这里划一道口子，把乘客送医院缝一下，小事情，对不对？问题是，那个女孩，是个即将毕业的学生，而且通过了航空公司的空姐选拔。空姐，知道什么意思吗？脸上突然多出来一个疤，那空姐就干不成了！”

讲到这儿，话题的新鲜度才凸显出来。司机们议论纷纷。

祁总打开保温杯，喝几口枸杞水，脸色跟着红润起来：“因为一道疤，做不成空姐了，那个女孩子深受打击，想不开，一毕业，干脆就去做了小姐……”

室内气氛沸腾起来。

“从空姐到小姐……这还没完！”祁总大声说，“做小姐就做小姐吧，结果运气又不好！后来，那个女孩子遇上专杀小姐的变态，钱没了，人被杀害碎尸，尸块都泡到浓硫酸里面去……”

话还没说完，会议室就炸了锅。

祁总沉默，给出充分的时间，让大伙释放情绪。

5分钟后，他压压手，总结道：“这就是今天的主题，安全无小事。种子虽小，能长成大树；蝴蝶不大，扇一下翅膀可能酿成飓风。就是说，诸位在日常行车过程中，一定要打起十二分精神，千万不可麻痹大意。你弄出一个小事故，可能就影响别人一辈子！佛教有句话，怎么说来着……”

祁总发散思维，又叨叨了10分钟。

会议一结束，视频就被传到西城公安分局大会议室。

会议室里的大屏幕正在播放，下面坐着5个人。

前排最左边是雷霆，中间二位，一男一女，均是本市有名的微表情专家，江志鹏作为悬案科的头儿，坐在第二排，伊辉坐在后面。

伊辉搞的这些调查，江志鹏一概不知，直到坐在这里他才反应过来，自己那两位手下压根儿没把力气用到娄东伟尸骨案上。他想对伊辉表达不满，可是又不敢多说，毕竟人家把一个8年的悬案搞出来一些眉目。而且显而易见的是，雷局长对悬案很上心。

局长上心，江志鹏就必须上心。

面儿上说，伊辉是他的人，现在搞出来一些眉目，他的腰板也跟着直了。

大屏幕上播放的，是各个出租汽车公司的会议现场。会议内容大同小异，专家关注的，是与会司机的微表情。

以发达出租汽车公司为例，会议现场那4个高清探头只有一个是公司会议室标配，另外3个是雷霆叫人送过去的，用完再换到下一家。那些探头把所有人的脸都拍了进去，无一遗漏。

两位微表情专家神情放松，目光在司机们脸上扫来扫去。这种目标众多，看似无意义的扫描、识别，不比他们经手过的其他案例更烦琐。

还是以发达公司为例。祁总的发言有三个重要的点：一个是说，那个女学生是未来空姐，因眉骨受伤，空姐就干不成了；第二个，说那个女孩子受到打击，去做了小姐；第三个，就是做小姐后被杀害碎尸，尸块泡进浓硫酸里。这三个点，是因果递进关系，都能引起人们的情绪波动，而且越往后，波动就越大。

专家要做的，就是通过快速扫描，分辨出哪位司机的表情不合时宜。什么是不合时宜？处之泰然、害怕、吃惊，这些情绪，以及与之相对的抱臂、握拳、大张着嘴，这些微表情或微动作都属正常；但害怕或者惊讶之后，又出现的多余情绪，比如，紧张、难过，甚至出现悔恨、内疚等，这种自我评价类的情绪，就属不正常。那些多出来的情绪，包括自我评价类情绪，一定会在表情或肢体上有所反应。专家要从视频中分辨、识别那些表情或肢体动作，把相关人物找出来。

这是一次粗略的寻找。不管目标有几个，都会被统计出来，进入下一流程。到时候，专家会亲自叙述另一件惊恐事件，并对他们的微表情或肢体动作，进行分析，得到一个结果。之后，再重新叙述金兰事件，记录下相应的微表情分析结果，跟前一个结果比对。

理论很复杂，预备流程很完善，然而什么也没用到——因为就连江志鹏这样的外行，也从发达公司的会议视频里分辨出一个明显的例外：有个男人听了祁总的讲述，竟默默地流出眼泪。

事实上，这件事是伊辉全力促成的。毕竟他没有足够证据判定黄文炳目击到的事故伤者就是金兰。可是话说回来，要是有证据，那还查个屁？正因为没有证据，才要用一些手段。他向雷霆建议，以出租汽车公司为单位，召集司机开个会，议题是交通安全。内容就讲金兰的故事。

当然，这是个基于假设的故事，但又有一定事实依据，不完全是假设。起初，雷霆不同意。原因很简单，单从程序上来说，他就没那个权力。要办这个事，必须找交管部门领导从中协调。伊辉说，电子眼破坏案挂了8年，交管部门的脸就黑了8年，现在让他们协调，对方一定配合。雷霆觉得有道理，便亲自出面，促成了这个事情。

现在好了，所有的会议视频还没传到位，要找的人就已经找到了。

发达出租汽车公司会议现场，那个哭了的司机叫张从军，今年48岁。这个人肤色偏黑，长相憨厚。面对找上门的警察，他找不到逃避的理由，一口承认他就是当年那位司机。

“2009年端午节那天中午，我拉过那个女孩。她叫金兰。”

“你怎么知道？”

“事后我送她上医院，付了医药费，还往她口袋里塞了500块。付医药费时，从单据上看到了名字。”他的嘴唇发抖，“她……她真被变态给……”

伊辉点头。

张从军双手抱头，胸中一阵接一阵恶心。

伊辉提问，王可记录。

“事情过去这么久，你确定自己没记错？包括名字！”

“我倒希望不是我！”张从军慢慢抬起头，苦笑，“其实那个事情不大，我也早忘了。可是不知道为什么，偏偏时常做梦梦到。”

“梦到那个事故过程？”

张从军摇头：“梦到她像僵尸一样，在我面前跳来跳去……”

“梦是现实的映射。”

“你说得对！当时我帮她处理伤口，用纸巾擦的。我没太当回事，也不理解她当时的状态——纸巾脱手，挂到她嘴边，她不理，也不动，就让纸巾那么挂着，遮住半边脸，样子看起来有点吓人——后来我想明白了，梦里的僵尸形象就是那么来的。”

对方这么一说，伊辉就理解了。一件事被遗忘的前提，是缺少重复，或者缺少刺激。但是，一个印象深刻，或者难以理解的场景，却会被保存在潜意识当中，进而出现在梦里，从而唤醒大脑对事件的记忆，并进行强化。

“说说事件过程吧！”伊辉问，“那天，金兰是从A市坐客车到滨海的，怎么就上了你的出租车？”

张从军叹道：“客车抛锚了呗！”

“原来如此！”

张从军继续说：“当时在我前头有一辆客车，上了不少人，金兰没挤上去。我拉上她以后，车子经过小西关电子眼时，我一个急刹车，她就……”

“你不知道限速？”

“我真不是故意的！再说，我也没注意她在那儿化妆……那天我实在太累了，忘了限速那回事……”张从军苦着脸，“我没法子啊！端午节前一晚，我陪孩子写作业，写到半夜12点！写完了还得检查。查到1点半！”

“睡那么晚，你还出个屁的车！”

“唉！”张从军长叹一声，“凶手抓住了吗？那两个变态！”

“废话！不然你们祁总能开那个会？”伊辉不想隐瞒，那会加大对方的心理负担，“7年前就毙了，你应该看过新闻。只不过新闻里不会提金兰的名字。”

找到张从军，也就坐实了金兰的疤痕来源。正如发达公司祁总所说，那道疤，是金兰落选空姐，走上失足女之路的根本原因。可是，它还是不能直接证明破坏电子眼的人就是金科。

怎么办呢？也许谁也没办法。

那些曾经存在，或可能存在的证据，随着时间的流逝已经湮灭。

伊辉和王可约金科见面，这是他们第一次交锋。

见面地点在西城某小区附近的咖啡馆。金科在那个小区买了套两居室，跟骆琪同居。

王可亮出证件：“我们找你，为的是2010年的电子眼破坏案。”

“我忙得很，有话快说！”金科的性格，似乎跟学生时代有些不同，给出的态度并不那么配合。

“2010年4月4日、4月11日、4月18日，三个周日，三组电子眼被破坏。前两组用的是钢珠枪，第三组用的是土炸药。这个案子听说过吧？”

“知道。问题是你们找我干什么？”

惯常思路，这时候，王可应该叫对方拿出上述3个时间点的不在场证明，可是案发时间久远，这一招已经没有意义。

伊辉说：“找你，因为你有足够的犯罪动机。在这儿谈，是给你一个机会。”

“给我机会？”金科笑了，“我有什么犯罪动机？”

“金兰！”

“闭嘴！”听到妹妹的名字，金科沉下脸来。

见对方激动，伊辉趁热打铁：“还记得金生水吗？当年，金生水把‘二沈’案写成系列报道，计划13篇，单单金兰那一篇发不出来。为什么？因为你死活不同意！你为什么拒绝？很简单，你怕警方从报道里闻出味来，那里面有你的犯罪动机！”

金科一把抓住伊辉的领子：“放屁！我就是不想他报道我妹的隐私！”

“你算了吧！换作是我，也会像你那样干！”伊辉打掉金科的手，“2009年端午节，你妹妹乘坐的客车抛锚，换乘出租车经过小西关电子眼时，司机张从军因睡眠不足，忘了限速要求，急刹车，导致金兰眉骨受伤。你应该比谁都清楚，对吧！当时她正用眉钳整理眉毛。”

伊辉的视线像矛。

金科避开矛头，默默点头。他惊讶万分，实在想不到，事情过去9年了，警方不但能还原金兰出行的细节，而且居然查到了那个出租车司机。当年那个事故发生后，眼见金兰即将丧失空姐名额，情绪跌至低谷，他本想找那个司机替妹妹出气。可惜事发时金兰伤心欲绝，又坐在后座，根本没去查看副驾前面的出租车服务资格证，也没要行车小票（张从军把金兰送到医院时，也没主动给她小票）。找不到司机，他追根溯源，继而把小西关电子眼当作报复目标。

伊辉好像看透了他的心思："你本来的目标是司机，可惜找不到人，才把怨气撒到了电子眼头上！"

金科握起拳头："我的确有那个心思，可惜没那个本事！"

"你不但有本事，而且有耐心！2009年端午节出的事，你的报复行动却拖到2010年4月。中间那么长时间，你做了很充分的准备工作！"

"哼！不明白你说什么！"

"提醒你一下。2010年，你家大棚装了套监控。问题是，监控录像机的开壳螺丝处，以及里面的线路板、芯片、硬盘、硬盘接口等，全是你的指纹！为什么？给我一个合理的解释！"

"指纹？"

金科眼角一抖，立即想起昨晚，眼前这跛子去骆琪摊位上吃烧烤，叫他取饮料的情景。他这才明白过来：怪不得当时骆琪拿了两听饮料这小子不要呢！敢情是为了套我的指纹！

"对！指纹！为什么录像机里面密密麻麻，全是你的指纹？"

金科抿着嘴，微微皱起眉头。他实在没料到，竟然有人从这个角度去查，并且问他这样的问题。这个角度，简直太刁钻了，他根本没有心理准备。就算有，他也没法子回答。

沉默了一会儿，他厉声反问："你凭什么拿我家录像机？"

伊辉抱臂，欣赏对方的窘态："我没拿。我花了500块回收来的。"

金科被逼到死角，无法给出合理解释，只好再次反问："你说说，我为什么要拆录像机？"

"不是拆！是反复拆！"伊辉笑着说，"因为你要熟悉它的构造，要做到最快速度拆开，取走硬盘，再还原。"

"为什么？"

"2010年4月8日凌晨，你在小西关电子眼监控杆检修门内预埋了爆炸物。离开后东行，经过丽莺超市门前马路时，被超市监控拍到了脸。如此一来，你只能设法取走超市的监控硬盘。那之后，你花了3

天时间准备两件事：去超市踩点算一件，买录像机熟悉内部构造算一件。4月11日下午，你让那个孩子，也就是超市邻居银丰宾馆老板的儿子，用你的钢珠枪打碎超市玻璃，调虎离山。你趁老板娘外出抓小孩的空，取走了超市监控硬盘。完美的行动。”

“证据呢？”金科并不想这么反问。他知道如此一问，势必将自己真正置于不利位置。可是就算不这么问，他也已经足够被动了。

伊辉拿出手机，打开视频。视频分两段，皆来自该案的档案存档。

一段是4月11日凌晨二号电子眼被干掉时拍到的：破坏者戴口罩和帽子，步行来到空荡荡的路中间，借着路灯的光亮，用钢珠枪打坏了二号电子眼。破坏者面对电子眼，瞄准，射击，转身离开，动作干净，没有迟疑、没有炫耀，也未做其他挑衅动作。

另一段是4月8日凌晨4点，一个清洁工打扮的男人，骑着辆破旧的蓝色三轮车出现在三号电子眼路段。该人穿清洁工马甲，头戴一个普通的红色网格太阳帽，嘴上遮着口罩，腰板直。此人把三轮车停在路边，垂首走向监控杆。走的过程中有掏口袋的动作，之后为监控盲区。一分半钟后，该人重回监控视野，向东骑车离开。

“这算什么？证据？”看完两段视频，金科佯装镇定，手心里却汗涔涔的。

“瞧瞧这身形、姿态！”伊辉打量着金科，“是不是很像你？”

“那小子太瘦了！”金科伸了个懒腰，站起来，“我接近170斤！”

“我们有你以前的照片。你是近几年发福而已！”

金科撇起嘴角：“还有吗？证据？”

伊辉问：“三号电子眼被破坏当天，你为什么恰巧出现在那条路上，撞到骆琪，又救了骆琪？”

“什么意思？”

“你那晚开车去小西关，无非是欣赏自己的破坏成果！或者说，你担心你那个引爆装置有意外，所以才去现场，确认破坏结果！”

“扯淡！那晚我去清河县跟同学吃饭、唱K，回滨海路过小西关。我同学那里，你可以去调查！”

伊辉笑了：“2010年4月18日晚上的事，过去8年多了！谁能想起来？反倒是你！吃个饭，唱个歌，凭什么记那么清楚？理由很简单。那天，你把三号电子眼给炸了！”

金科的脸“唰”地红了一片。

短暂的交锋时间，这种情况已经出现了两次。他本以为，可以很轻松地应对这种问讯。现在看来，他还是托大了。当初他曾感慨犯罪太难。现在，他对犯罪还是抱着那样的想法。可是，既然有那样的认知，又何必犯罪呢？

不，不能沉默。

他迅速调整心态，故作轻松：“我记性好，有毛病？你这算哪门子证据？”

伊辉笑着说：“我没证据，可我盯上你了啊！”

金科没再说什么，起身匆匆离开。

望着金科的背影，伊辉挠了挠头，心里突然闪出来一个可怕的想法。

他狠狠拍了王可一巴掌，跳起来：“不对头！”

“咋了？”

“前些天，悬案科成立不久，我跟张定一聊过一个假设！”伊辉说，“就是当年那个飞车党案。那晚，张定一带人在三号电子眼那儿蹲点。他很后悔，说那晚哪怕留下一个队员巡逻，也有机会阻止飞车党。那样一来，天杀的‘二沈’就死他手里了！我当时顺着他的逻辑说，要是没有飞车党，那骆琪就不会受伤被撞，就能逃走报警。那样的话，沈氏兄弟当时就被抓了，后面同样没机会再杀人！”

王可恍然大悟：“你是说金科，他也会做那样的假设？”

伊辉点头：“金兰因伤前途被毁。金科一怒，就成了电子眼杀手，但是请注意，2010年他做那些的时候，金兰还活着。2011年4月，‘二沈’被抓后，他才知道金兰被害。你想，那时他会去迁怒谁？单单是被枪毙的沈氏兄弟吗？”

“嘿！他会不会把怒气推到那两个飞车党身上去？”

“对！他撞到骆琪时，飞车党就在他眼前溜走了！金兰死后，他很容易就能想到，如果没有飞车抢劫案，那么骆琪肯定能逃生去报警，从而让‘二沈’在滨海落网！‘二沈’落网，就不能继续杀人。那他妹妹金兰，又怎么会死？”

王可狠狠拍了伊辉一巴掌：“这么说，那两个飞车党，岂不是很危险？或者，已经被金科干掉了？”

伊辉望着窗外：“干掉的前提，是他知道飞车党的身份……”

## （六）

挂了8年的电子眼破坏案，伊辉查了近一周，只固定到一个嫌疑人，不免让领导遗憾。好在这时候娄东伟被害案出现了关键线索。

在娄东伟银行保管箱里的信息指引下，其妻王月梅前往娄家钢厂老宅储藏室“寻宝”，结果什么也没找到，这才跑去公安局报案。

“如果我出事，去老钢厂家属院我父母老房子的储藏室，那儿有两个箱子、一个保险柜。两个箱子里有400万美金，留给你和孩子。保险柜里的东西，交给市局刑侦副支队长刘明坤，密码是652774。”——根据这段信息，张定一从市局现任副支队长关秀山那儿得到一份档案：《关于骆琪指控葛云辉、张进九的初步调查报告》。

拿到档案后，西城公安分局连夜召开分析会。除了代理大队长张定一以及江志鹏的悬案科，关秀山也被邀参会。

不得不说，刘明坤这份手写档案价值极高，不但详尽记录、分析了当年的调查过程，还留下了一个大胆假设——如果将来娄东伟出事（包括失踪、被杀及车祸等一切非正常死亡），那么它极可能是娄东伟掌握手机秘密的一个有力旁证。作为警察，没人希望通过一个人的非正常死亡去获取真相，给公平正义一个交代，不过事情若真那样发生，那谁也没有办法。

会议气氛相当紧张。紧张感全是那份档案带来的。如果娄东伟还活得好好的，没有案子，那么这份档案在观者眼里就只是一份档案——未经证实，悬而未立。但是现在，娄东伟被杀了。这个事实，证明了刘明坤留下的假设，一定程度上反证了档案内容的真实性。那些内容实在太震撼了。也就是说，骆琪指控的真实性不再只是停留在文档本身。她存有证据的手机，很可能就在娄东伟手里，并且给后者带去杀身之祸。

然而，娄东伟一定是因为那个危险的手机被杀的吗？有没有其他可能？

事实是，以目前对娄东伟社会关系的调查结果看，的确没有别的可能。娄东伟本身是刑辩律师，黑白两道都有接触，人际关系复杂，说他因为工作惹上什么人那很正常。可他业务熟练，为人又精明，代理的每一桩案子都明明白白，就算跟某些被代理人有嫌隙，也是经济问题，远远牵扯不到生死地步。更重要的是，娄东伟本人的做法——布局多年，在银行保管箱留下了明确的指向性信息。它像一盏灯，让警方不得不把他的死跟刘明坤手写档案联系到一起。

有了这个逻辑基础，接下来的调查方向也就清晰了。

娄东伟被害案背后牵扯极为隐秘的犯罪交易。

娄家老宅储藏室保险柜里究竟有什么东西？尽管仍无证据，讨论会还是大胆假定了一个前提：保险柜里的东西，就是当年骆琪那个手机，或手机内容备份。

娄东伟生前跟市局前副支队长刘明坤之间，除了刑案代理上的基本业务，要说还有牵扯，就只有当年的骆琪手机事件。这一点，档案上写得明明白白。也正因如此，娄东伟留下的话才如此明确：把保险柜里的东西交给刘明坤。

在这个前提下，葛云辉和张进九浮出水面。他们有足够的动机从娄东伟手中拿回他们的犯罪证据，进而杀人灭口。

具体到娄东伟尸骨案。暖气管道里，留在尸骨旁边的那部对讲机，它的作用也就很明显了。当时凶手一定通过另一部对讲机跟娄东伟通过话。通话目的自然是逼娄东伟说出证据的藏匿地点，这是符合逻辑的。

时隔8年，继刘明坤之后，针对葛云辉和张进九的秘密调查再次展开。

与此同时，另一个嫌疑人骆琪也进入警方视线。因为她同样有动机从娄东伟那里拿回犯罪证据。这时候，伊辉提出骆琪失忆了。当然，他跟其他人一样，都怀疑失忆的真实性。只不过大家另有一个疑问，如果骆琪只是假装失忆，且假设她拿到了存有证据的手机或备份，那么，她为什么不通过匿名手段，把证据交给警方呢？

会后已是深夜。趁大伙吃夜宵的空，伊辉开着面包车驶离分局。车子副驾座位上，摆放着刘明坤手写档案复印件。

十几分钟后，车子开进西城一个旧小区。

伊辉拿上档案，进入一号楼一单元，敲开602房门。

开门的是个老人。他须发皆白，身材消瘦，放在门上的手指关节修长而有力。

这个老人叫陈国华，是伊辉的父亲。他今年62岁，看起来比实际年纪要苍老许多。

伊辉今年26，陈国华62，这对父子不但不同姓，年龄上的差距似乎也比一般的父子要大一些。熟悉他们的人都知道，伊辉是陈国华的养子。

13年前，2005年春天的一个凌晨，伊辉跟着陈国华进了家门。

当时，陈国华后背上背着一个人，那是他的儿子陈名扬。陈名扬刚做完脊柱手术，人处于昏迷状态。

陈国华老婆王红英惊讶极了：儿子出门时好好的，回来怎么就成了这样？除了儿子，这个新来的小家伙又是谁？

陈国华什么也不说，把儿子抱回卧室安顿好，然后下楼去自己的诊所取药。

王红英在百货大楼上班。可是连她那样的普通人也一眼就看出来，儿子的伤很严重，就想打120。

陈国华取药回来，阻止了她。

王红英追问为什么。陈国华被逼急了：“那是枪伤！不能去医院！”

王红英瘫坐在沙发上。

那几年，她早就察觉到陈国华有很多事瞒着她。她不知道陈国华具体干了些什么，但知道一定不是好事。

陈国华本是市人民医院的外科医生，医术不错，只是人有些孤僻，到了科室副主任位置就再也升不上去了。多年前，他收了患者家属强行塞给他的大额红包，然而术后患者出现了严重并发症。患者家属极其不满，把他收红包的事抖给了媒体，致使他被医院开除。那之后，他弄了个小诊所。

陈国华还有个女儿，叫陈素欣，当时已经出嫁。小儿子陈名扬成绩差，高中毕业本想当兵，可是本身患有严重的肾病，陈国华便把他留在诊所，暂时帮忙。王红英很清楚，她家的诊所不是大买卖，糊口还行，赚大钱根本不可能。可是，事实根本不是她想的那样。那两年，陈国华出手越来越大方，不但把家里的大件统统换一遍，还置办了一套新房子，又给儿子弄了一辆桑塔纳，而且每逢假日，便带她出去旅游。

她很纳闷，不停地问陈国华哪儿来的钱。

陈国华不说。

她再追问，陈国华就说，玩彩票赚的。

王红英半信半疑。她了解陈国华的脾气，对方不肯说实话，那怎么问也没用。后来，她偶尔也从儿子嘴里套话，毕竟陈名扬天天跟父亲在一块儿。可是儿子跟父亲一个脾气，而且得了一辆新车，理所当然站在父亲一边，也拿彩票中奖搪塞她。

时间长了，她便不管不问了。

老公和儿子的敷衍加重了王红英的疑心。她面上不问，心却一直悬着，担心那些钱来路不正。即便如此，她也不敢对外人诉说，更不可能跑去公安局请求调查，没有那个道理。

可是2005年那次不一样，儿子怎么就中了枪？

陈国华再想敷衍也不可能，只好粗略说出真相："我给别人做地下手术。"

"天哪！"王红英扶着墙，差点摔倒。她早该想到这一点才对。除了做手术，陈国华还有什么本事？

"名扬有肾病，你不是不知道！去年秋天做的手术，已经治好了！"

"名扬病好了？你居然瞒着我？"

"瞒着你是为你好！"陈国华指着旁边的孩子，"名扬用的就是这孩子哥哥的肾。现在，这孩子又到了他们手里，我能见死不救？"

王红英打量眼前的孩子。他裤脚挽到小腿处，露出里面的纱布，血从纱布透出来，把裤子染红了。只不过，打从进门，那孩子便咬牙忍着，一声也没哼出来。

"你叫什么名字？多大了？"

"我叫伊辉，今年13。"

王红英连忙扶伊辉坐下，高声质问陈国华："你说的'他们'又是谁？"

"不想死，就闭嘴！"陈国华一把推倒王红英，然后把伊辉抱到他儿子床上，做后续救治。

王红英忍无可忍，爬起来就打电话，这次拨的是110。

陈国华冲过去，把手机摔个稀碎，指着王红英大骂："你要把一家人都害死！"

王红英去挠陈国华："儿子都这样了，谁害的？你个不务正业的狗东西！我非报警不可！"

陈国华低下头去："求求你……儿子已经这样了，我也心疼。这是两颗子弹才换来的局面。你要是报警，他们还会报复的！我帮他们做了几年黑手术……那都是些亡命徒！把他们一次性抓尽，警察办不到的！"

王红英不知道事情细节，只能暂时压下冲动，进屋照顾儿子。

那之后没多久，陈国华两口子就离婚了。王红英搬走，住进陈国华那套新房子。陈名扬一直不醒，就留在老宅，由陈国华照顾。王红英呢，每逢节假日，才去探望。

伊辉伤快好时，陈国华找来一副手铐，要把他锁起来。

接下去，陈国华要面对一段暗无天日的生活——在那套老房子里，一间卧室给昏迷不醒的陈名扬，一间卧室用来禁锢伊辉。他只能这么做，才能换来所有人的平安。至于这种见不得人的生活会持续多久，他不知道。他只知道，一切都是自己利欲熏心、做地下手术的代价！

面对那副手铐，小小年纪的伊辉早就想通了事情的利害。

他说："叔，你不用锁我，我不会跑的！"

陈国华说："我不是什么好人，救你就是一时冲动！我没办法，非锁你不可，这是我跟那帮人的协议。你要是跑了，肯定报警，我全家都没好。你别怨我，也别吵闹。为了救你，我已经搭上了我儿子！两枪……我真怕了，不敢拿全家的命当儿戏！我儿子半死不活，醒不了，你瘸了一条腿，但是起码还活着。"

伊辉说："不管怎样，我的命是你救的。你想想，那晚我明明已经跑了，听到枪声为什么又回去？你救了我，你和你儿子却落到人家手里，我不忍心。他们有把握。他们敢放你，就断定你会履行承诺，控制我的自由，不敢放我走。我明白这里头的道道，用大人的话说，叫博弈。我不会骗你的！我不跑，不能再让你全家陷入死地。所以，你不用锁我！"

听了伊辉的哀求，陈国华思忖良久，摇头，还是把他锁了起来。

他不可能去相信一个孩子，更不可能冒险。

伊辉被锁当天，张进九去了。

他看了看伊辉的状态，告诉陈国华，把人那么锁着不是长久之计，他很不放心。他逼陈国华动手把孩子弄残，那样好歹人活着，也圆了陈国华救人报恩的心愿。

陈国华下不去手，说会想出更好的法子来。他早就想过，把伊辉弄到农村去。可是那样一来，他就得把陈名扬一起带过去。农村偏僻、人少，似乎比城里更安全，实际上却不一定。村民热情、嘴碎、爱串门，一不小心，囚禁伊辉的事就会暴露。那让他一直拿不定主意。

张进九给他3天时间，拿出更好的办法，否则就得把伊辉弄残废。

光这么锁着还不行？3天，这可怎么办？陈国华急得脸上冒油。

好在，48小时后，那孩子的一番话让他看到了希望。

那时，伊辉单手铐在床头栏杆上，人能下地，吃喝全在床边，解手用痰盂。为了安全，陈国华挪动书架，把窗口给堵上了。可他没想到，伊辉居然从床底下扒拉出一个哑铃。那玩意儿是陈名扬以前健身玩的，丢在床下，早就生了锈。

那天，陈国华进屋拿痰盂，正碰见伊辉单手举哑铃。

“叔！他们放过我，让你带我回来，只有一个目的，就是让你关着我。换而言之，我不跑就行。可是，你觉得这么锁着我，有用吗？”伊辉把哑铃丢落地面，重重地砸出一声响，“尽管我伤还没好，尽管这里是六楼顶层，可我只要在合适的时间，用这玩意儿持续砸地面，下面的人就能听到。他们听到就会来找你，接着你会搪塞，然后把哑铃收走。可是，那之后，我还可以在相同的时间用脚制造噪音……除非你把我的脚砍了。这件事，噪音大小不重要。重点是相同时间、相同地点，以及哑铃的强噪音，给开了一个好头。时间长了，外人一定会发现我的。你懂吗？”

陈国华冒出冷汗。

“你救了我，却多出来一个大麻烦。要想一劳永逸，除非把我弄死，或者换个更合适、更安全的地方……你有那样的地方吗？要想省事，让我安安稳稳待在这儿，最好的法子还是给我做思想工作，叫我明白事情的利害。毕竟，那两枪摆在那里，我亲眼看见了，还挨了一枪。对不对？你看，哑铃我玩两天了，可我并没那么做！而且，上次我就说过了，我明白这里头的利害关系，答应不跑了。你为什么还要冒险，锁着我呢？”

陈国华盯着地板，心想，对啊！这孩子要是想跑，早就制造噪音了！我怎么把这茬儿给忘了？

很快，他解除手铐，让伊辉恢复自由。那也使他的内心真正安稳下来。

后来，陈国华找到张进九，把哑铃事件说了。

还说，他已经跟孩子达成了一致意见。接着，他出钱，让张进九办了一套领养手续。相关手续上，盖着星火儿童福利院的印章。至于张进九找谁办的，他不得而知。有了手续，伊辉就成了他名义上的养子，只不过名字没改。至此，他生活里唯一的麻烦，是对某些特定的亲戚解释陈名扬为何瘫痪不醒。只是人情冷暖，没人真正关心，所以那也算不上大麻烦，毕竟陈名扬一早就有严重的肾病。

在伊辉老家派出所档案里，他是失踪儿童，且备注失踪的原因是下河游泳。那个原因，在派出所民警及其家人概念里就是淹死了，没找到尸体，所以根本没人找他。

如果他仅仅是失踪状态，跟下河游泳无关，那么他的名字填到陈国华的户口本上后，就有可能被网络寻人的户籍警注意到，毕竟信息都是联网的，除非他改名。可惜事实并不是那样。退一步，就算网警寻人，可他失踪时还不到13岁，家人没给他办身份证。没有证件信息，户籍警网络搜索就不好办。因此，其家人一直不知道他的下落，更没想过他还好端端地活着……

伊辉是个乐天的人。只是谁也想不到，他轻轻松松的外表下藏着一个很深的秘密。他想念亲人，更想念他已经去世的哥哥伊震。

他永远忘不了那件事——伊震跟同学偷偷下河游泳。同学淹了水，伊震没救到，就上岸，拦住一辆过路车求助，结果被人塞进车里带走了——那是陈国华当年从张进九手下打听来的细节。可惜，当年他跟家人一样，都傻傻地以为伊震也淹了水。伊震失踪后很多天，他依然不死心，经常悄悄下河想打捞尸体。结果自己也被一辆车给带到了滨海燕来村的养猪场里……

事情不可能就那么过去，他想报仇。

他对陈国华的感情很复杂。后者因为救他，搭上陈名扬半条命，可他哥哥伊震的肾，明明就在陈名扬身上，而且，人就死在陈国华的手术刀下。

陈国华有罪，可又不全是他的错，他只是一个赚黑钱的地下医生。

真正的罪魁祸首是张进九那帮人。

伊辉被救后，曾多次跟陈国华讨论：要是报警结果究竟会怎样？

陈国华坦陈心迹。他跟着张进九干了3年，赚的全是黑心钱。不久前，他在养猪场地下室采样去配型，发现伊辉是伊震弟弟后极为震惊，心情很矛盾。他不忍心伊辉的下场跟伊震一样，想救人，可又担心后果。权衡再三，还是拿不定主意，他便把实情告诉了儿子陈名扬。陈名扬年轻气盛，得知自己所换肾脏的来源，支持父亲救人。

有了儿子的支持，陈国华才下定决心。他偷偷配了钥匙，把伊辉从小黑屋里放出来，藏进汽车后备厢。他知道事情很快就会败露。他原来的想法，是把人带走后，再跟张进九和和气气地谈判，用钱把事情摆平。至于把孩子带走后怎么安顿，他还没考虑那么远。可是，伊辉刚进后备厢就被人家发现了。他万万没想到，在那种情况下，张进九直接开枪，打残了陈名扬。伊辉听到枪声返回后，张进九又打伤了伊辉。

他对伊辉说，陈名扬成了植物人，就是报应。事到如今，他不在乎自己坐牢，只怕连累家人。要是报警，张进九被抓，肯定被枪毙，问题是张进九背后的人，警方未必就能查出来。到时候，肯定会招来那个“隐形人”的残酷报复。

年幼的伊辉很惊讶：“张进九不是老大？真正的老大又是谁？”

陈国华还原了一个场景。张进九打了那两枪之后，伊辉和陈名扬都疼昏过去。陈国华跪地求饶，讲明了救人的缘由，最终放出狠话，要么3个人一起走，要么3个人一起死。他威胁张进九，说他不相信，要是死掉3个人，养猪场还能安安稳稳地开下去！

开了枪，冲动过后，张进九一时没了决断，便远远走开，去打了一个电话。打完电话回来，张进九这才给出解决方案，说人可以带走，条件是陈国华禁锢伊辉，总之决不能让孩子自由。将来，不管陈国华还是孩子，敢出卖养猪场，陈国华全家都得死。那个解决方式，相比于当场干掉伊辉和陈国华父子要温和许多。温和而不失安全，能省很多麻烦，反衬出决策者的大局观。

正是张进九去打电话的情节，陈国华才判断出来：养猪场真正的老板另有其人。

伊辉就问："该怎么办才能不连累你，又能把那帮人弄进去？"

陈国华说："要么警方自己查出来，要么别人举报，总之跟咱们无关就行。"

小小的伊辉，终于理顺了事情背后的逻辑。

可是谁会举报猪场呢？

5年以后，那样的事情终于发生了。

2010年2月末，张进九突然找到陈国华，告诉他养猪场关门，生意结束，全员平安着陆，然后再次警告他，嘴巴要把好门。

生意结束了？陈国华很意外。

过了一阵，他悄悄跑到燕来村，发现养猪场真没了，取而代之的是一个新地基，听说那儿要建果汁厂。

张进九洗手不干，对陈国华来说是好事，能大大减轻他的心理负担。可是，他又觉得事情没那么简单，怀疑背后另有隐情。

他回家琢磨了几天，又重返燕来村，以猪贩子的身份找到燕来村村支书燕长平，向对方套话。

燕长平是个局外人，不隐瞒事实，也不多讲，只说养猪场的确关门了。

陈国华一脸焦急："咋就突然关张了呢！也不打个招呼！不厚道啊！养猪场老板，还拿着我几十头猪的定金呢！"

"定金？那就是张进九不对了！"

燕长平建议陈国华电话联系张进九，把定金要回来。

陈国华表演很到位："张老板关机了！"

"关机？"燕长平也是个实在人，话匣子打开，"他搬得很急。

听说那些猪都寄放在一个福利院的后院里，叫什么来着？”

他想了半天也没想起来，只记得福利院老板姓葛。他建议陈国华去市局，找警察打听葛老板联系方式，然后用猪顶定金。

陈国华很疑惑：“这里头，咋还有警察的事？”

燕长平娓娓道来：“2月底，有个女的来村里找孩子，找了一天没找到。到了晚上，她不知道怎么，就爬墙进了养猪场，第二天就领着警察来了。”

“女人找孩子，怎么还找到养猪场去了？”

燕长平挠挠后脑勺：“好像是说，她孩子叫俩外国人领养了。那孩子身上有个定位手表。她定位，发现孩子就在俺们村。”

“那警察来干啥？”

“那女人说，养猪场里有违法犯罪活动……具体咋回事，我也不清楚。”

“哎呀！张老板搞违法犯罪？警察查到啥了吗？”

燕长平摇头：“警察来了好几趟，还在村东头找到一块表，就是那女人孩子的定位手表。后来又叫我们村委配合，去查了养猪场看门的老杨家，也不知道要查些啥。再往后，就没动静了。”

陈国华拉着燕长平，又聊了一会儿。可惜对方反反复复，除了这些碎片化的描述，说不出更多内情，他只好带着重重疑问离开燕来村。

回到家，他把打听到的情形对伊辉讲了。

2010年的伊辉已经18岁了，思维相当活跃。

听陈国华说完，他立即提出来一堆问题：

“那女人进养猪场发现了什么？

“如果她发现了地下室的秘密，进而报警，张进九为什么没被抓？

“如果她什么也没发现，张进九为什么突然关门、消失？

“如果她发现了地下室的秘密，又怎么可能平平安安从那儿离开？

“如果她什么也没发现，警察为什么去调查，甚至查了看门人老杨的家？老杨家里有什么？”

这些问题，陈国华一个也回答不了。他只能断定，养猪场一定出事了。

他一心盼望着，警方借由那个女人的报案深入查下去，直到把张进九挖出来。那样一来，他就算坐牢也心甘情愿，毕竟事情是那个女人引发的，跟他没半点关系。然而等来等去，他始终等不到张进九出事的消息。

伊辉明白：张进九没出事，要么因为那女人的举报在警方那儿根本就没立案，要么因为立了案，但一条像样的证据也没有。但是不管怎样，市局一定有一份跟那女人相关的调查档案。

怎么就没立案呢，或者没有线索？他无比渴望亲眼看到那份档案，搞清楚当年究竟发生了什么。

大学毕业后，他进了西关公安分局宣传科，当一名小干事。借着工作上的便利，他曾多次前往市局公共档案室寻找，但始终找不到那份档案。后来以顾问身份进入“乌鸦案”专案组后，他还曾跟当时的大队长江志鹏谈起，说对市局的档案感兴趣。江志鹏当时曾夸下海口，说伊辉想看什么档案他都能搞到，可是并未兑现。

那时的伊辉，不可能知道，他心心念念找寻的档案，一直躺在市局副支队长办公室的私人资料柜里面。

养猪场关门，张进九消失后，陈国华开始没日没夜地喝酒。除了麻醉自己，他无以解脱。直到伊辉悄悄以顾问身份参与办案，他才重新振作起来，鼓励伊辉找到档案，弄清真相。

从陈名扬被打成植物人那天算起，13年来，他一直恪守一条原则：不出卖别人。同时他又坚守一个信念：不放过张进九。

他希望当年那个女人的案子能够重启。

骆琪举报事件8年后的这一天，他的愿望终于要实现了。只不过他并不知道，骆琪跟他不一样。那女人憎恨的人，是葛云辉。

刘明坤手写档案公开后的深夜，伊辉冲上六楼，敲开陈国华的家门，手里紧紧捏着档案复印件：“大大，那份东西找到了……”

# 第十一章　天网恢恢

## （一）

2015年12月24日晚，娄东伟下班未回家。

12月26日，其妻王月梅报警后，警方在西城老化肥厂东门外夜市找到娄东伟的车。很明显，娄东伟的被害时间就在24日晚—26日之间。

根据这一条，再加上刘明坤手写档案的公开，张定一把葛云辉“请”到了分局。

葛云辉早已不再年轻。他今年53岁，两鬓的白头发很明显，好在眼神依然明亮，带给人的感觉也颇为平和。他的薪火生殖医院最近已处于半停业状态，如有合适的接收者，福利院也打算转让出去。用他的话说，他打算提前退休，享受生活。

53岁的葛云辉，是一个4岁孩子的父亲。

2013年春，葛承祖失踪后，他和山下纯子又有了一个男孩。他给孩子取了一个普普通通的名字，叫葛常顺，希望儿子将来平安顺遂。

实际上，葛常顺的到来，颇费了一番波折。

当年葛承祖失踪后，他一方面配合警方找孩子，另一方面说服老婆，做最坏打算。所谓最坏打算，就是做好儿子找不回来的心理准备，努力备孕，再要一个孩子。

那年，葛云辉已经48了，山下纯子小他6岁。不管从什么角度讲，他们那样的大龄夫妇，再孕的机会都小得可怜。可是葛云辉不服。他身体很好，山下纯子常年保养，也没什么恶习。他搞了十来年的生殖医院，比谁都清楚那里面的道道。他觉得以当时的生殖技术，他们还是有机会的。

熟悉他的人都对他那个想法不以为怪。毕竟当年，他前妻关秀娥为了他要儿子的念想打过多次胎。关秀娥死后，他好不容易有了葛承祖，结果失踪了。亲友都理解并支持他。反过来，即便他没有再生的念头，恐怕亲友也会给予他那样的建议。

念头产生后，他立即付诸行动，制订了适合他们两口子的备孕计划。从运动、睡眠、饮食，到中医调养，以及必做的检查，等等，方方面面，搞出一套科学方案，严谨执行。

精心调养3个月后，葛云辉订好机票，计划跟山下纯子去日本做试管婴儿。他有生殖医院，为什么还要到国外做？主要原因是山下纯子有遗传病。

当前成熟的试管婴儿技术分三代，前两代，分别解决女性因素或男性因素导致的不孕不育问题。第三代则是从生物遗传学角度，使用植入前胚胎遗传学诊断（PGD）和植入前胚胎遗传学筛查（PGS），对胚胎进行筛选，阻断特定遗传病定向子代传递，有限减少复发性流产和反复种植失败的概率，从而达到优生优育目的。对有遗传病的夫妇来说，它是最好的选择。

2013年时，国内能做第三代试管婴儿的医院不算多。比较起来，周边国家当中，日本和泰国的产业相对成熟，很多有需求的患者会选择出国去做。葛云辉呢，肯定选择去日本，毕竟那儿是他老婆的故乡。

这个事情操作起来有点麻烦。试管婴儿能否成功，主要取决于山下纯子的卵子质量。以她42岁的年纪，卵巢衰退是必然的。即便通过药物能促排出卵子，葛云辉也不可能让她生孩子。高龄产妇风险太大，这就要用到代孕。所以，事情是分两步走的。葛云辉夫妇先去日本，在医院做出胚胎后，再安排代妈去日本移植。完事后，葛云辉夫妇跟代妈3个人一同回国。代妈的事是葛战辉偷偷操作的。葛云辉呢，只负责面试代妈，各方面条件都不错他才同意。这些事，去日本之前就要安排好。

天有不测风云。葛云辉订好机票那天，市局缉毒大队的人突然出现在星火儿童福利院，把山下纯子带走了，还从院长办公室的文件柜里搜出一大包冰毒，重约40克。

这是怎么回事呢？起因在葛菲身上。那年1月，葛承祖失踪后，葛菲是第一嫌疑人。调查时，她主动承认自己“溜冰”，结果又被送进戒毒所。就在葛云辉订机票时，在戒毒所里的葛菲突然找到管教，说先前给她提供冰毒的是她后妈山下纯子。戒毒所把这个消息汇报给了市局缉毒大队。

如果葛菲反映属实，那么山下纯子就有贩毒嫌疑了，这可不是个小事情。办公室搜出的冰毒印证了葛菲的举报，山下纯子被警方带走。

辛辛苦苦调养几个月，赴日本做试管婴儿在即，却突然发生这么个事情，而且事情的起因又是自己的女儿，葛云辉气得把牙都咬碎了。

回想起来，自打关秀娥出事，葛菲就没有消停过，一出又一出，不断地给葛云辉制造麻烦：初中公开谈恋爱，故意把收到的情书放在显眼处，叫葛云辉看到；高中抽烟、打架，整个一问题少女；高考时，无视葛云辉叫她考医学院的安排，故意缺考一门，去了A市的艺校；艺校毕业前通过了航空公司选拔，却跟着药腾飞学会吸毒，还整仙人跳，差点进去，空姐的事也黄了；艺校一毕业，就被葛云辉送进戒毒所，自己制造机会逃走；逃走后，葛云辉又出钱又找关系，把小西关的旧宅收拾出来，叫她在家戒毒，结果她又逃走，临走前还把房子租出去，赚了一笔房租。

说起葛菲租房的事，就更让人唏嘘。你把房子租给谁不好，偏偏租给了沈长海、沈长河那一对要人命的家伙。当然，那事也不怨葛菲，她可没有前后眼。只能说，她要是不从旧居逃走，或者逃走时不出租房子，她家的旧居里就不会发生惨案——但那也不能阻止“二沈”的恶意，他们还会租别处的房子，继续犯罪。

山下纯子被警方带走后，第一件事就是做血检。可是做出来的结果令警方意外：她的血液里没有检出吸食毒品的证据。接着，警方向她追问毒品来源。

整个调查过程，山下纯子一直处于茫然状态。她说自己从没买过毒品，更不知道办公室里那包货是哪儿来的。

警方再审葛菲。葛菲一口咬定，她的毒品就是山下纯子提供的。

山下纯子无奈极了，这才告诉警方，葛承祖失踪前一个月内，葛菲曾多次去福利院找她要钱。葛菲要钱，除了买毒品还能干什么？她知道，葛菲不会找葛云辉要钱，就算要也要不到，这才在她身上打起主意。可是葛云辉早就对家里人交代过，包括他弟弟葛战辉，但凡葛菲去要钱，谁也别给，给了，就是变相鼓励吸毒。面对找上门的葛菲，山下纯子很为难，给钱不行，不给又说不过去，于是每次只给三五百块，把人打发走。

山下纯子的意思很明显，只不过她没有明说——她办公室那包毒品只能是葛菲放的。至于葛菲为什么那么做，她解释不了。但是回想起来，她至少明白了一件事，葛菲当时去福利院并不是真的找她要钱，因为那包毒品的价值就不低。也许葛菲的目的就是把毒品藏在那里。

逻辑上，警方赞同山下纯子，然而事实是另一回事——那包毒品上，清清楚楚留有山下纯子的指纹，再无其他。

指纹就是证据，山下纯子因此被拘留，等待深入调查。

葛云辉没闲着。他请娄东伟代理此案，随后去戒毒所见葛菲，忍无可忍之下，动手打了她。那一耳光，丝毫没有改变葛菲的供述：她吸食的毒品就是山下纯子提供的。

对葛云辉两口子来说，时间非常重要。山下纯子被拘留，出国做试管婴儿的行程就得延期。可是他们已经花了好几个月精心调养身体。要是拖下去，调养的成果也就白费了。等案子调查清楚，他们又得花几个月，从头再来。但是，他们的年纪实在拖不起了。越拖，试管婴儿成功率就越小。

娄东伟办事很有效率。在案子有结果之前，他先把市局缉毒大队搞定了。

他不否认证据的真实性，可是那个证据显然是孤立的。换句话说，出入福利院院长办公室的任何人，都有机会搞到山下纯子的指纹，然后把指纹留在那包毒品上。缉毒大队也这么认为，只是没有证据去支撑这个结论。在这个基础上，娄东伟给山下纯子办了取保候审，把人捞了出来。

人是出来了，可是有个前提，在案情明朗前不得离开滨海，更不能离境。这个前提符合取保候审的法律规范。

这样一来，葛云辉又为难了。不能离境，那试管婴儿怎么做?

他和山下纯子商量来商量去，决定改变计划，先在本市做一回。

滨海医学院附属医院生殖中心是本市唯一一家能做第三代试管婴儿的医疗机构。他们迫不得已，只能去那儿做。做，就有成功的可能，至少不浪费那几个月的调养成果；如果失败，那也是几个月之后的事了，到那时案子查清了，还可以出国再做。

然而，滨海医学院附属医院是公立医院，去做全套试管婴儿，其生殖中心绝对不敢违法代孕，这又是一个难题。

怎么办呢?葛云辉想了一个办法：老婆取卵，就在自己的薪火生殖医院做。然后，花钱疏通关系，以薪火生殖医院的名义向滨海医学院附属医院生殖中心请求技术支持，把卵子和精子一起送过去，让对方代为合成受精卵，并进行胚胎的相关筛查。筛查之后的移植代孕环节，再回到自家医院暗中进行。

这是个迫不得已的法子，违法，有风险，但名义上说得过去。好在葛云辉凭借多年关系，把技术支持的环节搞定了。

2013年5月—9月，山下纯子在薪火生殖医院，以月为间隔，分阶段促排3次，共排出十来颗卵子。卵子被送去医学院生殖中心后，医生从中优选出6颗M2（按卵子质量划分等级，达到M2级别的卵子才具备受精能力）级别的成熟卵子，跟目标精子（葛云辉的精子）成功受精。6颗受精卵，最终有4颗卵裂成胚胎。

以山下纯子当时的年龄，从调整到促排折腾了大半年，能得到4个胚胎，已经算是非常理想的结果。接下来，还有一步关键程序要走，即技术支持环节：利用PGD和PGS遗传学技术，诊断、筛选胚胎。四分之一的概率，只要有一颗胚胎无遗传病基因，葛云辉就可以回家烧香拜祖宗了。

这时候，葛云辉对技术支持提供方提出附加筛选要求：他想要儿子。

技术提供方委婉拒绝。原因无他，胚胎数少，既要保证筛选出健康的，又要保证是男孩，这两项难以同时满足。

葛云辉十分不满。要是不保证生男孩，这么折腾有什么意义？好在筛选完，人家悄悄告诉他，选出来的那个就是男性胚胎，只是谁也不保证那么一个独苗胚胎植入后能活。

有健康的男性胚胎就行，剩下的环节跟公立医院无关，葛云辉立即安排代孕。代孕的事，他当然找自家兄弟葛战辉。

事实上，由于2010年骆琪举报事件，葛战辉的薪火健康咨询中心被查封了，他不但交了一大笔罚款，还进去蹲了两年。出来后，他忍着欲火（利用非法卖卵、代孕搞女孩），不敢重操旧业，极不情愿地回到辉煌物流公司，做他的法人代表。然而，代孕的事难不住他，更何况那是自家兄弟的事。他在那个领域混得够久，门路多。远的不说，近的，他以前公司那位老部下“猴子”，在其公司被查封后就自立门户，搞了一家相同性质的公司，地点还在当年的康庄。

2013年10月底，优选出的那枚胚胎送回到薪火生殖医院的实验室，先是被培养成囊胚，而后悄悄植入代妈体内，并顺利着床。

收到消息的那刻，山下纯子喜极而泣。

虽说在滨海做试管婴儿并非其本愿，而且过程也不是一帆风顺，所幸结果是好的。从医学角度讲，可说是一个不大不小的奇迹。因为就算是比她年轻十几岁的患者，做试管婴儿也不一定一次成功。年轻的人失败了，还有重来的机会。她呢？她的机会实在小得可怜，所以她才连续促排3次。她知道，一旦失败，以葛云辉的脾气，就算取用其他女人的卵子，也一定会再要一个男孩。可是那样的话，她就不是孩子的亲妈了。

试管婴儿成功后，又一个好消息传来：葛菲终于承认，那包毒品跟山下纯子无关。

葛菲说，东西是她故意藏在那里的。上面的指纹也是她粘上去的。

粘指纹的方法非常简单：她取走山下纯子的水杯，密封进塑料袋，快递给网上联系到的“手艺人”。对方把杯子上的指纹提取下来，做成指模发给她。

那40克冰毒，是葛菲分多次购买，辛辛苦苦攒起来的。

她说，当时去找山下纯子，目的就是要生活费。她和药腾飞一直住在康庄，没正经收入，有点钱就买冰毒，生活质量极差。那段时间，她手里攒下一批货，也就是那40克，藏在枕头里。药腾飞知道她有货，问不出来，就到处翻找。她不想拿出来共享，于是偷偷把东西从枕头里转移出来，藏在身上。可是把货藏在身上也不安全，怎么办呢？去福利院要钱时，她突然冒出来一个念头，临时把货放进了山下纯子办公室的文件柜里，并且出于一时的恶意，把货的包装清理干净，然后粘上了山下纯子的指纹。那样一来，即使日后因别人发现而举报，也不能证明那包东西是她的。

藏东西时，她坦承自己还有一个恶念，想把冰毒拿出来一点，撒进办公室的饮水机里。她对后妈没什么感情。如果那么做了，山下纯子就被动吸毒，将来上了道，她再去就不是要零花钱了，可以直接要货。那个恶念很有吸引力。可她最终还是忍住，没下手。没下手的原因，不是为山下纯子考虑，而是她担心，万一福利院里的其他人喝下院长办公室饮水机里的水，被动吸毒范围扩大，不好收场。

既然藏得好好的，她为什么要把货抖出来，还拿它冤枉山下纯子呢？

葛菲说，货藏好没一个月，她弟弟葛承祖就出事了，她第一时间被警方扣住。后来嫌疑解脱，她却被送进戒毒所。在戒毒所那几个月，她一直惦记那包东西。其间，她奶奶曾去看望她，还告诉她，她爸和她后妈近期要去日本做什么三代试管婴儿，再要一个孩子。

葛菲一听就恼了。她对葛云辉的怨念由来已久。当年，她妈妈怎么死的？那次去日本，不就是商量腹中胎儿的去留问题？当初关秀娥为满足葛云辉要男孩的愿望，打过多次胎，要是不去日本，怎么会出事？妈妈没了，葛云辉娶到一个有钱的日本娘儿们，这才有了葛承祖。现在葛承祖才失踪，这就又要孩子！这他妈算什么事？

葛菲说，她之所以牺牲那包货，嫁祸给后妈，就是为了阻止葛云辉两口子去日本要孩子。她一如既往，贯彻着给父亲制造麻烦的原则，只是没想到人家留在滨海也能做三代试管婴儿，而且成功了……

交代真相不久，葛菲突然又做了一件匪夷所思的事。

她用碎玻璃割腕，被戒毒所的人送到医院，然后借机从医院逃了。

葛云辉知道后半点也不惊讶。对他来说，葛菲老老实实，不作，他反倒觉得惊奇。

十余天后，派出所民警找到葛菲，重新送她回去戒毒。然而一个多月后，戒毒所的女管教意外发现，葛菲竟然怀孕了。

人在戒毒所里，怎么可能怀孕？那只能说明葛菲从医院逃跑后的十多天里，跟什么人发生过性关系。

戒毒所无权干涉她的隐私。

葛云辉问她，那男人是谁。她不说，葛云辉就叫她把孩子打掉。

她拒绝，放言要把孩子生下来。

葛菲想生孩子，戒毒所就没必要再关她。

她光明正大离开戒毒所，回出租屋做起孕妇。

对她来说，那是一件有趣的事——9个月后，葛云辉会给她添个弟弟，同时，她会给葛云辉添个外孙。这两个孩子，年龄最多相差几十天，可是却隔着一个辈分。

然而，葛菲生下一个兼有多指和唇腭裂的残疾男婴，而且是早产。

那一点也不奇怪。从2009年到2013年，她有4年吸毒史。在毒瘾未绝前怀孕，大概率会产下畸形儿。至于那个孩子智力有没有问题，要长大一些才能看出来。

孩子产下没多久，连名字也没起，葛菲就把他丢进了星火儿童福利院。这是个很冷血的做法。也许对她来说，那个孩子最大的使命，就是将她从戒毒所里“解救”出来……

## （二）

当下，西城公安分局，审讯室内。

张定一半点弯也不绕：“葛云辉，我们怀疑你跟娄东伟被杀案有关！”

葛云辉不急不恼：“娄东伟？他不是失踪吗？好几年了吧！死了？”

“还给老子演！”张定一心里暗骂。不过，他嘴上问：“还记得8年前的骆琪举报事件吗？”

葛云辉点头。

“当年骆琪在猪场，用手机拍到了你们的犯罪证据。这对你来说算不上秘密吧？”张定一相信自己说的就是事实，只是尚无证据。

“手机？犯罪证据？”葛云辉不装糊涂，也不做多余解释，而是直指问题核心，“手机在哪儿？我看看？”

张定一拍桌子：“娄东伟当年没给你看过？”

“别闹了，张队！有话跟我律师说吧！”葛云辉掏出烟点上，神态悠闲。

张定一扬了扬手中的文件：“该掌握的，我们都有——当年娄东伟先市局一步，找到偷骆琪手机的贼，那人叫邢星。他委托一个女人去邢星老家，套到地址和联系方式，随后在烧烤摊安排了一场打架戏码，趁乱拿走手机。那之后，他敲了你和张进九多少？”

这段话，除最后一问，全部来自刘明坤手写档案，逻辑上条理分明，不过同样没证据。

葛云辉回答仍然简洁：“听不懂。”

张定一推开椅子站起来：“马上你就懂了！”

葛云辉丢掉烟头：“这到底是审讯，还是问讯？”

张定一不理他，从抽屉里取出王月梅送来的小盒子，打开，露出里面的字条，给葛云辉看了一眼。

葛云辉不明所以。

“听清楚！”张定一一手捏着字条一头，展开，“盒子，是从银行保管箱找到的，娄东伟存了8年。里面没别的，就这张字条。”

“嗯？”葛云辉竖起耳朵，抱起双手垫在颌下。

“还不明白？”张定一微笑，“这是娄东伟留给你的催命符——他的尸骨得到确认后，他老婆才去清理银行账户，进而拿到字条。东西和钱在哪儿，上面写得明明白白。他叫王月梅把钱留下，把东西交给市局的刘明坤。”

“啊！”葛云辉嘴巴半张，全身汗毛瞬间奓起来。

有效果！张定一看得分明，继续快攻：“接下来，是我说，还是你自己说？两者的区别，不用强调了吧？”

银行保管箱、字条信息、王月梅的行为，这些都是真的。然而娄家老宅储藏室里的钱和东西都丢了，根本不在警方手里。可是张定一很有经验，抛给葛云辉部分信息，关键的不说，这就是审讯技巧。他满怀希望，期待对方崩溃，主动交代事实。

葛云辉斜视地面，保持正常的眨眼频率。

几秒后，他把心一横，突然抬起头：“娄东伟给刘明坤留了什么东西？不妨拿出来看看！”

张定一想不到是这个结果。他被人家将了一军，什么也拿不出来。

“拒不配合，是吧？等着！”他牙缝里挤出这么一句狠话，实则是掩饰自己的尴尬。

葛云辉忽然问："张队，娄东伟的被害时间，能否透露一下？"

"2015年平安夜失踪！"这个张定一没必要隐瞒。

"2015年平安夜？"葛云辉凝神沉思。

张定一不屑道："怎么？都过去3年了，你还能整出个不在场证明不成？我这儿不跟你要，你打算自己编？"

"打个电话，不违法吧？"葛云辉掏出手机晃了晃，然后拨出去。

他打给他老婆山下纯子："2015年冬天，咱们带常顺去日本待过一段，对不对？嗯！你看看机票还在不在？"

山下纯子是个精细的女人，有保存票据的习惯。即便如此，十来分钟后，她给葛云辉回电，说，只找到当年从日本返回的机票，去的票没找到。

返回时间是2016年元月中旬。

葛云辉挂断电话，对张定一说："去日本的票没了。不过我肯定，那年的平安夜是在日本过的，我和山下纯子，还有葛常顺，三口都在。我老婆能证明，孩子他姥爷山下正男一家人也能证明！"

张定一使劲搓下颌。他想不到，时隔3年，人家居然真能拿出不在场证明。他伸出一根指头，狠狠地点了点葛云辉，摔门走了。

问讯过程不用复述，伊辉等人在隔壁，通过单面镜看到了。

"就差那么一点！"张定一把食指和拇指捏一块，"其实，不在场证明不重要，他完全可以买凶杀人！"

他这么说有道理，只不过相当于又给自己增加了难度：你怀疑人家买凶杀人，你就得去证明。

伊辉没跟张定一讨论。他快步走出观察室，拦住葛云辉，把他请回审讯室。

"还有事？"葛云辉坐回去，斜视伊辉，他不认识这个跛腿年轻人。

伊辉不打马虎眼："你认识金科吗？"

“金科？”葛云辉重重地哼了一声，“滨海医学院附属医院生殖中心那个无良副主任？”

他语气不善，分明是话里有话。

伊辉追问：“金科的人事档案里记载，你起诉过他。因为什么？”

葛云辉愣了一下，说：“私事。”

“私事？”伊辉搬着凳子，坐到葛云辉对面，“聊聊吧，来都来了！”

“因为我儿子葛常顺！”葛云辉没理由拒绝，“承祖失踪后，我们做试管婴儿，又要了一个孩子。当时是以薪火生殖医院名义，去滨海医学院附属医院寻求的技术支持。怎么说呢？我老婆山下纯子，有家族性遗传病，当年做试管婴儿也是搏一搏，但是只能做三代试管，筛查致病基因。三代试管婴儿技术，本市就那一个医院有资质。这么说，你明白吧？”

伊辉问：“我只是不理解，为什么不直接去医学院附属医院做三代？寻求技术支持不麻烦？”

“那是公立医院。直接去那儿做，不可能搞得定代孕！”

伊辉像小学生一样点头。

葛云辉掏出烟递过去，伊辉不要。

他自己点上，继续说：“那是2013年的事。我老婆以月为间隔，促排了3次，取的卵不多。我花了钱，搞定了技术支持的关系，才把精子和卵子都送去医学院附属医院的生殖中心。接下去的受精过程，以及后续的遗传病基因筛查，那是一整套程序。唉！太难了！好在成功了！可是我们都没想到，常顺生下没两年，就犯了病！”

“犯了病？”

“就是2015年，去日本那次。本来，是陪老婆孩子回去过圣诞的。到那儿没两天，孩子严重气喘。送医院一查，还是我老婆那个老毛病，又遗传上了！”

“懂了！所以你才起诉医学院附属医院生殖中心！”

“很明显啊！他们医院生殖中心，那个遗传病筛查，不靠谱！”

葛云辉狠狠踩灭烟头，“我起诉的对象是医院，医院压根儿不承认技术有问题。后来被我逼急了，他们就把负责遗传筛查的实验室负责人，也就是那个金科，给推到了前头。”

“金科是具体操作人？”

“不一定，但他肯定是把关的。”葛云辉把骨节捏得“咔咔”响，“用法院的话说，基因的事谁也说不准。总之最后起诉无效，那小子却自动辞职了。你说扯淡不？”

哎呀！伊辉心里嘀咕起来：想不到啊！金科跟葛云辉之间居然还有这么紧密的牵扯！

这个牵扯像一道闪电，劈到了他脑门上。

他越想越觉得金科是故意的，故意选择带有致病基因的胚胎。

为什么呢？理由很充分：基于2010年的骆琪举报事件，那女人跟葛云辉之间即使算不上死仇，也是大恨！而金科呢，明显就是骆琪的未婚夫了。那么，他当然就有理由，借工作之便在致病胚胎上做一点文章，去给骆琪解恨。

如果事实真是如此，那么又能反证一件事：骆琪失忆是装出来的。或者说，她确实失忆过，但很快就恢复了。她要是没有过去的记忆，金科也就没理由那么做。

葛云辉见伊辉发呆，悄悄起身想走。

伊辉回过神来：“葛总，你还走不了！”

葛云辉站在原地：“为什么？”

伊辉打算说出自己的疑虑，去试探对方：“还是娄东伟的事！”

“娄东伟？”葛云辉激动起来，“他可是大律师！当年起诉金科，我还想找他帮忙呢！可是怎么也找不到！你们凭什么怀疑我？”

“凭什么？除了我们张队说的那些，还因为你孩子的事，也就是你对金科的起诉。”

“我不明白！”

“别急！”伊辉说，“金科和骆琪的关系，你知道吗？”

葛云辉坐回去：“呵呵！他们读书时就有短暂交往，现在一块搞麻辣烫——起诉金科前，我压根儿不认识他；起诉时，我才把他们的关系搞清楚！”

“那就简单了！”伊辉说，“你有没有想过，金科就是借技术支持的机会，故意给你搞了一个致病胚胎？”

葛云辉反应极快，立马板起脸来：“你想说，骆琪当年对我和张进九的举报是真的，金科那么做，是给她报仇出气？”

“对！”

“那我何必把这件事讲出来？”

“这点事，金科的档案上略有简述。就算你不讲，我们也会去医院调查的！”

“你的联想过于丰富！”葛云辉摊开手，“抛开骆琪的举报是否真实不说，问题是她失忆了，金科从哪里知道那件事？市局？”

伊辉反问：“你怎么知道她失忆的？”

葛云辉苦笑：“沈氏兄弟滨海的老巢是我家老宅！房子是我女儿租出去的，她从中赚了一年房租……2011年，沈氏兄弟被抓后，作为房东，警方找我做过调查。听他们说，我房子里最后一个受害的女人自救活了下来。我就通过警方给她捐了一笔钱。去医院送钱时，我才知道那女人居然是骆琪！呵呵！你说巧不巧？”

“你还给她捐过钱？那还真是有缘！她失忆了，你信？”

“废话！医院诊断能错？”

“她要是早就恢复了呢？”

“那跟我有屁关系！”

伊辉笑了。他觉得，眼前这个男人一定很矛盾。

作为骆琪举报事件的当事人，葛云辉应该比谁都怀疑，金科的所作所为是为骆琪报复他。或者说，他早判断出骆琪失忆是装的，可又不能揭穿。因为一旦揭穿，就等于让金科的行为有了动机，也就等于变相承认，骆琪当年对他的举报都是真实的。

“唉！何必呢！”伊辉叹了口气，“能问几个私人问题吗？”

“随便！”

“葛常顺的代孕，是葛战辉操作的？”

葛云辉默认，进而据理力争：“代孕违法！所以，你们又要抓战辉，对吧？”

“你还知道违法？”

“我们也是被逼的……”

伊辉打断他：“葛承祖有遗传病吗？”

葛云辉摇头：“承祖也是通过做试管婴儿才出生的，2002年，在日本。那时候，三代试管婴儿技术几乎没有应用。不过承祖很幸运，可惜他后来……唉！”

“他的失踪案，我们早晚会解决！”伊辉又问，“2013年，你们为什么要在滨海做三代试管婴儿，还从医学院附属医院寻求技术支持？”

“不是说过了吗？本市就它一家有三代资质。”

“怎么不去国外？”伊辉顿了顿，“我是说，你们要是去国外，就算金科真想害你，他也没机会！”

“刚才说了，我们也是被逼的……”葛云辉按着脑门，一脸痛苦，“当时我们要去日本的，机票都订了。结果葛菲给老子使绊子，没去成！”

“葛菲？你女儿？”

葛云辉点头。

“她给你使什么绊子？”

“你这人，太啰唆了！”

“说说吧！”伊辉挪了挪椅子，说，“反正我不起来，你也走不了！”

葛云辉无奈极了。

“葛菲打小就叛逆，没少给我找麻烦。初中早恋，情书故意摆我桌上；高中抽烟、打架；高考成心缺考一门，就因为我逼她考医学院……”他接了伊辉的烟，点上，在空中用力挥了一下，“唉！太烦！不说那些了！2013年那次最过分！她人在戒毒所，却报案说她吸食的冰毒是山下纯子提供的……缉毒大队顺着她说的去搜，还真就在我老婆办公室文件柜里搜出一包毒品，40克！”

“事实是什么？”

“事实？后来她坦白了，东西是她故意藏在那里的。她有个男朋友，叫药腾飞。她吸毒就是跟那小子学的。当时葛菲东攒西攒，才攒下那包货，藏在枕头里。药腾飞到处搜，她不想给，就把东西转移到了我老婆办公室。她去那里很方便，而且每次还能得到零花钱。”

“那她为什么报案说东西是你老婆的？”

“为的就是阻止我们去日本做试管婴儿，要孩子！”

“也对！她那么一举报，你老婆出行就被限制了，是吧！”伊辉搓着下颌，“你这个女儿，还真是有意思啊！”

葛云辉实在不想继续这个糟心的话题。

可是，伊辉却没有停下的意思，继续问道：“那她为什么打小就那么叛逆呢？”

葛云辉强忍对伊辉的反感：“家家有本难念的经！”

“听说，她当年在A市艺校读书，毕业前通过了空姐选拔，后来怎么就放弃了？”

“她那时候学会了吸毒，当什么空姐！”葛云辉站起来，“到点了！我去幼儿园接孩子，行不行？”

伊辉笑着把椅子挪开，让出路。

葛云辉离开，下一个是骆琪。

骆琪摇着轮椅进入审讯室，金科被挡在外面。

她进房间时，葛云辉刚好出去，跟她擦肩而过。

那一刻，葛云辉冷冷地扫了她一眼。骆琪呢，却冲着葛云辉笑了一下。在她现在的记忆里，这个男人是星火福利院的实际投资人，跟她没什么瓜葛，除了给她捐过一次钱。

正如葛云辉所说——

早在2011年4月，沈氏兄弟被抓后，警方为还原案情曾经去过“二沈”在滨海的窝——那套位于小西关的二层民房，恰好是葛云辉的老宅，只不过把房子租给“二沈”的人是他女儿葛菲而已。葛云辉是房东，警方找他了解过情况。由此，他才得知自家老宅里竟然出过好几宗凶案，只活下来一个，还上了新闻。作为案发地的房东，他以企业家身份，通过警方给活下来的那个赞助了一笔钱。捐钱是好事，警方把他带到医院去。到了那儿，他才意外地发现，活下来的那个女人竟然是自己的“老相识”骆琪。同时，他得知骆琪失忆了。

站在审讯室一旁的金科没搭理葛云辉。

葛云辉铁青着脸，狠狠地瞪了金科一眼。

骆琪的模样跟8年前相差不大，只是双腿明显粗壮了许多，那是久坐不动的结果。

“我们又见面了，你的烧烤不错。”伊辉的开场白带着烟火气。

骆琪点点头：“要调查什么？最好快些。我们还得准备出摊儿的备料呢。”

伊辉盯着她粗壮的腿：“你真站不起来？”

“你什么意思？”

“我是说，你应该做恢复性训练，也许有机会。”

“你怎么知道我没做？”

“你恨金科吗？”伊辉的话题是跳跃的，问题快而密集，充分搅动起被问讯人的脑细胞。

“你可真有意思！是他救了我！”

“是啊！可他也把你撞废了，还有这儿……”

伊辉点了点自己的太阳穴。他指的是骆琪的记忆。

“都是命！”骆琪说了句真心话。

“没错！”伊辉举起文件夹，“娄东伟死了。你知道吗？”

“娄东伟？”骆琪紧皱眉头，看起来很茫然。

“不好意思！”伊辉叹气，“你过去的记忆没有全找回来，我这还真不好问！”

骆琪反倒不服气：“过去的事我都知道。这么多年了，身边的朋友、亲人，一样一样都告诉我了。”

伊辉摇头："康康，还记得吗？"

骆琪点头："我那时候每周去福利院一次，陈姐是知道的。"

"康康去哪儿了？"

"被领养了啊！唉！去了加拿大！"

"那娄东伟呢？"

骆琪摇头。

"这就对了——你和娄东伟的事，对你的朋友、亲人来说是秘密。你失忆了，别人当然没法子告诉你。看来，当年你举报燕来村养猪场的事，你也不记得。"

"养猪场？什么养猪场？"

"行了！那段时间，你请了假，天天跑市局。在你的逻辑里，你那些事，你的朋友都不知道！"伊辉站起来，说，"这样吧！明天你再来一趟，我们要对你做个测谎试验。"

"测谎？为什么？"

"你这个状态，或者说，你表现给我们的状态，没法谈！"伊辉的语气，忽然强硬起来，"但是，娄东伟被杀了。我们怀疑你，这一条是钉死的。所以，警方有权对你采取测谎程序！"

这个意思再明显不过：骆琪的话，他一个字都不信。

王可扔下笔，适时补充："明天同一时间，要么你过来，要么我们去人带你来。别忘了！"

骆琪垂着头沉默了一会儿，忽然说："不用那么麻烦了，现在就测吧！"

伊辉和王可对视，他们都想不到对方这么痛快。

测试过程很简单。测试员根据刘明坤手写档案，整理出一系列跟骆琪相关的事件，逐一提问，然后通过数据观察她的呼吸、血压、脉搏、皮肤湿度等多种生理变化，从而判断她是否撒谎。

植物神经系统功能的变化出卖了骆琪。提问只进行到一半时，她自己突然放弃："别浪费时间了。我的记忆早就恢复了！"

骆琪再次回到审讯室时，金科突然敲门。

他刚回了一趟家，拿来一个文件袋，袋里面是骆琪当年的诊断记录。其中关于记忆的诊断说明有好几份，来自不同医院。有的结论比较含糊，写着逆行性失忆症。最权威的一份，来自滨海人民医院的专家，结论为创伤引起的解离性失忆症，也包括一定的心因性成分。

这就是说，骆琪失忆是真实的。然而结合测谎结果就要换个说法：她曾经失忆，但已经恢复。

那么问题来了，她什么时候恢复的？为什么到现在还在装？

骆琪说："2012年春就恢复了……"

伊辉不解："为什么隐瞒？"

"不是隐瞒，只是没必要告诉外人而已！"骆琪语气很平静，"在你提娄东伟之前，那是我的私事，跟你们不相干。"

"可你还是逼我们启动测谎程序。"

"我只是不想面对自己的过去！"

"好！你有你的道理！"伊辉不再纠缠，切入正题，"当年，你有没有怀疑过，你的手机或相关备份在娄东伟手里？"

骆琪点头："所以娄东伟被害，我就有嫌疑。对吗？"

"你有嫌疑，不过肯定不是你干的。你行动不便，而且体形也不匹配！"伊辉想起老化肥厂西墙上的狗洞，"但是有个人可能帮你干！"

骆琪一笑："你说金科？"

"对！2016年春，他被葛云辉起诉后，从医院辞职。我们看过他的档案，以及他当时的体检资料。那时候的他还很瘦，有作案条件。"

骆琪不知道伊辉的判断依据："瘦？那跟作案有什么关系？"

伊辉没回答，又问："我好奇一件事：2013年，葛云辉两口子本要去日本做试管婴儿，因故没去成。他们被逼无奈，偷偷在自家医院排卵，又花钱走关系，从本市医学院附属医院生殖中心申请技术支持。那是他们唯一的选择，因为该院有三代试管婴儿资质。结果，他们孩子是有了，可是却带着病。没办法，葛云辉他老婆本身是有遗传病的……"

骆琪打断伊辉："你想说什么？"

"我怀疑金科在胚胎遗传学筛选时搞了鬼，最大的可能是，实验室筛选出来的健康胚胎被金科偷偷换掉了！他是实验室副主任，有条件！"

骆琪笑了："那个事情跟我无关！葛云辉当年为此事打过官司，法院没给出结果。你这是要帮他继续打官司？"

伊辉可没心情跟她开玩笑："我们怀疑，金科那么做是为了你。你当年对葛云辉的举报，至今仍然悬在那里！"

"我不明白，那件破事跟娄东伟的案子有什么关系！"骆琪振振有词，"再说，警察都是讲证据的。我说了它跟我无关！要问你就问金科！"

"行！"伊辉打开门，把金科叫进房间，重复刚才的话题。

提到旧事，金科面色坦然："那件事，法院当时是有调查结果的——技术支持嘛！就是技术因素导致的意外。实事求是地说，三代试管婴儿的胚胎基因筛选，从来就不是百分百的！"

"唉！"伊辉搓了搓手，"涉及基因的问题，我们在你面前没有发言权。不过……"

他略一思索，叫骆琪先出去。

"还是为电子眼的事？"金科突然有点坐不住。

"3年前的平安夜和圣诞夜，你做了什么，还有印象吗？"伊辉知道这个问题有点为难人，接着补充，"要是不记得，可以不回答。"

然而，金科仿佛早有准备，指了指他带来的那个病历夹。

"3年前的冬天，骆琪去医院，取她右腿的最后一块钢板，完事后留院观察了好几天。当时，我一直跟她在一起。具体时间，你翻翻病历记录。"

伊辉翻开病历本，在最后一页找到取钢板的记录，时间是2015年12月24日。

“这……”伊辉不甘心地合上病历，追问，“你确定那几天你一直在医院？”

“寸步不离！你可以找当年的护士打听！”

伊辉心说，打听个屁！3年前的事，护士哪能记得？

他叫金科出去，又把骆琪叫进来，重复刚才的问题。

骆琪的回答就具体了一些：“我行动不便，住院的确离不开他。白天还好些，他能抽空歇会儿，难熬的是晚上，他根本没地方睡。我就把病床腾出一半，叫他歇歇。可是病床太窄，躺两个人谁都不舒服，他干脆就起来熬着。没办法，我半夜上厕所，或者滴液换瓶，都得麻烦他……”

伊辉语气生硬：“这么说，你能确定那次入院，金科一直在你身边？”

“确定！他打饭的时间除外。”

跟伊辉一样，隔壁观察室的张定一也很无奈：这也太巧了！3年前圣诞期间，葛云辉带着老婆孩子去了日本，还顺道给孩子葛常顺检查出来遗传病；骆琪呢，由金科陪同去医院取钢板。

娄东伟尸骨案两方面的嫌疑人，居然都能拿出有模有样的不在场证明——这个结果很扯淡，然而却是事实。

张定一亲自去找了山下纯子，拿到葛云辉一家当年从日本返回的旧机票。机票日期是2016年元月中旬。山下纯子说的跟葛云辉一样，他们之所以在日本逗留了那么久，是因为葛常顺突然生病，去医院做了一系列检查，结果查出来遗传病。此外，她还提供了她父亲山下正男在日本的联系方式。

张定一又去滨海医学院附属医院核实情况。

院方说，2013年秋，葛云辉确实以薪火生殖医院单位名义把一组精子和卵子送去那里，寻求胚胎基因筛查的技术支持。合成受精卵之后的技术筛选是10月底做的，筛选流程规范，没有问题。至于两年后，葛常顺检查出来遗传病，实属概率问题带来的意外。葛云辉当年起诉医院，是发了狠的，非要院方交出一个具体的负责人不可。医院无奈，只好把生殖中心实验室具体负责人金科给推了出去。好在法院秉公处理，调查一番，没查出任何问题。但事后，金科还是辞职了。至于葛云辉的违法代孕环节，院方更是毫不知情，因此不承担任何责任。

很快，张定一抓了葛战辉，同时查封了其老部下“猴子”位于康庄的所谓健康咨询公司。

被抓不是第一次了，葛战辉表现得很淡定。

他交代，当年给葛云辉找的代妈叫张文婷，是个年轻女孩。那件事，是他通过“猴子”的公司操作的。

他说，他原来的薪火健康咨询中心早在2010年春天就被查封了，他也被罚了款，还坐了两年牢，如今身上就只剩这一件事，随便警方怎么处理，无所谓。他知道在国内安排移植、代孕，性质更严重，可他非那么做不可，因为那是他哥葛云辉的事。

葛战辉再次被处理。

而那个叫张文婷的代孕女孩，张定一无暇关心。

娄东伟一案，除了葛云辉、骆琪以及金科，还有一个调查对象——张进九。

张定一派人去张进九家，从他老婆柳良玉那儿了解到一个更棘手的情况：早在2011年，张进九就跟柳良玉离了婚，孩子留给老婆，自己办了个新加坡的投资移民手续，在东南亚一带做生意，再也没回来。

同样，除张进九外，养猪场其余3名工作人员（伍强、谢猛、牟云平），分别在几年前以劳务输出的方式离境，至今未归，其家人都联系不上。

警方调取出入境记录，证实了柳良玉的说法。当然，并不能由此排除张进九曾用假护照回国。

可是，在伊辉看来，张进九身材魁梧，根本不符合作案条件。

他坚信自己的判断：老化肥厂西墙那个狗洞，就是那次犯罪的必经之路——身材矮小的娄东伟被同样瘦小的凶手逼迫，从那个洞进入厂区，走向死亡。

判断归判断，案子调查到这里已经卡壳了……

## （三）

西城公安分局调查娄东伟被杀案期间，滨海市局贯彻上级指导意见，搞了一个“净网”行动。顾名思义，净网行动就是整饬网络上的黄色内容，对传播非法内容并从中牟利的个人或组织进行打击。

该行动以网警为中心，对非法内容定位、追踪溯源，以各派出所为行动单位，期限一个月，力度很大。

行动进行到第五天，西城车站派出所挖出一条“大鱼”。

那人叫马传信，33岁，未婚，是个彻彻底底的宅男，也是西城首屈一指的“片源批发商”。他网名叫“动作片搬运工”，有自己的QQ群和微信群。群内成员没有一个普通用户，都是找他拿片的二道贩子。贩子们付费拿资源，再转手传播给其他贩子或个人用户。

懂行的都知道，这一行资源都是打包出售，看似微利，实则收益颇丰，毕竟用户群庞大。近年来，国家对网络环境的监管力度越来越大，在这个背景下，原本那些随处可见的网络资源日渐稀少。相应地，打包出售资源的暗流也就悄然兴起。

警方追查的资源地主要有两个：一个是各种私人网络群，另一个是网店里的片源商。不管是网络群群主还是片源商，他们手里的资源多半是从外网下载的，有时候也从国内网络上捡漏，找资源。总之一句话，这一行的基本资源离不开网络。

但是，马传信是个另类，他的资源基本不来自网络。或者说，他事业中前期的资源积累都不靠网络。

不靠网络靠什么？正如他的网名，靠搬运，而且是物理搬运。

从20岁至今，他干这行足足13年。这小子技校毕业，起初在西关电子城做配电脑的小工，对硬件颇为熟悉。干了一段时间，他从硬件贴吧里学到个门路，去废品收购站“捡宝”。

废品收购站的旧货各式各样，包括老、破、旧电脑。所谓捡宝，就是凭眼力，只看一眼机箱屁股，就能大致判断硬件型号、成色，花一点小钱，把看上的机箱买回去拆分，把能用的硬件挑出来，在网上挂单出售。马传信最初“捡宝”时，网络二手硬件平台很不正规，所以他搞来的硬件多半是低价转售给电子城商贩。

这个“捡宝”，颇有节约资源、重塑废物价值的意思，看起来也就赚点零花钱的事，其实不然。要知道，每个城市任一废品收购站，那都是巨大区域内的破烂集中地。拿旧电脑来说，只要眼光够毒，甚至能发现企业级服务器。那玩意儿硬件配置高端很多，颇能卖一些钱。当然，服务器机箱并不多见，但是，硬件配置较高的学生电脑却很容易找到。尤其每年毕业季，很多大学生的电脑都会处理掉。学生电脑玩游戏多，相对公司或家用娱乐电脑来说，配置普遍较高。那些电脑作为二手或多手被处理后，过一段时间，最终流向还是废品收购站。

马传信捡宝的主要精力就放在这类旧电脑上。

玩了半年多，他忽然开窍，发现除了拆分硬件，电脑里存储的内容竟然也是一块宝地。每搞到一台旧机箱，他就会查看硬盘内容。说到硬盘，就有个区别。有的硬盘已经被原来的机主格式化了，有的则原封不动。

原封不动的这一类硬盘，谈不上有什么吸引人的东西，无非是各种软件、影视剧、游戏，偶尔有黄色视频或图片。马传信会把感兴趣的内容整理到一块大硬盘上，方便自己看。慢慢地，他的注意力又转到了那些格式化的硬盘身上，便找来还原软件恢复硬盘。

随着还原的硬盘越来越多，他总结出一条不严格的规律，那些硬盘上的内容多半比前一类硬盘的精彩。别的不说，不到半年，光各式各样的黄片他就存了好几块移动硬盘。可是，天天看黄片也不是事，那谁顶得住啊！

除了自己看，他还会免费分享给网友。没过多久，一个网友的回复引起了他的注意。那位网友想批量要资源，问他多少钱。

黄片竟然能赚钱？那时他才突然意识到，他要发财了。

从2006年起，马传信的人生目标清晰起来。倒卖资源赚了几千块后，他干脆辞了电子城的工作，每天骑着电动三轮出入滨海五区各大废品回收站，一心一意捡宝。捡宝的“眼力”也变得粗放起来，不再在乎配置，是机箱就要。到手后，第一件事就是拆硬盘找内容，碰到格式化的就还原。找到吸睛资源后，他还会贴心地分类，什么欧美、日系、国内酒店偷拍、多人……分门别类，规整得井井有条。

如此日积月累，搬运的资源越来越多，光移动硬盘就填满了出租屋的整个书架。在出售资源的过程中，他发现，他的收益跟国家对网络的监管力度之间，是正相关关系。监管力度越大，他的买卖就越好……

到2010年时，他单凭出售非法资源就有了几十万存款，那可是除去几年来吃喝拉撒的净收益，比当初在电子城工作好得不要太多。而且他觉得前景会越来越好。实际上，他很清楚一个道理，要想多赚钱，还是得直接面对最广泛的终端用户，不让中间商赚差价。可是那么做风险太高，远比不上藏在背后给贩子们提供资源安全。

安全第一，是马传信秉持的原则。所以直到2018年冬天，他才被警方挖出来。然而谁也没想到，他的落网还带来了意想不到的收获。

面对净网专案组，马传信未做任何无谓抵抗。他搬运、传播非法视频长达13年，从中牟利，严重污染网络环境，刑期短不了。然而审讯结束时，他突然提出要见市局领导，说是有重要情况举报。专案组问他什么事，他只说人命关天，再不开口。

审讯员没办法，就向专案组领导汇报。

领导听到“人命关天”四字，也很纳闷，就把情况反映给了市局刑侦副支队长关秀山。

审讯室里。关秀山表明身份后，马传信的第一句话就是关于立功减刑的问题。

他说：“我手里有一样东西，事关命案，我要是交出来，能不能减刑？”

“事关命案？什么东西？”关秀山不太相信对方的话。

马传信一晃脑袋：“你先说能不能减刑？”

关秀山一拍桌子：“话都没说清，你当这里是菜市场？”

马传信转着眼珠：“不是我卖关子……要是交出东西不减刑，那我干吗交啊？”

“你先说什么东西！如有立功表现，我们肯定如实向法院反映。”关秀山敲着桌面，“但是，千万别耍小聪明，更别想讨价还价！”

“好吧！”马传信琢磨了一会儿，说，“我家储藏室，有个空花盆，带土的，里面埋着两块硬盘。硬盘里的内容对你们一定有用。”

关秀山不再多问，叫人去马传信家取东西。

花盆里那两块硬盘放在一个泡沫盒里，外面裹着厚厚的胶带。

关秀山花了3个小时才把内容浏览完，中间还多次快进。关键内容在后半段。看完时，他浑身发冷，脸色变得煞白。

回到审讯室，关秀山问马传信：“硬盘哪儿来的？”

“看了吗？”

关秀山点头。

马传信说：“硬盘是我的。内容是从一个旧机箱拷出来的。”

“旧机箱呢？”

“也在我家储藏室。”

关秀山急忙叫人再跑一趟，把旧机箱取来。

安排完任务，他再问马传信：“旧机箱哪儿来的？”

“废品市场收的。”

“机主是谁？”

“废品收购站，可不是洗浴中心的储藏柜……”马传信把嘴一撇，“根据视频内容，你应该能找到机主吧？”

“机箱原来的硬盘还有别的内容吗？”

马传信摇头：“它的硬盘被格式化了。那些内容是我还原出来的。”

“什么时候的事？”

“收那个旧机箱吗？2010年。”

“具体点！”

“2010年4月初。再具体，就是我硬盘内容最后的保存时间。”

关秀山用力捶着自己的脑壳。他刚才浏览硬盘内容，没注意它最后的保存时间。他浏览完以后，那个时间自然就被当下时间覆盖了。

“不打紧！”马传信说，“那个旧机箱如果还能用的话，它里面的还原文档也有时间记录。”

关秀山问：“‘二沈’的案子，你了解吗？那对专杀小姐的兄弟。”

“我看过新闻，也浏览过图片，长相，跟硬盘视频里的一模一样。”

“也就是说，你知道视频里的人就是沈氏兄弟？”

“2010年还原视频的时候我肯定不知道啊！一年以后，也就是2011年，那个案子破了，新闻到处都是，一比对我才知道！”

关秀山腮帮子高高鼓起：“这么重要的东西，你为什么不早报案上交？”

马传信翻起了白眼：“我要是早上交，现在还能拿它来立功减刑吗？”

关秀山明白了：这小子是给自己留了个后手啊！人家一早就知道那些视频的重要性，也知道自己干的买卖不保险，于是成心把东西藏起来。不报案，为的就是今天这么个局面。

“你小子……”他用一根指头，狠狠地戳了马传信十几下，“握着这么重要的东西不早报案，你摊上大事了！”

“啊……”马传信急得涨红了脸，“早说啊你……早说，早说我就不交了……”

关秀山走到门口，转身又补充道：“现在拿出来，也比藏着不交好！如果对我们有用，你小子也算立功！”

马传信身子一缩，长舒一口气。

关秀山带着硬盘开车赶往西城公安分局。按规矩说，他是市局副支队长，自己不用动，叫分局那帮人过来就行。可是事关重大，他根本顾不上摆谱。

西城公安分局会议室，大屏幕正在播放视频。关秀山和雷霆坐在头排，表情严肃至极。

马传信所说的旧机箱，其实是一部录像机。那部录像机里插了6块硬盘，每块一个T的容量（正常情况下，录像机最多能放8块硬盘，2010年时，1T算得上中高配）。那6块硬盘的内容被马传信还原后，都转存进他那两块移动硬盘内。视频分辨率为1280×720，这个分辨率对应的摄像头码率为3Mpbs。该分辨率和码率下，录像机工作一小时，消耗硬盘约1.4G，工作一天就33.6G。一个月的话，刚好存满一个T。也就是说，录像机里6块硬盘，最多存储6个月内容不覆盖（注：这只是个粗略算法，未考虑图像帧率、视频格式等。视频格式不同，视频所占空间有区别）。

实际上呢，它的视频有3个视角，这就加大了存储量，原本最多6个月的存储空间，可能只够用两个月，或者不足两个月。

视频中的第一天为2010年2月15日（大年初二）。

视频视角有3个，一个在客厅，一个在卫生间，一个在卧室。

视频里的人是葛云辉的大女儿葛菲（当时分局的人都没见过葛菲，但是看完视频就能判断出来）。

那天早晨，葛菲把两个背包丢在客厅，然后出门。中午前，她带了两个男人回来。

视频自带声音。显然，录像机原本对应的摄像头上有拾音器。

会议室内，除了伊辉，其他人一眼就认出来那两个男人：一个是沈长海，一个是沈长河。

沈氏兄弟看过房间，回到客厅，跟葛菲谈价格。葛菲话不多。租金9000元，押金1000元。年租，一次付清。沈氏兄弟离开，3天后又回来，把钱交给葛菲。

2010年2月18日当天，葛菲搬走，沈氏兄弟住进去。住进房子第二天，那兄弟俩就商量动手。他们在客厅商谈的内容，被监控清晰地记录下来。

一周后，他们买回来一桶浓硫酸。

紧接着，沈长河就在客厅里叫骂：“他娘的！隔壁银丰宾馆边上，今天开了个超市！”

大哥沈长海问：“开超市关咱屁事？”

“你自己瞧瞧去！它二楼墙体上，有个监控探头，能拍到咱家！”

“这才住了一周，难不成这就搬家？那一万块钱不是白瞎了？”

“瞎什么瞎？搬家就退钱啊！”

几天后，沈长河的样子变轻松了：“我跟老板娘打听清楚了，那个监控，半个月一覆盖。”

他们很快商量出结果，不用搬走，把小姐弄来，大不了玩半个月再动手。那时候监控就覆盖了，谁也查不到小姐的最后行踪。

2月底，沈氏兄弟把“‘二沈’系列杀人案”第一个被害人姚娜带回住处。

3月中旬，他们在卫生间内把人碎尸，尸块扔进浓硫酸，并分多次取走姚娜的存款，共3万余元。

姚娜之后，是李秋玲。可惜那是个能挥霍的主，没什么存款，沈长海从她身上只搞到300块。李秋玲本是必死的，后来沈长海改了主意。他考虑自己寻找目标太麻烦，还容易暴露，就把李秋玲留下做帮手，前提是让她杀个小姐。

他和李秋玲的对话很简单：“咱哥们儿，杀的就是小姐！留下你，你就得帮我们找人，杀一个算入伙。是死是活，你自己选！”

李秋玲可不想被化成尸水，立马答应，约来一个姐妹。两周后的4月初，她亲自动手把人干掉了。起初她握着刀，下不去手，沈长河攥着她手腕，帮她下了第一刀。接着，她又约来第二个。视频到此停止，总时长一个半月。

在“二沈”案档案里，李秋玲约来的第二个小姐死于2010年4月19日凌晨。那晚，沈长河当着骆琪的面亲手宰了她。杀完人，他和沈长海一人攥着死者一条腿，把人提起来，头部塞进马桶内控血……

2010年2月—2011年4月，沈氏兄弟辗转5省，作案13宗，滨海是第一站。马传信提供的硬盘还原了“二沈”案第一站的大部分细节。

硬盘内容太长，大部分拖曳浏览，关键处慢放，从下午到深夜才浏览完毕。看完后，会议室里静悄悄的。

视频里的地点是明摆着的，那是葛云辉位于小西关的老宅。

视频之所以拍到那里就没有了，无非两个原因：一个是监控被沈氏兄弟发现了，一个是被其他人关了。

此外还有一个基本事实：“二沈”案告破后，警方去过滨海的第一现场，在那儿没搜到监控设备。那说明相关摄像头早被人取走了。

抛开沉重的心情，大家都在考虑相同的问题：这些视频是谁拍的？或者说，葛云辉老宅里的秘密监控是谁装的？如果当年它被交到警方手里，那么，“二沈”案带给人间的悲剧就能减少很多……

## （四）

第二天天刚亮，葛云辉和葛菲分别被带到分局。

2013年下半年至2014年上半年，葛菲怀孕期间，被迫戒了毒。产下那个残疾儿后，她去某景区做了导游。那时，药腾飞还关在戒毒所。等他出来时，葛菲和他分了手。做导游收入尚可，葛菲又开始吸毒。毒资消耗巨大，收入仅够勉力维持。也许那就是她和药腾飞散伙的原因，她不想过得太窘迫。

她是1989年生人，今年已29岁，没结婚，也没男友，未来一片模糊。

审讯室里，她面对的是关秀山。她不知道关秀山的警衔，不过只看肩章也知道他职位不低。

21年前，关秀娥活着时，她见到关秀山，会甜甜地喊一声小舅。然而这些年不见，时过境迁，虽说他们有血缘关系，可是情感上再不可能像过去那样。

她仔细看了关秀山一眼，很快又把视线移开。这个中年男人的模样轮廓，跟她记忆中的小舅没多大分别，只是看起来特别冷漠。

好吧！冷漠！她跟着坦然了许多，不再纠结怎么去称呼他，也懒得主动开口打招呼。

她把注意力聚到自己身上，继而陷入茫然。她实在不清楚，自己犯了啥事，居然劳烦这种领导级别的人物亲自“接待”她。

关秀山问她：“你父亲在小西关有一套旧宅，对不对？”

葛菲点头。她本想回顶对方，说，我家的事你都知道，何必问我？然而终究忍住了。

“2010年前后，你在那儿住过一段时间？”

葛菲又点头。

“住了多久？”

葛菲摇头。

关秀山不急：“提醒你一下。2010年2月15日，大年初二，你联系了两个人去看房。3天后，他们把房子租了下来。”

“哦！”葛菲想起来了，“住了4个月左右吧，2009年10月中旬搬进去的。”

“你知不知道，那两个租客是什么人？”

“就知道你要问这个！从前警察也问过！”葛菲坦然道，“我又不是神仙，当时不清楚他们是干什么的。2011年，那两个人的事上了新闻我才知道的。”

“哪有大年初二租房子的？当时你就没多想？”

“关我屁事！我就是那时候贴的出租告示呀！”

“你当时才艺校毕业不久，为什么不上班，去那儿住？”

“戒毒！明知故问，有意思吗？”

“戒毒！”关秀山点点头，“现在还吸吗？”

葛菲扭脸望着别处，不吭气。

关秀山心里有数，又问：“当时住得好好的，为什么那么着急搬走？正常人就算换住处，也得把年过完吧！”

“住腻了呗。”

“再给你一次机会！”关秀山微微一笑，“不老实回答，立马送你回戒毒所。”

“你他妈……”葛菲咬牙忍住后半句。

关秀山不恼：“顺便告诉你，你爸也来了。你不说清楚，他也会替你说。但是，进戒毒所他可替不了你！”

“还真是……”葛菲嘟囔了一句，咬着嘴唇说，“房子里有针孔摄像头。”

“哦？”关秀山和做笔录的警察对视了一眼，接着问，“你住进去时不知道？”

葛菲点头。

“那你后来怎么知道的？”

“在那儿憋了一段时间，我当时的男朋友药腾飞去给我送货。第一次是白天，从一楼窗户，偷偷把东西递进我房间。”葛菲撇了撇嘴，“那次我在卧室，才吸完，我奶奶就去敲门，吓了我一大跳。不过我没多想，以为是药腾飞从窗户递东西时被她看到了，然后我就短信嘱咐他，叫他下次半夜来。第二次，夜里拿到东西，才吸了一半，我奶奶又敲门。天亮后，我爸就跑去我房间，假模假样聊天，顺手把东西搜走了。后来还有两回，结果也是一样！”

“所以你就怀疑房间里有监控？”

葛菲点头：“后来我就找。卧室里一个，在床对面插座里；客厅一个，在窗帘顶端一角；洗手间一个，在马桶对面暖气后面。”

“你奶奶怎么回事？”

“她？她是我爸派去照顾我的，实际就是监视我。”

“你们分开住？”

“废话！我住一楼，她二楼。我怀疑，监控显示器就在楼上，但我没机会上去看。她每次下楼都会锁门。”

“也就是说，你爸为了你有一个良好的戒毒环境，把旧宅收拾出来给你戒毒用，可又不放心，于是偷偷装了监控，叫你奶奶监视你。”

“对！就这么个事！”

“你搬走时，你奶奶知道吗？”

“那个春节前几天，我爷爷病了，她没在，有个小保姆定时去做饭。对我来说，那就是机会。所以我才在过年期间急急忙忙贴了租房告示。只是没想到，那么快就有人上门租房！”

“监控的事，你对别人说过吗？包括租你房子那两个人。”

葛菲摇头。

“你为什么不告诉他们？”

葛菲笑了笑：“算是恶作剧吧！我没想那么多！”

“你爸的手机，有没有可能联网即时收看监控？”

“不可能，那方面他不太懂。再说，我奶奶在那儿，他也犯不上操那份心。”

“你有没有再回过老宅？”

“那个案子上了新闻后回去过，摄像头都没了。”

“你觉得摄像头去哪儿了？”

葛菲歪起头：“当年，你们警察去调查现场，难道没发现？”

关秀山挥挥手，示意葛菲可以走了。他嘴巴很严，什么信息也不会透出去。

葛菲来到门外，碰到了葛云辉。父亲在她眼里仿佛外人一般，她看都不看一眼，从他跟前飘过去。

经过观察室时，伊辉拦住了她：“问个私人问题。”

“还有啥事？”葛菲抱起胳膊，样子很不耐烦。

“当年你父亲有了葛常顺时，你是不是也生过一个孩子？”

“警察还管人生孩子？”

“别那么抵触！”伊辉说，“要不是生孩子，你能出戒毒所？”

葛菲蹙眉，道：“有完没完啊？不就是想送我回去戒毒？”

“不是！我只是好奇，那孩子的父亲是谁？”

“无聊！”葛菲绕过伊辉就走。

伊辉紧跟上去，追问：“你明知道毒瘾不戒，生出的小孩大概率不健康，为什么还要生呢？就为了离开戒毒所？”

葛菲没搭理他，溜了。

伊辉挠了挠头，转身进了审讯室。

葛云辉不像他女儿那样极端。他见前面坐着的是关秀山，愣了一下，然后很自然地点了点头，算是跟前小舅子打招呼。

关秀山没反应，往旁边挪了挪椅子，给伊辉腾出地方。他和葛云辉虽说早就没什么关系了，可他还是决定暂时回避一下。

此前，他没见过伊辉，只听说过名字。这次见到，他对伊辉印象很好：这个年轻人，不因为跛就觉得自己低人一等，言谈举止透着一股浑然天成的坦率，给他的感觉就像一阵风——你扔垃圾过去，就会被毫不客气地吹走；你张开双臂，就会得到拥抱。

审讯室的活儿实际不该让顾问参与。可是这些调查，连同上次，都不是正经审讯。这种情况下伊辉参与进来，领导也没意见。最主要是雷副局长对他很信任，俨然已把他当作最得力的属下去用，而不仅仅将他视作一个顾问。

伊辉坐上主位，有模有样地摊开文件：“葛云辉，咱们又见面了。”

“葛菲怎么了？你们找她干什么？”葛云辉一点也不担心自己。

“你应该问，我们这次找你干什么。”

“哼！还不就是娄东伟那点事儿！”

“上次你告诉我，葛菲当年因为吸毒，才把空姐的活儿弄丢了。对吧？”

“是的。怎么了？”

“她毕业后进过戒毒所？”

“进去没多久，自己跑了。我花了些钱，她才不至于被强制弄回去！”

“那之后，你安排她在你家老宅戒毒？”

“那是经过戒毒所同意的。所里还派了人，每周过去检视一次。

叫什么来着？”他想了一会儿，“对！叫侯小芸。”

“那事不归我们管。”伊辉转入正题，“你在那栋房子里，装过什么东西？”

葛云辉愣住：“房子？房子就是翻新，做了装修啊！”

伊辉不说话，静静地盯着他。

“哦！还添了一台跑步机，给葛菲用。你到底什么意思？”

“再想想。除了装修和跑步机，你还装了什么？”

葛云辉不情愿地挪动屁股，半根烟工夫才缓过神来：“噢！你是说监控？”

“想起来了？”

“过去那么久，谁那么快想起来？你既然知道了，干脆明说嘛！”葛云辉解释，“当时，我叫葛菲奶奶去陪她，说实话还有点不放心，就找人装了几个小探头。没别的，就是担心她不自制，趁她奶奶不在或休息时犯老毛病。我上次提过的那个药腾飞，跟她暗中有联系，那个我是清楚的。”

“监视器和录像机都在二楼？”

“是的。她奶奶有事没事瞅一眼。”

“说得合情合理。可是就那么点事儿，用得着那么高的配置？”

“配置？”

“录像机配置。”

“都是从电子城配的，当时也没别的要求，就说最好多做几个视角，人家就给弄了那么一套。配置高，无非想多赚几个钱吧。我不太懂，也不在乎。”

说完，他心里警觉起来：监控那么隐秘的事，警察怎么知道的？还知道录像机的配置？难道是套话？无所谓！幸好老子说的都是实话。

“这么说，葛菲偷偷在卧室‘溜冰’，都是她奶奶看过监控才告诉你的？”

葛云辉点头。

“你没亲眼看过？”

“我不在那儿住，看个屁。”

“你觉得，葛菲突然从那儿搬走是因为什么？”

“因为那一万块钱房租，也图个自由。”葛云辉慢慢说完，忽然琢磨出味来，同时心中放松了少许，“现在看来，应该是她发现了那几个针孔探头，心理上接受不了吧！也就是说，监控的事是葛菲告诉你们的？”

“以前你真以为她不知道？”

“她是我闺女，我琢磨那些有意思？”葛云辉搓着手，再次探问，“所以，是葛菲告诉了你们摄像头的事？问题是，因为这事喊我过来，犯得着吗？”

伊辉就是不透露内情，专心坚持自己的思路：“她搬走后，那套监控去哪儿了？”

葛云辉爽快地说：“我拿走了。”

“什么时候拿的？”

“那年4月初，2010年。”

“记这么清楚？”

葛云辉一笑：“那年3月份，骆琪的恶意举报叫人记忆犹新。”

“当时房子有外人住，你怎么拿的？”

“房子被租出去后，那个临时保姆就通知了葛菲奶奶。当时我很生气，忘了监控的事，有一天从那儿路过，这才想起来。我只是从二楼拿走了显示器和录像机，放在一个纸箱里，别的没动。”

“当时租客在吗？”

“在的。所以我才不方便拆一楼的探头，那样太尴尬，只说我是房东，上二楼取点东西。”

“二楼上着锁？”

“我有钥匙。”

“当时，你对那两个房客有什么印象？”

葛云辉叹道：“那对兄弟，变态杀人犯！唉！就知道你要提这事。”

“呵呵！你去二楼拿东西时，录像机开着吗？”

“是的！”葛云辉脸色骤变，“问题是，我当时不可能知道那两个房客是变态杀人犯！”

“没人说你未卜先知！但是，录像机录下了他们的犯罪现场！”

“后来那个案子上新闻时，我也想到了这一点。”

“拿走录像机后，你有没有看过里面的视频？”

葛云辉突然跳起来，指着伊辉：“警告你，最好别乱说！”

伊辉无视警告：“你要是偷看过，知道意味着什么吗？”

“你什么意思？”

“基本质疑。你要是看过，就是有意隐瞒重大犯罪事实。法律上，够得着‘二沈’的共犯！”

葛云辉一脚把椅子踹翻：“‘二沈’早被毙了！警察要玩莫须有？非跟我过不去？”

说完，他颤着手掏出电话打给律师。

伊辉没有阻拦，问讯暂时中断。一个警察进来，把葛云辉带去另一个房间。

15分钟后，问讯继续。

葛云辉已经平静了下来：“律师电话给你们了，我没什么可说的。”

伊辉不吃这一套：“你在这里说不清楚，10个律师也没用！”

“你们……”葛云辉喘着粗气，掏出烟点上。

“还有两件事没理顺！”伊辉伸出一根指头，“头一件，一楼那3个针孔探头，哪儿去了？”

“我拆了。”

“什么时候？”

“好像是2010年5月份，五一期间。”

“沈氏兄弟2011年4月落网。这就是说，在警方还原现场前，你就单独去过杀人现场！”

“是又怎样？”葛云辉说，“那3个探头我一直惦记着，担心租客发现，弄得彼此不愉快。那年劳动节，我专门过去一趟，想的是他们可能出去玩，趁家里没人，拆掉东西带走。到那儿我才发现，人家早就搬走了！”

“当时现场什么样？”

“看不出异样。我什么都没动，就只是拆走了探头。”

这时，张定一敲门，把伊辉叫出去，告诉他，沈氏兄弟落网后的供述里，提过滨海的杀人现场。2010年4月19日凌晨，骆琪被撞后，他们清理了房间才逃走。那桶浓硫酸以及里面的尸块，被搬到房子南边农田的沟里，挖坑埋了。地面用水冲过，表面看不出血迹，除非用试剂检测。张定一说这些，意思是葛云辉去旧宅拆摄像头的表述应该没撒谎。

伊辉回到审讯室，问：“房子租期一年。你五一过去，人就搬了，你就没觉得不对劲？”

“我又不差钱！再说租金是葛菲收的，我有心思管那些？”

“五一之后呢？”

“再没去过，直到次年‘二沈’被抓。”

“行！听起来很完美！”伊辉转着笔，考虑片刻，问，“那3个针孔探头，你怎么处理的？”

“探头？出门就丢垃圾桶了。”

“那录像机呢？还有显示器。”

提起这个，葛云辉谨慎起来。他不知深浅，不确定警察为什么如临大敌，专门找他调查此事。他只知道，现在若说错一个字，就会万劫不复。

他略一思索，才说：“带回家当晚，我把硬盘清空，把东西丢到了车库。没几天，被我老婆当破烂卖掉了。”

“被山下纯子卖了？”

“对。”

“你为什么清空硬盘？”

“那里头有我女儿的‘溜冰’记录，光她奶奶看到的就4次。我能留着？”

“‘溜冰’记录？你确定？”

“废话！她奶奶看到过，那能假？”

“事实是，那里头最多有葛菲搬走前几天的生活片段，但没有她的‘溜冰’记录！”

“啥意思？”

“录像机里6块硬盘，3个视角，最多两个月覆盖一次。不精确地说，葛菲是2009年10月中旬搬进去的，2009年12月中旬前后，视频第一次覆盖。2010年2月中旬，也就是她搬走前后，刚好第二次覆盖。而你是4月初拿到录像机的。懂我意思吗？”

“我说过，不太懂那些玩意儿。我以为里面有葛菲吸毒视频！”葛云辉眼角剧烈地抖动了几下，“就为这点事，你们调查了我当年配机器的商家，还是说……”

“机器到了你们手里？”这话他没问出来。他觉得那根本不可能。一台当废品卖掉的录像机，就算被好事者淘了去，把硬盘拆出来自己用，也没什么可担心的。硬盘早被清空了！难道有人会无聊到去读取、还原硬盘？扯淡！他根本不信录像机或者硬盘会在8年后流入警方手里。

伊辉笑了笑，继续说：“录像机里，有沈氏兄弟的杀人视频！”

“废话！”葛云辉挺直腰板，“这个事情，刚才解释过了：那个案子后来上新闻后，我也想到了这一点。你这又绕回来，到底什么意思？”

“什么意思？”伊辉反问，“你自己说的，把录像机带回家，清空了硬盘。我们探讨一个人正常的行为逻辑——那些视频，一个一个，列在你显示器上。清空时，你就没有一点点好奇，想看看那两位租客的日常？你哪怕任意点开一个视频，都有机会看到杀人录播！”

“行为逻辑？”葛云辉努力压制着激动的情绪，“我当时想的就是清空硬盘，完事翻过去那一页！好奇？吃饱撑的！你当我十几岁的小孩子？”

这时候，有人敲门进来，对关秀山耳语，说葛云辉联系的律师来了。

审讯室的气氛僵住，调查接近尾声。

关秀山合计了一下，叫葛云辉离开。

葛云辉走后，他和伊辉聊起来。

“你的思路很清晰。一步一步往前挤压，直到逼葛云辉承认，他亲自清空了硬盘。可是，他有没有看过杀人视频还是不能确定！一旦事实真是那样，你知道意味着什么吗？”

“那样一来，最明显的结论，是他葛云辉知情不报，隐瞒重大犯罪线索！”伊辉站起来，“问题是，他有必要那么做吗？”

关秀山点头：“他若看过视频，最正常的反应是报警。帮‘二沈’隐瞒，不管什么角度都没那个必要！”

“所以，你到底偏向哪一边呢？”

关秀山笑了，说：“我倾向于他没看过，但保持对他的怀疑。你呢？”

“我觉得事情没那么简单！”伊辉眼里闪着光，“我在想另一种可能！”

“什么？”

“借刀杀人！”

“借刀杀人？”

伊辉点点头：“别忘了，骆琪也是小姐啊！”

“骆琪？”关秀山一怔，“你想说举报事件……”

“是的。时间上刚好契合。骆琪举报葛云辉、张进九，是2010年2月末、3月初的事；房子出租后，葛云辉路过那里，顺手拿走录像机和显示器，在4月初。这两件事本没什么联系。可是，一旦葛云辉看过录像机里的视频，知道他家旧宅里，住着两位专杀小姐的变态，那就……”

“你是说，葛云辉借‘二沈’之手干掉骆琪，杀人灭口？”

伊辉点头。

"这……"关秀山倒吸一口凉气。

"二沈"案是铁案，这毋庸置疑。沈氏兄弟每一桩罪行，都是在自主意识清晰的状态下完成的，这毫无疑问。可是，真相若如伊辉所说，那么该案的发生过程，也就因葛云辉的行为产生了变数——葛云辉若选择报警，那该案提前结束，案情变为只在滨海一地，凶手杀害两名小姐（第三个死在4月19日凌晨，当着骆琪的面儿——这件事就不会发生了）；葛云辉若巧妙利用，那"二沈"就被动成为他的棋子，使该案发展为12条人命的大案。

关秀山思忖良久，口气犹疑："逻辑上，你的想法有道理。可是葛云辉怎么做到的呢？毕竟骆琪的日常行为是随机的。照你的设想，她去银丰宾馆接客，岂不成了被人策划的结果？"

这时候，伊辉突然想起一件事。

他和王可第一次去夜市烧烤摊，就听到过类似的话。

当时骆琪感怀其不幸遭遇，说，要不是沈长海两兄弟，她根本遇不到飞车党；要不是那个熊万里包夜，她根本不会去银丰宾馆……

"等等！"伊辉抛开这个念头，突然说，"我这个想法，中间还欠缺一个环节。"

"欠缺一个环节？"

"葛云辉刚才的陈述有个小小的矛盾！"伊辉急忙打开笔录，"他强调了两次，对电子设备那块不熟悉。他女儿葛菲呢，也说过一次。我觉得还算合理。毕竟他1965年生人，又是学医出身，不熟悉电子设备很正常。可是，他却说录像机带回家后，就把硬盘给清空了。我不是说他连清空硬盘那样的基本操作都不会，而是说清空硬盘前，起码得把录像机跟显示器连接起来。怎么说呢？我也不是说接线有多复杂……我在想一个人的行为逻辑。葛云辉，老板，本身对电子设备不感兴趣，对吧？葛菲出租了房子，后来他经过那里，顺手把藏在房子里的录像机拿走，一切都很自然。在那种状态下，他把录像机带回家后，怎么就生起兴趣，把机器连上，去清空硬盘呢？"

关秀山紧皱眉头。他不是听不明白，而是惊奇这个年轻人的思维角度。不，也不是角度问题，是把控细节的能力。一句话，他觉得伊辉考虑问题太细了。那种细致，让他极不适应。

伊辉仍在努力理顺思路：“我总觉得，录像机之于葛云辉，就好比一件脏衣服。他不熟悉电子设备，就好比他是个懒得洗衣服的男人。他会把脏衣服丢在一边，什么时候洗都可以，我觉得这才是正常的行为逻辑。可他怎么一回家就清空了硬盘呢？怎么说呢？我总觉得过于刻意……”

他这番话，同样使隔壁观察室里的众人陷入思考。

宏观上看，马传信为自保而提供的硬盘，点燃了一个埋藏至深的炸弹。换句话说，要是没有马传信，骆琪举报事件、娄东伟被杀案以及电子眼破坏案，甚至包括葛承祖失踪案，这些内在人物彼此相关的案件，处理进程会异常艰难。因此，马传信对于伊辉等人，就好比一个意外彩蛋。

可是，换个角度说，马传信的落网是必然的。

我国的公安系统，从来都是一个配合缜密的整体。个人能力再强，也有办不到的事；个人能力再弱，也会被整个系统的强大所弥补。这里缺失的线索，可能会在别处找到；这里成了死案，可能又被别的案子盘活。正如《烈日灼心》里真正的凶手，也不是伊谷春（段奕宏饰）抓到的，而是被别的案子牵连出来。

一切事实，都在昭示那个基本道理：诸恶莫作，众善奉行；天网恢恢，疏而不漏……

# 第十二章　伏脉千里

## （一）

悬案科3人小组找到熊万里时，那小子因车载北斗系统掉线，被扣在西城治超站。

熊万里今年38岁，刚结婚两年。

2009年3月末，他和那个小姐冯子君顶了葛菲和药腾飞的仙人跳罪名，赚了一笔钱。2010年3月末，他从看守所出来后，经娄东伟介绍，又去物流公司混了两年。后来他农村老家修路，工程方拆了他家那个破拱棚，补贴了一笔钱。他跟父亲要钱，弄了辆二手大车自己干，两年前终于在滨海搞了套两居室，然后结婚生子。

江志鹏之所以破天荒跟伊辉、王可一块跑外勤，是因为他看到了希望。

他亲眼见证了伊辉的调查过程。每一项，表面都跟张定一负责的娄东伟案不沾边，可他不得不服，人家就是能从小事上挖出来“大事件”。

有了大事件，还愁悬案科不关张吗？这是江志鹏的心声。

伊辉找熊万里，为的是验证一个设想。用关秀山的话说，骆琪去银丰宾馆接客，岂不成了被人策划的结果？

熊万里不忘初心，还保留着当年蹲看守所时的发型。他觉得光头造型对运输事业有帮助，起码显得比较拉风，不那么容易被欺负。

可是，西城治超站还就“欺负”他了：因北斗系统掉线，人家要罚他3000块。

熊万里烦躁地摸着光头，跟治超站的人据理力争。

这时候，伊辉走上去，拍了拍他肩膀：“熊哥？熊万里？”

江志鹏和王可跟上，站在熊万里另一侧。

熊万里愣了一下，他不认识这几个人。

一个跛子，气度从容；一个板寸精神小伙儿，看着很能打的样子；一个40岁左右的，瞧着像大哥——这三位往那儿一戳，惹得治超员不高兴了。

“哟！还知道找人呢！”治超员用笔戳了熊万里一下，“没用的！我告诉你，找谁来都不好使！”

熊万里把伊辉拉到旁边，结巴的毛病还没改：“哥们儿，你……你找我？我不……不认识你啊！”

伊辉亮出顾问证：“警察。”

“啥事儿啊？”

“去局里你就知道了。”

熊万里苦着脸说：“车载系统，掉……掉线了。他们不……不让走啊！”

伊辉二话不说，就去找治超员协调。

熊万里一把拉住他：“你把我带走，完事回来，我还……还得交钱。问题是，我……我不服啊！这钱不……不能交！”

“你还想着回来？不好说！”伊辉吓唬他。

熊万里一听腿就软了：“到……到底啥事儿啊？”

“甭管啥事儿，配合就好说。”

“配合！必须配……配合！”熊万里两腿一夹，立正，表示出配合的意思，接着又垂下头，小声嘟囔，“就是这罚款……你……你能不能帮……帮忙……”

看熊万里那样，伊辉忍住笑。伊辉想，还是帮帮他吧，彼此建立个感情基础，对调查总没坏处。

打定主意，他来到治超员跟前："系统掉线了？"

"对！罚款3000元！你交还是他交？"

"掉线怎么界定？"

"一车一查。有问题谁也跑不了！"

"掉线也有区别吧。人为掉线和系统自身原因掉线，你怎么界定？"

这种问题，治超员早听腻了，口气就不耐烦了："不管那些，只看结果。"

"只看结果？你当是办刑事案呢？人性执法在哪里？"伊辉指着远处墙上的标语，"为人民服务，就是这样？"

"你谁啊？你车呢？"

治超员还了一嘴，把熊万里叫到跟前："根据《道路运输车辆动态监督管理办法》规定，罚款3000元。若有异议，事后可以到相关部门申请行政复议。"说完，他撕下罚款单，交给熊万里。

"好个一本正经！"伊辉夺过罚款单，塞进自己口袋，"陈胜吴广们为什么起义？告诉你，什么管理办法也有改进空间。不讲道理，想一劳永逸，穿套制服群众就能尊重你？就能服你？你当自己秦二世呢？"

"少来这套！有异议可以申请行政复议。"

"申请？"伊辉来气了，"人不大，官话溜得很！老百姓有那些时间穷折腾？"

"哼！"治超员指着伊辉，"单子在你身上，你去交钱！"

熊万里在一旁，心里乐开了花：苍天啊！大地啊！终于有人替我出气了！

江志鹏亮出证件，他早听不下去了。

"早说啊！你们！"治超员仔细看了看证件，声音软下来，"人你们带走。不过，他那个罚款不能少。"

“罚款的事，你别管了！”

“那不行，罚单我开的！你先跟我们站长打个招呼！”

“老子没空！”江志鹏狠狠地瞪了对方一眼，扭头就走。

西城公安分局，审讯室。

伊辉一上来，先回顾历史问题：“熊万里，当年你进去的罪名有两个：一个是仙人跳敲诈9900元，自首退钱，得到受害人谅解，拘留一周加行政处罚；一个是在网吧偷手机，被判一年。对不对？”

熊万里用力点头：“觉悟提高了，全改正了！”

伊辉切入正题：“8年前，你嫖过骆琪？”

“骆琪？”

“小西关，相思按摩店，大长腿。那时候你才从看守所出来，包了她一周。”

“啊！她啊！印象很……很深刻！”

“说说包夜过程。”

“包……包夜过程？咋……咋突然问那个啊？我到……到……到底犯了啥事？”

“少问，老实回答，你就能回去。那个罚款，我们江大队会帮你找人。配合不好，你那罚款可没人管，你也出不去！”

“必……必须配合！你问！”

“当年你从看守所出来，见过什么人？”

“见过什么人？”熊万里挠头，“那……那咋说？我出来后头10天，没……没地方去，在网吧混了几天，寻思回……回老家。这时候，娄哥打电话，突然找到我，就……就请我洗澡、吃饭。完事，还……还请我包夜。”

“娄哥？”

“哦！我……我父亲战……战友的儿子。”

“全名？”

“娄东伟，本市著……著名律师，有钱。”

“娄东伟？”伊辉一拍大腿，眼神跟着亮了好几倍。

“是啊。他人还……还不错。我那个包夜的钱，就……就他出的。”

“慢点讲，别磕磕巴巴的！”伊辉抓住重点，“小西关，是他带你去的，还是你自己找去的？”

“是他。”为了不结巴，熊万里尽力简洁，“我才出来，没地儿住。他在银丰宾馆，给我开……开了一个月的房，完事，把我送到相思按摩店门前。一步到位！”

“相思按摩店，也是他送你去的？”伊辉越来越感觉出这件事背后的刻意。

熊万里点头：“说实话，我在看守所时，就知道那个店。”

“哦？”

“里面什么人都有。有人就……就把那话挂嘴边，说小西关有个相思按摩店，店里有个小嫚儿，又靓又好耍！”

“这么说，是你主动跟娄东伟提起那个店？”

“不是！我没提！就是他，直接带我去的。到那儿一看，嘿！正好！就是我朝思暮想的！”

“我总结，你就说是或不是。”伊辉说，“2010年3月底，你从看守所出来，混网吧。大约10天后，娄东伟突然找到你，请你吃饭、洗澡，又在小西关银丰宾馆帮你开了一个月房，然后送你去相思按摩店门口。”

“是！”

“他有没有进按摩店？”

“没。”

“他有没有说过什么？”

熊万里想了一会儿，说：“他在车上，给了我5000块，叫我尽管花。”

“5000？于是你就包了骆琪一周？你为什么选她？”

“我……我当然选最好的。我在里面就听说过她了！”熊万里挠挠头，“其实，我恨不得包她两周，可惜钱不够。”

“还有吗？”

“哦！娄哥当时说，要给我介绍工作。”

“那个女的后来很惨，你知道吗？”

“我看过报纸。她的事，不能赖我啊！”

“和你有间接关系！”

“不能这么说啊！我就……就正常消费……”熊万里有些激动，呆视地面缓了缓，才说，“那个事情，这些年，我没少琢磨。说良心话，要是那几天，我不去开夜车送货，老老实实在宾馆，她或许会躲……躲过那一劫吧！”

“哦？开夜车送货？哪几天？”

“4月12号到4月18号，这是一周。前4天，我整晚都在房间，后3天，有活儿，没按时回去。”

“具体说说。”

熊万里交代，包夜第五天晚上，娄东伟请他吃饭，说帮他找到个工作。那晚他喝了酒，回去时就后半夜了。当时，骆琪在宾馆门外等他，把他一顿好骂。第六天白天，娄东伟带他去物流公司看了看。人家当晚就安排他跑车，送了一趟货。最后一晚也是如此。

“骆琪呢？一直在房里等你？”

“不是。第六天晚上，她见我又不在，就打电话。我叫她找老板要钥匙，她坚决不干，还说那晚的服……服务，过后不补，也不退钱。我理亏，没办法。天亮前，我赶回去，打电话，好说歹说，她才过去，陪我到中午。下午她回家，我补觉。晚上9点多，我又去开夜车送货。按约定，那……那是包夜的最后一晚了。到了半夜，她去宾馆，见我又没在，就打电话骂我。说法没变，还是最多等我半个钟点，过时不候，交易结束。我认错，给她加了1500元，叫她直接跟宾馆老板拿钥匙，去房里等我。她答应了，然后就出事了。”

“你为什么不早把房间钥匙给她？”

熊万里笑了笑：“一看你就……就没嫖过……你不在家，哪个小姐愿意去你家，白白等你一晚上的？”

这话有道理。伊辉点点头，又问：“叫你开夜车的物流公司叫什么？”

“辉煌物流。近两年，我还给他们拉过货。”

王可拿出手机查询，小声告诉伊辉：“辉煌物流，法人葛战辉，葛云辉是股东之一。”

“葛云辉？没搞错？”得到王可确认后，伊辉寻思起来。

目前所有信息组合起来，形成强有力的支撑点，使他更为坚信，骆琪的遭遇很可能是遭人设计的结果。否则，很多疑点难以解释——

娄东伟为什么请熊万里包夜，而且直接把他送到相思按摩店门前？娄东伟为什么不进按摩店？他和骆琪有旧怨，担心骆琪发现他和熊万里一块儿，就不接待熊万里？娄东伟既然请人包夜，为何又在包夜期间给熊万里介绍工作？为什么那么巧，他介绍的工作，偏偏是葛云辉投资的辉煌物流公司？

时间是一个重要参数。葛云辉投资的物流公司，自然能任意安排熊万里的工作时间。正因如此，熊万里被安排开夜车，送货不归，才合理。

而骆琪呢，她上门服务，见不到客人，在宾馆楼下短暂等待，进而打电话询问，实属常理。可是，她连续一周在宾馆楼下出现，怎能不引起旁人注意？

若说时间的调控显得刻意，那么地点的选择更透着别有用心。银丰宾馆跟沈氏兄弟租住地只隔一巷。谁能保证那对专杀小姐的变态，不是在那一周之内盯上了骆琪？

漂亮的小姐有钱。沈氏兄弟见她漂亮，起了杀心，岂非在情理之中？

如果抛开既成事实，分析事情可能的走向，那么，“二沈”盯上骆琪后，不见得一定在那7天之内动手，他们可以另择时间，制造机会。只不过就事实而言，他们是在娄东伟包夜最后一晚控制了骆琪。

从概率上说，换作其他小姐，若长相一般，连续一周前往银丰宾馆，那么被“二沈”盯上的概率不会太大；可是骆琪那样的条件过于显眼，那么她落入魔掌的概率就接近必然。同时，那一周第五晚，熊万里喝酒晚归，第六晚和第七晚送货不回，致使骆琪在楼下空等，又打电话交涉，则进一步加大了其被盯上的概率。要说这一切的一切均是自然巧合，整个警局没人相信。

疑点重重，暗含逻辑，然而终归缺乏证据。毕竟娄东伟已死。

熊万里的神经完全放松下来，自顾自地抽起烟。

伊辉也点上一根，默默抽到一半，随后小声跟王可说了几句话。

王可听完点点头，突然用力拍响桌子："熊万里，你小子没说实话！你的车，就扣在那里吧！你别想出去了！"

熊万里惊了，急忙跳起来："领导！我说的全……全是实话！"

"放屁！"王可指着熊万里，"娄东伟又是给你包一个月宾馆，又是出5000块，又是给你介绍工作，他是你亲爹？他凭什么对你那么好？"

熊万里整个人定在那里，嘴角的烟屁股悄然滑落……

## （二）

"我交代！"熊万里拍了拍脑壳，"其实，当年蹲完号子，是我先去找……找娄东伟的……"

伊辉问："为什么？"

熊万里两眼一闭："说出来，就怕再进去……"

伊辉吓唬他："你不说我们也能查出来。到时候你更麻烦！"

熊万里要来一瓶水，一边喝，一边在心里权衡。

"好吧！"喝完水，他狠狠地把瓶子捏扁，长叹一声，"我找娄东伟，是为了要钱。"

伊辉递上烟去。

熊万里接过烟，说："那个钱，是我的佣……佣金。咋来的呢？简单说吧！2009年3月末，一个姓葛的老板，他女儿搞仙人跳，那人报案了。葛老板不想他女儿担事，就找了娄东伟。娄东伟找到我，叫我把事背上。”

“葛老板？叫什么？”

“不知道。”

“葛老板女儿，一个人搞仙人跳？”

“还有个男的，我也没见过。娄东伟提了一嘴，姓药。这个姓很特别，我就记住了。”

“药腾飞？”

“不知道。”

“说说过程，详细点。”

“就那么个事。他们敲诈了1万元。被敲的那……那个人，姓楚，名字是在谅解书上看到的，叫啥忘了。娄东伟中间操作，改了数额，说敲了9900元。除了我，他还找来个女的，叫我们去自首，替葛老板女儿和姓药的顶上，问题不大。结果呢，跟他说的差……差不多，行政处罚加拘留一周。可是没想到，我在网吧，偷人家手机的破事，叫警察查出来了，就判刑。自首前讲好的，佣金10万块，先给了1万，剩下的拘留出来给。结果，我他娘的蹲了一年。所以当年一出去，我……我就找娄东伟，要那9万块钱尾款。哦，说实话，我当时还……还想多要点，毕竟我蹲了一年！”

“也就是说，你先找他要到钱，后来他又回过头给你租宾馆，请你包夜什么的？”

“是的。”

“你当时不奇怪，他为什么突然那么做？”

熊万里挠挠头：“琢磨了。我以为，是他内疚。要不是他叫我去顶仙人跳，我那偷手机的破事，能查出来吗？查不出来，我能蹲一年吗？”

“跟你一块顶仙人跳的女人是谁？”

“是个按摩小姐，叫冯……冯子君，也是娄东伟找的。”

熊万里对冯子君印象深刻。毕竟当年去自首前，他包了那个女人的夜，爽了一把。

“冯子君？”

听到这个名字，伊辉立刻联想到刘明坤的手写档案。

那里记载，关秀山当年去过邢星位于南下河的老家，并从邢星父母口中打听到，有个自称邢星女朋友的女人上门，打听邢星的联系方式。当时，刘明坤和关秀山一致怀疑那个女人是娄东伟安排的，可惜不知道那女人样貌，无从印证。

伊辉想：既然娄东伟曾找冯子君顶仙人跳，那么，去邢星家的女人，有没有可能也是她呢？

有了怀疑，就要验证。

当年那个渔具老板楚援报警、熊万里坐牢，派出所均有档案。

熊万里被带下去后，分局派出去两辆警车，一辆去找楚援，一辆去找冯子君。不巧的是，冯子君回了老家A市，直到晚上才被带回。

在冯子君到分局前，警方找到当年的被敲诈人楚援。

时隔9年，楚援第一眼没认出来熊万里（当年本就是造假，他和熊万里只在派出所见过几面），但在熊万里的笔录面前，他很快妥协，还原了事实——2009年3月末，葛菲和药腾飞敲了他1万块。他在被敲诈现场捡拾自己东西时，无意中将葛菲的学生卡一起放进了钱包。回滨海报警时，他发现了学生卡，这才去找葛云辉确认，并介绍了律师娄东伟从中帮忙。剩下的，就如熊万里所说，娄东伟叫楚援出具谅解书，并将敲诈金额从1万元改成9900元，然后找来熊万里和冯子君顶罪。

接着，葛菲也被带到西城分局。

“二进宫”的葛菲明白挣扎没意义，很快承认，当年她和药腾飞为筹毒资，搞过7次仙人跳，总共敲了4万元多点。7个受害者，3个报警的，因为楚援捡到她的学生卡，葛云辉才找人替她顶了罪。

面对这些事实，冯子君更干脆，不但承认顶替仙人跳的勾当，还把娄东伟找她去邢星老家的事情一并托出。她心态比较坦然，觉得那两件事不算什么，尤其是去南下河打听邢星的联系方式，根本就不违法。

有了这个事实基础，当年在夜市跟邢星打架的那两个人也被抓进了警局。

那两位，光头胖子叫田有为，瘦高个叫孙子兵。

当年，他们拿了娄东伟的好处，自恃没留下把柄，在刘明坤面前嘴硬得很。现如今，面对“叛徒”冯子君，他们自知抵抗无效，只好乖乖坦白——当年夜市那场架，就是娄东伟临时策划的。打架时，他们故意踹翻桌子，致使桌上的手机滑出去。娄东伟趁乱上前悄悄将手机捡走。那部手机，8年前邢星就已经证实了，那就是骆琪的。

8年时间，绕了一大圈，刘明坤对娄东伟设计骆琪，私藏重要物证的怀疑，就这么被坐实了。

从上帝视角复盘，这个圈绕得不可思议。

因为马传信的硬盘，伊辉怀疑葛云辉早就看过硬盘内容，进而借沈氏兄弟之手干掉骆琪。他这个看法跟关秀山的不一样。于是，他找到熊万里验证，还原包夜细节。熊万里知无不言，提供了准确信息，可是又怀着私心，于是招来伊辉那个疑问——“他是你亲爹？他凭什么对你那么好？”面对有力质疑，熊万里这才道出娄东伟策划、安排他替人顶罪的隐情。由此，冯子君便暴露出来。

从马传信到冯子君，表面上，两个八竿子打不着的人，却有着内在必然的牵连，这的确有些匪夷所思。

这个调查过程，跟娄东伟当年的犯罪过程压根儿不沾边。

这两个过程，就好比两只行走在莫比乌斯环上的蚂蚁，方向全然不同，各自把环的正反两面走了一圈，中间不曾相遇，结果却在环上的某个点碰头。这个点，就是冯子君。

事实已清，当年仙人跳主要责任人葛菲被控制起来。还有冯子君，以及田有为、孙子兵，甚至楚援，他们都回不去了（实际上，楚援只在局里待了不到两小时，就通过父亲的关系办了个取保候审，出去了）。

除了上述几人，葛云辉因包庇葛菲的罪责，再次被警方控制。

再有，就是控制药腾飞。那小子行踪不定，不过被抓到是早晚的事。

熊万里是运气最好的一个。因为一切事实皆是他提供的，算立功。

伊辉通过张定一把情况汇报给雷霆。雷副局长安排，暂时对熊万里采取监视居住措施，至于以后怎么办，还得看法院。

知道结果后，熊万里抱着伊辉千恩万谢，就差跪下磕头。

伊辉抓住机会教育他，这就是配合的结果。跟警方对着干没好果子吃。

熊万里深以为然，大脑马力全开，试图从里面再挖出点东西去“取悦”伊辉。他看明白了，他以为无关紧要的事，在警方那里可能就有大用。正因如此，他才得以走出警局。

在那个念头促使下，他真就想起来一件貌似无关紧要的事：“你们问我的一些事，那个女人，骆琪，也……也曾经问过我。”

伊辉被这句话“电”了一下：“骆琪？她找过你？什么时候？”

“那……那俩变态被枪毙的第二年，2012年。”

“她怎么找的你？”

伊辉记得，骆琪自述，其失忆症早在2012年春就恢复了。

“打电话，约在公园见面。包夜时，她有……有我电话。”

“她一个人？”

“她当时坐轮椅。还有个男的，在车上没下来。”

“问了些什么？”

“就问……问包夜前后的细节，跟你们问的差不多。”

“娄东伟那档子事，你都说了？”

熊万里点头。

伊辉心里琢磨：怪了！骆琪怎么会想到找熊万里去打听那些细节呢？难道说，她也怀疑她那晚的遭遇是被人设计？既然有心打听，那么根据打听到的结果，她不难把设计的起点归结到葛云辉和娄东伟身上。可是，她的怀疑因何而来？换句话说，悬案科之所以找熊万里调查，是因为马传信的硬盘托底。而骆琪呢，她绝无机会接触马传信。那么，她怎么可能对自己的遭遇生起疑心，进而去找熊万里还原内情？

不对头！很不对头！难道，除了马传信的硬盘，还有别的渠道让骆琪了解到葛家旧宅内藏有监控？如果有，那会是什么呢？

伊辉陷入思考，僵在原地。

熊万里以为伊辉对他的话不感兴趣，于是讪笑着说："给你讲个里面的趣事——也是关于那个骆琪的。"

他见伊辉有了反应，这才说下去："看守所我监舍隔壁，有一位，是个土夫子，四十来岁。那……那家伙是个能人。小西关相思按摩店有美女，就是听他讲的。"

"土夫子？"

"就是盗墓贼。"熊万里拿出烟，一人一根，"他老家陕西的，自称在河南挖……挖过大墓，同伙落网。他呢，上了通缉令，被警方一路追，逃到滨海来。逃到这儿，他手里没……没几个钱了，就去找一个从前的同行借。那人没给他钱，却给他指了一个墓。他问那人，既然有目标，为何不自己干？那人自称得了夜盲症，晚上下地的活儿，干不了。夜里，他悄悄去探查一番，确认不假，便备齐了炸药、雷管，准备干一票。要是挖……挖到好东西，他叫那人帮忙卖掉，分一半，他留一半，跑路花。没承想，他行动当晚，还有几十米就到目的地的时候，突然发现前方影影绰绰，有人藏在那里。他发……发现不对劲，跑得那叫一个快，工具啥的都扔了，只剩随身一个帆布包。安全后，他才琢磨过来，知道是那个人把……把他出卖了。人家给他挖坑，叫警察在那儿等着，抓他现行呢！"

伊辉笑笑，附和他："看吧！盗墓小说里为啥都没有警察？要是有，写不过三章就结束了。"

"不是那茬儿！你听我说！"熊万里聊得兴起，"那件事，把他打击得不行。虽然，他侥幸逃了，可他知道，被抓是早晚的事。为什么呢？他被通缉了，银行卡被封，手里实在没啥钱了，寸步难行啊！去偷、去抢，他又不会。认清这个理之后呢，他就把最后的钱花掉，找了个漂亮小姐，快活够了，然后就自首。你想不到的！他找的，就是那个骆琪。”

伊辉说：“那他还算有眼光！”

熊万里点点头：“问题是，就他那小身板，包了人家三天三夜，还不过瘾呢！完事后又加两天，结果呢，拿不出钱来付账了！你说，丢不丢人？”

伊辉无语。他对该话题实在没兴趣。他只是注意到，说起那些关于女人的趣事时，熊万里反而不那么结巴了。

“付……付不起账，怎么办？那……那家伙太损了，你想不到的！”熊万里手舞足蹈，“他用两块钱的地摊货，一个玻璃观音挂件，把……把那女人给蒙了，白嫖人家两天！”

“哦？玻璃挂件？”伊辉忍不住八卦了一句，“骆琪那么容易蒙？”

“别不服！那家伙自带土夫子气场，话不多，看着不像蒙人的主！”熊万里嘿嘿一笑，“其实，那块玻璃挂件，是他在……在火车上买的。车上的推销员呢，很能磨，一个乘客也不想放过。他心虚，面对推销员叨叨个没完，担心其他乘客注意他，就……就很干脆地买了。他心眼多，嫖娼加钟时，早知道自己钱不够，就趁下楼买东西，往那块玻璃挂件上，抹……抹了些泥，装古董呢。他早打定了主意，要糊弄人。临走，包也没要，用他的话说，给小娘儿们留个纪念。还他娘的装，嘱咐骆琪在外人面前，要说那是个摊摊货……摊他娘腚啊，摊！那家伙，比我早进去没几天。就这破事，他见人就叨叨，说很……很怀念那个女人。就因为他，在里面，我就知道了小西关相思按摩店，心里一直痒痒得不行。后来，那人被判了10年，听说转去第一监狱了……”

伊辉淡淡地应了一声，刚要打发熊万里走，心间突然一动。他一把抓住那个念头，急问熊万里：“刚才你说什么？那个盗墓贼，把包给骆琪留下了？什么包？”

“说是个防水帆布包，装着些炸药、雷管什么的。”

"对！就这个！"

伊辉那个念头清晰了。

熊万里此前的陈述，提过帆布包，还提过那人备齐了炸药、雷管之类，准备干一票，只不过他没用心听。当熊万里最后说到，那人嫖宿完，临走，包也没要时，他心里忽然闪过的念头，就是这些信息的组合：帆布包里，会不会有炸药、雷管什么的？

之所以闪过这个念头，还是源自对案子的把握能力。具体到电子眼破坏案，三号电子眼的监控杆，不就是被硝铵炸药炸断的吗？

既有信息零零散散，像一块一块剪纸储存在他心里，一旦遇到可能与之相关的线索，便立即被提取出来，相互组合，组成它们原本的模样——这是一种常人欠缺的能力。那种能力谈不上神奇，只需用心。这世上，用心便是难得。

"我逮到你了！"伊辉抛下熊万里，转身跑进办公楼。

他找到江志鹏，一起前往看守所。在路上，他一五一十地说出自己的想法。

江志鹏听完，惊得合不拢嘴巴。他干过大队长，临时被撤，关系还是有的。到了看守所，他们很快查到熊万里说的那个人。

那人叫吴四海，是个老盗墓贼，案子犯在陕、豫两省，在滨海有旧相识，但没动过土，唯一一次行动还是自首前被同行出卖。只不过，有一条熊万里说错了，吴四海并未转去第一监狱，而是被押回案发地服刑去了。

人不在滨海，就有点麻烦。

伊辉和江志鹏回到分局，向雷霆道明原委。

电子眼破坏案居然又有新进展！雷霆高兴坏了，亲自出面联系吴四海服刑地的老关系，让对方跑一趟监狱，去落实一个情况。

没多久，消息来了。吴四海承认了两件事：

1. 当年（2009年春天）他嫖的小姐，的确是滨海小西关相思按摩店里最漂亮的那个。从其描述的样貌看，是骆琪无疑。

2. 他的确把随身的防水帆布包丢在了嫖娼所在的宾馆。包里装着一件旧冲锋衣，四管硝铵炸药，两根火雷管，两根电雷管，还有一张手画地图。自首时，之所以没提此事，是因为他觉得无关紧要。

## （三）

骆琪再进审讯室，比上次沉稳许多。

这次，悬案科科长江志鹏亲自上阵，坐在主位，王可记录，伊辉旁听。

江志鹏清清嗓子，板起脸，试图找回当初的感觉："姓名？"

"你们请我来做什么？我还没问呢。我又不是罪犯，你摆个臭脸给谁看啊！"骆琪一席话，把江志鹏踹扁了。

"嘿！"老江瞪起眼问，"骆琪，2009年春天，你接待过一个盗墓的，有没有印象？"

"2009年？盗墓的？"骆琪想了半天，没回应。

"提醒你：他嫖资不够，送了块观音吊坠给你。"

这么一说，骆琪想起来了："呸！什么狗屁观音吊坠，就是个玻璃玩意儿！"

江志鹏抱起胳膊，点点头，他对这个回答很满意："那人临走，是不是落下一个帆布包？"

"我提醒他了，他没拿。"

"包里什么东西？"

"嗯？我哪知道？"

"包呢？"

"扔了，当时就扔了。"

"扔了？"

"那么个破包，不扔留着干什么？"

"扔哪儿了？"

"还能扔哪儿？垃圾桶。"

"你确定不知道包里什么东西？"

“是的。”

“你确定把包扔了？”

“是的。”

“你不老实的话，就别想出去了！”

“随便……”

一场问讯持续了十来分钟，那两人反反复复，就那么几句话。

雷霆在隔壁观看，眼露失望，摔门走了。他不是单单对江志鹏失望，而是对整件事。电子眼案悬了8年，虽说分量远不及命案，可是案情关乎交通、市政、公安等方方面面，一旦侦破，他肯定长脸。然而以眼前的情形看，侦破仍遥不可期。

伊辉也很失望。他本以为，查到吴四海留下的雷管和炸药，能很容易绑定金科，毕竟金科和骆琪关系摆在那里。那个包，骆琪就那么扔了？他坚决不信。可是他没想到骆琪的嘴巴那么硬。

问讯告一段落。

江志鹏不死心。他打算让骆琪在审讯室待一夜，耗耗那份硬气。

要想个办法逼骆琪开口，或者找到她话里的漏洞。带着这个心思，伊辉在走廊转来转去。

十几分钟过去，他仍想不出招，于是走进刑警公共办公区，凝视写字板。片刻后，他拿起笔，在写字板上整理近来的案情。

他先在写字板一角画上两个方块。一个方块里写上骆琪，一个方块里写上金科，然后用一个圈，把两个方块框起来：那表示骆琪和金科所有的个人信息，包括他们两人各自的家庭情况、本人情况、两人大学期间的短暂交往，以及骆琪把骆行的肾免费提供给金科，等等。第二个圈，填上“金兰”。接着，他把金兰和金科连起来，连线上标注出“电子眼动机”字样。第三个圈，填上“‘二沈’案”，再把这个圈和骆琪、金兰分别连起来。第四个圈，“骆琪举报葛云辉、张进九事件”。第五个圈，“娄东伟被害”。第六个圈，“葛云辉出国做三代试管婴儿，因葛菲受阻”。第七个圈，“葛云辉小儿子葛常顺，遗传病”。第八个圈，“马传信硬盘”。第九个圈，“熊万里”。

跟前几个圈一样，后面的画完，他同样依据因果关系在圈与圈之间连线、标注。很快，复杂的关系线条占满写字板，一眼望去，繁而不乱。

张定一默默地看了一会儿，走上前，补充了几条线。

王可在旁边提醒伊辉：“葛承祖失踪事件和飞车党事件呢？”

伊辉挠挠头，先把这两件事单列在一旁，而后又觉得，葛承祖失踪跟葛云辉又有了小儿子葛常顺，两者似乎也有因果关系，就把失踪事件移进那一堆圈里。随后，他又把飞车党事件添加进骆琪的圈里。

望着写字板，他总结出来三条线。

第一条线：金兰意外受伤，失去空姐资格。金科找不到载金兰的出租车司机，就转移怒气，破坏电子眼（逻辑清晰，实证尚缺）。2011年，“二沈”被抓后，当金科得知金兰遇害的原因和经过时，他势必会责怪自己的行为。因为他不破坏电子眼，2010年4月19日凌晨就不会“夜巡”小西关。他不去小西关，自然不会撞残骆琪。骆琪不残，就能逃走报警。骆琪报警，“二沈”被抓，金兰被害的事就不会发生。基于这个自责逻辑，金科还会进一步把罪责推到飞车党身上。换句话说，如果没有飞车党，就算他破坏电子眼，“夜巡”小西关，检视破坏成果，也不可能撞到骆琪。那么，按其行为逻辑，他应该会寻找飞车党，并展开报复。

第二条线：骆琪非法代孕，孩子被弃至星火儿童福利院。孩子被领养后，骆琪追至燕来村，潜入养猪场，窥见犯罪现场，举报葛云辉、张进九。其手机（存有证据）被邢星偷走，后落入娄东伟之手（已证实）。娄东伟拿到证据，必敲诈葛、张。证据备份和敲诈款，存在老钢厂家属院的娄家老宅储藏室。暖气管道里，娄东伟尸骨旁留有报废对讲机一部。通过它，凶手逼问出证据藏匿地以及保险箱密码，进而前往储藏室，把钱和东西取走。

第三条线：葛云辉强制葛菲住进小西关旧居戒毒，并在居所内设置微型监控。药腾飞多次给葛菲送毒品。葛菲在卧室吸毒均被奶奶发现。葛菲由此怀疑房内有监控，进而寻找，发现3个针孔探头，于是决心搬离，并出租了房子。“二沈”住进去后，2010年4月初，葛云辉路过旧居，把放在二楼的录像机和显示器拿走。回家后，出于某种原因，葛云辉查看录像，发现了“二沈”的杀人经过，甚至搞清了杀人动机。其后，他清空硬盘，将录像机当垃圾处理掉（谁买的不重要，重要的是他大意了，没意识到卖掉不如把硬盘彻底毁掉）。

或许更接近事实的分析是，葛云辉清空硬盘只是发现秘密后的本能反应。清空后，他把东西暂时丢进车库，以后再带出户外，彻底物理损毁。然而在那之前，却被他老婆当垃圾处理掉了。知道秘密后，葛云辉未选择报警，而是发现可以利用“二沈”之手把那个惹麻烦的骆琪除掉。可是，该怎么利用“二沈”做一个巧妙的局呢？从调查结果判断，他利用的人，是给他女儿顶罪的熊万里。当时，熊万里刚从看守所出来。而配合他共同做局的，则是他那位亦敌亦友的伙伴——娄东伟。

那个局说起来也简单，只需让骆琪在“二沈”的杀人窝点外频繁出现，让她被“二沈”盯上即可。于是，娄东伟才出面，在银丰宾馆给熊万里包了一个月房，然后又拿出5000块，直接把熊万里送到相思按摩店。

对熊万里来说，那正合其意。他蹲看守所一年，正需要女人。同时他在里面，从盗墓贼吴四海口中早就听说了相思按摩店的名号，还知道有骆琪那么一位漂亮小姐。于是，骆琪才在一周内连续出现在银丰宾馆。而且那一周的最后三晚，因熊万里有事晚归或不归，使她在宾馆外面逗留等待，并打熊万里的电话交涉，每次都超过半小时。而熊万里所谓的“开夜车送货”，逻辑上，就是葛云辉安排的结果。因为熊万里服务的辉煌物流公司，法人是葛战辉，而实际投资人之一却是葛云辉。

骆琪夜入养猪场，撞破里面的黑暗勾当，用手机录下的证据，最终到了娄东伟手里。娄东伟手握证据，自然会做交易。所以，葛云辉、张进九其实是安全的。对他们来说，除掉骆琪在情理之中，却也不是非做不可。换而言之，对他们来说，骆琪作为知情者，如果能把她除掉，当然最好。可是他们一定不会亲自动手，更不会冒半点风险。因为，即使不除掉骆琪，他们的危险系数也不高。明摆着的是，骆琪没有证据，一通举报，连案都立不了。

这样一来，葛云辉做局的初衷也就合理了——他和娄东伟配合，利用熊万里把局做出来。如果沈氏兄弟入局，盯上骆琪并且干掉她，那自然最好不过。如果那俩变态无视骆琪，对她没想法，那顶多是局白做了，葛云辉并不损失什么。

伊辉这三条总结，得到了所有人的认同。

江志鹏在审讯室问讯骆琪，来得比较晚。

听了伊辉的陈述，他很震惊。他打破头也没想到，悬案科里那几件鸡零狗碎的案子，竟然几乎都跟娄东伟被杀案有紧密牵连。他对自己很不满意。明明是悬案科科长，却对伊辉的陈述，听得不是那么明白。那只能怪他自己，对局里近来的调查结果不那么上心。他懊恼极了：再这么下去，在分局内，我江志鹏岂非成了边缘人？

“其实，三条线，也可以看成两条。”市局副支队长关秀山一边说，一边走进大厅。

他早来了，一直站在门口，直到伊辉说完才进去。

今天早些时候，冯子君落网，确认娄东伟隐藏重要证据的结论早传到他耳朵里去了。他忙完手头的事，这才赶来分局。

伊辉给关秀山让出位置。

“娄东伟的案子不是孤案，这个早就可以下结论。”关秀山走到众人面前，“为什么说伊顾问总结的三条线也可以看成两条呢？金科和骆琪是一个整体。在他们身上，我闻到了报复的味道。那个味道，本来很明显，只不过，被8年的时间跨度给掩盖了。”

张定一质疑：“报复？报复的前提是骆琪和金科识破了葛云辉和娄东伟设计的局。可是，那不容易吧？”

王可插言：“熊万里说，早在2012年春，骆琪就找过他，详细问了包夜前后的细节。如果她没意识到自己被人设计，何必去找熊万里？”

张定一说：“仅仅是意识到？靠猜？她应该有一个靠谱的信息源才对。”

“是的！”王可狠狠挠着头皮，“还得想办法把骆琪的嘴撬开。”

江志鹏轻敲桌子：“这么说，娄东伟被害，葛云辉的嫌疑就排除了。可是他明明也有动机啊！”

“一定不是葛云辉！”伊辉说，“从最新调查结果判断，葛云辉设局害骆琪，娄东伟是参与者。也就是说，因为那件事，他们成了一条绳上的蚂蚱。所以，即使娄东伟的保险箱里藏着证据，他对于葛云辉也失去了威胁。设计骆琪的局，促成了一个双赢局面：葛云辉和娄东伟彼此都不用再提防对方了。”

“有道理！”关秀山敲着写字板，“脉络基本是清晰的：葛云辉设局，希望借‘二沈’之手除掉骆琪。骆琪恢复记忆后，出于我们未知的原因，找熊万里探寻包夜细节。也就是说，那时候的她就知道自己被算计了。那么，她才是娄东伟案的最大嫌疑人。”

伊辉补充道：“还有金科，我们要把握这个人的行为逻辑。什么逻辑？就是给金兰的死找个说法。金兰因伤失去空姐资格，他破坏电子眼，就是这个逻辑的前奏。后来呢，金兰被害，他大概率会迁怒那两个飞车党。但是——”

他拿起笔，在葛云辉的名字下，重重画了两条线，然后继续陈述。

“大家想一想，一旦金科得知，骆琪的遭遇是葛云辉设局，而设局的起点，是葛云辉看过录像机内容，早就知道‘二沈’那两个变态的存在，在这种情形下，会发生什么呢？”

张定一拍着大腿，恍然大悟：“那样一来，金科迁怒的对象，就成了葛云辉！”

伊辉点头：“没错！金科和骆琪有共同的仇人。所以，三条线其实是两条线。”

王可挠了挠头：“可是，明明只有娄东伟遇害，葛云辉还活得好好的！为什么？”

伊辉摇头：“还有葛承祖失踪，我也想不通。如果说失踪案是骆琪和金科干的，难道他们的目的，仅仅是为了在三代试管婴儿基因筛选中做手脚，让葛常顺得遗传病？”

“不通！”王可说，“要不是葛菲从中添乱，说山下纯子办公室里有毒品，葛云辉早出国做试管婴儿了。那样的话，金科还怎么做手脚？”

张定一说：“那只能说，金科把握住了那次机会。”

“不对！”王可摇头，“相比于娄东伟之死，让葛云辉孩子得遗传病这种惩罚方式，力度太小了吧！”

江志鹏也摇头：“娄东伟的案子，金科和骆琪确实有动机。可是他们没作案时间啊！娄东伟出事那几天，骆琪在医院取腿上的钢板啊……再有，就算娄东伟是他们杀的，储藏室里的钱，还有保险箱里的证据备份也是他们拿的，那么，他们为什么不以匿名方式把证据转给我们呢？让我们对付葛云辉，他们岂不省事、省心？”

不是葛云辉，也不是金科和骆琪，那娄东伟是谁杀的？

人们陷入沉默。

这是一个特殊的系列案，无法对其命名，也没成立专案组。它的核心就一个，娄东伟被害案。附加枝节有4个，分别是电子眼破坏案、葛承祖失踪案、飞车党案及8年前的骆琪举报事件。这些枝节，本来跟娄东伟案没有关联，然而随着调查深入，一条清晰的脉络浮现出来，同时，疑问也越来越多。

可是，在那条脉络面前，只有一条坐实的结论：娄东伟掌握着骆琪的手机或备份，其他的全部来自逻辑分析。

证据总是清晰、明了，而逻辑分析却会让人茫然。

没人喜欢那种感觉。它会让人无所适从，甚至于怀疑自己的职业能力。

“兄弟们！骆琪也好，葛云辉也罢，不都在局里关着吗？”关秀山拿出烟分了一圈，然后给大伙打气，“我就分享一条经验。很多时候，真相都是从一个点上突破的。这个点在哪里？我也不知道。但从以往的经验看，那些点，往往就在调查细节里，只是当时没注意到而已！”

“吧嗒！吧嗒！”随着关秀山的话音，一根根打火机的火苗燃起来。

伊辉叼着烟，望着周围一根根跳跃的火苗，怔住。

他突然联想到一件事。

“有办法了！”他用力按下打火机，“骆琪明显撒谎了！我有办法揭穿她！”

## （四）

再审骆琪，还是江志鹏出面，毕竟上一次就是他审的。倘若这次他按伊辉的建议问出来结果，也算善始善终。

“问你最后一次！”江志鹏扬了扬手中的文件，“当年嫖宿你的那个盗墓贼叫吴四海。他留下的帆布包，你怎么处理了？”

骆琪还是那个答案：“扔了。”

“扔哪儿了？”

“垃圾桶。”

“你确定？”

“是的！”

“你没机会了！”江志鹏微微一笑，“告诉你一件事。早在10年前，我市各区生活垃圾就统一了处理方式。什么方式？在垃圾中转站暂存，够量后，统一运到处理厂焚烧、发电。明白我的意思吧？”

骆琪茫茫然，摇头。

江志鹏冷哼一声：“如果那个帆布包被你扔垃圾桶了，那它最后的去处，只能是垃圾焚烧发电厂！问题是，那个包里不光有雷管，还有炸药。它们要是被焚烧，知道什么结果吗？”

骆琪深吸一口气，猛然抬起头来。

江志鹏得意地站起来：“事实上，本市垃圾焚烧发电厂，10年来，未发生一例燃烧爆炸事件！”

骆琪用力地眨了眨眼，慢慢低下头去。

“说说吧！那个帆布包，以及里面的东西到底去哪儿了？”

其实，骆琪可以反问的。因为扔进垃圾桶里的东西存在被人捡走的可能，不一定非被运到垃圾处理厂不可。可是她还是心虚了。心虚、露怯，让人看到了破绽。毕竟她所说的本就是谎言。

很少有人在谎言被戳穿时，面对审讯室里的高压气氛，不心虚、露怯，更少有人在谎言被戳穿时，能从容而迅速地想出新的方向去回击警察。

骆琪沉默许久，终于改口：“不记得了……”

“不记得？”江志鹏狠狠拍着桌子，“死扛下去，你没好果子吃！再问一次，那个包里的炸药去哪儿了？”

然而，不管他再怎么说，骆琪那边却咬死了嘴巴，再也不吐一个字。

江志鹏又问了半天，依然是无用功，气得摔门离开。

现在，距离骆琪交代问题就差一层窗户纸。她要是说出事实，警方就能正式逮捕金科。把人逮捕再审可不同于普通问讯，用一些不上台面的手段，不以为怪。到时候，不怕金科不交代其他问题。可是，骆琪这里咬死了不说，警方还是不能对金科采取强制措施。

天黑下来。大伙聚在走廊抽烟，这时雷霆匆匆下来，脸上带着焦急的神色。

见到众人，他宣布了两件事：

一、葛云辉请了个有名的律师。律师通过市局运作，交了保证金，给葛云辉办了个取保候审。这事不难办。分局暂扣葛云辉的名义，是其当年包庇葛菲，通过娄东伟篡改事实，找人替女儿顶仙人跳的罪。而葛云辉通过律师，坚称当初之所以那么做，完全是娄东伟授意。他说，他只是出于爱女心切，被动配合，具体操作全是娄东伟干的。他把主要责任推给娄东伟，而娄东伟早死了，这就叫死无对证。

二、葛菲被控制了，药腾飞当然也得进来。派出去控制药腾飞的人刚从静山派出所得到消息，药腾飞“不慎”从静山山顶跌落，死了。

事情发生在昨天，人跌进山谷，今天才找到尸体。事情发生时，药腾飞身边还有一个人。那是个女孩，叫张文婷。她目睹了药腾飞跌落的整个过程。事发后，张文婷一直在静山派出所，现正被带回分局。

药腾飞死了？跟别人一样，伊辉没见过药腾飞，不觉得那小子跟当下的案子有什么关联，可是说不上为什么，这个突来的死讯就是让他浑身不舒服。

一个搞仙人跳的瘾君子而已，张定一对药腾飞的死因没兴趣。他立功心切，注意力全在葛云辉身上。

他拦住雷霆："头儿，还没审呢！就这么放葛云辉走？不行！"

"拘人家的罪名是什么？"

"隐瞒仙人跳犯罪事实，伙同娄东伟做假案。"

"你想审什么？"

"事关当年的骆琪举报事件。我们怀疑，他早就知道'二沈'的犯罪事实，伙同娄东伟设局，借'二沈'之手要干掉骆琪。"

"上回审他，硬盘和录像机的事，有结果吗？"

张定一摇头。

"那你赶紧审啊，杵着干吗？"雷霆看了看表，甩下一句话，"给你20分钟，没结果，就放人！"

"20分钟？"张定一咧了咧嘴，转身就往审讯室跑。

"张文婷……"伊辉在一旁，默念雷霆提到的那个名字。

张定一跑出去没两步，突然被伊辉叫住。

"张队！"伊辉揉着太阳穴，问，"雷局刚才提到的女孩，张文婷，你有没有印象？"

张定一没听懂。

伊辉解释："上回你去医学院附属医院，核实葛云辉笔录，接着抓了葛战辉。葛战辉好像说过，当年给葛云辉两口子代孕的女孩，就叫张文婷啊！"

“啊！”张定一愣住，接着想起来了，“葛战辉确实提到个张文婷。”

“巧！这个张文婷，跟代孕那个会不会是一个人？”

“等人带回来，你问问不就知道了！”

葛云辉被暂扣在一号审讯室。张定一跟同伴进去时，他正打电话，样子很放松。

见张定一进来，他挂掉电话：“收到通知了吧？我该走了！”

“等会儿！”张定一扬扬手，叫他坐下。

“怎么？还不算完？仙人跳做假，主意是娄东伟出的，事也是他一手操作的！取保候审的结论上没说明白？”

此刻的葛云辉一心想着离开。葛菲的事，由她去吧，他想办也办不了。他能把自己捞出去就不错了。

“不是那个事！是娄东伟的事！”

“娄东伟？他遇害的时候我在日本啊！”

“我问，你答！”张定一轻轻敲着桌面，“记得冯子君吗？”

“冯子君？”葛云辉死活想不起这个名字。

“冯子君和熊万里，顶了葛菲和药腾飞的仙人跳。”

葛云辉恍然大悟：“我说了，都是娄东伟一手操作的，我不认识他们。”

“你认不认识不重要！我先给你透个底，骆琪在养猪场地下室拍视频的手机，就在娄东伟手里，这个我们已经证实！娄东伟呢，当时就是通过那个冯子君，才查找到手机下落的！”

听到这些，葛云辉咬了一下后槽牙，问：“跟我说这些，什么意思？”

“什么意思？你和娄东伟是一条绳上的蚂蚱！”张定一快速整理着思路，“围绕那部手机，你们做过交易。另外，你们还共同设局，借‘二沈’之手想把骆琪除掉！”

葛云辉重重地呼出一口气：“我算领教了！你们办案全靠猜吗？怪不得那么多冤假错案！”

“帮你捋捋吧！”张定一很平静，“骆琪当年为什么落在‘二沈’手里？就是你和娄东伟背后搞鬼。你呢，通过那台录像机，发现了‘二沈’虐杀小姐的勾当。然后，你生出念头，去找娄东伟商量，怎么借‘二沈’之手把骆琪除掉。”

“笑话！天大的笑话！且不提录像机的事！”葛云辉指着张定一，“我找你商量，设计杀人。你干？”

“我不干！但娄东伟干！”张定一笑了，“为什么？因为他藏着骆琪拍到的视频备份，对你来说，始终是个威胁。虽说你们做过交易，但是他对你不可能完全放心。这时候，你找他商量设局杀人，你们就真成了一根绳上的蚂蚱，彼此再也不用设防了！他呢，也就真正安全了！”

“废话一大堆！把娄东伟的视频拿出来看看？”

“急什么！”张定一说下去，“你和娄东伟设的局，不用我重复了吧？”

“我没做过，你没说过，何来重复？”

“哟！那就简单一说！”张定一看了看表，20分钟的期限过一半了，“那个局的宗旨，就是设法让骆琪在你家旧宅附近出现，而且是频繁出现，以引起沈家兄弟注意。只要被那两个变态盯上，她死期就不远了。”

“亏你想得出！你以为写小说？”葛云辉斜眼反问，“要是骆琪没被盯上呢？无用功？”

张定一摇头：“她被盯上，被干掉，对你们是天大的好事；反过来，要是她没被那两个人盯上，那你们也没什么损失！你们只遵循一个原则，绝不冒险，不自己动手！”

“哎！”葛云辉也看了看表，“就当听你讲故事吧！可惜我没时间了！”

“我也没时间！”张定一站起来，身体前倾，“我只是好心提醒，娄东伟死了！他们，不可能放过你的！”

“有意思！他们是谁？”

张定一微笑：“我下面的话，没有指向性。上次在这个房间，我们顾问也跟你聊过——葛承祖失踪了，对不对？你好不容易又有了葛常顺，结果有遗传病，对不对？”

“你是说金科、骆琪？”

“我说了，没有指向性，就只是提醒你。换句话说，你老老实实待在这里，配合我们，主动交代你的问题，对你来说反倒最安全！”

“谢了！我行得正，坐得端，真不稀罕这个破地方！”

张定一又看表：可支配时间还剩两分钟。

跟之前一样，这番对话没有半点收获，最多算梳理思路。他不甘心就这么让葛云辉离开。通过调查，他们明明能推断出诸多隐情，可就是没有证据，不能把葛云辉怎么样。这种感觉很不爽。

“结束了吧？”葛云辉站起来，走向门口。

这时，张定一突然说：“说实话，我对葛常顺有遗传病这件事，非常好奇。”

葛云辉站住。

“怎么说呢？一方面，三代试管婴儿那个基因筛查，虽然法院也说不清道不明，可它牵连到金科；另一方面，你女儿葛菲，用毒品栽赃你老婆，也算奇闻一件！”

“葛菲关在这儿！有劳你们，替我好好教育她！”

张定一慢慢逼近葛云辉：“其实在我们内部，在讨论这么一个逻辑——葛菲那么做，唯一的结果，就是逼你留在滨海，做三代试管婴儿。可是，本市三代试管婴儿技术，仅医学院附属医院一家，而它又是公立医院，不可能搞代孕。于是，你只能通过你的生殖医院，向医学院附属医院申请技术支持！”

葛云辉的眼皮抖了抖：“什么意思？”

“没什么！我只是觉得，是金科把握住了基因筛选的机会，给你找麻烦！”

“呵呵！”

葛云辉笑着绕过张定一，走出审讯室。

他早看出来了，这个警察阴得很，绕来绕去，无非是给他制造心理压力，不想让他走。

二号审讯室，一个女孩刚被带进去。

张文婷，1997年生人，21岁，初中毕业，母亲叫张红秀，父亲一栏空白。

看着刚打印的人口信息档案，伊辉想，要是这个张文婷跟给葛云辉代孕的是同一人，那5年前她才16岁而已，不靠谱啊。

这女孩肤色偏黑，身高中等，长相俏丽，头发染成酒红色，直勾勾地盯着伊辉，没表现出半点畏怯。

王可坐在审讯位上："你叫张文婷？"

"是呀！"张文婷看向王可。

"药腾飞出事时，你和他在一起？"

张文婷点头。

"你们什么关系？"

"算是朋友吧！"

"什么朋友？怎么认识的？"

"普通朋友。两个月前在酒吧认识的。"

自2013年春葛承祖失踪后，药腾飞跟葛菲一起被警方丢进戒毒所。那之后，葛菲外逃了一次，半个月后又被抓进去，可是没过多久却莫名其妙怀了孕，于是光明正大离开了戒毒所，再没进去过。药腾飞不一样，从那时起，他就成了派出所的重点人口，出入戒毒所好几次。最近一次从戒毒所出来，是3个月前。

"说说事发过程。"

王可手里，拿着静山派出所的问讯笔录。他想听听这个女孩现在的说法跟派出所的笔录有什么不一样，然后再做判断。

张文婷皱了皱鼻头："甭问了！跟你们说实话吧，药哥吸毒。刚认识时我就看出来了。我常泡酒吧，什么人，打眼一看就知道。当时他和我打招呼，就是想泡我。"

这女孩，不是一般的直白。

她继续说："他30岁的人了，太老，我对他没啥兴趣。不过他出手倒大方，人也算有趣，还说他家城中村的房子马上要拆迁了。那就是显摆，说他有钱呗。我就加他微信，就那么认识了。后来他就频繁约我，很烦的，我怕他在我饮料里加东西。最近这次，就是昨天。他说他生日，叫我陪他去静山看红叶，晚上回去喝酒。上山后，他去了趟公厕，回来没多久就不太正常了，人兴奋得不行，满嘴胡话。我估计，他上厕所是扎针去了。"

"扎什么针？"

"毒呗！"张文婷白了王可一眼，"我当时就想下山。他不让我走，自己爬上老君岩，叫我帮他拍照。"

她说的老君岩，本地人都知道，那是一块供游客拍照的大石头，石头后面拦着红绳，红绳外面就是悬崖。

"他站在石头上，说要飞！"张文婷站起来，张开双臂，"就这样——他在上面跑来跑去。跑着跑着，突然大叫一声：'飞喽！'然后，他就跨过红绳……然后，我就到这儿来了。"

她叙述的过程很简单，就是药腾飞注射毒品后出现幻觉，自己跳了崖。她手机里有照片，记录着药腾飞手舞足蹈的样子。另外，静山派出所做过调查，找到好几位目击者。在目击者眼里，就是一个女孩给一个男人拍照，后来男人突然跳了崖，这个没有疑问。可是在警方眼里就有疑点。拿王可来说，他会怀疑，药腾飞吸毒后跳崖是受了张文婷的暗示。当然，作为警察，谁也不会无缘无故就把这种怀疑讲出来。

王可的怀疑是职业习惯，但稍加分析，这怀疑就立不住脚。张文婷和药腾飞年龄有差距，生活无交集，认识时间又不长，两人没仇没怨，何至于暗示杀人？另外，静山派出所已经给张文婷验过血，证实她从未接触毒品。不接触毒品，那么她爬山时精神状态就是正常的。一个正常的人有什么理由害人？

王可轻轻摇了摇头，又问张文婷："你和药腾飞之间，有没有……"

张文婷反应很快，嘴也快。不等王可说完，她就抢答：“我和他上过一次床，是我自愿的。”

王可往边上挪动椅子，制造出噪音掩饰自己的不快，同时给伊辉让出位置。他实在不适应这个女孩的节奏。

张文婷见王可挪椅子，以为完事了，跟着站起来：“可以走了吗？”

“再等会儿！”伊辉叫她坐下，“给药腾飞做完尸检再说。”

“烦！”张文婷嘟起嘴。

伊辉问她：“你做什么工作？”

“夜场啤酒妹。”

“以前还做过什么？”

“那多了。”

“比如？”

“网吧游戏陪练、导购、销售……”

“做过代孕吗？”

“烦不烦啊？咱都歇会儿，成吗？”张文婷把头扭到一边。

伊辉见她不配合，故意提高音量，对王可说：“把葛云辉叫过来问点事，他在隔壁。”

王可刚站起来，张文婷有反应了：“做过代孕，行了吧？组织代孕的公司你们不管，要拘我？”

伊辉深感意外。张文婷的反应告诉他，她就是给葛云辉做代孕的那个女孩。可是，这也太巧了吧？人海茫茫，怎么偏偏是她跟药腾飞之死有所关联，然后被带到这里，跟葛云辉一墙之隔……

他收拢思绪，问：“做过几次？给谁做的？”

“你们反正都知道，还问那些干什么？”

“葛云辉？”

“是的，葛老板。”

在伊辉要求下，张文婷被迫简述了代孕过程。

2013年夏，她母亲张红秀因病急需一笔钱。张文婷听说代孕来钱快，便找了一家代孕公司试一把。那家公司叫大圣健康咨询中心，就设在她居住的城中村——康庄。公司老板三十来岁，瘦得像只猴。

当时她年仅16岁，自知不符合公司要求，于是办了张假身份证。她外形俏丽，肤色健康，初中毕业就到了社会上，比一般女孩成熟，通过假证把年龄一改，很容易就蒙混过关。

报名没多久，那家公司老板就联系她，说她条件很好，有机会接一个好活儿。她了解之后才知道，原来代孕也是要竞争的。简单说，就像小姐一样，老板要把很多女孩的资料，统一报给客户，由对方挑选。

接着就面试。可是给她面试的不是公司老板“猴子”，而是葛战辉。葛战辉的名字是她后来知道的。

年仅16岁，社会经验却很丰富的张文婷，跟葛战辉接触几次就看出来了，那男人好色，对报名的女孩们虎视眈眈，却又喜欢装出一副公事公办的样子。于是，她单独找到葛战辉，挑明了问，那个代孕的活儿怎么才能接到手。

跟当年面对骆琪一样，葛战辉满脸为难，说那个活儿收益高，但有风险，不是去泰国移植，而是偷偷在滨海本地做。还说条件好的女孩子实在太多了，到底花落谁家，完全由客户决定，他可说不准。

“在滨海做有风险？无所谓！你都不怕，我怕什么？”张文婷就敞开了说，“那我陪你吧！把你陪好了，机会是不是就大了？你要是说了不算，那我就去陪那位瘦猴老板！”

“我说了就算！”

在葛战辉眼里，这个年轻貌美、肤色偏黑的女孩有着别样的魅力，甚至不输曾令他回味很久的骆琪。张文婷如此“懂事”，他心里早乐开了花，可是面儿上，仍是“赚便宜卖乖”那一套。

他语气“真诚”，苦笑连连：“就算你陪我，我也保证不了。为什么？现在的女孩子，都太懂事了。这个也来陪我，那个也来陪我，可是我只需要一个人，你说我到底推荐哪一个？这不是让我为难吗？”

张文婷说：“没事！到时候，您就凭感觉，看谁陪您陪得好。万一这次轮不到我，不是还有下次吗？”

下次？嘿嘿！哪有下次啊！我的公司早他妈关了！这是为我哥出头办事啊！葛战辉心里想着，嘴上勉为其难答应。

酒店是张文婷主动开的，葛战辉屁颠屁颠地送上门去。

爽了一晚上，葛战辉要走的时候，张文婷给了他一个“惊喜”。

他没想到女孩居然玩心机，提早把手机藏在角落里，录下了他们过夜的过程。

当年葛战辉干那行，滥事无数，他老婆心知肚明，只不过是看在钱的分上，麻木了，不挑明罢了。所以，即使张文婷把拍的视频送到葛战辉老婆眼前，也不见得真能破坏人家的夫妻关系。然而，张文婷不那么做。她玩狠的。

她告诉葛战辉，要把视频发到网上，把他和瘦猴的公司都搞臭，除非葛战辉答应把那个代孕的活儿给她。

葛战辉可是因为非法代孕进去过一次的人，还罚过款，怎么敢让视频发上网？权衡利弊，很快妥协，把张文婷推荐给了他大哥葛云辉。

葛云辉不傻。他问葛战辉，代孕的女孩那么多，为什么单单推荐张文婷。

葛战辉无奈，便把苦水倒出来，说张文婷捏着他的把柄。

葛云辉骂他狗改不了吃屎，还埋怨张文婷太精明。可是说到底，葛战辉是因为给他帮忙物色代妈，才会叫人捏住把柄。

实际上，葛云辉肯定了他兄弟的眼光，也一眼相中了张文婷。代孕这种事，最重要的是代妈年轻、健康，当然人漂亮那就更好。他又通过葛战辉联系“猴子”，象征性地面试了其他几个女孩，感觉都比不上张文婷，就把事情定了。

听了张文婷的讲述，伊辉惊讶于她的早熟，居然能让葛战辉那种老油条吃一次大亏。

他说：“知道吗？你生的那个孩子有遗传病。”

张文婷既不惊讶，也不在乎："我只负责生孩子拿钱。"

"可是代孕违法！"

"那怎么办？你们去抓葛战辉啊！还有那个大圣健康咨询公司！葛战辉说，那个老板外号叫'猴子'，以前跟着他干过！哎！说话呀！你们是要罚我钱吗？"

张文婷问得一本正经。她不知道，前几天，葛战辉就被张定一扔进看守所了。

## （五）

张定一把伊辉叫进队长办公室，关秀山在那里等他。

见到关秀山，伊辉开了个小玩笑："关队，你这是要常住我们分局啊。"

关秀山拿着手机，在支队微信群打字，没言语。

过了一会儿，他放下手机，坐到伊辉对面："那个张文婷，什么情况？"

"没有疑点。"

伊辉简述笔录情况。

关秀山搓着下颌，说起一件往事："当年，我去调查杨攻略，也就是养猪场看门人——牛启来。村委会大妈告诉我，她曾在牛启来家，无意看到过一张照片。照片背后写着两个字：文婷。"

伊辉愣住。

"重名的人多着呢！"关秀山笑道，"刚才雷局说，从静山派出所带回来的女孩叫张文婷，我一下子就想起来那件事，条件反射啊！"

伊辉说："其实，当年给葛云辉代孕的，就是这个张文婷……开始我也以为重名……"

关秀山很惊讶："哦？同一个人？"

伊辉点头。

“这么巧吗？这个张文婷，有点意思啊！”张定一掏出电话，打给派出所，交代了几句话。

几分钟后，有个片警回电话过来，说张文婷随母姓，是个领养的孩子。她养母叫张红秀，今年52岁，没结过婚，早年有日本就业经历。

领养？日本就业经历？

关秀山马上想起，牛启来不也有日本就业经历吗？

伊辉看过刘明坤档案，能猜到关秀山的心思，于是问：“关队，当年你姐和牛启来到底怎么回事？”

关秀山深吸一口烟：“车祸，肇事司机是牛启来。回国后，他怕我们家属找他算账，花钱在燕来村另立户口，改叫杨攻略。”

“车祸，是怎么个情况？”

关秀山叹道：“当时，牛启来给鱼档开厢货。那天，葛云辉陪我姐关秀娥，去做产检，他们坐的轿车是葛云辉公司的。雨天路滑，在横滨矶子区一个拐弯处，牛启来的厢货爆胎后，把我姐的车撞离路面。路下边有条河，叫鹤见川。车子冲过路沿石，翻了几个圈，最后横在路面跟河岸之间的斜坡上。撞车后，牛启来的厢货也跟着冲下去，一头扎进河道里去了。”

“你姐当时……”

“我姐被甩到车外了。”

“那葛云辉和小车司机呢？见死不救？”

关秀山摇头：“当时他们被撞晕了。哦，那个司机好像伤了腿。我去日本调查时，打听到他辞了职，没见到他人。”

“那牛启来呢？”

“他的伤不轻，驾驶室进了水，他被困在里面，后来才想起从窗户爬出去，喝了不少水，在岸边晕倒了。他说被困住时，眼睁睁地看着我姐躺在那儿，无能为力。”

伊辉咂舌：“你这调查，太粗了！”

关秀山摊摊手：“没办法，那儿不是咱地盘。”

“我就是好奇，那个牛启来回国后怎么就干上了养猪场的营生，跟张进九他们混一块儿了？”

关秀山摇头：“从他新户籍上看，养猪场一成立他应该就去了。所以当年调查时，我们想从他身上打开突破口的想法，不可能实现。”

伊辉来回走了几圈，突然问关秀山：“那个爆胎细节，记得吗？”

关秀山说：“也没什么特别细节。在一个拐弯处，我姐的车在内侧，厢货在外侧。当时夏天，又加上下雨……”

“内侧？左边还是右边？”

“日本开车靠左。”

“靠左？内侧？”

伊辉把两根烟摆在桌上，比画了一会儿，然后呆呆地盯着桌面，自语：“怎么就感觉不大对劲呢？”

“怎么了？”关秀山好奇地盯着他。

“也没什么！”伊辉继续用烟比画，“轿车在内侧，厢货在外侧，恰逢拐弯……这时候，前者被后者撞上，确实很大可能被撞离路面，翻下去。问题是……”

“有屁快放！”张定一忍不住催他。

“别急啊！”伊辉忽然拿起外侧那根烟，“问题是，那辆厢货，它拐弯时干吗要超车呢？”

“超车？你怎么知道厢货超车？”关秀山听糊涂了。

“明摆着啊！它速度要是比轿车慢，哪怕速度一样吧，那它爆胎后，怎么可能撞到轿车上去呢？”伊辉做了个刹车的姿势，“车子爆胎，人的第一反应是什么？控制方向，刹车啊。这么说吧！不管牛启来做出什么反应，都要刹车，对不对？要么慢刹，要么急刹……可是，轿车在内侧，厢货在外侧，牛启来的车速只要不快过轿车，那他爆胎后，怎么会撞到轿车呢？”

伊辉描述的，只不过是一个再不能简单的常识：拿跑道上的两个运动员来说，拐弯时，哪怕两者速度一样，外圈的运动员也会被内圈的运动员落下。

然而这个常识，在关秀山心头狠狠地踹了一脚，使他乱作一团。他使劲捶着脑壳，展开种种联想。

张定一宽慰他：“也许爆胎时，厢货就是比轿车快呢？”

关秀山呆坐着，没有回应。伊辉一番话，往他心里种下了怀疑的念头。有了那个念头，他再也平静不下来了。

当年他和家里人都曾有过一样的想法，关秀娥的死，是葛云辉在背后作妖。毕竟人死后，肝脏移植到了一个日本女人身上，而葛云辉还把那个日本女人带回了家。后来，关秀山狠狠地揍了葛云辉一顿，那个想法才渐渐平息。

现在呢，伊辉的分析，却将关秀娥的死因导向了另外一个方向。那个方向，21年来他从未设想过。如果关秀娥的死是牛启来有意为之，那意味着什么呢？他的心彻底乱了。

偏偏伊辉是一个较真的家伙，针对这个话题继续纠缠：“厢货当时是空车，还是有货？”

关秀山仔细回想：“它拉着半车货，惯性大，撞击后轧过路基——这是横滨警方《交通事故责任认定书》里的表述。”

“装着货，为什么会拐弯超车？”伊辉逼近关秀山，“如果拐弯时，厢货车速本就快过轿车，那车祸结果没问题；反之，事儿就变味了！”

“别说了，你把关队绕进去了！”张定一有节奏地敲着桌面，“别忘了，车祸的前提是爆胎！在那种失控情形下，厢货方向是随机的！换而言之，车祸是随机事件，是意外！就这么简单！合情合理！但是按你的说法，就成灵异事件了。什么意思？明摆着啊！你厢货爆了胎，还能精准地控制方向，撞到轿车上去？”

伊辉笑了：“我不是那个意思啊！”

“那你什么意思？”

“我就分析速度。我就是觉得，一般情形下，拐弯时，外侧车道的厢货不会快过内侧的轿车。我没说牛启来当时的车速就一定比轿车慢。”

“那不就得了？”

伊辉不依不饶：“如果牛启来故意撞过去呢？”

关秀山急得想揍人：“你又绕回去了！爆胎了！故意撞过去，怎么控制方向？”

“为啥要爆胎？想撞，就加速直接撞过去！”伊辉平静地说。

“人家有爆胎结论的！”

伊辉大声说：“爆胎可以造假！”

“车祸现场，交警、医务人员，那么多人！怎么造假？”

“交警赶到之前，有造假时间。”

“怎么造？事先准备一个破轮胎，撞车后换上去？”

伊辉沉默了。

张定一越说越来劲：“厢货扎到河里去了！牛启来能在水下换胎？你当他是水鬼呢？”

伊辉挠挠头：“水下换胎，也不是不可能。最大的难点，是环境特殊，无法把控时间——你那里折腾半天，没换好，被别人看到就全完了。”

“废话！如果是预谋犯罪，你会用那么蠢的法子？”

“水下换胎是你说的啊！我可没说！”伊辉嘿嘿一笑，“预谋犯罪的关键，是提前计算好细节，把控一切。”

“这不就得了？”张定一拍拍伊辉，“别瞎琢磨，给关队添堵！明白？”

“可是……”

“别吵了！21年前的事，又不是发生在咱们地盘……”关秀山揉着额头，慢慢走到伊辉跟前，哑着嗓子说，“那事无解！就让它过去吧！”

房间里安静下来。

然而没多久，这安静又被打破了。

伊辉用力呼出一口气，小声说："其实可以找个理由，把牛启来带进来，仔细审一审的。"

关秀山盯着伊辉看了很久，才说："牛启来死了。"

听到这话，伊辉和张定一都怔住了。

"都别多想。牛启来是意外死亡，没有任何问题！"关秀山用力搓了搓脸，肌肉跟着放松下来，"当年骆琪举报事件之后，我会偶尔关注他。他在家里闲了半年有余，后来搬到西关，干环卫去了。今年，几个月前的超强台风'坏男孩'，还记得吧？"

伊辉当然记得。白玉城的案子，就发生在台风过境期间。

关秀山淡淡地说："牛启来就是刮台风期间死的。他冒雨清理水里的杂物，不小心踩进下水道，淹死了。唉！那个下水道被水灌满了，没井盖……"

听到牛启来的死讯，伊辉神情暗淡下去。13年前那个深夜，他从燕来村养猪场逃走，因力竭翻不上墙头，牛启来曾出手相助，托了他一把。

他在心里，一直对那个谜一样的人心怀感激。

## （六）

午夜时分，尸检结束。

药腾飞高空坠亡的结论没有问题。法医从他体内提取到高浓度的二甲基色胺。该物质是一种生物碱，具有强烈的致幻作用。

有名的新型毒品——"邮票"和"死藤水"的主要成分就是二甲基色胺。曾有"毒虫"描述，"死藤水"使他进入了异次元世界，看到了不同维度、不同空间的东西。

天亮后，张文婷离开分局。

她16岁就做过代妈，可是法律上，仅有对非法代孕组织者的处罚措施。张定一呢，面对纷繁复杂的案情，更没有心思在一个代妈身上浪费时间。

派出所民警向药腾飞家人通知了死亡结论。

刑警搜索死者生前租住处，除搜到少量毒品外，还找到一个烟盒大小的旧硬皮本。

硬皮本只用了四页。前三页记录了几十条欠账提醒，中间撕去了若干页。那些撕去的页面，估计是用来打欠条了。

所谓欠账提醒，就是一个人名，外带一个数字，然后名字后面画个叉。

它应该是药腾飞梳理的欠账名单，数字表示借钱数额。人名后画上叉号，就是说这个人不能再跟他借钱了，借也借不出来。

欠账统计有5万多元。

不用说，那些借来的钱都成了药腾飞的毒资。只不过他吸毒的事慢慢地在亲朋好友间传开以后，就没人再借给他了。

除了前三页的欠债提醒，硬皮本第四页页头，写着“证明条”三个字。

“证明条”下面，紧跟着一句话：“今收到唐文龙摩托车款4000元整（车价6000元），另外2000元顶欠条。”句末药腾飞签名，日期是2010年12月12日。

这张证明条引起了警方注意。

引起注意的原因，是“摩托车”三个字。它让张定一和悬案科的人不自觉地联想起8年前飞车党的案子。

对此，只需简单分析就能发现疑点。

药腾飞，资深“毒虫”一个，烂账一堆，8年前哪来的摩托车？

证明条写得很清楚，药腾飞把摩托车卖给了一个叫唐文龙的，车子值6000元，他只收4000元，另外2000元顶账（只是不知什么原因，这张证明条没撕下来）。换句话说，这么一个靠卖车还钱的人，哪来的钱买车？

发现不对劲，江志鹏叫悬案科二人组马上去调查。

张定一手握刑警队“兵权”，资源丰富，行动迅速，没用半小时，就找到了证明条提及的唐文龙。

唐文龙30岁出头，跑车险业务。看到证明条，他很快想起往事。

初中时，他跟药腾飞同桌，两人是铁哥们儿，高中以后联系就少了。2009年年底，药腾飞找他借了2000块钱。那时他当兵复员不久，钱是从复员费里出的。半年后，他找药腾飞要钱，对方没有。后来同学聚会，他听说药腾飞找不少人借过钱。他就很纳闷：药腾飞借那么多钱干什么？

又半年后，2010年冬天，药腾飞突然找到他，问他要不要摩托车。唐文龙当时正打算买摩托。药腾飞就说，他有一辆日本进口的好车，九成新，不过没挂牌。唐文龙去瞅了一眼，当场看中了，然后就谈价。药腾飞出价6000元，唐文龙只付了4000元，因为前者还欠他2000元。付完钱，唐文龙去上厕所，回来看到药腾飞正儿八经在那儿写证明条——今收到唐文龙摩托车款4000元整（车价6000元），另外2000元顶欠条。句末药腾飞签名，日期是2010年12月12日。

他瞅了一眼，说："写个屁，撕了吧。咱哥们儿这点儿事，用得着吗？"

药腾飞听了，顺手把本子一丢，条子也没撕下来，那件事就过去了。

张定一问唐文龙："你买车时，它放在哪儿？"

唐文龙说："他家偏房里。"

药腾飞家在西关，房子是带偏房的平房，面积不小，已被列入拆迁范围。他要是活着，就再也不用为钱发愁了。

张定一问车型和颜色。

"黑色。"唐文龙报出车子品牌。

一听车子是黑色，张定一激动了。飞车党那辆车，不就是黑色吗？当年为了破案，他查了上千辆黑色摩托，也没查到嫌疑人。

这时候，隔壁观察室的江志鹏也很激动，激动伴随着郁闷——飞车党的案子明明是我们悬案科的！你张定一大摇大摆地问，捡到个线索，这是鸠占鹊巢啊！

张定一问唐文龙："你买了摩托以后，挂牌没？车现在在哪儿？”

唐文龙说，挂牌骑了4年多，后来车祸，报废了。

那个日系品牌摩托车，在本市有好几家代理商，分别代理不同的型号。时隔8年，唐文龙买的那款车早停产了。张定一找到它当年的代理商，试图了解其销售渠道，却无意中发现，那家代理商的代理运营方，居然一直是辉煌物流公司。

回到分局，张定一提审葛菲。

葛菲已被关了三十多个小时，精神状态很是萎靡，一进审讯室就问人要烟。

张定一待她抽完烟，才问：“当年你把房子租出去以后，跟谁在一块儿？”

葛菲说出药腾飞的名字，又要烟。

张定一又问：“药腾飞当时有辆摩托车，哪儿来的？”

葛菲躲在烟雾后面，没言语。

张定一耐着性子，描述了摩托型号、特征。

葛菲吸完烟，扔出两句很傻的话：“我早和他分了。你们咋知道他有摩托车？”

听了葛菲的话，张定一想笑：太嫩了，一个反问把自己暴露了。

他敲着桌面：“想想你自己的处境！毒瘾犯了，滋味不好受吧？只有配合我们，将来你才能早点从看守所出去！你没有别的选择！”

张定一这个审法有点不地道，不过也是大实话。

葛菲垂下头，用力咬着嘴唇，生怕自己不小心把实话说出来。

看她那熊样，张定一恨不得一盆水泼过去。

他把水杯一蹾：“告诉你，药腾飞死了！”

也许是毒瘾上来，滋味不好受，也许是被药腾飞的死讯刺激到，葛菲突然抬起头，定定地望着张定一。她的嘴巴张开一半，嘴唇间粘连着亮晶晶的液体，让人看了很不舒服。

她闭上眼，努力咽下一大股口水，然后微微睁开眼皮，说出了张定一期待的答案。

“摩托是我的。”

“你的？你哪儿来的？”

葛菲要来一瓶水，一口气灌下去，然后道出事情的缘由。

当年从旧宅搬离后，葛菲手里有一笔房租。可是对“毒虫”来说，那点钱不经花。有一天，她在街上遇见一个熟人，骑着一辆崭新的摩托。

那人是他叔葛战辉的儿子，叫葛明。葛战辉结婚晚，葛明比她小好几岁，高中毕业没考上大学，在家无所事事。

葛菲上前拦住葛明，想跟他借俩钱儿。

葛明翻翻裤兜，掏出来100块。

才100，葛菲不接。她围着葛明转了两圈，打起了摩托车的主意，想借到手骑两天。

那车是葛明年前看好的，当时就想买，可惜年底代理商没货。春节期间，代理商跟物流公司走动，去给葛战辉送礼，葛明就问人家什么时候有货。代理商很慷慨，说年后货到了送他一辆。葛菲遇见他那天，他刚从代理商那里把车开出来。在商家那边，那辆车是送出去的，没计入销售额。

早在高中时期，葛菲跟社会小青年接触广泛，就学会了开摩托。她不管那么多，霸王硬上弓，趁葛明不留神，一把夺过钥匙，说帮他试试车。

葛明以为她只是骑两圈，就由她去了。哪知葛菲把车骑走后再也没回去。

葛菲的打算很简单，骑两天玩玩儿就把车卖掉，换钱吸毒。事后怎么跟葛明交代，她才不在乎呢。

药腾飞比她老到，没让她卖，而是出了一个好主意，说摩托能生钱。葛菲问怎么生。他说去干飞车党。

他俩一共干了两票，葛菲是骑手，药腾飞是抢手。两票都选在小西关。那里位置偏，监控少，路况熟，而且不缺小姐。他们的目标，就是下夜班的小姐。

在警方档案里，第一个被抢的小姐叫刘玉芬。她被抢了包，死活不愿放手，药腾飞用刀挑了她的手筋。第二个就是骆琪了。

抢骆琪的场景，令人难忘——

车灯下，葛菲老远看见一个打扮时髦的女人，拎着包跑过来。摩托迎着女人，加速，再减速。车子即将掠过女人时，药腾飞突然出手，夺走女人的包。相比上次动刀挑人家手筋，这次要顺利许多。葛菲心情不错，加速驶离现场。

这时，她背后的药腾飞突然叫她掉头。

“掉头？为什么？”

药腾飞说，那女人脖子上还有个吊坠。

葛菲潇洒地减速，掉头，将车头灯再次对准女人，然后突然加速，冲上去。

药腾飞故技重施，一把将女人胸前的吊饰拽下来。然而，这一次，那被抢的女人像是突然发了疯。她一把抓住药腾飞的衣服，死活不放手，整个人眼看就要被摩托拖倒。药腾飞呢，也有被拽下去的风险。这怎么办？药腾飞咬牙掏出刀，朝女人面部狠狠划了几下。那女人终于松手，摩托就此远去。

悬了8年的飞车党案真相大白，张定一心情好极了。

虽然药腾飞已死，可是死因明确。而在之前的讨论会上，伊辉一直坚定地认为金科会报复飞车党。现在看来，那个逻辑根本站不住脚。

金科为金兰的死找说法，这点立得住，可是金科根本不可能查到谁是飞车党。查不到人，何谈报复？结果再清晰不过，药腾飞因毒品致幻，跳崖自杀，张文婷是见证人。

“交代得太晚了，但还算配合，比那个死不开口的骆琪强！”张定一给葛菲做了个小总结，然后问，“你认识张文婷吗？”

葛菲摇头。

张定一抛出最后一个问题，验证自己的想法：“你们抢钱的事，还有谁知道？”

葛菲继续摇头。

张定一长舒一口气，总算放下心来。

他认为，犯毒瘾的葛菲既然主动交代了那么多，便没必要再隐瞒其他的了。

然而，葛菲却突然垂下脸去，眼睛向上翻起，咧开嘴角，冲着张定一笑起来。那笑容不阴不阳，实在让人心悸……

# 第十三章　最残忍的惩罚

## （一）

骆琪被扣48小时之后，金科一个人走进分局，说来自首。

金科居然自首？所有人都很惊讶。

江志鹏抢在张定一前头把金科带进审讯室。

这时候，金科提出要求，说见见骆琪。

江志鹏安排他们见面。金科请求，把房间里的监控关掉。

江志鹏起初不答应。金科就强硬起来，说不关监控，他什么也不说。江志鹏被迫同意。

被关两天，骆琪憔悴了许多，见到金科，她似乎不觉奇怪。

“来了？”

“48小时了。你还不出去，我就来了。”

“你的罪最小。机会留给你，总好过大家一起坐牢。”

“何苦呢！”

“不是早商量好了吗？”

“我会等你的。”

“别傻了。”

“不是说好了吗？我等你。”

“她动手了吗？”

“她已经在路上了！”

两人简简单单说完这么几句话，金科对房间外的人示意，可以开始了。

江志鹏大步跨进门，身后跟着哼哈二将：伊辉、王可。

不等警方开口，金科就说：“电子眼案是我干的。炸药，是从骆琪床底下拿的。当年，一个盗墓贼把东西丢在宾馆，她没丢掉，把包带回家了。那个包里有雷管。她是小姐，多一事不如少一事，所以没报警。她以为总会有人去取那包东西，一直没等到，后来被我拿去用了。”

接着，他简述了一段往事。

2010年4月19日凌晨，金科撞到人后，把人抱上车，才认出来对方是骆琪。骆琪伤得不轻，疼得咿咿呀呀，意识尚在。

金科很细心。先是把她横放在车后座，又担心她个子高，中途一旦丧失意识，有可能从座上翻下去，于是又换了姿势，让她靠在后座，给她系上安全带。

金科加速狂奔，开了没两分钟，突然听到骆琪说话。

骆琪的脸贴着车窗，眼眯成缝，盯着路的左侧，从牙缝里蹦出几个字：“车！摩托车！抢了我包！”

数分钟前，摩托车手掉头，抢完骆琪后，沿着正路朝东逃离，走出去没多远，车子左转，拐进一条小道朝北开，然后右拐，朝东开出一段，再右拐朝南开，重新回到原来的东西向主路。它那么走了个“几”字形，为的是绕开东西向主路的一个监控探头。以前金科也那么干过。他往三号电子眼监控杆里预埋爆炸物那晚，骑着三轮车走过那条路线，顺便把三轮车丢到了那里的垃圾场。

此时，摩托车绕完“几”字路线，刚回到主路，就被骆琪看到了。

车里，金科听清了骆琪的话，可他没理会，一心想着上医院。

骆琪用头狠狠撞车窗：“他们，划烂了我的脸……还有，银丰宾馆旁边的房子……”

她想简单陈述沈氏兄弟的所作所为，叫金科报警。可是那件事一两句话还真说不清。短暂的清醒过后，她终于昏迷过去。再醒来，就是抢救之后的事了。那时，失忆症状才跟着显现出来。

骆琪说的后半句话，金科不明白。

他扭头看了一眼骆琪那血糊糊的脸，心里突然发起狠，猛打方向盘，同时急刹，把车横在那辆摩托车前面。当时，摩托车刚回到正路，没防备，一头撞到车身一侧，翻了。

金科冲下车，捡回骆琪的包，然后走到那两位车手身边，狠狠踢上几脚。

那两位躺在地上哼哼，无力挣扎。

金科本想报警。他摘下骑手头盔，发现是一男一女。再细看，忽然觉得那女的眼熟。多看几眼，他想起来了。去年端午节，金兰受伤后曾告诉他，整个学校就两个人通过了空姐选拔，除她之外的另一个叫葛菲，还给他看了跟葛菲的选拔合影。

金科从他们身上搜证件，结果那两位出门“营业”都不带身份证，只搜到一部手机。

金科说出A市艺校的名字，问女车手是不是叫葛菲。

葛菲不回答。

金科就打开车门，让葛菲看到骆琪。那意思很明显，飞车抢劫的事他都知道了。被抢的事主就在车里呢。

葛菲坐起来，样子既痛苦，又惊讶。

金科把搜到的那部手机带走，并且用它给葛菲和药腾飞拍了照。

当他把骆琪送到医院后，那部手机响了。在电话里，葛菲求金科别报警。金科没理她。

葛菲就约了个时间、地点，央求金科过去谈谈。

第二天，金科抽空赶去约好的公园跟葛菲见面。那时候他已经平静下来，之所以去，是怀着私心。骆琪伤重，治疗费用不低，他想以报警胁迫葛菲出钱。葛菲答应拿钱。那之后，她陆陆续续给了金科两万块。作案用的摩托车，先是被药腾飞藏在老家偏房内，后来因为缺钱，又被药腾飞卖掉。

拖到2011年，“二沈”被抓，沈长河交代案情，把2010年4月18日晚（实际为4月19日凌晨）发生的事一并告诉警察，而后案情曝光，上了新闻，葛菲这才知道，她和药腾飞抢的那个女人居然是另一场大案的受害者。而那个大案，就发生在她家旧宅内。于是，她撺掇她爸葛云辉，以案发地房东的名义给骆琪捐了一笔钱，以满足金科的胁迫。而葛云辉因为那次捐助，才得知骆琪失忆了。

拿到那笔钱，金科再无胁迫葛菲的必要。同年，他收到金兰的死讯，那令他无比悲痛。然而没过多久，他忽然意识到一个可怕的逻辑——假如2010年4月19日凌晨，骆琪没被抢，那么，变态的沈氏兄弟早就因骆琪报警而被抓了。那样一来，金兰被害的事就不会发生。

意识到那一点之后，金科陷入无尽的痛苦。

他痛苦的来源，不全是金兰的死，还包括自己的懦弱。

当年因为金兰眉骨受伤，他苦苦思量好几个月，才下决心去报复电子眼。干完那件事，他曾一直感叹，犯罪太难了。那么，面对间接害死金兰的仇人葛菲和药腾飞，他应该怎么办呢？报警？告诉警察真相？那样，即便葛菲和药腾飞会受到惩罚，也仅仅是作为飞车抢劫的惩罚。那种惩罚实在太轻了！

葛菲和药腾飞都该死。他想亲手杀死他们！他要亲手杀死他们！

可是，杀人对他来说仅仅是个想法。他考虑了很久也鼓不起杀人的勇气。那个状态持续了大半年，直到2012年春，骆琪恢复记忆，他才把一切告诉了骆琪。

骆琪比他小6岁，可是在他眼里却比他成熟得多。

他觉得骆琪身上有一股劲，能指引他去做些什么，过去那样，现在还那样。

果然，骆琪得知飞车党身份后，对金科提出来，要见见他们。

金科原本安排大家在一个公园见面。骆琪不同意，让他在西城找一处废弃厂房，并且提前备好绳索和刀具。

骆琪安排，金科执行。

双方见面后，葛菲主动求饶，说事情已经过去两年，该出的钱她也让她父亲（以捐款的名义）出了，希望双方就此了结。

骆琪指着自己脸和脖子上的刀疤痛斥对方。

葛菲只好把药腾飞推出去。

药腾飞心大，反而小声责怪骆琪，说抢东西时，要不是骆琪抓住他不松手，他不可能动刀。他说自己亏大了，用刀伤了人，到手的却是个不值一钱的地摊吊坠。

听药腾飞那么说，骆琪火了，拿出手机按下110，逼葛菲和药腾飞跪下认错。

对方害怕，只好下跪求饶。

骆琪收起手机，从轮椅里摸出事先藏好的板砖，抡过去，一下子拍倒了药腾飞。

药腾飞倒了，葛菲好收拾。

骆琪叫金科拿出绳子，把人捆到水泥柱上，然后找东西塞住嘴。

金科照做。

捆绑完，骆琪指着水泥柱上那两位，对金科说："他们间接害死了你妹妹！两个选择，要么报警法办，要么你弄死他们，替金兰报仇，也替我出气！你自己选！"

说完，她把手机和刀递给金科。

金科一手拿刀，一手拿手机，一会儿看看被绑的那两位，一会儿看看骆琪，实在不知道如何是好。

"你看我干什么！"骆琪大声数落他，"当年要不是他们抢我，我肯定能逃走报警，让警察抓住沈家那两个变态！那样的话，变态还能继续杀人吗？你妹妹还会死吗？他们是你的仇人！"

"他们的确……可是我……要不，还是报警吧？"金科哆哆嗦嗦地把刀丢掉，"我，我实在下不去手……"

"报警？"骆琪冷笑，"飞车抢劫，他们最多蹲两年！两年就想还账？够吗？连我身上这两刀的账都不够！"

金科低着头，不断叹气。

骆琪说："你不是说爱我吗？不是说，就算我做小姐，你也没喜欢过别人吗？现在我的脸毁了，你能咽下那口气？"

金科咬牙，捡起刀。

骆琪又说："想想金兰是怎么死的——被那两个变态，一块一块给……"

"别说了！别说了！"

金科大吼着冲上去，举起刀对准药腾飞。

骆琪定定地看着他。她希望药腾飞死，希望那一刀落下去！至少要死一个吧！即便留下葛菲，也要在那张俏脸上划两刀！不！一个也不能留！会露馅的！她只能利用金科做这件事，替金兰报仇，也替她出气。因为除了她自己，谁也无法真正了解，两年前的那个晚上，她到底经历了什么。

然而最终，金科还是把刀扔了。

他跑回骆琪面前，突然跪下去，放声哭起来。

他一边哭，一边说："我……我真的不敢杀人啊！"

骆琪失望极了。

她摸了摸他的脸，质问："两年前，你不是亲手干掉了3个电子眼吗？你的勇气呢？让狗吃了？你配得上那个'钢珠侠'的称号？"

"我配不上啊！"金科双手抓着自己的头发，"做那件事是我的极限……光是考虑要不要做，我就花了至少3个月啊……"

骆琪把手从他脸上拿开。

金科抱住她的腿："别逼我了，好吗？我真的不敢杀人！"

骆琪把轮椅后退一步，扇过去两个大嘴巴子。

金科捂着脸，越哭越伤心，忽然抬起手狠狠地扇自己。

他一边打，一边小声嘟囔："该死的人，何止是他们！还有我啊！他们不抢你，你就能逃走报警！可是，我要是不去破坏电子眼，你也不会被我撞啊！你不被撞，还是有机会逃走去报警……那样一来，'二沈'被抓，我妹还是不会死啊……你能不能明白，我心里到底什么滋味……”

骆琪长叹一声，向厂房外移动轮椅。

金科嘴里流着血，直挺挺地跪在那里，仿佛丢了魂……

两天后，他们再次回到那个厂房。

被绑的那两人狼狈极了，饿了两天不说，连屎尿也无处排解，只好泄到裤子里去，全身散发着阵阵臭味。此外，许是毒瘾更大的缘故，药腾飞发作起来，浑身抽搐，不停地翻白眼，让人望而却步。

金科远远地站在一边，生怕骆琪又逼他做出格的事。

见到骆琪，葛菲拼命挣扎，像是有话要说。

骆琪移动轮椅，取下她嘴里的破布。

“水！”葛菲用力呼吸。

骆琪什么也没给她，只是冷眼旁观：“你想说什么？”

葛菲舔着干裂的嘴唇：“给我水！我告诉你一个秘密！”

“爱说不说！”骆琪感受到了报复的快意。

葛菲咬了咬牙，说：“当年，我家那套房子里，装了针孔摄像头。”

她见骆琪不明白，赶紧补充：“就是你出事的那套房子，是我租出去的，租给了那两个变态。”

她说的这些，除了摄像头，都已经不是秘密。

骆琪皱起眉头：“摄像头？什么意思？”

“我吸毒，被我爸关在那里。摄像头是我爸偷着装的，用来监视我，被我发现后，我就出租了房子，从那里逃了。”

“你爸是？”

“葛云辉。”

“葛云辉是你爸？”

“你住院时，金科以报警胁迫我拿钱，我才叫他给你捐钱。你忘了？”

骆琪警觉起来。她失忆两年刚恢复，在那之前，根本不知道葛菲是葛云辉的女儿。而金科呢，本就不认识葛云辉。他帮助骆琪还原往事时，只粗略提过胁迫葛菲，而后葛菲父亲捐钱的情节。

“你要说什么？”望着葛云辉的女儿，骆琪心跳得极快。

葛菲使劲晃了晃头，让自己保持清醒。

她又饿又渴，试图用最短的话，把意思说明白：“2010年2月中旬，我搬走，那对变态就住进去了。4月初，葛云辉路过那里，把放在二楼的录像机拿走了。”

骆琪把一瓶水送到她嘴边。

葛菲一口气把水喝干，才说：“你还不明白？录像机里，有沈氏兄弟的杀人视频啊！我爸葛云辉，那年4月初就看过视频！”

“他看过视频？你怎么知道？”

“我弟说的。”葛菲慢慢道来，“那年2月上旬，也就是春节前，我爷爷病了，我奶奶去照顾，我才抓住机会，着急忙慌把租房告示贴出去。只是没想到，那么快就有人上门求租。4月中旬，我偷偷去医院看爷爷，顺便想跟奶奶要点钱，碰到我弟葛承祖。他一见到我，就问我是不是在拍戏，把我问蒙了。他说，他从录像机里看过我的视频。”

“你弟多大？他怎么会拿到录像机？”

葛菲说：“那时他8岁，从小好动，见到什么玩意儿，都能给你拆开。4月初，葛云辉把录像机带回家，随手扔在那里。葛承祖看到后，把机器拆开，又复原了。不但复原，他还连接上了电脑显示器。葛云辉回家，正碰上葛承祖在那儿看视频。”

骆琪总算听明白了：“你弟看到了什么？他为什么说你拍戏？”

“录像机里有我一部分生活片段，但是大部分内容是那两个变态的，包括他们杀人的场景。葛承祖说，他看了开头关于我的内容，可是后面文件太多，他没耐心，就拖着进度条快速浏览。当他看到两个男的，把一个女的拖进洗手间时，爸爸就回去了。两个男的，拖一个女人进洗手间，你明白什么意思吧？”

骆琪打了个冷战。

葛菲继续说：“他按下暂停，问爸爸，录像机里是什么？为什么有姐姐？葛云辉拖着视频看了看，把我弟拽出去，告诉他，姐姐艺校毕业了，跟别人拍戏呢……可笑吗？他监控我就算了，居然对葛承祖撒谎，说视频里的我是在拍戏！”

“除了那么说，他还有什么法子骗你弟？”

“哼！”葛菲总结，“他还问葛承祖，有没有看跟姐姐无关的内容。葛承祖说没看，只是用进度条浏览了一点。所以，你懂了吧？”

骆琪握紧拳头，一个字也说不出来。

“葛承祖的话，我当时没在意。直到一年后，那两个变态落网，媒体铺天盖地报道案情，我回想起来，才意识到一件可怕的事。”

骆琪早听明白了：“你想说，你爸早就知道你家旧宅里有变态杀人案，但是没报警？”

“是的！”

“他为什么不报警？”

“不知道！”

“你真不知道？”

葛菲说：“我只知道两件事。第一件是录像机的事，我爸并不担心葛承祖对外乱说。承祖是个孩子，没看到关键内容。就算承祖对我说了，也没什么大不了。因为我跟葛云辉关系一直很差，对他的事，向来漠不关心。而葛云辉呢，根本不知道我抢劫的事，更不知道我被你们控制了。换句话说，如果我抢的不是你，而是别人，那么录像机的秘密是没有意义的。”

“有道理！第二件事呢？”

“在银丰宾馆包你的那个人叫熊万里。”

“你怎么知道？”

“案发后，我从银丰宾馆刘老板嘴里听来的！而那个熊万里曾经跟一个叫娄东伟的律师给我爸办过事！”

听到娄东伟的名字，骆琪更是震惊。

接下来，葛菲便把仙人跳顶替事件说了一遍。

骆琪听完，什么也没说，默默地给葛菲解开绳索，推着轮椅走了。

第二天，骆琪根据以前存的电话号码找到熊万里，还原包夜前后的详细经过。打听清楚后，她弄明白了一件事：整个包夜事件，都是别人精心安排的。

她是当事人，而且跟葛云辉有恩怨，所以，很容易厘清细节背后的真相。

细节1：熊万里蹲完看守所，第一件事就是找娄东伟，索要顶替仙人跳事件的尾款。拿到钱，他们之间两清。可是娄东伟为什么反过来又去给熊万里租上一个月宾馆，而且拿出5000块把熊万里送到相思按摩店门前？

细节2：租宾馆，哪里都可以，可是娄东伟为什么偏偏选择银丰宾馆？它跟沈氏兄弟的“家”仅一巷之隔。

细节3：娄东伟花钱请人嫖娼，为什么偏偏选择相思按摩店？

细节4：包夜期间，娄东伟为何突然给熊万里介绍工作，占用包夜时间？

细节5：包夜期间，熊万里开了两晚上夜车，都是给辉煌物流公司送货，而辉煌公司的投资人之一，正是葛云辉。

骆琪一遍一遍回忆包夜期间的所有细节，尤其是最后一晚，他在银丰宾馆楼下打电话，跟熊万里解决纠纷时的情景。

当时，那个圆脸女人，也就是沈氏兄弟的帮凶李秋玲，突然从她背后冒出来搭讪，把她吓了一跳。李秋玲亮出小姐身份，消除了她的戒心，还给她介绍业务赚外快。然后沈长海出来，请她到房里去。

她记得很清楚，随沈长海进门后，先踏入一个长方形房间。那房间沿街，里面基本是空的。在跨过房门，进入生活区之前，她转身扫了一眼，看到长方形房间的东墙上有一扇窗，拉着窗帘。

她记得，在户外时李秋玲说过，那扇窗后是卧室，从窗帘缝隙往外看，能看到骆琪。可是，那儿分明是沿街的单间，哪来什么卧室？

现在回想，她知道了，不管无心还是有意，李秋玲就是透过那个房间的窗帘缝隙盯上她的。一个漂亮的小姐，连续7个晚上去银丰宾馆，不被盯上才怪。

上述细节，在警方那里只是逻辑，不能成为证据。再说，警方根本没有依据去证实葛云辉看过录像机里的杀人视频。然而骆琪不同，葛菲给了她结论。葛承祖的话就是依据。

有了那个基本依据，再加上那些细节，她完全能肯定，葛云辉之所以明知沈氏兄弟变态杀人却不报警，目的就是伙同娄东伟设计那么一个局，希望借那两个变态之手将她除去。毕竟，在2010年2月末、3月初，她曾到市局举报葛云辉和张进九。她在后者眼中就是一个大麻烦。如果制造一个局，就能把她嵌入变态杀人案，岂不是绝好的事？

骆琪看破真相后，再次找到葛菲。

她很想知道，葛菲为什么出卖自己的父亲……

## （二）

审讯持续了一整夜。

金科说："我以为葛菲害怕骆琪伤害她，说出那个秘密是为了自保。可是，她应该看得出，骆琪只是希望我动手杀人，可我不敢……所以，我还是想不通，葛菲为什么要出卖自己的父亲……她成功转移了我对她和药腾飞的憎恨。"

江志鹏坐到一旁休息。他早就坐不住了，他要亲自出马去逮捕葛云辉。因为，从某种意义上说，葛云辉是"二沈"系列杀人案的第三个凶手。

伊辉坐上审讯位，一句话直击金科内心："葛云辉那么做，间接害了你妹妹，你对他的憎恨有多大？"

"恨不得他死。"

"你对他做过什么？"

"我是来自首的，我会说清楚！"金科厌恶伊辉咄咄逼人的提问，"他以单位名义去我们医院，申请三代试管婴儿技术支援时，我做了些违背医德的事——基因筛选环节，我把他的健康胚胎做了置换，换上了致病胚胎。”

“基因层面的报复，高明！”

“那不是我的本意，是骆琪要求我那么做的！”牵扯个人罪责的细节，令金科激动起来，一边说，一边打手势，“除了那件事，她还让我开了些激素类药物，混在保胎药品里，让代妈服用。”

“代妈？张文婷？”

金科点头。

“骆琪怎么知道葛云辉做代孕？”

“葛菲奶奶去戒毒所告诉了葛菲，葛菲告诉了骆琪。”

“葛菲怎么知道代妈是张文婷？”

“我不知道。”

“为什么开激素类药物？”

“我只能理解成持续报复。那些药会影响婴儿器官发育，使肝功能以及肠胃功能不健全。”

伊辉心中感叹：三代试管婴儿基因筛查、代孕、激素、孩子……对一个人的报复，居然能通过这些环节去实现，实在是……

江志鹏提醒金科：“你不要光交代自己的问题。还知道什么，都讲清楚！”

伊辉加快审讯进度：“当年骆琪见过熊万里之后，第三次找葛菲，谈了些什么？”

“不知道！”金科叹息，“那次，她和葛菲在咖啡馆里谈了很久。我留在车里没进去。骆琪回去后，什么也没告诉我。她只是警告我，不要把她恢复记忆的事说出去。还说，她要继续装出失忆的样子。”

“为什么？”

“那个我能理解。毕竟葛云辉和娄东伟已经设局算计过她一次。她继续假装失忆，对别人的威胁似乎就少许多。话说回来，其实她那么做意义不大。从那个局就能看出来，葛云辉是个拒绝冒险的人。如果没有更好的机会可以利用，他不会动骆琪一根指头的。希望骆琪死，对葛云辉来说，只是一种情感上的发泄，不是必须为之的事情。”

“你总结得很精确！”江志鹏抢在伊辉前头，问，“那么，娄东伟到底是谁杀的？”

金科摇头。

江志鹏急不可待：“那葛承祖呢？谁绑架的？”

“我只知道，肯定不是骆琪。”金科回忆往事，“我知道她在做一件大事，具体是什么她不告诉我。用她的话说，是为了我好。她见完葛菲后，回家就找犯罪电影看，连续看了十几天。然后，她选出一部叫《不可饶恕》的韩国电影，反复观看。”

伊辉知道那部电影，剧情记不清了。他和王可同时拿出手机，搜索起来。

那部电影讲了一个复仇的故事。男主李圣浩的姐姐，多年前被官二代强奸致死。法医和一个叫吴恩雅的女人做了伪证。多年后，李圣浩杀死做伪证的吴恩雅，分尸后又缝合起来，同时绑架了法医的女儿。警方锁定李圣浩为犯罪嫌疑人。李圣浩一边交代零星线索，一边用法医的女儿威胁法医，让法医把他救出警局。

在李圣浩启发下，法医造假，将吴恩雅男友闵秉浩的精子，植入吴恩雅尸体的下体，并出具验尸报告，向警方证明，杀死吴恩雅的凶手是其男友闵秉浩。李圣浩遂被释放。之后，法医一步步查清真相，最终找到了早已经被男主分尸的女儿。

然而让法医绝望的是，她女儿的尸体，只有头部和四肢，身体中间的部分早就被男主李圣浩缝在了吴恩雅身体上。

法医这才明白过来，他先前用闵秉浩的精子造假，植入的其实是自己女儿的下体。那意味着，他亲手用别人的精子，玷污了自己的女儿。那是李圣浩对他当年做伪证的报复。

那部电影有巨大漏洞。吴恩雅被缝合的尸体摆在那儿，一个著名法医，居然辨识不出尸体是由两个人组成的。那个漏洞成全了一个精彩的结尾。

江志鹏可没心思研究狗屁电影，他问金科：“你还知道什么？”

“还有一件事，差点忘了！”金科说，“骆琪逼我用实验室里葛云辉的精子，跟另一颗卵子结合成胚胎，移植给葛菲。”

葛菲当年用冰毒栽赃山下纯子的事情过去后，曾因割腕入院并借机逃离，后来被警察找到送回，不久后因怀孕，光明正大地离开戒毒所，这件事众人皆知。它里面唯一的秘密，是葛菲跟谁发生关系导致怀孕，然而那是葛菲的隐私，就连警察也无权深究。现在，金科那句话像一把重锤，突然把审讯室里的人砸蒙了。

“葛菲也成了代妈？”伊辉挠了挠头，“我没听懂。你是说，葛菲生的那个孩子，父亲是葛云辉？”

“对！”

“精子是葛云辉的，卵子呢？卵子是谁的？”

“卵子本应是代妈张文婷提供的，后来……”

“等等！张文婷？那个肤色偏黑的女孩？”得到确切回答后，伊辉耳朵里一阵轰鸣，他做了几个深呼吸，才说，“有点乱！张文婷是代妈，怎么跟葛菲、骆琪搅和到一起，还提供卵子，去跟葛云辉的精子合成受精卵？你慢慢讲清楚！”

金科长叹：“唉！那件事的确很难讲清楚。是这样的——葛云辉的精子，以及属于他和山下纯子的剩余冷冻囊胚，本就保存在我们医院实验室。而张文婷的卵子，则是提前通过一家非法代孕公司操作，保存在一家私立生殖医院实验室里。骆琪要做的，是收买私立医院的医生，把张文婷的冷冻卵子秘密交给我，让我把卵子跟葛云辉的精子结合，但是那件事没成功。为什么？当骆琪收买了医生，提出悄悄移取目标冻卵时，医生说，张文婷的卵子被他们卖掉了！非法转卖，从中获利！他们认为张文婷那么年轻，即便在那里冷冻卵子，一时半会儿根本用不到！”

伊辉挪动椅子，坐到金科跟前：“然后呢？”

金科闭目休息片刻，继续说：“当时骆琪很着急，跟我说那件事必须用张文婷的卵子，可是卵子被无良医生卖掉，时间上就来不及了！后来她有了新主意，要求我，从我们医院实验室挑一颗现成的受精卵——从葛云辉跟山下纯子剩余的冷冻囊胚里面挑，而且必须保证移植成功。刚才我交代了，当年，在给葛云辉两口子的受精卵做基因筛选时，我把他的健康胚胎做了置换，换上了致病胚胎。那个致病胚胎，就是葛云辉现在的小儿子葛常顺。所以，当骆琪提出那个要求时，实验室里刚好剩有一颗健康胚胎。于是，我偷偷把那颗胚胎移交给骆琪指定的那家生殖医院，经由那里的医生移植给了葛菲。”

这件事匪夷所思，就像飘在空中的鱼，你不知道它的因由（为何在那里），也不知道它的结果（将要去哪里）。伊辉听得浑身是汗，手心里握着的一根烟，也变得柔软潮湿了。

伊辉用力吐出一口气，凝神道："所以葛菲生的那个孩子，不只是用了葛云辉的精子，他原本就是葛云辉和山下纯子的亲生儿子！”

金科惨然笑道："没错！”

“她们为什么那样做？”

“不知道。但是那件事既然跟葛云辉相关，我就一定配合她！”

“可是……葛菲生的那个孩子并不健康，不但唇腭裂，还多指。而经你当年挑选、移植给葛菲的，却是一颗健康胚胎。为什么？”

金科轻轻摇头："那个过程自始至终，我没见过葛菲。也许跟她吸毒有关吧！”

“张文婷呢？你对她了解多少？”

金科摇头："只见过一次，并无交流。”

“那么，张文婷取卵冰冻，是在她代孕之前？”

“对！她取卵只能在她代孕移植之前。只是她们想不到，冻卵被无良医生转卖获利。”金科摊摊手，“我知道的都讲了。有疑问你们去问骆琪，还有葛菲。她冤枉她后妈藏毒，而后在戒毒所割腕入院，借机逃走，为的就是那件事。她俩，还有张文婷，她们是一起的。”

伊辉暂停审问，努力消化当前的意外信息。

金科挺直腰："我是来自首的，该说的都说了，希望能帮到你们，更希望能帮到我自己。”

“你提供了重大线索，应该能减刑。”江志鹏甩下这句话，冲出去找雷霆汇报。

王可和伊辉半天才缓过神来。

张文婷移植了葛云辉和山下纯子的受精卵，做代妈。张文婷又早早提取了卵子，计划跟葛云辉的精子结合，移植给葛菲。由于无良医生偷卖掉张文婷的冻卵获利，骆琪又逼迫金科取用葛云辉和山下纯子余下的那颗健康受精卵，移植给葛菲。

金科所述太过震撼：葛菲跟骆琪合起伙来坑她爸。

谁能想到呢？葛菲生的那个唇裂、多指的孩子，居然是葛云辉的儿子。

可是，葛菲和骆琪为什么要那么做呢？而且，事件里还牵扯那个张文婷。她在其中扮演了什么角色？仅仅是为了钱，作为代妈以及卵子的提供者而存在吗？

如果伊辉是一块电路板，那么他现在就处于过电状态。可惜，他只知道葛云辉老婆有遗传病，却不知道具体是什么病。如果他知道α1-抗胰蛋白酶缺乏，再加上金科的供述，或许就能琢磨出真相。

他走进大办公区，望着被他填满的写字板，苦苦琢磨。

葛菲生的孩子，跟张文婷代孕所生的葛常顺，都有葛云辉的基因，这是事件关键。正因如此，骆琪和葛菲当年才费尽心思，先是计划让张文婷排卵、冻卵，拿去跟葛云辉的精子结合，可惜中间发生变故，那些卵子被医生偷卖获利，她们又临时变通，通过金科，直接取用葛云辉和山下纯子的受精卵，将之移植进葛菲体内。

他知道，一切快结束了。不管骆琪做过什么，人就被控制在分局内。还有葛菲，也是一样。而葛云辉，这次再进来，同样也出不去了。然而，他感到很不舒服。谁的头顶罩着个谜团，都不会太舒服。

所有已知情况，都在那块板子上。

他端详着写字板苦思片刻，拿起笔，在葛承祖和葛常顺的名字上，分别画了个大圈，然后转身问王可：“你明白没？”

“明白你大爷！你就画两个圈！”

伊辉说："骆琪在报复葛云辉。如果她做的事是受那部电影启发，那么唯一的可能，就在这两个孩子身上了。"

王可机械地点头。

伊辉用笔尖敲打写字板，敲一下，说一句："葛承祖没了，才有葛常顺。可是在人为控制下，葛常顺不但有遗传病，而且肝功能和肠胃功能恐怕也好不到哪里去。山下纯子有病，换过肝。那葛常顺呢？我估计啊，他早晚也得换肝！"

"换肝？谁的？葛菲生的那个残疾孩子？"

"你终于醒了！"伊辉微笑着说，"准确地讲，是将葛云辉一个儿子的肝，移植给另一个儿子！瞧！那样一来，就跟那部电影的报复手法联系起来了！"

王可举手投降，在板寸上用力挠来挠去："乱了！"

伊辉不乱。

他基本看清了整件事的架构，那是一场基于代孕的报复。骆琪的悲剧，是由海外非法代孕衍生出来的，她用代孕手段统统还回去。

只不过，在事件当中，他还是摸不透葛菲所扮演的角色。女儿偷偷代孕，生下父亲的孩子，那该是怎样的恶意？

江志鹏和张定一从楼上冲下来，带着一个惊人的消息。

3分钟之前，副局长雷霆手机上收到一段视频、一段音频。

视频和音频的内容，就是骆琪当年在养猪场拍到的证据。

除了雷霆，本单位其他几位局长也收到了同样的信息。至于其他兄弟单位领导有没有收到，局长们正在沟通。

在滨海，公安机关领导的电话是公开的。从去年起，为畅通警民沟通渠道，广泛听取社会各界和人民群众对警务工作的意见、建议、投诉、举报等，滨海市公安局通过媒体，把市局、分局和各派出所主管领导的手机号向社会做了公布。

发信息的是谁？技术部门很快就能查出来。

数秒后，多辆警车拉着警报，驶出分局，扑向葛云辉。

与此同时，市局指挥中心接到一个警情。有人打110说，薪火生殖医院有人要跳楼。收到消息，消防队的人立即出动了……

## （三）

36小时前，葛云辉在律师帮助下离开分局后，办了一件大事。

早在2015年圣诞节期间，葛常顺在日本生病，就检查出肝功能不好。对患有α1–抗胰蛋白酶缺乏的人来说，那是一件雪上加霜的事。因为那个病直接作用于肝脏，最后结果是肝硬化或肝癌。肝功能不好，那么转换成肝硬化或肝癌的过程必然大大缩短。

葛常顺是一个命苦的孩子，还不到5岁就天天吃药。对他来说，换肝是必然的，只不过时间上是越晚越好。孩子越大，身体越强壮，免疫力就越强。然而病情不等人。由于肝功能先天弱化，饮食清淡，营养无法保证，使其饱受病痛折磨的身体，更加羸弱，做肝脏移植已是迫在眉睫之事。

给孩子找一个合适的肝脏，对葛云辉来说不是难事。8年前，通过合法领养手续，对外输出残障儿童（器官）的业务，使他赚得盆满钵满，只不过因为骆琪举报，业务被迫停止。然而，自从检查出葛常顺的病情，他就已经意识到，在不远的将来，他得为了儿子做最后一笔业务。

星火儿童福利院里的孩子很多。其中，方方面面跟葛常顺最匹配的，就是葛菲生的那个唇裂、多指的孩子。他们给那个孩子取名叫乐乐。

在葛云辉看来，那是再自然不过的事。乐乐是葛菲生的孩子，那个孩子跟葛常顺的器官匹配，理所应当。只不过在情感上还是有一个小小的关卡要过。不管怎么说，乐乐都是葛菲的孩子，哪怕被葛菲丢弃，还是个残障儿，也跟他有血缘关系。那么，取乐乐的器官救葛常顺，就不免残忍了些。

可是细究之下，那种残忍又不免缥缈，甚至还比不过一个人亲手去处死自己养的宠物。在葛云辉眼里，乐乐就是个无父无母的孩子，连葛菲也不曾前去探望一次，而且是个残疾儿童。他认为，那是葛菲吸毒的产物，那样的一个孩子就不该来到世上。所以，葛云辉对乐乐不会生出半点感情。

除了乐乐，有没有别的选择呢？比如走合法途径，去医院排队。排队等供体，有等到的可能，只是可能性实在小得可怜。葛云辉比谁都清楚，孩子的供体比大人的稀缺数倍。在这件事情上，他不缺钱，可还是没有选择。

关于葛常顺的病情，早在3个月前医生就给出了尽早换肝的建议。

为此，葛云辉做了准备。

他的计划是故技重施：从国外联系两个托儿，合法地把乐乐领养出去，他再带着葛常顺出国，跟乐乐的领养人碰头，给葛常顺换肝。这个计划天衣无缝，没有任何风险。以前，他用这套手段给别人服务，现在，这人生最后一单，他要为自己服务一次。然而，在他即将启动计划之时，却遇到了变故。

一个月前，星火福利院来了一男一女两个德国佬，要领养一个孩子。他们在孩子们中间挑来挑去，偏偏挑中了乐乐。

乐乐是个安静的孩子，每天除了吃喝，就只是坐在角落里观察别人。以前他不那样，也跟别的孩子玩，可是他长得实在太寒碜，根本没有孩子喜欢他，久而久之，就成了现在的样子。

老外叫护工问他，愿不愿意跟随眼前的叔叔阿姨到很远的地方去？

乐乐只是笑，不点头也不摇头。

不拒绝就好，老外更坚决了。

知道消息后，葛云辉很纳闷。那两个老外，明明有更好的选择，为什么会选中那么一个残疾儿呢？他不得不怀疑那两个老外的身份，认为他们也是别人请来输出残障儿童的托儿。可是他没证据。就算有，他也不能揭穿人家。因为他自己以前也是那么干的。只不过，他是依托于自己的福利院操作，从来不跟别的福利院掺和。

乐乐本身残疾，没有领养人，被老外挑中是好事一件，福利院没有理由拒绝。可是，他是葛云辉早就挑中的孩子，怎么能被别人带走呢？

前几天，西城分局屡次三番找葛云辉麻烦。他花大价钱，找最好的律师办取保候审，急着出去，为的就是这件事。

事情拖不得。他要赶在德国佬办好领养手续前让乐乐失踪。

怎样让孩子失踪呢？葛云辉离开分局第二天，刚好是福利院成立十四周年纪念日。时值初冬，他授意山下纯子，组织孩子们去爬静山，看红叶。

山下纯子那边立即行动，租上大客车，带上护工和孩子，叽叽喳喳一群人去爬山。葛云辉这边独自联系帮手。

他找的人叫“眉姨”，是张进九当年的关系户。说白了，那位眉姨就是专业拐孩子的。以前，猪场没关张时，她拐到手的孩子，有的不好出手，或者没有买主，就倒手转让到养猪场去。8年前，康康在静山的假失踪事件，就是眉姨办的。

葛云辉带着现金，直接找眉姨面谈，中间不通过电话联系。

眉姨收了钱，保证把事办利索。

孩子们痛痛快快玩了大半天，日落前下山。

乐乐戴着口罩，遮住讨人厌的嘴脸，闷闷不乐地走在队伍后面。

山下纯子跟另一名护工不停地催他：“乐乐，你快点走。”

乐乐低着头，不远不近地跟着大家。

来到山门外，天已擦黑。孩子们你挤我，我挤你，争先恐后冲上大巴。护工们在车门前维持秩序，谁也没注意人群最外围的乐乐。等到大多数孩子都爬上车，他们才发现乐乐不见了。大家赶紧找，没找到，于是报警。

出警的静山派出所民警很苦恼。在他们那片，这不是第一次丢孩子了。

山门前红外监控下，眉姨还是8年前那副打扮：头戴景区最常见的小红帽，用围脖罩住嘴脸。她领着乐乐远离景区，上了一辆出租车。

出租车开了十几分钟，在10公里外的国道旁停下。

眉姨带着孩子下车，同时掏出手机，做出打电话的样子。

她要确保，司机把她打电话的动作看在眼里。

出租车离开后，葛云辉瞅准路上车子断流的机会，推着一辆二手电动车从黑暗里冒出来。他的路虎车就停在国道旁的岔道上，电动车是随车带来的。他从眉姨手里接过乐乐，回到岔道，把孩子强行塞进后备厢。

眉姨完成任务，就骑着葛云辉的电动车回家了。

这个过程很简单，可是调查起来却很难。

一个矮胖的中年妇女，围脖包着半张脸，领着一个戴口罩的小男孩——基于这么明显的特征，警方花不了多少工夫就能查到目标出租车。

然后，出租车司机会向警方描述他看到的：中年妇女一下车就打了个电话。

那么，警方一定会认为，人贩子是叫同伙去国道接人。于是，警方的注意力就全部投入到国道的来往车辆上面去了。这种投入是大海捞针，而且压根儿不知道针的样子。就算以后，警方能从车流里注意到葛云辉的车，又能怎么样呢？驾驶室里只有他一个人，孩子在后备厢里。

孩子被带到薪火生殖医院地下室，那里有3套手术设备。其中两套是旧的，那是当年从养猪场地下室拉过去的。

骆琪从地下室逃走那晚，张进九想用养猪场自有车辆转移设备，葛云辉没同意。他担心事后警方追查车辆行动轨迹，找到设备下落，那样大家都玩完。他的担心是对的。当时，关秀山真调查了，啥也没查到。

那晚，他们把相关设备拆分、打包，连同地下室里的塑料布一块挖坑埋了，就埋在养猪场院子里。后来风声过去，地块转让手续完结之前，他们又返回厂区，挖开地面，把东西运走，统统藏到了生殖医院地下室。

那些东西放了8年，有些早已生锈，葛云辉又重新买来一套，还配备了相关药品。那套设备和药品，就用在乐乐身上。

设备、药物、供体都有了，还差一个医生、一个助手。

可是，事情性质摆在那儿，葛云辉不能，也不敢找外人。

医生有个现成的，就是他自己。

22年前，他曾是有名的胸外科医生，多大的手术都做过。换肝手术对那时的他来说不在话下。然而这么多年过去，他再未动刀，手早就生了，能否胜任手术连他自己都没有信心。非要横向对比不可，他最多敢说，现在的他，还是比医学院刚出来去做第一场手术的新手要强。

那么，这就是一次冒险。而冒险的对象，是其宝贝儿子。

葛云辉不喜欢冒险，可是，他却善于分析局面。

葛常顺面临手术。在此前提下，如能通过合法领养手段，把乐乐送去国外，给儿子充当供体，自然是最好的选择。然而，那个选择，已经被两个固执的德国佬破坏了。

当下，他面临的局面就是二选一：要么任由乐乐被德国人领走，要么他把乐乐送上手术台。还是那句话，他没有选择。而且这场手术必须由他本人来做。这不仅是个巨大挑战，还被葛云辉视作宿命。

宿命？他眉间那道悬针纹异常清晰。当年，他父亲就因为那道纹担心不已，怕他难有子嗣。这许多年以后回头看，他颇为感慨。

父亲的担心是错的：他有一女两子。

父亲的担心又是对的：他那个女儿，有等于没有；他儿子葛承祖身心健康，却失踪多年；小儿子葛常顺来得不易，却身患疾病，面临生死关口。

宿命？是的。除了宿命，没有什么人、没有什么事，能把一个二十多年不再动刀的医生再逼回手术台，去给自己的儿子动手术。

既然被逼上了那条道，那就无关是否喜欢冒险。

不管怎样，手术台曾是他最熟悉、最擅长的战场。

他告诉自己，只有一个结果：有胜无败。

医生有了，还缺一个助手，最好是经验丰富的助手。

现如今，张进九指望不上了，他们之间早就断了联系。他想到了一个人：张进九离异的老婆柳良玉。那个女人曾有医疗相关经验，多年来一直经营诊所。

柳良玉的姐姐柳良媛，多年前曾疯狂追求葛云辉。他对那对姐妹保持着深刻的印象。

早在被西城分局传唤前，他就找柳良玉谈好了。之所以选择她是为安全着想。他认为，柳良玉对张进九当年的所作所为不可能不知情。

他的判断很正确，听说要做地下手术，柳良玉没有流露出任何讶异，只是开出了一个条件——要钱。要钱就是答应。答应就意味着保密。除了医疗经验，保密是最重要的。

薪火生殖医院已经处于半停业状态，医生、护士全辞了，只留了一个老头子打更。乐乐被带到医院地下室后，柳良玉很快赶到。

没过多久，山下纯子把葛常顺送过去，然后知趣地离开。她留在那儿，除了让人分心，没半点好处。

医生、助手、设备、药物、供体、病人、手术场所全齐了。

葛云辉盯着自己的双手看了很久，然后慢慢穿上白大褂，戴起手套。

穿戴完毕，他闭起眼，举起双手，分托在身体两侧，就好像手上托着什么贵重的东西。那个姿势是他多年前的习惯，仿佛是在对病人施与怜悯，或是施与拯救。他觉得，只有主宰命运的神，才配得上那样的动作。

好比退隐多年的狙击手再次握起钢枪，他安静地调整呼吸，默立一分钟，努力寻找旧时的感觉。呼吸渐渐平顺后，他猛地张开眼，用力把双手拍在一起，然后一把抓起手术刀，耍了个漂亮的刀花。

好吧！手术现在开始。

那是极其漫长的一夜。尽管险象环生，可是葛云辉赢下了命运的挑战。

放下手术刀那刻，他心里生出一股浓浓的佩服，不是佩服他自己，而是佩服柳良玉。因为在手术过程中，那个女人表现出了极高的素质。它不仅体现在一个助手应该给予的帮助，还渗透在手术本身。尤其在几个极其险要的关口，柳良玉竟然能给出最恰当的提醒。那些提醒非常专业，远远超过普通的外科手术护士，甚至超过一般的外科医生。正因如此，葛云辉不得不怀疑，这个柳良玉，曾深度参与养猪场地下室的手术。可是他什么也没问，没有那个必要。

没有柳良玉，手术不可能成功。

柳良玉离开后，几近虚脱的葛云辉连抽几支烟，才起身打扫战场。

他面前有两个孩子，一个平稳地呼吸，一个早已冰冷。

葛常顺还要昏迷很久，而且正在输液，不能离开手术室。等他醒来后，葛云辉要把他暂时安置进医院病房内。至于乐乐的尸体，则须冰冻处理，为此，他早准备好了一台冰柜。尸体还须冷冻一些时日，最少几个月。等年后春暖花开、大地解冻，他会把尸体带出城，秘密处理掉。那是后事，有足够时间准备，到时候他会想一个稳妥的法子。

天亮后，葛云辉刚吃完早餐，正准备转移葛常顺去病房，突然接到一个电话。来电者是个女人，声音年轻，充满活力，可是他却被对方的话吓到了。

“葛总你好！我手里有你当年的犯罪证据！”

“找谁？你搞错了吧？”葛云辉紧握电话。

“葛云辉，你到楼上来。我把骆琪当年拍到的证据放给你看！”

“你是谁？”葛云辉扶着墙，差点摔倒。

“我在你医院五楼天台，上来你就知道了！”女人挂断。

葛云辉紧皱眉头，来回走了几十趟，抓起一把手术刀冲了出去……

## （四）

天台上站着一个皮肤偏黑的年轻女孩。她把胳膊抱在胸前，饶有兴致地盯着满脸疲惫的葛云辉。

清冷的空气令葛云辉逐渐冷静下来。

他把手术刀握在手心，朝前走了几步，在距离女孩两三米的位置站住。

他盯着女孩看了一会儿，心里突然生出来一股熟悉感。

“你是……”

“贵人多忘事。我是葛常顺的代妈——张文婷。”

“哦！”

葛云辉想起来了。他佯装拿烟，趁机把手术刀放回口袋。

他用夹着烟的那只手狠狠揉了揉太阳穴，然后平静地问：“你想干什么？”

张文婷晃了晃手中的电话：“刚才你没听清？”

葛云辉用力吐出烟柱：“我不明白。”

“我们有的是时间！”张文婷收起电话，“哎！我还是先告诉你一个秘密吧！”

葛云辉用力地抿着嘴。冷静！他暗示自己。女孩在电话里说的话吓到他了，他却对她一无所知。他要先搞清楚对方的目的。

张文婷竖起一根指头：“你是不是刚完成了一个大手术？”

葛云辉把抽了两口的烟狠狠捏扁，说：“你到底是谁？你跟踪我？”

“手术顺利吗？看你的样子，应该是成了吧？”张文婷笑了一下，“真是佩服你呀！二十多年不动刀，竟然一点也不怵！”

葛云辉上前一步，右手伸进口袋，握住手术刀。

张文婷后退一步：“恭喜你呀！用一个儿子的命，去救另一个儿子的命！”

“你说什么？”

“我说乐乐是你儿子啊！”

“你放屁！”

“你看看这个！”

张文婷掏出一张纸，丢到葛云辉脚下。

那是一份DNA鉴定报告，鉴定对象是乐乐和葛常顺。结论一行，写着“同胞关系”。

所谓同胞关系，即同父同母的兄弟姐妹。

葛云辉捡起报告看了一眼，随即丢回去：“糊弄鬼呢！乐乐是葛菲生的，身上当然有我的基因。你到底想干什么？想要钱？”

“这是真的！只不过，你恐怕没有机会验证了！”张文婷把报告放回口袋，“你以为乐乐真是葛菲的孩子？他的裂唇、多指怎么来的？”

“那是吸毒的结果！”

“幼稚！你真以为，葛菲会为了离开戒毒所，去跟别的男人生孩子？”张文婷指着葛云辉，“孩子之所以残疾，的确是她孕期吸毒所致！只不过那是有意为之！作为医生，你应该懂得，受孕后第一个月内吸毒，极易导致胎儿流产或死亡。其后几个月内，胎儿处于快速发育期，那时吸毒就大概率导致胎儿发育畸形。葛菲选择合适的孕期，吸入微量毒品，为的就只是让胎儿发育畸形。因为她植入的，是你和你老婆山下纯子做试管婴儿剩余的受精卵！听懂了？乐乐和葛常顺一奶同胞！他是你的亲儿子，是葛常顺的亲弟弟！他们的长相本应极为相似。所以，葛菲才故意在孕期吸毒！如果乐乐健健康康，跟葛常顺长得一样，岂不要引起你的关注和怀疑？葛云辉，乐乐在福利院生活了5年，你可曾正眼瞧过他？一定没有！一个畸形的孩子，怎会引起你的关注？”

“乐乐……他……是我和山下纯子的孩子？”那像是一个天大的笑话。葛云辉咧开嘴角，可是怎么也笑不出来。他指着张文婷，犹疑道：“你到底是什么人？”

张文婷仰起头，看了看灰暗的天空，然后凝视葛云辉：“我是葛菲的妹妹，按道理，应该叫葛文婷。”

“葛菲的妹妹？葛……文婷……”

“呵呵！好好看看，除了肤色黑，我是不是跟葛菲相似？”

葛云辉后退好几步，盯着这个女孩的脸看了又看。恍惚间，女孩脸上居然闪现出关秀娥的样子。

不可能！

短短几句话，给出的信息又多又奇怪。

他使劲晃了晃头，试图聚集全部精神去分辨那些话里的逻辑。可是他的大脑像是注入了麻醉药，一点也不听使唤。

张文婷掏出一片口香糖丢进嘴里：“我给你讲个故事吧，一个又破又旧的故事。”

好累啊！葛云辉一手扶着腰，很想找个地方坐下去。

张文婷说：“日本横滨矶子区，有条河叫鹤见川。21年前夏天的一个午后，鹤见川的沿河公路上，发生了一场奇怪的车祸，一辆厢货撞了一辆轿车。车祸发生后，轿车越过马路牙子，打了几个滚后回正，停在河岸外的缓坡上。厢货扎进河道里，被水淹了一多半。轿车上有3个人，包括一个怀孕待产的女人。女人本来在后座，因为肚子大，没系安全带，被甩到车外。轿车副驾驶上的男人，是女人的老公。”

葛云辉的眼珠越瞪越大，声音也跟着颤抖起来：“你……到底是谁？”

张文婷轻轻吹了个口哨，示意对方别打断她：“之所以说那场车祸很奇怪，是因为它有两个相对的视角：一个是厢货司机，一个是轿车副驾驶位上的男人。男人受了伤，好在意识仍然清醒。那天下雨，轿车副驾驶的车窗开着一条小缝。男人躺在副驾驶上，慢慢活动身体的时候，突然听到了一个奇怪的声音。”

听到这儿，葛云辉耳边“嗡嗡”震动起来，仿佛正有一个蜂群，围着他打转。

“什么声音呢？”张文婷把双手合在一起，然后突然分开，

“‘砰！’很响亮！也很沉闷！而且就在他的附近，像是爆炸的声音。”

葛云辉身体摇摆，耳朵继续轰鸣。

“猜到了吗？对！是轮胎爆胎的声音！那个声音消失后不久，厢货司机看到了很奇怪的一幕。他看到轿车副驾驶的车门，慢慢从里面推开，然后一只脚伸到外面。奇怪的是，过了几秒，那只脚又慢慢缩回去了！紧接着，车门也关上了！”

“闭嘴！”葛云辉大口大口吸进冷空气，“牛启来！他和你什么关系？”

“两个视角，听清楚了吧？精彩马上开始！”张文婷不理他，也不看他，自顾自地说下去，“起初，男人并不知道他听到的那个声音是什么，直到警方鉴定现场，给出车祸结论，说是由厢货爆胎所致。男人仔细回忆，越想越疑惑。因为整个车祸过程，他只听到过一声巨响。可是，那个声音不是出现在车祸发生前，而是出现在车祸发生后。男人是个聪明人，很快明白过来——所谓爆胎引发车祸的结论，其实是被误导的结果。也就是说，车祸是人为主观制造，厢货是故意撞到轿车上去的。撞车时，厢货的轮胎都好好的。轿车被撞离路面后，厢货司机自己把握方向，故意把车开进了河道。那么，男人听到的巨响，是怎么回事呢？它就是爆胎的声音。只不过，那是厢货司机故意去破坏轮胎的结果。可是，车子在河道里，被水淹了一大半，厢货司机怎么才能让轮胎爆掉呢？”

“你……”葛云辉指着张文婷，指尖在晨风中发抖。

张文婷倒背起双手，在几米范围内来回走动，边走边说：“男人也不知道答案。厢货司机被关了3个月，并且赔光了所有积蓄。他被放出去后，男人突然找到他。男人告诉司机，车祸发生后，他听到了那声巨响，那是爆胎发出来的声音，声音就在河道里。男人威胁司机，要把真相告诉警察。司机吓坏了，可是仍旧沉默。男人身体强壮，司机很瘦小，男人制服了司机，把人捆起来，然后买来多瓶辣椒水，分批次倒进司机肚子里。那一切，就发生在司机租住的小房子里。司机最后屈服了，告诉男人，车祸的确是他制造的。轮胎的爆炸声也是他弄出来的。方法很简单——厢货驾驶室里备有一个氮气压缩气瓶；车入水后，司机通过车窗钻进水里，将气瓶里的压缩气体强行打进左前轮胎内；而那个轮胎早就提前打满了气，胎压很高，所以只需打进少许气体就被挤爆了。你瞧，多么自然的一个爆胎过程啊！连警方都查不出毛病！”

葛云辉慢慢掏出手术刀，藏在手心，一步步朝张文婷走过去。

“别过来！”张文婷举起手机，“否则我就报警！”

葛云辉被迫停步。

张文婷后退十几步，又安心地说起来：“厢货司机的勾当被男人揭露了，可他也不是好惹的。他奋起反击，说出了自己的视角——胎爆后，他把压缩气瓶丢进河底，游回河边。他受了伤，喝了不少水，趴在河边一动不动，看上去就像晕过去一样。可他无意中，却看到了男人的小动作。他看到，男人推开轿车副驾驶的门，把右脚迈出去，停了几秒，又把脚收了回去——当时他没多想。可是后来，当他知道副驾驶位上的男人跟甩到车外的女人是两口子时，他才突然意识到自己看到了什么。很简单，男人或许也伤了，可当时是有行动力的。男人把脚迈出去，是想救自己的老婆，可是，他却又把脚收回去了……有行动力，能救自己老婆，却又改了主意，不救——这就是那只脚背后的含义！”

“够了！”

“不够！”张文婷轻轻地说，“那个屎一样的男人，叫葛云辉；那个厢货司机，叫牛启来。”

葛云辉僵在原地，手上的青筋高高凸起来。

他握拳的力量很大，指肚被手术刀划破了，血一滴一滴顺着指缝落下去。

“好累啊！我真的不擅长讲故事！”张文婷蹲下去歇了一会儿，重新站起来，对葛云辉说，“要不，你替我讲下去？”

葛云辉仿佛没听到。

张文婷接着讲述。

通过牛启来，葛云辉知道了真相，牛启来是被收买的。幕后主使居然是其老板的儿子——山下真一。山下真一把目标车辆告诉牛启来，叫他弄出一场车祸。之所以找牛启来，是因为他留日打工期限到了，搞定后离开日本，秘密不易外泄。牛启来呢，冥思苦想，想出了用氮气压缩气瓶制造水下爆胎的主意。事后，他得到一大笔钱，所以，即使赔偿了自己的积蓄，还是一点也不亏。至于车祸目的，他是半点也不知情。

当年，面对葛云辉的折磨，牛启来搬出自己的视角，试图自救。

他说葛云辉明明还能动，却对自己的老婆见死不救，跟凶手没什么分别。

葛云辉却说："你可以去告诉警察，看有没有人相信你？"

牛启来沉默。

葛云辉用手术刀划破牛启来的肚皮，阴着脸说："你蓄意制造车祸，杀了我老婆，这是铁的事实。不管在日本，还是回国，我只要动动嘴，你就得被枪毙！"

牛启来胆战心惊，以为自己小命完了。

然而葛云辉却放了他，但是要他提供一个联系方式。

牛启来便把自己老家的地址和座机号说了出来。

那之后，牛启来回国，过了几年平静的生活。然而，事情并未结束。

2002年的一天，葛云辉突然找到他，说要给他安排一份工作。是安排，不是介绍，他只有听从的份儿。那时候，燕来村养猪场刚成立不久，他被葛云辉送过去，做起了看门人。除了看门，猪场老板张进九还叫他用焚烧炉处理病猪。然而时间长了，他才知道，处理病猪只是表面。他真正的工作，是处理失踪人口的尸体。他不干，张进九就把他车祸杀人的事说出来，逼着他干。

牛启来终于意识到，葛云辉从没打算放过他，给他安排那个活儿的目的，就是毁他，毁他一辈子。可是除了接受，他没有别的选择。

后来，他在燕来村买了个假户口，安心做起了烧尸人。从那时起，牛启来这个人就不存在了，他改叫杨攻略。

听了张文婷的讲述，葛云辉浑身直冒冷汗。

“不可能！”他死死地盯着张文婷，“关秀娥死了，胎儿也死了！你不可能是我女儿！”

“那就是另外一个故事了！我来讲给你听？”

张文婷愉快地呼出一口气。

那口气里，满含报复的快意。

张文婷养母叫张红秀，今年52岁。

21年前，张红秀也在日本务工，并且跟牛启来生活在一起。

认识牛启来之前，张红秀是横滨中国城的一个小姐。做小姐期间，有一次她意外怀孕，被迫把胎儿打掉了。

打胎后，她在家休养，一个叫孙茹意的老乡去看她，问她打掉的胎儿去哪儿了。

张红秀说诊所处理了。

孙茹意就表现出很心疼的样子，告诉张红秀，打掉的死胎是可以卖钱的。

那东西还能卖钱？张红秀很不理解。

孙茹意说，横滨有一些渠道专门收那种东西，成形的，没成形的，多大月份的都收。

张红秀也是缺钱的主儿，就埋怨孙茹意不早说。

孙茹意说，她就是给那些渠道代购的，专门在小姐圈儿里找货源。还嘱咐张红秀，下次再有哪个小姐打胎，一定要提前告诉她。

张红秀答应下来，并且在很短的日子里给孙茹意介绍了几次买卖。

后来，张红秀临近30岁，在那一行算是年老色衰，也就不干小姐了。那时候，她认识了同乡牛启来，心里面生出对未来的憧憬。可是，未来是以物质为前提的。那一行不干了，还能干点啥呢？这时，她突然想起孙茹意提过的那门生意，于是把孙茹意约出来，让对方介绍她入行。就这样，张红秀也成了死胎代购。

1997年夏天一个午后，在横滨某医院抢救室门外，张红秀从护士手里接过一个死胎。她走进厕所，把胎儿装进塑料袋，又把塑料袋装进背包，然后匆匆离开医院。

那个胎儿是女孩，少说有8个月，她从没收过那么大的。

那天下着雨，她打着伞，刚走到医院门口，天上连着打了几个闷雷。

雷声过后，她突然觉得后背上的背包里面动了一下。

起初她没在意，可是没走几步，那个感觉又来了。

她快步离开医院，走到僻静处，打开背包往里看。不看不要紧，一看吓了一大跳。拉链刚打开，里面的胎儿，“哇”的一声哭出来。

那哭声和着雨声，把张红秀包裹起来，使她惊慌不已。

她愣了一会儿，拉上拉链，留下一段缝隙，然后背起包，跑去公用电话亭给孙茹意打电话。

电话接通后，她问孙茹意，有没有听说过死胎复活的事？

孙茹意干那行久了，倒是见多识广，说月份大的胎儿被打掉后，当时不出声，也不喘气，但是被移动后突然哭出来的情况倒是有的。那就是胎儿没死透，哪有什么死而复活？接着她反问张红秀，怎么了？

张红秀当时留了个心眼，说那两天没生意，瞎想，就做了个奇怪的梦。

挂断电话，望着包里的胎儿，她有三个选择：要么把胎儿送回医院，要么卖掉，要么带回家。

第一个选择似乎可行。第二个选择着实太残忍，毕竟婴儿是活的。第三个念头把她吓到了。可是细想之下，却又成了最好的选择。做小姐期间，她数次堕胎，医生告诉她，将来很可能不孕。念及此，她觉得留下那个婴儿没坏处，将来要是真的不孕，那么身边起码有个孩子。要是以后有了自己的孩子，那么多出的这个就是孩子的伴儿。

打定主意，张红秀把孩子带回了家。然而那天晚上，牛启来没回去。

她一打听，才得知牛启来出了车祸，被警方控制了。她很着急，但帮不上忙。好在牛启来面临的主要是经济赔偿，人不会被关太久。

几天后，张红秀到医院去，请业务合伙人（把死胎卖给她的那名护士）吃饭，顺便给对方结算提成。那时的她心里很不踏实，想了解婴儿父母的情况。

她心里有鬼，不能直接问，所幸话题是现成的：为什么那个婴儿的月份那么大？

护士告诉她，那个婴儿的父母是两个中国人，在前往医院产检路上出了车祸，母亲没救过来。

听护士那么说，张红秀反倒心安了。孩子没了母亲，即使送回去也不幸福，还不如留在自己身边呢。

心里有了计较，她的注意力又转移到了胎儿父母所遭遇的车祸上去。

她打听车祸发生地。护士不知道，只说婴儿母亲的名字里，也有个“秀”字，叫关秀娥。

又过了几天，张红秀去看望被监禁的牛启来，但没述说孩子的事情。

见到张红秀，牛启来很慌张。他告诉张红秀，车祸另一方是两个来自中国的同胞，男的叫葛云辉，女的叫关秀娥。那是警方告诉他的，因为牵涉赔偿问题。他给张红秀吃了颗定心丸，说赔偿的钱他出得起。等他放出去就回国跟张红秀结婚。

张红秀一听“关秀娥”3个字，差点没跌坐到地上去：这也太巧了吧？那婴儿居然是牛启来车祸受害人的孩子？她很犹豫，想把孩子的事情说出来，可是又担心会对被监禁的牛启来造成不必要的麻烦，于是把念头按下去，想等牛启来释放后再谈。

牛启来走完赔偿程序，被释放后，先张红秀一步回国。临走时，他只给张红秀打了个电话，两人并没见面。张红秀感觉出他走得太急，但不知道为什么。那导致她在电话里仍没来得及把孩子的事说出来。

张红秀又赚了两年钱，才带着两岁的孩子返回家乡。然而当她找到牛启来去谈结婚的事，并且把孩子的事讲出来后，牛启来惊讶之余，态度居然变成了推脱，说婚事不急。

又过了几年，等到牛启来改叫杨功略时，就明确地告诉张红秀，叫她忘了他。

从信誓旦旦，到推脱，到拒绝，张红秀不知道牛启来为什么那样做，可她不问。她就是那种女人，你若不说，她绝不会苦苦纠缠。

孩子上幼儿园后，张红秀去滨海西关老化肥厂做工。

那时候，老化肥厂还没搬迁。2009年1月，孩子12岁时，化肥厂车间失火爆炸，张红秀被重度烧伤，生命危在旦夕，牛启来去探望她。

也许是意识到彼此即将阴阳两隔，牛启来说出了车祸的真相，并简述自己拒绝张红秀的原因。他说自己财迷心窍，这辈子被毁了，根本没有资格跟张红秀一起生活。

牛启来述说得十分投入，压根儿没注意到身后病房门口处站着个12岁的女孩。那孩子放学后去医院，把牛启来的话听了个一清二楚。

女孩离开医院，上网搜索“葛云辉”。她没想到那个名字还挺有名。

她找到薪火生殖医院，比对网络照片，打车跟踪葛云辉数次，顺利了解到葛承祖就读的小学。其后，她进学校找到葛承祖，从小男孩嘴里打听到葛菲以及葛菲的学校。当时的葛承祖仅是个7岁的孩子，不可能知道那个女孩的出现意味着什么。

2009年春，葛菲刚刚通过了空姐选拔，一个12岁的女孩找上她。

女孩什么也没说，上手拔了葛菲几根头发，转身离开。

葛菲愣在那儿，完全搞不懂状况。

两周后，女孩再次找到葛菲，甩出来一份DNA鉴定报告。

葛菲看到鉴定结果，一把拉住女孩……

那之后不久，葛菲开始主动吸毒……

说到这里，张文婷轻轻叹息："所以，你明白葛菲吸毒的真正原因了吧？"

葛云辉脸上罩着一层灰，像是变了个人。

张文婷说："她吸毒前的叛逆，只是出于对你的失望！你让关秀娥客死他乡，没尽到一个丈夫的责任！而她吸毒，是因为她知道了母亲死亡的真相！于是，她对你的失望就变成了绝望！你，永远不了解她的痛苦！"

"你居然真是我的孩子……怎么会这样……"

葛云辉脸上，每个位置的肌肉，都在疯狂发抖。

"闭嘴！我没父亲！"张文婷指着葛云辉，"我只是替我可怜的母亲来找你算账……"

## （五）

葛云辉努力咧开嘴角："其实，我当时真的想下车……事实上，车祸发生后5分钟，就有过路司机报警了！就算我下车，也没办法现场施救！"

这个解释，藏在他心里21年了。他想不到，居然还有机会说出来。

"呸！"张文婷骂道，"你没法子施救，跟你下车有什么关系？你老婆怀着孕，被甩到车外，你明明有行动力，打开了车门，居然又缩回去！你他妈根本就不是人！"

"我承认……我有一点私心……她怀的是……"

话到嘴边，葛云辉收住了。

张文婷笑了："她怀的是我，是女孩！对不对？"

葛云辉脖颈无力，脑袋微微垂下去。

"你不下车，不第一时间报警，你盼着她肚里的孩子死掉！你耽误一分钟，孩子死掉的机会就大一点！对不对？"

葛云辉那点心事已被点破，他没法点头，也没法摇头。

他哑着嗓子，争辩了一句：“我从没想过要害你母亲！”

“放屁！你折磨过牛启来！他明明交代了，车祸的策划者是你那个公司老板的儿子——山下真一。可你不但装作不知道，还配合山下真一，把母亲的肝移植给那个日本女人——山下纯子！你不但得了一大笔钱，还把那个女人追到手，娶回家来给葛菲当后妈！你根本就是畜生！为了利益，不择手段！”

“我……”

“你还有什么话说？你做了你该做的！我呢，也做了我该做的！”

葛云辉沉默很久，突然抬起头：“刚才在电话里，你说有我的犯罪证据？”

张文婷摇了摇手机：“骆琪当年拍的视频和音频，都在这里！”

“怎么会在你手里？”

“这个问题你该问我姐！”

“葛菲？”

“对！当年葛承祖玩录像机，使你发现了它里面的秘密。而葛菲呢，恰恰知道你知道那个秘密！”

“她怎么可能知道？”

“还是因为你的好儿子，葛承祖——葛菲去医院看爷爷，葛承祖问她，为什么出现在录像机里。于是……”

“天意！”葛云辉长叹一声，又问，“可是，葛菲知道那件事，跟骆琪有什么关系？”

“当年新闻报道里，2010年4月19日凌晨的飞车党，就是葛菲和药腾飞！他们抢了骆琪，还把人划伤了！金科救了骆琪，撞翻摩托车，逮到了他们！”

葛云辉颤声道：“于是，我的女儿，就跟别人合起伙来，对付我？”

“你错怪葛菲了！她把你的秘密告诉骆琪的本意，只是希望骆琪和金科不杀她！而骆琪却看透了事情背后的隐情！你明知道‘二沈’变态杀人，为什么不报警？她去找熊万里了解情况，进而识破了你的手段。骆琪落进沈氏兄弟手里，根本是你跟娄东伟设的局！”

葛云辉紧咬后槽牙：“又是骆琪……”

“对！报复你的计划，也是她想出来的，我和葛菲都同意！我和我姐的区别是，她早有那份心，但没那份胆；我有那份胆，但没好主意。”

“所以，你们杀了娄东伟，拿到了他藏的证据？”

张文婷摇头：“你忘了你的另一个仇人！娄东伟是牛叔杀的！”

“牛启来？是他？”

“没想到？你可是毁了他一辈子啊！”张文婷仰望长空，“只可惜牛叔意外去世，看不到你今天的下场了！”

葛云辉痛苦地弯下腰去，干呕起来。

他的确怎么也想不到，那个被他折磨成烧尸人的家伙居然还有胆量绝地反击，犯险杀人。事实上，3年前娄东伟失踪时，他刚好在日本。那个消息吓了他一大跳。他迟滞日本，一方面是因为小儿子葛常顺的病情，另一方面是担心警方抓他。毕竟娄东伟手里有他的秘密，人无缘无故失踪，秘密就有可能泄露。好在，他等了一段时间也没闻到危险信号。于是，他把娄东伟的失踪当成了一场意外。

葛云辉歇了片刻，突然挺直腰板，大声质问：“那么，承祖失踪，也是你们干的？他在哪儿？是死是活？”

张文婷突然激动起来：“我和母亲都死了，你才能有那个小东西！他不死，你能生葛常顺？没有葛常顺，今天怎么看你生不如死？”

葛云辉咬牙切齿，一个字也说不出来。

张文婷摊开双手：“他不是我杀的！他被牛叔烧了！”

“啊！”葛云辉捂着胸口，大叫起来。

张文婷继续往他心里撒盐：“当年警方把康庄翻了个遍，你知道他们为什么没找到葛承祖吗？”

葛云辉木木然僵在那里，他什么也不知道。

张文婷释疑：“因为我和葛菲紧密配合——我们都住在那个城中村。她故意把葛承祖留在如意馄饨店门前，我把人领走，先藏在我家。

可是警方的搜查，总有先后顺序。他们先去查葛菲家，查完了，我就把人转移到她家。等风声过去，牛叔就去带走孩子。就这么简单。”

葛云辉早忘了自己手里的刀。

他浑身无力，手松开，沾血的手术刀随之掉落。

“那么，来福利院领养乐乐的那两个德国人……”

“他们是我们请的托儿，花了10万块。为的，就是逼你尽快做这场手术！”

“你们……”

葛云辉机械地点了点头，慢慢地走到天台边缘，呆呆地凝视地面。

张文婷注意到了他的情绪变化，果断拨打110，说有人想跳楼。

她知道葛云辉会崩溃，但不希望他自杀，那不在计划范围内。

她要让葛云辉想死，却死不成。

她慢慢靠近葛云辉，翻开最后的底牌：“所以你现在信了吧！我们通过金科拿到你和山下纯子的受精卵，让葛菲代孕生下来的残疾儿，就是你的亲生儿子——乐乐！”

葛云辉跟着嘟囔：“乐乐……”

“对！乐乐！他是你的儿子！你要了他的命，救了葛常顺的命！”

“常顺……”葛云辉又嘟囔。

“常顺活着呢！你亲手杀了乐乐！”张文婷进一步刺激他，“告诉你吧！当年我们的原计划，是用我的卵子跟你的精子结合，制造一个近亲胚胎，然后让葛菲代孕！”

葛云辉似乎已神志不清，可他仍然听懂了这话的意思。他颤抖着伸出手，向前方的空气拼命抓挠，嘴唇不断开合，只是一个字也说不出。

“别指望我可怜你！”张文婷不打算保留任何隐秘，继续冷冷地说下去，“那是一个完美的计划！如果成功了，那么葛菲代孕生下来的那个孩子，该是一个多么复杂的存在啊！伦理上，你是那个孩子的父亲，我是他的母亲，同时又是你的女儿！葛菲呢，生了那个孩子，可她是我的姐姐，同时又是那个孩子的姨！你呢，又必然会亲手杀害那个孩子！你说，这种报复是不是很有趣？”

“唉……”葛云辉发出一声悠长的叹息，身子一软跪在地上，眼睛眨也不眨，死死地盯着茫茫苍穹，直到眼角渗出一滴泪。

“唉……”张文婷也发出一声叹息，“只可惜那个计划失败了！我早早准备的冻卵，被那家私人医院给卖了！当时我面临给你们代孕，没时间重新提取卵子，我们只好退而求其次，通过金科拿到你和山下纯子剩余的胚胎，移植给葛菲！所以，葛云辉啊！你其实很好运！毕竟那个孩子没有来到世上！我和我姐，我们全家都很好运……”

她的声音从高亢到平缓，隐约透露出一丝哀伤。那是这天早晨她唯一的一点负面情绪。很快她又仰起头冷冷地盯着眼前的男人。她用那个动作重新把自己推到冷酷决绝的那一面。

葛云辉眼前，天空开始旋转，地也跟着转起来。

一切都在旋转。

张文婷闭起眼，露出陶醉的表情，同时按下手机发送键，把视频和音频群发出去，发给本市公安系统的各级局长和派出所所长。

不到一根烟的工夫，消防车冲进医院。

很快，一个巨大的救生气垫出现在葛云辉正对着的地面上。

葛云辉眼里、耳朵里，全是虚空，看不到人，也听不到声音。

这时候，警车呼啸着来到现场。

“呼啦啦”一堆人下车，江志鹏和张定一带头，冲上楼顶。他俩像百米冲刺一样，拼尽全力，速度相当，谁也不想被对方落下。

伊辉、王可以及其他刑警跟在后面。

警察很快上到天台。

“你们来了！”

张文婷丢掉手机，把两只手腕并在一起，向前伸出去。

她早做好了心理准备，只不过实际表现起来，还是不如她预想的从容。

自1997年夏至2018年冬，积蓄了21年的怨恨，一朝完结。这是两个女儿对一个父亲的报复。不光临近终局时的葛云辉看不透，连警方也看不透，因为它的起点源自多年前异国的一场车祸。那里面的隐秘情节，若非当事人主动交代，单凭警力实在难以查清。正因如此，伊辉曾对那场车祸的诸多疑点也只能停留在质疑阶段。这也应了关秀山面对往事时的那句话："那事无解，就让它过去吧！"他以为事情过去了，只是因为他不知道真相。相比于本案的复杂，其最终的动机给警方留下了深深的阴影。

它的时间线太过长远，中间又糅杂着许多枝节。

它有两个起点。

怨恨的起点，在21年前。

而报复的起点，却在时间轴中段。

骆琪是本案最为核心的人物。可是这个核心，在诸多犯罪环节中，却出现得少之又少。她是非法国际代孕受害者，因寻找康康，意外发现葛云辉和张进九的犯罪事实，可是手机被偷，案子立不起来。如果事情到此为止，许多秘密会继续掩埋，许多人的人生也会是另一番模样。

然而，葛云辉用来监视葛菲戒毒的录像机，却拍到了沈氏兄弟虐杀小姐的视频。葛云辉发现了秘密，没有报警。他把它当作一次契机，伙同娄东伟设局，希望借助"二沈"之手，除掉骆琪。如果骆琪被虐杀，那么许多秘密仍不会曝光。

可是，在8年前那个残酷的夜晚，葛菲和药腾飞飞车抢劫，划伤了骆琪。而"钢珠侠"金科，刚好"巡视爆炸现场"归来，不但救了骆琪，还在骆琪残存意识的指引下撞翻了飞车党的摩托车。于是，金科以报警胁迫葛菲、药腾飞拿医药费。而骆琪恢复记忆后，设法把葛菲和药腾飞控制在废弃厂房内，并要求金科干掉他们。在复仇关头，金科弃刀下跪，令骆琪寒心。被绑缚两天后，葛菲为自保，把葛云辉和录像机的秘密，连同熊万里顶替仙人跳事件一并说出。

骆琪去找熊万里，还原包夜前后的细节，由此确定她落入"二沈"

之手是葛云辉和娄东伟设局所致。有了这个结论，她想报警。报警前，她约葛菲见面，劝葛菲自首。因为一旦报警，飞车党的事必然曝光。

骆琪没料到，葛菲不但不愿意自首，还吐露了她吸毒的根本原因。那牵扯出葛云辉的另一个秘密，即关秀娥之死，以及张文婷被张红秀所救的隐情。

葛菲很痛苦，一直想报复葛云辉，而不仅仅是靠毒品麻醉自己。她告诉骆琪，在报复这件事上，她妹妹张文婷比她还要决绝。除了葛云辉，张文婷最恨的人是葛承祖。用张文婷的话说："那个小东西，必须死！"那次谈话以后，骆琪跟葛菲、张文婷，出于不同的原因，有了共同的立场。

骆琪这个女人，想做什么就全情投入，不瞻前顾后。通过葛菲，她获知山下纯子患有α1-抗胰蛋白酶缺乏的遗传病。于是，她研究犯罪片，从韩国电影《不可饶恕》里得到灵感，结合自身代孕经历，以及葛云辉过往的所作所为，想出来一个残忍的计划：绑架葛承祖，逼葛云辉再要孩子。不出所料，葛云辉很快决定再孕。

对骆琪来说，葛云辉去哪儿做试管婴儿是个变数。比如，葛云辉两口子要是出国，那么，她就无法得到葛云辉的精子。没有葛云辉的精子，也就没有后来的乐乐。因此，当葛云辉即将前往日本时，她让葛菲出场，举报山下纯子办公室藏有毒品。

正如葛菲向警方的坦白，毒品是她提前藏进去的，只不过其真实意图不是为了避免药腾飞分享她的货，而是为了留住山下纯子，使其无法离开滨海。那个方法化解了计划中的变数，迫使葛云辉只能以单位名义向滨海医学院附属医院申请三代试管婴儿的技术支持。那样一来，医院生殖中心的副主任金科便能依照骆琪的吩咐为所欲为了。

金科自首讲得很清楚，他主要做了三件事：

1. 在其负责的三代试管婴儿基因筛查环节使坏，用致病胚胎替换健康胚胎。

2. 张文婷提早准备的冻卵被无良医生卖掉后，备用计划启动。金科把葛云辉和山下纯子剩余的受精卵安全运送到某私立生殖医院。在那里，受精卵被移植到葛菲体内。

3. 给葛云辉的代妈张文婷提供某种激素类药物，使张文婷腹中胎儿（葛常顺）的肝功能及肠胃消化功能发育异常，为孩子将来早一步犯遗传病打下病理基础。这是必需的一个步骤。如果不那么做，葛常顺将来的犯病时间就难以判断。如果他那个遗传病正常发展十几年才到换肝的地步，那么乐乐的存在就失去了意义。十几年时间，报复的人等不起。而葛云辉呢，就有足够时间去寻找供体，不一定必须盯着一个乐乐不放。

事实是，由于激素类药物导致的病理基础，葛常顺的身体很“争气”，不到5岁，就到了非换肝不可的地步。正因如此，葛云辉才不得不打起乐乐的主意。而那两个执意领养乐乐的德国人，则进一步逼迫葛云辉加快了行动节奏。对于那两位德国人，葛云辉曾怀疑他们是托儿，只不过他想不到，那是张文婷花10万元请来的托儿。

以上计划，呈现给警方的，则是多项看似独立的事件：电子眼破坏案、“二沈”案伤害骆琪的单一环节、飞车抢劫案、骆琪举报事件、葛承祖失踪案以及娄东伟被杀案。

对警方来说，这些事件有的已经查清，有的还缺证据，有的还是谜团。尽管经过伊辉个人，以及悬案科，甚至整个警务系统的努力，警方已经捋顺葛云辉设局，以及骆琪报复的脉络，可是，他们还是难以追本溯源，厘清21年前那场车祸的真相——这是此案的宿命。

警方上到天台后，葛云辉突然清醒过来。

在求生本能以及巨大刺激驱使下，他迅速后退数步，远离天台边缘，捡起地上的手术刀，扑向张文婷。

张文婷毫无准备，一下子就成了葛云辉的人质。

锋利的刀尖刺破她颈部皮肤，血瞬间流出。

葛云辉一手持刀，一手扣住人质颈部，冲警察大吼：“别过来！”

众人站住，亮枪。伊辉除外。

江志鹏握枪，朝前跨出半步：“葛云辉，有意思吗？全市各级局长、所长，大小领导的手机上都收到了你的犯罪证据。这个局面下，就算有100个人质，你也跑不了！你死定了！”

说着，江志鹏再朝前跨一步。其他人持枪跟上去。

这是一个很不愉快的早晨。葛云辉瞪着血红的眼睛，一步一步往后退。

“退后！”他不知道要做什么。他的一切动作皆出于本能。

江志鹏见葛云辉已经退到天台边缘，急忙举起手，叫大家停步。

预想的僵持局面没有发生。

葛云辉比张文婷高出许多，尽管他尽量弯着腰，可是面部还是暴露在大家视野内。

“啪！”

一颗子弹远远袭来，击中葛云辉面部。

葛云辉跌倒，抱着张文婷摔下楼，刚好落在下方的救生气垫上。

“谁开的枪？”

江志鹏和张定一同时吼起来。

刑警们面面相觑。大家谁也没开火。

就在此时，远处又先后飞来两颗子弹，伊辉应声跌倒。

他的胳膊和后腰各中一弹。

“有枪手！”

不知道谁喊了一句，所有人赶紧卧倒。

地面上，葛云辉死了，张文婷获救。

在葛云辉手边的气垫上，留有一处血写的痕迹：T。

# 尾　声

## （一）

张文婷公开发送视频、音频证据，不逃跑，是计划的一部分。这不仅仅因为她要当面向葛云辉揭开谜底，实施心理上的报复，还因为本案中唯一的杀人者牛启来已经意外死亡。张文婷没必要逃跑，那只会加重罪责。葛菲和骆琪都在警方手里，如果葛云辉在医院出事，就算她想跑，又能跑到哪里去？

事实上，在后续调查中，警方查到药腾飞体内的“死藤水”，是张文婷买来让药腾飞注射的。警方抓到了向她提供毒品的卖家。那玩意儿，药腾飞也是首次享用，且超量使用，所以致幻效果非常明显。他站在静山的“老君岩”上，接受了来自张文婷的暗示。

张文婷叫他“起飞”，告诉他，从那块石头跃下去就能升仙。

药腾飞在幻觉当中看到了什么？谁也不知道。他就那么毫不犹豫地跳了下去。

药腾飞必须死，这是骆琪的要求。

药腾飞毁了她的脸，使她受伤被撞，无法报警，放跑了沈氏兄弟，间接害死金兰。除掉药腾飞，也算给金兰报仇。如果当年金科敢杀人，药腾飞早就死了。金科不敢做，就只好由张文婷想办法。话说回来，如果牛启来还活着，这种脏活儿肯定还是他来做。

整个复仇计划，骆琪、葛菲、张文婷以及金科都参与其中。然而真正的杀人者只有牛启来一人。

娄东伟的死是牛启来一手炮制的。

2015年平安夜，娄东伟去野狼酒吧鬼混。张文婷打扮得漂漂亮亮尾随，并制造机会接近他。看到年轻靓丽的小姑娘，娄东伟欲火中烧，恨不得当晚就跟张文婷开房。可是张文婷很狡猾，拿到娄东伟名片后，对他挑逗一番就溜了。

张文婷离开酒吧时，偷了一个女孩的电话。那女孩叫王文诗，是个卖化妆品的。2015年12月25日0点40分，张文婷用偷来的电话打给娄东伟，叫他去西关老化肥厂东门见面。娄东伟欢欢喜喜，开车赴约。到了那儿，张文婷上车，用涂有乙醚的手帕将娄东伟捂晕。车子的密闭环境，是药物快速发作的重要因素。

娄东伟晕倒后，张文婷戴上手套，把车开到化肥厂西墙狗洞处。早已等在那里的牛启来把娄东伟弄下车，通过狗洞带进厂子院内。

张文婷又把车开回原地。

娄东伟醒来后，发现自己身处管道状密闭环境，浑身上下被脱光，手边有一部对讲机。他先是剧烈挣扎，制造噪音，希望外面的人听到。后来对讲机响了，有人跟他通话，问骆琪当年的手机是不是在他手里。

他问对方是谁，对方不说。他把对方大骂一顿，丢掉对讲机，在管道里爬来爬去，还摸索到了管道口，可惜那里有一只封口的铁桶。铁桶桶口朝外，桶底对着他。他用脚狠踹桶底，没什么效果。

半小时后，对讲机又响了。娄东伟早就绝望，赶紧求饶。对方还是问他那个问题。他就讨价还价，说放他出去他才会回答。

这下好了，对讲机里安静了，直到24小时后才重新恢复通话。那时，娄东伟已被冻得半死，什么也顾不上了，有什么说什么，只求对方放了他。

对方得到答案，说去求证后放人。然而，娄东伟到死也没能出去。

警方问张文婷，娄东伟那400万美金在哪里？

张文婷说，除了雇那两个德国人的10万块钱，别的都在她母亲关秀娥的坟前烧掉了。她们早料到自己的结局，与其留下，最后落到警方手里，不如烧掉干脆。

警方不信，又审骆琪和葛菲，结果跟张文婷说的一样。

## （二）

张文婷被抓半个月后，某派出所从一个女人的嘴里了解到另一件事。

那个女人叫柳良媛，跟葛云辉大学同学，且大学期间曾猛烈追求葛云辉。柳良媛在妇幼医院上班，因与同事发生矛盾，被同事举报，说她不但多次收受红包，还曾与医疗用品销售人员合作，拿过提成。柳良媛承认收过红包，但不承认拿过销售人员的提成。

这些年来，她跟医疗用品销售人员仅接触过一次，那是二十多年前的事。那人叫顾正言，是葛云辉中学同学，大学时跟葛云辉不在一个学校，有医务工作经历。

柳良媛说，她不认识顾正言，也不知道他和葛云辉曾是中学同学。当年顾正言找到她，明着是谈医疗产品的销售，实际上谈的是别的生意。

二十多年前，妇幼医院里，每年或多或少都有产妇死亡事件。顾正言许以柳良媛回报，让她收集高危产妇血液，由他拿去做配型。如果柳良媛提供的血液被选中，而相对应的高危产妇死在医院，顾正言就去动员家属出高价收买产妇的一个器官。事实上，顾正言当时没讲这么多，是柳良媛关注高危产妇这个点，自己揣摩的。

半年时间内，她先后提供了上百份血液样本，只有一份被选中。那使她意识到，顾正言手里有某个人的血液样本，那人需要换器官。而顾正言呢，就是通过一次次的比对，从高危产妇中寻找最合适的供体。只不过，她不知道那个被选中的产妇后来怎么样了。

实际上，柳良媛这个理解有偏离事实的成分。如果产妇已经死亡，那么体内器官因缺氧失去活性，也就丧失了移植价值。她是妇科医生，未能真正参透顾正言的意图。

1996年春，葛云辉老婆关秀娥离预产期还有6周时意外摔倒，造成大出血，情况危急被紧急送医。遇到高危产妇，柳良媛照例把血液样本交给顾正言。

一天后，顾正言找到柳良媛，说血液样本被选中了，问她产妇的情况。

提供了上百份样本，这是被选中的第二例，柳良媛很不爽，没好气地告诉顾正言，说产妇没危险，只是婴儿死掉了。

顾正言叫柳良媛拿产妇资料给他看。看到产妇家属姓名，他才知道，产妇关秀娥居然是他老同学葛云辉的老婆。只不过当着柳良媛，他什么也没表现出来。

那时，葛云辉因医疗事故被开除。后来，顾正言找到他，邀请他去了日本做国际贸易。

葛云辉在新希望健康株式会社实习完，接替顾正言的业务区域回到滨海后，找柳良媛吃过饭，但没再提合作的事。对柳良媛来说，顾正言就那样消失了。她喝了酒，想起往事，就神秘兮兮地告诉葛云辉，说曾经有个人，挑中了他老婆的血液样本。

葛云辉很惊讶，想知道那人是谁。

柳良媛不说，只告诉他，那人是从日本过来，推销医疗器材的。

葛云辉反问，那人是不是姓顾。

柳良媛诧异极了，反问葛云辉："你咋知道？难道你也干那一行？"

葛云辉摇头，叫她别问。

通过柳良媛这段笔录，再结合关秀娥肝脏的移植去向，警方判断，顾正言当年的做法，就是给新希望健康株式会社老板山下正男的儿子山下真一以及女儿山下纯子寻找肝脏供体。柳良媛提供的血液样本，总共有两份被选中。第一份的主人姓甚名谁，人是否还活着，已无据可查。唯独第二份，因关秀娥是葛云辉老婆，所以柳良媛还记得。

警方判断，如果第一份血样的主人已死，那么她应该是被人以免费旅游或虚假中奖的名义骗到日本，然后被害，再经过合法程序被他人买走了肝脏。这是合乎逻辑的推断。

具体到葛云辉，他身上可能还有个秘密。

当他从柳良媛口中得知自己老婆血样曾被顾正言选中时，他老婆正在日本养胎，而且活得好好的。关秀娥出车祸，是他出差完返回日本之后发生的。也就是说，当车祸发生时，葛云辉就有可能猜到车祸是别人设计的，目的是关秀娥的肝脏。换而言之，关秀娥是必死的。即使不在车祸中丧生，也会在抢救台上出事。而葛云辉呢，不论他是车祸发生时就猜到了真相，还是事后折磨牛启来才得知真相，他都没有揭穿山下家族；相反，他通过追求山下纯子，成了山下家族的女婿。无毒不丈夫，这话用在葛云辉身上再合适不过。

至于山下家族，警方通过秘密渠道了解到，该家族二十多年前就从事器官移植的掮客行当。当时，日本有很多偷渡客，尤其是来自东南亚国家的偷渡客，因偷渡条件异常恶劣，不少人在航行途中就会生病，甚至死亡。死掉的直接被丢进海里，病了的，即使上岸也很难有好下场。

那些奄奄一息的偷渡客，登陆后会落入黑帮之手，被控制起来。当年山下家族的主要业务，就是在黑帮和客户之间做掮客，把那些偷渡客的器官卖给合适的人。慢慢地，需求方市场扩大，仅靠偷渡客难以满足需求，山下家族就招揽人手，把供体市场瞄向我国。顾正言和葛云辉就是在那个时期被先后招揽进公司的。他们的手段是将选中的供体以各种方式利诱到日本去，然后制造意外死亡事件，再出钱购买死者器官。

山下家族的犯罪劣迹早就进入日本警方视野。只不过，该家族曾经给某些日本政客提供过器官，因此受到政客照顾，一直没有被查。

现如今，山下真一经营的新希望公司早已转型，洗白成为正经的保健品公司。

关于顾正言，警方查找档案，发现该人早在2010年年末就全家移民去了澳大利亚。而移民前他名下只有一家社区诊所。

## （三）

警方通过薪火生殖医院的监控抓到了柳良玉。她配合葛云辉做地下手术，本身就违法。作为张进九前妻，审问中警方怀疑她曾参与过燕来村养猪场的地下手术。她矢口否认。警方没有证据，只好单独立案，将其收押。

葛云辉已死，养猪场地下器官案却没有结束。移民去新加坡的张进九上了红通名单。

## （四）

关于牛启来。

警方搜索他在燕来村的住处，在偏房冰柜中发现一个长约28厘米、宽约10厘米、高约5厘米的铁盒。铁盒里有个黑色塑料袋。袋内冷冻着多枚人的小指。

铁盒和小指的发现震动了滨海警界。

很明显，盒子里的小指是牛启来故意保存下来的。一枚小指就是一个被害人。作为罪大恶极的烧尸人，牛启来每处理一具尸体，就偷偷剪下一个小指留作证据。所有小指加起来，就是一个失踪人口数字。那些人，全部命丧在以张进九为首的犯罪团伙之手。

实际上，那个失踪人口数字应该减去一。

这个“一”，代表葛承祖。

葛承祖是牛启来杀的，不能算在张进九头上。

## （五）

关于眉姨。

案子结束后不久，异地警方收到群众举报，抓到一位拐卖儿童的中年妇女。那女人原籍滨海，异常顽固，坚决不承认自己拐卖儿童，警方高压审讯，跟她耗了三天三夜，她才承认自己就是那位专门诱拐儿童的眉姨。

她的供词进一步证实了燕来村养猪场的犯罪行为。她干那行接近20年，没有同伙，一个人在全国各地流窜作案。早在十几年前，她就跟张进九有业务来往。她拐到手的孩子，有的不好出手，或者不好找买主，就倒手转让到养猪场去。警方问她怎么跟张进九认识的，她回忆了很久，说很多年前，有个中间人把张进九介绍给她，她以为张进九是买小孩的客户，结果张进九也是个想赚点抽成的中间人。

她供述，8年前，康康在静山的假失踪事件，就是张进九和葛云辉找她办的。再有，不久前乐乐的失踪，则是葛云辉跟她合伙演的一出戏。

## （六）

因为自首，并主动交代案情始末，金科在看守所蹲了半年就被释放。他的自首，跟张文婷被抓，中间只隔一夜，两者没有直接因果关系，但仍属立功行为，为警方还原案情提供了巨大帮助。

骆琪、葛菲、张文婷3人的口供，证实金科没撒谎。他一直处于被动配合位置，利用工作便利，把葛云辉夫妇的致病胚胎筛选鉴定为健康胚胎，又将葛云辉夫妇剩余的健康胚胎提供给葛菲移植，还给张文婷开激素类药物。那三件事都是骆琪授意他干的。他对具体报复计划一无所知。

然而，事实真的如此吗？

## （七）

太平洋某岛屿，某知名旅游景区，金科搂着一个金发美女，躺在沙滩上。现在，距离他被释放已过去半年。

金发美女用英语问他：“你的故事真是非常有趣！你爱那个女人吗？”

“爱？宝贝儿，她只是个小姐而已，一个婊子！我不是说你！我怎么会爱她？”

“可是我能听出来，你对过去的她是有感情的！”

“也许吧！那时候，我和她都是学生，彼此短暂的交往，只有几个月。”

“可是，她把初夜给了你。”

“初夜？值钱吗？也许她那么做的本意只是利用我。就像我当时做的那样，跑到她的班里去，当着所有人的面，像个傻瓜一样举着一条带血的床单，证明她不是别人嘴里的坏女孩。你看，当时的我有多傻？”

“怎么能说傻呢？你很可爱！”

金科嘿嘿一笑，推开女人，坐到旁边喝酒去了。

阳光、沙滩、美女……这样的日子实在太爽了。他有资格，也有实力享受。这是他辛辛苦苦伪装6年才换来的。

晚上，枕边，他继续对洋妞袒露着内心——

自从2012年春天，骆琪恢复记忆，逼他拿起刀干掉葛菲和药腾飞，他就一直牢记自己下跪的那一幕。他知道，自己那懦弱的一跪是再正确不过的做法。破坏电子眼是可以的。杀人？傻子才干！这辈子都不可能杀人！那无关勇气，那是一个关于智慧的问题。

在骆琪面前，他宁愿装成软弱无能的猪，也不扮演赳赳武夫那种男子汉角色。那种让女人仰视的满足感是需要付出代价的。

他跟骆琪绑在一起，知道报复计划的每个环节，并亲身参与其中。可是最终，骆琪却让他以被动配合的角色去警局自首。那么做，不是骆琪有心成全他，而是骆琪、葛菲、张文婷3个人充分讨论的结果。

牛启来和张文婷拿到了娄东伟那400万美金。面对警方，张文婷说把钱烧了。警方不信，甚至怀疑那笔钱藏在金科手里，但未查到什么。

骆琪是整个计划的主谋。葛菲飞车抢劫、参与绑架葛承祖、给山下纯子栽赃毒品、非法代孕、吸毒，干的坏事太多，不具备自首条件。张文婷是报复计划主要行动者。相比她们，金科的罪显然最轻。或者说，可以通过策划自首，让其罪名最轻。所以，她们只能安排金科自首。

她们那么做，为的是让金科打理那笔钱，那是大家后半生的养老金。正因为有那笔钱作为后路，那3个女人才会安心坐牢。

金科是高才生，有眼界，很好地履行了“管家”的职责。

2016年，他曾以出国旅行之机，在外网相关平台开了一个比特币账户，然后回国寻找卖家。去外网开账户，为的是安全无痕，因为当时国内的交易平台是实名绑定比特币钱包。回国找到卖家后，他把那笔钱（张文婷留下10万块）全买成了比特币。卖家线下收现金，然后出国，线上转币。一上一下，了无痕迹。

当时，骆琪等3个女人对他投资比特币的做法持严重怀疑态度。只是她们也知道，那个做法是秘密转移财富的最佳手段，而且有机会赚钱。总之，有的赚也好，赔一点也罢，总比将来被警方查到，把钱当赃款没收好。

金科被释放后登录账户，惊喜地发现，比特币价格竟然翻了十几倍。

面对巨额收益，他冒出一个很自然的想法。面儿上，他卖掉了自己的那套房子，用房款移民。到了国外，他抛币套现，做人生赢家。

背叛？是的。他背叛了骆琪，背叛了那3个女人。

然而，忠诚值几个钱呢？

对于金科炫耀般的述说，洋妞只当它是一个故事，一个与己无关的故事。

金科潇洒的生活持续了几个月。

在异国他乡，不同时间、不同地点，他时常跟不同的年轻女人讲述自己的故事。

那些年轻女人当中，华人居多，也有外国人。

有一天，一个华人女孩在国内网站发了一条微博。

“我跟一个屎一样的男人喝酒，简直恶心极了。他出手大方，唠唠叨叨，不停地炫耀自己的故事。他是一个来自国内的中年男人，犯过罪，当过电子眼杀手。从前，他是国内某地某医院生殖中心实验室的负责人。他伙同3个女人，处心积虑，用七八年时间，报复了另一个男人。那个被报复的男人最后坠楼死了，死因是中枪。而那3个女人当中的两个，是被报复者的女儿。那场报复的起因，源于二十多年前，跟被报复者的妻子相关。那真是个虐心的故事。让人极度恶心的是，因为那场漫长的复仇，那个屎一样的男人，居然凭借自首只坐了半年牢，还从中搞到了一大笔钱！现在，他带着那笔钱移居国外，到处潇洒，享受人生。他背叛了那3个女人！背叛了感情！背叛了一切！天啊！世上怎么会有这么垃圾的男人！姐妹们，大家说，他是不是应该去死！要是再碰到，我一定对他不客气！”

## （八）

那条微博发布后，并未引发很多关注，可是，由于其内容的敏感性，还是引起了网警的注意。网警在系统内部分享信息，最终得到滨海市公安部门的反馈。

滨海市公安局刑侦支队及滨海西城公安分局高度怀疑，微博内容与本市半年前结束的一宗案件相关。

他们认为，微博中“屎一样的男人”是金科。

通过网络，警方联系到发布微博的女孩。女孩承认发布内容绝对真实，可是她在国外，而且没有拍摄那个男人的影像（实际上是金科防着她，还给了她钱，不让她拍），所以，仅靠其口头描述，警方没有实质证据证实那人就是金科。

对滨海警方来说，半年前那个案子涉及的400万美金一直找不到。而骆琪、葛菲、张文婷三人的口供一致，都说在关秀娥坟前把那笔钱给烧了。可是，如果那人真是金科，滨海警方就得启动相应的侦查程序。那意味着所有案犯都说了谎，那笔赃款十有八九被金科卷走外逃了。

于是，警方再次审问骆琪等人，可是得到的口供还是跟以前相同。警方不死心，就通过公安部，联系金科移居国的我方大使馆，由大使馆协调该国警方寻找金科下落，未果。

金科到底去哪儿了？是否携款藏匿？

无法证实的情形下，它成了滨海警方的一块心病。

又3个月后，国内上映了一部犯罪网剧。

网剧基于真实事件，由骆琪复仇案改编而来。它的投资方是国内某知名制作人××，联合相关公司共同出品，前者出资90%。

网剧很精彩，票房不错。它还原了“‘二沈’连环变态杀人案”，及骆琪复仇案中破坏电子眼的情节。沈氏兄弟共虐杀12人，仅骆琪一人幸存；犯罪轨迹上，他们在滨海残杀3人，逃离滨海后相继杀害9人，包括金兰。

它的播放导致了两个显著的结果：

1. 网剧强化了一个逻辑，如果“钢珠侠”不破坏三号电子眼，就没有车祸。没有车祸，即使骆琪被飞车党划伤，也能逃脱。骆琪逃脱去报警，沈氏兄弟必然在滨海落网。那样一来，“‘二沈’变态连环杀人案”就提前侦破。相应地，之后9个女孩被“二沈”杀害的事情就不会发生。

基于该逻辑，无数观众责骂“钢珠侠”。此外，更令观众愤慨的是，“钢珠侠”在网剧最后自首，主动交代案件始末，有立功行为，竟然仅坐牢半年。

观众基于剧情的愤怒，甚至牵连到了“钢珠侠”的扮演者。很快，有网友发帖，声称人肉到真正的“钢珠侠”身份，说那人叫金科，还曝光了其他个人信息。虽然相关帖子很快被删除，但它导致金科臭名昭著，社会性死亡，哪怕他已经移居国外，连警方也找不到人。

2. 网剧出品人××拍板，号称拿出网剧收益的一部分，合计4500万元，分成9份，通过警方协助，分别捐献给“‘二沈’连环变态杀人案”中的后9名受害人家属。

出品人的行为触动了滨海警方的神经。

市局副支队长关秀山亲自找到他，询问为何只给后9名受害者家属捐款，而不是给“二沈”案所有受害者捐款。

出品人说，他是为了弥补那些受害人家属情感上受到的伤害。因为，观众基于剧情逻辑，对“钢珠侠”的愤怒会让那些受害人家属不可避免地移情。“二沈”案真正的凶手，就是早已被处决的沈氏兄弟，跟“钢珠侠”无关。可是，如果家属们在剧情逻辑支配下，把注意力转移到所谓的间接凶手“钢珠侠”身上，就必然会产生极其强烈的遗憾的情绪，那只会令他们更加痛苦。毕竟逝者已矣，大家还是要往前看。

然而，关秀山对该回答并不满意。多年的从警生涯令他疑惑。

他总觉得事情有点怪。网剧呈现的逻辑本身没问题，因为早在案件未结束前，警方内部同样认可那个逻辑。由此，他不得不怀疑，那9份捐款背后是金科在作怪。

基于怀疑，关秀山暗中调查了网剧出品人的账户，可惜没找到证据去证明人家出品网剧的资金来源有问题。此外，他还对出品人的通信情况及行为轨迹，尤其是网剧出品前的行为轨迹，进行了一定程度的秘密调查，也没发现出品人跟金科有过接触。

## （九）

捐款结束后，东南亚某地，在一家不起眼的小旅馆内，一个男人在桌上点燃了九根香烟。

他的头发又乱又长，打了结，遮住面部。

他在桌前跪下，心里想：观众的愤怒没有错，网剧的逻辑是对的——如果我不破坏三号电子眼，就没有车祸。没有车祸，即使骆琪被飞车党划伤，也能逃脱。骆琪逃脱去报警，沈氏兄弟必然在滨海落网。那样一来，“‘二沈’变态连环杀人案”就提前侦破。相应地，之后9个女孩被“二沈”杀害的事情就绝不会发生。

他默念：如果说，通过旧宅里的录像机一早就知道沈氏兄弟变态杀人的葛云辉，是“二沈”案第三个凶手，那么，我就是第四个凶手。没有我，那9个花一样的女孩就不会遇害。金兰，对不起！是我害死了你！

他两颊消瘦，嘴唇发青，眼里没有一丝光彩。

他按照计划，做了他能做到的一切。

大半年前，刚办完移民手续时，他通过新闻注意到了那位著名的影视出品人××。当时，对方正在国外某电影节现场。他直飞其移居国，然后换乘其他交通工具，辗转数次，赶到电影节所在地，以粉丝名义多方打听，找到了目标。而后，他费尽心机说服对方，拿出所有钱的三分之二，让人家制作那样一部网剧，然后把制作网剧剩余的钱，以票房的名义，捐给那9个受害者家属。另外三分之一，上千万美金，则是对方的好处费。钱的交接转移，同样以比特币形式进行。

出品人问他，为何那么做？

他一五一十地讲了自己的故事，没有半点隐瞒。

看在钱的分上，出品人同意了。

做完那件事，他才安心去“旅行”，跟很多女孩，尤其是华人女孩鬼混，并且不厌其烦地对每个女孩唠叨自己的往事。

一切结果，都是他想达成的效果。

他成功地把自己毁了——他到处讲他编造的龌龊往事，终于引起一个华人女孩的强烈不适；那女孩写了微博，引发警方注意（这件事情最简单的法子，是他自己直接化名女孩，去国内网站发诋毁自己的微博，只是不知出于何种原因，他没那么做）；他暗中出钱拍那部网剧，并要求出品人强化那个令观众愤怒的逻辑，让自己在国内社会性死亡。

他知道，中国警方一定不会放弃寻找他，条件若成熟，甚至会公开通缉他。

他确信，早晚有一天他会落入警方手中。到那时就坦承一切，接受法律的惩罚吧。

然而，在那之前，他就是要抛弃合法身份，承受警方的追寻或通缉，在那个很不安全的小国四处流浪，过着人不人、鬼不鬼的生活。

那是他对自己的惩罚，是对“二沈”案第四个凶手的惩罚。

唯有如此，他的余生才能得到一点点心安。

他已经一无所有，除了灵魂。

“唉！”他长叹一声，自语道：“谢谢你，骆琪！还有葛菲和张文婷！谢谢你们，同意我用那笔钱，面对那9个亡魂，赎回一点罪过。虽然，那远远不够……”

## （十）

张文婷的口供证明伊辉对当年那场车祸的怀疑是对的。

关秀山终于知道了姐姐关秀娥死亡的真相。只是，这真相距离1997年案发，已过去了21年。它来得太晚。

21年来，他时常做起那个梦：在一片黑森林里，关秀娥在雾中拼命奔跑，大叫他的名字；他冲进雾里，听到那声音就在近前，可是怎么也看不到人……

车祸的直接制造者牛启来已经死了。

在车祸现场有能力救人却故意不救的葛云辉，也死了。

还有谁该为那场谋杀负责呢？山下家族的人？是的。可是，牛启来和葛云辉已死，张文婷的口供便成了孤证。把孤证交给日本警方，去解决一宗21年前的交通致死案，关秀山知道根本不可能。

一个好端端的人，真的可以白白死去，而主谋却逍遥法外吗？

关秀山感到深深的无奈。无奈，但未绝望。

他知道，他的余生将会死磕到底。

## （十一）

葛云辉被枪杀，显然是一次灭口行动，说明有人不希望他落入警方手中。枪手有备而来，事后弃枪，换装逃逸，追捕仍在进行。

死者留下的那个指向性符号，是什么意思？警方起初没猜透。

是大写字母“T”，还是一个没写完的汉字？是没写完的“工”，还是不符合笔画顺序的“王”或者“干”，或者是“下”“十”？

警方猜想，葛云辉试图留下一个名字。那个符号“T”，十有八九是一个没写完的姓氏。换句话说，那个未知人名很可能就是派枪手干掉葛云辉的人。

尸检是法定程序，没有任何意外收获。然而，法医却在葛云辉手机内找到一个隐藏的监听软件。软件是近期安装的。

警方判断，一定是张文婷把葛云辉叫上医院天台的那段通话，导致监听者干掉了葛云辉。

当时，张文婷一共说了三句话。

“葛总你好！我手里有你当年的犯罪证据！”

“葛云辉，你到楼上来。我把骆琪当年拍到的证据放给你看！”

“我在你医院五楼天台，上来你就知道了！”

骆琪当年拍到的证据直接威胁到的人，就是葛云辉和张进九，这是明着的，捂也捂不住。葛云辉被杀，视频落入警方手里，剩下一个张进九，早就移民新加坡。那只能说明还有另外一个人，不希望因葛云辉被抓而遭到暴露。

警方结合葛云辉的过往经历，排查其社会关系，罗列、分析人名，找到唯一可疑的人是顾正言。顾正言早年为山下家族工作，还把葛云辉发展过去。而且，根据柳良媛的供述，当年他还从妇幼医院购买过高危产妇血样。

由此，警方高度怀疑，葛云辉死前留下的符号“T”，其实是“顾”字的第一笔和第二笔。换句话说，当年燕来村养猪场的真正主人，是2010年年末就移居澳大利亚的顾正言。这个怀疑，是葛云辉被灭口的最好的逻辑解释。

伊辉中了两枪，一枪在左臂，一枪在后腰。后腰那一枪打烂了他一个肾。要救他的命，只能在短时间内找到合适的肾源。

病床旁的小桌上放着一张人事调动通知。那是关秀山代表市局亲自送来的。伊辉的人事关系，已经从西城公安分局宣传科调到了市局刑警支队。如果他能活下来，就会成为一名正式的刑警。对滨海整个警队来说，那将是一个有些特殊的存在：他是个跛警。

伊辉中弹的同一天晚上，其养父陈国华在医院外被一辆车撞死。涉事者是某平台的网约车司机，酒驾，当场被抓。这件事背后有无其他隐情，尚需深入调查。

伊辉入院3天后，陈国华前妻王红英推着一张轮椅来到医院。

轮椅上躺着的，是陈国华的儿子陈名扬。

王红英说，陈名扬是植物人，已经躺了13年。她要把陈名扬的肾无偿捐给伊辉。

她说，那是陈国华的遗言。她还说，陈名扬身上的肾，原本是伊辉的亲哥哥伊震的。现在所谓的捐赠，只是把人家兄弟的肾还回去。

说完，她拿出来一个信封。信封里，装着陈国华的自首陈词。

骆琪、金科、葛菲、张文婷、葛云辉、牛启来、药腾飞、陈国华……每个人都有属于自己的结局。复仇案（警方档案代号“夜莺案”）谢幕了，而另一个深埋多年的案子，才刚刚开始……